# 如果巴黎不快乐 1

SAD CITY
SAD PARIS

典藏版

白槿湖 / 著

如果巴黎不快乐，不如回到我身边。

CNS PUBLISHING & MEDIA
湖南文艺出版社
HUNAN LITERATURE AND ART PUBLISHING HOUSE

人人都爱佟卓尧，
可世间只得一个佟卓尧，
他唯爱阮曼君。

SAD CITY
SAD
PARIS

# 目录

SAD CITY

/

S A D

P A R I S

# 序

你遇见你的佟卓尧了吗？

## 如果巴黎不快乐

1

距离这个故事第一次和大家见面，已经整整过去了六年。六年的时间，足够改变很多事。

当年看这本书时，可能你还在上中学，对爱情满怀着憧憬，你喜欢佟卓尧正是因为他身上那些美好的秉性。

如今，你们应该都大学毕业，开始工作了，有的可能都已经步入恋爱、结婚阶段。

很想问问，这些年，你过得好吗？

你遇见你的“佟卓尧”了吗？

那时没有任何多余的想法，只想写一个男子，他身上有我们对意中人所有的幻想和寄托。

这本书开始并不顺利，投稿给几家，都被毙稿，或者只给极低的版税。

很意外，这个故事竟打动了《爱格》杂志的主编夜未央，她签下了这本书，还是以与当时相比不低的价格签的，并且很快在《爱格》杂志上连载。也就是这样，佟卓尧和小漫画的故事慢慢走到大家面前，且意外地得到了很多人的喜爱。

至今，我和未央，和《爱格》都仍是非常愉快的合作关系，甚至不仅是合作，还产生了高于合作的亲情。至少我是这么理解的。

人生难得遇到赏识你的人，尤其是在你很弱小的时候，拉你一把的人。

如果不是主编未央从那些投稿中发现了这个故事，也许就不会有现在这本书了。

还有一直负责我的编辑田渊源，我的最佳搭档。我的每本书都有她很多的心血，她陪伴着我，是我的后盾。一本书的诞生，我可能只是负责文字的写作部分，但其余都是她在策划和操心。

我有幸能在茫茫人海中遇到读过这个故事，并产生共鸣的人。

关于《如果巴黎不快乐》电视剧的改编，对我而言，是因为有那么多人喜欢这本书，才会有了这样一个新形式的呈现。并非是我的付出，这是每一个喜欢这本书的人共同的付出。

感谢你们。

再说说更久以前的回忆。

2009年，我将十几岁那年写的第一本书，尝试着投稿给书袋网，一个手机免费阅读的网站，站长叫寒大。

寒大回复我：书袋网是免费的，别投稿在这儿。

可是，免费就免费，只要有人看我的故事就好。

曾有人问我，写作需要天赋吗?

对我而言，可能天赋就是童年时期的孤独，促使自己渴望表达，渴望通过文字自救。

除此之外，无非就是漫长的坚持，白纸黑字，不停止去写。

写作，令我真实存在着，使我生出了一些重心。

回望这套书，更是回望六年前的自己。

有一天，我坐高铁去一座城市，中途迷迷糊糊跟着人群匆忙跑下车。直到走出车站，我才发现自己提前两站下了车，来到了另一座城市。

站在广场上，望着远处黄昏的落日，我低头忍不住笑了，再拎着箱子，飞快地跑回高铁站。跑的时候，我心里满满都是力量。也许旁人理解不了。

这样的我，似乎不再合时宜。

书中的佟卓尧和阮曼君也依旧没变，但看故事的人心境会变，也许你再度看这个故事，它确实已经无法打动你了。

可在我看来，这并不是一件糟糕的事。

甚至，我为你高兴。因为，你长大了。你有了自己对爱情的理解和境界，这是一件很好的事情。我只想祝福你。

未来很多年里，只要你在，我会一直陪着你，以文字，以一颗赤诚之心。

我们，再会。

白 槿 湖

2017年4月27日

# 第一章 她的小世界

原 来 两 年 的 时 间，
变 的 不 仅 仅 是 心，
连 脚 的 大 小 都 变 了。

# 1 如果巴黎不快乐

她曾以为，穿高跟鞋的女人，都应该是优雅地行走在路上的。

而此刻的她，飞奔在上海的骄阳下，那些化着精致妆容的白领女子，都用异样的眼神望向她。

脚上的那双鞋，隔了两年时间，又穿回到了她的脚上，她这才清楚，原来两年的时间，变的不仅仅是心，连脚的大小都变了。

分明记得两年前，冯伯文把这双鞋送给她作为生日礼物，他托着鞋盒，温情款款地说：“亲爱的曼君，生日快乐。只要你帮我顶一次罪，我们的公司就能继续运营下去，等你出来，我带你过最好的生活。”

那双鞋，黑色缎面镶嵌着珠宝，极高的跟，多么精美的一双鞋啊。

也是那双鞋，将她送进了监狱。

冯伯文的罪名，她一个人顶下来了，依照法律判刑两年。

在监狱的那两年，冯伯文没有去看她一眼。

两年后，她穿着这双鞋，飞奔在马路上。

你有见过一个穿着高跟鞋的女子在马路上飞奔吗？那样的女子，大多是在爱中受了伤害的。

阮曼君穿着近乎是三寸高的高跟鞋，绕过静安寺，从华山路往希尔顿大酒店跑。两年时间，上海变化这么大，原来的弄堂都拆迁了，幸好以前上班就在这附近，否则真会迷路。

她是要去阻止一场婚礼，她身无分文，甚至连打车的钱都没有，她只能不停地奔跑。

她短短的发，被汗水和泪水打湿，贴在脸上，她边跑边在心里想，待会该怎么面对那个新郎新娘百年好合的局面。

脚上的高跟鞋竟一下脱离了脚，飞了出去，掉进了一辆半开着车窗的车里。那辆车正在等红灯，车里坐着一个穿深蓝色西装的男人，那只鞋不偏不倚地砸在了男人的头上。

她一只脚穿着鞋，一只脚光着，匆匆跑到了车边敲窗户，她甚至还没来得及把脸上的泪水擦干。她局促小声地说："对不起，我不是有意砸到你的。"

他的额头被高跟鞋砸破了点皮，紧抿着嘴唇，不怒自威的样子。

正想发作，却见是一个脸色苍白的瘦弱女人，满脸的汗水和泪水混杂着，于是他将鞋递还给她，附送了一张纸巾，却一言不发，他一贯不喜欢和脏乱的女人多说话。

她点头，握着纸巾，指着他的额角问："你的额头破了，没事吧？"

"没事。"他答道。他眼睛注视着前方的红绿灯，上面显示还有十秒就可以通行了。他要去参加一个商业伙伴的婚礼，不能误了时间。

她只能看到他轮廓鲜明的侧脸线条，她正欲离开时，又回头问他："打扰一下，现在几点了？"

这时红灯变成了绿灯，他的车已经启动，他没有回答她的问题，驾着车随着庞大的车流缓缓离去。

他从车的后视镜里，看见她寥落地站在路边，手里提着一只高跟鞋，突兀的锁骨，消瘦的身子，同她身后那栋大厦相比显得那么的羸弱。

这让他内心最深处的那一块隐秘一下被揭开，曾经也有一个女子，如她一样，孤孤单单地站在马路边，像是找不到家的孩子，等他带着回家。

她没有想到他会把车绕了回来，车在她身旁停下，车里传来低沉的声音："十一点一刻。"

"十一点一刻，来不及了。"她嘴里念着。来不及了，等她跑到酒店，婚礼都该举行了。她凄然一笑，又何止是十一点一刻来不及了，一年前两年前就来不及了。

一个女人可以义无反顾地挡去男人身边所有的劫难，却挡不住男人的桃花劫。

"上车！"车里又传来他的声音。

没有任何感情的声音，听起来如命令一样，她没犹豫什么，打开车门，上了车。车里有着极好闻的味道，不是花香，更像是一种木香，浅淡的香气，让她有种从灼热烈日下一下子就回到了清凉森林的感觉。

“去希尔顿酒店。”她亦简洁地告诉他。

他用余光瞟着她，杂乱的短发，满脸的汗渍，一张脸被晒得通红，穿着发黄的宽大白衬衣、牛仔裤，一点也不像他平时接触的那些精致优雅女人。

而她竟然是要去希尔顿酒店，这正和他是同路的，他是去参加商业伙伴的婚礼。

一路上，他们都没有再说一句话。

车开到了希尔顿酒店门口，还没有停稳，她就打开车门跳下了车，可是高跟鞋没站稳，重重地摔倒在地。她姿态狼狈地撑在地上，手腕膝盖都磕破了皮，白衬衣上沾满了灰尘，鞋跟也断了。

而她一抬眼，就看见新郎冯伯文站在酒店门口，白色的西装上别着的那朵红花上清楚地写着“新郎”，冯伯文在迎接参加婚礼的来宾，站在一旁穿着红色礼裙的是新娘。

新娘身高一米七左右，长长的礼裙，衬得模样十分高贵，绾着松松的髻，那么的得体大方。

整个酒店都被冯伯文包下来了，酒店正厅前搭着一个由白玫瑰交织成的浪漫拱门，旁边写着：新郎冯伯文与新娘雅琪喜结良缘，百年好合。

她看看自己，再看看穿着华服的高贵新娘，她突然一句话也说不出来了。

来这里之前，脑子里闪现过那么多假想的画面，她想也许自己会冲上去狠狠甩冯伯文一个耳光，然后哭天抢地地指责冯伯文的负心，也许干脆就很冷静地上前，眼神犀利地看着这一对新人，诅咒他们早结早离。

可是，好不容易来到了这里，她竟然一句话也说不出来，她只能手足无措地站在酒店的台阶下，抬头仰望着上面一对璧人在笑脸迎宾。

“冯伯文……”她用尽全身的力气喊了一声，声音很大，把坐在车里的他也惊了一下，这个瘦弱的女人怎么有如此强大的爆发力。

众宾客都望向了这边，很快就明白了，都在小声议论着，新娘雅琪的脸色也变了，冯伯文急忙敷衍了一下，就往台阶这边大步地走来。

她站在原地，望着冯伯文朝她走来，冯伯文当新郎就是这样子啊，看起来还是那么的春风得意，经历了那么多的大风大浪，这个男人脸上看不出一点沧桑，仍是两年前的快意模样。

冯伯文走到她身边，就像是见到了瘟疫一样，脸上的笑容僵着，嫌弃的表情说："你怎么找到这儿来了，你来干什么！我今天结婚，到场的宾朋都是商界重要人物，你别捣乱！"

她看着冯伯文的脸庞，她想不过是两年的时间，两年前她为冯伯文背负一切罪责，她傻兮兮地坐了两年牢，怎么能想到再见面，会是这样的一个境地。

确实是结婚，只是新娘换了人。

她没有作声，杵在那里，望着他，一句话也说不出来，像是失语了一般。

烈日下，她的发丝滴着汗，她知道自己此刻的卑微，她在没出狱之前，想了好多好多要说的话。而今面对面，在喊了一声"冯伯文"后，她不知道该说什么了。

周围没有一丝风吹过，空气都带着狂躁的闷热，压着人透不过气，冯伯文没有耐心再耗下去，宾客们都在等着，冯伯文见她不说话，便说："你赶紧走吧，瞧你一身脏得和乞丐一样，我给你点钱，去买些吃的穿的，找个地方先住下，我改天再找你。"

钱递了过来，她却没有伸手去接，她只是盯着冯伯文那只握着钱的手，手指上戴着婚戒，她全身都在轻微地颤抖，她抱住自己，想让自己可以平静一点。

冯伯文气得朝四周环视，又转身朝身后的新娘雅琪笑了一下，见曼君仍是一言不发也不拿钱，压低了嗓音凑近她耳边，对她说："如果你不要钱，那请你马上走，马上给我走。"

她喃喃着点点头，拖着已经体力透支的身子，伸手拉开车门，想上车走，见冯伯文转过身，又轻声喊了一声他的名字。

冯伯文回头，不耐烦的眼神扫过来。

"祝你幸福。"她强装出微笑。

说完，在眼泪落下的前一刻，仓皇钻进了车里。

"我远方一个亲戚的女儿，老家发了洪水，想来投奔我，大家不要受影响，婚礼照常进行。"冯伯文闪烁其词地说。

他淡漠地看着这一切发生，不过是一个老套的负心汉故事，本是来参加冯伯文婚礼的，她又钻回了他的车里，这倒让他不好下车了，他一向是不喜惹事端的，于是冷冰冰地说：“下车！”

她掩面，带着哭腔说：“开车，带我离开这个地方，好不好？”

她不想待在这个地方自取其辱了，她得到了答案，她不是那种爱纠缠的女人，既然都亲眼看到了，她只想速速离开这里，不见，再也不见才是最好的绝望。

车内木香缭绕着，那么的安宁。

他决定开车绕到远一点的地方，再让她下车，这样既自己落得清净，也算是帮冯伯文甩掉一个包袱。

她告诉他，那个新郎叫冯伯文，是两年前那个答应了要娶她的男人。为了这样的一个男人，她把所有的罪名都一个人背了，坐了两年牢，本以为该被娶的是她，谁知道，冯伯文竟然有了别的女人。

他没有发表任何观点，他听着，没有说话。

她就是因为知道他不会说什么，所以才和他说的，就当是自言自语倾诉一下，说出来，心里也许会好受一些的。

她用手背擦拭着不停往下落的泪水，望着窗外一闪而过的高楼说：“不过没关系，早知道更好，我可以再找一个好的。我跟我自己说过，没有那个男人我一样活着，男人嘛，没有了怕什么，又不会死！”

“但这一辈子，我只喜欢过他一个男人。”她说着，泪又涌了出来。

他将车上的一盒抽纸，放在她腿上，也不看她，眼睛看着前方，开他的车。

“为了他，我坐了两年牢，连律师资格证也吊销了，我为了什么，我为了什么……”她说完又哭过后，真觉得轻松多了。

他的车在市区绕来绕去，最后快绕到了高速公路入口，他想，不如就把她丢在这儿，让她自己慢慢走吧，至少她是没法走去破坏冯伯文的婚礼了，下次聚会非要冯伯文这小子乖乖还他一个人情才行。

“下车。”他把车迅速停靠在路边，命令她下车。

她点头，下车，望着他的车绝尘而去。

他就那样把她丢在了公路上，他看到她的那双高跟鞋，东一只西一只歪在车上，其中一只的跟都断了，只剩一点点皮还连着跟。

她光着脚，走在被太阳晒得很烫的路面上，周围都是快速一闪而过的车辆，她不清楚自己身在哪里，又要往哪里去，只能是沿着高速公路往前走。

他车开到中途，心里却乱了，是从未有过的慌乱。想到她刚从监狱里面出来，身无分文，手机也没有，可能也没有认识的人。把她独自丢在公路上，还赤着脚，想起她苍白虚弱的面庞，他又担心起她来。

真是奇怪，这是怎么了？怎么计划全被这个女人给打乱了！他又掉转方向，加速朝把她丢下的那段路开去。

此时的她，拖着几近脱水的身子，踉踉跄跄地走在公路上，脚底很快就起了几个水泡。

巡逻的交警车辆驶过这里，竟发现一名女子走在高速公路上，忙拦下了她，将她带到了车上。

他的车就在警车的不远处，看到了这一幕，他加速驶过警车旁，见到她虚脱地靠在车座上，他内心也就安定了，被交警带走，她至少会是安全的。

冯伯文的电话打来，问他怎么还没有到，他突然对这个冯伯文有了些厌恶，男人玩玩女人正常，可冯伯文让一个女人去顶罪坐牢，自己倒逍遥高调地另娶娇妻，这让他觉得冯伯文太不像个男人了。

既然如此，他也不想去赴这场婚宴了，于是找个借口推辞不去了。

她坐在警车里，一口气喝了一瓶矿泉水，交警将她放在了市区路段，又塞给了她一百块钱，让她去买双鞋穿。

她六神无主地行走在路上，到处都是一对对相拥的恋人，看起来，爱情不该是折磨人的东西啊，为什么她好像被全世界抛弃了一样。

两年的与世隔绝，她再一次回到上海，这个城市变得更加美好，却发现与过去的那些朋友，都断了联系。她也没有什么亲人了，只有个在老家的外婆。父母都在几年前相继过世了，她想到自己坐两年牢，父母的墓前都没有人去祭拜了，该多荒凉，她心里不由得愈发难过。

她要找到工作，挣足够多的钱，然后回家乡看望外婆，给外婆盖一栋舒适的房子，去父母的坟前上炷香，烧些纸钱。

她想起了多多，对，找多多，多多是肯定能收留她的。

李多多，诨名多姑娘，缘自《红楼梦》里鲍二家的，因为为人轻浮，只要男人有钱或有权，都可以轻易地勾搭上她。

当年在大学里，她和多多是一个寝室的，旁人都不喜欢拜金又虚荣的多姑娘，而她倒不排斥多多，能帮多多的时候她还是会帮。

所以她入狱后，多多还来监狱里看过她几次。

走投无路了，总不能露宿街头吧，她只能凭着记忆在公用电话上拨下多多的号码。

真没想到电话还就打通了，多多在电话那一头气壮山河地喊：“喂，哪位啊？说话大点声，老娘在唱歌呢！”

“多多，是我啊，我是曼君，我出狱了。”她抬高了声音说。

电话亭的老板一听“出狱”二字，马上用异样的眼神打量了阮曼君一眼。

多多欣喜地让她待在原处别动，说十分钟后会出现在她面前，给她接风洗尘。

她把自己所在的位置告诉了多多，就等着多多来接自己了。

她蹲在电话亭旁边，抱着自己的膝盖，等着多多来接自己。她有些旧了的白衬衣，杂乱的短发，瘦瘦干巴的身子，一切，看起来是那么的可怜。她自己都忍不住同情自己。

如果上天能再给一次机会，她绝不会为了一份所谓的爱情，葬送自己。她后悔了，她曾以为自己这辈子都不会后悔，可如今，她真的后悔了。

见到李多多，她们都很难认出彼此了。

她抬眼看着多多，俨然是时尚画报里走出来的摩登女郎，穿着细细的高跟鞋，黑色及膝裙，一头长卷发，抹着大红唇。

简直是活色生香。

而她，短而凌乱的头发，破旧的衬衣，还光着脚，狼狈极了。

多多抱着她，在她肩上拍了几下，轻轻地说：“没事了，亲爱的，出来就好，有我在呢，什么样的男人找不着啊，满大街都是好男人，个个都比冯伯文像个男人，他冯伯文就是个龟孙子！”

她乖乖地跟着多多。多多牵起她的手，上车，然后去商场，她看着多多给她挑来挑去买了两套长裙，又买了两双鞋，刷卡包好了之后，又带她去做SPA。

多多将一件紫色长及脚踝的裙子递到她手里，让她穿上，又配上一双鞋跟上绘着芙蓉的金色高跟鞋，她站在多多的面前，有些羞涩，伸手遮在了胸前的春光乍泄之处。

总觉得少了点什么，多多将自己佩戴的祖母绿吊坠取下戴到她的脖子上，她看着镜子，竟恍惚得认不出自己来了。

“可是，多多，你把我打扮成这个样子，要做什么呢？这裙子这么长，分明就是礼服。”她望着镜子里的多多，疑惑地问。

“你穿着吧，过会儿我带你去个地方。我告诉你，做女人，你要是找不到柳下惠那就不如找个西门大官人。”多多打量着她，为自己能给曼君改头换面而心满意足。

曼君摸着自己刚洗过的及耳短发，看着镜子里的自己，她对自己说，即便是没有了冯伯文，她也会美丽骄傲地活着，没有那个男人，天并没有塌下来。

那是一栋爬满了常春藤的哥特式洋楼，多多说这房子在三十年代的旧上海就屹立了，住着的是一对西班牙人夫妻，那对老夫妻去世之后，房子就被后人转卖给了袁家。

袁家世代是行医之人，抗日战争时，开了一家制药厂，成为首批爱国民营企业，制药厂规模发展至今，已经是国内首屈一指的企业，袁正铭就是现任的董事长。

曼君听着多多从进楼就开始介绍袁正铭，但她的目光都集中在这栋洋楼上，这栋有些斑驳但不掩昔日辉煌的洋楼，简直是旧上海风华绝代的再现。

多多挽着她，笑语盈盈地与擦肩而过的人问好，似乎早已熟悉这里来往的上流人物，多多在她的耳际浅笑着说：“今晚是我很重要的日子，豪门相亲会，你也许只在电视上看到过，今晚我就带你体验一番，当然，你遇见好的，只管扬帆直上，除了袁正铭——他是我的。”

她微微点头，明白这不过是有钱的企业家们另类的相亲聚会而已，她对这种聚会毫无兴趣，但既然来了，也没有走的道理，况且她又能往哪里走呢。她就当是来参观一栋漂亮的洋楼了，她对旧上海的风情十分感兴趣，尤其是石库门的洋楼，比这场豪门相亲宴更能吸引她。

这是一栋复式洋楼，极致奢华，布局与摆设俨然是三十年代旧上海滩的模样，几位衣冠楚楚的男士站在落地窗旁，举着红酒杯，高谈阔论。

她在自助餐桌旁站着，肚子不争气地闹腾了起来，她挑了几种甜点吃，喝了一杯橙汁，然后就坐到大厅角落一旁，取了一本杂志，见多多正与一个穿驼色西装的男人在浅笑谈话，期间多多的肩膀有意地在男人肩上擦过。

想必这个男人就是多多心仪的袁正铭，她又打量了一眼，袁正铭倒不像那种大腹便便的有钱男人，看起来满是书生之气，站在多多身边，倒显得多多有些铜臭气了。

阮曼君落寞地坐在角落高脚椅上低头翻阅杂志，旁边餐盘里放着一些她爱吃的巧克力甜点，身边那些觥筹交错与她无关，她就当是陪多多过个场子。

直到晚宴开始，来宾都到齐，她才抬头看周围整个大厅。那是怎样的一个场面啊，她以为只有在电影里才能看到，十几名打扮得气质不同的女孩，穿着不同款式的长裙，或典雅，或俏皮，或性感，美得各有千秋。

多多也周旋在其中，见曼君孤零零地待在大厅冷清处，就绕到她身边，拿过她手中的杂志，解释着说："坐在宴席上的，都是商界名流，他们都是离异或者未婚的，莲姐就是这场豪门相亲会的策划人，她专门为这些富豪和想嫁富豪的女孩提供媒介。你知道吗？进这个相亲会，要交八万中介费的，你的我给你交了。你怎么能花八万块钱当进图书馆一样就光看杂志呢，你不能放眼看看这些优质男性吗？"

她并没有想到，原来参加这场相亲宴会的女孩子，都是交了中介费来获取一次和富豪相亲的机会，冯伯文已让她对爱情失望，要是早知道还让多多花了八万块钱，她是断然不会来的，她对这种像闹剧一样荒诞的相亲毫无兴趣，再说，来这里的男人，又怎会是真的来寻找爱情的。

曼君立起了身子，反正肚子吃饱了，再待下去也没有意思，她对多多说："多多，花了八万块钱你带我来这里？你这钱恐怕是要打水漂了，我现在哪有这些心思呢。你去招呼你的袁正铭吧，我先回车里等你。"

多多拉住了她，在她的眉心上轻轻点了一下，说："傻妞，多好的机会啊，你对这些男人没兴趣，那你对钱总有兴趣吧，谁不爱钱啊！谁跟钱作对不就是跟自己作对吗？再说你不是想回小渔村给你外婆修建房子吗！你就先坐一会儿，等一下我给你介绍个好的。再说你要是走了，万一我醉了，被哪个色鬼揩油了怎么办？”

她只好又安静地坐在高脚椅上，吃自己的甜点，冷眼观望一对对的男女成功配对，相互搂着在跳舞。

多多也和袁正铭相谈甚欢，那个所谓的中介人莲姐穿着唐装，双手抱怀握着一杯红酒，微笑着看着一对对跳舞的男女。

那是一本旅游杂志，她翻开一页有着加州瀑布的景观图片，那么的美，在阳光的照耀下，那一条瀑布呈现着像火一样的颜色。她想到了自己小时候，跟随着爸爸下海出船，落日黄昏之时，海面上就是这样的颜色，一半海水一半火焰。

她记起当初毕业刚来上海，她下了火车去的第一个地方就是黄浦江，她对着黄浦江大声喊着：“上海！我来了！”

也是在黄浦江的夜景里，她认识了冯伯文，她想如果不是冯伯文，她又该是过着怎样的一种生活，也许她正在高级写字楼里做着白领律师，和一个同样是公司职员的男人结婚生子，为在上海谋求一个家而奋斗。

她望着杂志竟失了神。

多多涂着蔻丹的手指在杂志上敲了一下，脸上酡红一片，像是醉了，手搂着她的脖子指着对面沙发上一个同样握着杂志的男人说：“瞧见没？那个穿着白衬衫黑色西裤的男人，他就是佟少，我跟你讲，他忒有钱。你可别看他有时开奥拓，人家那是开厌了宾利、法拉利，弄辆奥拓玩玩。”

她听了，再一打量，他不就是那个赶她下车把她丢在路上的男人吗？要不是交警带她回市区，她肯定还在公路上找不着北，她还傻兮兮地感激他，想想就对他没好感，便说：“败家子罢了，烧钱而已。”

多多拉着曼君站起来，又给她整理了长裙和额间的发丝，说：“你可别以为佟少是个纨绔子弟，他家的企业全是靠他经营起来的，在美国留学两年回来后就接手公司，把公司办得越来越大。我可以这么跟你说，他身边的女人都爱他。”

“那么你呢？”曼君合上杂志，反问多多。

多多爽快地笑了一声，在她的耳边说：“我当然也不例外，不过我有自知之明，佟少根本都不喜欢我这类型的，我去招惹他等同于自寻没趣，倒不如做普通朋友招呼着，你瞧那个女人，就属于一个不自量力型的。”

曼君顺着多多的目光望去，一个穿着黑色皮裙吊带袜的女人，借着酒劲，端着酒杯就往他的身边靠近，结果扑了个空，他直接站起身来，扔下手中的杂志，转身就走。高大颀长的身子，一举一动都牵动着在场每一个女人的眼神。

“看得出来，他是多么的自负。”曼君想起搭他的车时，他惜字如金的谈吐，对白那么的简单，“没事”、“上车”、“下车”，好像就这几个词，实在是傲慢。

多多鼓动着她主动去找他搭讪，她倔着不去，那么多貌美如花的女人都前仆后继地扑过去，她才不去，倒不如多吃点甜品，于是她继续在餐桌边挑选形状可爱的小甜点。

八万块钱，就是吃点心来了。

多多又劝说她，说其实今天的相亲会最主要就是为佟少举办的，要是她能够攀上佟少，那就是荣华富贵享不尽了，到那时冯伯文又算是哪根葱呢。

她被多多苦口婆心地教导着，却纹丝不动，只是淡然地将甜点往嘴里送，心都苦了两年了，苦苦等待的两年，得吃多少甜点才能去掉一点苦涩的滋味。任凭多多把佟少说得和二郎神一般神通广大，说得就像是有着西门官人的外形和柳下惠的操守，她倒是一点也没动心。

这时一个谢顶了的中年男人靠了过来，嘴唇黑而厚，嘴角边还长了一个瘊子，大腹便便，一米六五的身高，身上的那件名贵西装，被其撑得像是雨披，还真够糟蹋的。

她厌恶这种男人，大多都是家有贤妻，仗着有点财富就出来寻欢作乐，满脸横肉，令她避之不及。

多多却拉住了她，对她使了使颜色说：“来，我给你介绍认识认识，这位是秦总，秦总可来头不小啊，台湾来的，满身带着的都是宝岛的气质啊。”

曼君勉强淡淡地一笑，岂料这位秦总已伸出肥厚的手掌想握手，她将手中的盘子直接就递到了秦总的手上，直白地说：“不好意思，我肚子不舒服，去一下卫生间。”

在卫生间，她冲洗了一下脸，用卸妆纸将脸上的妆都冲洗去，额前的短发沾湿了，她望着镜子里褪去妆容的面孔，还是素面朝天舒服。只盼着这场宴会能早点结束，她实在是没办法再待下去了。

她顺着走廊上的壁画边看边走，都是文艺复兴时的一些画作，有写实主义，也有抽象主义，她一幅幅地观摩。

走到了走廊的拐弯处，有一个大露台，周围绕着廊柱，摆着几张躺椅，中间有一张桌子，桌子上放着一些甜点和酒水。

索性她就躺在了一张椅子上，仰望着天空上的那轮皎月，想着自己为冯伯文顶罪坐牢的两年，总是痴痴地望着外面的天，盼着有朝一日出来与他重逢与他结婚，到头来婚礼是举行了，可娶的不是她。

而她是那么的懦弱，她甚至连给那个男人一巴掌的勇气都没有，她甚至连骂一句“负心汉王八蛋”的冲动都没有，可是她，确实是后悔了。想到这里她甩手朝自己的脸上狠狠抽了一巴掌，她恨恨说道：“阮曼君，你真贱！”为了一个男人这么的没有骨气，没有原则，没有底线！

她打完自己，拿起桌上的一瓶酒，瓶盖是开启过的，她直接就往嘴里灌。阮曼君，你也会有今天啊，你不是一直都自欺欺人地认为那个男人还爱你吗？为此在牢里不管谁说你被男人骗了你都和谁急，还自我安慰说伯文是太忙了，不然他不会不来看我的。

不过是她自己骗自己，不过是她逃避现实，甚至在快要出狱的时候，她总在梦里惊醒，她其实已经渐渐清醒，残存的希望总是要幻变成泡沫破灭。

她想起小时候，跟随父母在海边渔船上生活的那些年，她的脚上总是系着一根粗粗的绳索，绳索的另一头绑在船舱中一个固定的木桌腿上，因为父母忙着捕鱼，怕她会掉到海里去。

船漂漂荡荡的，绳子只有半米长，她的活动范围只有方圆一米。她从小就孤单而缺乏安全感，记忆里的童年就是在漂漂荡荡的船上度过的。

她的世界原本是很小的，从小到大那些年她就一个人在船上的大木桌底下玩耍，大木桌下有一把小椅子，她玩累了就趴在小椅子上睡着了，那个木桌子底下就是她的世界。

后来，长大了，离开了渔船，父母也相继去世，她独自在外求学，毕业后在上海求职，她渴望着去往更宽大的世界，她认识了冯伯文，落得孤身在监狱待了两年，终是分开了。

细想这些年，毫无趣事，她灌着自己酒，看着身边的白色大圆桌，突然就有了一种归属感。

少年时在渔船木桌底下的那些年，虽孤单，但她一点也不担心，过得无忧无虑的，而今却陷入无限的孤寂，身旁一无所有，在世上踽踽独行。

她脱下了高跟鞋，醉眼迷离地钻到了白色圆桌下，坐在桌子底下，手里还拿着酒瓶，长裙拖在地上。

她喝着酒，打个酒嗝，忙捂住了嘴，然后傻笑几声，笑到眼泪都出来了。于是抱着自己的膝盖，下巴放在膝盖上，酒瓶被扔在了一边，她抬眼看，拭去眼中的泪，好像又回到了在船上的那些年，漂啊漂，她以为遇见冯伯文之后，她不用再漂了，不用再在风雨中漂荡了。

兜兜转转，她依旧是一个人。

她抱着一只桌腿，难过地哭着，这么多年了，别人是身边的亲人越来越多，而她，却是一无所有。

她嘴里念着："我什么都没了……什么都没了……都不要我，都不要我！我还是一个人漂……"

晚风吹着，她觉得累了，一直在路上奔跑，为爱而追逐，最后她什么都没有得到，真的好累，不知不觉她趴在桌子底下睡着了。

她做了一个梦，在梦里，又回到了那条船上，她蹲在桌子底下画画，听到父亲捕鱼的劳作号子声，还有母亲跑进船舱欢喜地说着又有一条大鱼，那么的清晰而真实，就好像他们从未离去。

佟卓尧推却不过那些朋友的介绍，见了一个个花枝招展的女孩，他只觉得视觉疲劳，推托开身走到露台上，寻个安静的空间。

他见自己刚打开的一瓶酒不见了，他坐在椅子上，百无聊赖。他看着星空，想着自己浑身的铜臭味，做着自己并不喜欢的事，好像离自己的梦想越来越遥远了。

这几年来在商场上摸爬滚打，挣了不少钱，可钱这东西，多则无益，少则有害，他失去的又岂是这些钱能够赎回的?

在外界人看来，佟卓尧是何等叱咤商界的风云人物，在各个商务杂志上他总是被冠以“天才商人”的名号，可真正坐在他这个位置，高处不胜寒，谁解他意?

阮曼君此刻仍在圆桌底下抱着桌腿酣睡着，酒瓶就歪倒在脚边，却不知多多正到处在找她，多多问众人有没有见到一个穿紫色长裙的女孩。

这时有人推了一个穿紫裙子的女孩出来，多多一瞧不由得直摆手，眼前的女孩胸部挤得高耸欲出，这哪里是曼君的风格。

多多又找到了露台上，见佟卓尧独自坐着抽雪茄，便笑迎着上去问：“佟少，你在这里抽闷烟啊，里面那么多美女你怎么反倒落单了。”

他淡淡地说：“里面太吵。”

这样多多也不好再多攀谈，便问：“佟少，你有没有看到一个穿紫色长裙的女孩啊?看起来很瘦，气质特别出众……”

“没有。”他依然是简洁的回答。

多多素来是知道佟卓尧的心高气傲，又和一般的商人性格截然不同，为了避免自讨没趣失了颜面，多多转身就准备走，去别处找找曼君，心里还惦记着袁正铭，怕有别的女孩子趁机找袁正铭攀谈。

“砰！”桌子底下突然发出了声音，多多扭过头又望了过来，他也好奇地低头一看，两人都同时看见了抱着桌腿睡得正酣畅的曼君，可能是她伸了一下腿，脚将酒瓶踢滚到一边发出来的声音。

她被多多从桌子底下给拖了出来，多多轻轻拍打着她的脸，把她给拍醒，她才恍然知道自己竟在桌子底下睡着了，曼君站起身子，有些晃晃悠悠地扶着多多。走过他身边时，她抱歉地微微笑了一下。

他倒莫名其妙了，世界上怎么会有这样的女人，竟然不请自取地喝光了他的酒，还醉卧在桌子底下洒脱地睡着了。

他再想想，又觉得她的面目有些熟悉，像是在哪里见到过，又一想，她不正是白天在路上遇到，还被他丢在公路上的女人吗?

怎么她跑来参加相亲晚宴了？

他摇摇头，嘴角上浮起一丝不屑的笑意。

又是一个贪慕虚荣的女人，上午还哭丧着脸跑到前男友冯伯文的婚礼上悲痛欲绝，晚上就改头换面参加豪门相亲，无非就是想快点攀附上高枝。

想到自己白天还真为此对冯伯文这小子有了看法，现在想想，其实冯伯文甩了她也是对的，女人的白细胞看来都比男人丰富，受了伤出了血，总能迅速地自我愈合，很快又去寻找下一个猎物。他想了会儿，自嘲了一下，犯得着为这样一个表面装得可怜兮兮，实则贪图荣华的女人伤脑细胞吗？

他起身，不想在这地方久留了，要不是好友袁正铭和家族里的长辈极力邀请，他才懒得浪费时间在这样的一个派对上。

曼君醉醺醺地被多多拉到了大厅里，音乐放着慢四舞曲，灯光渐渐暗了下来，十来对男男女女都在跳舞，多多把她扶到沙发上坐着，就和袁正铭一起跳舞去了。

那位宝岛来的秦总撅着肥大的臀部坐在了她身边，笑盈盈地看着她，横竖地打量着，她十分不自在，手撑在沙发扶手上，头泛着晕。

秦总端着红酒杯递到她面前，浮肿的大眼泡像金鱼眼一般看着她，调笑着说：“阮小姐，你刚才去哪里了，我到处找你呢，咱俩喝一杯吧，我可以满足你任何一个条件，只要你陪我喝杯酒，我这要求不高吧。”

她白了他一眼，转过脸，懒得说话。

“真美，连白眼都这么美，好，我为了阮小姐的美貌自饮一杯！”秦总一饮而尽，眼神又扫了过来，见她不作声胆子又放肆了起来，说，“阮小姐，不知道你的身体是不是和你的姓一样的软呢？”说着手就要伸过来。

她倏地站起身，虽然酒劲让她头重脚轻，但她实在是不想和这个肥头大耳的家伙待下去，她尽量保持镇定地离开。

秦总将酒杯啪地重重放在茶几上，对站在不远处的莲姐喊道：“你找来的都是什么脾气的女人，一点也不给老子脸面，我有的是钱，你去找那个姓阮的谈一下，我要她陪我喝酒！我可是花了钱给你莲姐的面子才来参加晚宴的！”

莲姐笑着走过来，给秦总道歉，并说会去找阮小姐谈谈。

曼君蹲在角落里，眼睛被周围的灯光刺得睁不开，模模糊糊只看见那个多多口中的莲姐站在她面前，端详着她，说：“你就是多姑娘带来的阮小姐是吗？秦先生要你陪他喝杯酒跳支舞，你过去应付一下，也没什么，就当多结识一个朋友。”

她摇摇头，不说话，蹲在地上抱住了自己的腿，身子往前摇啊摇，眼泪一颗颗地往下落。她以为自己醉了就不难过了，可是醉了之后，反而更清醒地感受到了疼。

莲姐见她这副模样，也没说什么，只好去向秦总道歉，看能不能换一个女孩陪伴。

那个秦总也像是吃了秤砣铁了心，态度坚决，就像是他的钱是万能的没有解决不了的事，一听说她还是不愿意，就走到她跟前，从兜里掏出一沓钱，像是丢给乞丐一样丢在她脚边，说：“你来的目的不就是想嫁个有钱人吗？你装什么清纯装什么清高，那你来这干吗来的！我有的是钱，你看我长得难看是吧，可老子的钱不难看！你闻闻，这钱多香啊！”说着将一沓钱就往她鼻子上推。

多多见状就要过来，却被袁正铭拉住且使了眼色，大家都不想得罪秦总，多多只好忍气看着事态的发展。

曼君捡起地上的一沓钱，站了起来，秦总的脸上露出了笑意，以为她是见了钱就答应了，刚笑着脸想伸手揽她的腰，却不防她抬手将一沓钱迎面砸了过来。

遭到了羞辱的秦总黑着脸，没了个台阶下，手指着她，说：“你这小丫头片子有骨气，你不爱钱是不是？我告诉你，被我看中的女人还没有能逃脱的，你不要钱也不行！”

这多像《红楼梦》里贾赦逼鸳鸯的那一段，她仍记得鸳鸯当时说的那句——“我这一辈子莫说是‘宝玉’，便是‘宝金’‘宝银’‘宝天王’‘宝皇帝’，横竖不嫁人就完了！就是老太太逼着我，我一刀抹死了，也不能从命！”

她想到这里便觉得十分的好笑，露出清淡笑容，说：“我管你是秦总还是禽兽，总之，别以为你有两个臭钱就可以玩弄女性，我告诉你，我阮曼君不是没见过有钱男人，我照样把他甩了，听见没？”说着她又打了一个酒嗝，坐在了沙发上，不去理会。

短发错综缠绕在面庞上，她随意地拂过发丝，她起身去拉多多，她不想在这里待下去了，这简直就是在拿刀割她的自尊。

秦总拉住了她的胳膊，嬉皮笑脸流里流气的样子，说：“阮小姐，你生什么气啊，我多加点钱给你不行吗？”

# 第二章 听说每个女人都爱他

每个人都有一个国，
自己做着小国王。

佟卓尧本来是要离开的，在一旁冷眼看着这一幕，他原以为这个秦总主动向她献殷勤，该是正合她意的，看到她倔强拒绝的样子，倒让他吃了一惊。

来这里的女孩子，哪一个不是奔着男人的钱包来的。她既然来了这里，就该懂这里的规矩，看到莲姐在一旁陪着笑脸，一向奉沉默是金的他倒看不过去了。

他大步走到她面前，从口袋里掏出一张银行卡，塞进她手中，淡淡地说：“来这里，无非是为钱。拿着，就当是我请秦总开心的。”

她望向他，眼里满是悲凉，他们都把她当成什么人了！她将银行卡拿在手里端详了一会儿，慢慢地丢进了身边的红酒杯里，转身走到多多的身边，挽着多多的胳膊，高调地抬起头，眼睛无视身边的任何人，骄傲的姿态就是要让他知道，在这个世界上，总有一种女人是钱收买不了的。

出了那栋洋楼，她的心一下就松了下来，她脱掉了高跟鞋，两只手各拎着一只鞋，赤脚走在青石板的路上。

多多的手指在她的额头上戳了一下，说：“你疯了，你一定是疯了，连佟少给你的卡你都能扔进酒里，你是不是傻了啊你，你嫌弃你可以给我啊。”

她走到多多的车后面，坐在车后备厢上，就那样躺在车身上，她看着星空，说：“我没傻也没疯，如果我爱钱，那么两年前我就不会给冯伯文顶罪了。多多，你是爱钱多呢还是爱袁正铭多呢？”

多多躺在她身旁，两个人并排躺在车后，多多说：“我当然是爱钱更多啦，只是钱这玩意它不爱我。我也做过生意，结果都亏得血本无归，我是天生的金钱绝缘体啊，所以我就找个有金钱缘的男人来沾点财气。”

曼君听了没再说什么，想着刚才他拿着一张银行卡递在她手里的模样，她想他们都是一类男人，和冯伯文都是一样的，以为女性的感情都是轻贱到可以用钱来计量的。

她后悔和多多参加了这场豪门相亲会，白花了八万块钱的晚宴钱，还自讨没趣地被误认为是拜金女，遭到了两个奇葩男人的羞辱，她脸一阵红一阵白的，又恼又气。

多多举起手，一颗一颗数着天上的星星，说：“其实，每个女人的内心都想得到纯情的爱，不掺杂任何物质。可当你爱了，你会发现，仅有爱，那就是一锅煮开的白米粥，有炙热的温度，却有着无味的苍白。”

曼君在心里想，也许多多说的是对的，自古多情空余恨，那些类似的纯爱，最后的下场，又有几个白头偕老的？梁山伯和祝英台都死了，罗密欧与朱丽叶也双双死了，爱情里，似乎非要夹杂点什么才能走下去。

太纯净的东西，反而会更容易过期。

她曾在屈臣氏买过蒸馏水，上面写着保质期是12个月，反而纯净水倒是有两年的保质期，那么古井里的天然水更是有无限的保质期。

天然井水、纯净水、蒸馏水，这三种水，当然是蒸馏水最纯粹最不含杂质了，为何最纯粹的反而保质期最短？

爱情，难道不也是这样吗？

相爱的时候，纯粹得容不下一粒尘埃，她爱冯伯文的时候，何尝不是这样呢？为了这个男人，为了维护这份来之不易的爱情，她顶了罪，坐了两年的牢。等她出来，一切都变了，那份她小心翼翼呵护的爱，早已成风，早已过期不候。

两年前的冯伯文，信誓旦旦地说只要她这次替他顶了罪，等她出来，一定会给她最美好的日子，她心一横，想不就是背个罪名，爱一个人的时候，就算是为对方死那也是义无反顾的。

只是她没有想到，那个男人，早就变了心，早就把她当成了往事。

她只是冯伯文的往事而已。

多多握着她的手，醉眼迷离地说："我知道你这几年过得很难，既然出来了，就要把握好自己，别再为个男人犯浑了。你还记得张静安吗？就是咱们大学时，全校最纯的那个女孩，穿着白衣白裙留着一头长直发的，记得吗？"

她点点头，她怎么会不记得张静安呢？那一届的学生，没有人不记得张静安的。

多多和静安那时就是全校最受人关注的焦点，多多是因为自身的美貌，而静安，则是因为痴情，那时全校人都知道一个叫静安的女子痴狂地爱着一个叫毕苏生的男人。

一个女子爱一个男人可以引起全校的轰动，那是何等的狂热痴恋。

多多拉起曼君的手，说："走，跟我上车，我带你去见静安。"多多直奔车里，一路长驱，曼君甚至还没来得及说这么晚了怎么好冒昧地打扰静安。

关于静安毕业后的事，在曼君还没有入狱的时候，她还是听闻了一些的。毕苏生那个画画的美术系男孩，最终真的成了静安的男友，静安看起来是那么的可爱，和满脸沧桑才华横溢的毕苏生站在一起，倒是很般配。

静安因为毕苏生，也爱上了画画，原是那么沉静的一个女子，竟然喜欢上了墨西哥另类的女画家弗里达。

略懂得画的，相信都了解弗里达的故事，年轻时的弗里达是那样淘气而叛逆，她十几岁就带着男孩子躲在家里的衣橱里偷偷地欢爱，是那样奔放而火热的女子，却在十八岁那年遭遇严重的车祸，多年都禁锢在床上。

你很难想象弗里达的命运落差，突然一下就躺在床上不能行走的悲凉，就像是一堆旺盛的篝火，突然遭遇一泼冷水浇灭。

倘若弗里达是沉静而安宁的女子，那么日子也许不会那么难过。

静安却迷上了弗里达，虽外表静美如同她的名字一样——宁静安好，可一旦遇上爱，便是星星之火可以燎原。

她也曾听说，那个青年画家毕苏生果真娶了静安，当时在同学聚会上大家还都调侃说别看静安是个乖巧的女生，追起男孩来，那是奔放女一个，非追到手不可，到底还是抱得了毕才子那样的美男归。

这样想，静安还是比她幸福的，至少毕苏生在静安穷追不舍下真娶了静安，而她呢，虽然起初是冯伯文追的她，可冯伯文最后娶的是别人。

她仰靠在车座上，她随口问多多：“静安有孩子了吗？如果有孩子了，我们去最好给孩子买点礼物，比如玩具或者点心什么。”

多多摇头，抬手抽出一张面纸擦了擦唇上的口红，抿着嘴说：“哪有什么孩子啊，结婚后没多久就离了，那个毕苏生竟然背着静安跟了一个大嘴巴大鼻子的四十岁老女人，真不知道这个画家是什么样的审美观，难怪画出来的画都那么的抽象！”

离婚了？她心里一惊，刚浮起一丝羡慕的心，又低落了下来，男人的心，根本不是女人可以去揣测的。即使女人全副武装带着一切装备和器械，本想所向披靡，可最后还是一无所知，原来男人是从来都没有心的。

男人只有眼睛，是极感官的动物。

恋爱中的男人，用眼睛在爱，通常心是罢工的；恋爱中的女人，用心在爱，大多双眼是蒙蔽的。

她记起曾和冯伯文一起看《胭脂扣》，那时冯伯文批判如花是一个自私的女人，如花企图用药毒死十二少以免十二少独活，冯伯文说如花真是狠毒又阴暗的女人，爱得那么自私。

当时她也认为如花是自私了，如果真的爱，为何不放对方一条生路。

爱，是放生，是一个灵魂对另一个灵魂的救赎，而不是枷锁。

如此想，她不过是将冯伯文救赎后放生，此后，不再同归。

静安住的地方就在静安寺附近，其名字也就是缘自所住的地名。多多说静安和毕苏生离婚之后，毕苏生还算大度，房子都留给了静安，毕苏生去了那个大嘴巴大鼻子的女人家，那个女人是个寡妇，前两任丈夫都死了。

多多刻薄地说：“做男人最幸福的莫过于三件事——升官、发财、死老婆。那个大嘴巴大鼻子的女人，死了两任老公，倒活得也有滋有味的。也许是怕找个年纪大的男人又会被自己克死，所以大嘴巴大鼻子的女人就开始明白了，要找就找年轻的。这个负心的毕苏生，真不知道会不会也被克死呢！”

到了静安的家，是一座单门独院的小庭院，多么像水墨画里的院落啊，她一下车，就想上海这么国际化的都市里竟会有这样环境清幽的一个宅院。

多多站在门外，给静安打了一个电话，说就在门外，是和曼君一起来坐坐。

听得出来，静安十分的欢喜，门很快就打开了。

静安穿着一件青草绿的旗袍，肩上披着的是一条宽大而长的红色纱巾，倒像是披肩一样随意地围在肩上，这红绿相间，怕也只有静安这样与颜料为伴的气质女子才能穿得这么动人。

有多久没见了？她想她和静安应该有两年多没见了，多多倒是和静安在咖啡厅约了几次，她们三个女子拥抱后，促膝坐在沙发上。

静安原先是一头长直发，现在变成了卷发散落在颈间，静安煮了三杯咖啡，三人坐在一起聊了起来，却看见了客厅里有男人的沙滩裤和人字拖，还有一些男人的气息。

那是单身女人不会有的气息，是专属于男人身上的。

曼君突然又想起那个傲慢的男人车上清淡的木香。

静安像是明白了，解释着说："我前夫和他女朋友去日本玩了一段时间，这次回来，暂住在我这，好像他女朋友的儿子留学回来了，不方便。"静安轻轻地说着前夫的女朋友，言谈举止间都有毕苏生的味道和气息。

曼君倒真难以理解了，多多却好像一点也不诧异。

她喝着咖啡，望着面前温婉清欢的静安，无法理解这么美好的一个女人，她的前夫是怎么想的，这样的女人都不适合做妻子还要离婚，那什么样的女人能娶?

谈话间，静安一下就站了起来，边快步走向厨房边说："啊呀，我差点忘了，我还炖着排骨冬瓜汤，他是最爱喝汤了，他不喜欢喝煮得太浓的汤，他喜欢清淡的口味……"

曼君端着咖啡，望着静安紧张的样子，她在想，静安真的和毕苏生离婚了吗？这哪里像前妻啊。可是他们明明都离婚两年了啊。

静安把汤盛放在一个白瓷小汤盅里，这才坐下来。

她瞥见静安的手被热气烫得通红。

她和静安交谈，静安总是会不经意地说起前夫毕苏生，说苏生喜欢穿灰色格子的睡衣，苏生不喜欢在卧室里吃东西，苏生不喜欢晚上睡觉时把窗户关上……

简直不敢让人相信，静安心心念念的苏生已是前夫，他们似乎并没有分开过。

多多正抱怨着爱上了袁正铭实在是一件辛苦的事情，不仅要体贴周到，还要提心吊胆，总担心会有别的女人要抢走袁正铭，还说袁正铭总是在哄自己开心，承诺的事总办不到。

她明白，多多要的不仅仅是荣华富贵，还有名分。

女人到底是聪明的，男人在前面追逐着财富名利，而女人只要抓住这个男人就行了，那这个男人拥有的什么不都是女人的了。

静安在一旁说："认错了就好了啊，愿意哄你开心那就是爱你，苏生是从来都不哄我的，哪怕我哭得再伤心，苏生也不会哄我一句的。"

曼君得出结论：静安太爱苏生了，而多多不爱袁正铭。

多多问静安那个大嘴巴大鼻子的女人是谁，叫什么名字？

静安脸上竟是一脸的平静，说："是苏生现在的女朋友，叫安娜，也许这只是一个昵称，苏生在我面前是这么叫的。苏生和安娜在谈恋爱，可安娜有个刚从国外留学回来的儿子，安娜的儿子不喜欢苏生，苏生只好先搬回我这里。"

曼君吃惊着，静安怎么可以说得这么云淡风轻呢？

静安笑着同她们说："苏生还当着我的面和安娜接吻拥抱，安娜为苏生披上大衣，两人一起相拥出门，十分的恩爱。"

她说这话时，像是在说别人的事情。

聊到很晚，静安抱来了一个枕头，说晚上睡沙发。

多多问了一句："沙发这么窄，你怎么睡啊，为什么不睡房间啊？"

曼君看着静安洁白细腻的脚踝，多么乖巧的女子，看起来一点儿悲伤也没有。

静安抚着枕头，轻轻答道："苏生和安娜约会去了，晚些时候会回来的，那是苏生的床，即使离婚后他搬走了，我也没有睡过那张床，他不喜欢别人睡他的床，他不喜欢我身上的味道。"静安的表情和语气里，找不到一丝一毫的委屈。

那是怎样的甘心和情愿啊！

曼君听着静安口口声声地念着苏生苏生，她就想，为什么她就没有办法这样卑微地去爱冯伯文呢?

原是她，还不够伟大。

她和多多一起离开静安的住处时，已是凌晨时分了，她看着夜空，突然觉得静安和自己说的这些话，像是上了一堂课，而这堂课的内容，是她和多多怎么也学不会的东西。

快要上车离开的时候，她看见静安倚靠在窗户边向她们挥手道别，寂静的庭院里，也许只有静安一个人独自守候着。

曼君突然就想哭了，她对多多说："静安能做的事，我们这一辈子也做不到。"

她从没有见过一个女人，这样爱着一个男人，毫无保留，毫无索取，连"在一起"这三个字都不要。苏生就像是静安的孩子，静安能微笑地看着深爱的苏生和另一个女人恋爱、拥抱、接吻，只要苏生喜欢，静安便安心了。

这不由得让她想到自己也曾是那样无怨无悔地爱着冯伯文，即使在监狱里的两年，冯伯文没有来看她一眼，可她的内心还是充满了希望，即使她写了那么多封信，寄出去，却从未有回音。

最痛苦的是，同一监室的人有亲人或爱人来探监的时候，她就坐在铁窗边，穿着素净的蓝白竖条囚衣，望着那些和家人见面的人，满眼都是渴盼。过年的时候，同她一个监室的七个人都有家人来看望，独独她，安静地躺在床上，不停地喝水。

后来，她就没再把写给冯伯文的信寄出去了，她装在一个盒子里，快出狱的时候，统统都撕了，她明白，冯伯文只是她的一个美好的梦境而已。

她还是没能像静安那样，无私地去爱一个辜负了自己的男人。

临走时，多多劝静安别再痴傻下去了，根本不值得，不如开展下一段恋情，既然有这份心，放在别的任何一个男人身上也都会被当作珍宝的。

曼君没说，她没说让静安戒掉对苏生的爱，戒掉中的苏生的毒。

因为静安已"爱入膏肓"，无药可救。这也许，也是一种毒药，一种绝症，那是除了死便没法割断的情意。

静安深吸了一口气，对她们说：“我会努力的，我会努力地对他冷漠，努力地忘掉他，努力地追寻一段新的恋情。”静安说得有些勉强，勉强得几近哽咽。曼君和多多都沉默了。

如此痴情，多年不变，甚至明知一切已成定局无法挽回，仍是这样。

她想起几年前在哪里看过的一段话：那个她深爱的男人像火车穿山洞一样穿过了她的身体，留下了一个巨大的空间，于是她的身体成了一个空房间，到处弥漫着那个男人的气味。

她知道，静安走不出那个房间了，那个永远的空房间。

自从那晚见了静安后，她整个人就好像一下子顿悟了。原来爱，只是一个人的欢天喜地和哭天抢地。爱是一个人的事，你以为是两个人的事，你在为爱披上戎装，为爱驰骋，为爱战斗，对手也是你自己，到最后，你会发现原来不过是你一个人的城池，受伤的，总是冲在最前面的那个你。

她的随身行李里，有一本漫画，风格很独特，和几米的漫画一样，配着插图的漫画，旁边附上随心的文字，记得里面有一句话说：每个人都有一个国，自己做着小国王。

她也有一个国，这个国里，只住着她一个。

她并没有想到，此后，那个意外相识的他，竟会闯入她的国度。

# 第三章

# 重新开始，需要多么大的勇气

做坚强独立的女子，
还给生活最美好的样子。

曼君住进了多多的公寓里，这套公寓是多多租住的，一套两居室，内部装修得十分典雅别致，想必一个月的房租也是极贵的。

吃的用的都是花多多的，日子久了曼君就有些不好意思了，她开始找工作并想重新考律师资格证。

重新开始，需要很大的勇气，但她不怕。

一连几日工作的碰壁，要么是遭到了莫名其妙的暧昧骚扰，要么被告知要陪老板和客户做一切需要她做的事，她反问，什么事是需要做的，什么事是不需要做的？对方还一脸不屑地回答说要不是看在她长相颇有几分清丽，像她这样有案底的人是没有公司要的，整个上海有大把大把比她档案干净的求职者。

她倒成了不干不净了。

最后曼君甚至把求职的要求降到最低，仍是一无所获，几乎每个公司看到她的资料都摇头。她背负的那一个原本不属于她的罪名，就像是一只蜗牛背上那巨大的壳，压得她想生存都寸步难行。

在外面跑了一天，回到了多多的公寓里，多多会询问她工作找得怎样了，并安慰她就算找不到也别急，慢慢地找，好工作总是会有的。

又过了几天，多多看着她憔悴不堪的样子心疼，就劝她何苦坚持要做白手起家的事业女强人，何不趁着年轻赶紧把自己嫁了，一个外地人又没有工作，想在这里重新闯出一片天简直是痴人说梦。

多多穿着件玫红色缎面睡衣，修长的腿，蜷在沙发上涂指甲油，似乎想起了什么，凑到她身边，说："要不你去佟少的公司吧，前几天他公司有个项目合同出了点问题，原先的法务被开除了，现在正在聘法务呢。当然，想去他公司是几千人挤独木桥，我让袁正铭打个电话和佟少说说，他俩从小一起玩大的，两个人的爷爷原先都是参军一起打过仗的，算是世交了。一定行的！”

曼君也有耳闻，在大家口中传为“佟少”的男人佟卓尧，他父亲经商有道，公司规模越来越大，涉猎的商业范围也更加广泛，到了他管理的时候，更是对公司人事进行了大刀阔斧的改革，一下就又扩大了公司的发展规模。

是啊，对于大多数求职者而言，倘若真的能进佟氏集团，那确实是相当美妙的事。

她想到了他淡漠傲慢的模样，再加上她已经被吊销了律师资格证，何必异想天开，所以她谢绝了多多的好意。纵然她再需要一份工作，也不想再麻烦多多了，给多多添的麻烦已经够多的了。

如果真的要去的话，那么她也要公平竞争，要让多多找袁正铭去托人，那就不是她的性格了。

她买了一辆绿色的脚踏车，骑着车去一家家公司找工作，车篮里，放着的是她的简历和毕业证。她骑车穿过一条条街，看到有公司招聘信息就进去试试，包括一些律师事务所。

在简历里，她毫不避讳地提及了自己的入狱史。

有一家公司应聘文员，人事部的经理恰是她原先在冯伯文公司的同事崔芬盈。崔芬盈曾因为泄露公司机密而被开除，对曾是公司法务的曼君仍怀恨在心。崔芬盈坐在办公桌前，故意假装看了好久才认出来是她，故作惊讶地捂着脸瞪大眼睛说：“哎呀，你不是阮曼君吗？好久不见了，你没在你未婚夫冯总公司上班吗？怎么跑到我们这个小地方找工作来了？”

她轻描淡写地说：“我坐了两年牢，刚出狱，如今工作有多难找，你应是知道的。”

崔芬盈漫不经心地用手整理着桌上的文件，理了理袖口，长长的眼睛笑着眯起来，却又带着惊讶的语气问：“不可能吧？你不是那么懂法律吗？当年我犯了个小错，你就那么懂法地给我安上了个泄露公司机密的罪名，让你的男友冯伯文把我开除了。怎么你也会知法犯法呢？不会是你也泄露了什么机密吧？”

她并不想和崔芬盈解释什么，当年崔芬盈把公司的重要客户资料泄漏给另一家企业，给公司带来了极大的损失，很多往来的大客户都流失了，冯伯文气得差点要把崔芬盈起诉了。是她向冯伯文说了情，这才仅仅做出了开除这个决定。

而崔芬盈却认为是她这个公司法务挑唆冯伯文开除自己的，谁叫她是冯伯文的女友呢?

她起身，拿过自己的简历，没再说什么，转身欲走。

“哎，你等等，我想问你，冯伯文最后没有娶你吗?”崔芬盈把“娶”这个字强调了一下。

“不，是我没嫁给他。”她说完，大方地离开。

她骑着脚踏车，上衣是一件写着一串佛偈的白衬衣，下边穿的是长及脚踝的宽松牛仔长裙。还是几年前买的旧衣，因为上面的那几句佛偈，她一下就喜欢上了，衣前是《妙色王求法偈》——“由爱故生忧，由爱故生怖；若离于爱者，无忧亦无怖。”衣后是《庞蕴举家修行偈》——“世人多重金，我爱刹那静。金多乱人心，静见真如性。”

立秋的缘故，天没有那么的炎热了，秋日的阳光暖暖地照在身上。曼君骑车穿过长长的街道，在一条步行街边下了车，她推着车，风吹着短发，发丝沾在面庞上，她修长白净的手指拨开额前头发，看见一个家居店里，摆着一个拼图，那是一只船，一只停泊在静夜里的船，两岸红灯笼高高挂着，“江枫渔火对愁眠”的意境。

她将单车停在旁边，弯着身子，看着橱窗里的那个大大的拼图，三千个小块才能拼起来，多么美啊，上面的标价让她欣喜，因为不是很贵，可再一看单价后面的单位赫然是美元，她吐了吐舌头，笑笑，推着车走走停停还几次回头看。

也许等找到了工作，她就可以把这个拼图给买下来了，然后她要每晚都安静地拼这个拼图，等拼好了，就裱起来挂在墙上，每晚都看着这条船安睡。

那条船，像童年里和父母生活过的那条船，勾起了她对亲情最美好的回忆。

人还有回忆，才不会孤单。

经过一个广场时，人一下就多了起来，她看着周遭人来人往的，那么多笑脸，那么多甜蜜，却找不到一张能与自己表情相似的。寂寞的人，总是少数的。

她坐在广场喷泉旁，忽然就没有了主张，以后的每一步，该怎么走，该怎么寻找出路呢?她觉得自己就像是人海中的一个木偶，甚至连提线木偶都不算，她是一个孤单的木偶。

她多么羡慕能做一个提线木偶，至少，不会迷失。

上海那么大，曾让她爱过燃烧过的城市，一下，就埋葬了她的希望。

不敢说是这座城市辜负了她，但至少，这座城市深深地让她辜负了自己。

是她自己辜负了自己。

坐了有多久，她都不清楚了，只是那样痴迷地看着那些脸上充满着幸福的人，那些人的幸福仿佛那么轻易便能获得。

又想起在船上和父母漂摇的那些年，她脚踝被绳索系在桌脚上，她安静地坐在桌子底下，就看着海水漂啊漂，多像是一场梦啊，一场回不去的少年梦。

直到起风了，有路人嚷了一句“要下雨了”，她才站起来。天灰了，她推着车，平静地慢慢走在路上，周围的人都跑了起来，躲避将要降临的雨。

她不想再躲避了，已经很难有什么让她再有躲避的冲动了。有一种雨，是越躲越下得大的。

她要直面那些残忍的局面。

她淋着秋雨，像是一只失去了壳的蜗牛，慢慢独行寻找那个壳，失去了壳，那还能是蜗牛吗？一定不是了，那将是一条奇怪丑陋的虫子。

很巧，多多路过这条街，看见曼君就像是一只雨里的流浪猫，多多把她领回了车里，把她的绿色脚踏车放进了车后备厢。

多多拿了一条毛巾给她擦头发，多多说再也不能看她这样下去了。

到了一家公司，多多说是朋友的公司需要人，让她去应聘试一下。

她看了看自己略有些湿的衣服，问多多：“我这样，行吗？”

多多和前台工作人员打了一声招呼，对她说：“行，宝贝，肯定行的，把简历拿着，还好你用公文袋装着，不然就湿了。你进去会有秘书领你去徐经理办公室，你就说是李多多介绍你来的。”

多多坐在公司前台的沙发上，悠闲地喝着咖啡。曼君想，如此大规模的公司，不一定能录取她的，也就没有抱太大的希望，跟着秘书到了经理办公室，秘书敲了门请示，里面传来一个浑厚的声音说：“请进。”

她大方地进入，见是一个正在低头批公文的男人，戴着黑框眼镜，见她进来，抬起脸对她说“请坐”，那人长着极小眯着就成一条缝的眼睛，下巴上留着一撮小胡子。这位徐经理并没有谈招聘的事，倒是先问她喝点什么。

一杯绿茶，她没改变喜欢喝绿茶的习惯。

徐经理谈起多多时脸上浮起了很亲密的那种笑意，她明白娱乐场中男男女女的逢场作戏暧昧不清，她有些不安，觉得若是多多托这样的关系来帮她找工作，她心里总有些歉意。

如果拂袖离去，那么岂不也是辜负了多多的一番好意。

她思忖，这是找工作，还是不要先入为主带入自己的个人情绪，于是就和徐经理又说了几句话，对方更多的还是问关于多多的事，看来是多多情场中的又一个俘虏。

“阮曼君，你的学历和工作经验都让我非常满意，正好我们公司最近缺法务，所以，你被录用了，恭喜你，阮小姐。”终于把话题绕回到了工作上，徐经理与她握手，又笑着说，“对了，别忘记在多姑娘面前替我美言几句。”

她将简历翻到其中一页，指着工作中是否有奖惩经历那一栏，她如实地填写着她的罪名和两年监狱生活。

徐经理小声说道：“这一页我会就当没有看见，你也别再说出去了，毕竟不是光彩的事，别人求职都是想藏着掖着还来不及，哪有你这样儿不打自招的。好吧，以后好好工作，我和多多是朋友，照顾也是应该的。”

曼君被告知第二天就可以来上班了。

不管怎么说，终于是可以安定下来了，她心里还是欢喜的，这都要感谢多多，而她也没有隐瞒自己的黑历史，也算诚恳。

次日清晨，曼君穿着白衬衣和黑色修身长裤，显得十分干练，工作中佼佼的一面一下就显了出来。

多多是夜里很晚才回来的，早上醒来眼睛都睁不开，还说要起来开车送她上班，她哪里好意思再麻烦多多。

正好公司离公寓并不远，她坚持自己骑着脚踏车去上班。一路上，她的心好像都在唱歌，终于可以重新工作了。她对自己下了决心，她一定要认真工作。一切都是崭新的，都会重新开始的。

用了一个上午的时间，她渐渐让自己适应了工作，面对着一大堆的文件和合同，她很细心地看着，忙了一上午，中午叫的外卖，一份简餐，吃完了就继续工作。她倒没有和别的同事说太多话，仅仅是礼貌性的交流，她一心都扑在工作上，她很珍惜这一次来之不易的工作机会。

没有想到，她的愿望很快就破灭了。

下午公司里的员工都一下子提起了神，都说“大BOSS”要突袭来抽查工作了，每个人都整理着衣装和办公桌，生怕出纰漏。

她依旧是埋头工作，直到那个让全体员工都紧张的“大BOSS”出现在她面前，她一下就怔住了，脑子里就想：孽缘，果真是孽缘。

当时她正在看一个新到的业务合同，全然不觉周围气氛的变化，只听到一个似曾熟悉的声音淡漠地说：“她就是新来的法务吗？”

她抬起头，竟第三次遇到了佟卓尧，而他，是公司的董事长。

徐经理正在一旁直点头，夸奖着她：“她是法律系高材生，论文也多次获奖，我看她还挺有能力的，责任心挺强，这一上午忙到现在都不休息，适应能力也很强。”

徐经理自顾自地夸着自己招来的新人的好，倒一点也没有察觉到佟卓尧的脸色变得越来越阴沉。

他抬手拿过她桌上的合同翻看了几秒，用低沉的声音说：“这么重要的公司合同，你就交给这样一个人？她有资格当法务吗？把她的简历拿来给我。”他的眼光扫了她一眼，脸上布满了愠怒和盛气凌人的气势。

曼君站在桌边，左手握着右手平放在身前，手指指甲掐入了手心，切肤之痛，她对自己说要忍受。如果起初知道这家公司是他集团旗下的，那么她是绝对不会来这里上班的，想起佟卓尧在那次宴会上狂妄地递给她信用卡的样子，她就觉得气愤，他把她当成什么样的女人了。

徐经理吓得额头上冒了一层冷汗，他并不了解这其中的缘由，也没有想到董事长会突然到分公司来对一个新来的员工询问详情。徐经理将她的简历递给了他，站在一旁，身体轻微地发颤。

佟卓尧看了简历，翻到其中一页，重重地将简历掷到桌上，指着被涂改的那一项说：“徐经理，据我了解，她好像是有犯罪前科的。公司是怎么规定的？《律师法》是怎么规定的？你去人事部领工资马上走人！”

徐经理一下子就面如死灰了，赶紧解释说：“董事长，我真不知道，是我疏忽大意了，再给我一次机会，我以后一定严守公司规定，我一定改。”

佟卓尧极冷漠地对身旁助理说：“叫保安来，把他带走。”

几名保安很快就上来了，问佟少有什么吩咐，他仅用一个眼神示意了一下，那几名保安马上就上来拖拽徐经理。

曼君从桌后走了出来，拿起了包，正色地望着他说：“这件事和徐经理没有关系，是我涂抹简历，有意隐瞒我的犯罪前科，我自己走人，请你别为难他了。”

佟卓尧看着她倔强的神情，自身都难保了还为另一个男人求情，看到她目光里对徐经理的关切，他突然相当不悦，勃然大怒，呵斥着几名保安说：“马上让他从公司消失！”

徐经理被保安拉走了。

他竟有些得意，带着挑衅的目光看着被气得满脸通红的她。

她握紧自己的手臂，直视着他，说：“我是犯过错，但是不代表我会错一辈子，请你，不要总是一副高高在上的样子，你根本都不知道你的一句话，决定了别人一家子的生活！不要把你的优越感强加在别人的痛苦之上！”

他一把拉过身后的转椅，坐下，却觉察到自己也是穿着白色衬衣和黑色西裤，打量她的穿着，看起来倒也舒服，他笑了一声，说：“请你弄清楚，是你害了他，如果不是你出现在这里，那么走的人就不是他。我不管你坐牢是为了谁顶罪，总之，我的公司不会留有前科的人。”说完淡淡一笑，压低了嗓音继续讲，“或许，你应该再找你那个朋友带你去相亲，那里会更适合你尽快达成目标。”

她看着他的一双黑眸，俊朗清冷的面庞，说出的话却如此让人生厌。她不想多说，收拾属于自己的东西，只想马上离开这家公司，不想再听到他任何一句话。

正欲走，他一双手臂钳住了她的胳膊，他冷冰冰地说：“鉴于你有前科，不得不防止你带走公司的机密，不是吗？”

曼君试图甩开他的手臂，他停顿了一下，见她脸上满是对抗之色，他松开了手。

她将自己的包和文件包打开，一股脑地倾倒在了桌上，索性还把衣服口袋翻开来，他看了几秒，说：“好，阮小姐，你可以走了，祝你好运。”

她以最快的速度装好了自己的物品，逃似的离开了这家公司。

推着脚踏车，曼君想着他说的那些话，他对她满是不屑，他有什么资格看不起她，一遍一遍地重复说她是个有犯罪前科的人，她想着这些时日受到的委屈，眼泪没志气地往下落。

又走到了那家家居装饰店，看到了那个精致的帆船拼图，她驻足在橱窗边，看了许久，多想回到年幼的时光，虽在船上漂泊，但至少她不孤单。虽然那时她的世界就是桌底那么大一块，可她还有爸爸和妈妈，如今，她的世界又在哪里?

越想越孤单，越想越悲伤。

店里面的店员走了出来，热情地询问她如果喜欢可以进店里来看看。

她慌忙擦掉眼泪，摇摇头道谢，推着车离开。

边走边抽泣着，她以为自己是坚强的，既然当初敢承担，就应该想到之后要面临的痛苦，为何被一个自以为是的男人羞辱了，她竟无法承受。

在十字路口，她看见一个手握着气球站在路边张着嘴大哭的小女孩，扎着小辫子，多像她小时候。她上前问小女孩怎么了，小女孩说找不到妈妈了。她想到自己也多像一个无家可归的孩子啊，她给小女孩擦着眼泪，还买了一个冰激凌递到小女孩的手上。

她将脚踏车停在一旁，蹲下来，牵着孩子的小手，直到孩子的妈妈寻来，将孩子交与她妈妈，这才推着车走。

而她，是永远也等不到家人了，他们都死了，她的脑子里冒出了一句“他们都死了，不会回来了……”就再也无法控制，悲伤地哭出来。

冯伯文呢，冯伯文还不如死了。如果死了，还有个念想，可背弃了她，那就是连想念都不能再有了。

从此天涯是陌路。

她并没有看到，在街对面，一辆黑色轿车缓缓地跟随着她，他很好奇这个拜金而且假情假意的女人被赶出公司后会去哪里。是去婚介所？或者去找前男友冯伯文勒索一笔?

他车上还放着她的那一双高跟鞋，之前他专程拿去修复好了，本是想等有机会送还给她的，却因为豪门相亲会上遇见了她，对她的印象一下子变了味。

她推着脚踏车在人群中，阳光洒落在肩上，她有一种陷入迷途的茫然，难道错了一次，重新开始就这么难吗？而那个让她为之付出的男人呢，此刻又在哪里享受甜蜜呢?

原来，她自始至终都是在孤军奋战。走在人群中，她不由得加快了步子，生怕会和人群走散，会突然一下世界静止，所有人都不在，独独留她停在原地悲伤。

佟卓尧的车仍穿越一条条街，紧紧跟随着她，他说不清为什么会对这样的一个女人产生了莫名的好奇心。如果说在冯伯文的婚礼当天那是一次偶遇，听她说了一个痴情愚蠢而老套的故事，那么在豪宅里相亲就是一次不友好的邂逅，她将他递与的银行卡丢入了红酒杯中，眼神决绝凛冽。

好像他从未这样跟随过一个女人，一直，都是被身边有各类女人追随。

他似乎很喜欢她做自己的对手，她看起来有很多面，狼狈的一面，精致的一面，乖巧的一面，决绝的一面，都是她。他还看到她趴在橱窗前恋恋不舍地看着那个帆船拼图的模样，还有她边走边哭还一脸坚强的样子。

在一个路口等红绿灯，他的车停了下来，他探出头看她转弯的身影，瘦瘦高高的，短发被风吹起，她的愈合速度真是快，他甚至都看到她侧脸嘴角上扬起的微笑。

他注意看了一下，见她盯着麦当劳餐厅靠窗户的一个桌子，原来是一个小孩子在全家的簇拥下过生日，小孩头上戴着一顶小帽子，面前有生日蛋糕，有一桌吃的。一家人围坐在桌边，唱着《祝你生日快乐》，孩子的爸爸和妈妈各自在孩子的左右脸颊上亲吻了一下。

这个女人很喜欢透过橱窗偷窥吗？他想着，这时身后的车按起了喇叭，他继续把车开到离她近的地方跟着她。

曼君看着孩子吹了蜡烛，默默地对孩子说也是对自己说："生日快乐。"

如果不是看到这个孩子过生日，她还想不起自己也是今天生日，原本是可以有理由让自己开心地过一个生日的，可是她今天被开除了，那么，这个生日还有什么必要过呢。

她微笑着，看见麦当劳一旁的橱窗上张贴着招聘启事，麦乐送需要送外卖的员工，工资面议。她想，送外卖总比没有工作要好，不如，她去应聘试试，送外卖虽然辛苦点，可也是一份脚踏实地的工作。

这时，她想到他低沉的嗓音说："或许，你应该再找你那个朋友带你去相亲，那里会更适合你尽快达成目标。"

她偏要靠自己，没有男人，她照样可以养活自己，尽管从公司法务到送外卖确实是跨度大极了，可她想想，自己还能从事与法律相关的事吗？他说的虽然无情，但也是事实。

为了冯伯文，她成了一个罪人，这个罪，她注定将要背负一生。

佟卓尧将车停在麦当劳对面的路边，靠在车上，静静地看她进了麦当劳，车内放着舒缓的轻音乐，关掉了手机，他愿意花半天的时间去揣摩她是怎样的一个女人。

没多久，她抱着一个装外卖的箱子春光满面地走出来了，身上穿的是一身麦当劳送外卖的红色工作服，头上戴着一个红色的小头盔，走到麦当劳店门口的一个小电动车旁，将箱子固定到电动车上，手上拿着一张单子在细看。

他透过车窗看见她骑上了电动车然后朝愚园路驶去，他跟在后面，看着她行驶在非机动车道上，虽然隔着一条马路，却仍能看见她鲜明的红色装备。

这个女人是不是缺钱缺得厉害，竟然跑去送外卖？他以为她会迫不及待地去相亲或者去下一家公司行骗，他好去拆穿去让她下不了台，可是，她竟然去麦当劳送外卖。

她似乎是第一次骑这种电动车，行驶在路上歪歪扭扭的，像是喝醉了酒，他跟随着她，目光边看前方边聚集在她身上，突然他眉头一拧，只见她撞到了路边的绿化带，倒在了地上，看样子是跌得不轻。

他的心竟提了起来，他正想打开车门下车去扶起她，又想到自己在公司里"大义凛然"的样子，他想如果自己出现在她面前，她肯定会生气的。

毕竟如果不是他，她现在正在公司里上班，也不至于要寻找一份送外卖的工作。

他坐在车里担心地看着，这时她身边多了一个男人，看起来二十四五岁的样子，骑着摩托车，在她身边停下，扶起了她，她好像很感激，弯腰道了谢又马上打开电动车后的外卖箱查看，生怕里面的外卖套餐摔烂了。

见她长吁一口气的样子，外卖套餐应该没有摔烂，他的心也跟着吁了一口气。

他忽然又笑了，这同自己又有何关系，倒把自己也弄得一惊一乍的，他想自己也许是太久太久没有去了解一个女人了，所以才这么容易被一个女人牵动心绪。

她骑上了车，又继续前行，并没有察觉到身后紧跟着的车辆。这是她第一次骑电动车，扶起她的那个人也看出来她是第一次骑电动车了，不然不会这么生疏。她在心里暗骂自己是个笨蛋，连电动车都不会骑，刚在人事部还一口保证自己电动车技术一流，没办法，她太需要一份工作了。

在一个红绿灯路口，他的车和她的电动车并排等红灯，他清晰地看见了她左手手肘关节处磕破了皮，伤口在往外冒着血，她倒一副浑然不知的样子。

难道不痛吗？这简直就是个神经大条的女人，爬起来也不知道检查一下自己伤到了没，他心里隐隐地想。

她心情似乎很好，轻唱着歌，想着等赚了钱要去把那个拼图给买回来，管它是人民币还是美元，劳动最快乐。

她不经意地扭头张望，他忙转过了脸，等车通行时，他戴了一副宽大的墨镜，拿起车上的一顶亚麻色的报童帽，歪戴在头上，撕开一个薄荷口香糖放在口中。他要跟着她，当然，不能被她发现。

车速减慢，远远地跟着她，直到看她将外卖送进了一栋房子里，他下车，趁她不在，大步走到电动车旁，压低了帽檐，将电动车摔变形了的手刹矫正复原。见她红色的头盔挂在电动车上，他用手指轻轻地在头盔上弹了一下，微笑地说了三个字：“小红帽。”

他在她回来之前，回到了车里，镇定地看着她出来，她戴上头盔，回麦当劳店里。

看来她真是决心要做一名送外卖的人员了，是他把她逼上这条路的吗？他一想，送外卖的又有几个是女孩子，她怎么就有这个胆量的，万一遇上危险她怎么办，那么单薄手无缚鸡之力的样子，太容易成为盘中餐了。

也许他错看她了，错以为她是爱慕虚荣贪图荣华的女人，尾随着她的这几个小时，他看到的只是一个单纯简单的女孩。

倘若真如她所言，她是为了替冯伯文顶罪才被吊销了律师资格证走投无路的，那么冯伯文此时高枕无忧新婚燕尔简直是太混蛋了，让一个女人在前面顶着，算什么男人。

他想替她要一个公道。

# 第四章 疼先生

听说眉骨高隆的男子会很有桃花运，他这样冷清清的男人，会无端招惹桃花吗？

# 如果巴黎不快乐

## 1

阮曼君原本不该是过这样艰难的生活的。

虽然平日在公司里对下属对员工说得最多的一句话就是：商人是只有利益的，商场是没有公道可言的。

但此刻佟卓尧多想还她一个公道。

他悄悄护送着她回到了店里，车拐向了另一条路，此时冯伯文是不会在公司里的，应该是在那栋新婚别墅里。

开门的是冯家的家佣，十七八岁的一个丫头，叫阿春。阿春素日也见过他，恭敬地对他说："佟先生，您好，我们家先生和太太在楼上，您请坐，我帮您去叫。"

"不必。"他一贯的说话方式，随即上楼。

阿春忙紧跟在他身后说："佟先生，您先坐，好歹也让我先去通知先生太太一声啊。"

他眉头一锁，看了阿春一眼，说："冯伯文怪罪下来自有我来解释，你下去吧。"

阿春无奈地摇摇头下楼，心想这两位都是不能得罪的主，又念及平日里佟少在这个地方，自己做错了什么事，冯家有人责备下来，他总会简洁地帮着说句公道话，看佟少不怒自威的样子，想必是有急事才找来，阿春没再作声，下楼去做自己的事。

他刚上了楼梯，就听到卧室内传来的打情骂俏声，还有空气里弥漫的煲汤的香味，他在客厅沙发后面的垃圾桶里，看见一张撕成两半的照片。他弯腰将两个半边照片捡起来拼凑在一起，看到照片上的一个女人正幸福地吹着生日蜡烛，不是别人，正是在麦当劳送外卖的阮曼君。

他将照片放入了口袋里，坐在沙发上，低沉地说了一句："冯伯文，雅兴不错啊。"

卧室里的声音戛然而止，冯伯文很快就反应过来，哈哈大笑了两声，穿着一件睡袍就走了出来，递上一根雪茄给他，说："佟少大驾光临怎么也不提前说一声，我好准备准备，阿春，泡茶。"

阿春端着茶忙不迭地上楼，端茶杯的手都有些战栗。

众所周知，冯伯文不管是对待公司的员工还是家里的家佣，都是笑里藏刀，绵里藏针，商人的毒辣和利益至上摆得清清楚楚。

冯伯文对他笑脸相迎转而对阿春则是一脸阴沉，细眼含着凶光正欲发作，无非又是斥责一些类似于"平时是怎么教你的，来了客人要马上来告诉我"这样的话，只凭语气就能令这些用人提心吊胆了。

"和阿春无关，是我让她别通报的。"他抢在冯伯文发话之前，淡淡地说。他吸了一口雪茄，靠在沙发上，等待冯伯文的后话。

冯伯文赔笑，端起茶杯，喝了一口茶，说："佟少，我还要感谢你，上次我婚礼上，你替我解决了一个棘手的麻烦，今天我请你出去找点乐子，怎样？"

这时房间里传来冯伯文新婚妻子雅琪的声音，说道："伯文，是佟少来了吗？你可不能让佟少走了，上次去打麻将他教程太太出牌，害我输了钱，我要他陪我搓一圈麻将才行。"说话间，雅琪绾着松散的长发走了出来。

同是一个商业圈子里的人，父辈之间都熟识，冯伯文和雅琪的婚姻看似锦上添花，也不过是商业联姻，如此，这场婚姻只是一场无形的买卖交易。

他的脸色倒没有因为雅琪的一句玩笑而有何改变，他站起身，对冯伯文说："冯伯文，我们去车里谈谈。"说完起身径直下楼。

冯伯文伸手抚摸了一下雅琪的脸，说："亲爱的，我很快就回来，等我一下。"

两个男人坐到了车里，冯伯文却不知自己到底什么地方惹恼了佟少，素知佟少的脾气，与佟少在商场上虽有竞争，但无过节，究竟发生什么事让佟少这么不悦。

"佟少，现在就我们两个人了，有什么话，你就直说，大家一起打交道两年了，你还是第一次对我这样的不满，是不是我公司里的下属做错了什么，冲撞了你，那你就看在我的薄面上……"冯伯文话还没有说完，就被他拎起了衣领。

“看你的薄面？冯伯文，你有什么资格叫我看你的薄面，你有脸吗？”他提起冯伯文的衣领，压低的声音像是从喉咙深处发出来的。

他不知怎么了，本来是想克制住自己好好找冯伯文谈一下的，却怎么看冯伯文都觉得很不舒服，他向来看不惯这种没担当没责任心的男人，利用女人去为自己顶包坐牢，现在又置那个女人于不顾。

他看到冯伯文额上紧张地冒出了细细的汗珠，狭小的汽车空间里，两个男人的对峙，让气氛凝固了起来，冯伯文讨好着说：“佟少，这是做什么呢，若有得罪的话，好好说，动手就伤和气了。”

这时雅琪走了过来，他松开了手，给了冯伯文一记冷然的目光。

他对冯伯文说了一句：“我之所以不揍你，是因为我只对男人动手。”

言外之意，冯伯文不算是男人。

他下车，雅琪站在一旁面色紧张却仍笑着喊了一声“佟少”。

“把你的丈夫扶回家吧，我想此刻他应该抽筋了。”他说完，转身进了自己的车。

他要去找这个叫阮曼君的女人，他要带她去一个地方。

当佟卓尧再一次出现在阮曼君的面前时，她正抱着外卖箱吃力地往店外走，撞到了他身上，她的目光被箱子挡着的，只是忙不迭地道歉，并没有看他一眼。

她忽然感觉外卖箱一轻，然后脱离了自己的手臂，他将外卖箱放在电动车上，还没有等她反应过来，就拉住她的手，说了三个字：“跟我走！”

这熟悉的声音，她听出来了，是他，佟卓尧，他简直就是她甩不掉的劫难，她试图摆脱他的手，但是被他有力地握住掌控着，不容她抗拒地将她拉进了车里。

她坐到车里，身上还穿着送外卖的红色工作服，她扶了扶头上的头盔，又急又恼地说：“我还要工作，你有事就说。”

“阮曼君，请系好安全带，我带你去一个地方。”他含着微微的笑意，手指在她头盔上弹了一下。

她双手抱着头盔疑惑地望着他，他竟然会笑，她原以为他这样倨傲的男人是不会有笑容的，他笑的时候，眼睛十分的迷人，她看了两秒，才注意到他的车在加速行驶。

她的脑子在飞快转动，是哪里又得罪了他吗？怎么被他追上门了，车速用得着这么快吗？当飞机开吗？他瞬间的一个飘移，吓得她大叫了一声，身子都紧紧地贴着车座上，他倒是极平静，她咽了咽口水，努力让自己镇定，再次闻到了车内的木香。

她心想，阮曼君啊阮曼君，你怎么就没胆子跳车呢，也不懂他究竟要带你去什么地方。还有一份外卖没有送出去，看来这份工作是又要泡汤了。

“你这是要带我去哪里啊？我还有工作要做，我可不想一天被两个公司炒鱿鱼！”她看他丝毫没有减速停车的意思，真有些抓狂了。

他目光向左边的街道上寻觅着什么，没有看她，只是抛出了两个字：“安静。”

车靠着路边停了下来，他先下车，还很绅士地为她开了车门，这倒让她有了受宠若惊的感觉，高大的身材加上英俊的面庞，真不像个商人。

她不再多说，乖乖地跟着他，然后进了一家私人诊所，她害怕了，联想到近日报纸上关于非法贩卖人体器官的报道，她觉得后背都凉了起来，瑟缩着往诊所门口退。

他一把拉过了她，见她惶恐的样子，不禁心生爱怜，想这个蛮横冲撞的女人不会害怕医生吧。他帮她摘掉了头盔，下意识地整理了一下她的发丝，这个细微亲昵的动作，连他自己都惊讶。

“医生，她骑电动车跌伤了，需要消毒包扎一下。”他抬起她的手臂，将伤口露给医生看。

她这才看到自己手肘部的伤口，一定是摔倒时受的伤，他怎么会知道她受伤了。她忙个不停都没有注意到伤口，跌破了一块皮，伤口周围的血都凝结成了痂。

消毒包扎好，他付了钱，带着她走出诊所，上车，她的手肘被纱布包扎活动不了，他帮她系上安全带，然后说：“生日快乐。”

她迅速回头，睁大了眼睛，问：“你怎么知道今天是我的生日？”

他从口袋里拿出那张在冯伯文家里捡到的照片，递到她面前，她接过一看，那是三年前她生日那天，冯伯文给她的一个惊喜，照片里的自己，幸福得像个小公主，穿着粉色的连衣裙，戴着生日皇冠，在烛光的映衬下，满脸都是甜蜜。

好像那一幕又重现在面前了，冯伯文的深情款款，那样一段浪漫美好的恋情，最终却是以冯伯文的背弃而收尾。

“照片上的拍摄日期就是三年前的今天，所以，今天是你的生日。”他说着伸手从车后座上拿过一个鞋盒，打开来放在她腿上说，“这双鞋你遗忘在我车上了，已经修理好了，相信还可以穿。”

她笑笑，将照片撕碎，破碎的照片碎片放在了鞋盒里，说：“谢谢你帮我修鞋，只是我想我该和过去告别了。好了，开车送我回去吧，我还有外卖要送，我需要这份工作。”

他点头，能看得出来她努力在隐忍着悲伤，她没有流泪，脸上一直都挂着笑，他试探着问了一句：“如果难过，你可以哭。”

她笑了，摇摇头对他说：“不，今天是我生日，我才不会为那种人哭，要开开心心地去工作才对。”

“离开那儿，别送外卖了，跟我回公司吧。”他说。

她看着窗外，天很蓝，偶尔会有飞鸟一闪而过，她平静地说：“我很喜欢送外卖的工作，不需要太多的脑力劳动，只要从一个地点到另一个地点即可，不会让我找不到方向。”

他带着她来到了一栋别墅前，他停车，说：“看到了吗，这是冯伯文和他新婚妻子的家，如果你愿意，我可以带你进去拜访一下，我觉得你有必要感受一下冯伯文的幸福生活。”

她偏过头，闭上眼睛，眼泪几乎要落下来，如此近距离地看着冯伯文新的爱巢，记起两年前，冯伯文带着她来过这里看房子，当时房子还没有建好，还是一个工地，冯伯文还规划着要给她建一个后花园，让她每天下午在自己的后花园里悠闲地喝下午茶。

房子建好了，住进去的却不是她，相信也有个后花园，会是另一个女人坐在里面喝下午茶。

这一切，都与她无关了。

“带我来这里做什么，想看我伤心是吗？我已经彻底麻木了，没感觉了。”她假装淡漠地说。

“你错了，我不是为了让你伤心才带你来这儿的，我是想让你醒醒，你不能这样碌碌无为下去，你甘心送一辈子外卖吗？你曾经是一名律师，就自甘堕落成这样？你难道想看着他们过美满富足的生活，而你，这样失败地活下去吗？”他第一次，话说得这么长这么多。

“我不想我不想！可是，我回不到过去了，就像那双鞋那张照片，虽然可以修补可以黏合，但是我的过去再也无法重新开始了，我已经完了，我再也做不了律师了，我没有未来了。”她绝望地说，丝毫看不见未来的希望。

夜幕渐渐降临，别墅里亮起了灯光，很清晰地看见二楼两个相拥的身影映衬在窗帘上，她想到了那样一句被说烂了的话——你走你的阳关道，我过我的独木桥。

生死有命，富贵在天。

也许，她阮曼君就是躲不掉这一场劫难的，最后伤痕累累，失去工作，黑锅她背了，哪怕是背一辈子，她认了，她只想静静地过自己的生活，即使是送外卖的，她也做一个快乐的外卖员。

至少生活简单、安定，不会再重遇两年前的自己。

她靠在车上，轻轻地说：“送我回店里，好吗？”

到了店门口，原属于她骑的电动车已不见了踪影，她慌忙进了店里，他没有离去，坐在车里等她，他有信心她不久后就会出来。

十分钟之后她走了出来，她失落地站在门口，他下车，走到她身边，略弯身子，问她：“被开除了吗？”

似乎她被开除了他才会高兴似的，她没好气地说：“没被开除，但是我要去送外卖了，或者自己打车，我不在岗位时我的电动车被另一个同事骑去用了。也不知道是哪个家伙，报上了我的工作号，点名要我送外卖。”她说着举起手中拎着的两份麦香鱼套餐。

“那你怎么办呢？”他装出关切的表情问。

她彷徨地望了望周围，这时正值下班高峰期，打车也很难打到了，何况她今天工作的钱可能都不够打车的钱，她说：“我再想想办法吧，送到凯欣豪园，不行我就跑着去。”

他打开车门，给她使了一个眼色，说："上车，我送你。"

"你开这个车送我去送外卖？"她瞪大了眼睛，开几百万的豪车去送外卖，简直是最昂贵的外卖了，但既然有免费的车坐，何必要跑呢，她想想，就上了车。

车内放着爵士音乐，他沉默着，袋子里的香味散发了开来，她这才想起自己一天了都没有吃饭，肚子已开始要反抗了。

到了凯欣豪园，她向他道谢，感谢他送了她一程，她站在原地，目送他的车渐渐驶出视线，她甜甜一笑，其实他还是个蛮好的人嘛，至少，他没有之前那样高高在上那么讨厌了。

身上似乎都沾上了他车内的木香，如多多所说的佟少，有时会开奥拓，有时会开名车，总之，他的心思旁人是很难猜测的。

她按照记下的送餐地址，寻找订餐的那家住户，还真想问问为什么偏偏指名道姓要叫她送餐，她心里忽地一沉，不会是冯伯文故意刁难她吧？可冯伯文不是住在这里的啊，都到了地点也不能不去啊，她乘坐着电梯，盘算着如果是遇到色魔之类的变态，将怎样进行还击。

她按响了门铃，站在门口看着周围的环境，这是一栋高级住宅楼，住在这里的非富即贵，相信对她这样一个一没钱二没姿色的无名小卒不会有歹意的。

门开了，佟卓尧站在门口，颀长的身材让她一下子就惊喜了起来，她笑了，将外卖递到他手里，说："原来是你啊，你逗我玩啊，把我送到这里就是为了让我给你送外卖，兜了这么一大圈子，你不觉得麻烦吗？"

"不麻烦，很有意思。你肚子一定饿了，进来吧。"他彬彬有礼地迎她进门。

她犹豫了几秒，拎着外卖，进了他的家。

这里一看就是个男人的世界，装修和装饰都是简单的色调，几乎看不到一点女人的物品，沙发是素白，上面放了几本漫画书。

她拿起漫画书，不禁笑了，很难想象外表这么冷傲的男人也会看漫画，她随手翻开几页，上面还有一些用铅笔描摹的人物，画得倒是很生动，他坐在一旁，忙收起另外的几本漫画书。

他将两份麦香鱼套餐从袋子里拿出来，放在餐桌上摆好，还给她倒了一杯刚热好的牛奶，他拿过她手中的漫画书，说：“不是肚子饿了吗，去吃东西吧。”

她央告着说：“再让我看一点啊，这本漫画你在哪里买的啊，我也很喜欢漫画，我怎么没有在书店里看到这么好看的漫画，又有趣又蕴含人生哲理。”

她是极爱漫画的，从小就喜欢看漫画和童话，这么多年来，即使是长大了，也依然还是喜欢看那些漫画下的人生。在他家看到的这几本漫画，画面生动，配上的文字与漫画相得益彰，自成风格。

他将漫画整理好放在杂志架上，从冰箱里拿了一瓶白兰地，坐在她对面，他此时穿的是一身白色的休闲装，白色纯棉的布拖，看上去更像是居家好男人。

“你真的觉得那本漫画好看吗？如果将它放在书店里卖，能卖得掉吗？”他倒了一杯酒放在自己面前，将热牛奶推给了她。

她是真的饿了，面对他的问题只是猛点头，看着面前的汉堡肚子就闹腾了，她拿起汉堡就吃，喝了一口热牛奶，胃里顿时舒服很多。他在一旁瞪大眼看她贪婪的吃相直摇头，并告诉她不能空腹喝牛奶，等肚子填饱了再喝。她就想他今天怎么突然这么的啰嗦。

而佟卓尧则端起酒杯，里面是满满的一杯烈性酒，他直接就喝了下去，然后靠在椅子上，看她吃。

“空腹不能喝烈性酒，你难道不知道吗？”她嘴里还咬着汉堡，指着他的酒杯嚷着。

她很快就吃掉了自己的那一个汉堡，然后睁大了眼睛望着他面前的汉堡，忙着送外卖一天没有吃东西，她几乎是饥肠辘辘了，此刻的她虽然还有些矜持，但是肚子已经好不矜持地在安静的房间里发出咕噜的声音。

他将汉堡推给她，自己仍倒着酒，说：“你吃吧，今天是你的生日，可不能饿着肚子过生日，你自己再去冰箱里拿些吃的，我喝酒，不许吵我。”

他说完话，双眸明灭间，又凑近她脸边，故作矜持地说：“还有，不许盯着我看。”

“我没有看你，我看的是汉堡，你有汉堡好看吗？”她拿过汉堡送到嘴里，心想怎么会有这么自恋的男人，在她饥饿的时候，再好看的男人也是没有汉堡好看的。

居然说他没有汉堡好看？他举着酒杯，见她正大快朵颐地将汉堡往嘴里送，怎么会有这么能吃的女人啊，想到她在那次豪门相亲宴会上醉酒睡桌子底下的事，他不禁动了想逗逗她的念头。

两个汉堡一杯牛奶显然解决不了她的温饱问题，她又打开了冰箱，抱了一些吃的回到桌子旁边，坐下来说："你冰箱里怎么有这么多零食啊，你很爱吃零食吗？"

他骄傲地摇摇头说："我从不吃零食。"

不吃零食居然买这么多零食放冰箱里，她发现其中好多都是进口的食品，上面标价都是英镑，算了算，一堆零食就顶她送外卖一个月的工资了，她心里暗暗想：真是败家。

"你真的觉得那些漫画好看吗？你说说你的评价，说得不准确，那就要罚酒一杯。"他握着酒杯，酒杯在手心里转着。

"我真的觉得好看，也很为这个漫画家惋惜，这么好的作品都被埋没了，很可惜，不过也不可惜啊，我们俩不都喜欢吗？相信是金子总会发光的，就像我啊，我现在虽然是个普通送外卖的，但是只要我肯努力，我以后还是会有机遇的。"她说到激动处，竟自己拿起了酒杯倒酒喝。

她说完又想到自己话语里的那一句"我们俩"，倒觉得羞涩了起来，加上酒精的作用，她的脸一阵阵泛红。

他不过是想看她醉酒的样子，没想到她居然主动喝起酒来。

"酒量不错。"他翻开了一本漫画，细细地看，不知不觉嘴角浮起了笑容。

她摸不清他了，刚才还阴沉着脸喝酒不许人打扰，一提起漫画来竟会笑，她觉得他这样的男人能笑实在是不太容易。

她也不敢想象自己竟会和这个处处刁难自己的坏脾气男人坐在一张桌子上吃东西，太奇怪了不是吗？

曼君记起好像在哪一本书上看到过这样一句话：喜欢漫画的人，是渴望快乐却骄傲寂寞着的小玩偶，像孤单地捏着橡皮泥的孩子，塑造出来的世界总是既欢喜又薄情。看着他高隆的眉骨下，明眸动人，这会是一个骄傲而寂寞的小玩偶吗？他认真翻看漫画的样子和公司里一呼百应的佟少佟先生一点也不像。

听说眉骨高隆的男子会很有桃花运，他这样冷清清的男人，会无端招惹桃花吗?

曼君吃饱了也喝足了当然也看够了，心想这么晚没有回去多多会担心的，站起身，准备感激他的晚餐时，却见佟卓尧正醉眼迷离望着她。他一定是醉了，酒量还不如她。她将餐桌收拾干净，走到他身旁，想整理他手边的几本漫画书时，她的手刚碰到了漫画书，他的手掌就握住了她的手。

她站着不敢动了，想抽回自己的手，他却稍稍一用力，将她拉入了怀中。

佟卓尧此刻觉得她是十分可爱的，因为她说漫画好看，这么久以来只有她认可了这几本漫画书，他微笑着端详着她的面庞，不是非常漂亮但也是清秀精致，额间还有几粒褐色的晒斑，她有着月牙形的眼睛，在他怀里坐着，大气也不敢出一声，这让他非常满意。

她吞吞吐吐着说："佟先生，你……你醉了。"

他将食指贴在她唇上，吓唬着她说："如果我醉了，那后果不堪设想，所以，你最好别动。"

曼君这时感觉自己心里也泛着燥热，酒精在体内发挥作用了，她推辞着说："佟先生，很晚了，我该回去了，我朋友会担心我的。"

他却将她的手紧紧地握住，说："你叫我什么，怎么听着好像是'疼先生'，怎么，很疼先生我吗?"

她的普通话不是非常的标准，念"佟"字时，发音近似是"疼"，倒被他占了便宜说是"疼先生"。

"那我该叫你什么啊，我发音就是这样改不过来了。"她说着，头微微开始眩晕，脚也发软，早知道这样就不喝酒了，没了力气支撑。

他脸贴到了她耳朵边，说："叫我卓尧。"他身上的温度传了过来，还有他身上那淡淡的木香和雪茄香混合着的味道，她摇头，他手掌贴在她后脑上，清凉的嘴唇凑了过来。

她头脑还是清醒的，手背挡在了嘴唇上，他的唇落在了她的手背上，她机灵地站起身，酒也醒了一点了，说："抱歉，我先回去了，谢谢你的晚餐，改日我请你。"

“我送你。”他手抚着额头，揉着太阳穴，摇晃着站起身，步伐也不稳。

“酒后不可以开车佟先生。”她又念得像“疼先生”了，忙改口说，“不，是卓尧，不，也不对。”

他拧眉，伸手捏着她的鼻尖说：“你这个女人怎么这么麻烦，还敢跟我顶嘴。”

她像是一只小猫一样躲闪着，摸着鼻尖说：“我罪都顶了，难道还不会顶嘴吗？”他突然像是生气了，一把抓过她像是抓一只小东西一样丢在了沙发床上，然后搬过一把象牙白的椅子坐在她对面，说：“以后，你可不可以不要再提你为姓冯的那混蛋顶罪的事，我不喜欢听，明白吗？如果你真喜欢顶，那你就和我顶嘴吧，总比顶罪好。”

曼君见他一脸正色，黑眸一眨也不眨，她手在他面前挥了几下，说：“你生气了？不会吧，这么小气。你炒我鱿鱼我都没有生你气，还陪你喝酒，陪你看漫画，陪你吃东西，如果不是我你多孤单。”

“谁说我孤单，我是享受安静。我公司里那么多员工，每天一堆正事要处理，我会孤单吗？”他执拗地说，心想怎么能被她看穿心事。

曼君从沙发上坐起来，说：“我发现你喝醉了话特别多，也对，谁叫你平时说话过于简练，原来物极必反。”

佟卓尧没再言语，脸色阴沉，过一会儿说：“我去洗澡，如果你要走的话，自己走吧，桌上的皮夹里有现金，拿去叫计程车。”说完看也不看她一眼就进了浴室。

她站在一旁，不知道自己哪句话说错了，也许，是她揭开了他孤独的面具，她摸摸自己的衣服口袋，仅有几块钱，这么晚了，叫计程车回去是肯定不够的了，但她是绝对不能拿他的钱，或者，叫多多开车来接自己，也不行，都这么晚了。

突然浴室传来了一声闷响，她忙跑过去，敲浴室的门喊道：“卓尧，你怎么了？你没事吧？你喝醉了就不要一个人洗澡。”

门“唰”地被打开，他满是水珠的一只手臂伸了出来，揽过她的腰，迅速将她拉进了浴室，再用脚钩门关上。

“既然喝醉了不能一个人洗澡，不如你陪我洗。”他身上的水都沾在了她衣服上，双手握住了她细细的腰。

浴室里都是水雾，他发丝上滴着水珠，棱角分明的脸，健康的肌肤泛着光，赤裸着上半身，肌肉看起来有力而不过于夸张，她没敢再往下看，忙用手遮住了眼睛，说："卓尧，对不起，你慢慢洗，我出去。"

他的手臂没有丝毫松开的意思，他轻轻地拉开她遮在眼前的手，说："我围了浴巾的，逗你的，小傻瓜，看把你吓的，回去吧。"

她羞涩着脸正欲离开，他却低低地在她耳畔上亲吻了一下，他抚摸着她的脸，说："谢谢你，好久没有这么开心，说这么多话了，知道吗？"

他说他好久都没有这么开心，他向她道谢，这倒叫她无所适从了，他温柔起来的样子还是挺像一只小羊羔的，她点点头，试图逃出他的手掌心，她想，如果再不走的话，她也许会迷失自己。

慌乱中，她的腿碰到了他的膝盖，他微皱眉，似乎被触碰到了伤口，她低头看见了他膝盖正往外渗着鲜血，她瞧着伤口，眼睛里闪出了自己都没有注意到的紧张，她说："怎么受伤了呢？"

"是你踢的。"他无辜地望着她，一副受伤后的委屈和可怜状。

想到之前听到浴室里发出"咚"的一声闷响，她想肯定是他醉意深了摔倒了，地面上还倒落着洗发水，她故意取笑他说："明明是自己摔倒了，还说是我踢的，本来我还想给你包扎一下的，看来是免了，我走了。"

"不，别走。我只是觉得承认摔倒会很没面子。"他只好答道。

原来醉了的男人都会展现出孩子气，她拉着他的胳膊牵着他走出了浴室，又问他药箱在哪里，她取来药箱要帮他消毒包扎。

她却忘记自己几乎全身都是湿的了，衣服贴在身上，姣好的曲线忽隐忽现，他只是围着一条浴巾坐在沙发上，看着她蹲在他腿边轻轻地给他上药。

他的腿稍稍往后缩了一下，她说："弄疼你了吗？"

"你给我擦的是什么药水啊？"他吃惊地问，虽然强忍着，但是感到了火辣辣的刺疼。

她拿着刚用棉棒蘸出药水的药瓶看，上面写了五个字：高浓度盐水。

他接过药瓶一看，靠在沙发上手抚着额头，天哪，这个女人脑袋里装的是什么物质啊！他说：“你没听说过往伤口上撒盐这句话吗，你居然用高浓度盐水给我消毒。”

“啊，我可能是醉了，我本是想找生理盐水的。”她又赶紧在药箱里翻找。

他自己抱起了药箱，找了一瓶碘酒，递给她，说：“用碘酒效果会好一点，还有，小时候我受了伤，我妈在给我上药之前，都会在伤口上轻轻吹几下，那样就不疼了。”

曼君看他又摆出了一副难伺候的样子，于是把碘酒放到他手上说：“你自己弄吧，我该回去了。”

“可是我自己又不能弯腰对着膝盖吹气。”他睁大着眼睛望着她。

“你好烦啊，你可以把膝盖抬起来啊，我又不是你妈妈。”她说着就准备走，却察觉到自己衣服湿了紧贴在身上。

他拦腰就抱起了她，往浴室里走，也不顾腿上的伤口，然后就把她丢进了放满了水的浴缸里，关上了浴室的门，说：“你这样出去肯定会被外面的男人饿狼一般盯着的，洗澡换身干净的衣服。”

又听到他在门口小声念着说：“竟然敢说我烦，她一定是醉了才有这个胆量。”

曼君不清楚自己怎么就会跟着这个男人进了家，还喝了酒，最后被丢进了浴缸里泡着，好像他身上就有一种看不见的引力在吸引她，莫非，是因为他的那句“生日快乐”。

好像前三次遇见他，他都是冷漠不可一世的样子，他父亲是声名显赫的商人，听多多说他父亲去世了，企业一切都由他打理。他是名副其实的有钱少爷，高高在上也可以理解。只是他好像就是她的煞星一样，每次他出现都要和她作对。

曼君躺在浴缸里，观察着浴室里的每一样物件，居然在浴缸旁看到了一只黄色的玩具小鸭子，她拿在手里，捏了几下，发出了“嘎嘎”的声音，她摇摇头笑了。他冷峻的外表下，其实有着纯真和简单的一面。

既然是这样，为何要戴着一副拒人千里之外的面具呢？或许，他也有他的故事。好像每个人，都会选择一副面具，选择面具上的表情，或卑微或孤傲，她想自己是戴上怎样的面具呢？欢喜的面具？对遇到的人微笑感恩，可是，谁又能懂得面具背后的孤单?

仿佛越长大越孤单，好久没有开心过了，也好久没有过生日了，距离上一次过生日，已经三年了。冯伯文给她过的那个生日，是她最美好也是最残忍的记忆。

卓尧，佟卓尧，多好听的名字，轻轻地念着，好像所有的女人念这个名字都会一下子变得一往情深。

难怪多多说每一个女人都爱他，想必他身边不乏美女献宠。

# 第五章 绿裙子的秘密

做清淡欢颜的女子，
写高贵的情书给自己。

忽然浴室门被拉开了，她吓得赶紧连脑袋都缩进了水中，蜷缩在浴缸里。

“洗好把衣服换上。”他说着就关上了门。

她确定他离开后，这才小心地从水里探出了脑袋，见一条墨绿色的裙子搭在挂钩上，原来他这里有女人穿的衣服，想必是经常带女人回来小住了。见怪不怪，这样的男人怎么会缺女人?

那是极美的一条裙子，墨绿的缎，上面手工绣着朵朵白色的小茉莉花，细致到茉莉花里的花瓣都栩栩如生，她抚摸着这条裙子，这条裙子的主人一定是一个很优雅且精致的女人，也许是他邂逅带回来的某位佳人。

如果是一般的关系，又怎么会把裙子遗落在这里呢？至少和他住在一起过，虽然这套房子里已经看不出任何女人的痕迹了，但他依然保留着这条裙子，可见，他仍是念念不忘的。

曼君换上裙子，竟出奇的合身，就像是为她量身定做的一般。她对着镜子看看自己，果然是人靠衣装马靠鞍，穿上这条裙子，她觉得自己一下子就清澈明媚了起来，绿得那么惊艳。

曼君走出来的那一刻，卓尧正好刚从房间里出来，手里拿着几张碟。撞见了她，她头发还湿着，穿着绿裙子就像是出水芙蓉，清秀雅丽的脸，光洁修长的腿，他望着她好像看到了另一个人。

那个人，曾是他梦里呼唤了千百遍的女人，是他辜负了的女人。他永远都无法原谅自己的过去。为什么，面前的女人，穿上了这条裙子，看起来那么的像那个女人。

他微醉的目光投向她，他走到她身边，给了她一个深深的拥抱，她惊得一动也没有动，只听到他喃喃地说了句：“你回来了啊。”

曼君有些莫名其妙，她不过是在浴室里洗了个澡出来，他将她从头到脚又看了一遍，脸上都是惊诧的表情。

曼君想自己一定是醉了，不然怎么今晚总觉得他迷人呢。

明明是讨厌他的，难道就被他一句“生日快乐”和两个汉堡就收买了吗？想想叫他卓尧和佟先生都是不恰当的，那不如就和多多一样，叫他佟少。

“佟少，怎么了，我穿着合适吗？”她的意思其实是穿别人的裙子适合吗，别回头惹裙子的主人不高兴。

“叫我卓尧。”他声音嘶哑而温柔，加深了这个拥抱。

他身上好闻的木香让她迷醉了，是谁说过迷恋上一个人的味道后就会对他产生爱慕。

她好久好久没有感受到这样一个温暖的拥抱了，她挣扎了几下，他没有丝毫松开的意思，他低喃着说：“别走，留在我身边陪陪我，我好想你。”

他将头埋在了她的颈间，温柔地吻了起来，细细碎碎的吻，十分轻柔，像是羽毛拂过了她的颈间，她被一团柔情包裹了起来，闭上双眼，在温柔的攻势下，她已经无力了。

当他的唇贴了过来，淡淡的雪茄香，双唇触碰了几下，她任由他汲取，身体里的酒精在这时燃烧了起来，连耳朵都灼烫了。

他拦腰将她抱起的时候，双唇都没有分开过，他结实的胸膛贴着她的身子，她的身体柔软而火热，在墨绿裙子的映衬下，她多像那个女人。

两双拖鞋歪歪地落在地上，浴巾也丢在了地上，他隔着衣服亲吻她每一寸肌肤，空气都被这份盎然的春意融化了。

她的手机这时却响了起来，她有了一丝清醒，想起身去接电话，他不许她离开，摁掉了电话，关机，然后又靠近了来，继续他的温柔。

后面就顺其自然地发生了，直到两个人都累了，才昏昏沉沉地睡了。

醒来的时候，曼君的头还有些痛，发现自己身上一件衣服都没穿就躺在他怀里，她甚至还抱着他的一只胳膊，那样的肌肤相亲。

她想起了昨晚的那一幕，立即坐起身子，薄薄的空调被盖在身上，她四处找自己的衣服，除了一条绿裙子皱巴巴地落在床尾，就没看到其他衣服。她心里慌乱，又告诉自己一定要冷静。

佟卓尧正安静地熟睡着，她凑近了距离看他的脸，英俊的面孔，确实很迷人，结实的肌理纹路让她惊叹怎么会有这么完美的男人，好像挑不出一丝瑕疵。当然，他最坏的就是他捉摸不定的脾气了。

好起来，风和日丽；坏起来，狂风暴雨。

他的嘴唇看起来像是精心雕刻的，老天真是不公平，好像某类人就是随意地创造出来，而他这样的就是上帝一刀一刀雕琢出来的，五官那么立体，看起来一点也不像一张商人的脸。

她竟看得有些痴迷了，原来她也会犯花痴，想到昨夜的那一段缠绵，她红了脸，尤其是看到那条凌乱的绿裙子，更是脸红耳赤。

穿上裙子，拉了拉裙子上的褶皱，她看到墙面上挂着的时钟，已经是早上八点了，她还要赶着去送外卖，她刚想下床，他却一个翻身，手臂又搭在了她的身上。

为了不惊醒他以免尴尬，她小心翼翼搬开他的手臂，却还是惊动了他，他睁开眼，看到了坐在床边衣衫不整的她，他顿时一脸惊讶，那表情就好像是在问：你怎么会这个样子出现在我的床上？

他不敢相信地拍了拍额头，说：“昨晚……”

“昨晚只不过是两个醉酒加失意的人的一个错误罢了，对不起，你不记得最好。”曼君抢先说，下床胡乱套上拖鞋，连刷牙洗脸都不顾了，在浴室里收拾换下来的湿衣服，那是送外卖的工作服，上班时要穿的。

“很抱歉，昨晚你穿着这条裙子，很像我一个朋友，所以我真的不是故意冒犯你的。”他说得有些无辜，却又怕她会恼怒大哭。

原来昨晚她不过是另一女人的替代品，他自始至终的温柔都是把她当作别的女人，也许，就是这条裙子的主人吧，她不过是自作多情做了一场梦，在梦里做了一个缠绵的替身。

他还解释说不是故意冒犯她的，这句话就让她羞得无地自容了，他怎么可以这样羞辱她，难道她就是那样的没有尊严不知羞耻吗？她想：好啊！既然你当我是轻薄的女人，那么我何不故作轻松满不在乎呢。

于是她耸了耸肩，微笑着说：“没事啊，其实我也是喝醉了，把你当成我前男友了而已，一夜情嘛，大家都是成年人，你以为我玩不起啊，小意思啦。不和你啰唆了，我要去上班了。”

她说着抓起还是湿淋淋的工作服就要走，他一把拉住了她，她的话让他听着就觉得很不舒服。她居然这么轻松地说她只是把他当作了前男友，吃干抹净就想走，这样岂不是他被占了便宜，再说了他哪点像冯伯文那小子。

“你站住，我允许你走了吗？”他腰部只是简单地围着浴巾，上半身的肌肉都显露了出来，眉头紧拧，好像自从遇见这个女人他就习惯了拧眉。

她本来就在强忍，也够能伪装了，装得满不在乎潇洒的样子，就好像她玩一夜情也是老手。男女之间，谁在乎、谁在意那谁就是吃亏了，他把她当成了另一个女人还极尽温柔，她一想到这点就好生气，心里装了满满的委屈，想到那些温存的片段就无地自容。

“你还想怎样？还想我再装一次你的梦中情人吗？”她回头目光直视着他的眼睛，她的眼神里都是愤怒和凄怆。

她知道如果不愤怒点，她会悲伤得落泪的。

倘若有怒火，尚能平息一点想要哭的冲动。

她外表上看起来总是非常的坚强和不屈，好像能担当所有，见过她的每一个男人，总是会因为她坚强而容易对她残忍，但她的内心是极脆弱敏感的。

好像遭到了莫大的奚落，他亦是脾气不小的人，见她对他一点情意也没有，他倒觉得被她玩弄了一般，他索性就阴沉着脸，命令的口吻说：“把裙子脱下来！”

她点点头，脱就脱，说得谁爱穿这裙子似的，她咬咬牙进了房间关上门，换上了还是湿淋淋的工作服，冰冷的湿衣服紧紧地贴在了身上，她将裙子交与他手上，举起手当着他的面重重地抽了自己一巴掌，然后几乎是落荒而逃一般跑出了他家。

卓尧握着裙子，想到她狠狠抽她自己脸决绝的样子，他茫然了，难道又是自己错了，他也道歉了，她却要说那样的话让他难堪，还将他与冯伯文那小子相提并论，实在让他愤怒。

想到她穿着刚从浴缸里捞起来的湿衣服走出去，这初秋的早晨还是透着一丝寒气，她穿着湿衣服吹风的话肯定是会感冒的，他自责有些过分了，他为何还念念不忘这条裙子的主人？对方都早弃他而去了，他却仍沉迷不醒。

昨夜她实在是太像那个人了，他喝醉了酒把她看错成当年那个他深爱过的女人了，让他爱又让他记恨的女人，欧菲，这个在一场火灾后就逃离他身边的女人，他捏紧了手掌心里的裙子。

阮曼君狼狈地走在路上，周围有上班的、上学的人从她身边擦肩而过，都观望着她，都以为她若不是刚投河自尽不成爬起来那就是有精神病，大清早的全身湿衣服紧贴在身上，像一只落水狗一样狼狈不堪。

一阵凉风吹过，她禁不住打了一个喷嚏，好像不久前还是炎热的天，立秋之后，一下子就凉透了起来，她瑟缩着身子抱着自己，又冷又寂寥。

走在街道上，她一下就感觉这光阴太漫长了，漫长得都不像是属于自己的了。以前幸福的时候，总觉得光阴太短，年华易逝，好像每天的日子都是快乐而短暂的。

秋日的晨光照射在身上，就像被朦朦胧胧的薄光笼罩着，浅浅的雾气在渐渐散去，她漫无目的地走着，手机还是关机的状态，这让她记起昨夜是他在情到浓时关掉她的手机，不对，不是情到浓时，有情吗？

她想：是没有的，一丁点也没有的。

并不知晓她到底像哪一个女人，仅仅一条裙子就能勾起他对一个女人那么多的怀念，那样的深情和缠绵，这一夜的温存都是因另一个女人才承载的，她居然沉醉其中，她想也许自己是真的天真可笑。

怎么会那么轻易地就坠入了温柔乡，她甚至怀疑他在看着她那一刻，低喃呼唤的，隐约是另一个女人的名字，她想不起来是什么样的名字，只记得，他低喃着那个名字的时候，十分的轻柔，像是在低低地哭泣。

一定有很多的故事，单从他保留着那条裙子，就能看出，他是多么的在意。临走的时候，他还强令她脱下那条裙子，既然那么宝贝，为何又让她洗澡时换上？也许他就是为了让我穿上裙子做一次替身吧，曼君这样想，更觉得苦涩无味了。

她并不是一个随意轻薄的女人，她也并非像自己说的那样玩得起一夜情，但是她不希望他看出她是动了情，看出她是在意他的，就当是一件桃色情事吧，不过是孤男寡女在一个醉酒的夜晚发生的理所应当的事。

路上的行人频频地投来目光，有关切的，也有嘲讽的。是啊，一个女人全身穿着湿衣服走在路上，回头率肯定不低。

她听到一个背着多啦A梦书包的六七岁小女孩用童稚的声音问妈妈："妈妈，那个阿姨怎么全身都是水，她失恋了吗？"

"你猜呢，也许是阿姨去游泳了呢。"

"不，妈妈，那个阿姨看起来是失去了男朋友才会那副样子的。"小女孩倔强地说。

连那么小的孩子都看出来她是失恋了，她不敢想象自己的模样看起来是怎样的哀伤，但是她听到小女孩这么说，她很想哭，又冷又凄凉的境地，被他呵斥脱下裙子的一刻，她失去了所有的尊严，像是一只被遗弃了的动物。

阮曼君，你怎么会这样不坚强呢？你怎么装不出很洒脱的样子说忘就忘呢，她坐到一个木质的长椅上，看着对面的一家豆浆店正热卖着豆浆，幸福的人们排着队买豆浆，幸福其实不过就这么简单，为什么她要获得却如此艰难。

一位老人坐到她身边，花白的头发，穿着白色宽松的针织衫，戴着一串象牙白珍珠项链，虽然上了年纪但看起来却十分的优雅，老人关切地问她："孩子，天还挺凉的，你怎么全身湿了，这样会感冒的，来，喝杯热豆浆暖暖身子。"

曼君感激地看着面前慈祥的老人，她想到了奶奶在世的时候，奶奶每天早上用开水瓶去豆腐坊里买一瓶豆浆倒给她喝，温情的记忆涌动了出来，满满是记忆里熟悉的关切和温暖。她道声谢接过豆浆，捧在手心，将吸管轻轻放在唇上，她微笑了。

那是怎样的微笑呢，可以赶走原要下落的眼泪。

"孩子，等你到了我这个年纪啊，你就会明白了，自己心疼爱惜自己会来得更容易，因为太多的时间里，我们都是一个人啊。"老奶奶说这句话的时候，苍老的眼神望着阳光照下来的地方，神情十分安详。

因为太多的时间里我们都是一个人，所以我们要自己疼爱自己。

“我已经是一个人了，我的爷爷、奶奶、父母都相继去世了，还有一个外婆在乡下，我却没脸回去见她了，我来上海打拼的时候，我对外婆说，我会回家给她盖一所宽敞的大房子，我想等我做到了，我再回去。”曼君喝着豆浆，细细地说，好像和这个陌生的老人片刻熟识后便生出了亲近之感。

外婆住的是简陋的小屋，也是曼君在世上唯一的至亲了。

“回去看看外婆吧，年纪大的人，其实也不会在意住多大的房子，总是想多和自己的孩子们说说话。我就是从外地来上海看儿子一家的，刚送孙子上学，我年纪都这么大了，图什么呢，只是图孩子们好啊。”老奶奶说着，眼睛有些湿润。

她握握老奶奶的手，感谢老奶奶给她上了这一课，也感谢这一杯在她发冷的时候送来的热豆浆。她决意不管如何，她都要对自己好，如果没有人疼自己，那么自己疼自己。要珍惜自己，不能轻视自己。她要好好工作，早日回去看外婆，挣钱回去给外婆盖一所大房子。

曼君奔跑在路上，沿着一条条的街道，她瘦瘦的身子好像有了无限的能量，每天都是崭新的一天，要忘记不开心，自己做自己的爱人。

记得在哪里看到过一句话：做清淡欢颜的女子，写高贵的情书给自己。

如果你不爱我，那么我将学会自己爱自己。

我会比你更爱我，我会做得更好。

她一口气跑回了多多的公寓，这个时间，多多如果在家的话应该还没有起床，她要换一身干净衣服，把送外卖的工作服烘干，她要继续工作，努力生活得更好才对。

多多穿着睡衣揉着眼睛从床上爬起来，倒了一杯水喝，问她：“昨晚你跑哪去了啊？你在上海也没有什么亲朋好友，你一夜不回来我真担心，打电话给你，你居然摁掉了关机，我都担心死了，直到凌晨四点才睡着。”

曼君忙解释说：“我重新找了一份工作，昨晚工作忙，所以就没有回来。”她觉得欺骗多多实在是不厚道，可是怎么也不能把昨夜和佟卓尧发生的事告诉多多啊。

多多还半闭着眼睛，嘟哝着说：“怎么好好的换工作了，什么工作啊忙得一夜都不回来，你不会去做酒吧应召女郎了吧？”

“不会，怎么会呢，我去了一家全球连锁的外企公司，好好干的话每月工资两千多还有五险一金呢。”她可真不好意思告诉多多她是去麦当劳送外卖了。

多多微微睁开眼睛看了她一眼，睡意一下就惊跑了一大半，多多手指着她的衣服说：“你去麦当劳当服务员了啊？麦当劳是你所说的外企公司啊！你怎么不在佟少的公司好好上班呢，你知不知道在佟少的公司上班薪水是多少钱一个月啊？你发烧了吧你。带你去相亲你硬是一个也看不中，这回你索性去做服务员，你有没有想过如果冯伯文那小子看到你这副样子会怎么想啊。”多多急了。

她站在沙发后面，面对多多的好意，她无言以对。

“还有啊，你怎么全身都湿了啊，你不能这样对自己，我待会给秦总打电话，我带你去见秦总，昨天秦总还在我面前问起你呢，你就学学我，少吃点苦。”多多从茶几上拿起一根烟抽上。

“多多，我不去，我不是服务员，我是送外卖。我觉得送外卖挺好的，冯伯文和我没有关系了，我过我自己的生活，我只想凭劳动挣钱。我去换件衣服，我还要上班。”她说完就进了房间，她懂多多的一片好心，多多是在用自己的生活方式来说服她，想让她能少受点苦过上等的日子，但那个秦总，她是无论如何都不会妥协的。

宁可高贵地饿死，也不卑微地求怜。

曼君放不下，好像内心里还有着期盼，倘若真像多多这样无牵无挂视金钱第一爱情第二，那她也就不会有这么多的牵绊了。

她将工作服换下，洗净然后烘干，时间有点晚，她该去送外卖了，不知道经理会不会生气，她有些忐忑不安，她对这份工作很在意。

看着她穿着工作服出门，多多跟了出来，朝她喊了一句：“曼君，晚上要回来，记得带麦乐鸡和巨无霸给我吃！”

她笑着点点头，多多这么说，那就是不生她的气了。

到了店里，送外卖的电动车又归她了，奇怪的是经理非但没有责备她迟到，还没有等她解释就替她找好了理由。

戴着黑框眼镜短发干练的吴经理眯眼笑着说：“阮曼君，我知道你迟到一定是因为路上堵车对不对，没事没事，不着急，以后来不及事先给我打个电话就行了。”

迟到并没有被扣工资，这让曼君觉得吴经理真是一个体贴下属的好领导，她充满了工作的力量，要好好为这份平凡的工作效力。她喝了一杯白开水之后，就拿着订单要去送外卖。

吴经理满脸堆积着笑容拉着她的胳膊就说：“从今天起你就不要送外卖了，你就负责做我的助理，每天跟在我后面就可以了。昨天是我眼拙，不知道你是佟少的女朋友，我儿子就在佟家的公司上班，以后还需要你多多关照。”

她听完这话，戴上头盔，拿起桌上的电动车钥匙，说：“吴经理，我不能胜任您的助理一职，而且，我和那个姓佟的没有任何关系，我怎么会是他女朋友呢，他那种喜怒无常的人，给我当助理我都不要！”

“年轻人谈恋爱嘛，吵吵闹闹很正常，何况佟少那样的成功男士，有些脾气那就叫男人味。他嘱咐我了，说你们闹了点小别扭，你是来体验生活的吧，吩咐我好好照顾你……”吴经理说着还特意给她冲泡了一杯咖啡。

体验生活？她是来讨生活的！

她没等吴经理说完就离开了办公室，她讨厌佟少这样当面一套背后一套，明明早上的时候还冷漠无情，怎么一眨眼工夫又对外说这些话？她不想再看到他出现在自己的生活中。

继续送外卖，她骑着电动车在大街小巷里穿梭，她脸上都是满足的笑容，秋日的阳光洒在身上，温暖而明媚。她想工资拿到了第一件事是要给多多买一样礼物，第二件事就是要给外婆买一件羽绒服寄去。舅舅因为她入狱的事已和她断绝了关系，嫌她不争气丢脸，她想她一定要重新生活让外婆放心。

有时路过一家不大的小吃铺，她就将电动车停下，买一小块糕点吃，非常甜的桂花糕，在路边打开杯子喝水。送外卖也挺好的，可以去很多的地方，遇到不认识的路，主动问陌生的路人。遇到热情为她指路的人，她会感激地点头道谢。

要试着去爱人，爱这个世界，不管这个世界曾给她怎样的不公平和灰暗，但她仍旧相信总有一个人是让她值得去爱的。

骑着电动车，在上海的各条街道上来回穿梭，在上海生活的那些年很多地方都没有去过。秋风飒飒，街道两旁的树叶渐渐在凋落，却一点也不惹人惆怅，秋天去了，春天就快要来了。

她的短发轻轻拂过脸庞，在风中错综飞扬，她连眼睛都在笑。

她有一双爱笑的眼睛，微眯起来的时候，特别的温顺。

曼君工作的这家麦当劳店对面，有一栋大厦，大厦四楼落地窗旁立着一个穿青灰色西装的男人，他不是别人，正是佟卓尧。他端着一杯绿茶细细地品，看着楼下的她将电动车停在一旁，似乎有无限的精力。

“季东，我不是让你吩咐了那个什么经理不要让她送外卖吗，怎么她还在往外跑？”他想，这个笨蛋女人，压根都不怎么会骑电动车就敢在车水马龙的路上跑，她胆子还真够大的。

季东是佟卓尧的私人助理，主管他生活上的一切事务，也是他非常信任的一个下属，季东回答道：“佟少，我了解清楚了，是阮小姐她自己坚持要送外卖的，看来她不同于一般的女孩，很有骨气。”

多年跟随在佟卓尧的身边，季东能察觉到他对这个女孩子的用心，季东就对她淡淡地称赞一番。

果然，他听了季东的话，嘴角浮起了一丝浅笑。

他喝一口茶，满口清香，回味昨夜和她缠绵的吻。他努力想回忆起当时自己是真的错把她当作欧菲，还是他意识里觉察到是她。莫非真的是因为她穿上绿裙子很像欧菲，所以他才动了情吗?

似乎她的嘴里就是绿茶的味道，她一定是有经常喝绿茶的习惯，他喝着绿茶，回味那个绿茶味道的香吻。

她和别的女人确实是不一样，如果是别的女人，一夜之后，必然会想方设法联系他然后提出各种要求，至少会要一个包，胃口大的就妄想要成为他的固定女友。但是她没有，她好像真的就当玩玩而已，她依旧在过她的平静日子，快乐地送外卖。

居然有女人这么不把他放在心上，一点也不把他当回事，他反而觉得寂寞了。在一旁打斯诺克的袁正铭握着球杆对他说：“佟少，怎么了你？约我来玩斯诺克，你怎么也不陪我打两杆，窗外有什么美景把你吸引成这样？”

"窗外有珍宝。"他笑着说，拿过季东手中的球杆，打了几球，拍了拍腹部说，"正铭，你饿不饿啊？我有些饿了。"

"附近有家法国餐厅，法国菜做得特别好，我们去吃，季东也一起去。"袁正铭放下球杆说。

佟卓尧走到落地窗旁，指着麦当劳店说："不，今晚不吃法国菜，我就吃这个。我请你们俩一起吃，怎么样？季东，打电话叫外卖，让那个经理安排一下，你明白我的意思吧？"

季东略略点头，直接拨打电话。

袁正铭睁大了眼睛，疑惑地说："佟少，你别告诉我你今晚就让我陪你吃麦当劳，你也太小气了吧。"

# 第六章 麦当劳小姐

我这么讨厌你，
又怎么会爱你呢？

# 如果巴黎不快乐

## 1

曼君将外卖餐放进电动车后的外卖箱里，要过马路，送餐到对面的一幢大厦，她喜欢这样近距离的送餐，不用跑太远。横穿过马路的时候，一辆疾驰而过的车“嗖”地从她身旁驶过，她隐约听到一个远远的声音，是一个男人的声音在叫她“小心”，她向四处张望，并没有看到什么人。

佟卓尧站在落地窗旁，被刚才惊险的一幕惊到了，他脱口而出的“小心”二字让袁正铭会意地笑了，他那么担心一个送外卖的女人，袁正铭还是第一次见到他这么的不淡定。

黄昏的薄光落在佟卓尧颀长的身姿上，金色的木质地板在余晖下显得非常的明耀，他看见她在黄昏中伸手抚过额前的一缕乱发，她将电动车停在大厦的楼下，她头上戴着的红色头盔是那般可爱。

这时大厦里的保安走了出来，想必是不许她将车停在楼下，像这种大厦是不容许她停放电动车的，那些车位都是车主买的。他见她和保安在说着什么，保安随意地推了电动车一下，她用身子支撑着电动车，手紧紧地扶着外卖箱。

她单薄的样子，在那个红色的大外卖箱旁，从楼上往下看，她是那么的渺小。

他打了一个响指，季东很快走到他身边，问：“佟少有什么吩咐？”

他朝窗外楼下使使眼色，不需要多说，季东领悟，点头说：“我马上去办好。”

袁正铭一身白色西装白色皮鞋，坐在球桌上，望着他调侃着说：“怎么，佟少？今天你不大对劲啊，我倒想知道是什么样的女人，连你的亲信季东都亲自为之效劳了。”

他颔首骄傲地说：“我喜欢的女人，会差吗？”

再看楼下，季东已经下楼，将保安拉到一旁说着什么，很快就将她的电动车停在了其中一个停车位上，季东做完这一切就直接离开，曼君也跟着开始上楼。

佟卓尧忙整理了一下西装，又清了清嗓子，对着镜子端详了自己几眼，这倒让袁正铭大跌眼镜了，好久都没看见他这么紧张，这么在意形象了。

季东先进来，朝他点头，做了一个“OK”的手势，站在了他身后。

敲门声传来，佟卓尧故作镇定地问：“哪位？”

“您好，麦当劳送餐。”她站在门口，回答道，觉得里面的声音是那么熟悉。

门开了，他为了掩饰自己的尴尬急忙说：“这么巧，我正好约了朋友在这家俱乐部玩斯诺克，肚子饿了就顺便叫了餐。”

她没好气地将外卖餐放在球桌上，一句话也不愿和他多说，只是很简单地说：“谢谢，一共一百零八块钱。”

于是他很无赖地说：“我没有带现金，刷卡行吗？或者你那么爱我，不如你请我吃吧。”

她被他这张厚脸皮彻底击败，她将外卖餐重新拎回手里，说：“没钱就别吃！真好笑，我看你一次就想打你一次，又怎么会爱你！”

这个男人怎么这么奇怪，一会儿拒人之外的了不起的样子，一会儿又这么死皮赖脸像个流氓。

袁正铭是看明白了，醉翁之意不在酒。

佟少他的意图根本不是这份外卖，而是送外卖的人啊，袁正铭仔细打量面前这个一脸怒意的女孩，看起来模样也不过是标致，不算是多么绝色的佳人啊，怎么一贯清心寡欲的佟少竟对她产生了强大的兴趣呢。不过好像在哪里见过这个女孩子，袁正铭却记不起来是在哪里见的。

曼君拎着外卖餐转身就要走，早知道是被他耍就不来了，他这个人自以为有点臭钱就动用私人关系拿她开涮，一点也不好玩，她真的生气了，害得她在楼下还被那个凶巴巴的保安推了一下。

“站住！”又是命令的语气。

她偏就头也不回地往外走，再也不想看到这个奇怪的家伙了，以为自己是司令是将军吗，总是一副命令人的口吻。

“阮曼君，难道你忘记昨天晚上的事了吗？难道你不对我负责吗？就这样不管我吗？连一份麦当劳都不舍得请我吃！”他竟开口说了这样的话，既然她不顾他的颜面，头也不回地走，那么他也要给点颜色给她看看，他要起了小脾气，戳破了让她心虚的洞。

她连忙几步就跑了回来，站在他面前，她欲言又止，将外卖塞到他怀里，赌气着说：“你这个人怎么这么可恶，算了算了，我请你吃，你吃吧，撑不死你！”

他嬉皮笑脸着说：“如果我撑死了，那你疼哪个先生呢？”

“无论我疼谁也不会疼你这个佟先生！”她仍念成“疼先生”，随即白眼鄙夷了他一番。

袁正铭从钱夹里拿出现金递给她，又对卓尧说：“原来你们认识啊，怎么疼来疼去绕糊涂了我。佟少你也是的，这么大人了怎么能骗吃骗喝呢，要给钱的。”

他们俩几乎是同时脱口而出：“我不认识他（她）！”

“季东，花了多少钱，报给她听听。”他话锋一转，问向了季东。

季东答道：“佟少，刚才花了五十八万人民币。”

“听到没，我花了五十八万，叫你请我吃一顿麦当劳你还不乐意，那你还我五十八万。”他扬扬得意地说。

她真想握拳揍扁面前这个自大搞笑的男人，她觉得他是不是疯了，什么五十八万，她嘲弄地说：“你不是白日做梦吧，什么五十八万啊，我欠你钱吗，真是有毛病。”

“是吗？你去窗户那往下看。”他指着落地窗，让她过去看。

“看就看，我怕你啊，你这个神经病！”她不屑地说，爽快地走到落地窗旁朝下看。他则得意地点头，一副志在必得的样子。

袁正铭都看得呆愣了，往日里的佟卓尧那是任凭众女人怎么甜言蜜语怎么娇嗔嗲语都置之不理，现在被一个送外卖的骂作是神经病，他居然还笑得出来。

曼君走近落地窗旁，向下望去，却只看见了自己的电动车停靠在那里，她扭头问他：“什么也没有啊，不过是我的电动车在那里，什么五十八万啊，我可没工夫理你。”

阳光洒在她的脸上，她微微愠怒的面颊浮上了浅浅的金色，显得那样俏丽动人，他用眼角的余光悄悄凝视着，她倔强的脸上总有一股不服输的劲，他突然觉得她特像一头小母狮。

“为了让你停电动车，我花了五十八万买下了那个停车位，懂了吗？不然你以为凭什么让你停在那呢？”他存心想逗逗她。

这个不讲道理的男人让她彻底崩溃了，她摘下了头盔，也不管自己一头乱发，仰头质问他：“你有钱这和我没有关系，我有叫你多管闲事吗？我不过是送外卖的，我一个月工资也许不够你打一杆球，你没必要和我这样的穷人开这种玩笑，我开不起。你们这种公子哥，除了会烧钱吃喝玩乐耍弄别人还会做什么！抱歉，我没工夫和你浪费时间！”

佟卓尧立在球桌旁，望着她决然离去，她几乎连看都没有看他一眼。他摸着下巴，觉得这个女人越来越有意思了，从未见过这样的女人，好像一点儿也不把他放在眼里，他还是第一次这样被一个女人晾在一边。

袁正铭忍不住捂着嘴小声笑了，对季东眨眨眼说：“瞧瞧，佟少居然也有今天，被个小丫头片子给撂了。”

季东不敢多语，强忍着笑摆出非常严肃的样子。

“那个季东，你不是饿了吗，马上把这些都解决掉。”他没处可撒火，就命令季东将全部的汉堡统统吃掉。

季东无奈只好遵命，跟随着佟少多年，还是第一次看佟少被一个女人弄得如此不镇定，佟少素来对季东不错，所以季东一向忠心耿耿。

“佟少，这个女孩我记起来了，不就是上次和我女朋友多多一起参加宴会的那个女孩吗？当晚我对她印象很深，穿紫色长裙，艳惊四座。”袁正铭回忆着说。

“哦？是吗？我不记得了。”卓尧佯装记不得，摇摇头说。

他故作镇定地打了几杆球后，袁正铭追问着他们昨晚到底发生了什么，问他到底把人家女孩子怎么了，怎么对一个送外卖的如此紧张和在乎？还为了她买楼下的停车位。

“佟少，我认识你这么久，我了解你，你是个商人，你向来不像那种在娱乐场上流连的男人为女人埋单，可这一次，你居然为她一个电动车就买个停车位，这好像不太符合你的作风吧？我猜，是不是那个保安推了她，让你很生气啊？”袁正铭笑着凑近他说。

卓尧一笑而过，没再就这个话题多说，他瞬间又恢复了平日里的冷清模样，惜字如金。

他之所以经常约袁正铭一同打打球，那是因为袁正铭身上到底少了一些商人的铜臭味，袁正铭亦是不喜应酬的男人，更多的时候，两个男人宁愿在一起打打高尔夫。

最好的朋友，不过是与你有着相似思想的朋友，因为和他在一起时，就像是和自己在一起。

但是曼君她似乎和卓尧的思想沾不上边，她看不惯他身上的那股倨傲的气势，他总是那么自负，好像他是万能的主。

她下楼取了电动车，下意识地抬头向上望了一眼，看见了他西装的一角，修长的腿，确实是一个外表极具魅力的男人，如果他的灵魂没那么讨厌倒真可以考虑和他做朋友。

联想到他们那一夜缱绻的场景，她想，不如忘了吧，他们之间就如同此刻他们的差距，他高高在上站着，她只能仰视他，她不想再傻一次了。

曾爱过那样一个男人，为之低到了尘埃中，为之连自己的脸面都不顾，爱一个人可以爱到不要脸，那是需要勇气的。到最后却是一场空，付出了全部的真情和时间，却没有终成眷属的份，那又何苦呢。

她骑着电动车迅速离去，不想再在此处逗留，也许她在他那里不过是一条卑微的可怜虫，他就是那个以逗虫为乐的人。

莫再爱上一个与自己有太大差距的人，她警告自己。

忙完了一天，她没忘记带麦乐鸡和巨无霸给多多吃，多多窝在沙发里抱着一个大抱枕看剧，沙发旁是两盒面纸，还一边看一边抹泪，她很少见到多多这样细腻的神态。

她陪着多多一起看了一集剧，她记不得剧名，只记得剧中的男子风度翩翩，颇有几分像他，只是要远远比他可爱得多。

多多突然就用手肘拐了她一下，嘴里还啃着汉堡说："瞧瞧，多像佟少啊，如果佟少微笑的话，或许会更像。"

"他微笑起来就不像了。"她心思还在剧情上，只是随口地说了一句。

多多睁大了还戴着美瞳的眼睛望着她，扳正了她的身体问她：“莫非，你见过佟少笑？”

她点点头说：“是啊，见过，怎么了？有必要那么夸张吗？是人都会笑的好不好！”她对多多这样一惊一乍的表情也渐渐习以为常了。

“完了完了，这回真完了。”多多目瞪口呆地说，嘴里还含着一大块鸡肉。

她轻轻地趴在多多的肩上，柔声道：“你呀，慢慢地吃，别噎着了，别把完了完了挂在嘴上，你可是袁正铭的正牌女友，以后是要注意自己的形象的。”

多多将手中啃了一半的鸡块放在了膝盖上的盒子里，端坐在她面前一本正经地说：“你老实告诉我，你和佟少之间是不是有什么事啊，你们后来有没有见过面？”

“没有啊，我每天都在上班，哪有时间见他啊，你实在是多心了，我可不想见到那个让我厌恶的神经病。”曼君扭过头，不想提起他。

多多没有多问什么，只是自言自语地说：“其实佟少是一个好男人，不过，他受过伤。你应该知道受过伤的人总是会不自觉地想起曾经的伤口，比如你和冯伯文，你应该明白我的意思了吧？”

她的心一下就揪紧了，多多说他受过伤，真是看不出来，那样自私冷漠的人居然也能被伤害。他倒总是盛气凌人，一副经常欺负别人的架势。想必即使是受过伤害那也是被女人伤害的，怎么会有男人能伤得到他呢，除非是不想在商业圈里混下去了。

她不想流露出自己对他的一丝一毫的关切，于是很漫不经心地说了句：“他那种冷酷的人也应该要受一点伤尝尝痛的感觉，谁叫他一直伤害别人呢。”

多多双腿干脆都放到了沙发上，对着镜子在抹着口红，抿了抿嘴唇说：“你的意思是佟少伤害过你吗？他对你有没有意思我不清楚，但是我能看得出来，你对他是有好感的。不过他对你笑，我还真的难以置信，在我印象里，佟少是很吝啬笑容的。”多多思忖着说。

“那倒也未必呀，难不成笑都要当着你的面吗？也许他对别的女人表示好感你没有看见而已。”曼君手拿着遥控器，漫无目的地换台，脑子里浮现的却是他略略有些坏但又迷人的笑容。

多多捏了一下她的脸蛋，说：“我虽然不是多么美艳，但在这个圈子里，唯有佟少极少回赏我笑脸，偶尔对我稍稍点头招呼一下也不过是碍于他好友袁正铭的面子。我跟你讲，不是我李多多自恋啊，佟少对我都冷漠，何况是对那些女人。我原以为他对你有意思，不过他还是把你给开除了。”多多遗憾地摇摇头。

“就是说嘛，所以我和他没有任何关系，你可别因为一个微笑就把我和他联想到一起去，根本就是两个城池里的人，我以后都不会再接触这类男人了，高不可攀，我不想把自己摔死，冯伯文是我第一次犯傻，不会有第二次了。”她认真坚定地说。

多多贴近了曼君的脸，仔细地瞧着，说：“如果认真细看，你很像一个女人。我不知道佟少有没有告诉过你，也许你们接触的时间不够长，但我想他也一定是看出来了，连袁正铭都看出来了，何况是佟少呢？”

她顿时明白，虽然她确实觉得佟卓尧一定爱过一个和自己长相相似的女人，但其背后究竟有怎样的一个故事，她一点也不知晓，仅仅以为不过是他薄情或者滥情的一个借口罢了。

“他有着怎样的过去，和我没有关系，我只明白，我不想和这个人有任何瓜葛。”她干脆地说，不想听他过去的那一些艳史，她担心自己也许听了会不开心，因为似乎有了隐约的在意，所以她想避开那些他和别的女人有关的故事。

尤其是那条绿裙子的主人。

多多走在地板上，拖着一双Hello Kitty的布拖鞋，上面有着可爱的粉色小蝴蝶结，双手抱在怀里，玫红色绸缎睡衣的裙角扬起了一个小小的弧度，里面穿着的是一条宝蓝色的内裤，非常性感。

倒了两杯红酒，多多将一个高脚杯递给她，坐在深红色的高脚椅上，微抿一小口红酒说：“既然你不想听，我也不勉强你，不过我们是好姐妹嘛，我还是希望你好，明天你就换一份工作，去秦总的公司里上班，正好有一个文员的位置空缺，你去补上。”

她走到多多身边，举杯轻轻地和多多碰杯。

“Cheers！”

非常醇美的红酒，她喝得脸颊上微微泛着红光，她开口说：“多多，这些天你对我已经很关照了，住在你这里给你添了这么多的麻烦，工作的事，我自己能吃苦，不要紧的，你别为我去求人了，我可以的。”

“你可以，但是我不可以！你是我的好朋友，我没理由看着你四处奔波劳累，我看不过去。你别倔强了，你就把我当作你的姐姐，你听我这一次。秦总本来就对你有意思，男人嘛，你懂的，不过是逢场作戏，你可以过优雅精致的生活，何乐而不为呢？”多多小抿了一口酒。

多多说得也有其道理，只是每个人的观念不一样，有的人会喜欢走捷径，充分发挥自身的优势优先去获取并享受优越的生活，有的人，执拗地走自己的荆棘路，要的不过是一份问心无愧。

一想到那个肥头大耳的秦总，满脑肥肠，油滑阴险，去他的公司做一个文员，那岂不是自入虎穴，她宁愿辛苦打一份简单的工也不愿去那里上班。

“多多，别再劝我了好吗？我懂，你是疼我为我好，可你应该能明白，我不喜欢那个姓秦的，我一看到他的脸我就想逃，更别说要我做他的员工了，我现在虽然辛苦，但是我很充实。送外卖至少不用死太多的脑细胞，只要将外卖送到目的地，我任务就完成了，我的日子既简单又快乐。”她努力地在为自己辩解。

“可那就不是你阮曼君了！”多多大声地说，将杯子用力地放在大理石桌上。

她怎么会不懂多多的好意呢，多多记忆里，两年前的阮曼君，事业与爱情都意气风发，好像永远都没有什么可以挡得住她向上的活力。

每天在高级写字楼里做着她心爱的法务工作，至少是光鲜的职业女性生活。如今呢，骑着电动车走街串巷送外卖，多多不能理解，她这是何苦？自己为难自己又是何必呢。

多多觉得她这是自己和自己过不去，说白了就是看不开，明摆着条条大路通罗马，她为何偏偏要走那一条布满了荆棘的小路。

过去的那个阮曼君，已经彻底死去了，该清醒了，从头来过。

曼君拥抱了一下多多，下巴放在多多的肩膀上，在多多的耳畔轻轻地说：“亲爱的，请你相信我，我很好，现在的生活是我很满意的状态，别太为我担心，好吗？”

多多点点头，诸多的担忧看来都是无效的，曼君自念书的时候就非常的固执，骨子里就压根没有商量的余地，一旦她认准的事和认准的人，只有碰得头破血流她才会醒悟。

除了拥抱能带来温暖，还有什么可以呢?

她确实累了，在外面跑了一天，腿脚都有些麻木了，靠在多多的怀里，非常的温暖。好像幸福就这么简单，辛苦了整日，好友一个敞开的怀抱，足够消除一日的疲惫。

工作还是要继续，几日都没有再遇见他，她反而有了些想念，是怎么了呢，骑着电动车行驶在大街上，总会有一丝期盼，希望在下一个街角会遇到佟卓尧。也许他就开着车跟在她身后，她甚至会突然间回头，想看看他是不是就在不远的地方。

一连几天，他都没有再出现，就像是真的从她的世界里彻底消失了一样，她内心不由得泛起了小小的涟漪，莫非是上一次当着他两个朋友的面，惹得他生气了，那他也真是够小气的。

直到一个多星期后，她又收到了一个熟悉的送餐地址，就是上一次看到他的那栋大厦，她心里有了一丝喜意，那是微妙到连她自己都解释不了的心情，怎么会因为要见到他而这么开心呢。

她再一次将电动车停在了大厦的那一块停车位上，果然保安看到她停电动车一点反应也没有，似乎都认识她了，弄得她都有些不好意思。看来他果真是买下了这个停车位，真是个挥霍无度的家伙。

曼君拎着外卖餐进了大厦，到了那个熟悉的俱乐部，她在门口犹豫了几秒，鼓起勇气敲开了门，还在想要对他说怎样的话。她敲门，门开了，果然门口立着的是他。

佟卓尧穿着黑色西装，挺拔俊朗，只是似乎胡子都好多天没有刮了，略略有些胡茬，倒显得更加成熟，她低头，口是心非地问了一句：“怎么又是你？”

其实，她心里是那么地期待他。

连她自己都不知道自己是怎么着了魔。

而他的背后，却传来了一个阴沉的声音：“阮曼君，好久不见。”

冯伯文！

她几乎没有站稳，恍惚间，所有都变得轻飘飘的，什么海誓山盟都烟消云散了，冯伯文这个让她爱过恨过又近乎忘了的男人再一次立在她面前，她却只是无力地想转身逃离。

即使对方化成灰她也能认出来，可是此刻，她宁愿自己像是面对一个陌路人一般无动于衷，是谁把她变成了这个样子？是谁给她建立了一个世界又毁掉了这个世界？

# 第七章

# 离开，总是需要勇气的

不过就是她的一件旧衣裳，
起了皱，泛了黄，褪了色，
变了样。

# 1

曼君只想夺门而出离开这里，但是佟卓尧挡在了她的面前。

他目光凝视着她，他看到她痛苦不堪的神情，难道她心里还有冯伯文，还为之伤痛吗？又是他一贯的霸道作风，眉头微皱，脸上露出了一丝醋意 。

她脸色苍白，低眉有些躲闪，咬住嘴唇，低低的声音像是受伤后的呜咽声：“请让我走……”

他依然毫不动摇，只是故意嘲讽般地说了一句：“旧人相见，何不诉诉衷肠，这次机会可是我替你争取的。对吧，冯兄？”他对着冯伯文笑笑，意思已经很明显。

是他叫冯伯文来的，他是什么用意，不就是想羞辱她吗？想让冯伯文看到她现在落魄的样子让她难堪。她只是想安安静静过安宁的生活，为什么他要带着冯伯文来打破她的平静。

“曼君，的确是佟少约我来的，他说你想见我，你怎么又躲着我呢？我知道你生我的气，我也想补偿你。”冯伯文努力装出一副很真诚的口吻跟她说话，并慢慢向她走来。

她害怕了，她逃避着，几乎就要撞到佟卓尧的怀里。

面前是佟卓尧，身后是冯伯文，两个男人像夹心饼干一样把她夹在了中间，她进也不是，退也不是，她索性果断地抬起头，回头闭着眼睛对冯伯文开火说：“你要补偿我是吗？好啊，那你现在就去和那个女人离婚啊，或者你去告诉商业圈里的人那年的造假事件的罪魁祸首是你，你去说啊！”

“一我不可能离婚，二那件造假案早就定案犯罪的人是你，与我无关。当然，我承认我因为你失足而抛弃你，我可以补偿你一笔钱，让你十年内生活无忧。”冯伯文西装革履，说的却是小人之言。

她不过是信口开河想让冯伯文知难而退，没想到冯伯文竟然真变成了这个样子。她冷笑了一声，凄凉的笑意，当初究竟是她不懂事看走了眼，还是冯伯文后来变了一个人。

她想，到底还是冯伯文变了，以前的冯伯文不是这种厚颜无耻的人，难道金钱真的可以如此改变一个人?

她淡淡地说："冯伯文，不用了，你走吧，永远地从我的生命中消失，永远别再见了。"

"你让我走？那……佟少你听清楚了，是她叫我走的，我仁至义尽了。不过你也别这么倔，你现在比过去的姿色更甚，你知道，旧情难忘，如果你需要，随时给我电话。"冯伯文从西裤口袋里掏出几张名片，放在了她左手中的头盔里。

她看都没有看冯伯文一眼，不是没有勇气，而是她怕自己看了也许会恨不得把自己眼珠子给抠出来，当初爱上冯伯文简直就是一件自作孽不可活的事。

在这个时刻，她的脑袋里竟冒出了多年前的一件旧衣。

仍记得那时在橱窗里看到那件蓝色条纹的上衣，有着白白的小圆领，胸前有一个可爱的蝴蝶结，那么轻盈而曼妙的衣服，她一眼就喜欢上了，那是非买不可的喜欢。

母亲用卖了十斤咸鱼的钱给她买了那件上衣，她一路上欢快得像得到了天底下最美好的馈赠，她一路蹦蹦跳跳，想着用它配自己的那条白色百褶裙一定很好看。

几乎是迫不及待地穿上了那件衣服，配上裙子在屋子里转圈，她也才十二三岁的年纪，既单纯又爱美，丝毫没有体会到母亲买这条裙子的钱是多么的来之不易。

后来过了一段时间，那件衣服成了一件旧衣，被压在了箱子底下，过了好几年，翻旧物件时从箱底翻了出来，皱巴巴的一件旧衣，白色的蝴蝶结都泛了黄，她想都没有想就扔在了一堆旧衣里。

这被在一旁的母亲看到了，母亲捡起衣服，慈祥地笑着说："你那个时候啊，不知道多么宝贝这件衣服呢，洗的时候你总是会小心翼翼的，生怕把上面的蝴蝶结弄掉了。"

她想想是啊，曾经那么珍惜那么宝贝的一件衣服，到最后，她还是忘记了当初欢喜的心情，过去曾那样喜欢的一件衣裳，而今，却一点点依恋都没有了。

如此想，冯伯文不过就是她的一件旧衣裳，起了皱，泛了黄，褪了色，变了样。

物非人也非。

到底没有谁负了谁，只有谁忘了谁，谁把谁忽略成了路人甲。

说到底，那还只能说是不够喜欢，不够沉迷，尽管女人的衣橱总是缺一件衣服，但总有一件衣服会让一个女人很迷恋，不管到多大的岁数依旧会抚着那件衣服爱不释手。

上面的记忆和岁月的味道扑面而来，带着过去的种种芳华。

忘不掉的，其实不是伤害和疼痛，而是感动。

时隔多少年，你也许早就忘记了哪里受过一个小小的伤，即使有伤疤留在那一块皮肤上为证，你仍想不起在哪里碰伤的，怎么会留下这样一块疤。

可你一定忘不了，曾经的一份小小的感动，比如你吃拉面的时候自言自语念一句“怎么没有醋”，同行的好友下意识地递过来一杯醋。

那么简单的一份感动，永远比疼痛记忆深刻。

如果当初能料到爱一场最后会伤成这般模样，她绝不会义无反顾。旧人相见，却是四目冷对，仿佛是在冰霜严寒的天气里相见。她看着冯伯文的背影离去，门关上的那一刹那，她与他，已恩断义绝，如同当年的旧衣，早不合身，早就成为往事。

那个男人只是她的往事，不堪回首的往事，仅仅如此。

她从头盔里抓起那几张名片，扔向了门外，她用尽力气大声喊道：“冯伯文，你这个人渣！”

名片飘落在了地上，像极了她对他的那份廉价的感情和依赖，她明白错了一次绝不能再错第二次，第一次的伤痛足以使她终生难忘。那样的一份寄托，生生遭到了背弃和侮辱。

冯伯文不仅背弃了她，还说那种话侮辱她。

佟卓尧沉默之后，弯腰拾起地上的一张名片，递到她面前，明知这番举动会触怒她，他却毫不避忌，似乎就是要触碰她即将爆发的弦。

“何必扔了呢，做事不要这么绝，留着或许会有用得上的一天。”他淡然地微笑，仿若她的疼她的伤他根本都没有看入眼中。

她夺过那张名片，用力地撕，撕碎了然后砸向他的脸。他愣住了，从未有人敢这样对他。她发泄着心中憋闷的火气，她盯着佟卓尧的面庞，那眼神像是要把他从外到内都看穿。

“是你叫他来的是吗！你以为你很有本事吗？你这个自大不顾别人感受自私绝顶的人，你现在满意了吧，我被他当作垃圾一样随意羞辱，你可以高兴了，你可以幸灾乐祸了，我没有说错吧。佟卓尧，是我看错了你，错以为你是个堂堂正正的男人，没想到你不过是把我当猴耍。好，游戏结束。”她几乎是一口气说了上述一连串的话语。

他望向她，没有作何解释，他本想告诉她，其实他的目的并不是这样的，他只是想让她再见一下冯伯文，看清楚现状，不能这样自甘消沉地活着，要重新开始新的生活，新的工作，他不想看到她消极地为一个负心男人而消耗自己。

在她离去的那一刹那，他做了一个下意识的动作，他伸手将她拉入了怀中，很用力，霸道且蛮不讲理的拥抱，容不得她挣扎动弹。

她在他怀里惊慌而愤怒地拍打着，她看着他，用威胁的语气警告他：“佟卓尧，你最好放开我，不然我会对你不客气！”

他平生第一次听一个女人朝他说要对他不客气。

“你怎么就不能站住听我解释，我无心伤害你，我只是想帮你，你明不明白。”他双手手臂牢牢地钳住了她，试图做出解释，她被他禁锢在他的怀里。

她闻到了他身上那熟悉的木香。

她差点要忘记了他身上的木香，再一次近距离在他怀里，他下巴上短短的胡茬几乎在扎着她的肌肤，他胡子怎么长得这么快，都扎痛人了。她放弃了抵抗，没有动，安静了下来，她被他胡子无意间的碰扎弄得痒痒的。

“你终于听话了不闹了。”他像是哄着一个孩子，带着假装愠怒的语气说，手臂却依旧牢牢拥抱着她。他心里在暗暗欢喜，她心里是有他的，不然她这么倔，又怎么会沉静下来。

她心平气和地说："我只是，想留一口气，佟卓尧，我很累，也许，我们有过交集，但我们都不是十七八岁的单纯少年。你应懂得，你在我这里，不算是什么。"她也不瞧他，只是赌气把话说得越来越绝。

难道非要把他的脸色气得铁青她才有快意吗？她想是的。知道说什么话会惹怒他，她偏要招惹他，谁叫他这么自作主张，这么嚣张。

"你在和我赌气，对不对？你明明想我了，你敢说你这些天没有想我吗？"他钳住她胳膊的手略微使了点力，他想到她刚一进门时看到他时的神情，是有想念的成分在里面的，因为她笑了，她很少会对他微笑。

她想自己没有时间再和他废话下去了，冯伯文的出现让她完全没有防范，她好像是一下子被拉去了身上仅有的遮羞布，毫无遮掩地暴露在旧情人嘲讽的目光里。

"放开我，我该走了。"她语气里听不出任何情绪。

"走？我已经安排季东去办了，你不用回去送外卖了，你被辞退了。"他轻飘飘地说着，像是说着一件无关痛痒的事。

她要彻底失控了，她抬起脚，用力地踩在了他锃亮的皮鞋上，还很用力地用脚跟蹂躏了几圈。

突如其来的疼痛让他立即放开了手臂，她逃脱了出来，站在球桌的另一边，她将头盔重重地扔在球桌上，手抓着头发，她此刻真是欲哭无泪，老天怎么就派了这么个煞星来折磨她，为何还稀里糊涂地和他有了牵绊。

她指着他大声叫着说："佟卓尧，你凭什么，你凭什么动用你的关系开除我！麦当劳是你家开的吗，你有什么资格让人解雇我！我要去劳动局告你！"

他看她叫嚣，娇弱的身体居然能爆发出这么大的能量，不由得又让他刮目相看，他似乎既心疼却又很满意，这让他忘记了自己脚上被踩的疼痛。

"我没有动用我的关系，我只是想了个小小的办法，找到了你上午送外卖的那十几个顾客，我送了一点小小的礼物，他们都打电话投诉你的服务态度刁蛮冲撞，于是，你被解雇了。"他第一次这么慢条斯理去解释一件事，目的就是要看到她气恼的样子。

她恍然大悟，然后咬牙切齿地吐出了几个字："你卑鄙。"她没想到他居然会费尽心思用这种手段让她被解雇，她想真是岂有此理，怎么就偏偏遇上了这么个瘟神，从遇见他的那一刻就开始倒霉，枉她还差点对他产生好感。他难道每天都没有正事要去做吗?

他不怕死地走到了她的面前，根本都没有想过此刻愤怒的她会做出什么样的举动，他忽然从口袋里掏出了一把钥匙，递到了她的面前，钥匙亮闪闪地在空中晃动着，银色的光有些刺眼。

曼君胸中正一团火无处释放，见他递来一把钥匙，他那酷酷的脸上带着邪笑，她机灵了一点，大脑飞快地转动起来，他为何要给她一把钥匙呢？莫非像俗套的电视剧里一样，伤害之后再送上车钥匙或者房子钥匙。

他应该没这么好心吧，再说君子不受嗟来之食，她想她才不要，这算什么，精神补偿吗?

“我不要！”她冲他喊。

“我有说给你吗？”他反问。

“神经病！”她捡起头盔，准备走。

“不如来当我的司机，怎样？”他问。

她几乎是连考虑都没有考虑，直接忙不迭地摇头加摆手。躲他都躲不及了，还要当他的司机，岂不是要天天跟着他，他去哪里她就得跟着，做他的跟班啊。亏他好意思说出来，难怪费力让她被解雇，原来是这样的打算。

休想！她想好了，就算是这份工作没有了，她还可以再找一份，还怕找不到工作吗？只要肯努力，去哪里都可以。

“冯伯文的话是不是令你很难堪？既然你觉得难堪，你就要做回原来的你。其实我也不想你们再见面，他看你的样子，好像你是他的，这让我很不舒服。”他自顾自地说着，说完又发现自己最近话真的多了很多。

他还真看得起自己，做他的司机有多了不起似的，她觉得还不如送外卖自在。

她说：“哦，那你意思是，你故意找冯伯文来，就是要激发我的斗志，对吗？你对我究竟是什么意思啊？你是我什么人啊？要你为我做这些，有必要吗？”她扬起了头，看着他。

他靠在球桌旁，专注的眼神凝视着她，她不是很漂亮，脸颊上还有几粒被太阳晒出来的斑点，送外卖这么辛苦的工作，怎么能让她这样的女孩子做呢，她怎么经得起风吹日晒，她是他的人啊。他想想，说：“有必要，因为你……因为你和我一样喜欢漫画，我们很投缘，不是吗？”

一样喜欢漫画？很投缘？她清秀的脸上除了失望，还有失落。

她转身，手上拎着的外卖餐盒无力地丢在了地上。

她听到他叫了一声她的名字。

“曼君……”低低的声音在她的背影里渐渐消散。

她没有回头，已经很难再有回头的理由了，她是坚强独立的阮曼君，她不是爬山虎，她不需要依附任何人或物，她想，佟卓尧终究还是不懂她。

她去了店里，顺利地办好了手续，还结了大半个月的工资，经理有些内疚，但又肯定地说她以后会有更好的发展的，不需要这么屈才。她敷衍地笑笑，握着大半个月的薪水，换好了自己的衣服，离开了店里。

她抚摸着自己的电动车，还有些不舍，这大半个月来，它陪伴她走街串巷，它好像是她工作中最好的朋友，也许它很快就会有新的主人了，她蹲在一旁，用一块抹布将电动车擦得干干净净。

“我走了，你会有新的主人，再见了。”她对着电动车说了一些连自己都听不懂的话，然后才走。

这么容易就对一件物品产生感情和依赖，甚至是一种相依为命的感情，那是一种陪伴和相守，这些天，陪着她最多的，除此之外，还能有什么呢。

离开，总是需要勇气的。

越是习惯安宁不能随遇而安的人，越是不喜欢变迁，即使能很快适应，但对过去总是有依恋。

曼君沿着街道走，她不知道该去哪里，肚子很饿，还没有吃饭，她口袋里的钱，那是大半个月的薪水，她忽然又想起了什么，迅速地就朝另一个方向奔跑而去。

明明没有吃饭，却依旧可以有奔跑的力气。

这就是阮曼君，饿不垮也摧不毁的阮曼君。

她从人群中跑过，熙熙攘攘的人群中，她有些瘦，有些单薄，却有着坚毅的骨骼，她每一块骨骼都是坚强且生命力旺盛的。身边来来往往有很多人擦肩而过，各不相识各不参与彼此的生活，却在这样一个午日里，薄薄的阳光下，显得暖意而温情。

是萍水相逢吗？

只是匆匆一瞥，毫无印象，那些陌生的面目，连记忆里都不曾走进，又迅速地消失，无影无踪。

除了遗忘，除了遗失，还有别的可以选择吗？

已经没有选择了，只能这样一个人走下去，一路奔跑走走停停，选择忘记和记住。

此时的佟卓尧正艰难地搜寻着她的身影，她带着惆怅的神情从店里面走出来，还对着电动车说了一大堆的话，她对一辆电动车的感情居然比对他的还要深，真是个匪夷所思的女人，他都不清楚她是什么生物。

一定是灵长类，她像是一只母猴子。

虽然长得不像，但她赌气的时候真像是一只母猴子。

看着她走在茫茫的人群里，她的身影一会儿不见，一会儿又孤单地出现，她穿得有些单薄。

她安慰自己：我很好，一切都很好，我拥有健康，拥有爱的能力，还可以去拼一次，还能再输一次，多好，不用担心太多，是不是？

忽然想念起遥远家乡的外婆了，世世代代靠打鱼为生的小渔村，她三年多都没有回去，只是偶尔能打听到外婆和舅舅的消息，她知道，舅舅因为她入狱的事很抬不起头，她只有争了气才有脸回渔村去，才有脸去见外婆。

她在风口站了很久，都没有动。

站在的那个街角望去，看得到尽头，却看不到你。

没有你的街角，总是一望无际的，因为有所希冀，有所思念，是牵念某个人的方向，是家的方向。

起风了，她的头发被风吹得在空中肆无忌惮地摇曳，过去她就像一阵风，不计后果地往上扑。只是，扑空了。

她将手中的大衣穿上，大衣口袋里，都是风。

哪里有孤单，哪里就有风。

她手抚着前额，抬眼看着阳光，无论风多大，有太阳就好。

穿过马路，她终于找到了那家店，那个漂亮的帆船积木还在橱窗里放着，那是多么美的一条帆船，让她想起了年少时候和父母待在一起的那条帆船。

依稀能回忆起那幅画面，父亲打着赤膊，苍劲有力的胳膊正使劲地拉网。波光粼粼的海面上偶尔还有鱼跳跃起来，周围有渔民在喊着劳作号子，母亲从船里出来，唤她进船里去添一件衣服。

十几年前的温馨记忆，还历历在目，只是父母最后还是相继去世了，只剩下了她，当年的那只船，后来也被舅舅卖了，那只船像家一样，卖了，就是连家也没有了。

回不到过去了，对吗?

记忆里的亲人逝去了，记忆里的家没了，她不停地回忆，可是，她再也回不去了。

她渴望买下这个帆船积木，她要将它一块块地拼凑完成然后裱框挂在床头，就像是拼凑完成一个家，对于她而言，这不仅是一个帆船积木，还是一个家的寄托，她想在梦里，会有一只船，上面有个家。

店员走了出来，似乎对她熟悉了，她好几次都在橱窗外盯着看，恋恋不舍的模样。

“您好，如果喜欢可以进来看，现在店里的商品一律都打七五折，喜欢不如买下来。”店员温和地说。

她进了店里，店员将帆船积木的包装拿给了她，解说着里面有五千块小积木，要慢慢堆砌，最后会是相当美的手工艺品，不论是挂在家里还是送人，都是一份很浪漫的礼物。

她抱在怀里，很开心。

这一幕，都被停好了车站在马路对面的佟卓尧看到了，他不止一次见到她这样痴迷地看那个帆船积木，他见她和店员商量着什么，她从口袋里掏出钱，数了好几遍，似乎不够，她不舍地将积木交给了店员，低着头惆怅地走了出来。

他想去帮她付钱，可一想，她的脾气，是绝对不会要的。

他站在广告灯箱后，却忽略了灯箱上是一个女性内衣广告，上面是奔放热情的内衣女模惹火的广告画，他靠得那么近，颀长的身姿，正好头就靠在广告画上女模的胸口。来来往往的女孩都捂着嘴笑着跑开，他只顾着看她，却将自己陷入了一个尴尬的境地。

他学着漫画里的样子，转身眼珠向上翻着白眼，装作是盲人，摸索着离开。

走到拐弯处，他庆幸自己机智，不然就真尴尬了。他正暗自想着她不知道去了哪里，却忽然见她瞪着大眼睛出现在他面前。

“我顺道回家，你呢？”他掩饰着问。

曼君只是看了他几秒，她想自己究竟是哪里出了问题？对这个莫名其妙的男人，险些迷失了自己。

她过去在一张卡片上写下过这样一句话：我在过马路，却看到了你。

最美丽的相遇，是多么巧，正好在过马路的时候遇见了你，你看起来一点也没变，只是眼里多了些生疏。

抓不住，也看不清，因为时隔遥远，你我已渐渐缘浅。车来车往，偶尔一辆公车驶过，遮住了你的身影，等车驶过，你礼貌地问好，然后说再见。

只是往后的岁月里，还能在这样过马路的那一瞬间碰到你吗？不能了，一生仅有这样一次的马路遇见。

# 第八章

# 一生一会，若即若离

分手的时候，谁在乎，
谁就输了。

有没有一个人，曾是你在过马路时，期待着会遇见的？会在看红绿灯时，内心有小小的期盼，也许，他也在过马路，互相看着过往的车辆时，发现了彼此，点头，微笑。

或者会有很多话想说，互相隔着马路望着，川流不息的车流，湮灭了声音，只好伸出大拇指和小拇指放在耳边做出打电话的手势，电话联系。

各自离开后，才想起，其实彼此都没有对方的电话号码。

她与佟卓尧，理智上来说，没有任何实质性关系，不过是两个孤单的人的一夜迷情。

她怎么能再步后尘呢?

他是井绳，而她被蛇咬过，她怕受伤，怕中毒，于是装作满不在乎，就好像她比他还能玩得起一样。

她只是，输不起。

谁在乎，谁就是输了。

卓尧渐渐明了，不管怎么用心，她认为他伤害了她，那么他就是一个伤害了她的坏人了，在她那儿，他都是一个坏人，所以，她说她玩得起，也放得下。

她反问他一句，难道你是认真的吗？你不是把我当作另一个相似的寄托吗?

他竟不知怎么回答，只是看着她的目光里，满是意料之中的失望。

他看着她走了，他没了叫住她的勇气，他走向了那家店，她既然那么喜欢那个积木拼图，不如替她买下来。

他走入店里，这时另一个顾客也正拿着帆船积木在看，看样子也很喜欢。

他询问营业员这种积木还有吗。

营业员说这是纯手工的艺术品，包括绘图着色都是手工制作，这是最后一个了。

“替我包起来。”他想要的东西，从来都逃不出他的手掌心，既然是买东西，不是谁先拿到就是谁的，而是谁先付钱就是谁的。

另一个顾客看起来很年轻，二十四五岁的样子，一看就是大学刚毕业才出来工作的，穿着淡蓝色休闲上衣，浅蓝色牛仔裤，戴着一顶鸭舌帽，侧脸的轮廓饱满分明，鼻尖到嘴角又有些痞痞的味道。

卓尧气宇轩昂的样子，女营业员明摆着偏袒风度翩翩的成功男士，从那个顾客手里拿过帆船积木，赔笑着说：“不好意思，这个积木拼图已经被这位先生买下了。”

“是我先拿到手的，我也要买，你凭什么卖给后来的人啊。”男孩有些怒了，从营业员的手里夺过了积木抱在怀里。

“凭我比你先付钱，发票在我手里，东西是我的。”卓尧扬起手中的发票，理所当然的姿态。

“那我要是不给你呢？”男孩摘下鸭舌帽，鼻高唇薄，一副痞相。

“那就揍你！”在“揍”字还没有说出口的时候，他的拳头已经打了出去，以他的身高对付这样一个小痞子岂不是绰绰有余。

对方也不甘示弱，和卓尧打了起来。

于是两个大男人就为了争一个积木在店里大打出手，各有损伤，却仍然没有放手的意思。男孩紧紧地把积木抱在怀里，视死如归的样子，似乎就是怎么着也都不给他。

店外一辆银灰色车缓缓地停下，车门打开，一个戴着白色丝质的网状面罩的夫人走了下来，看起来雍容华贵，身后还跟着一个穿着鹅黄色修身职业套裙的女人，二人正往店里走。

营业员此刻正在纠结着要不要报警让警察来处理，手握着电话犹豫不决，见两个气质不凡的女人走了进来，刚想说什么，夫人摆摆手，示意她放下电话。

“佟卓尧！你在做什么！”夫人声音并不高，但是带着足够的底气和威慑力。

他冷不丁地回头一看，结果挨了一拳，他用力地推开了对方，西装被撕拉破了一个口子，他冲着对方喊了一句：“不跟你打了！”

他赶紧走到夫人的身旁，喊了一声：“妈，严秘书，你们怎么来了？”他的样子已是知道自己错了，从小到大，他谁的话都不听，可最听母亲的话。他虽顽固不化、盛气凌人，但总有一个人是要让他服软的。

“走，回家！”母亲说完就走出了店里，看到儿子这样不顾身份和一个社会青年在公共场所扭打在一起，她实在是觉得无地自容，对一旁的严秘书说了一句：“是我教子无方，见笑了。”

“佟少只是一时脾气，说几句也就好了，夫人别生气。”严秘书柔和地劝道。

他狠狠瞪了仍紧握着积木的男孩一眼，跟着母亲走出了店门。

付了钱结了账打了架，居然还是没有拿到那个积木，真是失败。

他向来都听从母亲的话，父亲去世之后，他就发誓再也不惹母亲生气了，因为父亲的去世多少也是被他气的，他在父亲的追悼会上承诺要听从母亲的教导，一心经商。

上了车，严秘书开车，他和母亲坐在后面，他没有说话，明知自己的行为触怒了母亲，他有些不甘，但也知错。

“这些天你没有去公司，也没有回我那里，你是不是又跑去弄什么漫画册了？更荒谬的是，你竟和一个社会青年打起架来，你还知不知道自己的身份是什么！”母亲严厉地斥责。

母亲自觉身份非凡，总是提醒他要注意自己的身份。

但也是因为这，剥夺了他画漫画的自由，当初为漫画的事离家出走，导致父亲心脏病发作，卧病在床，公司的运营陷入了瘫痪，母亲派人全世界地找他，他当时正在巴黎广场卖画。

他回国到上海时，父亲已咽气。

留下一句最后的遗言，是：“这个不肖子……”

他没想到父亲临终的最后一句话都是骂他是不肖子，于是他烧掉了那些画画工具，一心经商。

他毕恭毕敬地说：“妈，我只是和几个朋友去玩了，晚上回来有些晚，我就回了我的住处，怕打扰到妈。”

他抱着母亲的胳膊，表现出了非常的孩子气，西装裂了大口子，眼睛上还有青紫，依偎在母亲的肩膀上，只有在母亲这儿，他才有归宿感。

男人不管多大，在母亲跟前，总归是孩子，这是天性，哪怕像佟卓尧这样的男人。

曼君回到了多多的公寓里，多多不在家，冰箱里放满了吃的，冰箱门上还贴了一个便笺，意思是让她晚上自己做吃的，多多晚上不回来吃饭了。

其实她也习惯了一个人吃晚饭，一个人看电视，不停地换台，不停地换躺在沙发上的姿势，好像怎样都不够，不够舒适，不够完整。

时光里，总是缺了那么一块。

像是被天狗咬了个缺口的月亮，总是残缺。

她煎了一个荷包蛋，从冰箱里找出了一条鲫鱼、一块豆腐、一盒小青菜，不如，做鲫鱼豆腐汤来暖暖胃。

鲫鱼豆腐汤，很适合在孤单的时候喝。

在心很静的时候，喝掉它。

有坚硬的刺，有柔软嫩滑的豆腐。

小心地从嘴旁挑出细细的刺来，总是开心的事，没有被刺到，还喝了这么鲜美的汤。

又坚硬又柔软，这碗汤，多像她的性格。

曼君想如果人多话多，倒容易被刺伤了，也许，寂寥的时候，适合喝一碗鲫鱼豆腐汤，淡淡的白色的汤，有柔有刚。生活的朴素幸福原本就是在一蔬一汤里。

电视里在放着影片，女主为男主死了，男主终身不娶直至老死，临死时，回忆里的画面，都是女主年轻时穿着长裙欢笑着转圈的样子，明明都死去了几十年了，记忆里却依旧年轻貌美。

于是那一幕就定格在一个垂垂老矣鹤发鸡皮的男人怀念着年轻时的心上人，然后缓缓闭上眼睛的画面。

她抱着一个小瓷碗，碗里都是黑色的芝麻糊，她大勺大勺往嘴里送着芝麻糊，嘴唇上沾着芝麻糊，她念叨着：“根本都是假的，骗小孩子，脱离实际，可笑的剧情，一点也不感人，我保证那个男人之后娶了三妻四妾……”

说着，却哭了出来。

为什么，还会感动得哭出了声音呢?

因为她曾经也天真地相信，会有一个美好的童话，会有一个王子，会等她，会带着她在城堡里过着无争无扰的生活。

她握着笔，在便笺写了五个字：没有小王子。

傍晚的时候，她买来一堆报纸，握着一支红笔一个个地画圈，上面都是一些招聘信息，什么工作都有，还有日薪一千的，真真假假，她只能死马当活马医了。

把那些靠谱一点的公司地址和电话都记录在一个小册子上，她对着镜子，深吸一口气，左手拿着记满了招聘信息的小册子，鼓励着自己说："明天开始，又将过上找工作的生活，加油加油，穿厚鞋底的鞋子，就算磨平了鞋底，我也要找一份让自己满意的工作！"

习惯身边携带着一个小册子和一支蓝色墨水的钢笔，那种纯蓝色的墨水，写出的字，看着很舒服，没有黑色那么的暗，阳光下，蓝色的字迹泛着和天空一样的澄澈光芒。

也许多多晚上不会回来了，多多像个小妖精，热情而奔放，话有时极少有时极多，爱抽烟，也有轻微的晕烟。

她见过多多晕烟的样子，靠在沙发上，久久不说话，手遮在额间，昏昏沉沉。

她说那是纸迷金醉。

多多说那是醉生梦死。

曼君换上一件白色纯棉的睡衣，衣领上有四朵刺绣的精致小花，她手抚摸着小花，想起她小时候母亲在渔船昏暗的灯火中，为她做一双鞋，鞋面上绣着的红花绿叶。

那是独一无二的一双鞋。

此后，再也遇不到那样充满温情的鞋子。

她把自己全副武装了起来，包裹得严严实实的，然后才进了被子里，依然冷，奇怪的是，此时的上海，并没有冷到这个地步，可是她，却好冷。

很安静，多多不在，这套公寓里，就只有她，电视关掉了，不想看，统统是假的。还不如早点入睡，做个美梦。

隐约中，周围好像都是淡淡的木香，究竟是自己的嗅觉出了状况，还是那个家伙把味道遗留在了她某件物品上?否则怎么会被窝里都是他身上的味道呢。

心里很静，可是忽然想起了他。

若有若无的木香里，她闭上眼睛都是他的脸，那张亦正亦邪的面孔，似乎总是在和她作对，与她为敌，尽管他笑起来的样子，并没有那么可恶。

在路口遇见他时，她问他的问题，他没有回答，只是沉默，男人都一样，如果知道答案会令女人不悦，那么就不答，保持沉默。

她期望他会坚定地说，不是的，她就是她，不是和谁相似。

他不敢回答，因为就是这样的，她就像个傀儡。她自嘲地笑，他以为她会要他埋单为那一夜负责吗?其实大家都是成年人了，清晨过后，各自忘掉。

他的胸膛很结实很温暖，靠在那里，很有安全感，还有他低低回转的吻，像是被浓浓的情意裹绕了一次，那些吻的味道，她依然记得。

甚至他掌心里的略略粗糙的皮肤触感和雪茄的香气，都没能忘记。

他覆在她身上，错落迷失。她究竟是对他已生出了情感，还是仅仅只是一场寂寞的慰藉。

想到后来，头有些疼，她告诉自己，不管是否对他有过短暂的喜欢，明知他是不能去爱的人，理智考虑，不能再陷入第二次差距太大的恋情，那是自寻死路。

清晨的阳光洒在面庞上，微微有些热和刺眼，她醒来，才发现一觉睡到了九点，怎么这么贪睡呢，失业了反而变懒散了起来，这样下去可真要堕落了。

她迅速梳洗完毕，穿上一双简单的白色球鞋，找工作可不是个轻巧活，要穿舒适耐长时间走路的鞋子才行。她拿着一个大面包，带着小册子就出了门。

多多还没有回来，曼君适应了多多这样夜不归宿的生活，如果哪天多多夜里准时回来，那么多多一定是失恋了。

对呀，恋爱中的女人都是这样，每晚都不舍得离开男友的住处，又不愿搬到一处住，太近了，每天吃喝拉撒面对面，反而又少了点朦胧的韵味。

口袋里的那点钱，是她的第一笔工资，她想这么长时间吃住都依赖着多多，虽然只做了大半个月就被解雇了，但她仍想给多多买点什么。

手中的大面包还没有来得及吃上一口，路边瘫坐着一个可怜的乞丐，衣衫褴褛，右腿是截肢的，是身有残疾的人。她动了恻隐之心，蹲下身，将面包分了一半给对方，摸摸口袋里的钱，拿出一张放进了乞丐的手中。

她低头想，也许这个世界上比她不幸的人还很多，但那些人都顽强地活着，她为什么不能呢。

也许是做了一件很小的好事，真的会有好报，她找工作非常的顺利，是一家广告传媒公司的接待前台，她那让人看着舒服的外表起到了有效的作用。

工资和待遇都不错，同事看起来也都是很好相处的样子，她第二天就可以正式上班，并要求要化淡妆，要穿职业装。

她欢喜地去买一些常用的化妆品：粉底液、口红、眉笔等。

好久都没有化妆了，素面朝天是一种美，但淡妆轻描看起来也不错呀。

曼君一副天真的样子，她根本没有想到，这将是一场噩梦的开始，一张布满了阴谋的网在无声中向她撒开，她简直是手无缚鸡之力的瓮中之鳖。

如果不是发生了后来的那些事，她也不会放下全部的顾忌和包袱去了佟卓尧的身边，经历了那些生死患难，原来真正可以陪她走过艰难的人，只有他。

她去了那家店，积木拼图已被人买走了，店主还说那个拼图昨天还让两个男人争得打了一架。

她没有听进去，欢喜之后，又有了失落——她没有买回那个拼图。

佟卓尧发现自己竟然会因为几天没有看到那个女人而心神不定了。偌大的办公室里，他来来回回不安地走动，总像是少了点什么，具体少在哪里却怎么也不清楚。

吩咐季东去查那天买走积木拼图的男人，不管怎么样，他都要尽力哪怕是出高价也要买回那个拼图，他想起她那般喜爱的样子，对她来说一定有特别的意义。

他也这样地喜欢过一个很简单的小物件，比如，第一本漫画书，那是他最爱的小册子，即使后来他长大了，但他依然怀恋儿时的漫画书。

现在她不在原先的地方工作了，他想去找她，都不知道该去哪了。

母亲叮嘱了他一番，公司的事自是要细细向母亲说说，要让母亲放心，他会好好经营父亲留下来的企业，不会玩物丧志，不会像三年前那次一样，为了一个女人，差点毁了自己的公司。

谁没有经历过爱情里的悲欢离合？谁没有被爱情欢愉过，然后被伤害？

他穿着咖啡色居家服，纯棉的布拖，这样子的他，就是一个大男孩，他做排骨冬瓜汤，突然就想她坐在对面，看着她大口地吃东西。

她好吗？她失去了工作，会继续开始寻找下一份工作吗？为什么她不愿来到他身边？她真的对他没有一点点在意吗？还是，她根本就没有忘掉她的那段旧情？

他心里隐隐有了些痛，他想他可以等，等她忘记那一段旧情。

只是一个时间问题，要看是多长时间去忘记一个人，如果一年不可以，那么两年呢？三年呢？可会不会就在这样慢吞吞的日子中，忘记了？

他也以为他不会忘记那个女人，到后来，还是会麻木。到底，一个辜负了背弃了自己的人，是必须忘掉的。

他握着瓷勺，想起她那么消瘦，那晚，他更深刻地明白了她的身体状况，她有些瘦，令他担心，他想如果她愿意，只要她勾勾手指头，他就会带她走。

她越是这样不把他当回事，他越是心不在焉，总是要看到她才安心。

难道是习惯了看她才能放心？

卓尧让季东打电话询问袁正铭，让袁正铭向多多要到了曼君的手机号码，他将她的电话号码输进了手机里，保存，联系人那一栏，他写的是：小漫画。

小漫画，她那么喜欢漫画，那就叫她小漫画。

小漫画，你好吗？

他拨通电话，却又迅速挂了，不知该怎么开口说第一句话，他甚至担心如果她听不出来他的声音，反问他是谁，找谁，他该如何回答。

他只是，想约她一起喝排骨冬瓜汤，他亲自下厨做的。

冬瓜是他特意切得很卡通的形状，只是炖出来，有些走了形。

再一次拨通了电话，传来的嘟嘟声，竟让他心慌，她接了电话，很平淡的一句："你好，哪位？"

他紧张了起来，好多年都没有约女孩子了，该怎么说？他结结巴巴地说："冬瓜汤——很好喝，对吧？"

她在电话那一头，感到莫名其妙，她正在工作，简洁地说："你打错了。"很快挂了电话，都没有听到他呼之欲出的弦外之音。

挂了电话之后，她又拿起放在一旁的手机，想了想，几乎就要想到那个磁性低沉的声音是不是他时，有客户前来咨询，她又没有再多想了。

他失落了，想当年他还没有这样腼腆，现在约女孩子共进午餐竟开不了口。看来是太久没有恋爱的缘故了，多年前的恋爱宝典都忘记掉了，他决定要重出江湖。

不由多想，只是马上就要见到她，然后，看着她乖乖吃东西，还要她甜甜地带着笑意吃。

他有些烦躁了起来，强迫自己再一次打电话给她，电话接通，他先说了两个字："是我。"

是我。这样的两个字，似乎传递了某种暧昧。

如果有天，你接到了一个电话，对方只是对你说了句"是我"，而你，也能立即知道电话的那一端是谁，那么，说明你们彼此都是铭记对方的人。

能有几个人可以打电话给你，对你说"是我"呢?

这样说的人，一定是在意你记不记得他的声音的人。

如果此刻你反问"我记不得了，你到底是谁"，那这一定是最让人伤心的一种回答了，哪里比得上一句轻轻的"噢，是你呀，你最近好吗"。

曼君听到他的声音，他温柔地说着"是我"。

她说："我知道，是你。"

"你肚子饿不饿？我请你……"他话还没有说完，就被她打断。

"不好意思，我在上班，有客户，下班回你电话。"她匆匆挂掉电话，都没有听他说完话。客户要咨询一些业务，她还不够熟练，不能出错，她关掉了手机。

他坐在沙发上，胡乱翻看一些汽车杂志，没有了胃口，她在上班，还那么忙，是不是又去做很辛苦的工作？她这么仓促挂电话，好像一点也不把他当回事。排骨汤凉了，他在客厅里来来回回地走，他要等她一起吃饭。

他想不如开车去接她下班，再顺便看她在什么地方上班，倒要看看是谁"敢"雇用他的女人做苦力，耽误和他共餐。

卓尧直接打电话给多多，他问多多曼君是在哪家公司上班。

多多一听这话，觉得有戏，如果曼君真的能和卓尧成一对，那曼君以后的日子可真的是可以高枕无忧了。多多把曼君所在的广告公司地址告诉了他，并用暗示的话语试图告诉他，其实曼君也是很在意他的。

“我们曼君，好像很不愿意听我提起你的过去，我想，那是因为她喜欢你。”

“那就不要提，我不想她受伤害。”他直白地说。

关于过去的恋情，他不愿再提及，倒并不是因为还对那个女人有什么情结，他只是觉得那是不值一提的。既然放弃了他，就再也不必要出现在他生命里。这个想法和曼君对待冯伯文的态度出奇相似。

虽然曼君穿上那条遗留下来的绿裙子，看起来是有几分像那个女人，可他觉得，那只是曼君的好，曼君的动人，与旁人无关。

# 第九章 她的刺，都是柔软的

她就像是一只刺猬，他喜欢拿着一根小竹枝挑逗她，看她剑拔弩张的样子。

佟卓尧开车去了曼君的广告公司楼下等她，他坐在车里，听着音乐，想着如果她从里面出来，会是什么样的表情。是惊喜，还是惊吓？她一定会担心他会想办法害她被解雇，她害怕惊恐的样子还真是可爱。

怎么那么喜欢逗她呢，她就像是一只刺猬，他喜欢拿着一根小竹枝挑逗她，看她剑拔弩张的样子。她怎么凶，都难掩温柔。

她的刺，都是柔软的刺。

他看广告公司，还是比较正规的，打电话给季东，把广告公司的地址和名称告诉了季东，让季东马上去查一下这个公司的后台，他要知晓她在谁的手下工作，必须知根知底他才能放心。

职场上，一个单纯的女孩子，哪有那么容易出头。

季东调查的消息很快就反馈了回来，这家广告公司注册名并非是一家广告公司，而是一个台湾服装销售公司。后来转做了广告公司，并没有得到工商部门的许可，说白了，就是一家皮包公司，真正私底下运作的是什么并不详。

公司的法人代表是一个极陌生的名字，他在这个圈子里待这么久，并没有听说过。

他隐隐地有了些担心，怕她会上当受骗。

见面再说吧。

必要的话，他不能让她再继续在这种他不了解的公司里上班。

等了一会儿，她提着包走了出来，她穿着修身的职业装，黑色高跟鞋，与之前送外卖的样子，简直是两个人了，他很喜欢她这样干练的样子。

他打开车门，出现在她面前。

她却很平静，就像是看到了一个路灯，一个普通事物一样，没有惊喜也没有惊讶，波澜不惊的样子。

其实她是假装的，她内心里，已经是暗波涌动了。

他的几个连环电话已经弄得她心神不宁了，她想躲着他，却被他找到了，又担心又欣喜。那是多么复杂的心思呢。

“有事吗？”她不看他，眼光飘向了马路对面的建筑物。

“不想我吗？”他坏坏地说，想调节一下气氛，轻松地调侃她，看她的脸，云淡风轻似的。

她白了他一眼，继续往前走。

“我新买了几本限量版的漫画册，你想不想看？”他索性就拿漫画做诱饵。她不是最喜欢漫画的吗?

她果真回头了，朝他淡淡笑了一下，说：“是吗？你可不许骗我……”

“不会，那是给你留的，上车吧。”他很绅士地打开了车门。其实彼此都想有一个借口相处而已。

她上了他的车，坐在他身旁，那么近的距离，稍稍偏过头就可以看到他脸上短短的胡茬，他刮了胡子，身上的木香又散了出来，让她迷失的香气。

车内依旧放着爵士音乐，她随意翻看了几本杂志，有本商业杂志上有他的报道，上面有他的照片，占了大大的版面，他穿着灰色西装，像个男演员。

他车开得很慢，等红灯的时候，他会偷偷地看她几眼，她长长的睫毛，微微丰润的双唇，她的目光聚焦在杂志上，她安静的神情，多么乖巧。

他忍不住，伸手在她脑后温柔地抚摸了一下，顺着她柔软的发丝。她抬眼看他，眸子里闪过瞬间的感动，但是迅速地消失，又恢复了平静。

她的平静，都是装的。

她在努力地克制自己，不能沦陷，不能认真，不能痴缠，他顶多是她的一个普通朋友，以后也许会是陌生人，她没必要去抱一些美丽的幻想，那只会是自欺欺人，她比什么时候都清楚自己的地位。

她和他，距离遥远。她甚至还背负着一个罪名，那是她终身的污点。

而身边的这位佟卓尧先生，是令所有女人都喜欢的男人，他高大英俊，身价不菲，是个成功的商人，他全身都是贴金的，谁不想成为他的女人。

她如果靠近他，那么她将面临一个多么庞大的敌对团。

敌对团里的女人，都是仰慕他的女人。

他车里，几乎没有任何一样女人的东西，如同他干净整洁的公寓里一样，她忽然想起了那条有些微皱的绿裙子，心口隐隐地痛了起来，她捂住了胸口，弯下了身。

他减慢了车速，关切地问道："怎么了，不舒服吗？"他紧张的神情，已暴露了他内心深处对她的在意，他手抚着她的背，掌心的温热传到了她身体上，她觉得，温暖多了。

他是她的劫数吗？不然的话，怎么每每遇见他，都是一种折磨和纠结。

何去何从，该在一起还是远离？都是挣扎。

"我没事，你好好开车。"她说。

一阵痛之后，恢复正常，她坐直了身子，微微朝他肩膀上靠去。"别动，我只是想靠一会儿。"她头动了动，寻找了一个舒适的姿势靠在他肩上，他似乎有些紧张，一点也没有动。

她只是想找个肩膀靠一靠，太累了，这么久，一个人走到现在，遭到的那些白眼和讥讽，她都承受了，人海茫茫的上海，她却连个落脚点也没有。

他车技熟练，她坐在他身旁很有安全感，他的肩膀很厚实，靠在上面，好像再多的担忧都是多余的。如果他不是一个头顶上有那么多光环的男人，那该有多好啊，她或许会有勇气跟随他。

她总隐隐约约在提醒着自己要和他保持距离。

她飞快地离开他的肩膀，端坐着，心怦怦地跳，他的木香还停留在她的鼻息间。

好闻又安心。

"佟卓尧——"她欲言又止。

"我还是喜欢听你叫我佟先生或者卓尧。"他还故意把"佟先生"念成了"疼先生"，侧过脸微笑着看她一眼，是那么知足。

"小心点车。"她想说"你看着点车，看我干什么，我脸上又没有红绿灯"，却没有说出口，刻薄的话，她都不想说，以免破坏这么好的气氛。

明明是生他的气的，气他那么霸道地用特殊方式让她被解雇，可细想，如果不是他那样做，她又怎么能找到现在这样一份正式工作?

也许他的出发点是为她好呢。

她感激地望着他，对他，又多了一丝好感。

多么矛盾呀，想爱却不能爱。

她感觉他此刻是只属于她的佟卓尧，虽然他连一个喜欢都没有向她提及，更不要谈恋人关系，仅有的那一次越雷池，也是双方达成协议，是一对寂寞人玩的暧昧。可是此时，他好像就是她的一样，在车内这样狭窄的空间里，他离她那么近，触手可及。

车进了他的公寓楼下，缓缓地驶入了地下停车场。她跟随着他，一步步地跟着，直到进了公寓，他拿了一双崭新的绒毛拖鞋放在她面前，看似是特意为她准备的，36码，大小正好。

她换上拖鞋，闻到了一阵阵的香气，是鲜汤的香气，她肚子里的馋虫被引了出来，乖乖坐在餐桌旁。

卓尧脱下西装，坐在她身旁，问她是不是饿了。

她笑着点头。

怎么一切突然变得这么亲密自然了，好像是一种心照不宣的默契，过去的不愉快自动地消失。

“我去把汤热一下，电饭煲里有米饭。”他端着汤，走向了厨房。

她手撑着下巴，坐着，看着周围，和上次来没有一点变化，唯独不同的是，客厅的墙壁上居然有一张她的照片，那是被撕了的照片，他拼接并修复好，然后挂在墙壁上。

她不懂为什么一张旧照片，他会把它修复好。

那还不如重新拍一张呢，她爬上椅子，将那张照片取下，然后拿他的打火机点燃了，看着淡蓝色的火苗在慢慢吞噬着那张绽开美好笑容的脸。

一切，灰飞烟灭，不复存在。

他走了出来，吃惊地望着她，没有阻拦她，他看到她果断地决意要和过去告别，他很欣慰，他想，她应该可以慢慢从上一段恋情的阴影里走出来了。

那样他可以和她开始了吗?

他希望她接受他的时候，心里是只有他一个人的。

“过去的阮曼君没有了，我开始懂得，人生中总有那么一段路，是需要我一个人独立去走的。这张照片，没有必要再留下去了，照片上的我是幸福的，可是生活里，冯伯文背弃了我。我不恨他也不怪自己，你知道吗？我想，如果没有经历这些事，我也不会认识你。”她说着，抬起头看他，觉得鼻子有些酸楚。

他明朗清晰的模样，一副大众情人的样子，他究竟是怎么想的，对她若即若离，从未给她一个坚定的讯号，她飘忽不定也抓不住握不牢。

他走近她身边，俯身拥住她，良久，他说了一句：“我好想你。”

他头埋在她的发丝间，久久都不愿离去，厨房里的汤也许沸腾了，他从未有过这样的一种安定，是一个女人给的安定和祥和。

汤在微波炉里热着，她推推他，轻喃着说：“我饿了，去端汤来，让我尝尝你的手艺如何。”她朝他浅笑，清秀的面庞上浮上薄薄的红晕。

“好，你等我。”他在她面颊上吻了一下，恋恋不舍地起身。

他为她端来了汤，盛好了米饭，和她面对面坐在一起，他想这一餐饭一定是非常有胃口的，和自己想念的女人坐在一起喝汤吃饭，多幸福，他脸上的笑容不自觉地浮现出来。

原本还有些担心，担心她会生他上次的气，好在她的脸上一点也看不出记仇的样子，她喝一口汤，欢喜地说他的汤做得可真好喝，她小口地喝着，有些烫。

他看着她开心地吃着，很是满足，自己也低着头吃了起来，确实是很香，怎么一个人吃就没有胃口呢。这样多好，边吃饭边相视一笑，一餐充满了温情的饭。

她一下又难过了起来，他是不是也曾这样对一个女人好过，或者说，他对很多女人都这样好过，不过是寂寞时想找一个人陪着吃吃饭看看漫画。

也许谁也不会是谁的谁，只是聊以解忧，没有未来的。她放下了勺子，唐突地冒出来一句：“我们没有未来的！”

曼君站了起来，手无意碰到了盛米饭的小瓷碗，瓷碗掉到了地板上，竟完好无损，她拾起瓷碗，看着他，有些像犯了错的孩子。

他给她重新盛了一碗饭，然后用汤拌好了饭，握着一个小瓷勺要喂饭给她吃。

“怎么对我这么好？你别对我动情啊，我说了，玩玩的嘛。”她推开了饭碗，有些躲闪，生怕被他捕捉到了她眼神里的不坚定。

他的目光追了过来，她的脸偏向哪边，他就跟随到哪边，非要逮着她的目光得到了肯定才罢休，就在她躲闪不定间，他拥抱住了她，紧紧的深情的一个拥抱。

她是毫无防备的，被他从身后抱在了怀里，他双手放在她腰际，原本端在手上的碗歪歪地倒在桌子上，无辜的碗，被他丢在了一旁。

既然喂你也不吃，那么我抱着你，你总是要吃了吧。他就是这样想的，他抱着她，像是大熊抱小熊一样，她不再闹腾，任由他抱着。

他喜欢她这样乖巧的样子，像是个小女孩，偶尔倔强起来会翻脸不认人的小女孩。

她骨子里好像有很多的顽强，打不垮也摧不倒，没有什么可以让她觉得绝望，她天生就是没心没肺的样子，细腻起来的时候却又是楚楚动人。

她有很多面，可爱的、女人的、倔强的，那么多面，都是活色生香，不管是她在街上奔跑着的狼狈样子，还是她花痴一般蹲在橱窗外看拼图的样子，都让他难以忘怀。

想到了那个拼图，他问她："你很喜欢那个木船吗？几次都看到你跑去看，我想对你一定很重要。"他小心地问，生怕会和她过去的恋情有关，会触碰到她的伤口。

什么时候起变得这么小心翼翼了呢，以前的他，说话做事都是不假思索的，可以说是不会去想别人的感受的，唯我独尊，那是他一贯的风格。说话总像个军人，命令式的很简洁的口吻。

和她在一起，话一下就多了起来，他都有些嫌自己啰唆了。

"何止是喜欢，有我太多的回忆。我小的时候，就生活在渔船上，父母要下海打鱼，又怕我会掉到海里去，我的脚上总是被系着一根粗粗的绳索，绳索的另一头绑在船舱中一个固定的木桌腿上，记忆里的童年就是在漂漂荡荡的船上度过的。我的世界是很小的，那些年我就一个人在船上的大木桌底下玩耍，大木桌下有一个小椅子，玩累了就趴在小椅子上睡一会儿，那个木桌子底下就是我的世界。所以，那艘木船，唤起了我对家的全部记忆。"她娓娓道来，想念起已故的父母，眼泪不禁要掉下来，努努力，终究没让眼泪落下来。

他默默听完，既为她的身世感伤，又欣喜她那么喜爱的物件幸好与冯伯文那小子无关，也不枉费他为此打了一架。

“是这样啊，那我值得了。”他自言自语道。

“什么值得啊，你有那个帆船拼图的下落吗？据说是一个欧洲老木匠纯手工制作的，只剩下这独独的一件，我当时钱没有凑齐，现在想买，却被人买走了。”她悻悻地说，双臂好不容易从他怀里抽出来。

“我其实那天下午是买到了，谁想到，半路杀出了个程咬金，我还和那小子打了一架。不过我已让季东去调查了，我想，会拿回来的。”他搂着她，想给她一个承诺。

“不需要了，算了，以后可以再遇到好的。你怎么可以随便和人打架呢，一点也不注意身份，你这样，真让我不舒坦。不要轻易给我承诺，我也不喜欢这样，我怕我会失落。”她转身，主动搂着他的脖子，在他的脖子上捏了一下。

被她这么一捏，他哈哈大笑了起来，爽朗的笑声，好久都没有这么开怀地笑过了，他怎么就开朗了起来呢。和她在一起，她的一个小动作，都能戳到他的笑点。

他搂着她，下巴上的胡茬在她的额头上轻轻地扎着，她躲开，像是一只小猫一样跳跃开来，站在他对面，笑靥如花。他有种恍若隔世的感觉，好像又回到了多年前的旧时光，见到了曾让他差点用生命去赌的女人。他摇摇头，让自己清醒，怎么会这么像，只是她有所不同，她更倔强，更坚强。

欧菲，是他曾经深爱过的女人，也是那条绿裙子的主人。

她曾伴随佟卓尧七年，是他在留学期间认识的，那些年，他一直固执地认为，欧菲会是伴随他一生一世的女人。他没有给欧菲任何承诺，却付出了全部，甚至为了欧菲，他放弃了漫画，他想子承父业经商，做一名成功的商人。

可是她最终还是离开了他，而那一次离开，他差一点死去。

此后，他不许身边任何人再提“欧菲”这个名字，在他心里，这个女人死了，他已经心如止水忘掉了。

直到遇见了阮曼君，这个和欧菲神似的女子，却也有着和欧菲太多的不同，他喜欢她坚强的样子。

也许是因为他身边太多的女人都是不够坚强的，很多都更愿意做男人的附属品。但曼君不一样，她越是不把他放在眼里，他越是想收服她。

她就是那顽皮的小妖，而他，就要用手里的金钵收服她。

他伸出右手，握住她的左手，稍稍一用力，她被他拉入了怀中。四目相对，他的吻落了下来，她紧紧抿住嘴唇，他的吻却落在她的眼眸上。她像是被捉弄了一样，猜错了他的目标，她涨红了脸，瞪了他一下。

那一瞪，含情脉脉，似有千句万句情话在其中。

“好，敢瞪我，你知道瞪我的人下场会是什么吗？”他紧锁住眉头，含笑带着威慑性的样子问她。

她丝毫不惧怕，扬起嘴角浅笑反问：“怎样？”

他故作不怀好意地打量着她全身，目光从上到下，浮起一丝坏笑，最后眼光聚集在她胸口，她忙双手放在胸前，他横抱着她站起身，低声说：“敢瞪我的女人，都逃不出我手掌的惩罚。”

他抱着她大步朝卧室走去。

她捏着他的脸，说：“咦，你说这句话的样子好邪恶啊……”

他推开门，然后脚跟轻轻将门带上。

她从他怀里挣脱，躲到窗帘后面，笑闹着说：“你看你的样子，多像一只大灰狼。”

“你想我吗？”他表情很认真，眸子里写满了深情，这与刚才的玩笑样子大不相同。

“嗯？你说什么？”她假装不懂。

“你对我，真的只是玩玩吗？”他又继续问。

这让她捧腹大笑，她笑弯了腰，蹲在地上，像是一个喜滋滋的孩子。

“回答我。”他恢复了霸道的姿态。

“你是要我负责吗？”她忍住笑，问他。

“难道你想不负责吗？你想逃避责任吗？你是学法律的，你应该是懂得责任的含义吧。”他向她走近，蹲下身子，手托起她的下巴，看着她的面庞，目光直射她的眼底。

她低下头，想必这只是他的一句玩笑话而已，他和她之间，隔山隔水隔着太遥远的距离。她已经在努力说服自己，忘掉那一夜，那一夜她只是穿着绿裙子的替身，他念念不忘的，是另一个女人。

转瞬间，她鼻子有些发酸，她知道，她已经不想做一个傀儡，做一个替身。她宁愿彼此做普通朋友，或是漫画发烧友，有共同的兴趣，彼此慰藉。

“佟少，这个责任我负不起。哈哈，你想想啊，你是个商人，我不喜欢商人，我喜欢的是……喏，我喜欢他，我喜欢漫画师，如果他能画一辈子漫画给我看，逗我笑，多幸福。”她拿起身旁杂志架上的一本漫画书，摇晃着漫画书对他说。

当然，她并不知道这本漫画册就是出自他的手。

他多少是有些失落的，他笑笑，耸耸肩，说：“和你开个小玩笑，你别当真。我身边的女人那么多，每个女人陪我之后都要我对她们负责，我不过是好奇你怎么不像她们那样，求着我负责。”

他刻意这么说，为了刺痛她，也为了挽回自己那高贵的尊严。

她放下漫画书，明显地生气了，他不过是把她当作他娱乐场里的那些女人，他自以为她会朝他投怀送抱，他以为他是万人迷是女人的偶像吗？她来不及伪装大度，醋意大增，几乎要夺门而出，那张床，对她而言像是羞辱。

他挡在门前，张开了怀抱，她差点跌入他怀里，她绷着脸，生冷地说：“我该回去了，工作上还有很多事我要去做。”

“我不许你走。”他扬着头，没有让的意思。

“凭什么！你佟卓尧不缺女人，你想要谁陪你，一个电话打过去，很快就有女人乖乖上门，需要在我这样粗鄙的女人身上浪费时间吗？”她推着他的胳膊，想离开。

他死死地抱住了她，不管不顾，那么死皮赖脸，他抱紧她，头埋在她颈间，无赖地说：“反正我不许你走！我们不吵架好不好，吵架不好，吵架伤和气。”

她张口在他的肩膀上用力地咬了一口，他动都没有动，像是一点也不疼似的，她咬得累了，才松开。

他依旧把头埋在她颈间，柔声说：“你身上的味道很好闻，总能让我安定冷静下来，让我有睡意。”

丝丝血迹从他白衬衣里渗了出来，她心疼了，怨自己怎么咬得那么重。

“疼吗？”

他摇摇头，就那样抱着她，把头埋在她颈间，她感受到他呼出来的温热的气。如果时光就停在这么一瞬间多好，没有太多的杂事和误会，只有这样的一个拥抱。

她在他怀里安静下来，她变得温顺起来，就好像刚才两人并没有发生什么摩擦，就好像是一对吵架之后再和好的情侣，拥抱是那么深情自然的事情。

“别走，好吗？”他抱得更紧了。

“我不走，我一直在。”她温柔回答。

直到卓尧的手机在客厅响起，他也久久不愿意去接，不愿意离开她的身边。她像哄着孩子一样说：“电话都响了这么久了，你去接，也许公司有急事呢。”

手机还在不停地响，他只好去客厅，还不忘回头对她说：“你站在原地，不许动。”

她就乖乖站在原地，等着他接电话回来。

他在电话里有些烦躁，电话破坏了他原本的心情，他说：“今天我有重要的事，会议取消，你和公司里的董事们协调一下。”

“怎么，我的话你也不执行？”

“就这么决定，明天我去公司再处理！”他挂掉电话，顺手关机。

“公司是不是有事，你去公司忙吧，我自己回家。”她温顺地笑着说。

他向她招招手，她像个小女生一样跑到他身边。他坐在地板上，他让她坐在自己身边，然后右手揽着她的肩膀，他和她一起翻看漫画。他一页一页地翻，她总是会被漫画里的故事逗得笑倒在他怀里。

所以说，真正会谈恋爱的男人，不是带着心爱的女孩看恐怖片，而是看幽默漫画，女孩笑着倒入你怀中，要比尖叫美观得多。

她问他是不是很有钱，他点头说是啊，他的钱不是用数字来形容的，因为可能后面的零太多，她会数不过来。她索性就说既然你那么有钱，那么你给我买个老公吧，让这个老公娶我爱我疼我，给我洗衣做饭煲汤，最重要的是要很幽默，画最好看的漫画给我看，逗我开心。

他挠着她的痒痒，说她怎么这么没出息。

她咯咯笑着，头枕着他的腿，她说她就是这么没出息。

他食指在她额头上弹了一下，说她是个大花痴。

# 第十章 世界上唯一的小漫画

世界上只有他一个人叫她小漫画，小漫画，多么可爱的名字。

# 如果巴黎不快乐

## 1

漫画多美妙，故事总是简短而美好。

她觉得自己的人生就是莎士比亚的大悲剧，从儿时开始，就是一路坎坷，而他，则自小养尊处优，像个皇太子一样，一点也不知道民间疾苦。

他义正词严地扳正她的脸，命令她以后必须唤他“卓尧”，而他则唤她“曼君”，多好听的一对名字，像小夫妻俩。

她拧着他的鼻尖恐吓他要是胆敢对她不忠，她就休了他。

她被他温柔地压在身下，头发凌乱地落在地板上，她装着克制地说：“我现在是如狼似虎的年纪，你最好躲远点。”

“那我把你就地正法。”他一粒粒解衬衣的纽扣，黑眸中沉浸着柔情蜜意。

“啊，这不是床，这是地板……”她笑闹着。

天哪，这已经从情调变成了调情了。

春意盎然的一幕，客厅里不再冷清，变得温润而多情起来。

她在他的身下，看到了温暖的长空。

留在他的住处直到吃过了晚饭，又坐在一起拥抱、接吻，好像真是如狼似虎如饥似渴。她想她大约是爱上了他了，从来没有一个男人，可以让她如此疯狂。

她靠在他裸裎的结实的胸膛上，恍然又有了沧桑之感，欢愉的时光到底是短暂的，她开始担心他们能不能长久，她的脸贴到他心口，她喃喃地问他：“卓尧，你说我们可以这样好多久？我们算是情人关系吗？”

“我想多久就多久。”他说毕，手抚摸着她的发丝，有些心软，他刚想补上一句：我想这样一辈子。

她却惆怅地说："快乐的日子，也许不会那么久远，或者一年两年吧，我们总归要各自回到各自的路上。"她说得有些委屈，却无能为力。她不能做他长久的情人。

"妻子的名分，对你们女人而言，很重要，对吗？"

"当然，一个妻子的名分，是男人对女人最深的爱。"

"你也一样？"

"当然一样。所以我逃避你，因为我清楚，你给不了，我的矛盾也是在这里。"她说这句话时，望着他，她有些期望得到他的反驳，他会说：不，我给得了你，我可以给你我的全部。

卓尧只是陷入了一个漫长的沉默中，他拿过一支烟，点上，手垂在膝盖上。他在想如果当初，他可以给欧菲一个承诺，或许后来就不会发生那样不开心的事情，也不会和欧菲无疾而终。

难道一句承诺就那么难开口吗？

"对不起，我需要时间。"他吸一口烟，说。

起初的激情退去，她有些失落，男人都是如此，是她期望过高，他们不过是情人关系。如果真的结婚，卓尧这样的男人，未必是适合她的，悬殊过大。这样想，她觉得不必感伤。

她夺过他手中的烟，吸上一口，又塞回他唇间。

有股今朝有酒今朝醉的错觉。

"工作满意吗？或者，来我的公司。"他弹了弹烟灰，说。

"不去了，我现在挺好，真的，虽然薪水不高，但同事都很关照我这个新人，我工作很轻松。"她洒脱地站起身，装作若无其事地说。

"是吗？那就好。"他摁灭烟，心里满是说不出的憋闷。他走进卫生间，用冷水冲脸，对着镜子，想着客厅里的曼君。她的回答和季东的调查结果完全不同，她在公司里明明受老员工的排挤，端茶倒水，做了很多不是自己本职的工作，也有员工在背后恶语中伤她。

其实她过得一点也不开心，她完全可以向他开口，只要她张嘴，他愿意给她所有她要的一切，但她为什么要都一个人扛起来，他不想看到她强颜欢笑的样子，感觉到她瘦了很多，肋骨都瘦得突出来了。

他从卫生间出来的时候，她已经离开了，桌上放着一张便笺，她轻描淡写说了对他的感谢，说她会努力好好生活。

最后一句是五个字：明天会好的。

署名是：小漫画。

世界上只有他一个人叫她小漫画，小漫画，多么可爱的名字。

她是他见到过的最难以捉摸最特别的女孩，不依附谁，也不依赖谁。

他坐在沙发上，开始想念她，刚走没多久，他就陷入了思念中。小漫画，她是他的小漫画。

如果可以，他想把她当宝贝一样珍藏起来，免得她受苦，免得她孤独，免得她受惊，免得她害怕。

他屈指算着自己有多久没有去喜欢一个人了，算算也有三年了。这三年来，在商战中摸爬滚打，终于有了自己的一番事业，与父亲无关的事业，全靠自己。逢场作戏时，从不乏女人献媚讨欢，他有他的节制力，能把持住自己。

当然，生意场上免不了应酬，应酬也免不了风花雪月，那些合作伙伴通常是财色双收，总是离不开女人。谈笑间，他避免与那些女性有肢体触碰，这类女人，向来是不入他眼的。

但他也不是喜欢纯情的女人，他喜欢能和自己成为对手的女人，具有挑战性，越是若即若离，越是要握在手心牢牢抓住。曼君就是这样的女人，她不要他任何东西，和他没有一点的经济关系，他有些不安了，就好像她随时都会离开他。

平日里朋友聚会的时候，他总是一个人。他有三不带：不带女伴，不带名车，不带手机。

他总是静静坐在一旁，和朋友说说公司里的事，或者，什么也不说，看着他们声色犬马。

他想下次聚会，他一定要带着曼君去参加，他要让她走进他的生活圈子。

而曼君的内心，何尝不是地动山摇，她承认了一个事实，她好像渐渐爱上他了，比以往的爱情来得更加强烈，他有太强的吸引力，他的身边有一个巨大的磁场，她的思念也形成了一张网。

他们是情人，或者，是周末情人，也许只有等她周末，才能见面。而他也很忙吧，可能不是每个周末都有空，即便有空，不一定能轮得到她。

但她只有他一个人，念念不忘。她装得潇洒，其实只他一个情人，就足够让她纠结和倾心。

她的心，还能装得下别人吗？连她自己都不敢相信，这么短的时间，可以爱一个人爱得这么深沉。

错觉，也许是错觉。曼君走在灯火通明的马路上，偶尔回头，渴盼他跟随在身后，不期而遇，他没有出现，她失落，然后又微笑着给自己打气。她会幸福，她会和漫画里的女孩一样，以最滑稽的模样遇见最爱的人。

在一家日本料理酒屋门口，曼君从店门口经过，不经意一瞥，她看到了冯伯文。他西装革履，右手揽着新婚妻子，细心地推开门，站在一旁，等着妻子出来，还下意识地帮妻子整理了一下从肩上滑落的披肩。

曼君想加快步伐赶紧离开，却偏偏碰上了，躲不掉。她低下头，想躲避。当过去的恋人，搂着另一个女人出现在她面前，即使这已经不是第一次，她还是会不自觉地卑微起来。

冯伯文搂着妻子，还不忘给妻子一个鼓励的眼神，他的手掌心在妻子的肩膀上轻轻拍了一下，像是在安慰妻子，他冯伯文是谁的丈夫，和阮曼君是没有关系的。

他那样落落大方地走到她面前，躲不过了，她抬头微笑，问好。

冯伯文热情地介绍着他妻子的名字。

“这位是我的太太，雅琪。”

“冯太太，你好。”

“曼君小姐，你好，你是伯文的旧交吗？”雅琪露出优雅的笑容，手紧了紧怀里的披肩。

“算是旧交吧。”曼君说这句话时，脸看向了冯伯文。

演技再高超，冯伯文的眼神还是闪过了一丝慌张。

“伯文你也是的，有这么漂亮的旧友，也不在我面前提起，阮小姐真是一脸福相啊，在哪里高就呢？”雅琪殷勤而不失风度的问候，话外却透着咄咄逼人。

有一种女人，含笑逼人，深藏不露。

曼君心想，是夸我还是损我啊，我再一脸福相，也比不过你有福相啊。

曼君笑笑，说：“我混口饭吃而已，谈不上高就。冯太太果然气质高雅。有句话说得好，一个成功男人的背后一定有一个成功的女人。果然如此，你说是吗，冯伯文？”

以牙还牙，以眼还眼。

话锋一转，冯伯文忙胡乱点头，说：“我太太对我帮助很大，从来不给我添乱，我很爱她。”

这一番肉麻的表白，让雅琪心花怒放，头歪歪地靠在冯伯文怀里，手抚摸着冯伯文的领带，说：“是啊，你看你连领带都不会打，也不会挑领带，那些旧的领带啊，我都让阿春丢掉了，那些低级的品位，怎么能配得上我的冯伯文呢，是吧阮小姐？我选的领带，很适合我丈夫。”

阮曼君懂了，她曾给冯伯文买过几条领带，不是很贵重，但是花了她两个月的薪水，雅琪的话语，意思很明显。

“是的，冯伯文现在看起来，非常绅士。很晚了，我先走了。”她急于离开，躲过一场唇枪舌剑。

雅琪“关切”地说：“你没有开车来吗？不如坐我们的车，载你一程，走路走久了，对腿形不好。”

“没事，我的腿形向来不好看，这点冯伯文清楚。再见。”她说完摆出一副漠不关心的表情离开。

最后一句话，相信可以气一下这个过于骄傲的女人。

口口声声说自己是冯太太，冯伯文是她的丈夫，好像曼君她要来抢这个男人似的。

曼君走到一家便利店，买了一罐啤酒，拉开易拉环，边走边喝，嘴里嘟哝着说：“我才不稀罕，我才不要把一个男人当成我全部的世界，我只爱我自己，我再也不会这么傻。”

“阮曼君，你是天底下最大的傻瓜，你个笨蛋！你很能扛吗？你扛得起吗？冯太太，冯太太三个字很了不起啊？”

“我为了什么……我为了什么，我连律师资格证都没了，我为了什么？卓尧，卓尧你喜欢我吗？”

“卓尧……卓尧是情人，情人是成不了丈夫的……”

她没有醉，却一路跌跌撞撞迷迷糊糊，看什么都变成了佟卓尧，连路边的大路灯，都像是他。

眼里都是他，哪里都是他。

我们不要未来，我们不要承诺，我们不要名分，我要我们在一起！

天崩地裂，也不及“在一起”这三个字分量大。

手机响了，她扔掉易拉罐，带着酒劲接了电话，是卓尧。

“到家了吗？以后每天下班回家都要给我打电话，说你到家了，才可以，听到没？”他温柔地说，声音软软的，这是他少有的温柔啊。

“我到家了啊，知道了，你怎么变得这么黏人啊。”她心情不舒畅，言语也有些敷衍他。

她挂掉电话，坐在花坛边的地砖上，仰头看着天空，夜深了，凉气扑了过来，她心里像是被千军万马齐整整踩踏过一样。

还有一百米就到多多的公寓了，她却不想回去，一个人静一静，也好。她不能让多多看出她的悲伤，她要坚强，哪怕被甩了一千次也要在第一千零一次时爱上一个人。

学习多多愈挫愈勇百折不挠的精神。

多多爱过很多人，也被很多人背弃过，当然，多多也背弃过很多人。

那些人玩厌了，于是离开多多。而他们一旦落魄了，没钱了，多多一样会离开他们。

多多说自己是交际花，是上流社会里的交际花。

曼君以前固执地坚持自己的那份原则，爱情第一，这和多多的金钱至上完全相反。但看看冯伯文身边的妻子，高贵优雅，爱情和金钱总是有那么些丝丝缕缕的关系，你以为你可以洁身自好明哲保身爱情万岁，其实很难实现。

记得冯伯文在审计部门来查账的时候，明知东窗事发，却来求曼君，说得那么动听那么伟大。

“好曼君，这次只有你，我最爱的女人，才可以帮我了，如果我被抓进去了，公司就完蛋了，这个公司离不开我。你帮帮我，帮我想个好的办法，找一个人替我去扛一下。”

“伯文，我来扛。”

冯伯文当时给了她一个感动的眼神，假惺惺地说：“你真的愿意为我这么做吗？你对我真的太好了。”

“只要你要，只要我有。”当大难来临之际，她愿意为自己生命中的男人去顶住灾难，只要他好，她就会好。

只要你要，只要我有。这八个字，注定了这一份爱将在全部付出之后颗粒无收，这是一个荒芜了的情场，因为只有她一个人在不停地耕种，却不知，蝗虫早已悄悄吃光了菜。

“曼君，不管你坐多少天的牢，我都会在外面等你，等你出来我就娶你做我的妻子，我所拥有的都是你的，你安心在里面，我会找最好的律师来给你辩护。”这算是冯伯文给她的最后一个承诺。

她在里面，盼星星盼月亮，冯伯文没有来看她一眼，甚至连律师都没有为她请，开庭的时候，她孤单地站在被告席上，却坚定地扛了所有的罪责。曼君并不知道，那时的雅琪早已盯上了冯伯文，迅速给冯伯文资金帮助，让冯伯文摆脱困境。

她坐在地上，像是一个不回家的孩子，抱着自己的双腿蜷缩在马路上。她手抚摸着地面，如果在这里睡去，那么也是安全的，冰凉的马路，总比负心男人的胸膛来得宽广。如果她阮曼君有钱，她还会在佟卓尧的面前这样天壤之别吗？

当一束刺眼的灯光照射在眼前，她下意识拿手在眼前挡了一下，心想谁这么张狂把车开到这里。

车停了，车内下来一个高大男子，朝她走来。她本来就喝了点酒微微醉，醉眼迷离的，加上车灯的直射，她并没有看清来人的面貌。她有些惧怕了，不会是大晚上的遇到了劫色劫财的人吧，换作是多多，也许开着玩笑说劫财没有，劫色可以商量。

她身子朝后退了退，抓起背后花坛里的一把土，做好反击的准备，她在心里默喊“一、二、三”，正要先发制人袭击的时候，对方用带着威慑的语气喊了一声：“阮曼君！”

她回神，原来是佟卓尧，他怎么跑来了，不是刚打过电话吗？她撒开手心里的土，站起身，咧开嘴朝他笑笑，说：“这么巧啊，我出来散散步，你呢，你是来找我的吗？”

卓尧走近了，他脸上有怒气，随后像是老鹰抓小鸡一样把她抱起来，打开车门，丢进去，关上车门，上车，一连串的举动，她只觉得是一刹那脚心离地，就被丢进了车内。

“你一个女人喝醉了酒坐在马路边，太不像话了！”他像个长辈一样批评着她。

“啧啧，你看你，紧张成这样子，我爱喝酒，不要你管。”她借着酒劲想撒娇想耍耍无赖。

其实她是清醒的，她没有醉，但可以打着醉了的幌子去撒娇，也不错啊。她想她是太缺乏爱了，以至于，装醉讨爱。无非是想博得一个强者对一个弱者的关怀。死要面子的她，如果不以酒醉为借口，有些话，以她的性子是开不了口的。

“看你的出息！这点酒量，喝啤酒都这样，还学别人喝酒，老老实实给我回去睡觉！”

她果真是没有回家，一路找来，真就寻到了她，看她那样孤孤单单坐在马路边，他心里满满的都是心疼和爱怜，他明白，她只是找不到家了。

那么他愿意，送她回家。

这已经不是第一次看她喝醉成这个样子了，她的内心仿佛有一座活火山，随时都会火山爆发，岩浆烧灼着她，让她痛苦，让她愤懑。

“酒——好东西！卓尧，你说我还有没有几分姿色呢？你说，我哪里最吸引你？”她挑逗性的语言冒了出来，身子攀上了他的背。

既然“醉了”，所谓酒壮怂人胆，她要借此机会，大肆疯狂。

“小漫画，你醉了。”他疼爱地说，黑眸里温柔无比。

“我要亲亲。”她嘬起了嘴，像一个讨欢的孩子，闭上了眼睛，乖乖等他的垂爱。

“我不喜欢女人口中有酒气。”他笑着摇摇头。

“那——摸摸头，摸摸头总可以吧。”她睁开杏眼，深情地望着他。

他温暖的大手心抚摸着她的头，她变得这么乖巧听话，她感受着他手心传来的温热，那是他的体温，他注视着她，双眸温润动情。

手掌心在她头上来回轻轻抚摸了几下，她就在那么一刻，瞬间就涌出了眼泪，所有的坚强和伪装瓦解，他的柔情，让她高举在面前的盾牌顷刻化为粉末。

她哭了，像一个孩童一样放声大哭，他乱了手脚，又是给她擦眼泪，又是安慰，又是找纸巾，到最后，他安静地听她哭闹，偶尔温柔地拍拍她的肩膀。

是不是哭出来，就好了，明天就能够更好?

是的，哭出来，一切都会过去，眼泪也会过去。

她停止了哭泣，双手覆在他的脸上，强制性地吻上去。

那个吻，是慢速的，是轻度的，多像是一场慢性中毒，没有发作，只是在慢慢侵入体内，已“爱入膏肓”，无药可救。

她想他们一定是相爱的，不相爱的人，怎么能有这么甜蜜的吻?

吻，很甜，甜得她一扫阴霾。

她像是一只贪婪的小动物，受伤后，遇到了最好的骨头。

是呀，他就是一根骨头，香喷喷的，能饱腹，还能当玩具解闷。

曼君想到这里，笑了，眼泪还挂在脸上，他的脸上，也沾上了她的眼泪。

“我喜欢看你坚强乖巧的模样。”他的大拇指为她擦去了挂在脸上的眼泪。

而当她看到他的脸时，竟破涕为笑，乐了起来，他疑惑不解，问她怎么了，难道他脸上长东西了，怎么盯着他的脸发笑呢。

他对着镜子一看，原来他左脸上沾满了灰土。

是她抓了一把土之后，手心里都是脏兮兮的土，刚刚抚上他的面庞，手心里的灰土全都弄到了他左脸上，她知道他是极爱干净的，她从包里拿出一块手帕，把他脸上的脏擦去。

“偷袭我，我饶不了你。”他作大灰狼状要扑过来。

她叫着求饶，他要她连喊三声“疼先生，饶命”。

# 第十一章 圣诞快乐，友谊万岁

她明白，珍惜当下每一刻的幸福，永远比奢望太多要快乐。

两个人在一起，欢声笑语不断，尽管哭过，心情却渐渐明朗，他远远不像平日里霸道的样子，他很温柔，也很幽默，还很会心疼人，和他在一起，其实会有很多快乐。

大半夜的时候，才依依不舍要告别。

他执意要送她到多多公寓里才罢休，他怕她又偷偷溜出来一个人去喝酒，太不安全。

多多打着哈欠来开门，穿着宽大的枣红色浴袍，头发吹干不久，客厅里的电视还在放着剧，多多见佟卓尧送曼君回来，立刻睡意全无，心领神会，招呼着卓尧说：“佟少，送我们曼君回来呀，快进来坐坐，喝杯咖啡。”

他眼睛仍停留在一旁满脸羞涩的曼君身上，他淡淡回应说：“谢谢，不必了，好好照顾曼君。”离去时，又折回身，嘱咐多多说，“你看好这个小家伙，免得她又偷偷跑出去喝酒。”

“好的，佟少，我一定管好她。”多多快乐地回答。

一关上门，曼君早在多多和卓尧说最后一句话时就做好了心理准备，要迎接多多十万个为什么了。

多多正欲张口，曼君手指了指卫生间，像是想起来了什么似的，说：“噢，对了，我肚子饿，我要去卫生间。”说着火速冲进卫生间，反锁上门，对着镜子，看见自己双颊绯红。

多多纳闷地想，肚子饿？去卫生间？估计是被爱情冲昏了头脑。

很快多多又作花痴状，兴奋地掰着手指头数着说：“哇，今晚佟少和我说了两句话，一共多少个字来着，一共是十一加十九个字，三十个字，佟少和我说了三十个字，明天圈子里的女伴们非羡慕死我。”

多多来到卫生间门口，拍打着卫生间的门，说：“曼君，你好了没啊，出来啊出来啊。”

曼君用冷水冲过脸，对着镜子望着，为什么脸还是这么红啊，门外多多像催命一样不停地拍门。

她打开门，多多指着她的脸，用发颤的语气说：“你……你喝了辣椒水吗？你的脸还有嘴唇怎么会这么这么……这么红！”

“我肚子饿了，我去厨房找找吃的！”她慌忙逃窜。

多多很八卦，敞开着浴袍，单手支撑在厨房门框上，大有不回答问题就不许出门的气势，宽大的浴袍像是门帘一样。

曼君找了一根黄瓜吃，不经意瞥了一眼多多。

“快点回答，你和佟少是什么关系？你们发展地下情多久了？亲密关系进展到哪一步了？还有他是不是和坊间传说的那样神秘啊？我好好奇。”多多像机关枪一样连连发问。

“等我吃完黄瓜再说行吗？”她脑子里飞快想着怎么回答。

“不行，马上说立即说速速说现在就得说！”多多激动地说。

“我和他是朋友关系，既然是朋友，后面的就不需要再解释了吧。”她说着，在多多白嫩的大腿上捏了一下，多多忙收腿，她赶紧跑了出来。

多多把曼君堵到了房间内，作威逼利诱状，说：“小样，我看八成你和佟少已经睡了吧，还不好意思，我们是好姐妹啊，难怪这段时间你总是魂不守舍的，原来是悄悄有喜欢的人了。居然真攀上了佟少，你前途无量，比我有出息！”

曼君有些羞涩，说：“我和他只是才开始，没有你想得那么深。反正走一步就是一步，没关系的，我不怕被甩。”

“我看未必，这三年来，佟少的身边没有女人，我想他如果真的是玩玩而已那早就玩了，佟少和一般的男人不一样，连袁正铭，也不及佟少的一半定力强呢。”多多还不忘顺带把袁正铭夸了。

凌晨，曼君都还没有睡意，心里又惦念起他，深夜开车，不知有没有到家。想打电话给他，又怕他会觉得她过于黏人，她想想，没有打电话，却收到了他的短信，简短的只言片语，却让她暖心又安心。

“小漫画，晚安，我睡了。”

甜蜜的心情总是让人神采奕奕，即使仅仅睡了四个小时，早晨曼君依然早早起床，做好了早餐，多多还在呼呼大睡，她吃了几片面包，喝了一杯热牛奶，开始了新一天的工作。

好好工作，朝气蓬勃地对待生活。

曼君笑得格外灿烂，站在前台迎接公司里每一个上班的人，对他们说“早安”，包括平时最爱刁难她的一个女总监陶蕊，陶蕊大步流星地走过，连头都没有偏一下，用公式化的语气说：“给我冲杯咖啡送到我办公室。”

曼君仍微笑，冲了一杯摩卡，端进了陶蕊的办公室。

“以后记住，我的咖啡，要加0.5克方糖，明白吗？”陶蕊看着手中的文件，头都没有抬起一下。

“嗯，好的。”她点头。

“没你事了，你出去吧。”陶蕊官威不小。

曼君退出了办公室，同事文清走到她身边，小声说：“那个灭绝师太是不是找你茬啊，你小心点她，公司里谁长得比她漂亮比她有能力，她就会刻意刁难谁，想办法把别人挤走。”

“谢谢你的好意，我先去工作了。”她不想在工作的时候议论领导的是是非非，做好一个下属的本分就好了。

公司里真正属于她的工作并不是很烦琐，但那些老员工总是会找一些事情给她做。比如某位男同事晚上要去相亲，所以企划案要她帮忙整理一下；又比如某位女同事大姨妈来了不能碰冷水，喝过茶的杯子也要她去洗。事无巨细，她成了大家的使唤丫头。但大家也都不明白，为什么曼君的脸上，总是挂着笑脸，就好像谁都没有她幸福一样。

晚上下班了，她是走得最晚的那一个。整个公司里，她的职位是最低的，下班却是最晚的一个。曼君是充满感激的，相比起之前的工作，她还是很珍惜这份工作的，至少不用在外面日晒雨淋，并且，应聘时，这家公司是唯一一个破格录取她，没有介意她的档案资料上那块污点的。

在这方面，她得到了尊重，所以，她要努力工作去回报公司。

做完了整日所有的事项，她才伸了伸懒腰，一天的工作终于完结，可以回去好好泡一个澡，舒舒服服睡一觉。

天气越来越凉了，从公司里走出来，冷风袭人，她拉紧了大衣的领口，准备去地铁站，这时候的地铁站人应该不会太多了，因为过了下班高峰期。她脸被吹得有些刺疼，手揉了揉脸，有些想念他的温暖大手掌了。

如果他在，也许不会这么冷。

在地铁口，有摊贩在卖鲜花，一个大木桶里插满了各种鲜花。有叫得出名字的，也有她从未见过的花。

都很便宜，十块钱一束。有彼岸花和金鱼草。

“彼岸繁花，开一千年，落一千年，花叶不相见，情不为因果，缘注定生死……”彼岸花有一个爱情传说，一个叫彼，一个叫岸，他们相爱，但生生世世不能相聚，只能远远相望。

多年前，还在念大学的时候，曼君从北方带回来了一束金鱼草，五枝，插在玻璃杯里，散开来，白色的淡黄的花，一串串的，不知道它喜不喜欢南方的秋。它立在她的书桌旁，几丝清香，若有若无，看着极舒服。被子在阳台上晒着，天蓝色的被套，上面有清爽的格子。

她还想起了多年前放生的那只乌龟，据说，它的壳上，刻着她的生辰和名字，它不知道流落到哪条河里，愿它安好。

曼君买了一束金鱼草，一串串的花朵，被风吹得一闪一闪的，她抱着这束金鱼草，就好像回到了旧时光。地铁里有一个中年妇女抱着一个孩子坐在入口旁，孩子小脸冻得通红，睡着了，睡得很香。

这让她想起了她小时候躲在渔船上的木桌下睡着的一幕，似曾亲历的光景里，曼君记得，她也一样孤苦伶仃过。她走过去，弯腰放下一点钱，将脖子上的围巾取下围在孩子的脖子上，孩子的母亲连连点头向她道谢。

地铁进站，她站在车内，看着车门关上，孩子安详熟睡的画面定格在她眼里，她眼睛有些湿润。

怀里的那束金鱼草，散发着淡淡的清香。她明白，珍惜当下每一刻的幸福，永远比奢望太多要快乐。

那么卓尧，我可以不向你要任何未来。不管是隔千重山万重水，只要你还在我身边，我们还可以重逢，还可以拥抱，还可以朝朝暮暮，又何必贪念久长时。

这些日子，是她最快乐的时光，每天都有盼望，每天都有相思，他时而霸道时而温柔的神情，总是浮现在她心头。她迷恋上了他，热烈而不可收拾，她自信地认为可以控制局面，然而情意涌来时，她并不知道该怎么收场。

她回到公寓，客厅里没有人，但多多的房间门并没有合上，她走上前想推开房门看多多在不在里面，却听到了一个男人的声音。

“你如果不想你的好姐妹最后惨淡收场，你还是劝她离佟少远一点。”这是袁正铭的声音。

“为什么啊，正铭？你不是说佟少很喜欢曼君吗？怎么会惨淡收场？我还指望着曼君嫁入豪门，享尽富贵荣华呢。”多多娇嗔着不以为然地说。

曼君站在门外，手心里冒出了冷汗，早料到会和卓尧一拍两散，真正要去面对，她心慌了。

“你还记得三年前那场大火吗？那晚我们都逃出来了，佟母让我们几个都对佟少死守一个秘密，这个秘密，我不能告诉你，但我可以肯定地告诉你，如果曼君执意要和卓尧在一起，下场会和欧菲一样！”

“欧菲！天哪，欧菲不是背叛了佟少，不是和一个法籍男人去了巴黎移民定居了吗？”多多异常吃惊。

袁正铭也许是喝多了酒，现在突然清醒一些，于是改口说：“总之，男人的事，你少过问，但豪门深似海，懂吗？你们别太天真了，佟少的母亲不可能让儿子去娶一个有犯罪前科坐过牢的女人，就为这个，他们都无法在一起。”

曼君没再听下去，她全身瘫软了一般，四肢无力，她进了房间，没有开灯，卧室里一片黑暗，风吹动着紫色的窗帘，她呆望着天花板，一夜未眠。

她听卓尧提过欧菲，好像他并没有忘记这个女人，他的家里，还保留着欧菲穿过的裙子。到底卓尧和欧菲三年前发生了什么事，有什么可怕的秘密，她也不想知道了，唯一清楚的是，他们在一起对双方都不会有好结果。

长痛不如短痛，可感情哪里是那么容易一刀割舍的呢。

她照常上班，但渐渐地躲避和卓尧见面，电话找借口不接或者关机，每晚在公司里逗留很久才回家，她和多多的话也变得少了，她低落了，也黯淡了，把全部的心思投入工作中。

公司里新进了一名员工，叫戴靖杰，可能因为是新进职员，也很努力工作，常也加班到很晚，每天这一栋写字楼里，最后就只剩他们俩。

曼君没有和戴靖杰说太多话，淡淡地打声招呼，倒是戴靖杰对她很照顾，偶尔聊了几句，他们竟还是同乡，都来自那个小渔村。曼君多年没有回过家乡，听着戴靖杰讲述渔村这几年的变化。

戴靖杰和她一样，都是从小生长在渔船上的孩子。他们一起聊小时候跟随父母出海捕鱼的事，那些大风大浪，原来他们从小都经历过，甚至七岁那年的大台风，他们都经历了。

家乡人，聊起来，总是亲切的。

他们都一样怀念儿时在渔船上漂漂荡荡看着岸边渔火，打鱼时满载而归的甜蜜感，还有和父母去集市将捕来的鱼拿去卖的喜悦。夕阳下，波光粼粼的海面上，漂着几条帆船，余晖倒映在海面，那是最美丽的风景。

她比戴靖杰大三岁，她叫他靖杰，他叫她曼君姐。

一同加班，一起努力工作。靖杰的梦想，是在上海打拼干一番事业，挣到了钱，回渔乡买几十条大船，带着全渔乡的渔民富裕起来。

曼君的梦想，是攒够钱，回家给外婆盖一所大房子，宽敞明亮，台风来了，也不会担心屋顶被掀掉。

他们是一起在上海奋斗，带着梦想的青年。

加班的时候，戴靖杰会出去买一份宵夜，两个人边吃宵夜边讨论工作，晚上戴靖杰会送她回去，她的心都扑在了工作上，她以为她可以就这样断了和卓尧的关系。

卓尧到公司找了她几次，她躲在卫生间不出来，之后手机连续关机，一个星期后，卓尧没有再来找她，开机，也没有电话打过来。她想，他对她的坚持，就是一个星期。这样才是对彼此最好的结果。

一次戴靖杰晚上加班，吃过宵夜后，从公文包里拿出了一块拼图在灯下细心地拼着。曼君走近一看，那块拼图正是她几个月前在家居店看到的那块帆船拼图，店里的员工说过，原创手工打造，只此一件。

她用欣喜的目光看着拼图，戴靖杰说他第一眼看到这个拼图就想到了小时候漂漂荡荡的那条帆船，和渔乡里的帆船是一模一样的，他为了买到这个帆船拼图还和一个人大打出手。

曼君知道，那个人一定是卓尧。

她的心又柔软了起来，卓尧为了她，不顾身份，为抢一个拼图和人打架，她想起他温润霸道的吻，他身上好闻的木香，他浓密的发丝和深情的黑眸。

他没再找她。

圣诞节的晚上，公司联欢过后，陶蕊又交给曼君一个企划案，陶蕊说只要曼君把这个企划案做得漂亮，那么曼君可以升职加薪，不用再做前台这样的接待工作，曼君觉得这是个好机会。

公司人都走后，戴靖杰送给她一个圣诞礼物。她打开一看，是已经拼好的帆船拼图，是一片蔚蓝的海面上，一只扬帆直起的帆船，远处火红的落日倒映在海面，而帆船上，多了一个坐在甲板上的女孩，扎着羊角辫，渔家姑娘的打扮，手上拿着一本书，在落日的景色里，显得那么乖而安宁。

“戴靖杰，怎么积木上会多了一个小女孩？”她问他。

“曼君姐，这个女孩是我一笔一笔画上去的，和你长得很像对不对，我把这个拼图送给你，我知道你很喜欢。”

“太贵重了，再说你拼了那么久，你还是自己留着吧。”她将拼图推到了戴靖杰的手上。

戴靖杰拉过她的手，把她的手放在拼图上，手掌心覆在她的手背上，说：“曼君姐，我们有着一样的身世，怀揣着一样的梦想，我们在上海打拼，我来到这家公司，最开心的就是认识了你，我想告诉你，我喜欢你。”

突如其来的表白，让曼君措手不及，她忙抽出自己的手，转过身背对着他，说：“对不起，我们根本不可能。”

“为什么不可能？怎么不可能？我们还没有试着交往，也许我们很合适呢。曼君姐，不，曼君，以后我都叫你曼君。”戴靖杰有些激动。

公司里的人也都看出来靖杰喜欢曼君，年轻的男孩子，一旦喜欢上一个女孩，他的目光是瞒不了周围的人的。

“别再说了，让我考虑一下，总可以吧。”她手撑着桌子，她足够心力交瘁了，烦心事太多了，她还没有从对卓尧的爱里走出来。

这时公司有人进来，她正想将拼图放回包装里收起来，但一个声音，快一步传了过来。

“曼君。”

这样的声音，只有卓尧才有，全世界，只有卓尧可以把“曼君”二字喊得这样让她激动。

她心跳一下就加速了，回头看见了她朝思暮想的卓尧。

他还是那么清俊潇洒。

但当他看到站得离曼君很近的戴靖杰时，面色一下就阴沉了下来，他看到了摆放在一旁的那个拼图，他怒了，走到戴靖杰的身旁，用震慑的语气说：“又见面了，上次你抢我的拼图，这次，你想抢我的女人吗？”

戴靖杰挺起了腰板，也不顾和面前这个男人顶嘴会有什么后果，扬起眉毛说：“大家公平竞争，有何不可？”

“拼图可以送你，但她，是我佟卓尧的女人，你，没资格。”卓尧推开靖杰，牵起曼君的手，想带她走。

但曼君甩开了，她扶起倒在桌旁的戴靖杰，而戴靖杰却像是魔怔了一样，指着卓尧说：“你说什么，你就是佟卓尧？你是佟、卓、尧！”

卓尧看都没看一眼戴靖杰，又牵起曼君的手，说：“走，我带你去过圣诞节，我准备了一个大惊喜给你。”

曼君甩开手说：“我不去，我要加班。”

“曼君，你别生我气，前段时间公司里真的很忙，加上我妈要我陪她去泰国找大师，我不是不想找你。”卓尧解释道，脸上都是对心爱女人的紧张和在意。

“你现在就不忙了吗？我们之间没结果的，你放过我好不好，我不想和欧菲的下场一样？！”曼君一下子提起了欧菲。

卓尧愕然了，问：“欧菲怎么了，她下场是什么，她不是去了法国吗？去做大庄园夫人了，她经营着葡萄酒庄园，她过得很好。”

“你是个只顾自己喜欢的自私鬼！”曼君说。

曼君对戴靖杰说：“我们走！”

“曼君——”卓尧喊了她一声，那一声，都是相思。

她回头，看着他的目光，她有了畏缩，她在心里对他说“对不起”。

圣诞节过后，下了一场小雪，曼君在雪地里一步步走，经过一所小学，一个女孩在雪地里奔跑追赶着一个男孩，男孩的手上抓着一本漫画册，女孩笑闹着说：“把漫画册还给我……”

那个温柔地喊她“小漫画”，会摸摸她的头夸她乖，会把她丢进车里听着她醉酒后大哭的男人，已经好多天没有再见了。这么美的雪景，上海好不容易才下了场雪，她和他相识时，是上海的夏天，分开时，已是小雪。

雪景多美，人却太孤单。

现在的曼君在公司里，节节高升，她和陶蕊已平起平坐，她像陶蕊一样化着精致的妆容，穿着名牌套装，她感谢陶蕊让她端茶倒水的日子，如果没有陶蕊的鞭策，她也不会在公司里爬得这么快。

# 第十二章 他再好，也不属于她

“疼先生”，你始终都是我见到过的最好的男人。

曼君搬离了多多的公寓，公司为她安排了一套舒适的住宅，有明亮的落地窗，是高层，她可以俯瞰上海的夜景。

夜深时，她端着高脚杯，一杯红酒，站在落地窗旁，窗外夜景尽收眼底，她终于靠自己有了安身的家，再存够一笔钱，她就可以回渔村，给外婆盖一栋新房，有一个宽敞的大院子，外婆要晒渔网。

也许只要三个月，再谈成下一笔业务，她就可以衣锦还乡，给舅舅和外婆争得一些面子。

戴靖杰对她而言，依旧是同乡兼同事，她忘不了卓尧，忘不了他身上好闻的木香。爱上一个人，也会连同爱上他身上的味道。

她记得和卓尧初见的那一幕，她的高跟鞋踢落在他头上，她进了他的车里，车内有淡淡的木香。

是不是从那个时候，她就已爱上了他？

她分不清，是先爱上了他的味道，还是先爱上了他。

戴靖杰对卓尧的恨似乎非常深，曼君偶尔无意地提起卓尧，戴靖杰的拳头都会捏得咯吱响，不过是发生了两次争执，怎么会像有深仇大恨一样。

她蹲在雪地旁的一棵树下，她用手指在雪地上写下了他的名字，卓尧，卓尧，她想到她第一次喊他“佟先生”，把“佟”字念成了“疼”字，“疼先生”，难怪每每念及他，她的心都会绞痛。

那是非常真切的绞痛，心拧成了一团一样，还有针扎的刺痛，他和她不过相识半年，几次欢愉，几个月的情人关系，几个月就可以爱一个人爱成这样，说出去谁信？那些人一定都认为她是爱他的钱。

最后连多多都安慰她，说：“你们相识不过五六个月，怎么会有爱情？不过是爱他的钱，算了，以后找更有钱的，天下有钱人多的是。”

曼君清楚，多多是为她担心，怕她继续和卓尧好下去，下场只能是无疾而终，三年前佟母命人苦心保住的秘密，没有人知道欧菲真正的结局。

公司给她安排的是三室一厅，房间的布局都是按她自己的喜好来选择的，当她靠在沙发上凝视着整个客厅时，她惊诧地发现，似曾相识的布局，她竟然在不知不觉中按照卓尧的公寓来布置的。

沙发，窗帘，那些布艺有关的装饰，盆栽，还有壁纸的颜色，淡绿的，都是他的喜好。

如影随形，以为忘得掉，却没能做到。

冰箱里，有很多特浓巧克力和牛奶，她想自己实在是太瘦了，她想让自己胖起来，也许会更有安全感一些。寂寞的时候，就对着屏幕，看轻喜剧，嘴里放一小块巧克力，又甜又苦，她把自己窝在沙发里，像倦了的小孩，如此的恋家。

巧克力和牛奶都很甜，可是惆怅难以名状。

深夜肚子饿了，她去便利店买吃的，她系着黑色围巾，穿着牛仔小褂马丁靴像流浪的孩子，怀里抱着满满一牛皮纸袋吃的。便利店门口有卖鲜花的孩子，小雏菊，一束束的，白的，插在玻璃杯里。

曼君想，这时光就这样也很美妙，没有爱情，没有男人，可她还有自己，还有从来都没放弃的梦想。她要挣钱，让外婆安享晚年，让外婆和舅舅抬起头做人，她犯过的错，她要弥补回来。

只是还是会想念，她在台历的背面写着：

“我想念你了，而你并不知道，或许，你早把我忘掉，如同忘记那年街角的一只流浪猫。而我，把你当作最永恒最永恒的星光，一直没变，深藏于心。上海的天气，变化无常，时而明媚，时而料峭，我却没有及时添加衣裳，天气很冷，很凉。”

想念一个人，是蚀骨的温柔，磨不灭，但不得不相信，想念对方时，你连眉眼都是笑的。不论多久没见，闭上眼，好像他就在你的面前驻足，他还是那么英俊潇洒，笑起来，有点坏，有点匪气，像是要拦腰抱起你，不许全世界的人来和他抢你。

他就是那样的霸道，不讲道理，他是个不善辩论的男人，除了会发出命令，他并不擅长辩解。

曼君恰恰喜欢这样的卓尧，他不会谎言连篇，他不会巧舌如簧，他会沉默，他也会懂得。

花言巧语的男人，是冯伯文那样的，笑里藏刀，阴谋太多。

一次在机场里，迎接从马来西亚过来的外商。冯伯文也在，是以竞争对手的身份出现，当冯伯文第一眼看到曼君时，既有惊艳，又有不屑。他过于轻视这个傻乎乎地为他一句空头承诺就坐了两年牢的女人，曼君大方地微笑，只是瞥了冯伯文一眼，再也不看他。

落落大方，他只是她这一刻的对手。

如果她可以签下这份合约，那么公司就打开了马来西亚的外贸出口的市场，而她也将会获得一份不菲的奖金，这笔奖金足够她回家给外婆和舅舅盖一栋漂亮的小楼。

为争取投资商的信任，她做了大量的准备工作，她志在必得。

冯伯文亲自来机场接机，带了一名随行翻译，还有助理等人，还带了两个香艳美女，想用美人计拉拢投资商。

而阮曼君，独自前来，她穿着灰色立领大衣，手中握着一个牌子，牌子上面是用马来西亚语写的接机牌。

当投资商一行三人朝他们走来时，冯伯文立即带领属下一拥而上，冯伯文殷切地说一句，身旁的翻译就翻译一句。他又朝随行的两个香艳美女使了一个眼色，两个女人很快就各自拥揽了一名投资商。

曼君则站在一旁，微笑着挥了挥手中的牌子，其中为首的大胡子投资商朝曼君走了过来，冯伯文脸色大变，围着大胡子投资商几乎要拦住了对方，而大胡子礼貌性地推开了冯伯文。

曼君用马来西亚语和大胡子说了几句话，随即大胡子笑逐颜开，和曼君握手，然后对身后两个还被香艳女人纠缠的属下挥手，两个属下只好甩开女人朝曼君身边走来。

冯伯文大喊着：“别走啊，晚上还有饭局啊，在上海最豪华的酒店，我们是很有诚意的啊。”他也不顾语言不通就叫喊。

冯伯文揪起站在身边的翻译的衣领，怒吼着说：“你不是说你马来西亚语很牛吗！怎么回事，你跟我说发生了什么事！”

翻译吓得眼镜都掉在了地上，捡起眼镜，颤抖着说：“冯先生，她会说马来西亚语，她对投资商说，她很有诚意，为了这次谈判合同，她特意去学了他们的母语，都是为迎接他们而做的，可见她公司的重视和诚意！”

“废物！滚！”冯伯文朝翻译的屁股上踢了一脚，连同身后两个香艳女人也扔了一沓钱叫她们滚。

冯伯文食指在嘴边擦了一下，他眼神里充满了凶恶，挡了他的财路，他不会就这么算了，这笔合约如果谈成，公司将展开对马来西亚的长期贸易，那么这笔资金收入至少在千万美金。

冯伯文走到曼君身旁，压低了声音冷森森地说：“你果然有胆色，想钱想疯了是吧，敢和我抢客户，是不是佟卓尧安排你来的？”

她抬头，以坚定的目光还击冯伯文，她毫不怯弱，说：“冯伯文，我告诉你，和佟卓尧没有任何关系，你看清楚我是哪个公司的，噢，可惜，你赶走了你的翻译，这上面写的公司名字是马来西亚语，你看不懂。你就当是教训吧，以后学好多国语言再出来谈判比较妥当！”

“你信不信，两年前我能让你进去，现在我还能让你进去，挡我财路，就是佟卓尧罩着你也没用！”冯伯文面部肌肉都扭曲了，煮熟的鸭子，竟然飞了！

她手指指着冯伯文的胸膛，她一边说，一边戳，说：“我要感谢你，感谢你两年前给我上了一课，那就是人心险恶！我不再是过去好欺负的阮曼君，如果你敢报复，我就算进去了，我出来后，我将用我下半辈子所有的时间来报复你，绝不会放过你！”

这句话，让冯伯文不由向后退了两步，这个女人，不像以前那么好骗好恐吓了，她变得疯狂而大胆，她不再受制于他，她居然能说出这番话。

冯伯文恢复了笑意，说：“好，我服了，我输了。”接着凑到她耳边，说，“走着瞧，阮曼君。”

“冯伯文，你知道你输在哪里吗？除了你输在没诚意上，还有，人家是三个外商，你居然只带了两个女人。你要谢谢我给你免费上了一课，教你怎么谈生意！哈哈。”她笑着，这几年从来没这么大快人心地笑了，冯伯文那痛心的表情，实在是让她痛快。

不过伪装成女霸主的样子还真挺累的，她在临出发前就对着镜子给自己打气，深呼吸，就像是给自己充气，把自己装得很强大，像是一个女超人。

在冯伯文悻悻离去时，她松了一口气，全身都像是散了下来，幸好刚才没泄气，充足了气，果然很有女强人的气势。

三个投资商在翻看她带来的上海特色菜饭店，刚从飞机上下来，先吃饭才是重点，中国人的生意，大多都是在饭桌上谈成的。她开车带着他们去吃中国菜，她想她终于可以独立站起来，有一片自己的未来了。这个未来里，没有卓尧。

车窗外，一派新年的景象，她用马来西亚语介绍中国人的新年：是一年中大团聚的时候，是中国最重要的节日，不管身在何方，过年时，大家都会回家。

这笔合约最终成功签订，她长吁一口气，回到住处，她躺在松软的床上，及肩长发柔柔散落，她遇见他时，还是凌乱的短发，狼狈不堪的样子。

好久不见他了，他好吗？

他会想她吗？

曼君身边不缺追求者，戴靖杰就是追求攻势最猛烈的一个，她拒绝，她把他当作是弟弟，是朋友，没有爱情。

她在台历背后写下一句：“疼先生”，你始终都是我见到过的最好的男人。

可他再好，也不属于她。

她从冰箱里拿出一瓶伏特加，倒满了一杯，她倚窗，黑色的长裙裙摆落在地上。她喝了一杯烈性酒，目光有些迷离，嘴里喃喃地念着他的名字，她看着楼下，一辆辆车驶入小区，从高层往下看，无法分辨车的型号。

可当一辆黑色镶边的车驶进来，她突然清醒，是他，一定是他，她的心里有感应，他离她越来越近，她夺门而出，忘记换下脚上的高跟鞋，电梯摁了半天没反应，她就往楼梯跑。

她气喘吁吁，几次差点跌倒，她脱掉高跟鞋，就扔在楼梯上，天那么冷，她好像没有感觉到，内心被烈性酒和浓浓的爱意燃烧得火热，她黑色缎面的长裙飘了起来。

她注定是一个为爱奔跑的女子。

她跑到停车场时，看到了佟卓尧的车，是他的车，那熟悉的车牌号，还有车内熟悉的小摆设。可是卓尧在哪里，他在哪里?

她靠在车旁，喊了几声“卓尧”，只有停车场里空荡荡的回音。

此刻正等电梯的卓尧听到了她的声音，他大步朝车边寻觅过来，他的步子有些匆忙，他难掩内心的激动，他要找到她，再也不让她离开他。

佟卓尧找到她的时候，她正两颊通红、醉醺醺地蹲在他的车轮旁，她穿着单薄的长裙，赤着脚，一双脚冻得通红。他弯下腰抱起她，可恶的女人，又喝酒，怎么像个小酒鬼。他脱下西装披在她身上，爱怜地说：“小漫画，我带你回家。”

她看见了他，双手搂着他的脖子，要赖着说胡话：“是你吗是你吗？卓尧，我的鞋丢了，丢在楼梯上，你帮我找鞋。”

她乖乖趴在他宽厚的背上，脚上的灰都蹭在了他西裤上，他背着她爬楼梯，一楼一楼地走，她伏在他的肩膀上，总觉得像是一个梦，不真实，她害怕梦醒来他会不见了。

他的身上，有熟悉的木香，她抱紧着他，穿着他的西装，她像是在他怀里一样。卓尧，我们好像好久没见了，你想不想我?

她在他背上说着酒话，闹一会儿，又哭一会儿，他背着她，走在楼梯上，他找到了她的高跟鞋。

她家的两个防盗门都没有锁，就急匆匆地跑出去。卓尧推开门，把她放在沙发上，端来热水，把她的脚放到热水里，给她泡脚，她眯着眼，问他：“卓尧，我的高跟鞋找到了吗？”

他点头，心疼得说不出一句话来。

她那么瘦，他背着一点也不吃力。

“你还记得之前那双高跟鞋吗？”

“记得。”

曼君痴痴地笑了，说：“就是那双鞋，我们认识了，你帮我修好的，虽然后来扔了它。我记得砸到了你的额角，你还流血了。”

他端来一杯蜂蜜水，他看着这套房子里的布局，是那么像他住的地方，他一勺一勺地喂她喝，她乖巧地舔舔嘴角的蜂蜜水，说："甜。"

卓尧笑，帮她把脚擦干，为她找了一双厚厚的白色棉袜，给她穿上。

他把她抱到床上，给她盖好被子，他准备去冲澡，她拉住了他的胳膊，醉眼蒙眬，说："你去哪里，不许走，不许你走！"

"我不走，我很快就回来，你等我。"他在她额头轻吻了一下。

他的胡子扎了她的额头，她在他怀里咯咯笑着说："痒。"

他冲澡时，看到卫生间的玻璃镜子上，写着他的名字。这里没有他的睡衣，他围着浴巾走了出来，在客厅整理被喝醉的曼君弄乱的物件时，他捡起歪倒在一边的台历，上面写的那些话，都是写给他的，是她的碎碎念。

比如："卓尧，今天小雪，雪景很美，我蹲在一棵树下，在雪地上写了很多遍你的名字，爱上你之后，一切都会让我联想到你。下雪天会想你，下雨也会想你，晴天依然会想你。"

……

他将台历放好，走到卧室门边，看她在床上翻身，还伸了一个小懒腰，他从衣橱里给她找了睡衣，从身后抱起她，将她身上的裙子脱掉，首饰取掉，他想给她换上干净的睡衣。

她歪歪地顺着他的胸膛，滑了下来，双手揽着他的腰，嘟哝着说："不要走，我不和你赌气了，我不躲避了。"

她呼出来的热气温温热热地扑在他的小腹上，他有些情难自禁，他不想对醉成这样的她有何举动，他抱起她，给她套上睡衣，然后平躺在她身边睡下。

床头灯调得很暗，但他可以看清她的面庞，她长长的睫毛，这是她最乖巧的样子。

这几个月，他努力让自己忘掉她，他以为她移情别恋，爱上那个小子了。他痛苦过，折磨自己，不许任何人提起她的名字，他拼命地工作，却愈来愈想她。

他安排季东私下调查她的近况，得知她步步高升，过得很好，他才稍稍放心。而当偶然听到圈子里面有朋友说，冯伯文扬言不会放过阮曼君，因为她挡了他的财路，断了公司的外贸渠道，冯伯文会想办法好好教训阮曼君。于是刚刚因为担心她的安危，才驱车按季东调查得来的住址，找了过来。见她醉了，他不想说太多，她不懂得商业战场上的厮杀，她得罪冯伯文，自己只能成为公司利益下的牺牲品。别的公司里，那些出去谈判签约的都是有高层在背后撑着的，而她，太天真了，商场上并不是你有才能有谋略就赢的。

冯伯文就是靠阴险狠毒赢的。

现在冯伯文还需要佟卓尧的一些财力支持，但他观察到，冯伯文暗地里并不服从和他签订的往来协议，随时会和他摊牌翻脸，佟氏企业作为龙头企业，已招来几家公司的窥视，其中还包括秦氏公司。

他拥抱着她，头埋在她颈间，那么多烦恼，只要抱着她，都没了，总能在她身上找到他需要的安宁。

她睡觉很不踏实，不是踢被子，就是磨牙，喝醉了酒，还在打着小呼噜。他想，这是什么样的女人啊，但是她真，她很纯粹，她是独立的阮曼君，没有一个女人像她这样让他渴望一探究竟，渴望拥有。

他给她盖被子，听她的磨牙声和呼噜声，他双手枕着头看着她，他在犹豫要不要告诉她一个事实，如果告诉她，一定会让她为难，她好不容易有了今天，他如果说出来，她会摇摆不定，也许会放弃她现在拥有的一切。

他能给她比她现在拥有的还要好的生活，但他清楚，她不要他给的，她要自己去争取。

那么这件事，他就不能告诉她。

让她一直充满对工作的激情，让她一直这么斗志盎然，开心满足下去好了。他了解她能有今天，付出了太多，她整晚加班，累了就趴在公司办公桌上睡一觉，醒来继续工作，付出了那么多，才有了现在。

清晨曼君醒来，窗外阳光斜斜地照射了进来，她翻了一个身，竟看见佟卓尧躺在身边，他好看的面庞，离她只有0.1公分的距离，她噘起嘴唇，就可以亲吻到他的脸。

她手抚摸着他的脸庞，他均匀地呼吸，她心满意足，能这样看着他睡觉，真好，幸福莫过于每天早上睁开眼看见心爱的男人躺在自己身边。

她以为是一场梦，梦里她寻觅他，遇见他，他背着她走了一段漫长的路，接着她陷入了绵长的美梦里。

过会儿，他也醒来睁开眼，他张开怀抱，示意她过来。她顺从地钻进他的怀抱里，她的脸贴在他的胸膛上，她闭上眼睛，希望时间能过慢一点，躺在他怀抱中，幸福而踏实。

“你怎么找到这儿的？你不是，再也不见我了吗？”她使着小性子说。

她的长发软软地落在他肩上，他摩挲着她的长发，低声问：“你过得好吗？”

“好。”她答。

“想我吗？”

“想。”

“哪里想？”他问。

她掀开被子，指着自己的胃，说：“这儿想，我想喝你煲的汤，胃是最念旧的，我的胃，不停地想念你，以至于，我茶饭不思。”

他翻身将她压在身下，看着她的眼睛说：“你猜，我哪里最想你。”

她羞红了脸，双手遮住了脸说：“我不猜我不猜。”

他俯身从她的手开始吻，温柔地说：“你不猜，那我来告诉你。”

那些吻，落在她的手背上，她的心柔柔地软化了开来，她慢慢地拿开了手，任由他的吻落在了她的眉梢上、眼眸处、面颊，然后是唇瓣上，他柔情的吻，顺着唇瓣滑落到她颈间，他的头埋在她颈间，贪婪地索取她颈间散发的香气。

他们彼此拥吻，深情到热烈，翻滚到纠缠，窗外阳光正好，房间里春光乍泄，一片旖旎。

缠绵之后，他搂紧着她，她靠在他胸膛上，手指在他胸膛上比画字，让他猜她写的是什么字。她写的每个字，他都猜对了，唯独她写“卓尧”二字，她写了三遍他也没猜出来，她说他是一个容易忘记自己的人。

她听着他的心跳，她说他的心脏很有力量，她说自己心总是绞痛，不知什么原因，有时想他也会绞痛。

卓尧要带她去医院检查，她谎称公司前段时间体检，她做了全面检查，没有任何问题，可能是太想他了。

“在这家公司怎么样，开心吗？”他问。

“嗯，挺好的，我升职了，我觉得这里很适合我，我有发展空间，我渐渐拥有了自己想要的东西。你知道吗，我这个月签了一份大订单，我的梦想就是回小渔乡给外婆和舅舅盖一栋小楼，我相信就快要实现了。”她甜蜜地憧憬着。

# 第十三章 古有『望夫石』，今有『望夫鱼』

爱情总是想象比现实美丽，
相逢如是，告别亦如是。

卓尧决定，暂时还是不要告诉她事实，如果真的有天她被人利用来打击他，他再想办法护她周全。

他父亲是白手起家的商人，打拼了一辈子才有了这样规模的公司，父亲临终前还对他抱着遗憾，他曾想做漫画师，为了父亲，为了家族企业，他放弃漫画，从商。还有两个姐姐，都是家族联姻，嫁入了豪门，他是独子，这个公司只有他才可以支撑。

“曼君，如果有天我触犯你的利益，成为了对手，你会对我手下留情吗？”他问她，他想知道，在她眼里，是她的梦想重要，还是他重要。

“我们不会成为对手的。”她说着，脸在他怀里摩擦着。

“如果能够不做商人多好，我做回最初的我，在巴黎的广场喂鸽子，卖画。”他说。

她有些惊讶，说：“你卖画？”

他起身，转移话题，说：“不过我现在是要下厨煲汤给你喝，你乖乖躺着，你累了。”说着坏坏一笑，眨了一下左眼。

不多时，就闻到了从厨房里飘来的香气，她原本还不很饿，被汤的香气一熏，倒真的很饿了。她披上睡袍走出卧室，倚靠在厨房门边，看他像家庭主妇一样，围着大围裙，围裙上写着“好妈妈，好厨艺”六个字。

他拿着一个勺子在尝汤的味道，似乎很鲜美，他自我陶醉的表情，看得她扑哧笑了，她走到他身后，解下他的围裙，将他推出厨房，她温馨地笑，说：“你去看看球赛，看看报纸什么的，总之你等我，很快。”

“小漫画学坏了，我都快做好了，你来捡成果，不许和我抢功劳，瞧瞧你笑得，笑得好邪恶。”他逗着她说。

“我想做我们渔乡特色菜给你吃啊，你去客厅等我。”她挥了挥手中的勺子。

她想做一道家乡特色的鱼给他吃，是外婆教她的做法，她煎着鱼，偶尔探出头看他，他坐在沙发上，翘着腿，双臂揽着沙发背，专注地看着球赛，他此刻的样子，多像是她的丈夫，边看球赛边等妻子饭好的丈夫。

曼君觉得光阴就这样地暖了起来。

她焖着鱼，他只能吃微辣，他不吃醋，她都记在心里。

他进了厨房，从背后抱住她的腰，将她转过来，转到他怀抱里，他的唇贴了上来，他说他有点饿了，于是想亲她几下。

她笑着说：“你要是再亲，锅里的鱼嘴都要焖糊了。”

做一道菜给心爱的男人吃，那一定是一道很用心烹调的菜，天下有多少女人，都在为自己心爱的男人不断翻新做着菜式，湘菜、鲁菜、粤菜，辣的不辣的，清蒸的红烧的，爱一个人，就要先从爱他的胃开始。

不是说了吗？胃是最念旧的。

就算是一个花心的男人，他有过很多女人，他忘掉了那些个女人的面孔，身材是胖还是瘦，个子是高还是矮，但他一定不会忘记某个女人做的一道菜，那道菜的味道，好吃得让他多少年后，想起来还会意犹未尽。

有时候，有的女人，对男人而言，还不如一盘好吃的菜。

吃厌了，便弃之不及。

曼君用心在做一盘菜，她给这盘鱼取了一个名字，叫“望夫鱼”。

古有“望夫石”，今有“望夫鱼”。

鱼嘴微微张开，尾巴翘起，肉质鲜嫩，入口滑而不腻，曼君挑起一块鱼肉喂给卓尧，她说她一直在等着他。

他们开始考虑未来，经过分离再重逢后，他们彼此都离不开对方了，他们不想再继续地下情。

卓尧对曼君说，他要带她去见他母亲，他要把她介绍给他的家人，包括他的两个姐姐。起初她听了，有些犹豫，她有自知之明，虽然她现在的境况比起以前好了很多，可要和卓尧相配，她一没有身家，二没有背景，如果被佟母知道她的人生污点，那他们更是不可能了。连欧菲那样优秀的女人，佟母都不接受，何况是她阮曼君。

她或多或少听到了一些关于欧菲的事，她知道，欧菲是个很优秀女孩。

她有些知难而退，卓尧不许她畏惧，他说："我们还没有试一试，我们都没有去努力争取，你怎么就知道我妈妈会不喜欢你呢？你给我一次机会，好吗？"

"你对我很重要。我一直在想，是谁改变了我，让我变得一往情深，变得执着了起来，我想曼君，只能是你，我爱的人只能是你。"

"卓尧，我听你的，我和你妈妈见一面，我会争取她们对我的喜欢，同意我们在一起。"她勇敢地决定要和他一起去面对，哪怕面前摆着一道看不见的鸿沟，她也要搏一搏。

也许佟母是慈母，也许佟母会喜欢她呢。

那他们就可以光明正大地交往，然后也许会结婚，她和他在一起，和他的身家背景无关。

就算他此时穷得一个子也没有，她依旧愿意跟他走。

钱算什么，她爱钱，但她会靠自己去挣，不论是多辛苦的工作，她都凭借自己的努力去挣钱，她不依赖于男人的给予。

她也想过，和佟卓尧相识到相爱，中间没有太多的故事和山盟海誓，也没有太多的曲折，好像是四目相对后，忽然一见钟情，一往情深，他们上辈子可能是错过的恋人，有过误解，也有过恩情。

她不想再畏首畏尾，爱是要去争取的，不是吗？

他们再也不想分别，再也不想害上相思之苦。

这是她度过的最快乐的周末，有卓尧陪伴着，他们挤在沙发上坐着一起看球赛，看到进球时，她激动地把爆米花撒在脸上，他们笑闹着抱在一起。

快乐的时间总是短暂的，她知道晚饭之后，他就要回公司了，他还有很多责任在身上。

"你要好好管理公司，公司上上下下那么多人都指望你发薪水养家呢。我也会好好工作，我们都要好好的，各做各的正事。也允许你忙里偷闲地想我。"曼君笑着说。

“我会的。我也会和我妈说我们的事，安排你和我妈见面的时间，相信我，等我，周末我会再来看你。我也想和你一起回那个小渔乡，一起给外婆盖小楼。”他说着在她额上吻了一下。

他该走了，他休息了一天，公司里还有很多文件等着他看，很多事情做决定。

季东打了两个电话来，他都按掉了，但他清楚，没有急事，季东知道他在曼君这里，不会轻易打电话来的，可能是那些公司董事又在鼓噪了。

她送他到楼下，看着他的车驶远，才回去。

这一幕，都被躲在不远处小区绿化带后的男人用相机拍了下来，包括佟卓尧车驶过曼君身边，停下车和曼君拥吻的一幕。

曼君回到家里，在房间里开心地转圈，她觉得自己是世界上最幸福的女人，他在为他们的未来努力争取，他主动提出要带她去见他的母亲，这是他对她真心的付出。

不管佟母能不能接纳她，但佟少的爱意，她真的领会了。所以她不会再有太多顾虑，她要和他一起，一起面对未来。

她想，日子在慢慢变得美好了起来，见了佟母之后，她就和卓尧一起回一趟小渔乡。在小渔乡一起为外婆盖新房子，外婆肯定不习惯住城市里的楼层，外婆还是要住在乡下，她就要在乡下盖漂亮的小楼。小楼有院落，种了几棵树，外婆可以在院子里养几只鸡。

距离这样的日子，不会太远了。

幸福就在咫尺，也许触手可及呢。

她坐在沙发上，沙发上还有他的气息，她睡在沙发上，看着电视里的球赛，她笑了，自己怎么会喜欢上了足球呢，以前不是从来不看球赛的吗，遇到球赛就换台，今天和他一起看了好几场的球赛，她比他还激动，进球时她尖叫着站了起来。

原来足球是这样可以让人疯狂的运动。

漫长的追赶，脚下的争夺，传递，从偌大的绿茵球场的一头跑向另一头，追来赶去，最激动人心的就是进球的那一瞬。

爱情，也是这样——需要传递，合作，共同追赶。

最深最重的爱，必须和时日一起成长。

曼君她相信，她和卓尧的爱，只增不减。

和卓尧又和好如初，她面对工作，也是美滋滋的，笑容总挂在脸上，她不再穿黑色灰色的衣服，她穿亮色的。

戴靖杰成为了她的助理，总经理助理。

曼君的变化，靖杰细心地察觉到了，他旁敲侧击："经理，你好像从周一上班开始就一直很开心，是不是周末中了奖呢？"

"比中奖还开心。不过工作时间，不许谈私事，这还有份文件，你拿给陶经理过目，去吧。"她笑着把文件递给了戴靖杰。

下班后多多约她出来喝咖啡，她应约而至。

多多穿着大衣坐在沙发上，看到曼君满面春风走来，多多给她一个拥抱，说："臭丫头，成经理了就变成大忙人了，约你都这么难。怎样，工作很顺利吧，瞧你脸色，可真好。"

她从包包里拿出一个精致的礼盒，送到多多的手上，多多娇艳的脸，笑得特灿烂，说："送我礼物吗？你怎么想着送我礼物呀，说真的，送我礼物的都是臭男人，女人送我礼物，你是第一个。"

"我们是好姐妹，我落魄时，你给了我那么多照顾，我一点心意而已，你打开看看，看你喜不喜欢？"她说。

多多拆开包装，是一双鞋，一双白色的平跟的小公主鞋，多多惊讶地看着她，说："好漂亮的鞋子，为什么想着送我一双可爱的公主鞋呢？我很喜欢。"多多说话时，眼睛一亮一亮的。

多多有一个爱收集高跟鞋的习惯，专门有房间来放她那两百多双高跟鞋的，最高的鞋有十多厘米，都是多多至爱的宝贝。

以前曼君笑说多多是个爱败家的女孩，现在想想，我们对事物的长情和收集，何尝不也是一种情感寄托？袁正铭那样的男人不能像那些高跟鞋一样静静地在一个房间里等待她，那些男人们，会厌倦，会离开，太多的夜晚，多多是独自度过的，她享有的那些属于自己的东西，最后只有那满满一房间的高跟鞋。

这是对爱的渴望和收集。

曼君握住了多多的手，说：“我知道你喜欢的是高跟鞋，你所有的鞋，都是高跟的，我送你一双平跟的鞋，是希望你，如果高跟鞋穿累了，那就脱下来，换上这双鞋，好吗？谁不是小公主呢，对吧？”

多多哭了，曼君并没想到这样的一句话，会让多多哭了出来，多多哭着，绿色的眼影慢慢被眼泪晕开来，用纸巾擦拭，越抹越像个青眼圈。

起初是低低的哭声，慢慢减弱后，是不停地流泪。

这是曼君从未见到的多多脆弱的一面，再没心没肺的人，触碰到内心的某一根弦，就很容易伤感。

她坐到多多身边，给多多擦眼泪。

桌上的两杯咖啡，还没有喝一口，已经凉了。

“多多，怎么了？是不是不开心了？告诉我。”她不知该怎么去安慰多多，但她能肯定多多一定是遇到不小的烦恼了。

多多吸了吸鼻子，使劲地擦了几下眼睛，妆都花了，多多咳了一声，心绪平稳了一点，缓缓地开口说：“曼君，我们不可能的，我和袁正铭是不可能的，他要订婚了，我以前以为我是爱他的钱，可我在这时候发现，不是的！我爱他，我爱他这个人——”多多说着，又难过了起来。

多多的意思，让曼君清醒了，原来多多和她一样，都做着一个童话般的美梦，她们都在童话中爱上了王子，可回到现实，现实中的王子，选的不是灰姑娘，而是公主。

连一向敢爱敢恨的多多，都会陷入进去无法自拔地啼哭。

曾以为没有了金钱，还会有爱情，没有了爱情，还会有尊严伴随自己走过漫长的时光。

只是后来，爱情这个家伙，会绝情地在离去的时候，一同连尊严都带走。

爱是让你没有尊严不计颜面的行为，为爱，去拼死拼活，明知败局已定，城池被攻破，你仍旧迟迟不肯弃城投降，誓死抵抗，保卫你的爱，保卫你的尊严，最后你做了爱情的俘虏，爱情的奴隶。

幸福，会变得遥远而缥缈。

“多多，你还记得冯伯文背弃我的时候，你是怎么安慰我的吗？你说男人都是他妈的王八蛋，只有钱是好东西，你说这句话时多潇洒多酷，我就喜欢这样的你。”她宽慰着多多。

多多满是幽怨地说：“曼君，正铭是爱着我的，他不爱那个从国外回来的未婚妻，他说他从小就讨厌那个女人，他说那个女人小时候长得又黑又胖，没有我漂亮没有我性感。他说他只爱我一个的，他怎么就有了未婚妻，怎么就要和别人结婚呢？你告诉我，是我哪个环节出了错？”

“多多，你没有错，你并没有错，你只是在全心全力地爱一个男人，袁正铭也没有错，他也爱你。即使你们不能在一起，你们双方都尽力了，都很好地爱过。其他的，无怨无悔。”

多多手有些颤抖，端起咖啡喝下去，连糖都没有放，苦涩，皱了一下眉，吞下去，说：“爱情，不是甜蜜的吗，怎么会成为这么苦涩的东西？”

曼君听着多多说着，越来越有了对自己的担忧，自己又何尝不是像多多这样呢，去爱一个需要抬头仰望很久的男人。也许，多多和袁正铭不能在一起，只是一个她和卓尧未来的先兆。

他们终究都会落入现实里，会分离。

明知不能再爱下去，可已经越陷越深，无法自拔。

多多高估了自己抽身而出的能力，她以为自己是爱那个男人的钱，为此她费尽心机想去博得男人的欢心，到最后，她不爱钱了，她爱上了那个男人。

“正铭说要补偿我，给我一笔钱，足够我衣食无忧一段时间直到找到下一个宿主。那是一张巨额的支票，可在我看来，那只是一张空头支票，我宁愿，他和我在一起，我不要钱，我真的不要钱，我不要钱……”多多从皮夹里掏出一沓钱，放在桌上，很是恐慌地将钱丢了出去。

曼君捡起来，将钱整理好放进多多的皮夹，她对多多说：“没有男人，我们还可以活，可没有钱，我们就没饭吃了，永远不要和钱赌气。多多，你知道吗，你变了，虽然你现在看起来很悲伤，可我喜欢这样的多多，这样的你，才是真性情。”

窗外有一对男女相拥走过，男人看起来年纪显然要比女人大很多，差不多大二十岁，可是他们看起来很幸福。

年龄的差距，都可以克服，都依然可以那么登对，一看就是夫妻。为什么出生、家庭背景的差距，会这样残酷，一张支票，就可以买断一份爱情。

多多用纸巾擦掉脸颊上残留的眼泪，说："曼君，我还是要去争取，我想，我要和他的未婚妻见面谈谈，一是我想看她到底哪里比我好，二是我想求她，求她把正铭让给我。"

爱到要去求第三方来让出爱情的地步，卑微到乞讨一份爱，卑微到去可怜兮兮地求另一个女人把男人让给自己，就成了爱情乞丐。

面对多多这样的话，曼君说不出反对的理由。

她们都不约而同地想起了一个人，就是静安。

她们曾经不理解静安对前夫苏生的爱，那样的包容，爱到可以真心祝福苏生和新女朋友百年好合。

太多电视剧里的男女主最后不得不分开时，都会出现一句：某某某，你一定要幸福！

可是，能够真心并甘心这样祝福的人，又有几个？

恐怕也只有静安这样的女子可以做到，别无他求，只要心爱之人幸福，无论他和谁在一起，都不重要。

爱的最高境界，不是占有，而是成全。

多多是断然做不到成全的，多多有自己的爱情观，爱一个人，就是要在一起，相爱相爱，不在一起怎么相爱。为了在一起，她可以放弃一切。

虽然多多她也清楚，在袁正铭父母的眼里，自己不过是一个交际花，是娱乐场中的女人。

在《胭脂扣》里，如花第一次见十二少的父母，当时十二少的母亲端了一杯茶给如花，然后开始解释这种茶是处子之身的少女焐在胸前用处子体温烘干的茶，随后笑着对如花说："当然这是你我都做不到的事了。"这不过是在暗讽如花的身份。

古往今来，多少这样的故事，公子爱上怡红院的姑娘，春花秋菊，到最后，不是双双抱憾而死，就是遭棒打鸳鸯后公子很快寻得新欢忘了旧爱。

十二少，也是娶了那个中规中矩的女子，生了好几个孩子，他也没有随着如花吞鸦片殉情而死。

在爱情里，你可以很爱很爱他，但是，永远都不要把对方看作是你的唯一寄托，唯一支柱，否则，一旦这个支柱这个寄托离开你，你就非常危险。

# 第十四章 爱无能，是多么可怕的事情

那种痛，会蛰伏在每一个寂静的夜晚里，会趁人不备跑出来，刺痛你。

曼君想，如果有天卓尧要离开她，或是被逼到离开她，她会怎么样，会通情达理地理解他，一笑而过就分手吗？还是，会很长时间丧失爱一个人的能力？

爱无能，是多么可怕的事情。

曼君觉得，她一定不会像多多这样伤感，她被辜负过一次，第二次，总归要好过第一次的吧，就算卓尧对她说："阮曼君，你离开我吧，我不爱你了。"

她一定会微笑地说一声："好，我离开。"

这样的分手，算是皆大欢喜，没有眼泪。

曼君并没有料想到，后来的后来，当佟卓尧真正要离开她的时候，她的痛彻心扉远远超过了第一次，是谁说初恋分手是最痛苦的？不是的，真正的爱情，哪怕是第二次第三次，都会痛及全身，痛入骨髓。

那种痛，会蛰伏在每一个寂静的夜晚里，会乘其不备跑出来，刺痛你。那种痛，除了蜷缩在被子里，回归到胎儿时期的抱腿姿势，别无他法，据说在母体的那种头脚抱在一起的姿势，是代表缺乏安全感以及孤单。

还有一种，就是怕冷的人。

当在被子里寒冷的时候，我们大多都会选择低头抱腿的姿势，来温暖自己，这是孤单和冷清的人下意识的姿势。在这个世界上，再也没有一种拥抱能比自己给自己的拥抱更温暖。恋人的拥抱固然是甜蜜的，可一个人的时候，只有抱着自己，才是最清醒最慰藉的。

曼君见了多多之后，便有些萎靡不振了，前不久还信心满满地要去见卓尧的母亲，还说要去争取未来的幸福，可是她现在却畏惧和迟疑了。

周末的时候，曼君下班刚走出公司，戴靖杰就跟着出来了，他拿出两张电影票，想约她一起去看电影，最新上映的一部爱情片，公司有几个男同事都买好了电影票准备带女朋友一起去看。

曼君推辞说不喜欢电影院的氛围，她宁愿自己窝在家里沙发上看些老电影，戴靖杰于是又说不如一起去吃个饭，晚上再走走散散心，好不容易到了周末可以一起聚。

曼君只好说自己不太舒服，想早点回家休息。“有些累了，下次吧。”她委婉地拒绝。

其实她是和卓尧约好了一起去参加他的一个朋友聚会，尽管她不是很喜欢这样的应酬，可是她更想能走进他的生活圈子。而卓尧也并不喜欢这样的社交活动，但他是一个商人，商人的经济命脉和人际网络是紧密相连的。

他这次也是想当众宣布曼君是他女朋友，他并没有告诉曼君，这次聚会，冯伯文也会来。

在曼君和戴靖杰解释着要早些回家时，卓尧的车驶了过来，她之前特意叮嘱卓尧不要到公司楼下来接她的，她并不希望公司里的同事看到这些，她总觉得没有必要太过于招摇，她怕招摇过后，会失去这份幸福。

幸福是不能拿出来炫耀的，还是藏着点，幸福才能走得更远。

这时卓尧从车内下来，朝她走来，周围过往的女孩都指着卓尧在惊呼：“这男人好帅啊，是不是明星啊……”

这点是能够满足女人的小小虚荣心的，女人还是更希望别的女人夸赞自己的男人有魅力。

他远远地走来，风度翩翩，真像一个绅士，高大的身姿，俊挺的面庞，走在路上，那样的与众不同，光彩夺目。

戴靖杰有些难过，说：“原来是有比我更重要的人约你了，他对你而言，很重要，是不是？”

她的目光，一直都停留在卓尧的身上，她脸上都是温柔的笑，她看着卓尧的神情，满是崇拜的爱意。她回答道：“是，他对我，很重要。”

卓尧走到她身旁，礼貌性地朝戴靖杰点头，随即目光都聚集在曼君身上，他们俩就像是三四年没有见到彼此的情侣，还那么的看不够，这让站在一边的戴靖杰恍若空气。

戴靖杰只好说：“我先走了，曼君，下周见。”

卓尧还没有等戴靖杰走远，就一把搂紧了曼君说：“他怎么可以直呼你曼君，不知道怎么回事，我越看这个人越觉得讨厌，我总觉得他的出现就是和我抢东西的。”

她在卓尧的鼻尖上轻轻捏了一下，说：“我的疼先生怎么吃醋啦，空气里都是醋味呢！你可能是因为上一次他和你打架抢了那个帆船拼图，所以就对他的印象不好，其实他人还是很不错的。”

“以后不许你和他走得太近，我看他盯着你看的眼神，色眯眯的，不怀好意。”卓尧认真起来样子像个大孩子。

“怎么，他会比你更色眯眯地看着我吗？”曼君说完就跑。

她喜欢和他开一些小玩笑，他的外表太冷峻了，也许多逗他笑笑，他就不会那么严肃了。

“你是说我笑起来的样子好看吗？”卓尧扳正她的身子，朝她微笑，努力做出不那么冷峻的表情。

她“扑哧”笑倒在他的怀里，他努力出来的笑容，多像是一只大灰狼呀。

他笑或是不笑，都是迷人的。他是佟卓尧，这世间独一无二的佟卓尧。

聚会时，佟卓尧牵着曼君的手，她有些怯弱，他用大拇指在她手心划了划，她懂，他是在用这种方式鼓励她，她看着他的侧脸，她想如果做这些就可以融入他的生活，那么她愿意。

当她看到沙发中间坐着的人时，她几乎下意识地要转身，卓尧的手揽着她的肩膀，很有力度，低声说：“昂首挺胸，有我在，你是我的人。”

冯伯文站起身来，朝身边的众宾客拍了拍手，清了清嗓子，故作声势地说：“我给大家介绍一下，在佟少身边的这位女士，是……”

“是我的未婚妻。”卓尧磁性的声音铿锵有力地接过冯伯文的话茬。

卓尧的冷眸直视冯伯文，接着说：“不管过去怎么样，她现在是我的未婚妻，你还有什么要补充吗？”

冯伯文坐下，尴尬地笑笑，说：“认错人了，认错人了。”

大家都纷纷夸赞曼君的气质好，形象好，又闹着要卓尧给他们讲两人之间如何相识相爱，怎么发展得这么快，她都成了未婚妻了，他们之前都没有见过曼君。

卓尧坐在曼君身旁，他的手，紧紧握着她的手，一直没有松开过，这一幕，让坐在对面的冯伯文看在眼里，非常不舒服。曼君低着头，一小口一小口吃着甜点，不说话，偶尔抬起头，给卓尧一个会心的微笑。

那抹笑，在卓尧看来，深入心窝。

但冯伯文看着，越想越气，他不知道自己为什么会这么生气，看着自己曾经的女人，微笑地紧紧握着另一个男人的手，冯伯文觉得全身的血管都在膨胀，羡慕嫉妒恨。

她不愿做他冯伯文的情人，一定是因为她爱上了佟卓尧。

冯伯文吸了很多烟，一直喝酒，看着对面的曼君和卓尧，看到他们彼此相视一笑爱意绵绵，像是认识了多年的情人，哪里像是刚刚开始的情侣，冯伯文手里捏着一份杂志，眼睛里都是阴冷的光。

卓尧和身边的几个商业人士相谈甚欢，说着股市的走势，说着公司下一步的规划，曼君安静地听着，不打扰他，有时会默默注视着他，越发觉得他的魅力在慢慢地散开来。

和坐在一旁那些秃发大肚的商人相比，他是那么突出，曼君难免有了些骄傲，她在不经意间，和冯伯文的眼神撞上，她笑着看着冯伯文，手臂更加搂紧了卓尧。

她过得很好，并没有像冯伯文想象的那样狼狈不堪，她有了体面的工作和身份，她身边揽着的是女人口中光芒四射的“佟少”，哪个女人，不想嫁给佟卓尧?

再骄傲的女人，再善良的女人，都会有小小的虚荣心，都喜欢向旧爱宣布自己的新欢是多么的好。

曼君起身去洗手间，她的站立，让全场的男士目光又注视了过来，一是因为她是佟少的女人，二是因为她本身就是极吸引眼球的女人。她弯腰在卓尧的耳边轻轻地说：“疼先生，我去一趟洗手间，马上回来。”

洗手间就在这个豪华包间里，只是离开一小会儿。

“我陪你，好吗？”卓尧温柔地说，他的手仍握着她的手。

“不用了，你和他们继续聊。”她从沙发旁走过。

她在洗手间，理了理头发，对着镜子，深呼吸，她对自己说：“曼君，你要勇敢，不许害怕，不许怯场，后面还有很多这样的应酬，想做他的女人，就必须要面对，成为他的骄傲才对。”

“你果然是真的喜欢上佟少了，看不出来，你还挺绝情的，说把我忘了就把我给忘了。”冯伯文眯着眼，靠在卫生间门上，出言不逊，他是故意跟着她的。

曼君对着镜子里冯伯文的脸，平静地说：“我绝情还是多情，与你无关，我不欠你的。”

“可我欠你的啊，曼君，你怎么真的把我忘了？论长相，我是比佟少差一点，可论感情，难道你真的忘记了我们当年的情分吗？你为我付出那么多，你甘心不做我身边的女人吗？”冯伯文说着，歪歪地走了过来，手也伸了过来。

“你走开，我要出去。”曼君冷眼瞟着冯伯文的嘴脸，说。

“出去？出去干吗？出去陪他吗？我告诉你，你别看我现在事业惨淡了，但我总有爬上来的一天，我总有一天要把佟家的生意都抢过来，我看你还不乖乖滚到我脚边来！”冯伯文说着，手就顺着伸了过来。

“啪”的一声脆响，曼君不知哪来的勇气，一个巴掌就朝冯伯文的右脸上挥了上去，重重的一巴掌，带着曼君这几年来所有的委屈和积怨，带着满腔的悔恨和怒火，当初自己怎么就没看清这副恶心的嘴脸，错托于人，错把这个自私无耻的男人当作真心人。

佟卓尧循声过来，看见冯伯文不在场，他心里一紧，冲到洗手间门口，洗手间的门被冯伯文反锁，周围的朋友也都走了过来，询问发生了什么事。

“曼君，曼君你怎么了？”卓尧关切地问，他的眉拧了起来，脸色沉下来。该死的冯伯文，他想对曼君做什么！

“卓尧！”曼君的声音带着哭腔。

“冯伯文，你把门打开，不然我撞门了！”卓尧在门上敲了两声。

冯伯文粗鲁的声音夹着酒劲说：“你撞啊，有本事你撞开，她是我的女人，两年前全上海的人都知道！我对我的女人做什么，你少管！”

“你敢！”

卓尧一脚踢在了门上，门是厚重的实木门，却被卓尧两脚踹出了个窟窿，卓尧伸手进去开门，打开门，就看见冯伯文将曼君逼到了墙角一边，一只手撑在墙上，一只手抓着曼君的胳膊。

这刺激了卓尧，他无法忍受曼君受到丝毫的伤害，他冲上前，一把抓起冯伯文的双肩，冯伯文已经喝得醉醺醺了，被卓尧一把就摔在了地上。

卓尧揽着曼君的肩膀，心疼地说：“没事了，你有没有受伤？”

曼君摇摇头，站起身，握着卓尧的手说：“对不起，对不起……”她脸色苍白，幸好卓尧及时进来，可是她让他在这些商业伙伴面前颜面尽失了。她一想到冯伯文的那副嘴脸就觉得胃里都难受，她不想和冯伯文再有任何纠葛。

佟卓尧的脸色铁青，牵着她的手，望着坐在地上靠在洗手间墙边的冯伯文，到底是真醉还是借着酒劲发疯，他都不管，他要冯伯文向曼君道歉。

有力的胳膊直接钳住了冯伯文的领带，勒着冯伯文的脖子顺着墙提了起来，卓尧低声带着威慑力说：“道歉！”

站在一旁的众人开始打着圆场，了解卓尧脾气的，都在劝冯伯文赶紧道歉，免得佟少生气了大家的脸上都过不去。

冯伯文无动于衷，闭着双眼，像是要睡着了一样。

卓尧拽着冯伯文的领带，把冯伯文半提了起来，推到了洗手台边，按着冯伯文的头埋到水池里，冰冷的水，冲到了冯伯文的头上。

“算了卓尧，算了……”曼君担心事情闹大，拉着卓尧的手臂，有些害怕。

“别怕，有我在，给他醒醒酒，让他长点记性。”卓尧说。

冯伯文的头在水池里晃动了起来，水珠四处飞溅开来，冯伯文支支吾吾地说：“怎么了，干什么啊？”

卓尧将他从水池里拉出来，松开手，冯伯文瘫软如泥地坐在地上，眼睛慢慢看向周围，装作无辜地说：“佟少，你把我按在水池里做什么，我哪里错了吗？我喝了酒，记不清了。”

“好，记不清了，我让你记起来。”卓尧说着伸手揪住冯伯文的衣领要把冯伯文的头按到马桶里，让他好好清醒清醒。

“不，不，佟少，我记起来了，我清醒了。”冯伯文求饶着说，抬起手就朝自己脸上挥了一巴掌，接着左右开弓，自己扇自己耳光。

“是我不好，我该打，我不该喝太多酒，我差点轻薄了佟少的女人，对不起，我该打——”冯伯文来来回回抽了自己十余个响亮的耳光。

卓尧回头问曼君：“听到他的道歉了吗？”

曼君点点头，小声说：“卓尧，够了。”

“冯伯文，既然你醉了，那这次就算了，要是有下次，你是清楚我一贯的风格的。”卓尧冷冷地说。

“佟少，我不敢了，真不敢了，我还靠着你合作做生意，我知道错了。”冯伯文低头认错，其实都能看出来，他并没有喝醉，只是借着喝醉了的幌子故意放肆，没想到自己反倒丢了脸面。

卓尧没再看他一眼，握着曼君的手，对周围的朋友说：“抱歉各位，我未婚妻可能受到了惊吓，我先带她回去，下次再聚。”

坐在地上的冯伯文，缓缓地站起了身，他向着卓尧和曼君的背影，投去恶狠狠的目光。

卓尧送曼君回家，他的手握着她的手就没有再松开，开车的时候，一只手仍握着她的手，她头倚靠在他肩上。幸好卓尧在，如果没有他，后果不堪设想，他给她的安全感是那么的强烈，她只要确定他在，就好像不会害怕，他会赶走一切阴霾和不幸。

“对不起，我不该带你去的，明知冯伯文在，我却忽略了这点，让你受到了惊吓，你知道我刚才多紧张吗，幸好一脚下去，门就开了。”卓尧说着，生怕她会有事。

曼君忽然看到卓尧受伤的右手，进门的时候被门刮破了，伤得不是很重，但破皮出血了。

“你怎么不找服务生来开门呢，你看你的手，明天去公司，签合同的话，叫别人怎么说你呢，说你打架吗。”曼君又心疼又惭愧。

他手握着她的手，也不管她的心疼，就像手上没有受伤一样，那只受伤的右手依旧紧紧握着她的手，不舍得松开。

“哪里顾得了那么多呢，小漫画，你是我的女人啊，我的女人在里面，我的心都快要突突冒出来了。”卓尧说着。

“你可不可以不要这么肉麻呀，我都起鸡皮疙瘩了。”曼君偷偷地笑，她心里是甜蜜蜜的。多幸福，有他真好，就像是有了一整个世界，什么伤害都不怕，他那么霸道和专横，根本不许外界侵袭他的领地和爱人。

“是吗，我看看，哪有呢，有那么肉麻吗？”卓尧说着，一脸宠溺。

到家后，他抱起了她，放在沙发上，他蹲在旁边，手指缠绕着她的头发，吻上了她的唇，便不舍得离开。

她好不容易挣脱开来，说要去拿药酒给他擦手，他恋恋不舍地抱着她，说：“手不要紧，我先欺负欺负你。”

“你怎么越来越坏了——”曼君笑着要逃离。

他严肃了起来，把她扶正端坐着，他搬过椅子坐在她对面，说：“不许笑，要严肃，正经一点。我给你上安全课，等一下再欺负你。以后，不许和陌生人说话，不许和异性单独相处，不许晚上出去喝酒，最不许的是，不许躲着我，永远，都别再躲着我。”

他一本正经的模样，倒逗得她发笑，她掩面笑了起来，脸轻轻地靠在了他的肩上，说道：“你最近是怎么了，话越来越多，以前的你，可没有这么絮絮叨叨噢——”

“小东西，取笑我吗？”他像抓小孩一样把她掳到了自己的腿上，抱着她说，“奖励你，今晚你想吃什么，我来做给你吃。”他说这句话的神情，倒像一个深情的丈夫，哪有半点外面人看来的佟少样子。

曼君揽着他的脖子，与他的面庞贴得很近很近，鼻尖对着鼻尖，呼吸着对方的呼吸，慢慢地摩挲着，熟悉的味道，她轻声说：“我想吃的东西，你不会做。”

“是吗？”他不信，好像这世界上就没有他佟卓尧办不到的事情。

“当然，我想吃温柔拌饭，要一点糖也不许放，但是我吃着得非常的甜。”她侧着脑袋，仔细地想。

他若有所悟，抱起她说：“原来，你不是饿了，你是馋了，小馋猫。”

她从他身上跳了下来，躲在沙发后面，求饶着说：“我同你开玩笑呢，你放过我吧，你看噢，你这是在我家呢，不是在你家，我的地盘上，你别乱来噢。”

他一步步走向她，目光温柔，她蹲在那里，乖乖地听话，他牵着她的手，那些温柔，她想是足以倾城的，谁能不动心?

那些这样的日夜，过得十分的短暂而快乐，那样的温存和缠绵，只属于他们，他们是情人，亦是爱人。他在她面前，不是外人眼里的佟少，打情骂俏起来，他们像是熟识了半个世纪的男女。

“我们是不是认识很久了，好像从夏天到冬天，又从冬天到了夏天。”她倚靠在他胸膛，喃喃地问。

“一年了，我感觉，日子过得好快。”他的手指缠绕着她淡淡香气的长发，她的头发都长得这么长了，一年多的时间，双方从最初的陌上人变成现在亲密爱人的样子。

“可我觉得好久好久，每天下班回家的时候，打开门，家里没有开灯，也没有你，一下子，就黯淡了下来。”她想着他不在的时候，她孤单坐在客厅的沙发上，吃着水果，除了忙第二天的工作，就是捧着那些漫画回忆。

离开他一小会儿，她都需要用回忆去填补空虚，那一本本的漫画，都是他最心爱的，他说是世界上独一无二的珍藏版，因为，画这些漫画的人已经停笔不画了。

孤单的时候，这些漫画成了她的慰藉，漫画里的人物，生活总是多彩的，偶尔的一次灰暗，是迎接下一次快乐的惊喜。

“本来这个星期天，我准备和我妈道明一切的，可是这几天我妈不知怎么了，心情很不好，总是慌慌张张的，我担心她的心脏病，我想明天陪她去医院检查身体，如果没事，我会争取的。”他说得恳切，生怕她敏感多疑。

其实，他和她一样，热烈地想在一起。

曼君其实没有一点责怪他的意思，她懂得他的难处，他不是一个说结婚就可以结婚的男人，他的背后，有家族，他上面还有两个嫁入豪门的姐姐，她们的婚姻都是家族之间的联姻，女儿都是这样，那卓尧的婚姻，就变得更加重要。

他身系的是一个家族和一个产业，他的未婚妻，他并不能口头决定。

他不是不努力，他只是在做与一个强大团队对抗的准备，这个实力强大的团队里，有他的家人，也有他的合作伙伴。

“我不怪你，卓尧，我不想给你压力的，只是有的时候……你是知道我的，我不是小女孩了，我有时也很想和你安定下来。我的存款就快要存好了，我会想今年的除夕你能和我一起回小渔村看望外婆吗，让外婆放心。我想让我的亲人看到我喜欢的人是怎样的，想让他们放心。”曼君说着，有些伤感，她有着和他悬殊太大的家庭背景，她最亲的人，就只有外婆和舅舅。

佟卓尧也心疼曼君，他知道他不能再这样继续被动下去了，他要主动出击，不能再让心爱的女人受委屈。曼君的样子，总让他心疼不止，他曾失去过，他不能再失去第二次，曼君是老天赐给他的礼物，是他生命中再难碰到的那个令他心动的人。

他说：“我有两个姐姐，大姐叫佟佩娇，二姐叫佟佩卉。大姐是最疼我的，可大姐向着妈，二姐是最开明的，她的婚姻，也是经历了自由恋爱到顽抗最后到屈从的过程，二姐最后还是嫁给了一个她不爱的男人，但是对我们整个家族而言，是有很大好处的。二姐牺牲了自己的幸福，她现在过得并不好，每次回来的时候话都不多，说几句就惆怅了起来。我想把你介绍给她们，说服一个，我们就胜算更大。”

他能有这份诚心，曼君怎么能不被打动？她在他怀里点头，她愿意为了这场爱，争取一次，哪怕前路艰辛。

在见卓尧的二姐佟佩卉之前，多多约了她，她应约，她们有好一段日子没有见面了。

曼君想告诉多多，她在争取，她想鼓励多多不要轻易放弃和袁正铭的感情。她们同为女人，爱上有差距的男人，总是要经得起考验才能修得正果的。

而对曼君而言，所谓的修得正果，也并不是拥有佟卓尧太太的身份和地位，并不是那顶着光环的“佟太太”三个字，即使他成了一个光环全无的普通男人，他依旧是她想牵手的男人，他是阮曼君的丈夫，她是佟太太，佟卓尧的妻子，其他的名头，她一点也不在乎。

爱一个男人，和他的背景有什么关系呢？

这次见到多多，实在是让曼君大感意外，多多比上一次要消瘦多了，或者说，是狼狈多了。一年前，曼君赤着脚蹲在电话亭边等多多来接自己的时候，她永远不会忘记那一眼看到的多多，是那么的骄奢美艳。

骄奢得让路过的女人都暗无光彩，多多昂首挺胸走上车，引得多少男男女女侧目。

你怎么也不能把这些回忆和眼前的多多联系到一起，也不过是过了一年而已，这一年，多多从周旋众多男人间的交际花变成了袁正铭独享的尤物，她像是飞蛾扑火一样奋不顾身地爱上了袁正铭，她不做交际花了，她要做袁夫人，要成为他光明正大的女人，而不是带出去应酬，帮他和客户喝酒讨欢的女子。

多多妄想脱离风尘，她想做的，就是要成为站在袁正铭身边的女子，名正言顺嫁入豪门。

谈何容易。

多多穿着一件白色的印花大T恤，浅蓝色牛仔裤，重点是，她一没有化妆，二没有穿高跟鞋，脸色灰暗，再美艳的女人，一旦懒了下来，皮肤就像是不新鲜的西红柿一样，暴露出了斑点。

曼君穿着修身短裙，高跟鞋，显出了姣好的身材，还是那家咖啡厅，放着轻音乐，服务生的声音极好听，端上来一杯咖啡，袅袅地冒出浓浓咖啡香。

其实咖啡再香，曼君都不爱喝，可卓尧喜欢。她更喜欢喝绿茶，但这家咖啡厅的环境，是她喜欢的，宁静优雅，红色的沙发，桌上有几朵新鲜的百合，不是玫瑰，是百合，这让她毫无理由地喜欢上了。靠窗的位置可以看到这个城市的风景，对面是比较古老的民国建筑，她想如果以后不工作了，就存一笔积蓄，开一家属于自己特色的咖啡厅。

多多没有开车来，打了一辆车来的，她一坐下，就开始沉默，这沉默让曼君有些害怕，多多以前是个话痨，不是这样的寡言少语，那种神情，让曼君觉得多多像失去了所有一样。

果然，多多喝了一口咖啡后，缓缓地说："我一无所有了。"

"什么？多多你在说什么？什么一无所有了？上次见面不是还好好的，发生了什么事？"曼君握着多多放在桌上有些发颤的手，她太担心多多这样的状态，像绷紧的弓一样，那根弦随时会飞了出去。

"我去见了袁正铭的未婚妻，不同的是，不是我找她，而是她找我，一同去的，还有袁正铭的妈妈。”多多焦虑极了，说着抬手揪着自己头上毫无色泽的褐色头发。

“那天早上，我化了足足三个小时的妆，我只是想把对方比下去，我没有想到袁正铭的妈妈也会在，我还特意买了昂贵的抹胸短裙，还有十四公分高的高跟鞋，限量版的包包，我几乎把我全部的存款都拿去花了来包装自己，为的就是要把对方比下去，让她知难而退。

“可是局面完全不受我的控制，到了那里，我看到一个穿着米色套装裙黑色长发披肩的女人，那么贤淑端庄，她身边坐着的贵妇人我是看过照片的，是袁正铭的妈妈，当我看到他妈妈手拉着那个女人的手放在腿上微笑谈话的时候，我就知道我输了，我当时就想逃离，但是那个女人喊了我一声，她说请问你是李多多吗?

“当时的我，全身都抖了一下，我走向她们桌子的时候，我的脚还不争气地崴了一下，你知道我有多狼狈吗，害怕惊慌得出尽了丑。我坐在那里，他妈妈像在动物园看怪物一样盯着我扫了几遍，极不情愿地问了我几句话，问的是袁正铭的喜好，喜欢的西装牌子，喜欢吃的菜。

“我一一回答，按照我对袁正铭的了解，他的西装有时是我给他买的，和我一起吃饭，他爱吃的菜，我都会点，我怎么会不清楚呢？我觉得我答对了，可是袁正铭的妈却说我错了，袁正铭喜欢的根本都不是这些，那些都是逢场作戏，真实的总是只有自家人自己的妻子才会知道。

“我的目光再一次投向了袁正铭的未婚妻，我从她的衣着上，看不到半点奢侈和华贵，她从头到脚穿的也许不及我一个发夹昂贵，但她很高贵，她端坐在那里，气质特别好，一看就是和我不是一类的，我觉得我一下子就低了下去，矮了半截，我那么艳俗，但她是那么的典雅。”

多多一口气说完这些，越发羞愧和难堪，她手撑在桌上，情绪波动着，此刻的多多，像是一只受伤的羊，过往那些风光无限不见了，取代的是对自己无限的责备和羞辱。

曼君坐在多多的身边，听完了多多的故事，多多没有哭，只是难过地低下了头，可曼君眼角里，落下了眼泪，她拿着纸巾抹去眼泪。多多是那样坚强的一个人，怎么也会挫败成这样？她为多多难过，也为自己难过。

我们只是爱了一个不该爱的男人，可是，这有错吗？又错在哪里？

错在了自不量力吗？

“多多，别太难过了。”曼君除了说这句话，她不知道该说什么来安慰此刻的多多。难道说让她不要再去想袁正铭了，世界上好的男人有那么多，还是让她把袁正铭的妈妈和那个未婚妻好好骂一顿吧，不过这样反而会让多多更加感伤。

多多抬起头，看着曼君，说：“说着我的故事，你怎么倒比我先抹起眼泪了，故事还没有说完，你听我慢慢和你说。我当时虽然慌张，就像是露了馅一样，内心的心虚暴露了我的不堪。她们问了我和袁正铭在一起多久了，袁正铭给了我多少钱，我都一五一十地回答了，我像是被叫进了校长室问话的犯规学生。

“袁正铭的妈最后只是不屑地说了一句：‘噢，原来你是那种女人啊，癞蛤蟆也想吃天鹅肉，你想借着我儿子攀上高枝飞上枝头野鸡变凤凰啊，你看清楚，我身边坐着的，才是我未来准儿媳的人选，你别再妄想了，小狐狸精！’

“说我是狐狸精，我来气了，狐狸精就狐狸精，我拍着桌子就站起来了，也不知道打哪里来的勇气，我说，我怀了袁正铭的孩子了，两个月了，你们看着办！我说完这句话，留意了一下她们的面部表情，那一秒是最过瘾的，她们都瞪大了眼，那个女人，都委屈得要哭了，那个老太婆气得头发都要冒烟。说完，我拎着包蹬着高跟鞋就走了，我脚崴得疼死了，我还是坚持着昂首挺胸走了出来，真是过瘾！”

多多逞一时的口舌之快，说了那样的话，又彻底把袁正铭的妈妈给得罪了，这就没有回头路了，曼君为多多担心，问：“你真的怀孕了吗？你可别胡来啊，孩子的事是大事，不能当儿戏说着玩。”

多多翻开包，从里面想掏烟抽，找了半天没找到打火机。曼君合上包，将烟放到里面，不许她抽烟，再说在咖啡厅里，怎么可以抽烟呢？有什么烦心事，不能说出来，非要抽烟闷坏了自己。

“想想接着的那几天，我觉得像是个噩梦一样，噩梦之后，我把自己关在房间里，吃的是罐头泡面，喝冰凉的水，然后就睡觉，醒来饿了就吃，好像麻木了，我是过了好几天才回过神，我一无所有了。我以前的好姐妹，我约她们出来陪我喝酒，你知道吗，都说没时间没空，我知道，不就是看老娘没钱了，被袁正铭甩了，都躲着我。”多多说到这里更恼了，喝一口咖啡。

“你怎么不打给我，我们是好姐妹吗，难道你忘了，可是我没忘，我最难过最痛苦的那几个月，是你救济了我，我吃你的喝你的，你帮我找工作，带我去那个豪门相亲会你就给我付了八万，我欠你的太多。在你无助彷徨的时候，你别忘了，你还有我。”曼君鼓励的眼神看着多多，她期盼着多多能振作起来。

多多听到这里，笑了，说：“我想，我只有你这个最真挚的朋友了，曼君，我真的一无所有了，身无分文了。那天之后没多久，袁正铭的助手就来了我住的地方，说袁正铭公司出了严重的财务状况，资金周转不灵，需要一大笔钱，让我能凑多少就凑多少。我就变卖了我的首饰，典当了一些衣服宝贝，再加上我这些年来从各个男人身上积存下来的，包括袁正铭给的，我把这笔钱交给了袁正铭的助手，将近三百多万，我连车都卖了。当时他助手说得很急，说如果资金周转不过来，袁正铭可能要吃官司坐牢，我当时急疯了，都没想想有可能吗，我傻吧。”

曼君听到多多说到这里，心疼得有些刺痛，不是多多傻，是多多爱得太深，听到自己深爱的人可能有麻烦，可能会遇到不幸，便什么也不管不顾了，一心只想要营救对方，就好像自己的能力有多大一样，这和她当初义无反顾地去为冯伯文顶罪有什么区别，她同样是天真地相信了冯伯文编织的谎言和美梦。

男人的话，不可全信，当然，在曼君心里，卓尧是例外的。

多多难受得低声呜咽起来，终究是止不住自己的悲伤。

能说多多傻吗，说她是被爱情冲昏了头脑了，在爱情里面，有多少的痴情女人前仆后继，智商几乎为零，为爱死为爱生，为爱战斗，连自己都不敢相信自己原来可以为一个人连性命和生存都可以不顾。

“多多，你别这样，你这样，我心里也很难受，我理解你，和你一样，我为了冯伯文，什么都扛下来了，我当时也以为自己很伟大很无私很能扛，为所爱的男人奋不顾身，我和你一样痴迷疯狂过。”曼君抱着多多的肩膀说。

除了拥抱，说几句贴心的话，曼君不知道自己还能做些什么，多多给了她太多的帮助，如果没有多多，也许根本不会有现在的阮曼君，要感激的话太多，安慰的话却说不出口。

多多摆摆手，说：“他有他的不容易，他妈妈给了他太多的压力。我输在我没有出生在一个好的家庭。”

多多说袁正铭走了之后，她把烟灰缸里那些袁正铭吸过的烟蒂都装了起来，她知道，也许她再也不能和这个男人有什么瓜葛了。

和多多聊了一下午，最后从咖啡厅聊到了酒店，两个人一起喝了酒，多多要曼君请她喝茅台，曼君要了一瓶茅台，两个人边吃边喝，茅台再好，也和那些酒一样，辣人。曼君很少喝这样烈的酒，她辣出了眼泪，多多嚷着要划拳，两个人到深夜还在酒店包厢里坐着。

# 第十五章

# 太浓烈的爱，变成了太深刻的伤害

我们依然要在一起，即使全世界与我们为敌。

最后两个人都醉烂如泥地趴在包厢里的桌子上，曼君的手机就放在餐桌上，手机不停地振动，是佟卓尧打来的。他此刻就在曼君公寓的楼下，公寓里的灯是关着的。他本想打电话给她，给她一个惊喜，他是熬夜工作了两天才换来了一天的休息，还想着第二天带她出游，她的手机却一直无人接听，家里的座机也是留言状态。

他不停地打她的手机，他可以确定，她一定不在家里，她独自在家，是不可能不开灯的，她怕黑。这么晚了，可恶的女人又野到哪里去了，不会是又喝酒去了，这个酒鬼。

酒店的服务员见两个女客人醉成这样，身边的手机一直响也不接听，于是帮忙接听了。佟卓尧挂了电话，驱车直奔酒店，他真的是生气了，上次还告诉她，晚上不要一个人在外面喝酒，不安全，她怎么就屡教不改不听话呢。

卓尧的心里，有些难过，他并不是计较付出和回报，他原本长时间持续工作完成手头上的事就是想争取到时间和曼君在一起，兴冲冲地来找她，准备了惊喜，车的后备厢里有一大束百合，还有他早先画漫画的手稿，她不是曾说让他给她找一个会画漫画的漫画师恋人吗。

他是打算要告诉曼君，其实她看的那些漫画，不是出自别人之手，而是他画的，她一定会惊讶得嘴巴都合不拢。精心准备的一切，却遭到了迎头冷水，电话竟然是酒店的服务员接的，电话中，服务员告诉他，客人喝酒喝多了，醉在包厢里，似乎是睡着了，让他马上来接人。

佟卓尧想，要是看到了她，非要拎着她的耳朵把她拎醒，怎么一点都不听话呢。也不知道是和谁一起喝酒喝醉了，是自愿喝的，还是工作需要，会不会受欺负，他脑子里都是担心和不安，车速很快，他都顾不得了。

到了酒店，服务员领着他走进了包厢，包厢的门一推开，酒气冲天扑面而来，两个女服务员打着哈欠还竭力保持着端正的站姿，见他走进来，马上就提起来了精神。

他看是和多多在一起喝酒，他多少放心了些，这醉酒的状态，是喝了不少的酒，他眉头皱起，他问一位服务员："她们喝了多少酒？来了有多久了？"

"先生，她们从晚上七点一直喝到了现在，喝了一瓶茅台。"服务员答道。

"埋单。这是小费，帮我把这位小姐扶上车。"他给了服务员小费，服务员搀扶着多多，他拦腰抱起了曼君，听到她的胃里传来了咕噜声，他心想这个小酒鬼可千万别吐了。

将两个女醉鬼放到了车上，她们俩依偎在座位上，还是醉醺醺睡着，他开车，从后视镜里看着她的睡相，她嘴里断断续续在呢喃着，似乎是在喊他的名字，一声声的，她一定是做梦了。

好不容易把她们俩都送到了曼君的公寓里，车后备厢里的百合花，只有孤单地插在客厅里，准备的惊喜下次再说。

卓尧将多多放在客厅的沙发上，将曼君抱回了卧室，用热毛巾给她擦脸，她双颊在酒精作用下绯红一片，她嘴里嘟哝着，呼唤着他的名字，好像说："卓尧，别走，别离开我……"

他的心一下就柔软了下来，立即就忘了她不听话喝醉酒的事，他擦净她的脸和手，在她脸上深深印上一个吻，给她盖上一条空调被，坐在床边，摸着她的头，温柔地凝视着她一会，才关上灯，离开。

他知道她怕黑，但她这副样子，醒来的时候，一定是天明了，她总是开灯睡觉，这样对眼睛一点也不好。如果他可以每晚都伴随在她身边，她不会再独自面对黑暗，也就不会有恐惧了。

他回到家，想着她醉意的样子，他倒觉得十分可爱。好像不管她做错了什么，他都可以原谅，哪怕当时真的会生气，可只要她一个无辜的眼神，他就放弃了所有的责备，统统都化作柔情蜜意。

怎么会遇上她之后，自己就变得这么多情而温柔了，在公司里，有时都会嘴角带着浅浅的笑意，这让下属都大感意外，尤其是伴随着他多年的季东。

他不再那么冷漠，是曼君改变了他，让他变得一往情深，变得包容而温暖。

曼君醒来的时候，窗外阳光明媚，她发现在自己的房间里，昨晚发生了什么她都不记得了，只记得和多多在酒店里喝酒喝得烂醉如泥，之后，之后的事都想不起来了。

她忙起身四下寻找多多，她按着太阳穴，喝酒的滋味还真不好受，听他的话，都很少喝醉了，曼君看到多多躺在沙发上呼呼大睡，桌上有一张便笺，她拿起一看：小漫画，昨晚喝醉酒了，我带你回家的，看你睡得很香，没有叫醒你，下午约二姐见面，在我们公司楼下的咖啡厅。

她捂着微烫的脸，想着自己醉酒不知道说错什么话没有，醉相是不是很糟糕，他会不会生气呢，好不容易的周末，居然变成了他满街寻找醉鬼女友。

可是曼君喜欢他这样的宠溺，即使他觉得她错了，他总是能有理由原谅她。

多多又睡了一会才醒来，喝醉了一场，似乎清醒了很多，没有那么伤感了，给曼君一个亲密的微笑，揉着凌乱的头发说："我们怎么回来的啊？你不是也醉了吗？"

"是卓尧送我们回来的，昨晚他找到我们的。"曼君给多多递来一杯蜂蜜水。

多多接过喝下，喝完就要走，多多说她还有事要处理。原先的地方可能住不下去了，公寓是袁正铭租的，现在袁正铭不和她来往了，在一心筹备婚礼。她也无心再找一个靠山，经历了这些事，多多明晰了起来，她并不能再继续这样去打扰袁正铭了。

曼君心里对多多有太多的不放心，虽然多多生性开朗大方，还是会怕多多想不开，曼君送着多多到公寓楼下，看着多多消瘦的脸颊，说："你多保重，有事随时给我电话，我这里随时都欢迎你，你别忘了，我们是共患难的好姐妹。"

多多报以微笑，说："回去吧，你快去打扮收拾一下，我看到便笺上的留言了，你下午要见佟少的家人了，你真幸福，要好好争取好好把握，别像我这样。"

曼君点点头，说："我知道，我会的，只是有些放心不下你。"

"放心吧，我不是小孩子。"多多说着，接着又说，"曼君，你一定要幸福，你要知道，我多么羡慕你，至少你的佟少，还有陪伴你一起走下去的决心，你要珍惜。"

这番话，让曼君心里懂得不是怕会被拆散，怕的是我们自己不坚定，内心的坚定信念要远远比外界分割强硬得多。

不论他们怎么反对，我们依然要在一起。

曼君看着多多离去的背影，心里有些惆怅，她帮不了多多，也许她最后也会落得多多这样的境地，可无论怎样，都是要拼一次，付出一次，飞蛾扑火，总是要扑一次，方才悟得出值得还是不值得。

她穿的是平时穿的衣服，化了简单的妆，这是尊重。她有些紧张，第一次见他的亲人，虽然他给她打了预防针，说他的二姐很开明，人很好，她还是局促不安起来。

她还是不够有底气，不敢在心底里坚信佟卓尧就是她的，她不能坚定地认为只要彼此喜欢，就没有人可以阻挡他们。

曼君开车到卓尧的公司楼下，她给自己加油，她不是一年前的曼君了，她至少有份不错的工作，这让她有了一点信心。

她走向约见的地点，她提前十五分钟到的，她安静地坐下，然后给卓尧发短信，告诉他，他已经到他公司楼下了。

五分钟后，一位少妇走了进来，她体态匀称气质脱俗，但眉眼里都是忧郁，这让曼君联想到了他二姐那段并不幸福的家族联姻，对方也认出了曼君，收起忧郁，努力笑盈盈地朝曼君走来。

那一刻的微笑，让曼君心里沉重的大石头放下了一半，看起来，不是那么的难相处，曼君想如果真心相交，那么定能换来真心。

她们倒真的是有共同语言，从卓尧儿时的趣事一直聊，说起卓尧小时候，佟佩卉的眼神里都是骄傲。她说她这个弟弟，上学的时候，门门功课都考第一，这倒不是什么奇事，奇怪的是他从来不学习，总是研究画画，上课的时候，别的同学都在认真听课，他就画老师。

老师叫来家长，那时卓尧的父亲还没有去世，还很疼爱这个小儿子，他看着卓尧上课画的画，对比着正批评卓尧上课画画的老师说了一句："别说，这小子还真有绘画天赋，把老师画得还真像。"

曼君没想到，像卓尧这样家境出生的孩子，上课画画也会被老师叫家长。

佟佩卉读懂了曼君的疑惑，说:“卓尧就读的贵族学校，里面的学生都是非富即贵，所以老师对每个学生都是一视同仁，并没有特殊对待。卓尧在那里学习总是第一，是学校里收女生情书最多的小帅哥，我做她的姐姐，都特别的自豪，他从不正眼看那些女生一眼，总说他喜欢的女生一定是得最特别的那个。

“所以，见到你，我终于明白我这个弟弟，果然眼光犀利，那么多女人中，他偏挑中你，还把你介绍给家人。想必他是认真的，他做事，向来都是深思熟虑后才做决定，我知道他没有开玩笑。而我见了你，和他一样喜欢你，总觉得你真的是特别的那一个。”佟佩卉说得很真诚，眼里都是对曼君的喜欢。

“谢谢你，我只是一个普通的女人，普通的家庭出生，普通的背景，没有什么特别，只是因为父母去世的早，我比较独立。”曼君说，她的心里是真的在开花，卓尧，我要争取，争取赢得你家人的认可。

佟佩卉伸出手拉着曼君的手，亲切地说：“之前卓尧已经把你的事告诉我了，也包括，你曾为爱付出的两年等待，虽然你付出得有些傻，但我还是很敬佩你，你可以为爱义无反顾。知道吗？我就缺这一点，如果当年的我，可以像你那样奋不顾身去爱一个人，也许我现在的生活是另一番模样。”

当年的佟佩卉，是佟家的千金小姐，同样也没有能力决定自己的爱情，为了整个家族的利益，嫁给了一个自己并不爱的男人，那个男人是佟家家族企业的商业伙伴。

她曾和心爱的男人私奔过，但最后，她竟独自一个人回来了。回来之后的佟佩卉大哭了一场，把自己反锁在房间里，发了高烧，昏迷两天两夜后，她醒过来的第一件事，就是答应听从母亲的安排——结婚。

“曼君，你知道当年我明明跑出去了，为什么还会回来吗？”佟佩卉把这个故事告诉曼君之后，问曼君原因。

“难道是你，后悔了吗？”曼君问。

佟佩卉笑着摇摇头，看着窗外，失了神，像是沉浸在那年的回忆里。

“不是我后悔了，是他后悔了，他收了支票，选择离开我，像一个逃兵一样落荒而逃，你说，是不是很可笑。私奔，我以为私奔之后我们就会幸福自由，其实我高估了他，他在支票和我之间，选择了前者。所以，我索性心灰意冷听从家族安排嫁人了。”佟佩卉苦涩地回忆道。

“有些事，就是这样阴差阳错，明明想要的，偏偏得不到，得到了，又未必快乐，对吧？”曼君说。

佟佩卉赞同地点头，想想，对曼君说：“我想问你一个问题，不知该不该问。”

“嗯，当然可以。”

“我了解我的母亲，我想，她也许会用当年的那些手段来拆散你和卓尧，你会怎么选择呢？也许这个问题我问得很低级，我相信你一定会选择卓尧的，对吗？”

落地窗外卓尧大步走来，曼君一看到他，眼角都是明媚的笑，她目光伴随着卓尧进来，她坚定地说：“不论是什么和卓尧排在一起让我选，我都会选他。”

佟佩卉满意地点点头，看着面前的曼君，佟佩卉心里很是赞许，又替弟弟喜悦，又有些揪心，他们会是自己当年不幸感情的再版吗？

“二姐、曼君，你们聊多久了？我刚处理好公司的事。”其实卓尧特意拖延时间才来的，就是让她们有足够的时间聊聊，他看姐姐的脸色，笑逐颜开，想必二姐对这个未来弟妹很满意。

“是呀，聊了有一会儿了，我们在聊你小时候爱画画不爱学习还能考第一的事。”佟佩卉用疼爱的目光看着弟弟。

“原来你小时候，这么淘气，不过你爱画画，我能猜到，你那么喜欢漫画。”她说到他那么喜欢漫画时，想到了他唤她小漫画，她不好意思了，笑着看着他们姐弟。

“对了，曼君，聊了这么久，还不知道你在哪里上班，这点卓尧没告诉我呢。”佟佩卉问。

曼君如实地告知了自己的公司，包括自己担任的职位。

佟佩卉听了，脸色渐渐变得晦暗了，有些不悦。曼君看卓尧在一旁朝她眨眼睛，曼君就不明白了，连坐牢的事佟佩卉都知道了，她现在的工作，并没有什么见不得人的，为什么开明的佟佩卉听了会不悦？而佟少也在一旁护着她朝她使眼色呢。

曼君惊异不解，她问道：“怎么了，在那里工作，有什么不对的吗？”她实在是难以理解了，为什么自己的工作会让佟佩卉脸色大变，她并非做见不得人的工作，她自己觉得，那是一份来之不易奋斗了很久才获得的工作。

佟佩卉看了一眼卓尧，说：“卓尧，你不要告诉我，你没有告诉她这其中的瓜葛。”

“二姐，这些是男人之间的事，用男人之间的手段来处理，我不想把男人之间的恩怨牵连给她，她什么都不知道，是我没说。”卓尧坦白承认，话语里，都是对曼君的偏袒。

“你怎么能瞒着她？要是妈妈知道了，会气晕的，你喜欢的女人在我们佟家的敌对企业效力，也许有天她会成为你的对手，成为钟家对付我们的一根刺。我们公司里，随随便便就可以给她安排一份好工作。你怎么可以这么大意？你这样让姐姐太失望了，你真是太感情用事了，为了保全公司的利益，所以你不能当儿戏！”佟佩卉说着没有了火气，却都是对卓尧和曼君的担心。

卓尧双手揽着姐姐，宽慰着姐姐说：“其实工作的事都是小事，我想就算有一天钟利涛对付我，曼君也一定会回到我身边，她不会帮着别人对付我的。”

“我只是担心你瞒着她，她不知道，在其位谋其职，倘若她不知晓其中的利害关系，她做错了什么，你又能怎么样，不管怎么说，曼君必须离开那家公司。”佟佩卉下达着指令。

卓尧用温柔的目光看着曼君，他坚毅的面庞，也都是无奈。

他早就安排季东调查得知曼君所在的公司是钟利涛集团旗下的子公司，这家公司，是专门负责东南亚对外贸易的订单，自从曼君升职后，成功完成了好几大笔重要订单，曼君并没有想到，她风光扬旗胜利的背后，是卓尧打电话给公司部门让他们放弃订单，否则，曼君又怎么能是佟氏企业高管的对手。

佟卓尧明白，商人不能心软，要狠，要利益第一。商人最忌讳感情用事，因为这样很容易被竞争对手掌握把柄。

他有想过让曼君离开那里来他的公司，或者他可以给她安排更好的工作，但他了解曼君的性格，她一贯好强，所拥有的都要是自己奋斗得来才觉得幸福，每次看到曼君成功签下一笔笔订单，她笑得那样开心，让他觉得付出多少都是值得的。

她一路走来那么难，几乎每晚加班到深夜，就是为了这些成绩，但是卓尧也清楚，他这样做，是对公司太不负责了。

而曼君，她听着佟佩卉和卓尧的对话，虽然不是很明白其中的利害关系，但她清楚，她的存在，可能会影响两个公司的竞争，她考虑了一下，说：“对不起，工作是工作，我不太理解你们的意思，是让我辞去工作吗，这个我觉得有些不切实际，我也不会去卓尧的公司工作。”

佟佩卉听完，立即起身，脸色难看地说：“你不是说不论什么和卓尧排在一起让你选，你都会选择卓尧吗？你太让我失望了，只是一份工作，阮曼君，你太天真太自私了。”说完拉着卓尧的手，说，“卓尧，跟二姐走。”

“姐，你听我解释——”卓尧还是努力试图解释。

“走！”佟佩卉下达指令。

曼君坐着没有动，她没有看卓尧，她心里多希望他不要离开她，可他最后还是跟着佟佩卉走了。

曼君并不懂得，当时的卓尧心里有多难过，一边是疼爱自己的二姐，一边是心爱的小漫画，他注视着她，她竟然目光决然，连看都没有看他一眼。

她的决然，是每次受伤之后，眼神里都会出现的决然，她对自己说，感情和工作要分开。她不清楚利害关系之前，她根本没法决定辞去工作。

如果是三年前的阮曼君，她也许会毫不犹豫地辞掉工作跟着他。

但现在的她，再爱一个男人，她也不要把感情和工作掺和在一起，她犯过傻，她最后的结局是丢了工作，也丢了感情，难道要再傻第二次吗？她好不容易才有了今天，才有了这么一点握在手里的底气，不是轻易就可以放弃的，也许她是自私。

她问自己，爱他吗？

她的心里，一个声音一直在跳跃着回答，爱爱爱！

她爱他，她如果不爱他，怎么会这么想念他这么想和他在一起，但是她却没有选择为他放弃工作，他一定对她失望极了。

之后的三天，卓尧并没有打来电话，也没有来找她，她的手机一响，她就迫不及待地拿起来看，但每次都不是他，三天过去了，她彻底失落了，他是不是要离开她了。

她上班也没有了心思，总是神情恍惚，戴靖杰拿着文件来让她签，她挥笔写下的是“卓尧”二字，她有些尴尬，不敢看戴靖杰的眼神，她怕暴露自己的心思，她的心里，满满地装着的都是卓尧，她觉得她这样的工作状态她是要疯掉的。

戴靖杰似乎察觉到曼君和佟卓尧之间出了问题，他变得更殷勤，他主动要求送曼君回家，曼君拒绝，戴靖杰说他不放心曼君这样的状态还开车，于是戴靖杰开车送曼君回去，曼君好像是发烧了，应该是被冷风吹的。

下车的时候，她就蹲在地上作呕，差点吐了出来，戴靖杰站在她身边，扶着她，手轻轻抚着她的背，她摆摆手，让戴靖杰别碰。

这一幕，被坐在车里的卓尧全部看见了，他当时心都要碎了，他在想要不要下车，她怎么会吐呢，难道，她又去喝酒了，和戴靖杰一起出去喝酒吗，他不是叫她不要和男人单独喝酒吗！

他下车，走到他们身边，他控制自己的情绪，看到戴靖杰的手扶在曼君的手腕上，他阴沉地说：“把你的手给我拿开，滚！”

曼君没想到他会来，他挺拔地站在她面前，只是几天没见，她像是很久没有见到他一样，有很多话要说，但看到他冷漠的脸，那些话都吞了回去。

戴靖杰的手，并没有离开曼君。

卓尧挥拳就打向戴靖杰的脸，戴靖杰并没有躲闪，迎面一拳，力度很大，痛得嘶叫了一声，手仍没有松开，戴靖杰捂着脸，说：“你还想打架是吗，我看曼君生病了，我不想和你打！”

“生病了吗？我看是酒瘾犯了，你们一起喝多了吧。”卓尧被醋意冲昏了理智，他没多分辨，先入为主地认为曼君是喝醉了酒吐的。

曼君站在了戴靖杰的身前，将戴靖杰拉在身后庇护着，她迎上卓尧愤怒的目光，说：“我和谁喝酒你就打谁吗，你讲不讲道理，我喝酒关你什么事，怎么我的事你们佟家的人都看不过去都要管一管。”

卓尧看着曼君像是老鹰护小鸡一样护着身后的男人，他几乎要气急败坏了，往日的冷静都快要没了，他竭力控制自己暴跳如雷的冲动。

她怎么可以这样护着另一个男人，这个男人油头粉面，一看就没安好心，每次出现，都是要和他抢心爱之物，卓尧最后问了她一遍："你让不让开？"

"为什么要让，这是在你公司吗？我们俩好像不是你的下属不归你管。"曼君也气了，看着他霸道的样子，一点也不讲理。

"好，你留在那里，是不是就为了要和他在一起，我走，可以了吧。"佟卓尧大声地说，但他的脚并没有走。

面前的曼君，却转身拉着戴靖杰的手，走向了公寓。她转身目光看到卓尧眼神的那一刻，她几乎站不稳，她是病了，她还努力撑着，不能倒在他面前。她拉着身边戴靖杰的手走远，她心里知道，她这一走，也许会永远失去卓尧了。可是，卓尧，你知不知道，我撑得太辛苦了。

卓尧是看着他们牵着手远去的，他回到车旁，一拳砸在了车上，手已经麻木，不疼了。他打开车门，他对自己说，他再也不会来找这个女人了。

这三天，他被二姐和妈妈严加看管，二姐很生气，强令不要他再和曼君来往，一向疼爱他、开明的二姐，都变得很坚持，还把这件事告诉了妈妈。

他几乎是要疯了，他又没办法和曼君取得联系，他就怕她会胡思乱想。他是好不容易乘其不备才溜出来的，第一件事就是开车来找她，他想解释清楚，把他们家和钟家的瓜葛一一向她解释清楚，他相信她听了，也会明白二姐怎么会生气了。

可曼君今天这样的举动，护着另一个男人，牵着另一个男人的手，把他晾在那里，他还需要解释什么。

他佟卓尧身边会缺女人吗？她以为她是谁，离了她，他就找不到女人了吗？他明明发疯般地嫉妒。

他开着车，漫无目的地开着车，在一家酒吧门口停下，他想去喝酒。一进酒吧，他立刻吸引了坐在吧台上的女孩们的注意，他要了些酒，坐在酒吧角落里，喝酒，抽烟，听着那些歌，他想的都是她的笑容。

旁边有一张桌子的几个女客人在玩大冒险，声音特别大，他闭上眼，灌自己酒，烟一口接一口吸，他忘不了她，闭上眼，都是她的样子。

这一幕，全部落入了一张无形的网里。

“先生，能帮我点一根烟吗？然后对我说一句：你好漂亮。我们在玩大冒险，谢谢啦。”一个涂着绿色眼影年纪约只有二十岁的女孩凑了过来，嘴唇上涂着银色的唇膏。

“走开——”卓尧嘴里低沉地吐出一个词。

女孩知趣地离开，回到桌上，说：“没劲，长那么帅，却拒人于千里之外。”

“还不是你魅力不够大，要是温秦出马，绝对上手。”

“那可不一定，来，继续——”七八个女孩围着桌子继续玩。

那些烟，袅袅娜娜的，伴着震耳的歌声，他心里似乎反倒平静了一下，他想到自己曾答应她，他以后不泡吧不泡妞不抽烟，他起身，拿起车钥匙，转身欲离开。

那桌女孩兴奋了起来，都拍着桌子闹着叫：“温秦，温秦快点上啊，不上就罚酒，快点啊，机不可失，难得遇见钻石王老五，还这么帅。”

“温秦，不找他的话，那就罚酒，罚你把面前的酒全部喝掉，喝酒还是约他，选一个。”

一个女孩从座位上下来，瘦瘦弱弱的，戴着眼镜，看起来很斯文，连抬头看他一眼都不敢，只是低着眉眼，小声地说：“她们让你对我说你喜欢我。”

他站在那里，看着这个瘦弱的女孩，几个女孩中，她显得最弱势，却也是最安静而胆怯的，她这副样子，让他想到了小漫画，他没有说话。

“没事，你不愿意，我喝酒。”女孩遭到拒绝，有些不好意思，低着头回到座位上，拿起酒杯。

桌上有十杯酒，卓尧看到几个女孩偷偷把原本的无醇啤酒换成了有酒精度数的啤酒，他手臂伸向杯子，拿过酒杯，说：“我喝。”他一口气，喝下了十杯酒。

他的酒量并不是很好，十杯酒加上之前喝的酒，他醉了，晕晕乎乎。温秦扶着他回到他的桌子旁，她坐在他身旁，他手撑着桌子，闭上眼，他有很多很多烦恼，好像周围的人都在逼自己做不愿意做的事，他讨厌被人逼迫。

“谢谢你替我喝酒，我刚念大一，第一次来酒吧，和她们一起玩，不会喝酒，要不是你，她们要换别的整我了。”温秦凑近他说。

他没有说话，他还是一样，面对陌生的人，他不喜欢说太多的话，习惯简洁回答，或者干脆就不说话。

温秦见他没说话，也没有阻止她说话，于是她试探性地问："你好像不开心，是不是和女朋友闹别扭了？"

他头昏昏沉沉的，听到一个温柔的女声一直在开导他，在说着笑话逗他，酒劲过去一点的时候，他睁开眼，叫温秦的女孩还坐在他身边，原来的一群女孩子都走了。

"你怎么没有和她们一起走？"他揉着太阳穴，问。

"你为了我才喝酒的，你醉在这里，我不能就这么走了。"温秦柔声说。

在酒吧门外，一群女孩在一个戴墨镜的黑衣男子面前邀功。

"怎么样，我说他会喜欢温秦这类女孩子吧，尤其是我这样的女孩先上去做个铺垫。"那个涂着绿色眼影穿皮裤的女孩骄傲地说。

"是啊，事成了，佣金得付了，我们几个本来在隔壁酒吧玩的，你把我们雇来演戏，还有今晚我们这个小姐妹要陪他一晚，这钱也得你付吧。"

一个低低的男声说："没问题，做得漂亮，这是一万块钱，如果今晚你的小姐妹能把他哄上床，我再给你们加十万。"

"哇，十万哪，我两个月都挣不到，温秦一晚就挣到了，真强。"

"我发短信给温秦，让她加把劲，必要时刻，用点小伎俩，总之一定会得手，您放心。"

黑衣男子满意地点点头。

她们并不是所谓的学生，包括温秦，都是陪酒女。

酒吧里的温秦，收到了姐妹们传来的短信，十万可是一条大鱼，但她看出来，身边的男人的身价，何止是十万，名牌西装加名表，外面一定还停着名车，这些都价值多少？她自己心里盘算着，如果真的可以攀上，她也许真可以脱离这一行，去念大学。

"很晚了，你回去吧。"卓尧说。

"好——可是，我害怕，我们学校，在郊区，我不知道该去哪里。"温秦柔弱地说，她心里想该使猛劲了，不然十万怎么能到手。

"我送你吧。"卓尧想想，说。

温秦说："你等我一下，我去给你要一杯蜂蜜茶醒醒酒才能开车。"

过了一会儿，温秦端着一杯“蜂蜜茶”过来，乖巧的笑容，让他喝醒酒茶才能开车，这样才安全。

她看着他喝下去，心满意足地笑了。

# 第十六章 佟小同学，你几岁啦？

世 间 能 有 几 个 如 佟 卓 尧 这 样 的 男 子 。

此刻在曼君的公寓里，戴靖杰的手机响了一下，他避开曼君，看了短信一眼，面有喜色，走到曼君身边，说：“曼君姐，有件事，我不知道当说不当说。”

“你说。”曼君的心思全然不在自己身上，脑子里都在重现刚才与卓尧分开的那一幕。

“其实，佟卓尧背着你，一直有一个女人，我早就看到了，是一次公司聚会在酒吧碰到的，那个女孩就是一个陪酒女，把佟卓尧迷得七荤八素，主要是——那个陪酒女很年轻，只有十九岁。”戴靖杰犹犹豫豫说了出来。

这段话，对曼君而言，如晴天霹雳。

曼君喝了一口白开水，手都在抖，强装出听后觉得很荒唐的神情说：“你一定看错了，你认错人了。”

“如曼君姐所说，世间能有几个男子如佟卓尧这样，我会看错吗？”戴靖杰极有城府，掩藏着冷笑说。

曼君的身子噌地站了起来，她已经发了高烧，退烧药还握在手里还没吃，她努力想让自己不要去相信，可戴靖杰说得对，世间能有几个如佟卓尧这样的男子，怎么会认错。

“听酒吧老板说，他经常晚上去泡吧等那个陪酒女下班，一起去酒店，今天你当着他的面护着我，我猜，他一定会去找那个陪酒女——”靖杰事不关己高高挂起的语气，却足让曼君的神经爆炸开来。

她不信。

“是不是真的，你去看一眼不就知道了，你要是不敢去，才说明你不信他。既然你坚信不是他，还怕去看吗？”

“好，你开车，去那家酒吧。”

坐在车上，高烧已经让她头痛欲裂浑身无力，她缩成一团，双腿放在座位上，轻微地战栗。她止不住自己的恐慌，她这是在做什么，是要捉奸吗？是要去看卓尧有没有别的女人吗？没有又怎样，有又怎样，她为什么要弄清楚？

可是……

车开得很快，到了酒吧门口。戴靖杰先下车，看着坐在酒吧落地窗旁的黑衣男子，微微点了点头。他扶着曼君下车，曼君头很沉，总觉得脚一软就要倒在地上，在进酒吧那一刻，她有了犹豫，她不想进去了。

如果进去，看到她害怕的那一幕，她该怎么办，是去质问，还是平静离开，她显然没法平静了，她心跳得厉害，她在想如果脚迈进去，看到什么后果都自负了。

她犹豫着，回头对戴靖杰说："我想打个电话，如果他接了，他不在这里，我们就回去，好吗？"

靖杰信心满满，从黑衣男子那传来的消息是事情已经在掌握之中，佟卓尧绝对是在这家酒吧里，并且是和那个陪酒女醉在一起。

手机打通后，过了几秒，电话里都是嘈杂的音乐，是一首摇滚歌，这歌声，和酒吧里传出来的是一样的。

一个温柔的女生娇滴滴地说："你找佟先生吗？他很忙，没空接你电话，有什么事跟我说吧。"

曼君握着电话的手缓缓地落下来，她摁掉电话，坚决地走进了酒吧，进入酒吧，昏暗的光线下，震耳的音乐，她努力寻找着佟卓尧，当她看到他的那一刻，她的眼泪涌了出来。

不是第一次看到所爱的男人和别的女人亲昵在一起，但看到佟卓尧怀里搂着另一个女孩，微闭着眼睛，很舒适很陶醉的样子，他们那样的暧昧，一定是认识有段时间了，女孩满脸娇嗔的样子。

有那么几秒，她几乎要倒下去了，她咬牙让自己站住，不能倒下，她转身要离去，她不想再看下去，结果已经有了，还需要再说什么吗，还需要再看下去吗？

她回到车里，变得很平静，让戴靖杰开车。

戴靖杰担心地说："我送你去医院吧，你脸色看起来糟透了，高烧没退，你这样会支撑不住的。"

“我没事，我真的没事，走吧。”她说这句话时，近乎是带着哭腔和哀求，她再也不要看到这个地方，再也不要看到心爱的男人搂着别的女人。

“曼君，你看，他们一起出来了，那女人扶着卓尧，我们开车跟着，看他们去哪，如果他真的做出对不起你的事，我一定替你出气揍他。”戴靖杰打抱不平地说，他也想借机还卓尧迎面一拳的仇，摸着还泛着疼的脸颊，想这一拳一定要打回来。

“算了，我已知道结果了。”

曼君倚靠在车窗上，默默看着女孩搀扶着卓尧拦了一辆出租车，他们上了出租车，站在一起是那么的亲密，一点距离也没有。

眼泪就这样顺着脸流了下来，手里还紧紧捏着退烧药。

“我跟上出租车，看他们去哪，曼君，捉奸在床，你没有捉到‘现行’，你日后怎么面对他，他肯定不承认，你不了解男人的本性，要看就索性就看个究竟。”戴靖杰说着，开车尾随着那辆出租车。

曼君没有说话，结果她已经猜到了，他们会一起去酒店，开房，做该做的事，她脑子里甚至都可以浮出那样的一幕。她曾那么痴迷他、他的身体、他身上的好闻木香、他的黑眸、他洁白的牙齿和洁净修长的手指。

他干净温暖的样子，忽然变得远离了，原来他心里有别的女人，那为什么还假装要和她一生一世，还要带着她去见他的二姐，所谓她的工作会给他带来损失和不利，也是一个借口，是逼走她的借口。

她摇摇头，用手掌拍打自己的头，她觉得好痛苦，一夜之间发生了这样的突变，她还对他有那么多的幻想，她笑自己傻。

车在一家连锁酒店门口停下，不是五星酒店，这根本不是卓尧的档次，曼君还疑惑了一下，卓尧再怎么也不会来这种酒店吧。

看着他们走向前台，女孩在开房，佟卓尧搂着女孩的肩，也许是喝多了酒，站得不稳。看着他们拿着房卡上楼，她缓缓闭上了眼睛。

十分钟后，靖杰扶着她下车，靖杰从车上顺手拿了相机，靖杰的嘴角浮出一丝冷笑，他要将十倍的打击还给佟卓尧。佟卓尧说得对，从那个帆船拼图开始，他就是要来抢走佟卓尧身边的一切，包括心爱的女人，包括家族地位，包括社会名声。

进了酒店，靖杰询问刚才开房一对男女在哪个房间。

前台小姐问：“请问你们和刚才两位是什么关系？我们这里是不能随便把住客的信息透露出去的，所以，如果你不能提供合理的理由，我们不能告诉你，抱歉。”

戴靖杰指了指身边脸色苍白的曼君，说：“这是那个男人的妻子，你懂了吧，妻子来捉奸，天经地义。那个女孩是陪酒女，不然，我叫警察，你们莫非和那些陪酒女是一伙的？”

对方慌了，忙摆手澄清，从桌下拿出了一张房卡，说：“这是3204房间的房卡，他们去了3204房间。”

曼君撇开了戴靖杰的搀扶，她自己找3204房间，她像是寻找一个不归家的丈夫。电视里，总是会放一些妻子在外面寻找寻花问柳的丈夫的节目，卓尧不是他的丈夫，甚至连情人都算不上，她却这样狼狈虚弱地来找他，他还能回到她身边吗，她还能原谅他吗？

不能了，她只是抱着一丝残存的希望，也许他们只是朋友，他醉了，她送他来酒店住下，没有别的了，也许推开门，他衣服整洁地睡在床上，什么事都没发生。

她可以带着他，回他的公寓，给他洗澡，给他熬醒酒汤，看着他睡得很香。

到3204房间门口，戴靖杰侧着耳贴在门上听着，他举了举手中的房卡。

“不要——”曼君抓住了房卡。

“怎么了，都到这里了，为什么不弄清楚，看看就清楚了！”戴靖杰说着，手中的房卡迅速刷开了房门，就在那么一瞬间门被推开了，靖杰的一只手也举起了相机。

但映入眼里的那一幕，并不是像戴靖杰想象的那么不堪。他手中举起的相机飞快地闪了快门一下，拍到的，却是两个男人，这大大出乎戴靖杰的预料，事情不是按照事先布局好的发展吗，怎么变成了男人？戴靖杰想起他们在车内等的十分钟，中间有一个穿白色T恤的男人进了酒店，果然就是眼前扶着佟卓尧的男人。

曼君推开了戴靖杰手中的相机，说：“你干嘛啊，别拍！”

她至少没有看到那么不堪的一幕，卓尧昏迷不醒的样子，脸色很红，扶着卓尧的男人不是别人，是卓尧的亲信季东。卓尧事前就发现最近好像总有辆车在跟踪他，他几次甩掉了，但总抓不到这个跟踪他的人，于是卓尧安排季东也悄悄跟着自己。

因为对方是肯定会尾随着他的，只要季东跟随着他，那个背后跟踪的人一定会暴露。

季东惊诧地看着曼君，说：“难道一直跟踪佟少的人，是你们吗？”

“卓尧他怎么了，他不是醉了吗，怎么看起来不对劲？”曼君焦虑地问，她走到卓尧身边，想伸手摸摸卓尧的额头。

季东的手臂挡住了她，说：“佟少被人暗算了，在酒里下了药，幸好我赶到得及时，不然后果不堪设想，那个相机，果然是有备而来啊。阮曼君，佟少对你这么好，你反倒将他一军，你果然是钟氏的人，一开始就没安好心。”

曼君身体本来就支撑不住，陷入了云里雾里，她说：“季东，你让我看看他，要不要送医院。”

“你还是不够了解佟少，你才会和别人一起，差点害了他。”季东冷冷地说。

害卓尧？曼君从未想过要伤害他，她不懂季东怎么会这样误会她。

“我们明明看到佟卓尧和一个女人进来开房，你们不要主仆在这里演戏给曼君看了，曼君你别信他，那个陪酒女呢，人呢，你把她藏到了哪里去了。”戴靖杰不死心，追问着。

“躺在卫生间，她既然敢对佟少用药，我也可以把她打晕，不是吗？麻烦你把你的人拖走。滚——”季东对卓尧忠心耿耿，跟随卓尧多年，卓尧待他不薄，他不容许半点不利于卓尧的事发生。

“什么我的人，莫名其妙，你说的我听不懂，你们别再串通起来骗曼君了，曼君，你别信他们。”戴靖杰说着进了卫生间，果然看到了温秦衣衫不整晕倒在卫生间里。

“你把她怎么样了？”曼君问。

“只是随便打了一拳就晕了，太娇弱了，这就是她敢对佟少下药的下场。”季东毫无表情地说。

“不管怎么样你也不该动手，要是出了人命怎么办？”曼君说着，去卫生间看晕倒的女孩，帮她把衣服整理好。

“是打了你们的同伙，担心了吧。”季东冷笑了一声说，扶着卓尧，要离开房间。

“你带他去哪里？还是送他去医院吧。”曼君急切地问。

“犯不着你们钟氏的人来关心，让开！”季东用力地推开了曼君，扶着卓尧走出房间。

曼君看着还晕在地上的女孩，她已经精疲力尽，她无力地倚靠在门边，问：“戴靖杰，你老老实实地告诉我，这究竟是怎么回事，你为什么要带着相机，你的目的是什么，这一切是不是你一手导演的？”

戴靖杰没有说话，似乎在努力想该用什么更好的谎言来搪塞。

“你不说可以，我可以等她醒来，她醒来了，我问她自然就清楚了。我一直把你当弟弟看，我们都是来自那个小渔村，我们从小都是在渔船上长大，我以为你懂我，我以为你是个好人，你骗了我是不是？”曼君质问道。

面对曼君的质问，靖杰忽然哭了出来，像个孩子一样六神无主开始哭，哭着就开始倾诉，说：“曼君，我承认这一切是我安排的，是我收买了一个陪酒女。我就是想让你离开他，让你们分开，我没有要害他的意思，我只是喜欢你，我从见到你第一眼就喜欢上你了……我控制不住我自己，你还记得那个帆船拼图吗？我把它送给了你，那时候我就喜欢上你了，可你的心里只有佟卓尧。”

戴靖杰真诚地说着，伸手拉住了曼君的手，曼君的手冰凉，她倚着门无力地蹲在了地上。她手里还握着退烧药，却连神志都不受控制了，事情来得太突然太快，几乎都不容她反应，她就这样卷入了局里，跟随着这张网向卓尧撒了开来。

她想到卓尧闭着眼睛昏睡在那里，脸色烧灼得厉害，她想着，心里像扎了刺一般痛。

“你怎么能这样做，你这样，我该怎么办，你明知道我爱他，我爱的是他，为什么要这么做让我们有误会。”她呢喃地说着，浑身越来越没有力气。

戴靖杰不停地说：“对不起对不起，我一时被嫉妒冲昏了头脑，我看到你看他的眼神，那是你从来不曾给过我的眼神，我也喜欢你，曼君，你为什么就不肯考虑一下我，我们才是一个世界的人，我们都来自那个小渔村，我们一起吧，不久的将来，佟卓尧能给你的，我相信我也可以给你，你忘掉他，忘掉他好吗？”

她眼泪大颗滚落，一句话也不说，眼神里空无一物，好像什么都看不见了，她的视线渐渐一片模糊。

她昏迷了过去，戴靖杰将她送进了医院，医生检查她的身体后，面色冷厉，责备着说：“病人都高烧成这样了，你怎么到现在才送她来，再高烧一会儿，她就没治了。”

经过抢救和退烧，她的病情稳定下来，戴靖杰待在病房里，她还昏迷没醒，医生说她身体过于虚弱，可能要昏迷一天一夜才能醒来。

戴靖杰并没有想到最后受伤最深的变成了曼君，他看着这个坚强美丽的女子面色苍白地躺在病床上，如果刚在酒店房间里的眼泪是演戏，那么现在在病房里的眼泪，是真的，他是真的喜欢她，看到她和佟卓尧在一起，他就恨不得马上取代佟卓尧的一切身份。

戴靖杰握着曼君的手，眼泪落在她的手上，他自言自语地说：“这一切本该都是属于我的，曼君，你不要怪我，如果不是二十多年前，他妈比我妈下手狠一点，佟卓尧现在拥有的原本都是我的。我会不择手段把所有属于我的东西，都争取回来，包括你。”

曼君在梦里，迷迷糊糊地一直在做一个梦，她在梦里四处地寻找卓尧，见到每一个人都拉住问有没有看见一个叫佟卓尧的男人，他们都说没看见，她像是一个幽魂一样四处寻觅。直到她看到了几个男人，围着一只烧鸡，想分食那只烧鸡，她不知道怎么了，就觉得那只烧鸡是卓尧，她疯了一样扑上去，要抢那只烧鸡。

“你们别动他，他是卓尧，是我的卓尧。”她抱着那只烧鸡，放声大哭，把耳朵贴在烧鸡的心脏上听心跳，给烧鸡做人工呼吸，她不停地大哭，像是一个疯子，周围来来往往的人都用异样的眼神看着她，她仍旧固执地认为这只烧鸡就是卓尧。

这只被烤熟的烧鸡，身体都冰凉了，她那一刻好害怕他会死，她颤抖着手拨打120却怎么也拨不对，她急得直哭，周围人都在笑她，她却疯了一样救那只烧鸡，她相信它就是卓尧。

爱一个人，是不是即使他变成了一只烧鸡，你依然坚信他是你爱的那个人，即使所有人都认为你疯了，你依然相信你的直觉，他是你的爱人，你要救他，他只是被施了魔法变成了烧鸡。

多么可笑的一个梦，在梦里，她不断地呼唤卓尧，她的双手紧紧抓着身边男人的手。

戴靖杰被曼君这样的呼唤弄得心里更妒火中烧，她抓紧着他的手，那样关切地一声声呼唤另一个男人的名字，佟卓尧，佟卓尧。戴靖杰气得咬牙切齿，看似阳光秀气的脸上，浮起了阴冷的杀气。

他要夺取原本属于自己的一切，他叫戴靖杰，戴是养父的姓，他还有另一个姓，是——佟。

病床上的曼君，满头大汗，嘴唇毫无血色，还在挂着吊水，戴靖杰俯下身，吻上她的脸，他抚摸着她的脸说："你是我的，谁和我抢，我就毁了他，我得不到的东西，我也宁愿毁了，也不会让别人得到。"

谁能把复仇二字和这个外表清秀的年轻男孩联系在一起呢，他确实是从小在那个小渔村长大，他和曼君一样受了很多苦，他的养父卖鱼之余经常带着他来上海，来看佟卓尧住的地方，那座豪宅，而不是他漂荡的小渔船，看佟卓尧上学的贵族学校，看他坐的车和跟在身后的管家和用人，他们都管他叫佟三少。

养父不断给他灌输复仇的思想，在强大的差距面前，他很不平衡，他发誓有一天他会回来这里，会夺走佟卓尧的一切，本该就属于他的一切。

曼君在梦里哭到最后都累了，她模模糊糊听到有人在喊她，是卓尧吗，卓尧来了吗?

她睁开眼，搜寻着卓尧。

看到的却是戴靖杰，她眼里欣喜的光都退了下来，她把头偏向另一边，她并不想看到戴靖杰，因为想到他做的那些事。卓尧现在不知道什么样子，季东说卓尧被下了药，她担心他。

她身体并没有恢复好，还在输着葡萄糖，她坐起身，动作有些猛，头晕了一下，她让自己镇定了几秒，在心里对自己说，她要去找他，她要解释清楚，她不要和他再有误会了。

“曼君，医生说你刚醒来，不能下床，有什么事，等这几瓶药水输完了再去做行吗？”戴靖杰恢复了关切的样子，和之前在曼君昏迷时的神态完全不一样，他又变得阳光起来。

她没有正面回答他，说：“让我走，我不想待在这里。”

“别走，身体要紧，你这么虚弱，都昏迷了一天一夜了，我也一直没敢睡，就守在你身边。”戴靖杰说着，一副疲惫不堪的模样，确实是累了，眼睛里布满了红血丝，他看起来很是内疚惭愧，像是在等待曼君的原谅。

曼君拔掉了针头，掀开被子穿上鞋下床，戴靖杰按住了她，她倔强地说：“你放开我，我要出去，吊什么水啊，我很好，也不需要你好心照顾。”

“你还是生我的气吗？我就算是错，也是错在我太喜欢你，喜欢一个人又有错吗？你急着要走，是要去找佟卓尧吧。”戴靖杰问道，手腕有力地扣住了曼君的双手。

“你弄疼我了！放手。”曼君挣扎着说。

戴靖杰的心已经无法遏制了，她一定是要去找佟卓尧，他不许她去，他差一点就要吼出来，想要对她怒吼不许去，可想想，现在还不能暴露出自己的另一面，他必须还要装得很痴情，要从大局着想，他克制着说：“你真的要去就去，这是车钥匙，开车小心点。”他松开手，将车钥匙放在床边。

曼君拿着车钥匙就往病房外走，拉开门，还没有走出病房，戴靖杰就喊了她一声，她回头，看着他。

“曼君姐，对不起。”

“你还喊我一声曼君姐说明你还清醒，以后别再这样了，这件事我会和卓尧解释。”曼君看着他自责的神情，有些心软了。

她上车就不停地拨打卓尧的手机，一直都是关机状态，她又打季东的手机，依然是关机状态，她情急之下，打电话给佟佩卉，她也清楚这样很唐突，她没有把事情详细的经过对佟佩卉说明，只是问佟佩卉知不知道卓尧去哪了。

“我的弟弟每时每刻在哪里我当然不知道，难道不是跟你在一起吗？我打过你的电话，关机。”佟佩卉很是惊讶。

“我有些事所以手机关机了，但他真的不是和我在一起，我也在到处找他。”曼君的希望又落空了。

“他前天就偷跑出去了，只怪我们没看紧他，现在公司上下都在找他，还以为你们私奔了呢，原来你也在找他。有卓尧的消息，立即通知我们。再过十二个小时联系不到他，我们就报警。”佟佩卉言语里，也对弟弟的失踪感到担忧。

“嗯，好，我也去找找他。”

曼君挂掉电话，手机就响了起来，是季东打来的，她激动了起来，问季东他和卓尧现在在哪里。

季东说了一家酒店的名字，让她马上过来。

这时的她，才发现原来自己的驾驶技术这么过硬，或者，这是爱情的动力。她一路开一路想，见到他，她一定要向他保证，她再也不会胡乱猜疑他了。

她到了酒店，按照季东提供的房间号到了房门口，只见房门是虚掩着的，她推开门，喊了一声：“卓尧。”

无人应答。

她朝里走去，卓尧在床上睡着，看起来气色不错，她这才稍稍放心，桌上有一张留言条，是季东写的：

“我去向佟夫人请罪，我没有保护好佟少。他还没有醒，你先照顾他。”

她放下纸条，走到床边，看他安稳地睡着。

她把头贴在他肩上，他的胸膛传来有力的心跳，她轻声说：“对不起，都是我，是我连累你，都怪我对你不够信任。以后全身心地相信你，如果你不喜欢我在那里工作，我就辞职，专心专意陪伴你。”

听到他低声说：“我想喝水。”

“醒了？我一来你就醒了，是不是我吵到你了。”她倒来一杯水，递到他手上。

他坐起身，靠在床上。

“喂我喝。”他固执地说，一副不喂他喝他就不喝的样子。

她笑笑，手拿过杯子，将杯口放在他唇边，他还是不喝，双手抱在怀里，像个赌气的孩子。

他指了指她的嘴，又指了指自己的嘴，然后继续双手抱在怀里坏笑着看她。

“嘴对嘴喂？不要啦，自己喝，又不是小孩子。”她将水杯递到他手中。

“真保守，唉，那亲一下总可以吧。”他笑着，和她讨价还价。

她俯身吻上他的唇，他的手伸向她的腰际，一把就把她揽到了床上，她躺在了他怀里，嘴唇还贴在他的嘴上。

她好不容易躲开，躲在他的下巴下面，说：“季东不是说你被下了药昏迷不醒吗，你怎么好了，他……送你去医院了吗？”她小心翼翼地问。

“没有去医院，季东喊了一个人过来的。”他笑着说，摩挲着她柔软的发丝，他眼里都是怜爱，好像一点也不生她的气了。她牵着另一个人的手转身离去的那一刻，他心痛成那样子，可当她这样紧张着他，他好像又止不住地原谅她了。

爱一个人的话，那原谅的理由是多之又多的，当不爱一个人了，再多理由，依然是没法原谅。

她告诉他，她发了高烧，住进了医院，医生说再晚一点来就会烧成大傻子了。

“如果我变成了大傻子，就是这样的——”曼君说着翻着白眼，做了个鬼脸，说，“我这样了，你还要我吗？”

“你觉得你不是傻瓜吗，一直就是这样的小傻瓜。”他把她抱在怀里，非常舒坦，抱着她，就像是抱住了人生中最重要的宝贝。

“噢——在你心底里，我就是个傻瓜吗？”她抬起头，张嘴轻轻地在他下巴上咬一口。

他又抱得更紧了，把被子拉到她身上，他说：“这样睡在一起，感觉真好，就这样抱着一辈子，都不会厌倦。”

“肉麻，你什么时候变得这么肉麻了。——对了，你说季东喊了一个人过来，是谁啊？差点让你蒙混过关了。”她忽然想起，在他怀里翻身，像是一只小猫一样趴在他怀里，她下巴抵着他的下巴，月牙形的眼睛凝视着他深邃的眼眸。

他双手撑在脑后，装作神秘兮兮地说：“我不告诉你，谁让你叫我喝了那些醋，酸到了现在。”

“我哪有让你喝醋，是你先出手打人，你那么凶，恃强凌弱，你以后要乖乖的，这样子是最乖的。”她说着双手捧着他的脸庞，将他两边脸颊往中间挤，他英俊的脸被他挤成了小鬼脸。

即使是小鬼脸，都那么的可爱好看，他一脸的无辜，任由她的双手在他脸上蹂躏，他看着她的笑脸，他怎么看，都是喜欢。

“佟小同学，你几岁啦？”她瞪着眼睛扮作老师的语气问。

“我五岁了。老师。”他眨着眼睛乖乖地说。

“谁叫你上课偷偷画老师的，还把老师画得这么难看，我要罚你。”她看着他可爱的样子忍不住手下留情想要笑了。

“老师，你罚我亲你一口吧。”他油腔滑调的味道又冒了出来。

“想得美，老师要脱你裤子，然后打屁屁。”她捏着他的鼻尖说。

他开怀地笑了，那些不愉快，不需要解释，都可以心照不宣地烟消雾散。

她想怎么会有这样可爱的男人呢。

# 第十七章 上一代人的爱恨纠葛

是他的仇敌，那么也将是她的仇敌，她将与他一起同仇敌忾。

## 如果巴黎不快乐

1

曼君以前和多多聊起最向往的丈夫是什么样的，多多说：“如父，如兄，如师，亦如子。”

当时她还傻愣了一下，没明白过来，反问一句：“儒家大师吗？”

把多多逗得哈哈大笑，她恍悟过来后，给了多多一记白眼，“这世界上有这样的男人吗？”可以又像你的父亲，又像你的哥哥，又像你的老师，又像你的儿子，扮演着多种身份，你有不同的需要，他用不同的身份来照顾你。可以依靠，可以宠溺，可以崇拜，还可以很可爱。

曼君想，卓尧不就是这样的男人吗?

他认真谈起工作时，严谨的样子，拧眉思考时，样子专注而迷人，他在外总是冷峻严肃的模样，可他依然可以在家里系上围裙煲好喝的汤，陪着她一起看漫画，温柔地叫她小漫画，陪着她一起扮小朋友玩。

她笑过之后，忽然变得很认真，头探到他的耳边，咬着他的耳垂说：“我爱你，我爱你，我爱你。”

“小漫画，你发了一场烧之后，怎么变得这么温柔起来了，我受宠若惊了。”他故意这样说。

“你不知道，我发烧的时候，一直在做一个梦，我梦见你变成了一只大烧鸡，太可怕太悲伤了，他们都笑我是个傻子是个疯子，我像疯了一样给那只烧鸡做急救，我哇哇大哭，好伤心。”她说着，竟难过了起来。

“傻瓜，你就是个傻瓜，小漫画，你说我是不是爱的就是你的傻呢？”他说。

“我只是在你面前傻而已，这样才可以衬托你聪明嘛。”她笑着，脸上的幸福洋溢着。

“对了，把双手给我伸出来。”他表情严肃，命令她。

她乖乖地坐起来，把双手伸到了他面前。

“是哪只手牵别人手的？我要打手心。”

她把右手往他面前伸了伸。

“闭上眼睛。”他命令。

她乖乖闭上，等待他的处罚。

手心里，传来的是一阵柔软的温热，他在吻她的手心，短短的胡子扎着她的手心，轻轻地让她全身酥麻了起来。

她迷恋上了他给予她的这份热烈的爱情，在他怀里，好像天空就永远是蓝色，没有阴霾，没有尽头。

在身体与身体缠绵之后，他们的感情来得更加猛烈，害怕会分开，害怕会再一次失去，她要他保证，永远都不会舍弃她，他亦要她保证，会相信他，永远都不会怀疑他。

卓尧对她有些担心，她在钟氏企业做高管，她心机不重，防人之心不深，很容易被人摆布和利用，他并不是怕她让人利用来对付自己，他怕的是，她会在这种利用中受伤。

“离开那个公司好吗？来我的公司。”他是用商量的口吻在和她说，他知道她一路打拼来得不容易，但通过这件事，他敏锐地察觉到，已经有一张网向他们笼罩来，他还没有调查清楚对方是要做什么，但他可以肯定，来者不善，是想把他和他的公司置之死地。

曼君仰起头，看着他，眼里是对他的信任，她说：“我可以离开那里，大不了重新开始一份工作，送外卖也可以啊，只要能和你在一起，不过，我不想去你的公司。卓尧，你能够告诉我，你们家和钟氏有什么仇恨吗，我一点也不清楚，我试图问公司里的人，可他们好像都不是很愿意提起。”

她不去他的公司，就是因为她不想被人说她是贪慕他什么，她不依附于他，她爱的只是佟卓尧他这个人而已，她和他在一起这么久，从来没有伸手向他要过什么，即使他主动要给，她都拒绝。

她不想这份感情有任何机会来被人指点丑化，保持它的纯粹，所有的真情，仅仅与爱有关。

但她想知道，到底是什么样的矛盾，让两大公司连同着家族都有根深蒂固的仇恨呢，佟佩卉为何一听她是钟氏公司的员工，立即色变。

“你这样，我又怎么能开得了口让你离开，让你受委屈，我一直都认为男人之间的事，不要牵扯进女人和感情，我不想你成为牺牲品。钟氏和佟氏两个家族成为敌对是二十几年前的事了，到现在，钟利涛还在努力想为他的女儿和外孙报仇。”卓尧说着，开始了回忆，他说其实这些也是他父亲悄悄告诉他的。

“女儿和外孙？难道他的女儿和外孙出事了吗？”曼君疑惑地问。

卓尧给曼君讲述了一个二十多年前的爱恨故事。

卓尧的父亲叫佟海振，当时是一个普通的小员工，进入钟氏集团才二十岁，钟利涛的女儿钟雯对佟海振一见倾心，一个千金小姐就这样喜欢上了无身份背景的毛头小子佟海振。

但佟海振并不喜欢钟雯，她不够温柔，过于飞扬跋扈，要天上的星星你摘不到她会不依不饶，佟海振血气方刚，根本受不了这样强势的女人。

钟雯把这件事告诉了钟利涛，钟利涛非但没有反对，还表示他也很欣赏佟海振，于是出面和佟海振谈谈爱女的婚事。

佟海振拒绝，这令钟利涛大怒，他的女儿要嫁人，居然会有人敢不娶。

最终，佟海振娶了钟雯，此后佟氏家族的人都跟着沾了这个钟氏女婿的光，但佟海振的婚后生活并不幸福，钟雯也患上了抑郁症，心情不好就对佟海振指责打骂。

佟海振也在外面金屋藏娇，这个人就是卓尧的母亲，林璐云。

之后林璐云在没名没分的情况下就诞下了卓尧的大姐，后来又是二姐，接着是卓尧。

佟海振也悄悄运作，做起了资金转移，他操控钟雯手中百分之四十的控股，加上他自己的那百分之十，他将这部分股份变成了现在佟氏企业的第一桶投资运作金。

钟雯得知这件事时，已经怀孕了，钟利涛看在即将出生的孙子的分上，震怒之余，想到佟海振到底是自己的女婿，便没有过于追究。

钟雯生下儿子后，患上了产后抑郁症，极度的猜疑，很快就调查出来了佟海振在外金屋藏娇的事，那时最小的孩子卓尧已经有三岁了。钟雯想到丈夫背着自己和别的女人在外面的孩子都有三个了，她自己的孩子才刚出生，她内心的憎恨和厌世导致钟雯抱着才几个月大的儿子，跳海自杀了。

钟雯的尸首后来漂浮上来打捞出来了，孩子的尸首也许是因为太小，没有打捞上来，钟利涛伤心欲绝，从此，这份深仇大恨就结下来了。

“其实父亲在和我说这个故事的时候，已经是病重了，他说着就开始忏悔，他说他对不起钟雯和那个儿子，如果他死了，在阴间见到她，他一定要跪求钟雯的原谅。”

曼君听着卓尧说完这个故事，心里久久不能平静，这个悲剧的孽因还是因为利益驱使的无爱婚姻，在这场战争里，每个人都是受害者，而且都伤得很深。

钟雯死后，佟海振就将林璐云和三个孩子接回了家中，并与林璐云结为夫妻，他只是不想一错再错，辜负了一个又一个，他给予了这三个孩子最好的生活。

但这让钟利涛更是在受着丧女丧外孙之痛之后更沉重的痛，他勃然大怒，从此，钟氏最大的敌人就是佟氏，这么多年来，虽然钟利涛现在已经七十高龄，仍掌握公司大权，膝下虽无子嗣，却从未放弃复仇的信念。

曼君听了这个上代人的爱恨纠葛，她隐隐地不安了，她开始担心，她担心这些恩怨，原应该因为佟海振的去世而淡忘的，如果报复在卓尧的身上，那太不公平了，那些事情发生的时候，卓尧才多小，上辈人的事，都过去了这么些年，也该冲淡了。

“卓尧，钟利涛年事已高，听说身体也不是很好，一个古稀老人，还会将这些仇恨付诸行动去做复仇的事吗？”曼君问。

“正是因为他老了，他才迫切地开展他的报复行动，他想在死前，打垮佟家。不然前天晚上那个一直跟踪我的人，怎么会安排女人给我下药呢。如果不是季东跟过来，当时你和那小子闯进来后，他肯定要拍照片，照片一旦曝光，我这个董事的位置将不保。”卓尧脸色变得深沉了，他想未来的一段时间，是要很棘手应对了。

“也许没有你想像的那么复杂呢，戴靖杰其实这样做，只是——只是因为他不希望我们俩在一起，所以生出这些是非让我们有误会，破坏我们的感情而已，没有太可怕的计划，我想，事情没有我们想象的那么严重。”曼君相信了戴靖杰的解释。

“不——是远远要比我们想象的严重，我有种很不好的预感，那个叫戴靖杰的，绝非视我为情敌这么简单，每次我看到他的目光，都觉得很寒气逼人，他对我好像仇深似海。”卓尧想起戴靖杰的眼神，觉得那是一双满是杀气的眼神。

“没有啊，他就是一个简单阳光的小青年，在我们公司也就是一个普通职员，哪里有那么多的阴谋暗算呀。”

“曼君，你信我吗？”他问。

她点头，依在他怀中说：“信啊，我当然相信你。所以，我明天就去公司辞职，我会再和你二姐沟通，上次的事，还是因为我不了解内情，我不会做任何对你不利的事情，留在你身边，才是最好的。”

“我没有选错人，我想娶你回家。”他贴在她的耳根，动情地说。

可提到了结婚，她又黯淡了下来，他的母亲林璐云会同意吗，上次都因为知道他们的关系而把他锁在家里了，接下来还有多少暴风雨在后面呢，都不得而知。

黄昏的时候，卓尧搂着她从酒店走出，他戴着黑色的墨镜，白衬衣西裤，她则依偎在他怀里，退房后，刚从酒店大厅出来，门外就有四五个记者拿着相机不停地拍，闪光灯不断。

他伸出手臂护住了她，她从未遇见这样的状况，躲在他怀里，像是受了惊吓的小鹿。

他面色冷峻，指着那群记者命令他们让开，他迅速护着她上车，不忘低声说：“别怕，抬起头也没什么，大不了都知道你是我的女人，也挺好的，不用我去宣传。”

她抬起头遇上他的目光，那一刻，她觉得只有他，才最重要。

“和你在一起，我什么都不怕。”

上车后，他很快就灵活自如地甩掉了那帮记者，然后送她回家，在她公寓楼下和她拥吻，他两天没有回家，家里上上下下一定也乱了，他临走的时候，悄悄地告诉她，在他被药晕后，季东喊来的那个人，不是女人，而是一名德籍医生。

“我当然知道不是女人，你这么乖，对不对？”她笑着说。

回到家中，她开始写辞职报告书，周一早上，她就要把这份辞职报告交上去，就写身体不适辞职吧。

什么都比不上卓尧重要，不是吗？即使要她一无所有回到最初去送外卖，她也会风雨无阻。

客厅桌上的那个大花瓶里，有一大束百合花，那是卓尧送她的，花有了些萎谢，缺了水，她给花瓶加水，靠在沙发上，看他送给她的那些漫画册，想着他温柔地唤她小漫画。

只有他，会把小漫画这三个字喊得这么动听，对，还有，这么肉麻。

佟卓尧就没有她这么舒坦了，他手机一开机就是多条未接来电和短信，母亲和姐姐姐夫他们都在满世界地找他，他关掉手机，将音乐声音开得老高，原来他是这么的重要，不过是失踪了两天，就急成这样，看她们以后还敢不敢随便把他关起来。

他要见她，任何人，都不能阻挡他去找她，舍弃这些身份地位也无所谓。

就像她说的，如果和他在一起，她就算是再去送外卖，她也依然可以做到欣然前往。

回到家中，母亲和大姐二姐都坐在客厅里，季东站在一旁低着头，秘书和管家也都站着待命，见他回来了，全部一拥而上，他觉得没有必要这么夸张，他堂堂一个大男人，难道连出去的自由都没有了吗。

“这事和季东没关系，是我自己想冷静一下，出去住在酒店里，只是安静两天，你们都别再问我了好不好？”他说着，解开衬衣的纽扣，想上楼回房间冲澡休息。

“卓尧，你站住。”林璐云还是很有魄力的妇人，保养得很好，声音也是铿锵有力。

“妈，我想休息。有什么事明天公司再说行吗？”他说着转身上楼。

“你眼里还有没有我这个妈妈，你去听听公司里的董事们是怎么说你的，你对得起你爸爸一手打拼的产业吗？”林璐云走到他面前，挡住了他。

这个看似尊贵雍容的妇人，仿佛有无穷的力量。

“随便，你可以自己做董事长，也可以让大姐二姐去当，不要拿这个来威胁我，我不在乎。”他有些不耐烦了，记忆里，母亲对他说过最多的话，就是威胁性的话语，你如果不怎么怎么样后果会怎么怎么样。

能有几句是一个母亲对儿子的关怀和体贴呢?

“你读了那么多年的书，就是用这种语气和妈妈说话吗?你是不是被外面的那个狐狸精那个诈骗犯给迷住了！”母亲震怒，将矛头直指曼君。

“她不是像你说的那样，你们不要再来干涉我的感情好不好！”他也火了，声音抬高了起来。

林璐云并不是简单的女人，她所生的三个孩子，他们的婚姻，她样样要一手操办，她看着他上楼，她冷不丁地抛出了一句：“如果你不能离开她，没关系，我可以让她离开你。”

“三年前你做的事,犯的错还不够吗,你还想再重演吗?”卓尧回头质问。

“为了这个家，为了你！我什么都做得出来！”林璐云说着气得心脏病都要犯了，两个女儿还有女婿慌忙找药丸扶着她靠在沙发上。

卓尧把自己关在房间里，他甚至有些恨自己为什么要出生在这样的家庭里，如果是普通的人家，他至少会自由很多，他受够了这样的面具人生。

读书事业都是父母一手操控，难道连婚姻也要像大姐二姐那样吗，两个姐夫当面文质彬彬，实则私生活糜烂不堪，两个姐姐过得根本不幸福，也只有母亲对这两桩婚事满意。

二姐敲响了他的房门，他开门，喊了一声二姐，又回到电脑前坐着。

“怎么了卓尧，你告诉二姐，你是不是去见阮曼君了。”佟佩卉问。

“你们都知道，还问什么。”他不想听二姐的说教。

“你非要把妈妈气死吗?她心脏病很严重，不能生气，你不是不清楚她在养病期间不能受气，你说你，就不能听话一点，好好待在公司里吗?”佟佩卉忧虑地说。

“那是不是要让我像你一样顺从她，离开曼君，去找一个门当户对的结婚呢，当初爸和妈在一起，妈不也就是一个普通的女人吗?”

佟佩卉忙捂住他的嘴，说：“你疯了，你要气死妈吗，阮曼君在那里工作，这是绝对不能的。”

“她明天就辞职，行了吗？”卓尧说。

“其实——你离开曼君，也是对她好，你不想她最后被逼离开你吧，比如像欧菲那样。”佟佩卉提示性地说。

其实关于欧菲的回忆，是卓尧不愿再想的，听说欧菲过得很好，和一个浪漫的法国男人结婚了，她的社交主页里都是那个深情的法国男人。

“欧菲和曼君不一样，欧菲到底还是离开了我，她退缩了，但是曼君不会，我喜欢她，就是因为她是特别的，是那些女人都没有的，她不会整天满脑子的算计，满脑子的利欲熏心。”卓尧说起曼君，眼里闪烁着温柔。

“但她越是和欧菲不一样，也许她的情况会越不妙，你想想考虑一下吧，二姐还是希望你能听话，虽然二姐婚姻不幸，但你不同，你是男人，你娶不娶一个女人不重要，你依然可以和她在一起，哪怕你娶别人。”佟佩卉说。

“姐，你作为女人有这样的观点我真是无话可说。”

二姐见他无动于衷，轻轻带上门出去了。

他抽了一根烟，他开始冷静地思考。

三年前，他的脑子浮现起了三年前的那场大火，那场火真的很可怕，他和欧菲差点在里面死去，他醒来的时候，欧菲已经离开了他远嫁巴黎，他后来才得知，那场火是林璐云雇人去纵火的，目的就是要吓吓欧菲，只是林璐云算错了，她以为卓尧是在公司里，却没想到卓尧中间借故去了欧菲的公寓，那场大火，差点把他们俩烧死在里面。

但那场火灾，也确实让卓尧认清了欧菲，她以为他要死了，担心遭到报复，居然连夜逃往法国，并在那里重新恋爱生活，他后来出院还和欧菲通过电话，她在国外生活得很好，她说至少很安全。

凌晨一点多，他打电话给曼君，她好像是睡梦中接的电话，迷迷糊糊的，他问她如果危难降临，会舍弃他而去吗。

她说：不会，发生什么我都不会，在这个世界上，只有一种情况下我会离开你。

他说什么情况？

那就是——你让我离开你。

谁都不能说服我离开你，只有你，当有一天，你希望我离开你，那么我会走，我会离开，如你所愿，让你幸福。

她说这番话的时候，很清醒，但她不敢想象有一天将要离开他，如果那样，那么请死亡先带走她。

宁愿死在一场爱情里，爱情比生命长久，也不愿，活在爱情之后。

“你永远都不会让我离开你的，你是不会对我说这句话的，对吗？”她窝在床上，沙哑的嗓音，问他亲昵的问题，电话贴在耳旁，他的呼吸节奏，那么清晰，就像是躺在她枕边似的。

“不会，我不会让你离开我。”他坚定地说，慢慢又给她说一些童话故事，她好像没有听过童话故事，除了白雪公主，别的童话她都没听过。说到后来，他说公主和王子一起在城堡里过上了幸福的生活，电话的那头，她平稳地入睡了。

他挂掉电话，凌晨两点，他仍难入眠，他想着二姐说过的话，曼君越是坚定，也许危险越大，欧菲当初抽身而退嫁给别人也许是正确的。

他必须要去试图改变这一切，家庭内部的矛盾，公司内部的矛盾，还有公司与外部公司之间的矛盾，纠缠着他，他需要一件一件地去解决。他要处理好，他能处理好。

第二天早晨佟卓尧晨跑回来，冲了澡，换上衣服去公司，母亲林璐云在餐桌旁吃早餐，他打了一声招呼，说他要去公司。

“最好别再去不该去的地方，想好了怎么对公司董事交待，解释你的行为了吗？”林璐云并不像是在和自己的儿子说话，而是下属。

他点点头，觉得没必要再继续说下去，否则又是争执。

公司里的那些董事，虎视眈眈觊觎着董事长的位置，不过是因为父亲佟海振去世之前立下了一份遗嘱，遗嘱里称将自己百分之七十的股份交给儿子佟卓尧，如果这个儿子在任职董事长期间有重大过错，董事会有权力召开会议，重新任命董事长，这个错误的衡量，由其母亲林璐云来决定。

母亲的意思很明确，他如果不好好打理公司，她有能力让他当不了这个公司的董事长。

林璐云的用心良苦只有她自己知道，她不想因丈夫去世这份家业就支撑不下去，佟海振膝下的儿子只有卓尧，公司必须由卓尧来管理，不能拱手让给那些年老的董事。

而卓尧和林璐云的关系，却在这些年发展得越来越像是一种合作关系，或者是领导与下属的关系，她母亲的身份，让他很多事情都顺从她的旨意，当然，她的出发点都是为他好，只是有一条，她干涉他的婚姻，这让他很反感。

二姐佟佩卉的意思是，他娶一个门当户对的妻子，如果喜欢阮曼君，依然可以和曼君维持情人关系，这样并没有什么冲突，这多荒谬无稽！

他绝对不会屈从，要和她在一起，顶多不让他当这个董事长。

母亲如果喜欢管，那就让她去当董事长。

林璐云固执地认为自己所做的一切，也都是为儿子好，世界上哪有妈妈不盼着自己儿子好的呢。

卓尧到了公司，秘书就迎上来把一天的工作安排表交给他，他接过来一看，密密麻麻长长的一串，怎么就有这么多事务要处理，他觉得自己都快要赶上日理万机了。

他关上办公室门，吩咐秘书没有他的允许任何人都不可以进来，如果前台有电话来或者有预约，就说他不在公司。

他打电话给季东，终于有单独的机会询问吩咐季东去调查的事调查得怎么样了。

“佟少，我调查了那小子，他之前确实和阮曼君是一个渔村的，他是一对渔民夫妻收养的养子，那对夫妻现在没有打鱼了，好像去深圳了，我调查了这个渔村，得到了一个极其震惊的情报。”

“说。”

“这些年，这对渔民夫妻家里每年过年都会来一个大老板，开的是奔驰，在当地人看来是个大人物，而且，这小子和他养父从六岁那年开始就经常来上海，你说他们这样的小渔村，没事老往上海跑做什么呢。”

“还查到什么没有？”

“没有了，我现在就是要着手查他在上海的行踪和密切的联系人，相信不需要多久，他的全部活动记录我都能掌握。”

“做得漂亮。我让你去的地方你去了吗？”

“阮曼君的家里我去了，我看到了她的外婆，那么大的年纪了，还在院子里坐着织渔网，我和她说我是她外孙女的朋友，她说起曼君还哭了，让我给曼君带句话，让她放心外婆的身体，外婆等着她回来。”季东也被感动了一回。

“不错，你的任务完成得很好，还有那个德籍医生，不会有问题吧？别让他在媒体面前胡说，我指的是万一。”卓尧叮嘱着。

季东是他的手下里面最相信的亲信，重要的事，他都会安排季东去调查，他要调查清楚，这个戴靖杰究竟是什么来历，设这些局的人，目的是什么。

知己知彼，方能百战百胜。

他开始仔细地分析季东调查的内容，每年过年都会有人开着奔驰车去渔村看望戴靖杰和他的养父母，而且他们还经常出入上海，那么就是，戴靖杰在很小的时候和上海还有上海的某个人物有联系。

会是谁呢?

忽然想起戴靖杰现在工作的公司，不正是和曼君一家公司，钟氏旗下的公司吗?

难道那个每年去看望他们的——是钟利涛!

钟利涛为什么去看望一个远在小渔村的小孩呢，还是渔民的养子，除非——除非那个男孩就是钟雯的孩子，他并没有在海里溺亡，而是被渔民救了。

如果是这样的推测，那么一切就合乎情理了。

佟卓尧站在办公室落地窗前，俯瞰着窗外的风景，仔细思忖其中的问题，如果戴靖杰真的是爸爸和钟雯的孩子，那么就是他的同父异母的弟弟，他们就是手足之亲了。

可是，为什么钟利涛找到了自己的外孙，却没有把他带回自己的身边，而是一直让他在小渔村里长大呢？为什么不给外孙更好的生活呢?

似乎在这点上又说不通了。

他来回踱步，下一步该怎么做，如果钟利涛利用戴靖杰来对付他，倘若真是手足之亲，能在商战上刀刃相见吗。

事情渐渐变得复杂了起来，他凝视着远处的风景，陷入了沉思，父亲当年所作所为确实是背叛了钟利涛、钟雯父女二人，那是父亲亏欠他们的，而他又该怎么选择呢。

曼君到公司后，递交了辞职报告，为了保护心爱的男人，有什么不可以呢。

是他的仇敌，那么也将是她的仇敌，她将与他一起同仇敌忾。

她回到办公室，开始收拾自己的一些用品，她将它们一样一样装入纸箱里，她要立刻就离开这里，她不想给别人说服自己的机会，她不善于辩解，直接走人，岂不干净。

办公室的门响了起来，她淡淡说一句："进来吧。"

是戴靖杰。

他看到曼君在整理东西，问道："难道你真的要辞职？你怎么可以这么冲动，你知不知道你现在在做什么啊，曼君我告诉你，你现在很危险你懂吗？你知不知道你奋斗了多久才有了今天，别人不清楚看不到，佟卓尧他没见到，可我知道，我看到你伏案加班了那么多个日夜，你就这样，因为一个男人，值得吗？"

"你别问那么多好不好，是我自己要走的，与别人没有关系，我累了，我想换一个环境，换一份工作，更何况，我走了之后，我这个位置就空缺出来了，那么你就可以坐在这个办公室，何乐而不为呢。"曼君说。

一旦是她拿定了主意的事，是改不了的，她继续整理着自己抽屉里的东西，那套戴靖杰送给她的帆船模型就放在办公桌下，她拿了出来，擦了擦上面的灰尘，交到戴靖杰的手中说："这个还给你，小渔村一直都在我心里，你比我更需要它，过段时间我要回去看外婆，这个你留着自己做纪念吧，它是属于你的。"

戴靖杰将帆船放在一旁，他一把抢过曼君手中的纸箱说："别走，别离开这里，我不能让你离开我。等我成功了，我带你回小渔村，别说给你外婆盖一栋小楼了，我可以在小渔村投资，办渔场，开发度假村，我让小渔村从此富裕起来，好不好，别走？"

她没有理会他，觉得他在天方夜谭。她收拾手中的文件，整理好放在桌上，她态度坚决。

“你说句话啊，你别这样好不好。”戴靖杰哀求着说。

“你不是小孩子了，你应该明白的，要尊重别人的决定。我想离开，只是我自己不想在这里工作了，辞职报告我已经交上去了，剩余的事，你自己安排吧。”她说着，从他手中拿纸箱。

戴靖杰想了想，说：“行，你真的要走，我也不挽留你，只是你想过公司的利益没有，你这样一走，你连交接工作都没有做好，后面的事务谁来负责？为什么就不能再多待在这里几天呢，哪怕带带新的下属也是好的。”

曼君想，这个公司里她又不是一把手，怎么会离了她公司就运转不了了。

“那好像也不是你操心的范围。”面对戴靖杰的固执，曼君有些抵触。

“真的马上要走，一天都不愿意待下去了吗？”戴靖杰问。

“是的，既然说走，那就不会待了。”

“那在走之前，我带你去见一个人，跟我走！”戴靖杰说着，拉着她的手，就往办公室外走。

“你带我去哪里啊？”曼君努力想甩开戴靖杰的手。

戴靖杰不管她的反抗，众目睽睽之下，将她拉向了董事长办公室。

曼君站在董事长办公室门口，正色地对戴靖杰说：“你想干什么，我不过是辞职，总经理批准了就可以了，你拉我来董事长办公室做什么，何况董事长平时一般都不在这里，我对你真的越来越不懂了。”

戴靖杰看了她一眼，眼神复杂，他抬手在办公室门上敲了几下，里面传来一个老者的声音说：“进来。”

她跟着戴靖杰进了办公室，办公桌前坐着一个老者，年纪很大，约有七十多岁的样子，头发花白，穿着针织背心，里面是灰色格子衬衣，端坐在桌前，很慈祥的样子，这一定就是钟利涛了。

“你们俩怎么了？”钟利涛微笑着说，摘下了老花镜看着他们。

“董事长，我是来向您辞职的。”曼君没有回头理会戴靖杰，径直说明自己的意思。

戴靖杰走到前面，一脸反对地说：“董事长，她不能走，公司需要她，她走了，公司很多业务就不能正常进行了。”

钟利涛站了起来，他的背佝偻着，对于这样一个体弱慈眉善目的老者，曼君很难把他同卓尧说的那个为女儿钟雯复仇的钟利涛联系在一起。

“如果你想走，有更好的路，我们不强留，年轻人嘛，总是要往大的地方发展，我也年轻过，这点我也懂。只是有一事相求阮小姐，不知阮小姐能否考虑一下。”钟利涛拄着拐棍，轻轻咳了一声。

“董事长您吩咐吧。”曼君于心不忍地答道。

钟利涛期许的目光看向了戴靖杰说：“阮小姐有所不知，我膝下无子，戴靖杰这孩子很让我满意，我想认他做亲人。我心脏病时常犯，哪天说不定就抢救不过来了，所以，公司还是想交给戴靖杰。我想求阮小姐的事是，能不能再在公司待一个月——就一个月，教教戴靖杰，帮帮他，算是看在一个老人的薄面上，行吗？”

曼君看着钟利涛，中年丧女，膝下无依无靠，以至于老态龙钟之暮年还要为公司操劳，这样一个老者的要求，她岂能驳回。

“好，董事长，那我继续留在公司一个月，安排好工作交接，我再离开。”她说着，转身走出办公室。

果然证实了一点，钟利涛和戴靖杰的关系非同寻常，钟利涛也毫不避讳把这层关系透露给她，难道他们之间真的只是纯粹的赏识吗？

会有一个人因为赏识一个人就将所有的遗产都无偿留给没有血缘关系的这个人吗？

有倒是有，都是电视上发生的故事，比如老人将全部财产交给了小保姆。

曼君捉摸不透，但既然答应了要继续在此工作一个月，那就没有理由不好好工作，她想想打了一个电话给卓尧，约卓尧晚上一起在家里吃饭。

卓尧戏谑着说：“是去你家里呢，还是去我家里？”

“你就会没个正经的，哪儿近就去哪儿。”

“那就去我的公寓吧，离你公司近一点，你开车路上慢点。”卓尧嘱咐着，又补上一句，“小漫画，我想你。”没等曼君说话，卓尧就挂掉了电话。

她摇摇头，一脸微笑走进办公室，将原先装入纸箱里的文件资料都一点点往外整理。心里想着晚上怎么和卓尧解释好，工作还得继续一个月，原计划辞职后回小渔村给外婆盖房子的，看来又不能实现了。

戴靖杰也随后跟着她进了办公室，坐在她面前得意地说："从现在开始，我就跟着你，你可就是我的师傅了，你要把你所有的都传授给我，不能隐瞒噢。"

"我是看在董事长年事已高身体不好的分上才留下来一个月的，你的任务是跟着我工作，明白吗？工作时间，不谈私事。"她义正词严地说。

"那私人时间呢，可不可以约你吃饭呢？"戴靖杰笑着身子靠近了曼君的办公桌。

她灵活地躲闪开来，靠在窗户旁边，双手抱在怀里说："坐回你原来的位置上，私人时间，当然更不会和公司里会出现的人谈私事。"这话说得有些绕，却划清了泾渭。

戴靖杰识趣地开始回归工作，不懂的地方就问曼君，曼君还是很认真地教给他，包括怎么与外商沟通，发生突发情况怎么处理，合同中途忘带该怎么办等，事无巨细，凡是可能会出现的意外情况，她都边整理东西边解说。

站在一旁的戴靖杰拿着纸和笔记下。

她能做的也就这一点了，其余的心思都在卓尧的身上。但还是要小心谨慎，千万不能被利用，她提醒着自己。

# 第十八章 卓尧，你会不会怪我不辞而别？

他不爱江山，不爱美人，
他只爱她。

下班之后，曼君取车，戴靖杰隔着车窗对她说着什么，曼君做了一个自己还有事的手势，没做停留，驱车去卓尧的公寓。

卓尧开门，与她拥抱，她在他怀里几乎被牢牢锁住，他身上的木香包围着她，他的气息落在了她的额上。

“好啦，抱够了没，我都被你抱饿了，你说吧，晚上是你做主厨还是我做下手？”曼君趁他不注意，从他怀里跳了出来。

他从背后揽着她的腰，唇在她颈间亲吻着说：“小漫画，我做主厨或者你打下手，那不是一回事吗？说吧，晚上想吃什么。”他一副甜甜蜜蜜好丈夫的样子。

她在心里偷乐，还别说，他这个样子，还真是模范丈夫应具备的条件。

“想喝你煲的汤了，我的胃呀，自从喝了你的汤，变得不酸也不胀了，胃口越来越好。”她揉着肚皮贪婪地说。

“遵命，我马上去准备。”他原地立正行了一个标准的军礼说。

曼君微笑，想世间怕是也只有这么个佟卓尧了。他不爱江山，不爱美人，他只爱她。

她坐在客厅看报纸，报纸上都是一些八卦小报道，无意却瞥见一个酒吧的报道，上面刊登着一张照片，几个老外搂着一个金发女子肆意大笑。

那个金发女子，不是别人，是多多。

再仔细看报道，是一个关于酒吧的广告。

想想，拿出手机，拨通了多多的电话，响了很久，都没有人接听，当曼君要挂掉电话的时候，电话那一头传来了震耳的音乐和多多的声音。

“喂——曼君啊，找我有事啊？”多多在嘈杂的音乐环境中用尖锐的声音说着话。

“多多，你在哪里啊，你出来找个安静的地方，我有话要问你。”

“喂——听不见，哎呀，我下班打给你啊，先挂了啊。”多多撂了电话。

卓尧从厨房走了出来，关切地问：“怎么了，那个李多多又闯祸了吗？”

她担忧地握着电话，看着卓尧，一脸无措地说：“卓尧，怎么办好呢，你打电话说说袁正铭啊，叫他对多多好一点，你看这报道，我真为多多捏把汗，我怕她堕落。”

“她难道没堕落吗？”卓尧简单的一句反问，意思是在他看来，李多多早就堕落了。

“卓尧，你帮帮她，打个电话给袁正铭，你们关系那么好，他一定会听你的，拜托拜托了，我都没有要求过你什么，你就答应我帮帮忙。”她撒娇起来还真是难缠。

卓尧走向沙发前的圆桌，从一摞杂志下翻出了一个红色的喜帖，交给了曼君说：“正铭在你来之前来过，送来了这个，还有报纸也是正铭带来的。我是疑惑他怎么一脸怒火，送喜帖都没有笑一下，坐一会就走了。”

“也许是听说我要来吧，我又是多多的好姐妹，袁正铭果真要结婚了，看到多多这样的报道，他还是会生气，说明他心里还是有多多的，你就打一个电话给他吧。”曼君继续央告着说。

卓尧面有难色，他说：“曼君，听话，再好的朋友，我也不能干涉他们的感情，我是男人，和你们女人不同。”

曼君噘着嘴说：“那你想想我就多多这一个好朋友。”

卓尧无可奈何地笑笑，拨了袁正铭的电话。

“正铭，你和那个李多多还有来往吗？”

……

“好，那就算了，我会解释。”卓尧挂掉了电话。

曼君搂着他的胳膊急问：“怎么样怎么样呀？”

“正铭说和李多多已经彻底分手了，之后的事，与他没有关系，他下月要结婚了，所以不想再提这个人，他叫我跟你解释一下。”卓尧重复着袁正铭在电话里的话语。

她失落了，说："噢，袁正铭猜到是我要你打电话的了。那算了，我明天去找多多，我来劝劝多多。"

"好啦，我的小漫画，你看看都几点了，我们的晚饭还没有着落，我去厨房，你等我。"他说着在她眼眸上亲吻一下，起身进了厨房。

她注视着他高大的背影发呆，男人都是变心这么快吗？说不爱了，就弃之不理吗？

她用手拍打了自己头两下自言自语小声说："又胡思乱想，卓尧才不是那种人呢。"

她随手将头发盘了起来，松松散散垂在脑后，脱去了职业装，白色衬衣贴在身上，她觉得有些闷热，解开了第二个纽扣，她盘腿坐在沙发上，埋头浏览着报纸。

都没有注意到，这个时候客厅里进来了一个人。

等曼君觉察过来，这位妇人已经气势汹汹地站在了她面前。

"啊——伯母，您好。"曼君忙站起身，仓促地穿鞋，鞋都穿反了，她整理了一下凌乱的发丝，这样的突然袭击令她尴尬极了。虽未见过卓尧的母亲，但是看过照片。

林璐云上下打量了一下曼君冷冷地说："别叫我伯母，随大众，叫我佟夫人。"目光在客厅内四下搜寻。

卓尧从厨房里出来，手上还拿着一个汤勺，见到母亲突然造访和站在一旁像犯错小孩的曼君，忙上前赔笑道："妈，你怎么有空过来了，我们做了汤，一起喝吧。"

"是你做的吧？佟卓尧，我的宝贝儿子，你居然会下厨给女人煲汤喝，她倒逍遥自在坐在那里衣衫不整地看报纸，真是我的奇耻大辱！"佟母字字都透着怒气。

"妈，别生气，不是这样的。"卓尧辩解说，给曼君使眼色让她穿好衣服。

曼君赶忙捡起西装外套要穿上，佟母回头，犀利的目光盯着曼君说："果然耳闻不如相见，之前都是听到一些关于阮小姐的传闻，今天一见，果然了得。可以让我这个平时都不正眼看女人一眼的儿子，为你下厨，果然是诈骗犯的出身，果然是钟利涛那个老狐狸派来的狐狸精！”

连续两个果然，将曼君伤得体无完肤。

诈骗犯和狐狸精，这两个词，让她身体微微发抖。

她穿好衣服，站着，没有说一句话。

卓尧心疼极了，一边是心爱的女人，一边是母亲，他面临两难，只好从中劝说道：“妈，您一定是误解了，曼君不是你听闻的那样，别生气，我们坐下来好好吃饭。”

“我误解了？那么请问阮小姐是不是仍在钟氏工作呢？”佟母回头，嘴角上扬带着一丝不屑的笑意。

卓尧挡在了母亲的面前，摆摆手说：“没有，她辞职了，与钟氏无关了。”

佟母拉开了卓尧，逼近了曼君，冷声问道：“阮小姐，请你自己回答，不要欺骗我的儿子。”

曼君害怕看到佟母的眼神，对方的目光像刀子一样剜着她。

她抬头看着卓尧，他眼里都是鼓励和怜爱，可是她想：卓尧，对不起，我让你失望了。

“是的——我确实还在钟氏工作。董事长身体不好，让我再待在公司一个月。”曼君实言相告。

“儿子，你听清楚了吗？人家心疼钟利涛那个老狐狸，还要再待一个月，这一月的时间，就是要搞垮我们佟氏，我猜啊，这个小狐狸精就是钟利涛派来的心腹，傻儿子，你睁大眼睛瞧瞧。”佟母说。

“曼君，为什么没有把这件事告诉我，为什么还要再待一个月？”卓尧问，漆黑的眸子闪过一丝质疑。

其实她没有想过要隐瞒卓尧什么，她准备今晚就告诉他的，只是因为看到多多的事才把工作的事忘一边了，她看着卓尧说：“难道你不相信我？”

“不是我不相信你，是我，需要一个解释，懂吗？”卓尧说着，看了一眼林璐云。

言外之意，不是他不信任她，而是他需要在母亲面前给母亲一个解释。

“说多错多，解释等于掩饰，不是吗？看来我不该出现在这里，我走了。”曼君维持着最后的一丝尊严要走，她不想再和佟母解释什么，对方先入为主地把她当作是恶人，还去解释有何用。

“曼君，别走。”卓尧挽留着说。

佟母拉住了卓尧的手臂，冷冰冰地说：“让她走！我们佟家，不可能允许这样的女人进来！”

“妈——”卓尧陷入两难。这一天是迟早要来的。

曼君没有回头，拉开门，走了出去，门口有一袋垃圾，她顺手拎起来，下楼扔掉垃圾，然后去停车场开车，一路上，眼泪几次都要流了出来。

她还幻想，也许卓尧会追出来。

直到她上车，他都没有出来。

卓尧阴沉着脸坐在桌边，说：“你不觉得这样说她，你很过分吗？我已经在努力想做一个听话的好儿子，我要怎么做，你才能接纳我喜欢的女人？”

“你想让我接纳她？痴心妄想！你果然是我的好儿子，你果然很像你死去的爸爸，我一想到你爸爸居然临死前还惦记着那个叫钟雯的女人我就恨，我绝对不会让佟氏企业毁于一旦，你也绝不可以再和那个女人来往！”

“大姐二姐都过得不好，我也过得不好，难道全世界就你一个人好过，你才满意吗！”

“我当初带着你们姐弟三个，在外面过着狗一样的日子，生怕被钟雯查到我们的下落。你忘记那段日子了吗？听说戴靖杰很可能是钟雯的儿子，我绝对不会让钟雯的儿子夺走我们佟家的产业，所以你，我的儿子，你必须给妈妈我争气。”林璐云几乎哀求。

钟雯已死，还有什么要争的，如果戴靖杰真是钟雯的儿子，那也是父亲的骨肉，和他是同父异母的弟弟，戴靖杰也有继承的权利。

“如果戴靖杰真的是爸爸的骨肉，我愿意把佟氏分一半给他。”卓尧说。

林璐云笑了两声，说：“我没想到，我会输在我的儿子手上，商场无情，你却重情重义，对一个女人也是，对钟雯的儿子也是，他算是什么弟弟，凭什么来和你争！你想娶阮曼君吗？”

“当然。”卓尧答道，毫不犹豫。

“那就按我说的做，这一个月，你不可以和她联系，和她断绝来往，我必须要保住公司，一个月后她正式离开了钟氏，你们就可以交往，我保证不干涉。”佟母说。

卓尧反问：“如果我办不到呢？”

“那就像上一次一样。”佟母眼神泛着冷光。

曼君开车回自己的公寓，本来一顿浪漫的晚餐，就这样变成了矛盾的爆发点。

佟母那样的话，她和卓尧之间，还有可能吗？

“让她走！我们佟家，不可能允许这样的女人进来！”

这一句话还在她耳边环绕。

卓尧没有挽留她，只是看着她走。她敏感的心被触痛了，她卧在沙发上，没有盖被子，把空调开到最低，没有吃饭，空着肚子，开着灯，眼泪边落边擦。

就这样冻了又饿了一晚，在沙发上睡着了，早晨起来，她连早餐都不想吃。可是胃不争气痛了起来，胃不好，昨晚还与卓尧说和他在一起之后，胃不酸也不胀了，可是她现在的胃，又酸又胀。

她拿着两个鸡蛋，打破，搅拌，加入热水，放在微波炉里，做一个简易的炖蛋。

几片面包和一小盒奶酪。

搞定了早餐，还是要继续去上班。

一出公寓楼，就被三个穿白衣戴墨镜的女子围住，其中为首的、站在中间的一个短发女子说：“跟我们上车，有人有话要告知你。”

曼君没有反抗，跟着对方上了停车场里的一辆房车。

一名白衣女子打开车门先上车，然后曼君身后的女子推着曼君上车，陆续两个女子上车后，重重地关上了车门。她被三个白衣女子挤在了中间动弹不得。

“阮小姐挺有胆量的。我想我该说什么你也可以猜到，我要你离开我的儿子，你座位旁边有一个信封，里面是支票和行程表，为你订了国内外各个城市不同时间段的机票，还有去往你出生的小渔村的火车票，那里太小了，连个飞机场都没有。”佟母说着，等待曼君的提问。

“你这是什么意思，让我走，走得越远越好是吗？”曼君问。

佟母点点头说：“OK，我再细说一遍，你要按着行程表上的顺序去这些城市，中途也可以回小渔村和你的家人告别，我给你的支票，足够你衣锦还乡风光一下。你最后一站是巴黎，没有我的允许，你不可以回来，在那边的工作我会给你安排好。”佟母命令的口吻，似乎平日里习惯了这样安排人。

“我为什么要按照你说的去做？”曼君从座位上拿起那个信封，握在手里掂了掂。

“你应该要对我有信心，我既然说出来，就一定有把握你会去做。如果你不做，你就会是第二个欧菲。”佟母信心满满地说，提起了欧菲。

曼君怎么会不知道欧菲，就是那个旧绿裙子的主人，是卓尧的前女友。一场大火差点烧死了欧菲和卓尧，欧菲害怕佟母报复，逃离了中国，在法国和一个法国男人结婚过得很幸福。

“我不害怕，威胁对我来说无用，我不会离开卓尧的。”

“是吗？你好像结论下得过早了，这个故事真正的版本是这样的。一个母亲很爱自己的儿子，她不喜欢那个叫欧菲的坏女人做自己的儿媳，后来，突如其来一场大火，这个母亲没料到自己的儿子也在火场里，然后，那个女人毁容了。”

“什么？欧菲毁容了，不是在国外嫁人了吗？”

“听我说完——欧菲当然是毁容了，她哪里还有颜面见卓尧，当时火烧起来的时候，欧菲半边身子是扑在卓尧的身上的，卓尧晕倒了并不知情，欧菲半边脸毁了，所以她在法国最后一次和卓尧视频时，她是长卷发遮住了左边的脸，她怎么还会见卓尧呢，她成了丑八怪当然要躲藏起来，骗卓尧她很幸福嫁人了，哈哈，听起来这个故事还是很伤感很感人的对不对？”佟母说。

曼君听到这个真相，欧菲是为了卓尧好才离开他身边的，也是为了救卓尧毁容了。

“如果你不走，不知道会不会是第二个欧菲呢？”

“你就不怕我把这一切告诉卓尧吗？”

“怕？怕我会告诉你吗？如果你告诉卓尧欧菲的真实情况，你想想，卓尧那么重情义，他还会和你在一起吗，他肯定是要去法国找欧菲的，你将失去卓尧。我想，你是不会傻到把事实告诉卓尧，然后把卓尧拱手让给欧菲的吧？更何况，就算你再伟大，我想你也不想看到卓尧变成傀儡吧。”佟母说。

“你什么意思？”曼君不解地问。

“如果你不走，卓尧继续和你交往，那就会让钟利涛这个老狐狸的计划得逞，我争赢了他短命的女儿，我总不能输在这个老狐狸手上，如果你不走，卓尧就会一无所有，公司一切权力，收为我管。”佟母说完，最后扔下了一句，“你自己拿着信封慢慢考虑吧，我希望明天能看到你出现在机场。”

曼君握着信封，被三个女人推下车。

她惊魂未定地回到公寓里，换了一件衣服，坐在沙发上，唏嘘不已。

她打开信封，信封里有一张行程表，上面写着四个地点的航班信息和两个地点的火车票时间，上面的时间是按顺序来的，平均在每个城市生活一个星期，最后一站是法国巴黎。

法国巴黎，欧菲不也是在那里吗？

她还能考虑什么呢，所有的后果佟母都帮她推理好了，她如果不按照佟母说的做，后果已经摆在了眼前，她并不是顾及自己，她担心他会陷入困境。

这时手机突然响了，她还满心期待以为是卓尧打来的，一看是戴靖杰的，她接了电话。

戴靖杰问她出了什么事，怎么还不来上班。

“我有急事不能来了，别找我，帮我和董事长说一声。”曼君有气无力地说。

“什么急事啊？”戴靖杰追问。

“请你别再问了，我已经够烦了！”曼君说着挂掉电话。

她走进卧室开始收拾东西，装了一些换洗的衣物和证件，装满了一行李箱。

环顾着房间，里面有很多她和卓尧的记忆。

床上有他的气息，烟灰缸里有他抽过的烟蒂，衣橱里有他的睡衣，还有他的布拖，厨房里有他用过的碗碟。

客厅的桌上，那一束百合花黯淡了，枯萎了。

卓尧，真的到了不得不离开你的时候了。

卓尧，你会不会怪我不辞而别？

曼君难过地哭了，爱，怎么这么难。

她找出白色纱布，把客厅到卧室所有的家居用品全部都罩上了一层白布，她做好了长时间外出的打算了。

终于到了要离开的时候了，原来离别，是这样的折磨人。

她拎着行李箱，看着整个客厅都被蒙上了白布，她不舍，可是还能有什么出路呢，只有这样，卓尧才能好。行李箱里，除了一些衣服证件，还有卓尧拿给她的几本漫画册，这些漫画册是卓尧最珍爱的，是买不到的珍藏，她走到哪里，都要带在身边，她能想起他曾那样温柔地呼唤她小漫画。

依依不舍又能怎样，还是要走。

临别前，她要去看看多多，多多是她除了卓尧以外，最放心不下的人了。

她准备把车交给多多，反正她也带不走了。

佟母给她的支票是七位数的美金，够她去世界各国生存了，但她不会动这笔钱。她自己也有一些积蓄，足够眼下度日用了。

找到多多的出租房，光线很昏暗，很难想象多多住在这么一个破旧的弄堂里，弄堂上面挂着男人的四角裤和女人的内衣，有麻将声，也有女人吵架声，还有孩子哇哇的啼哭声。

曼君敲响了一间二楼的小房间，敲了几声，没有人应答，才中午，多多应该在家啊，这个时候夜生活可没开始呢。

隔壁一个阿姨开门探出脑袋，头上都是五颜六色的发卷，说："找人啊，那你得大声喊，这个点她肯定还在呼呼大睡，你是她朋友吗？一般来找她的都是男人，女的你还是第一个，她啊，总是下半夜回来，还带着陌生男人，哎哟，真是烦死了。"

这个阿姨对着曼君表示着对自己邻居的强烈不满。

房门这时候被多多打开了，她打着哈欠瞪着眼说："你这个欧巴桑，我勾引你家男人了吗？！真是好笑，还是嫉妒我男人多啊，背后说我坏话没事，别被我听到。"

阿姨涨红了脸努了努嘴说："不知羞耻不要脸，呸呸呸！"

曼君忙把多多推进了屋里说："别吵吵了，我敲门敲那么久你都没反应，别人一句话你就醒了，你的耳朵可真灵敏。”

“是啊，我睡得再死，但只要有人说我坏话，我马上就能醒。哈哈，那个欧巴桑，是嫉妒我年轻貌美，一天到晚见人就说我带许多男人回来，我真想抽她，她家的死鬼男人一见我就不怀好意流口水，住在这种弄堂里真是烦死了。”多多抱怨着说。

“你呀你，我今晚和你住了，明天就走，车我停在对面超市停车场，这是钥匙，以后车就归你了。”曼君把车钥匙放在桌子上。

多多这才睁开了睡眼说：“怎么，你要走啊，提着一箱子行李，还把车给我？！你去哪啊，你不会是要和佟少私奔吧。”

和卓尧私奔？如果真的是这样倒幸福了，可惜是一个人逃离上海。

“是啊，混不下去了，闯了祸，要跑路了，临走，就是放心不下你啊，来看看你，你怎么了你，瞧你的黑眼圈。”曼君心疼地在多多脸上抚摸了一下，多多的脸粗糙了好多。

多多也没刷牙洗脸，从桌上拿起一包烟，抽出一根烟，将烟盒扔在桌上，点着烟，坐在床上叭叭抽烟说：“没办法啊，职业病啊，我在酒吧混呢，你不知道我每天要喝多少酒，天天这么喝，我有几次都胃出血了。”

曼君恼了，夺过烟在烟灰缸里摁灭说：“多多，你看看镜子你成什么样子了，就为了袁正铭，你把自己搞成这样，有必要吗，他能看得见吗？你怎么就不不珍惜自己呢？”曼君说着，伸手轻轻地打着多多的肩膀，眼泪不停往下掉。

“傻丫头，打我就这么轻啊，打重一点啊，最好打死我，打傻我。我活着好痛苦啊，我都不想活了，爱上一个无法得到的人，这太难过了。”多多说着，抱着曼君哭了。

最后两个人抱在一起哭了一阵子，曼君非要逼着多多保证以后戒烟戒酒，保证好好找一份工作。直到多多满口保证，曼君这才满意，破涕为笑，让多多起来换衣服一起去吃饭。

她告诉多多，自己要出一趟远门，让多多不要询问原因，她希望多多以后帮她注意卓尧的消息，卓尧有什么事一定要打电话给她。她每换一次号码，都会告诉多多，但是叮嘱多多千万不要把她的手机号码告诉卓尧，如果卓尧来找她的话，一定要一问三不知。

两个人手牵着手走出弄堂去吃饭，多多一直念叨着不想曼君走，曼君反复告诉多多，她必须走，也许走远一点，后面也不至于太难受，多多没再追问。

# 第十九章 为了你，我愿意再傻一次

天涯海角，过树穿花，你还能再寻觅到我吗？

吃过了饭，回到多多的出租屋已经是下午三点了。

出租屋很昏暗，曼君问多多不如搬到她的公寓去，多多拒绝了，说那个公寓里一定有她和卓尧太多的回忆，多多不愿去破坏掉。

多多说："再说了，你也许很快就能回来呢。你是不是还要回小渔村见外婆哇，替我向你外婆带个好。"

要和卓尧不辞而别是痛苦的，但是可以回家乡见到亲人，也是幸福的，曼君点点头，希望这一切纷杂可以快点过去。

又想到了烧伤的欧菲，为了不影响卓尧的幸福，欧菲独自吞下所有的痛苦，甚至都放弃了对佟母的指控。她都是为了卓尧的幸福，曼君犹豫着，是不是要把欧菲的事告诉卓尧，让卓尧回到欧菲的身边。

可一想到卓尧回到另一个女人的身边，她的心里就忍不住疼了起来，真的拱手把自己心爱的男人还给另一个女人吗，她可以这么伟大吗？

爱里面，有多少无私，有多少守望呢？

晚上多多手机响了，是酒吧老板催她上班的电话。

"老娘不混喝酒了，老娘要改行了，Bye——"多多洒脱地说着挂了电话。

"曼君，我打算搬走，搬离这里，找一份正经工作，和袁正铭断了往来，和过去断绝关系。"多多说。

晚上两个人睡在一头，曼君想起了静安，于是问："多多，你最近看到静安没？我好久没看到她了。"

"你说静安啊，前些日子我偶然碰到了，好像是逛商场时碰到的，她好像在给苏生买衣服。"多多说。

苏生，是静安的前夫，静安还和苏生有往来。

“多多，他们复婚了吗？”曼君接着问。

“没复婚啊，你不知道，说出来可气死人了，静安养着苏生就算了，还养着苏生的情人，就是那个大嘴巴的女人，甚至连大嘴巴女人的儿子都养着。你没看到那个大嘴巴女人的儿子多跩啊，我就看了他两眼，他就凶狠地说，‘看什么看，再看老子就对你不客气。’多多模仿着男声学着说。

静安怎么就傻到这个地步，养前夫，前夫的情人，前夫情人的儿子。

“你都没劝劝她吗？她这样下去，最后受伤的是自己。”曼君对多多说。

“劝？我哪敢多话，那小子拳头握着呢，我看静安瘦了好多，我都怀疑苏生是不是利用静安呢，静安也甘心情愿付出，甘之如饴。”

聊到静安之后，她和多多都渐渐沉默了。

曼君想静安是怎样的一种执迷不悟，这样下去，会有好的结果吗？把自己的所有时光和金钱都放在前夫的身上，看着前夫和情人还有情人的孩子过着一家三口的生活，自己拿钱供养着他们。

这到底是伟大的爱情，还是疯狂的爱情呢？

她想不需要劝静安了，相信所有认识静安的人，都劝过的，只是这些劝告，在执着的爱面前，反而显得自私。

那样的爱，正常人都无法理解。

曼君想，相比静安，她是自私的，否则她怎么会都没有勇气把欧菲的真相告诉卓尧呢，如佟母预料所言“我想，你是不会傻到把事实告诉卓尧，然后把卓尧拱手让给欧菲的吧”。

可欧菲多伟大，她为了和卓尧在一起，为了保护卓尧才毁了容，却也为了卓尧，选择离开。

曼君一夜难以安睡，脑子里被各种凌乱的事纠结着，但最清楚的事是，她第二天，要去机场飞往武汉。

为什么佟母要安排她去武汉，只是游玩那么简单吗？去了武汉，回小渔村，再去重庆，再从重庆到北京，再从北京飞往巴黎。如此辗转曲折，其实目的就是要让卓尧无法查到她的下落。

她想，在不在一起其实不重要了，如同受伤的欧菲那样，只要看着心爱的男人好就知足了，再过个三年，他的身边又会是怎样的一番风景呢？

念及此，她心生悲凉。夜很长，这会是她在上海的最后一个夜晚吗？多多一直都握着曼君的手，像是抓住了最好的梦想。

次日清晨，多多要送她去机场，她没有答应，执意要自己打车去机场，让多多保重自己，说她到了一个地方，就会打电话给她告诉她自己的新号码。

她和多多告别之后，乘车去了机场。

手机里收到了七八条短信，都是戴靖杰发来的。

卓尧没有传来一条短信。

她失落到了谷底，握着手机，按下了卓尧的电话号码，却没有勇气打过去。

她坐在出租车里哭了，司机从后视镜里看着陌生的女乘客痛哭的样子，却不敢多言。出租车窗外有大朵大朵烟花绽放，她终于要走了。

卓尧，你还会记得我吗？以后你的身边会有谁作陪？没有你的人生，那么这一生大概也就是这样了。

车到了机场，付了车费，司机仓皇而逃，生怕她是个精神病。

她刚走进机场，就看见了那三个穿白衣戴墨镜的女人，她们一直都跟踪着她。

曼君装作没有看见。去武汉，还是第一次去武汉呢，佟母的计划很周密，武汉转火车到小渔村比较近，她关掉了手机，放入包里，这时，三个白衣女子走上来，还是那个为首的短发女子开口说："夫人交代，你人可以走，但手机留下。"

"我都已经答应走了，为什么还要这样？我需要和我的朋友联系。"

"你可以联系的朋友，我们都帮你把号码复制到这张卡里，你记住，得按夫人计划的行程走，最后到巴黎。"说着递过来一张电话卡和一部新手机。

真是"服务周到"，曼君想。

飞机起飞的时候，她闭上了眼睛，将要离开上海了，这个让她有过爱，有过恨的城市。

还会回来吗？或者，卓尧他会来找她吗？

武汉，会是怎样的一个城市呢，听说那里的小吃很好吃，听说那里有轮渡，只是那里，没有佟卓尧。

这世间，只有一个佟卓尧。

只有他令她倾心如注。

她醒来的时候，飞机已经降落，这么快就从上海到了武汉，卓尧会想到她已不在上海了吗？也许卓尧还蒙在鼓里，还以为她在钟氏的公司上班。

只是一两天的时间，一切都颠倒了，变化这么快，从相爱到分离，从上海到武汉，她不得不遵从，却又还没切换过来状态。

出了武汉机场，她提着行李箱，拦下了一部出租车，问司机武汉哪个地方吃住比较方便，司机用不标准的普通话说着去户部巷的小吃街，那里住方便，吃更是方便。

她想，既然来了，就让自己麻痹起来，去最热闹的地方，暂时告别一下悲伤。

出租车司机一路上介绍着武汉，她坐在车里看着街头陌生的风景和面孔，她的孤独感油然而生，在这里，陌生的城市，她几乎不认识一个人。

佟母给她准备的回小渔村的火车票就是一个星期之后的，意味着她要在武汉待一个星期，哪怕她想留下痕迹，等卓尧来找她的时候，一定没想到她已不在武汉，而是回到了小渔村，如果卓尧反应更慢点的话，她可能都绕了几个城市到了巴黎。

曼君并不知道，佟母给卓尧的条件是等一个月后曼君离开了钟氏企业卓尧才可以和曼君联系，其实这一个月，足够让曼君去四个城市，最终到巴黎，绕来绕去，卓尧是肯定找不到她了。

卓尧一定猜想不到最后曼君还是被母亲送去了和欧菲同一个国家，同一个城市：巴黎。

曼君在一个干净整洁的旅馆里住下，头有些疼。房间里有一台电脑，房费很便宜，她把东西收拾好，旅馆的老板娘给她送来了一杯蜂蜜水，说她的样子好像是有些发烧了，喝点蜂蜜水睡一觉就好了。

陌生的城市来自一个陌生人的关心，曼君心里很温暖，喝下了蜂蜜水，盖着被子睡了一觉。

醒来时，电视机还在放着娱乐节目，天都黑了，她觉得头疼好了很多，多亏了老板娘的照顾。她摸摸头，退烧了。她拿着钱包，楼下就是小吃一条街，出去吃点什么吧。

她装好了手机，果然手机里有她该联系的人的号码，除了钟氏公司里的同事电话，亲朋的电话都在里面，当然，卓尧的电话是不在里面的，可这又能阻挡什么吗，卓尧的电话，她是铭记于心的。

只是她并没有想到，卓尧的手机，也被佟母索要去了。

她下楼，和正在晾衣服的老板娘打了一声招呼，老板娘告诉她这附近一些小吃很地道，只要她能吃辣，一定能在小吃街上吃过瘾。

她笑着说："我很能吃辣呢，看来司机没把我带错地方。"

强颜欢笑，从什么时候起她能这么好地诠释出这四个字了呢?

她走在小吃街上，想着如果和卓尧在这里会是怎样呢，她一定会牵着他的衣角和他走在这条小吃街上，她会大笑大闹着要他吃很多的东西，故意吃得满嘴都是要他帮她擦干净。

再艰难也要吃东西。

她点了最辣的菜，当菜全部上齐后，她面对着一桌子的菜开始吃，身边还有一小口碟辣椒酱，她蘸着辣椒酱吃，一点也不怕辣的样子，最后辣得眼泪鼻涕都出来了。

她摸着自己的胃，暖暖的，热热的，不会再寒冷了。

桌上的鱼刺孤零零地望着盘子里的鱼头，这就叫作骨肉分离吧。

她吃着鱼和辣椒，觉得心里越来越不对劲，难过，除了难过还是难过，还要怎样可以不那么难过呢。

天涯海角，过树穿花，你还能再寻觅到我吗，卓尧?

她喃喃地念着。

我一生最美好的事，就是遇见你，在人海茫茫中，你的背影，我可以一眼就认出。

她抱着一瓶酒在那喝，他不是不许她喝酒吗，可她现在正在喝酒，他为什么没有出现没有阻止? 他还会像从前一样背着喝醉的她，把大衣披在她身上，带她回家吗?

回忆，总是温馨而残忍的。

因为在失去，所以回忆变得温馨，因为回不去，所以回忆变得残忍。

她喝完了一瓶酒，埋单，拎着包，走人。

那个口碟里的辣椒酱一滴不剩，一瓶宁夏红也一滴不剩。

收拾桌子的两名女服务员惊呆了，这是她们见过最能吃辣也最能喝酒的女客人了，这么多的辣椒和一瓶酒一起下肚，胃能受得了吗?

她回到房间不久，就开始呕吐，趴在马桶上，不停地干呕。

嗓子都辣得生疼，胃一定是不甘心这么辣开始反抗了，也可能是酒精让她呕吐了。

以前酒量很好的，喝许多酒都不容易吐，她想自己是颓废了不少，酒力不行了，或者是被卓尧宠惯坏了，许久不醉酒，都不胜酒力了。

是谁说的，喝醉了酒吐了就好了，爱受伤了哭过就好。

那都是胡说八道。

吐了还是这么难受，哭过了还是这么难过。

她冲洗着澡，水哗啦啦地落在身上，卓尧，多像你深情的温柔。

她洗过澡，把自己埋在被窝里，嘤嘤地哭，哭自己不争气，哭自己没出息。

她拿着手机，躲在被窝里，按着卓尧的电话，她不敢拨打，只是盯着屏幕上的一串数字发呆。

曾发过誓，自冯伯文之后，她再也不会为一个男人奋不顾身再也不会犯傻了，可是卓尧，为了你，我愿意再傻一次。

爱到这样的一个境地，是没有办法抑制和暂停的。

她在武汉待了好几天，几乎是吃了所有麻辣的食物，那些花椒麻得她的舌头最后都要拧作一团了。

旅馆的老板娘对她很照顾，听说她是独自来武汉的，还给她介绍武汉的景点。在旅馆所在这条街的后面，就有一个码头，可以坐轮渡，轮渡的那一头，就是武汉的商业街，老板娘推荐她去走走散散心。

想到再过一天就要离开武汉了，她觉得自己应该去走走。

她买了一张票，顺着人群进入码头里面，上了客轮，这是她生平第一次坐轮渡。虽然小时候在渔船上长大，但轮渡是没坐过的。

她站在栏杆边，看着脚下滚滚的江水，她想，这就是长江了，这条江里的水，到最后，会流淌到上海吧。

船缓慢行驶着，江水在不停地翻滚溅出水花，天已是黄昏了，她看着对岸的风景，看着江面上那些轮船，有了些恍惚，好像卓尧就在对面的船上等待着她。

是眼花了，还是幻觉了，想念一个人，到了这样的地步。

魔怔了，“爱入膏肓”无药可医了。

她的长发被江风吹起，身边有一个女孩尖叫着喊着：“看——好大的船啊！”身边的男友一脸宠爱地看着怀里的女孩。

她回头看着远处的风景，天空那么遥远，现在她至少还在中国，等去了巴黎，是不是离卓尧更远了。

给多多打电话报平安，听闻多多换了新工作，新住址，多多说也将要和过去告别，重新开始一段崭新的生活。她最终还是没忍住，问多多卓尧有没有来找过她。多多说没有，也许是搬家了佟少没有找到她。

曼君已经离开上海一个星期了，和卓尧也断了一个星期的联系，但是他没有找过她。

陷入了无边的失落里，是他没有找她，还是他找不到她?

在回小渔村的火车上，她终于感受到了近乡情更怯的慌乱，多久没回来了呢，外婆还好吗，小渔村的人，会用异样的眼神看自己吗?

她筹划着给外婆盖一所大房子，外婆一生都生活在海边，她要盖一栋小楼，面朝大海，春暖花开，卓尧曾计划和她一起回小渔村看外婆的。

只是，不能实现了，她只身一人回到小渔村，还是那么熟悉的风景，海边，沙滩，有捕鱼的渔民，也有捡着贝壳的孩童。只是，路过舅舅的祖屋，门上面贴着的白色对联已经残破。

外婆……去世了，终究还是没有等到她回来给外婆盖一栋小楼。

她在外婆的坟前，哭着跪下，说一声：“外婆，我来迟了。”

外婆的坟，在海边的一个崖坡上，也算是面朝大海春暖花开，外婆将长眠于此。此时的曼君，除了眼泪，再也说不出别的话语。

她后悔了，这些年在打拼奋斗，立下誓言不挣到足够的钱绝对不回小渔村，她要成为让外婆骄傲的样子再回来，可是，她没有想到外婆年纪大了，也许根本等不到那一天。

在舅舅家里，舅母热情地接待了她，她给了舅母一些钱，舅母的两个孩子怯生生地站在门边喊她一声表姐，她哽咽着答应。

离家的时候，这两个孩子，一个刚走路，一个还没出生。

舅母告诉她，其实外婆一直都在等她，几乎每个傍晚都会在小渔村的村口守望着她，不管别人怎么劝，外婆都会从傍晚站到天黑等在那里。

去世的前一天，都去等了。

那晚外婆回到家后，就突发脑溢血，在床上躺了三天，最终还是走了，临走的时候，眼神都注视着渔村村口的方向。

病危的外婆说不出话，但是守在外婆身旁的人都懂，外婆是在等着曼君。

想到外婆每晚不管刮风下雨都在渔村村头守候着她，就像她念小学的时候，每天放学外婆等在那里一样。那时的外婆在她眼中，是很健康结实的，看到外婆的身影，她就不会害怕。

曼君知道，她错了。外婆其实不需要她挣多少钱盖多漂亮的小楼给外婆住，外婆需要的，只是那个像小时候一样害怕了受伤害了就会奔向外婆怀里的小曼君。

她取出自己在上海奋斗这一年的积蓄，她想终于有机会来盖一栋小楼，即使外婆不在了，她也依然要做到。在小渔村的那几天，她亲自跟着工程队买泥沙和砖，她穿粗布衣服，画着小楼的设计图，只是七天过去得太快，她不能等到小楼的竣工，她得离开。

离开小渔村的时候，小楼才刚刚打好房基，她握着舅母的手，拜托舅母在小楼完工的时候告诉她，那个时候，她一定回来，不管多远都会回来。

到了重庆，随后是北京，曼君如同逃离一样从一个城市穿越到另一个城市，最后，到达了巴黎。

她独自背着一个简单的包，手握着一张巴黎市的地图，用生疏的英语问路，走过一条条陌生的大街，擦肩而过的是不同肤色的人群。

看到街头艺术家坐在广场中央画画，她蹲下身子给白鸽喂食，而那些鸽子最后一哄而散，又飞去了哪里。

在玛德莲教堂，她坐了很久，在空荡的教堂里，她告解，在神父的面前，忏悔自己这些年所背负的罪责。

回到下榻的酒店，她躺在酒店的床上，腿酸疼得不能再动弹，她看着天花板，眼睛都是模糊的，她经历了生离，亦经历了死别，还有什么，比这些更可怕。

离开上海已有一个月，这期间除了和多多有过联系，上海的那些记忆似乎与她彻底剥离，关于佟卓尧的消息，她一点也没有得到。

总是会在深夜里握着手机，手机振动，她坐起身子，期盼着是卓尧的音讯，却只是一些无关的广告短信。

她换了号码，他也换了号码，她在巴黎，他在上海，他们又怎么能相遇。

佟卓尧等到了一个月，他信守承诺，他想母亲林璐云是再也没有什么借口可以再阻止他和曼君在一起了，曼君离职的期限已到，他要光明正大地牵着曼君的手走在家族每个人面前。

他等在曼君公司的楼下，他的副驾驶座位上放着一束百合花，西装口袋里有一个锦盒，里面是他准备求婚的戒指。他松了松领带，对着后视镜整理了一下额前的发丝，这么久没有见她，他倒略有些紧张了。

一个月没有联系，不知道她是不是也像他思念她一样思念着他，此刻的佟卓尧，哪里会清楚曼君已远在巴黎。

等了一个钟头，公司人都下班走了出来，唯不见曼君的身影。

卓尧下车，抬头间，遇到了戴靖杰。

他扬眉，视若不见。

“你是——等阮曼君？”戴靖杰夹着公文包，主动走到卓尧的面前，问。

卓尧冷淡地说：“与你无关。”

戴靖杰知趣地点点头，嘴角带着一丝得意的笑说：“那你慢慢等吧，我想你等到明天早上你也看不到她了。”

卓尧紧握拳头，问：“你们把她怎么了？”

“我们没有把她怎么样，不过你可以回去问问你的好妈妈，问她做了什么。”戴靖杰说完，转头而去。

他上车，飞速赶往母亲住的别墅。

当他出现在母亲林璐云的面前，母亲正悠闲地敷面膜，还很镇定的样子问道：“怎么，没找到她吗？”

“你把她究竟弄到哪里去了？”他沙哑的嗓音，强忍着将要爆发的愤怒。

“既然都知道了，兴冲冲来我这里兴师问罪吗？别说我没警告过你，没有什么人，能比保住我们佟家产业更重要，那个女人，不能留在你身边。”母亲站起身，手轻拍着脸蛋，若无其事地说。

卓尧听到这句，已无法忍受，走到母亲的面前，克制地说道：“我最后问你一句，她在哪里，告诉我，怎么可以找到她！”

“无可奉告。”母亲耸耸肩，揭下了脸上的面膜，一身轻松，皮肤看起来一点也不像是快五十岁的女人。

“地位对你而言，比你三个子女的幸福更重要，是吗？那好，你就死死保住你的地位、你的财产，我——走。”

卓尧脱下身上的西装，解开领带扔在地毯上，大步朝门外走去，他统统不要了，这个地位，他早厌倦了，连自己心爱的女人都不能在一起，那么余生又有什么意义。

他要找她，找不到她，不会回来。

“走了你就别回来。”林璐云最后的通牒。

他开车，曼君的手机仍旧是关机状态，他不停地拨打，最后接通了，他激动地说：“曼君，是你吗，你在哪里？”

“儿子，你不会找到她的，她拿着我给的支票远走高飞了。”电话的那一头是母亲的声音。

他用力摁掉电话，一拳砸在车上，看着副驾驶座那一束百合花，他责怪自己，为什么要听信母亲的话，什么一个月不联系，弄得现在连曼君的下落都不知道。

他努力冷静下来，想到也许有两条线索可以找到曼君，一是问曼君的好友李多多，二就是去曼君的小渔村。

卓尧想通过袁正铭来找到李多多的下落，可是袁正铭说和李多多已经分手了，现在眼看要结婚，他不想在这个关口上再联络李多多。

即使是好兄弟，卓尧也不想强人所难，打电话给季东，让季东在半个小时内搜遍上海，动用所有的人脉寻找李多多。他知道曼君一定不在上海，但是李多多应该在。

他等待着曼君的电话，也许，她会打来电话告诉他她在哪里。

季东那边传来了李多多在一家酒店上班的消息，他立刻去了那家酒店，果然见到了李多多。

他不愿耽搁时间，简短地问："告诉我，曼君在哪里？"

多多双手抱在怀里，有些气恼，说："我不清楚你和曼君之间发生了什么，总之我是看明白了，像你们这种有钱有势的男人就会玩玩就甩，曼君要不是因为你，会搞得独自离开，漂泊他乡吗！"

他目光里都是急切，态度略有歉意地说："是我不对，我没有保护好她，给我机会补偿她，你一定知道她在哪里，告诉我，我要找到她。"

多多瞟着上下打量佟卓尧，看他担心的样子，似乎是真的很在意曼君，这和袁正铭是截然不同的，多多眼睛有些发酸，转过头，狠心地说："我不知道，我要上班！"

卓尧没有要走的意思，高大落寞的身影站在酒店大厅，他的样子，像是一夜输光了全部家当的赌徒。

多多登记着酒店入住客户的信息，不时地拿眼斜瞄着他，他没有走，似乎得不到结果，就不会罢休。

下班的时候，多多背着包刚出来，卓尧就走上前，期盼地说："告诉我，曼君在哪里，我很急，也很怕，我怕会失去她，我和她都一个月没有联络，我真的怕她会胡思乱想。"

"哎呀烦死了，告诉你好了，她去了巴黎，昨天还打电话给我说在玛什么莲教堂——曼君叫我不要告诉你的，但是每次打电话给我，我都发现她不是想我，是想问有关你的事！所以我才会给我之前的房东故意留下信息说我在这里上班，不然你再神通广大也没这么快就能找到我。"多多说着，一抬头发现，佟卓尧已经跑上车了。

他一听到曼君在巴黎，就迫不及待要赶去巴黎，让季东订从上海飞往巴黎的机票，他要马上飞往巴黎找她。

季东订的最近航班是晚上十一点半起飞，季东送他去机场，此时已经是晚上十点，他心里多少有些没底，除了从李多多那里听到曼君近日去过玛德莲教堂，别的他都一无所知。

他决意找不到曼君，就不回上海。

手机响了，卓尧看到手机屏幕上的来电显示，是母亲的来电，他本想挂断，但还是接通了，他没有言语，只是将手机放在耳边。

“你果真要去巴黎找她……可你是我林璐云的儿子，我所有的财产以后都是你的！我这些年争名夺利，是为了你啊。”母亲在电话的那头做着最后的努力，试图动摇儿子离开的决心。

他沉默，想听这个口口声声是为了儿子幸福的母亲还会说什么。

“难道，你真的舍得你所拥有的地位和身份吗？你不要忘记，当你没有了你的地位和身份，你也就一无所有了，那个女人，她还会跟你在一起吗？我给她开的支票或许更具有诱惑力。”母亲见说不动儿子，只好搬出最后的砝码。

卓尧听完，说：“请你再也不要做这种事来伤害我们的母子之情了。”他挂断电话。

季东专注开车，每次开车送佟卓尧，季东都不多语。

“季东，我不在上海的时候，公司的事还有我妈你都多照顾点，如果钟氏做出对我们公司不利的事，要第一时间通知我。”他手肘撑在车窗上，手指抵在额间，身上仅穿了一件衬衫，随手拿起车后座上的一件驼色外套穿上。

“佟少，我知道了，你放心，夫人和公司我会尽心负责。”季东说。

不管和母亲有怎样的冲突，身为儿子，他还是放心不下母亲。有时也会觉得母亲很可怜，因为过了那几年东躲西藏无名无分的生活，母亲把地位和身份看得无比重要。以至于母亲到了该静养修身的年纪，还要因公司里的事操劳。

在飞往巴黎的飞机上，遇到了强气流，机身突然急剧地抖动起来，全机舱里的人都陷入了尖叫和恐惧。

空姐极力安抚着乘客，但起不到一点作用，很快惊慌的人群声音就盖过了空姐的声音。

“啊……我们是不是要死在这里？！”少年惊恐地叫喊。

“我不想死！我不想死啊！”一对年轻女孩抱在一起痛哭。

“妈妈，妈妈——”已不是孩子的三十多岁男子哭着喊妈妈。

“早知道多买点保险，我老婆孩子怎么办……”身为爸爸和丈夫，在这个时候怪自己没有为老婆孩子留一份保障。

只有他极平静，拿过空姐手上的扬声器，对周围慌乱的乘客进行安抚，镇定地说：“在这个时候，与其慌张害怕，不如冷静下来，你们这样狂躁只会让危险加剧。我也是一名乘客，我也有很爱的人，我要去见她，我也怕见不到她，我们想想我们爱的人，我们更要平静。”

人群渐渐安静了下来，都坐在自己的位置上，祷告乞求上天庇佑。

空姐拿了一沓白纸和笔走了过来，分发到每个人的手上说：“请大家冷静，飞机正在平稳飞行，但以防万一，请你们在纸上写下遗言。”

每个人都只好悲伤地接过纸和笔，开始思考该写些什么留给家人。

卓尧握着笔，凝眉沉思，然后在白纸上写下了一行话，因为他知道，在最危急的关头，他最渴望的就是见曼君一眼，深深拥抱她。如果真不幸遇到空难，他只是难过没有寻找到她，如果安然无恙或者幸存，他会一直找她直到寻找到为止。

他将那张纸对折放入口袋中。

最终飞机还是平安降落，虚惊一场，所有的人悬着的心终于落下，死里逃生，热泪盈眶。

他拿着她的照片打印了几百份，在巴黎的各大街头询问，发放，上面写着重金寻找一位中国籍女子阮曼君。

他走在巴黎的街头，从清晨到深夜，在身边来来往往的面孔中，搜寻曼君的模样，第一天没有找到，那么就寄希望于第二天。而此时的曼君，何尝不是如他一般陷入了深深的思念。

曼君把自己关在酒店房间里，买了很多酒放在床头，她摸着那些酒瓶，想着他不许她独自喝酒霸道的样子，他身上好闻的木香，他围着围裙煲好喝的汤给她喝时满足的笑。

她抱着酒瓶，难过得像一个多年没有喝酒的酒徒，在得到了一车厢的美酒后再度失去。

既然最后还是要失去，为什么要给我那么多快乐的时光。

十瓶酒并列地排放在床头，她想，这个世界上，还会有一个人牵挂着她，对她念念不忘吗？

她把空调关掉，任凭房间里的温度降低，她将自己的护照和行李整齐地放在床头，平静地靠在床上，盖好被子，翻看着他送给她的那几本漫画册，那是她去过那么多城市唯一还带在身边的东西。

她一边翻看，一边喝酒，一边哭，翻到第三册的最后一页，上面有一段话，是卓尧的字迹，一定是他很久前写在上面的。卓尧告诉她，这几本漫画册的佚名作者就是他，他曾经放弃了自己心爱的漫画事业投入到家族企业，而今，他可以放弃全部，他要的，只是一个——“小漫画”。

和她在一起，就是他未来的梦想。

她不由得从哭声中微笑起来，她抚摸着那些字迹，把漫画册放在胸口，她开始看不清，头眩晕着，床头的酒被她喝入了一半。

曼君脑中最后的模糊的影像，是他温柔的面庞。

卓尧终于累了，他连续几天没有休息，他睡了一会，却被一个可怕的梦惊醒，他梦见曼君被人绑着，在一个黑暗的巷子里，她在哭，她在喊他。

他从睡梦中惊坐起，拿起外套，穿上鞋就往外奔去，她是不是遇到了什么危险，她到底在哪里。他再一次去了玛德莲教堂，他问神父，那个叫阮曼君的中国籍女子有没有再来，神父依然说没有再看到她来。

他深深地自责，责怨自己不该那么久不去寻找她，她一定以为他不要她了。

神父拉住他，告诉他，只要有信念，就一定可以找到她。

从教堂走出来，佟卓尧毫无方向地走着，路过一个广场，他看到高高挂在大厦上的那个宽大荧幕，上面是一群警察和护士抬着担架从酒店里奔出，他不经意一瞥，看见了那熟悉的漫画册，那是他的，没有出版发行，只有他有，是曼君，一定是她。

有中文记者在做着前方报道：

今晚八点十分在Le Six酒店发现一名中国籍女子不省人事，目前警方怀疑是急性酒精中毒，幸好酒店服务员发现及时，先送往中心医院抢救，该名女子中文名为阮曼君，其行李和护照均无丢失，如果有家人亲朋在巴黎，请速与电台或警方联系。

他的心如同被利刃穿透一般，是她，她怎么会不省人事，他要马上见到她。他拦下一辆的士，要求马上前往巴黎中心医院，他的手颤抖着，他脑子里都是曼君躺在担架上的那一幕。

# 第二十章 如果巴黎不快乐

于我这里，这世间有什么能大过天，却没有什么能大过你。

到了医院，他甚至都忘记了要用英文，他拉住一个女医生咆哮着问阮曼君在哪里，对方吓得一句话也不敢说，他这才反应过来用英文，他努力让自己冷静，他用英文问对方刚才送进来急救的中国籍女子在哪里。

哆嗦的女医生告诉了他在一楼急救室。

当他来到急救室门口，警察都围在门口，他告诉警察，他是里面女子的恋人，他出示了自己的护照。

警察告诉他，初步证实她是因摄入大量烈性酒导致的急性酒精中毒，幸好酒店工作人员发现及时。

小漫画怎么会酒精中毒呢？她怎么会摄入大量的酒呢？她为什么这么不听话？为什么不乖乖地待在那里等他？他对急性酒精中毒有所了解，严重的话可能会昏迷、暂时性失明、失忆，更可怕的会导致呼吸衰竭而死亡。

为什么重逢会是以这样的方式？他在寻觅她的途中，曾幻想过无数次美好的相遇场景，也许他隔着橱窗，看到她正挑着糖果和巧克力，他们就隔着橱窗相视一笑。

佟卓尧倚靠在急救室外的墙壁上，看着那些警察散去，看着那些护士忙乱的脚步跑来跑去。他的目光像是要涣散了，爱到底是怎样千回百转的事，要多残忍，要做出多大的牺牲，才可以在一起。

如果是他还不够好，那么他愿意躺在里面奄奄一息的人是自己。

折磨她，比折磨他自己还来得痛苦。

当她被推出急救室的时候，他冲了上去，趴在她的病床边，呼唤着她的名字："小漫画、小漫画……我是卓尧，我来带你回去，离开这里。"

医生拉住了他，告诉他病人的情况刚刚稳定，但是因为酒精过量中毒已深，造成的后遗症并不能预料。

他日夜守护在她的病床前，拿着棉棒轻轻地在她干裂的嘴唇上擦拭，她呢喃着，一直重复着一句话："卓尧，我不想去巴黎，我不想去，我想和你在一起，我不想去巴黎……"

她还是昏迷不醒，除了重复着这一句话，额头上不停冒冷汗，还有些轻微的抽搐，他看着她饱受煎熬的样子很心疼很无助。

他手撑着下巴坐在病床边看着她的脸，她瘦了，下巴尖尖的，失去了以往的圆润。这副样子，倒像他第一次遇见她时她的消瘦模样，第一次相遇的时候，她穿着高跟鞋像个疯子一样在烈日下狂奔。

忘不了，哪怕过去再多的时日，也依然忘不了。

他的指尖轻抚着她的脸颊，她的眼角滑落下一滴眼泪，他吻上她的眼睛，深深的一个吻，他想告诉她，此生他都不想再失去她。

曼君醒来的时候，手指轻微动弹了几下，她感觉到自己的左手被一个温暖的手掌包裹着，有熟悉的温度，还有熟悉的气息，熟悉的木香。

他感觉到她手指轻微的活动后，激动地紧握着她的手，他深情地说："小漫画，你终于醒了，我终于把你找到了。"

她听到他的声音，那么熟悉那么近，他就在她的身边，最近的距离，记得她在巴黎，他在上海，他们之间隔江隔海，隔着遥远的距离。而此刻，他的声音传入她的耳里，她想自己这是死了吗？还是，在梦里？或许，是醉了，烂醉如泥，在幻觉中。

她点点头，睁开眼睛想要看到他，看清他的面庞，要确定是不是他，是不是幻梦一场。当她努力要看清面前的他时，却发现眼前漆黑一片，黑暗扑面而来，她惊恐地战栗了一下。

"卓尧，现在是晚上几点，你怎么不开灯？"她支撑着身子想要坐起来，她看不见他，她害怕黑暗，她不能看不到灯光，她伸出手指在空中试探着抓摸着，她想要触摸到他的脸，确定他真的是在她身边。

卓尧心里一沉，随即看向了窗户，窗帘拉开，阳光照射进来，风和日丽的午后，她怎么会说是晚上没有灯？难道……不可能，他告诉自己，不可能，她一定没事的。他努力让自己镇定平静，他抬手在她眼前晃了晃，她美丽的眸子睁大着，却没有任何反应。

他脑子里想起酒精中毒的后遗症——暂时性失明。

她的手抚摸着他的脸，温柔地微笑道："卓尧，真的是你，真的是你，你怎么来了，我还以为我是在梦里，我还以为我再也看不到你了……"

他的手指轻轻覆在她的唇瓣上，他心痛得不知道怎么说才好。

"小漫画，你没有做梦，我来巴黎找你了，我在电视上看到你遇到了意外，我找到了医院，日夜守在你身边，你昏迷了三天三夜。"他说着，担忧地看着窗外明媚的阳光，如果只是暂时性失明，他还不想让她知道她眼睛的事，他担心她初愈的身体经受不起这样的刺激。

"意外？我遇到了意外……"她并不知情，喃喃自语说，"我只记得我好像是喝了很多的酒，最后头很疼像是要裂开一样，然后我就什么都不知道了，卓尧，你告诉我，我是怎么了？"

"酒精中毒，不过没事了，你都醒了，等天亮了，医生来给你做检查。等你身体好了，我就带你回上海，别在意我妈的态度，她这一次绝对阻止不了我要和你在一起的决心。"他说着，既是对她的安慰，也是对她的承诺。

她乖巧地点点头，伸手在床头边摸着，她好奇地说："这么黑怎么不开灯呢，我想看看你这些天的变化，是不是又没有刮胡子呢。"

他握着她的手，生怕会引起她的怀疑，他装作平静的样子说："我还不适应这里的时差，所以关灯比较适应一点。"他这句话，并没有引起她的猜疑。

卓尧坐到她身边，将她搂在怀里，曼君靠在他的胸膛上，说："我想这次酒精中毒是值得的，因为，这样我们才能在巴黎相遇。"

她依靠在他的胸膛，熟悉的木香，只是看不见他的面庞，她等待着，黎明的到来，也许黑暗不会太长久了，阴霾会被阳光一扫无遗。

多好，有他在，酒精中毒又有什么可怕呢。

卓尧，这世间最可怕的事，莫过于再也见不到你。

独自行走了这么多城市，看过了那么多风景，却独独少了他。

他生气恼怒眉头拧成"川"字的样子；他对着镜子打领带还是会打不好，

每次她见了都要忍不住帮他重新整理；他做俯卧撑满脸的汗珠，做完了就站起来抱住她在她耳边急促地喘气……

“这一次，我们不要分开了，好不好？”曼君的手攀上了他的面庞，抚摸着他的脸，像是一觉梦醒，恍然隔世的再重逢。

她不安了起来，夜好像是黑了很久，像是再也不会亮了一样。

她惊恐地望向了四周，漆黑一片，她仿佛明白了似的，一下推开了他的怀抱，挣扎着哆嗦说：“天不会亮了，天不会亮了……”

卓尧听着心猛地一疼，他看着她失魂般念叨着“天不会亮了”，他用力抱紧她，不要她脱离自己的怀抱，就好像一脱离，就再也抱不住。

“乖，别动也别闹，天很快就会亮了，我在呢，小漫画有我在呢。”他亲昵地说，拥紧她在怀里，他的眼泪无声地往下落。

她在黑暗里找不到一丝光，她开始用手揉自己的眼睛，使劲地揉，用力，她的喉咙发出了呜咽声：“我的眼睛怎么了，我什么也看不见了，我是不是瞎了……”

“傻瓜胡说，晚上呢，我也看不见的。”他说着，把她拥得更紧了，他的下巴抵着她的额头，一只手臂钳制住了她胡乱揉眼睛的双手，他生怕，再一个不小心让她伤得更深。

“卓尧，你开灯好不好，我求求你开灯——”她几乎要哭了出来，双手抓住他的手臂哀求着他。

他那一刻，是从未有过的心疼。

卓尧看着窗外明媚的阳光斜照进来，他知道无法欺骗下去。

他在病床旁蹲坐下来，握着曼君的手，他把手臂放在她的膝盖上，他手轻拂她的眼角，她一双眼睛揉得红肿，她竭力睁大眼睛，却看不到一丝亮光。

“小漫画，你可以像以前那样坚强，你也可以彻底软弱，因为你身边还有我。酒精中毒可能让你暂时性失明，但我向你保证，这是暂时的，你相信我，我一定会治好你，医生也说了，恢复得好，可能几个小时后就能恢复视力，所以你不能慌乱，不能揉眼睛，听话，好吗？”卓尧温柔地解释，怕她听不明白，又或者胡思乱想把事情想得很可怕。

她万念俱灰的神情，让他确定，她真的想得很可怕，她真的以为自己从此就再也看不见了，她脸上蒙上了一层灰暗的情绪，却又深呼吸，强装欢笑着说："没事，只是暂时性的嘛，很快就会好起来了，只是你不要介意在我没恢复好的时候被人说你的女友是个瞎子噢。"

"傻瓜，你怎么会瞎呢，以后你还要给我生儿子呢！"他说着，握紧了她的手，他决意再也不离开她，陪着她，会请全球最好的医生来医好她的眼睛。

"只是遗憾，没有让我看你一眼再瞎，我都记不清你的样子了，你是不是变丑陋了，像怪物史瑞克一样。"她还是调皮的语气。

尽管她的心里，排山倒海一般涌着绝望。

那一刻，她的心里已经做出决定，一个星期，她给自己，也是给他一个星期的时间，如果一个星期后，她的眼睛没有好，那么，她将想办法让他离开自己。

是谁说，爱到最伟大的境界是看着对方幸福，而不是占有呢?

卓尧，你好就好，我是你的小漫画，不是你的小包袱。可好像从一开始出现，我就成了你甩也甩不掉的小包袱。

小漫画是用来获取欢笑的，小包袱是会带来麻烦的。

卓尧，我不要成为你的小麻烦。

每天睡觉前，他都会靠在床边，让她枕着他的胳膊睡去。

他关掉了手机，断了一切与国内的联系，他只想要好好照顾她守护她。他并不知道公司里，已经发生了一连串的阴谋，那给他的公司带来的是毁灭性的打击。他并不知道母亲和下属都在满世界地找他，他再不回去，整个公司甚至他自己，都将无法自保。

她每天早上醒来的第一件事，就是睁开眼，看自己能否看到窗外的晨光，有时候是半夜醒来，也要摇醒他，问他天亮了没。如果是早晨，虽然他不忍心，但是还是告诉她，天亮了，从她的表情看出，她看到的还是一片漆黑。

他安慰她，拥着她，她的头埋在他的颈间，她凌乱毫无节奏的呼吸，时而慢，时而快，她的脑袋都在幻想着也许自己这辈子都看不见了，她的身体控制不住开始颤抖，他这个时候除了抱紧她想不出别的可以安慰的动作。

一个星期的时间是多久？并不长久，对于大多数人而言，只是短暂的一周而已。而对等待光明来临的曼君而言，这一周，是多么漫长久远，她几乎每次睁开眼，都想要看到光亮。

一次次醒来睁开眼，都是失望，除了身边守望着的卓尧，她感受不到自己生命中除了黑暗还会有什么。

黑暗，是一种颜色。

卓尧除了在巴黎动用所有的人脉去找最好的医生，也束手无策，他甚至责怪自己不是一个医生，他不能带走她的不幸。他只有安慰鼓励她，减轻她的恐惧和压抑。

她总在梦里惊醒，醒来就伸手到处探寻他的踪迹。

第七天的时候，她心情好像好了很多，摸索着自己梳头发，还“朝着”他声音的方向给他一个甜美的微笑。

“带我去晒太阳好吗？虽然看不见光，但我还可以晒太阳啊，老天是没法剥夺我晒太阳的权利，对吧。”她还带着调皮的神态，头发梳得有些凌乱，一缕长发落在了颈间，她白皙的皮肤，显得更娇弱。

惹得他心疼。

卓尧牵着她的手，她起初还不由自主地探手顺着墙壁摸索着，他看着眼眶微湿，是谁把小漫画变成了这个样子？是他，卓尧心痛，是他自己，把自己最心爱的小漫画变成了这样。

如果没有离开她，如果第一时间就找到她，她怎么会在巴黎的酒店里酒精中毒，是他，让她受苦了。他望着她消瘦的脸颊，默默地许诺，他再也不会让这个女人受一丝一毫的苦。

“小漫画，还记得以前你叫我陪你做的游戏吗？我们并肩走在一起的时候，你闭上眼，要我陪你做‘你是我的眼睛’这个游戏，游戏的规则是我牵着你的手，你闭上眼睛，我引领着你过马路。”他回忆着说，脸上有了一丝美好的幻想。

她点点头，她放松了自己，全心地去依赖去信任他，就像是以前那样，闭上眼，把自己交给他，他带着她，过马路，走过一条条长长的街道。

曼君不再顺着墙壁摸索，她迈着正常距离的步伐走着，她在想，这样的时间还会有多久呢。

她要他陪她晒太阳，也许以后都不会再有这样的机会了。

她要把欧菲的故事告诉他，她要他去寻找欧菲，把他还给那个绿裙子的主人。

阳光下，他们坐在长椅上，身边来来往往走过很多人，她的心却静极了。

“真想这样坐在你身边，哪怕什么也看不见，什么也不说，就这样静静的，哪怕这样坐一辈子，也好。”曼君说。

“我陪你，你想坐多久，就坐多久，饿了，告诉我，我给你买吃的。”他低头在她微闭的眼睛上轻轻一吻。

“卓尧，我有件事要告诉你，很严肃的事情，你必须听我的，否则，我就再也不吃药了，我就让自己一辈子失明，一辈子都见不到你！”她像是要和他谈判，把条件都放了出来。

他倒被逗乐了，他眼里的小漫画倔强起来的样子鬼灵精怪，他大度地说：“你说，你说什么我都答应你，只要你乖乖听话。”

“我——”曼君正要开口，却被不远处传来的急促的呼喊止住了口。

“佟少！”几声急迫的声音。

卓尧见到季东朝他们这里跑了过来。

他有些反感，一定是公司里的事，不然季东也不会找到这里来，他温柔对她说：“是季东，也许是公司里有些事，你乖乖坐着，我处理一下，待会再和你谈判，乖。”

她听他的语气，真像是在哄一个小婴孩。

这样的恩宠，很快就要告别了。

卓尧喝住季东，说：“慌慌张张喊什么，谁让你过来找我的，有什么事不能等我回国再说吗！”

季东来不及喘气，上气不接下气地说：“佟少，这回是出大事了，你必须马上回上海，不然我们公司就彻底垮了，甚至……”

“甚至什么，说清楚！”卓尧还是处变不惊。

“严重的话可能要涉及刑事问题。”季东说。

卓尧怕被曼君听到了会担心，他压低声音，对季东说：“我才走几天，怎么就出这种乱子了，你给我把事情说清楚。还有，曼君她还没康复，我不想她知道。”

季东伏在卓尧的耳边，大致将事情经过简略说了一遍。

其实曼君的心里已明白，虽没有听清楚大概，但就卓尧听完季东的话震怒的回答来看，一定是有大麻烦了。

“他们不是明摆了要吞掉我们公司吗？我妈是疯了吗，连那小子的话也信！”

曼君听出来了，要不是很严重的事，卓尧是不会发这么大的火。

“佟少，事不宜迟，必须马上回上海处理这个乱摊子，能挽回则挽回一些，不然对方再做些手脚，我们就真前后无路了。”季东担忧地说。

卓尧想到自己要强的母亲此刻一定六神无主，可能还会吃官司，他若不回去，真抛下母亲不管不顾，他如何能这么做？

可曼君这样子，他怎么能放心回上海处理公司的事，曼君怎么办？

“你先在酒店住下，我安排好，再做决定。”卓尧不容置疑的口气说。

“可是——”季东还试图做劝说。

“你先走——”他面色阴沉。

季东面色迟疑向后退了几步，见佟少隐隐透着不悦，只好说：“那我先回酒店，晚上再来医院。”

“还不快走！”卓尧斥责。

季东走远，卓尧装作什么事也没发生一样走到曼君身边坐下，低柔地说：“小漫画，晒太阳晒累了吧，你可没有涂防晒霜，走吧，我带你回去。”他的手自然地握住了她的手臂，想要搀扶她。

她推开他的手，她看不见他的神情，却能感受到他强装出来的轻松。

“公司是不是有事？”她直接地问，倔脾气又跳了出来。

“不是，季东来看看你，没别的事他就走了。”卓尧笑着说，手掌覆在了她的手背上，稍用了力度，让她逃脱不开。

“我的眼睛是看不到了，可是我的耳朵还是好好的，卓尧，不要因为我而耽误你的事，当初我爱上你，正是爱上你的气概，你不要这样儿女情长感情用事好不好。”曼君摸索着站起身，试探着往前走。

卓尧紧紧跟在她身后，一只手搂着她的腰，一只手扶着她的胳膊，他说：“如果说事业，那个并非是我的事业，我真正心爱的事业除了漫画，就是你。于我这里，这世间有什么能大过天，却没有什么能大过你。”

多动人的一句，“于我这里，这世间有什么能大过天，却没有什么能大过你”。

曼君差点就没忍住泪，她的双目是看不见了，心里却比任何时候都要清醒明白，他爱她，她亦是爱他，从爱上那一刻起，从未改变。

可怎么能哭呢，要坚强，要独立，即使什么也看不见，即使世界永远是黑暗的，那也要给他一个光明的未来。

“疼先生，如果你继续留在这里，那我就拒绝一切治疗，拒绝吃药，拒绝配合，你就等着看我在你面前枯萎、凋谢、衰败吧。”她绝然地说，让自己的心肠变硬起来。

他听她把“佟先生”念成了“疼先生”的发音，回忆起初认识时，她也是这样叫他的，每每听到，他就约莫觉得，她对他还是心疼不已、念念不忘的。

怎可眼睁睁见她枯萎、凋谢、衰败呢?

回到了病房，她嗅到了百合花的芬芳，也许是眼睛看不到的缘故，嗅觉更加敏锐，她都能感受到窗前的风吹来的百合香。

她想起多年前，她写下的一个句子：风中疾走，百合正香。

她嘴角有浅浅的笑，但很快就藏匿，隐忍。

她卧床，一脸的不悦，大声喊道：“我不要闻这种味道，我闻到了就头晕犯恶心，快点给我拿走。”

卓尧忙将床头的一束百合拿走放到了门外，他特意嘱咐护士给房间插放一束新鲜百合的，她不是最喜欢百合花吗?

他坐在她身边，头依偎在她手臂上，体贴地问：“你想吃什么，想要什么，都统统告诉我。”

“我想喝酒——”她说。

酒，酒是多么害人的东西，如果不是酒精中毒，她怎么会变成这个样子，他说：“不许喝酒，换别的，说，想吃什么？”

“酒！我要酒！你让我喝死算了，‘疼先生’你是我什么人啊，你凭什么管我凭什么在我床边守着，我瞎了这关你什么事啊，你难道没有自己的正事要去做吗，你天天待在我面前有什么出息！”曼君第一次这样的态度和语气咆哮着，像一只受伤的小鹿四处上下乱窜。

“好，我走，你乖乖睡着。”卓尧起身，走到房门口，回头望着她，见她消瘦得不成样子的面颊，他开门，合上门后，见墙角那束百合花歪歪靠在门口，他弯腰蹲下，靠在门上，无声地哭了起来。

他从未有过这样的心疼和难过，那种将要窒息包裹纠缠压抑着的心疼，他无声地哭，哭到泣不成声捂住了胸口，身体颤抖。

她躺在床上，更是悄无声息地哭了起来，她不清楚自己的眼睛还能不能恢复视力，但她知道，她必须“重见”光明，她只有“重见”光明，他才会放心回上海。

她心里，已经有了对策。

所有的一切，只因她爱他。

他再回来的时候，她已带着眼泪睡着了，她太累了，睡着的样子很温顺，却有一层悲伤挂在脸上，睡得很深，有轻微的鼾声。

他用手轻轻抚摸她的面颊，这个可爱的女人。

他出去买晚饭，俯身在她额头吻了一下。他到处找华人餐厅，找最符合她口味的中国菜，做了十几道菜，他一一试吃，选择她最喜欢的口味带走。

等他买好饭回来，病房里多了一个人，季东。

季东一见他回来，马上从沙发上紧张地站了起来，卓尧放下饭，愠怒，揪住季东的衣领就往外拖。

不知就里的曼君忙说：“卓尧，你别生季东的气，季东全都是为了你好。”

他将季东死死抵靠在墙上：“你跟她说什么了？你到底说什么了！”

“我都告诉她了，我让她劝你回去。”季东如实相告。

“混蛋！我是怎么对你的，你这样对我，你看看她都成什么样子了，你怎么还可以说这些伤害她的话！从现在起，你不是我公司的人，你不要再出现在我面前。”他松开手，指向医院门外，叫季东滚蛋。

季东背贴着墙壁软软地蹲在了地上，哀求着说：“跟我回去，佟少，公司没有你不行，会垮掉的！我跟着你这么多年，我不想眼睁睁看到它垮掉！”

“你是不是要我对你动手你才闭嘴，你给我站起来！”卓尧心有不忍，转身闭上了眼睛。

“佟少，你不走的话，我就不起来。”

沉默良久，卓尧许诺说：“好，我跟你走，你起来吧，你先回酒店，我再陪她一个晚上，明早你来医院，我和你走。”

季东这才站起来，离开医院。

他回到病房，快速收拾东西，他问她：“季东来是不是和你说了什么，你别信他，他这是和我妈串通好要骗我回去。”

她没有作声，她想着要怎样可以把他支开。

“我把东西整理好，待会就去办出院手续，我们连夜离开这家医院，我联系美国的医生，给你找最好的眼科大夫，我们今晚就走。”他急切地说。

他是要带她逃离，从季东央求他走的那一瞬间，他就决定要带她逃离，他绝不会离开她，他要带她私奔，私奔到哪里都不管。

他欺骗了季东，他在心里希望明早季东来医院后，能理解他。

“是冯伯文和戴靖杰联手对付你的，对吧！如果我是你，我会回去，用正当的方式杀他们一个片甲不留！不仅是为你，也是为我。他们都曾深深地欺骗和利用我，你帮我，教训教训他们，好不好？”她央告着说，这是她最后的劝说了，如果他不听，执意要跟她在一起，她就拿出最后的撒手锏。

骗他！

对，只有骗他，他才会走。不到万不得已，她不想欺骗他。

“我会回去的，但不是现在，现在要紧的是治好你的眼睛。”他似乎铁了心要治好她眼睛才走。

“你这样说，是要把我陷入一个不仁不义的境地里吗？以后，你的妈妈，你的姐姐，你公司里那些因我的拖累而失去工作的人，将会恨我，咒骂我，这都是因为你把我带入这样的不仁不义里。我以后还能名正言顺走入你的家庭吗？”她质问道。

“我不是说了不要再理论这些，把眼睛治好再谈，好不好！”他声音放大，当看到她神情的那一秒，他顿时又软了下来，低低地说。

“把眼睛看好？要是我一年，三年，一辈子都看不好呢，你就在我身边陪下去守下去等下去吗！”她一口气说完。

“对，不管是一年，三年，一辈子，我就在你身边陪着守着直到你好了，我愿意做你的眼睛。”他脸转向她，坚定地说。

她想她是没法说服他了，她只好骗他了，她假装妥协说：“那好吧，你就待着吧，反正迟早你会被一个瞎女人烦坏的。我肚子饿了，你买吃的了吗？”

“对，我买了你最爱吃的中国菜，味道还算地道，我拿给你吃。”他放下手中收拾的东西，去拿饭给她吃。

她本想支开他去买饭，她好找机会串通医生来骗他走的，他却买好了饭，她转念一想，又生一计。

“对了，我生理期了，你去帮我买那个好不好，我要指定的牌子噢，不知道唐人街有没有，我习惯用那个牌子的。要不，麻烦你屈尊一下，去唐人街帮我买，行吗？”她撒娇说。

他看她的模样，不忍拒绝，可把她单独放在医院又不放心，他犹豫着。

“你去嘛去嘛，你是不是大男子主义觉得帮我买那个很没面子啊，这样吧，我把那个牌子写下来，你拿着纸到附近的商店一家一家地问，拜托拜托啦，你出去的时候我会乖乖把饭菜吃完的！”她装作很听话的样子说。

相信任何一个深爱自己女人的男人，都抵挡不住她说这样话。

卓尧把饭菜搬到病床上的小桌，他说：“那好吧，既然你这么乖又这么可爱，我没有理由拒绝你，我拿纸和笔，你把牌子写下来，我就一家一家问，我就不信会买不到。”

她接过笔，在纸上写下了一个牌子，她问他字是不是写得歪歪扭扭的，他还一本正经地审视着说：“字是写得难看了点，不过还算可以认得，我保证买回来。”

她心想，这个男人有时候真单纯得像个孩子，怎么就这么好骗呢？他是不可能买到这个牌子的，因为根本没有这个牌子，她是胡乱编造一个，让他到处去找，她好有时间来准备计划的。

卓尧喂她吃好饭，又给她倒了一杯温热的水，又把护士叫来在她身边守着，这个护士还略懂一些中文，他这才放心，拿起大衣，出去，临走，依旧是轻吻她一下。

“注视”着他走，她在心里默默地说：卓尧，对不起，你不要怪我骗你。

她泪滑落下来，恐被护士看到，忙擦拭掉，她对护士说：“护士小姐，你能不能把我的主治医生叫来，我有事想要麻烦他一下。”

“好的，没问题。”护士小姐用流利的中文说。

“咦，阮小姐，地上有张字条。”护士捡起来看。

“什么字条，你认得吗，念来听听。”她好奇地问。

“上面写着——小漫画，如果巴黎不快乐，不如回到我身边，只要我还活着，那我此生都不再离开你，不再把你一个人丢下。”护士一字一字地念着。

“是他写给我的一句话呀。”她欣喜地说。

“不，阮小姐，这可不是情书，这是遗书。”护士小姐说。

“什么，遗书？”她惊恐起来，难道他想不开要自杀吗，偷偷留下了遗书，她害怕极了。

“对，是遗书，经常坐飞机的人会遇到这样的情况，那就是飞机在途中可能遇到不幸，那么空姐在之前会发给每个人一张这样的纸，让乘客写下遗言。”护士解释说。

原来是这样，那他一定是在来的途中飞机遇到了危险，他在那样危难的关头，想着都是她。

如果巴黎不快乐，不如回到我身边。

卓尧，没有你，这样的巴黎，是如此的不快乐，不浪漫，不美好。

多想回到你身边，可是卓尧，我不能太自私，自私的女人以后怎么会是我们孩子的好榜样呢。

她抚摸着自己的肚子，想起前几日的那个夜晚，他们在病床上温存，是她缠着要的，她算好了，那天是她的危险期，她却哄骗他说是安全期，不管不顾非要缠着他不放。

她计划着，要有一个他的孩子，是他的缩小版，最好是一个儿子，那样会像他一样俊挺的模样，一个小小男子汉。

哪怕以后眼睛好不了，她也要把这个孩子照顾好，没有他，还有他的缩小版，那也是幸福。尽管让孩子一生下来就没有爸爸，还有一个眼睛不好的妈妈，这样对孩子是不公平且自私的，可是她真的想不到别的办法来独自度过没有他的时光。

护士喊来了医生，她郑重地要医生帮她撒一个谎，要医生告诉卓尧，她的视力渐渐在恢复，很快就可以恢复到以前。

起初医生不愿意，作为医生，怎么可以撒谎骗患者家属呢，医生也说照目前的状况看，她各项指标都恢复得很好，也许真的不久就可以重见光明了。

她把她和卓尧的故事，简短地说给了医生和护士听，一个灰姑娘的故事，一双高跟鞋，砸到了王子，她说着他们之间的聚散离合，说着他现在的处境，她不想他因为自己而一无所有，他不能从王子变成乞丐。

她说到最后，泣不成声，她苦苦哀求，她说她可能会有一个属于他的孩子，她说既然眼睛迟早会恢复的，不如就先告诉他，哪怕是欺骗，也是善意的。

医生和护士最终被这个泣不成声的女人打动了，感动了，他们同意帮她这个忙。

此刻的卓尧，还拿着一张纸，在一家家的商店寻找那个根本不存在的卫生用品品牌。

护士告诉了她房内的一切摆设的颜色，比如绿色的窗帘，粉色的墙壁，白色的沙发，白色的病床还有床单，她握着那张字条，在房间里一遍一遍走着，她要熟悉这样的环境，好能在他面前假装看得见。

她知道了窗户的准确位置，她可以麻利地从病床上跳下，像能看见似的准确地走到窗户旁边，她来来回回在护士小姐的帮助下走了很多次后，她总算可以在这个病房里，好似闭着眼睛也能熟悉走的样子。

医生也准备妥当之后，曼君让医生打电话给卓尧。

在医生的办公室，曼君坐在医生的对面，她的眼睛还是什么都看不见，她微笑着，眼睛都装满了笑容。

“佟先生，告诉您一个好消息，您的妻子眼睛已经渐渐恢复了视力，您马上回医院吧。”医生带着恭喜的语气说。

可想而知卓尧的高兴劲，他连连道谢医生，说马上就赶回来。

医生挂了电话，惭愧地说：“佟先生很高兴，他马上就回来。阮小姐，这样欺骗真的好吗？”

“没事，一切责任我来承担，谢谢你。”

曼君回到病房，手里握着那张字条，她等待着卓尧推开病房门欣喜万分激动地试验着她的眼睛，她心里默念窗帘是绿色的，墙壁是粉色的，沙发是白色的，上面还有一圈圈黑色的波点，像奶牛一样的大沙发……

卓尧果然是风尘仆仆地赶回来了，一进病房就激动地搂着她说：“太好了，太幸福了，小漫画，你真的可以看得见吗？医生说你视力恢复好了，真把我高兴坏了，所以东西没买到，我就赶回来了。”

她也装作万般开心的样子“看”着他，睁大了眼睛说：“你看我的眼睛，多健康了，只是还有一点点模糊，我能看清你的嘴唇、鼻子、眉毛，瞧你头发乱的样子，你这件大衣不是我陪你买的吗，你穿着真神气。”

她努力回忆着，她想要把刚从护士那里听到的都转化为自己看到的。

她跳下床，倒把他吓了一跳张开怀抱就要抱她，她推开，说：“我没事，我可以看见窗户了，我可以自己走到窗前大口呼吸新鲜空气，不信你瞧。”她熟练地走到窗户前，趴在窗户上，深呼吸，还感叹着说：“绿色的窗帘真好看，还有啊，我才发现，原来沙发真像是一只大奶牛，原来你每晚都睡在一只奶牛的怀里。”

他看着她说着，他的疑虑被打消了，她展开手里的字条大声念着，其实她不是念，她是在背诵护士对她念的内容。

“小漫画，如果巴黎不快乐，不如回到我身边，只要我还活着，那我此生都不再离开你，不再把你一个人丢下。”她合上字条，问他是不是在飞机上写的。

他没想到她会看到这张字条，她的眼睛恢复得真快，连字都可以看得清了，他说：“这是飞机遇到强气流有危险的时候写的，不过后来还是平安无事，所以就放在大衣口袋里。小漫画，你的眼睛好了，我觉得这是我听到过最激动人心的消息了。”

她假装闭上眼睛，手臂伸直试探着说：“我看不见你，我看不见你，我什么都看不见。”

越是这样他越发相信她的眼睛真的好了。

他去医生办公室，医生告诉他，她的视力完全恢复没任何问题，他如果工作忙，是可以把她单独放在医院的，这里的护士会把她照顾好的。

“我说我眼睛会好的吧，瞧瞧，老天也不想我拖累你就赶紧让我眼睛好，这样你就可以回去啦，对了，我打电话去季东的酒店了，他待会就过来接你，机票我也托护士帮你订好了，一小时后的航班。”她说着，不容他插进半句话。

“怎么这么快，你帮我安排好了？”他揽着她的腰，问她。

“对，你快去才能快回啊，现在我眼睛好了，我不需要你在我身边寸步不离地照顾了，你先回上海处理这场纷争，我好好在这边恢复视力。你在你妈妈还有姐姐面前要多多替我美言几句噢，她们见我让你回来的，一定对我有好的印象，所以你快点回去也是在帮我啦。”她半撒娇半劝说。

“可是你刚好一点，我就走，我不放心啊。”他还是在犹豫。

“犹豫什么呀，没事的，你早去早回，加油！”她鼓劲着说。

他点头默认，又想起来什么，贴在她耳畔说：“可那个牌子的我没有买到，你用什么啊。”

“我刚让护士给我送了一包了，她说巴黎是没有这个牌子的，所以你更要赶紧回国，回国帮我买，然后寄过来好不好？”她笑着说。

“好，那我不在的时候你要乖乖的，要按时吃饭，要多下楼活动活动，要……”他什么时候变得这么啰嗦了呢。

季东来了医院，看了曼君一眼，季东有些内疚，知道曼君的眼睛并没有好，可大家这样做都是为了卓尧好。

“季东，拜托你照顾好卓尧，他脾气不好，可他一直都把你当作好兄弟，拜托你了。”曼君说。

“放心，太太，你安心养好身体，康复好，很快我就和佟少一起来接你。”季东说。

“都是你，眼睛刚好，就要把我支开，我告诉你，我会尽快回来的，也许就是这两三天的事，回来我要你看视力表，要检查你有没有进步的。”卓尧说。

他和季东走的时候，他不停地回头看，她并没有看到他依依不舍的面孔，她在心里向他道别，她想大概他们再也不会见了，即使再见，他的身边，也是另一个女人的位置。

她歪歪扭扭地写了一封信给他，信封就放在他的公文包里，不知道他什么时候会看到这封信，但总是会看到的。她在信里面，把欧菲的事完完全全说了出来，她在信的最后，希望他能回巴黎，但不是找她，而是找欧菲。

她把真相告诉他，她亲手把他推到另一个女人的身边。

卓尧走了之后，曼君那一夜都没睡，她靠在床头，其实白天和黑夜对她而言有什么区别呢，都是一样的黑暗，她手里紧紧捏着那张字条，那是卓尧在飞机上写下来的。

如果巴黎不快乐，不如回到我身边。

回不去了呢，卓尧，我回不去了。

第二天的清晨，她摸索着给多多打了一个电话，她要多多来接她，她此刻能想到的朋友也只有多多了。

多多接了她的电话，就乘坐当天的航班，十几个小时后，到了巴黎，多多拉着行李箱，到了病房前。

多多一边感叹着自己不怎么会法语一路找来是多么的艰难，还说幸好陪过几个法国客人还学了点法语，不然真是跟哑巴差不多了。

此刻的多多，并不知道曼君已经失明了。

多多一屁股坐在沙发上，看着曼君微笑的样子，却觉得不对劲，伸手在曼君面前晃了晃说：“你朝哪看呢，我在这呢，你怎么了，不对劲啊。”

“没什么，眼睛失明了，我看不见你，不过还好我还可以听得见你说话。”曼君轻描淡写般说着失明二字，就好像不是在说自己。

“怎么失明了呢，我好好地把你送出去，你怎么会失明了，发生什么事了，你叫我来医院接你，我还以为你哪里不舒服，怎么好端端眼睛就不好了呢。”多多坐在病床边，手摸着曼君的眼睛，心痛地说。

“我喝了太多的酒，酒精中毒导致的失明，不过没关系，医生说这是暂时性的，也许不久就好了呢，所以我不担心。你来了，我就轻松了。”曼君笑着说，努力装出不把失明当回事的样子。

多多难过得不知该说什么，她转过头，把眼泪憋回去，她说：“那你好好治眼睛，我陪着你，咱不回去了。”

“不，多多，你带我回去，我要回我的小渔村，我在那里盖了一栋小楼，是给外婆盖的，我想回去看看，尽管我眼睛看不见了，可我想去看看。”曼君说。

良久，多多才点头。

“好吧，我带你回去。那么，他呢？”

“他来了，又走了。”曼君说着又补上说，“是我让他走的，他公司出问题了。”

“我听说了，这事在国内挺轰动的，冯伯文和戴靖杰这两个人联合两个公司，对佟氏好像用了什么手段，佟卓尧他妈妈为挣钱也不看清楚和谁合作，现在公司欠了一屁股债不说，我看很快就要破产了。我听袁正铭说的，估计这事还得吃个官司，具体我也不太清楚。”多多粗粗地说着大概，商业的事她也说不清楚。

但是曼君听懂了，冯伯文和戴靖杰这就是明摆了要吞掉卓尧的公司。

她祈祷卓尧能够渡过这个难关，冯伯文这样对卓尧无非是因为那一次聚会上卓尧与他的正面冲突，冯伯文当时就放了话说不会轻易放过卓尧的，至于戴靖杰，那是从佟母那一代人遗留下来的恩怨，他想夺走属于卓尧的一切。

她一想，又问多多：“你和袁正铭又在一起了吗？”

“没有，他有他的生活，我不再去打扰，偶尔，通个电话彼此问候，还是朋友，我时时刻刻都提醒自己，他是我的朋友，他有妻子。”多多说着，略带伤感，转瞬间又笑了起来说，“不过，有另一个男人走入我的心中，是我的初恋，高中同学，不是很有钱，但长得还可以，对我舍得。”

“舍得就好，一个男人有一百万给你三十万，倒不如有一万块都给你来得贴心，舍得全心全意对你的，才是最好的。”曼君看多多这样放心多了。

“是啊，女人要爱就要爱全心全意对自己好的男人，不能再傻了，我幸好回头是岸了。想想傻傻的静安，不求回报去爱用生命去爱，为了一个毕苏生静安连命都糟践进去了。”多多说着，一下就哭了起来。

曼君震惊，突如其来的一句“静安连命都糟践进去了”让她目瞪口呆。

“怎么回事，静安怎么了？发生什么事你快点告诉我。”曼君急切地问。

多多娓娓道来。

静安死了。

静安死在了那个大嘴巴女人儿子的刀下。

苏生和他女朋友的儿子争吵了起来，就是大嘴巴女人的儿子，并且扭打成一团，而且就是在静安的家里。那个男孩子来找苏生要钱，苏生不给，男孩撕了苏生的画，苏生就和他打了起来。

厮打过程中，被静安看到，静安不顾一切地上前护着苏生，她那样担心，生怕苏生会受伤。

那男孩拿起桌上果盘里的水果刀，捅向了苏生，静安迎面挡上，那一幕，是一个热烈的女子为爱痴狂，然后烧尽了自己。

静安倒下了，死在了她经常削苹果给苏生吃的那把水果刀下。

静安临终前，一直念着苏生的名字，血从胸口涌了出来，她是死在了苏生的怀里的，含笑死去的。

苏生抱着静安号哭，他说他这辈子最亏欠的女人死了，这辈子对他最好的女人死了。

那个凶手还未成年，所以，不会判死刑。

多多说完，和曼君哭着抱作一团。

爱情到底是什么东西，可以让人为爱生，为爱死，连死都是那么心甘情愿。

想起静安曾说过的话，她说她最想死在苏生的怀里，哪怕是砍头，只要有苏生在身边，她都不会害怕。

静安的话应验了，她真的如愿以偿保护了自己深爱的男人，也死在了他的怀里。

这世界上，还有多少这样奋不顾身去爱一个男人的女子？

值得吗?

静安，你值得吗?

哪怕全世界的人都说不值得，只要静安觉得值，那就是值。

爱到最深最深的境界，是没有理由的付出，就算对方爱着别人，也甘心为他付出，只要他好就好。

只要他要，只要她有，她都给，连命，都给，把活的希望留给他。

两天后，办完了出院手续，带着一些药和行李，多多搀扶着曼君踏上了回国的航班。

她们辗转好久，才回到了小渔村。

曼君在小渔村住了下来，她好像回到了童年的时光。

她觉得自己的心一下就静了下来，像人到老年一样的淡泊，看得开，她只想躲在这个小渔村，安度余生。

每晚和多多蜷缩在被窝里，面对面说着心事。

多多问她，如果她眼睛好了，她最想见到谁。

她想了好久，想找一个事物来代替他，却想不到任何除了他以外让她更想见的。

她想见他，她想他。

她开始每天录音，如果不是眼睛看不见，她会选择写日记，现在写字不方便，她只好录音。她坐在海边的大礁石上，录下海风的声音，在海风中，她平静地说着和他的过去，他们的回忆，那是她到老也忘不了的记忆。

她会在沙滩上躺一下午，傍晚的时候，潮水涨了起来，打湿了她的鞋和裤脚，她能感受到夕阳余晖映照在脸颊上的温暖。

她拖着长长一串的空瓶子，里面写着自己的秘密。她的秘密就是，她有了他们的孩子，已经有两个月大了。

她把这个秘密写在瓶子里，扔向了大海。

卓尧，我们已经有两个月没见了，你好吗，你不要去找我了，我不会让你找到我的。我要躲在一个地方，把我们的孩子生下来，我给他取名字，名字叫佟黎回。

黎回，是个好听的名字吗？

不管是男孩，还是女孩，我都叫他黎回。

曼君就这样和多多在小渔村度过了十个月，而卓尧也杳无音信。

她想也许他看了那封信，去找欧菲了吧。

即使公司破产了，她也不担心，卓尧这样的男人，天生就是个成功者，他还有心爱的漫画，他可以做一名优秀的漫画师，他不看重名利。

他会幸福的。

孩子降生了，是个男孩，七斤八两。

曼君打趣说这个孩子在她肚子里可真是七上八下闹腾不停，总算是出世了。

也许是孩子的出生带来莫大的快乐和幸福，曼君失明了快一年的眼睛，竟离奇般好了起来。她渐渐从模糊不清的视力当中走了出来，她可以看见小黎回黑亮的眼睛，小黎回那和佟卓尧如同一个模子出来的五官。

她用爱感动了上天，她终于看见了黎明，看见了曙光。

她可以成为一个健康的妈妈，可以做一个普通母亲最普通的事情：喂奶，换尿布，在孩子面前摇拨浪鼓，抱着孩子温柔地凝视。

幸好怀胎十月多多一直陪护在她身旁。

那栋小楼也盖好了，面朝大海，春暖花开。有大大的落地窗户，白色的帘幔，可以晒一整日的阳光浴，一切都美妙了起来，有小楼，有孩子，只是少了孩子的爸爸。

一个春日的清晨，曼君打开院门，面前伫立的男人，顿时让她掩面泪湿。

是他，是卓尧，她可以清楚地看见他脸上的沧桑和胡茬，他看着这个让他四处寻觅的女人，忽然冲上去紧紧抱住她，拥吻她。

那一刹那，天荒地老。

再也不分开，再也不会分开了。

多多抱着小黎回，在楼上静静地看着，这一对失散了好久的恋人，终于团聚了，他们一家三口终于可以在一起了。

多多终于可以安心离开了。

卓尧告诉曼君，他回到上海之后，局面已经无法挽回了，冯伯文和戴靖杰明摆着是来者不善，要来吞并他的公司的，公司里的董事会都解散了，各个股东纷纷抽走股份，母亲阵脚大乱，每天被债主追讨躲在家里不敢出去。

他只好一一应付，幸好结交的朋友都鼎力相助，袁正铭也大力出资支援，他请了几位律师，彻底查清公司里的财务纰漏。

那一场商战中，卓尧用血雨腥风四个字来形容，他一面要和公司股东斡旋，一面要和冯伯文戴靖杰正面交锋。在搜集了一系列相关证据后，他才底气十足，一纸诉状将冯伯文戴靖杰告上法庭。

判决下来，冯伯文和戴靖杰双双进了监狱。

恰逢金融危机，冯伯文和戴靖杰的公司也没有支撑多久，在国际金融风暴的摧残下，也宣告破产，这也算是恶有恶报吧。

他把公司交给了母亲和两个姐姐姐夫，他召开了最后一次股东会议，宣布退出公司，他这一次，下定决心，要为心爱的女人舍弃该舍弃的。

一切劫难终于结束了。

卓尧搂着曼君，轻轻地说：“我一无所有了，成了一个穷小子，你还愿意收留我吗？”

她点头，从他怀里挣脱，他张开怀抱，重新拥抱她。

她指着小楼难过地说：“这是我给外婆盖的小楼，不过外婆已经去世了。”

他有些歉疚，她一直以来的心愿，就是给外婆盖一栋楼，如果不是因为他，她怎么会连外婆临终一面都没有见到。

她拉着他的手在小楼里参观，他看到客厅里的摇篮、奶瓶、婴儿用品，惊诧地说：“你结婚了吗？有孩子了？”他一下就蒙了，傻站在那。

“我是有孩子了，是我们的孩子，是个男孩，姓佟，叫黎回，因为你对我说的那句，如果巴黎不快乐，不如回到我身边。”她望着他的眼睛，深情地说。

“我们的孩子，是我的孩子，我当爸爸了，我竟然一直都不知道，小漫画，这是你给我的最大的惊喜。”他抱起她，像是抱着自己的女王。

“孩子在楼上，多多帮我一起带孩子，你不知道，多多的初恋男友在猛追她，每晚都发很多很多短信给她，多多为了帮我照顾孩子，都耽误了。这下好了，孩子爸爸回来了，多多终于解脱了。”曼君说着领卓尧上楼。

卓尧迫不及待要见孩子，大步迈上楼，见到多多怀里的孩子，多多把孩子交到卓尧的怀里说：“我这个当爸爸的角色终于可以脱身了，赶紧给你儿子换尿布吧。”

从来都没见卓尧笑得这样灿烂，眼睛都眯成了一条缝，眼角也有了皱纹，显得更成熟了，曼君看着卓尧给孩子换尿布，别说，还真像那么回事。

卓尧换着尿布，恍悟过来：“哎，这尿布怎么这么熟悉啊，这不是我的T恤吗？”

“是啊，拿你的衣服给我们儿子做尿布不行啊，谁叫你是孩子的爸爸。”曼君和多多相视一笑。

“对对。我也听说了，纯棉的尿布最好了，尿不湿不好。”卓尧装着很懂的样子说。

新一代家庭妇男要诞生了。

多多放心地离开了小渔村，去寻找初恋男友去了。

卓尧告诉曼君，她留给他的那封信，他看到了，他知道了欧菲的事。其实他在去巴黎找曼君的时候，就遇上了欧菲，很巧是不是？在巴黎的街头擦肩而过，他险些没有认出来欧菲。是欧菲主动喊他，他回头，看见一个面容白皙的女人挽着高大的外籍男友。

在路旁的一家咖啡厅，他和欧菲面对面坐着，欧菲接受了两次植皮手术，恢复得很好，还是那么美丽，有了疼爱她的法籍男友，她说这些的时候眼睛泛着亮晶晶的光芒，她说她很幸福，也祝他幸福。

爱到后来，不得不分开，身边有了各自的风景，彼此祝福，彼此幸福。

曼君这才放下心来。

佟母跟随卓尧的姐姐生活，虽不能大富大贵，却也能安享晚年衣食无忧。

卓尧和曼君带着孩子在小楼里住了下来，过上了柴米油盐酱醋茶的生活，闲暇的时候卓尧拿起了画笔开始画漫画，会为老婆和孩子画生动有趣的画面。

有家北京的工作室看中了他的漫画，主动邀请他执笔策划一系列漫画册，合同签订之后，付了首笔报酬，这些钱，足够他让曼君和儿子过上富足的生活。

那些漫画里，总是有曼君和小黎回的影子。

如果你去那个小渔村，看见一个高大挺拔俊朗的男人，左手牵着温婉动人的妻子，右手牵着和他一模一样缩小版的小男孩，那么这个男人，一定是媒体报道最多最神秘隐居的著名漫画师——佟卓尧。

从坎坷到平淡，
你是我幸福的开关。
纵使相伴的日子那么短，
纵使以后我们的爱情有万般的难。

相信，只要你在那里，
再痛的离别也会习惯。

# 目录

SAD CITY / SAD PARIS

# 第一章

## 黑咖啡和日本烟，锦衣玉食的公子气息

我坚信他会给我
一生的明媚美好。

入秋，傍晚。

我立在小楼阳台上，穿绿色长裙，披着一件白色棉麻开衫。空气中飘来我煮的黑咖啡香气，如卓尧唇齿间迷离的气息。

我的右手抚摸着我左手手腕上一串贝壳手链，是卓尧在退了潮的沙滩上拾起的紫贝壳做的。

犹记得他弯腰在细软的沙滩上寻找一粒粒紫贝壳，放在一个白瓷小碟中，坐在庭院的花树下，为我穿成手链。

我抱着黎回，摘下一朵朵茉莉，用棉线扎成一小束，晒干，做成我想象中的茉莉花茶，那一小束一小束的茉莉干花，泡在玻璃口杯里，再次开在水中央，洁白芬芳。

我们俩像遗世独立的一双人，寻一个无人来扰的岛屿，带着我们的孩子，如神仙眷侣。偶尔舅母会过来送最新鲜的时令蔬菜和水果，几尾海鱼。

卓尧在不画漫画的时候，就驱车带着我和黎回，去海边附近的便利店。偶尔他会买一包日本香烟，一定会给我买抹茶冰激凌，给黎回买宝宝金水和积木。

那一幕幕，让我总想让时光啊，不要走，停下来，或者，走慢一点。

我赤着脚，任海风把我的眼泪吹得更咸，咸得像不远处那蔚蓝的海水。有几次眼泪滚落到下巴的位置，快要坠落到地面上时，却被海风吹远，如同疾风带走空中的细雨。

此时的卓尧，站在海边，他修长的背影，白色上衣，灰色长裤，在黄昏下，熠熠发光。我能看见海水冲刷到他的裤腿，他没有躲，他手指间夹着日本烟。

我很想跑出阳台，下楼，一口气跑到他身后，伸出双臂从他背后环抱他。抱抱他，在他最艰难的时候。

但是，我没有。

他一定不想我看到他这副低沉的样子，否则，他不会躲开我，在海边独自抽烟。

我在他转身回来之前，回到了房间，孩子还熟睡着，我轻轻掩上小房间的门，下楼到客厅，把壁炉里的火生着，让空间都温暖起来。他在海边吹了那么久，难免受凉，希望当他推开家门的那一刻，最温暖的都在等待着他。

门开了，熟悉的步伐节奏，我从厨房走出来，端着他常喝的黑咖啡，咖啡的香气浓郁醇厚。有这样的漂亮屋子，我给心爱的男人煮咖啡，养我们的小宝贝。一年来，我们窝在这小渔村，度过最平静也最美好的时日。

而此时的我，不敢看他的眼睛，我怕我会哭出来，他的眼里布满血丝。我低头抱着他，耳朵贴在他胸膛，紧紧搂着他的腰，他的下巴在我头顶的发丝间摩挲。

他长吁一口气，声音喑哑，说："小漫画，只有抱着你，我才踏实。今天，李律师告诉我，如果和北京的文化公司打官司，胜与败已没有意义，这家公司法人卷家当跑去了台湾，骗了一堆漫画家的画稿。"

"卓尧，既然这样，那你可以再签别的公司，画新作品，你有能力，不用担心，我和儿子支持你，家里也还有一些钱。"我拉拉他的手心，在他的大拇指上捏了捏，给他鼓劲。

事实上，我们的钱已不多了。

之前卓尧签约的文化公司传出因内部利益分配不均，导致公司出现严重财务问题，卓尧的画稿收入迟迟没进账，我们俩也都是第一次，因为钱，犯了愁。

他从小就不会为钱发愁，因为我，他放弃一切，和我窝在这个小渔村，依靠画漫画养我和孩子。

我看着他，这个曾经风光无限，顶着一身光环的男人，此刻，他陷入了困顿。

他端起黑咖啡，没有喝，抬头目光温柔地望向我，说："一切我来想办法，你这几天瘦了，晚饭，我来做。"

他进了厨房，我望着桌上的那杯黑咖啡，不知道自己除了能帮他煮一杯咖啡，说几句安慰的话，还能够做些什么。

他这么多年来，没遇到过多少挫折，他千金一掷，遇险总能逢凶化吉，仅有的几次挫折和困顿，都是因我而起。

我听到他在低声打着电话，他轻轻将厨房的门合上，可能是李律师打来的，他不想我听到，是怕我担心。

我上楼，推开小黎回卧室的房门，此刻，我只想抱抱我们的儿子。我越来越担忧，我们这样与世无争的日子，或许维持不了多久。

我想我应该出去找一份工作，但我事先一定要瞒着卓尧。

他要是知道他要靠女人工作养家，以他那强大的自尊和大男子主义，他一定会勃然大怒把我当小鸡一样拎起丢到床上。

小黎回已经醒了，躺在婴儿床里乐呵呵地朝我笑，小家伙的笑容和卓尧小时候的照片一模一样。我抱起黎回，亲吻他的小面颊，说："宝贝，爸爸和妈妈恨不得把全世界最美好的都给你，你长大了，要好好爱你的爸爸，他最辛苦最伟大了。"

我从开衫的口袋里拿出手机，坐在床上开始犹豫，黎回的小手轻捏着我的耳垂，嘴里含糊地嘟哝着我听不懂的话。黎回一岁了，很快就会叫爸爸妈妈了。一想到将来他叫我妈妈，叫卓尧爸爸，我就开心得不得了。

婴儿床有些不稳，该换新的了，黎回的小身体日渐长大，衣服也在不停地换，如果我去上班，至少我的薪水可以维持家庭支出，卓尧也可以安心画漫画了。

世事多意外，卓尧签的那家文化公司并不是实力薄弱的小公司，怎么会突然就出现财政危机，解约漫画师，拒付稿酬，连boss都跑路到台湾。更奇怪的是，居然没有一家别的公司接受卓尧的画稿，那些漫画作品，明明都是优秀的，而卓尧的名气也在那里，却偏偏没有一家公司欣赏了。

那些拒绝卓尧漫画稿的公司皆以暂不收画稿为由，甚至有家公司说卓尧的名气太大，不敢高攀合作。

世外桃源的日子固然好，可没有经济来源，何以生活，在这个时候，我应该做些什么了。

我翻出宋太太的电话，宋太太住在海边的一栋豪华别墅里，我们曾在便利店相遇，聊了几句，她热情邀我去她家小坐，她的先生经营一家活性炭出口外贸公司。

"喂，宋太太，你好。"我合上房门，把声音降低，怕楼下的卓尧会听到。

我忽然想到刚刚卓尧在厨房里合上门接电话的场景，心里一阵酸痛。我们都开始背着对方做一些事说一些话，那是因为我们过于深爱对方，遇到不好的事，

总想着一个人担当好过两个人受伤。

“呀，是佟太太，好久没见了，你家宝宝又长高不少了吧。前几天我先生公司和澳洲签一份大订单，他特意带我去澳洲旅游一趟，我去了墨尔本、堪培拉，悉尼歌剧院，还去了袋鼠岛。要是佟先生想带你去旅行，一定要去澳洲，我强烈推荐。”宋太太高声地说着她的澳洲游。

我丝毫提不起兴趣，但有求于人，也只好应付称赞几句：“宋太太好有福气，我真羡慕你的生活。”

佟太太，我很喜欢这个称呼，带他的姓氏，是我以后的身份。

“你家佟先生也不错啊，虽挣的钱没我老公多，是画画的，但有名气嘛，你也衣食无忧，不必羡慕我。”宋太太既高调又谦逊地回答。

我倒沉默了，在想我还要不要开口求人。

“对了，佟太太，你打电话给我是不是有什么事啊？”宋太太问。

“噢……没事了，就打个电话问候你一声，没事了，再见。”我挂了电话，对怀里的小黎回说，“妈妈是不是该靠自己的努力去找份工作呢？”

想到宋太太说的那句：你家佟先生也不错啊，虽挣的钱没我老公多，是画画的，但有名气嘛。我想，我的佟卓尧，曾经他的企业一日的收益就抵过你那个活性炭公司几年的总收入。

那样不可一世的佟卓尧，甘愿埋没在此，好像是我毁了他。如果他的漫画事业发展得好，我还会好过，可现在，我的心口很疼，不止一次这样如锥心之痛。

我抱着黎回下楼，径直去厨房，想让他抱抱孩子，我来做饭，可他不在厨房，我闻到了黑椒牛排的香气，他速度真快，这么快就做好了晚饭。

我回到客厅，看到静静地站在阳台上的高大的背影，他将烟送到嘴边，放下，烟雾散开。卓尧，你很辛苦，是不是？

他回头，见我站在身后，将烟弹远，那明明灭灭的烟火消失在迷蒙的夜色中，他勉强微笑想藏起他忧虑迷惘的神态。

“我去洗手抱儿子，晚饭在餐桌上，红酒加黑椒牛排，牛排七分熟。”他说着，从我身边擦肩而过，进了卫生间，我好像心虚一般，不敢看他。奇怪的是，他很疼爱黎回，从不在家抽烟的，怎么会在阳台上抽烟了，大概是解约的事让他

更烦心了。

那个晚餐，特别的压抑，我察觉到他的不愉快，我们在一起这么久，他藏匿起的情绪，我也能发觉。他一直在逗着黎回，没有看我一眼，也没有同我再说一句话。

我无力地切着牛排，黑椒的味道在这个时候格外催泪，我告诉我自己千万不能当他的面掉眼泪，那样会伤到他的自尊心。牛排好酸，红酒也这么酸，我的味蕾，发生了问题吗?

他盘子里的牛排只吃了一小块，他放下刀叉，英俊的脸瘦了些许，轮廓更分明。他起身，说：“我去热奶喂他，你吃好饭休息，餐桌我来收拾。”他说着话，并没有看我。

一时间，我哽咽，他在故意冷落疏远我，却还是没有做到极致，还有关怀让我感受得到。

此刻，好心酸，我拔掉红酒上的木塞，握着酒瓶就往嘴里灌酒。想到了一年多前，我在巴黎那个豪华空荡的酒店房间，也是如此，一瓶瓶灌自己酒。不同的是，那次是烈性酒，我险些丧命，暂时性失明了十个多月。

他夺过酒瓶冷冷丢下一句话:“你还是老样子,以后,连红酒你都别再碰了。”

小黎回在他怀里，睁大了双眼看看他，又看看我，几秒后，哇的一声哭了。

我木然地坐在椅子上，我们之间到底哪里出了问题，经济上的问题怎么会牵扯到我们的感情。

“对不起。”他说着，抱着小黎回上楼。

那天晚上，我一个人在房间，关着灯。那种黑暗很容易让我想起失明的那段日子，我什么都看不见，怀孕十个月，是在黑暗中度过的。我每天都小心翼翼，生怕跌倒，生怕一不小心失去我们最宝贵的孩子。我每天都带着对卓尧的思念睡去，然后，带着思念在天明时醒来。

卓尧迟迟都没有进房间，他可能不想看到我微醉的样子，我也没有找他，他想静一静，我懂，也尊重。

直到半夜，我做了一个噩梦，梦见自己在一片白花花的世界里，没有任何人，没有任何出口，最可怕的是，没有他，没有孩子。我一个人在一个白花花的

影像中，无人问津，好像再一次遭遇背叛和抛弃。这个梦，是我第二次做，第一次，那还是在监狱中，那时的我约莫猜到冯伯文和我的未来。

我喊着卓尧的名字，手脚不停地踢打，我感受到身边的那个人，他翻了一个身面对着我，我听到他的呼吸声，随后就被他有力而温暖的胳膊揽进了怀里。他的手掌心在我的背上慢慢轻柔地拍着，我的双腿蜷缩在他的身躯间。

原来，他在我睡着的时候睡回了我身边。

我伸长胳膊拥住他的脖子，把脸埋在他胸前，失而复得般，紧紧拥住他，我在半醉半醒间，不停地说："做噩梦后，第一件事就是找你。我好怕，卓尧，你告诉我，我们哪里出了问题，你告诉我……"

"小漫画，是我不好，不该为一句话就生你的气。我是怎么了？我明明知道你不是那个意思，我怎么还能生你的气。"他自责痛心地说。

"有我在，我会让一切问题都没有问题，相信我，会给你和孩子幸福的生活。"他温柔地说，手掌停止了轻拍，一直覆在我的背上，我就那样蜷缩在他怀里，直至沉静熟睡。

早上醒来，我揉着惺忪的眼睛，起床，拉开窗帘，秋日的阳光直射进卧室，床上、地板上，都是阳光。看到卓尧的大衣挂在衣架上，我走过去，抱着他的大衣，舍不得松开手。

"过来，让我抱抱你。"卓尧的声音在我身后传来，他穿着灰色薄大衣，头发将干未干，眉目英俊，笑容迷人。

我走到他面前，他微湿的头发搭在额前，我用手拨开。

然后，像过去我们无数次的拥抱那样，我双臂穿过他的大衣，环抱他的腰。他黑白细条竖纹的衬衣，是我亲手熨好，白色的领口和袖口，我目光垂落在他胸口一小粒金色的衬衣扣上。

"你怎么起得这么早，也不叫醒我，太阳都照到我的脸上来了。"我轻声细语说，闭上了眼睛。

"我想趁你睡着，偷偷吻你，可惜……你醒了。"他故作深沉，伴着失落。

"那我现在就回到被子里去，你当我睡着了，亲我一下。"我像个热恋中的小女孩一样乐呵呵跑到床上，乖巧地用被子把自己盖好，闭上眼睛。我好激动，

窃喜，尽管我们已吻了千万遍。

听他的脚步声走近我身边，他坐在床畔，他掀起被子的一角，他俯身的动作，他的气息压得越来越近，他的唇，落在我的脖子上。细细的吻，温润的吻，我紧张得双手抓牢了被子，全身心地投入，酥软，放松。

阳光就那样安静落在我们的身上，他的温暖，秋阳的温暖，海浪潮水声，我几乎要被化掉，像一颗奶糖，就那样无声无息沉浸得融化。

在这美好的享受中，我微睁开眼睛，想寻找卓尧的目光，他的手机很不合时宜地响起，我睁大了眼睛，望着他的大衣口袋。

“卓尧，先接电话。”我说完赶紧把自己的脸全部蒙进了被子里。我食指抚摸着自己的嘴唇，掌心掩着嘴呵口气，还好，没刷牙也没有什么不好的味道，我偷偷乐着，期待着什么。

我的下巴上，隐约感觉到他刷牙后唇齿间清新的咖啡味。

那个咖啡味可不是他喝的黑咖啡，是我给他买的咖啡味牙膏。我记得他一脸泡沫在卫生间剃须，我递给他一支咖啡味的牙膏，他很惊讶我居然可以找到这种口味的牙膏。他那么喜欢咖啡，我特意找了很多便利店才买到。

忘了告诉他，我喜欢他嘴里带着红酒味或者咖啡味吻我。

我从被子里探出了头，望着他。

“难道非得我出面吗？”他皱眉，转身背对我，而后回头看了我一眼，对我露出好看的笑容，伸出手，摸摸我的头。

“嘘——”我小声说。

“我在这边很好，一切顺利，不用担心。”他斩钉截铁地说，像是在拒绝什么。

“生病？怎么到现在才告诉我，好，不说了，我马上订最快的航班，见面再说。”他挂了电话，顺手将手机放进了大衣口袋。

我从床上起来，从他担忧的神情，我预料到一定是那边的电话，告诉他家中有人生病了。我握住他的手，他的手心竟是冰凉的，我问：“发生了什么事，谁生病了？告诉我。”

他看着我，我第一次见他这么无助，像是快要哭出来。他把我抱在怀里，身体轻微地颤抖着，他用喑哑的声音说：“那边的电话，我妈，脑溢血发作，伴随

严重心脏病，医院下两次病危通知书，快不行了……二姐只是催我回去，也不告诉我实情。如果我知道是这样，我早就回上海了。”他万分内疚。

我只能安慰他：“先回上海，去医院看一下，你是她唯一的儿子，她这个时候最需要你。”他这副样子，我心疼无比，只想他快点去上海，免他担心。

“你在家等我，我去陪她一段时间，就回来。”他说着，抱了抱我。

他并没有提出让我和孩子一同去，我本想说出口的话，就吞了回去。我想说的是：我陪你一起去上海。既然他让我在家等他，他一定有他的理由。

如果那时的我，能够预料后来的事，我想我会不会自私一点，把他留在我身边，我和小黎回同样需要他。

我打电话去旅行社查航班，近三天飞上海的航班头等舱全部售出，经济舱也暂无，只有等看有没有退票或改签的，我拜托旅行社安排一下，多给手续费都没有问题。

我坐在沙发上，毫无办法，他想了想，打电话给季东，让季东去安排订最快的机票。

佟氏企业与航空公司向来有合作，以他们公司的名义订票，会方便得多。季东像从前一样，对卓尧的吩咐一字不差照办。

他答应过我，与那个公司再无瓜葛，再也不会牵扯进去，这一年来，他没有和季东联系过，而季东也仍旧为公司效力。公司的两大股东是卓尧的母亲林璐云和卓尧的二姐佟佩卉。卓尧不放心公司由两个女人经营，让季东留下做得力助手。

每次他的电话响起，我都会提心吊胆，害怕是上海那边的电话，我害怕那边一个电话就会把他从我身边带走，久而久之，我习惯了这种提心吊胆。多无奈啊，爱一个人，连患得患失的提心吊胆都会渐成习惯。

爱情是一件多么无可奈何且心甘情愿的事情。

原来这几天他背着我接电话，并不是李律师打来谈解约的事，而是上海那边的电话，催他回上海，如卓尧说的：“如果我知道是这样，我早就回上海了。”

他隐瞒我，是怕我多心，怕我会胡思乱想。

我还有什么理由阻止他呢？我把他带到这个小渔村，已经够自私的了，他抛弃了家业，抛弃地位，我还自欺欺人说是因为爱情，因为他热爱漫画事业。

够了，阮曼君，你这个自私又狭隘的女人，请多一点，为你身边的男人想一想。

纵然他走，我千百个不舍得，不放心，不开心。

我给他收拾行李，等待季东确定航班时间。上海那边也该冷了，我装了一些衬衣、外套、西裤，他的白色袜子，装了满满一大行李箱。收拾好，我又一件件往外拿，重新叠好，再放进去，反反复复。

他抱着小黎回，依依不舍，说："曼君，我不在这段时间，你在家好好教小黎回学走路、学说话，有什么事，给我打电话，别不告诉我，记住，我是你丈夫。"

我点头答应，从我的首饰盒里拿出一个手表盒，那里面是一块男士手表，他以前一直戴在手腕上，和我在小渔村生活后，他就摘下了这些贵重奢侈的东西。我取出手表，想给他戴上，他不能穿戴太过简单朴素，我希望他家人知道，我和他过得好。

我知道，我在做自欺欺人的事。

他没有戴那块表，他说："你身上钱不多，留着这块表，还有用，我去那边，不会缺钱，我会给你汇钱。"他用很歉疚的眼神注视着我和小黎回，似乎他在自责自己没有挣到足够的钱。

"我怎么会，去变卖你用过的东西呢。"我说着，把手表放回盒里。他的衣服，都是意大利纯手工定制版的，有些衣服，只是穿过一次，就成了旧衣，我都洗净叠好收着，从不舍得扔掉。我在做什么，是在为自己日后失去他而睹物思人吗？

他从我收拾好的行李箱中，将很多衣服都拿了出来，摸摸我的头说："傻瓜，我又不是不回来了，装这么多衣服做什么，何况，在上海也能买。"

我想了想，也许他妈妈病情有所好转的话，他很快就会回来了。

他的妈妈，也是我的婆婆，只是，她从不承认我，她恨我从她身边夺走了她唯一的儿子，哪怕是小黎回都出生一年了，她也没有看望一次，询问一声。

上海那边的家里，我是毫无地位的吧。

幸好，在这个小渔村，还有我们这个三口之家。

不多久，季东的电话就回了过来，"明早的航班？我要越快越好，明白吗！"卓尧来回踱步，对明早航班的安排很不满。

"那好，明早见。"他挂了电话，对我说："只有明早的航班，两张机票。"

我一听有两张机票，随即说："两张机票，那我和你一起去吧，我也想看望一下她。"

他看了我一眼，抱歉地说："季东明早来接我，另一张票，是他给自己准备的，你在家等我。"他说着，拿起桌上的烟，走出了小楼。

他在海边抽烟的背影，是我最不忍心看到的。

可能等他从上海回来，一切就会顺利了呢，我期望着，给小黎回戴上了一顶小帽子，握着孩子的小手。他牙牙学语，我亲亲他的小手心说："宝贝，爸爸要出去一段时间。在这期间呢，你要和妈妈一样乖。妈妈的任务是照顾你，你的小任务就是学会喊爸爸，妈妈教你喊，爸爸……爸爸……"

小黎回站在我腿上蹦蹦跳跳，小手指着窗户外卓尧的背影，嘴里说着我听不懂的话。

卓尧，我们的儿子正用他的语言表达着对爸爸的爱，虽然我听不懂，但他小脸蛋上的笑我都看出来了。你是我和小黎回，最亲密最亲爱的亲人。

晚间他打电话给他二姐佟佩卉，询问了他母亲的病情，他说着，话锋一转说："二姐，曼君在我身边，我让她跟你说几句。"他把手机递向了我，从我怀中抱开了小黎回。

"二姐，你好，伯母身体好些了吗？卓尧明早的航班就飞回上海。"我说。

"曼君，你好，我妈病情稳定了一些，目前没有生命危险，算是转危为安了，所以你们也别太担心。卓尧回上海也好，很多事，需要他亲力亲为，这一年，有一些变故，在电话里也不好细说，等卓尧来上海了，我再告诉他。"佟佩卉语气温和。

"好，我会支持他的。"我说。

"有你这句话我就放心了，前几天我就打电话给他催他回上海，不过我没有提妈妈的病情，他坚持不回上海，却也几次打电话询问公司状况，我想他是放心不下你们母子。曼君啊，你是个通情达理的女人，卓尧和你，真的可以在那个小渔村待一辈子吗？他不是平凡的男人，你懂吗？这个公司，我们替他撑不了多久的，还是要他来接手的。"佟佩卉语重心长，循循善诱。

"我知道了，我支持他，也尊重他的决定，你放心，我全都懂。"我说着我懂，可是，我真的懂吗？就算懂，我心甘情愿吗？

我把电话递给正拿着奶瓶给小黎回喂奶的卓尧，然后钻进卫生间，想要用冷水冲洗脸，好让自己悲伤得不那么明显。这一年来，我最担心的事总归是来了。我看到那支咖啡味的牙膏，旁边那支榴莲味的牙膏，是卓尧在我送他咖啡味的牙膏之后，开车找了半天才买来的。

“你送我咖啡味的牙膏，那我送你榴莲味的牙膏，喜欢不？”他问。

“我是喜欢吃榴莲，可是哪有人会偏执到用榴莲味牙膏。你想想，我每次吃过榴莲都要刷牙，用这个牙膏，我岂不是满嘴榴莲味，你不喜欢榴莲啊。”我说。

他抱着我，端详着那支榴莲味牙膏说：“你每次吃过榴莲都要我亲你，我故意假装被你追得在客厅跑，可是最后，我还不是照样很享受地吻了你。”

那一幕，好像就发生在刚才。还有我一手沾满剃须泡沫一手握着剃须刀给他刮胡子，不小心划破了他的脸，血渗了出来，我就不敢再给他刮胡子，他却拿着剃须刀追着我跑要我给他刮，他说：“佟太太是谁呢？就是那个给我刮胡子刮到了脸但我还是很享受她给我刮胡子的女人。”

我们都爱用“享受”一词来形容彼此相爱的感觉。

他说喜欢看我给他刮胡子时，那紧张蹙眉的样子。他会闹着用嘴在我脸上一蹭，弄得我也一脸泡沫。

我握着两支牙膏，出神地微笑。

“曼君，在想什么？”他走到卫生间门口，从我身后抱着我，望着镜子里说，“我们越来越有夫妻相，你看看，你跟着我越来越漂亮了。”

我看着镜子里的他说：“你就会欺负我，小黎回呢？”

“小家伙吃饱就睡了，我放婴儿床里，盖好被子了。”他拉着我的右手，端详我的手心说，“老婆，我们雇一个保姆吧，你一个人带孩子太辛苦。”

“我哪有那么娇气啊，不需要什么保姆，不过我可以打电话给多多，看她忙什么，有空的话她倒可以来陪陪我。”我说完又问他，“你妈妈病情好转一点了，你就别过于担心了。”

他一怔，认真地说：“是我妈，也是你妈，这次我去，会好好和她谈谈，如果她身体允许的话。听到她转危为安的消息，我轻松了好多。对了，我二姐和你说的什么，我听到我的好太太说会支持我，老婆，先谢谢你。”他说着，在我左脸颊上深深一吻。

我转过身，见他衬衣领上有根长发，我捏起那根头发，看见自己的头发沾在他的衬衣上，我有种很骄傲的感觉。这个男人是我的，如他所说，我们越来越有夫妻相，他的眉眼有我的影子，连笑起来嘴形都很像。

“卓尧，你做什么，我都跟定你了，做你坚强的后盾，无论发生什么事，你记得，我在等你，也在陪你度过，你有我。”我给他最强大的支持。

“好，我只是担心你照顾不好自己，我在那边，会每天都给你打电话，尽快回到你身边。”他说。

“那以后的我们，还会像从前一样快乐吗？”我问。

“会啊，不过如果我的画稿签不出去，你可能要跟着我受穷，你的钻戒、香水、祖母绿，我都会拿去当铺当掉，你愿意不？”他抿着嘴唇，逗我。

“当掉呗，反正你不要把你自己给当掉就好，你是我最值钱的了。”我说。

“如果我重新接管公司的话，我可以让你和孩子过上富足的生活，你想要名车、名表、珠宝，我都可以给你。曼君，只要你一句话，我愿意为你和孩子做。”他说。

我心里一震，问：“你想接管公司？你不是说你不喜欢做商人吗？你喜欢画漫画的啊。卓尧，不要给我那些奢侈的东西，对我来说，最奢侈最昂贵最无价的，是和你在一起，像现在这样在一起。”

他忙抚慰我，说：“看你紧张的，我只是担心画稿签不出去，我怎么可能让我的女人和孩子跟我受苦，你是了解我的。”

“车到山前必有路，我们身上还有一些积蓄，我还可以出去上班，普通的夫妻不都是这么过日子的吗？”我说，不过我自己的心在动摇，为了他，为了这个曾锦衣玉食的男人，我动摇了。

“我听见你给宋太太打电话，你说宋太太很有福气，你很羡慕她的生活。对不起，我不是有意听你打电话，只是我也想给你，我的佟太太，给你最好的福气和令人羡慕的生活。”他说。

天啊，难怪他生我的气，原来是这句话被他听到，难怪那晚睡梦中听到他自责说不该为一句话生我的气。

“卓尧，你误会了，我只是敷衍一下宋太太。她老公是做活性炭生意的，和你之前的企业比，是蚂蚁和大象的差距，我不是没当过有钱人的太太，我目光可不短浅。”我说着，在他的唇上咬了一小口，表示我受到了委屈。

“乖——”他摸摸我的头。

“你就真那么相信我，不怕哪天我爱慕虚荣要去澳洲要钱要名牌？”我作势问他。

“我的女人，会是那样的吗？”他扬眉反问。

我从他怀里逃到客厅，双手叉腰装出泼妇的样子说：“你要是不快点回来，我就跟个煤炭老板跑到山西去穿金戴银。”

“你敢，恐怕我一生气，会炸平所有的煤矿。”他霸道地说。

“你姓原吗？”我问。

“袁正铭才姓袁，我姓佟，你也姓佟。”他答。

“你不是叫原子弹吗？不然你怎么有本事炸平所有煤矿呢，哈哈。”我以我的小聪明取笑他。

他的心情转好了些，爽朗地笑了，这样让我也不那么过于忧心了。好在他母亲病情控制住了，只要没有生命危险，好好治疗，病情稳定无大碍，他就可以回来了。

老天保佑，让所有的不顺都转顺，否则，我真觉得自己太对不起卓尧。是我令他和家人分离，事业颓败，再不好转，我该怎么说服自己继续过这样的生活，走自以为的世外桃源般的爱情路。

卓尧，你是否属于这个小渔村呢？

那是我度过的最漫长的一夜，天亮就要分离。我想上海那边的情况也许不仅仅是卓尧母亲生病这么简单，他回去，还有别的任务。

“小漫画，如果你不想我走，我可以不走。”他的声音。

“那个人是你的妈妈，我不能自私地阻拦一个去见妈妈的儿子，我也是一个儿子的妈妈。”我说。

我们依偎在一起回忆我们在上海的那段日子，都很有默契地只提欢聚的记忆。他说我在麦当劳送外卖的时候，他经常在去公司之前就去麦当劳对面的健身会所，通常会包下整个会所，他就静静坐在靠窗户的位置看我，他不想任何人打扰他。

他说当一个男人爱上一个女人时，不管多富有，不管多贫穷，都愿意挥金如土，有一千万会甘愿花掉，有一百块也会甘愿花掉。

他问："万一我一无所有了，你还会收留我吗？"

我反问："万一你腰缠万贯了，你还会要我吗？"

"我怎么舍得你受委屈，我不要你，要谁呢？"他的嗓音说起这样的话，格外深情。

婚姻中，有两种人值得敬佩：一是年轻陪着男人过苦日子的女人；二是年长陪着女人过好日子的男人。我相信我也是那样的女人，卓尧是那样的男人。

我坚信他会给我一生的明媚美好。

想起不久前我们窝在沙发里看相亲娱乐节目的那晚，也是这样的夜，我问自己是宁愿坐在豪车里哭，还是饿死在心爱的人怀里。

我选择后者，我知道爱情不可以当饭吃，但是卓尧，我宁愿饿死在你怀里。

带着复杂的心情睡去，夜里醒来几次，手在被子里四处找他的手，牢牢握住后，方才放心。

那时的我竟没有想过，这会是我们在小渔村的最后一次同床共枕。

早上我比他先醒来，想让他多睡一会儿。九点的飞机，从小渔村去机场的路并不远，每天都有很多架飞机从小渔村的上空经过，那些飞机飞得很低，刚从机场起飞或者下降。

我想卓尧飞上海的航班，也许也会从小渔村的上空飞过。

我再一次确认他的行李和证件都装好了，我把小楼的钥匙和车钥匙放在他的公文包里，在他的皮夹里放一些现金，看到他皮夹中的一家三口照片，我抚摸着，心里的温暖荡漾。

开门的时候，我才看到了好久不见的季东。

"太太，早上好。"季东穿着素色中山装，戴着黑色的墨镜，更像个保镖。

"早，怎么不敲门，在门外站了多久了？快进来坐。"我给他泡了一杯茶，端出一些糕点请他坐下。

“站了半个钟头而已，这是我的习惯，以前早上接佟少回公司，我都是站在门外等他出来，佟少不喜欢别人打扰他。佟少永远都会安排好时间，我只需要等他的安排。”季东毕恭毕敬地说，环视屋内的布局。

季东一口一声“佟少”，让我醒悟，卓尧的身份和地位，从没有失去过，那边，一直等着他。不过，他能喊我一声“太太”，我还是很意外，卓尧身边的人，可能只有季东承认我的身份。

“我去叫卓尧起床。”我说着，上楼。

“太太，不用了。”季东看了一眼腕上的手表说，“时间还早，我等佟少。”

“那好，我去厨房给他做早饭。”我进了厨房。

为他准备丰盛的早餐，他不习惯吃中式早餐，蛋香吐司、芝士牛奶玉米粥，给他煮咖啡，我要看着他吃完我做的早餐再走。望着心爱的男人吃自己亲手做的早餐，给他递上报纸，做最体贴的妻子。

“佟少，好久不见。上海那边我都安排好了，到了之后上海公司会派人接我们，我的车也停在机场附近。”季东说。

“好。见到我太太了吗？”卓尧问。

“太太在厨房给你做早餐。”

他就是这个样子，除了我，和别人说话都是惜字如金，连一年未见的季东，他也没有过多问候。这个冷静倨傲的男人，骨子里从未改变过，只是对我，愈加温柔。

我假装没有听见他们的对话，做着沙拉哼着歌，我以为他会进厨房，等了十几秒，也没有听到动静，转身想探探动静，却看见他正端着DV对着我。我手上有玉米粉，系着围裙，见他正在录我贤妻良母的样子，忙用手挡住脸笑着说：“呀，别录，我难看死了，你就不能让我打扮美美的再录么吗？”

“我就喜欢你这个样子，我的太太，辛苦了。我去上海，每天早上用早餐前就看这段视频，我就当是你做的早餐，我才会有胃口。”他继续录，我躲避不过，在并不大的厨房里，和他闹了起来。

“不要录......我要做好早餐，家里还有客人在。”我说着，背对他，将煮好的咖啡倒到杯子中，加一小块方糖。

他绕到我面前，抱着我，对着DV说：“我太太，漂亮吧。”他得意的神情像个单纯的孩子。

想想，站在我面前的这个男人，不就是这样的吗？一面惜字如金冷静孤傲，一面温润细腻单纯澄澈。

他坚持要给小黎回换尿不湿，喂奶，我想季东一定从没想过会见到这样一面的卓尧。

我把早餐端到餐桌上，摆好，准备了三份餐具。

“季东，过来一起吃。”我招呼季东来吃早餐。

“不了，太太，我在飞机上吃过了，谢谢，你们慢用。”季东客气地说。

“太太，黎回可以让我抱抱吗？我也喜欢小孩子。”季东又问。

“当然可以，只是他还不会叫你叔叔，等半年后你再来，他肯定会在院子里走路，喊你叔叔。”我说着，天真地幻想半年后的日子。

季东的脸上闪过一些歉意，我察觉到，并未放在心上。

我和卓尧面对面坐着吃早餐，季东抱着小黎回倒还像模像样，小黎回拽着季东的墨镜使劲摇摇小手。

我需要多微笑一点，好让卓尧放心地离开。

他想开口说什么，我却先张开了口，他微笑说：“你先说。”

“我想说，我会很好很好地照顾自己，照顾我们的孩子，遇到事第一个向你汇报，不欺骗你，不报喜不报忧，所有的烦恼都会告诉你，好吧？你在上海，多陪陪老人家，公司的事，你能做决定就分担一些。”我笑着，态度很诚恳。

他听到我的回答，沉默不语，很冷静的神情。

用过早餐，季东将卓尧的行李提下楼，我收拾餐桌，卓尧跟着我进了厨房。

他忽然用一股不可抗拒的力量把我抵到墙上，我端着咖啡杯，望着他，他一只手撑在墙上，一只手将厨房门合上，他的唇靠过来。我脑子晕乎乎的，在想要不要把杯子放好。而事实上，我根本没有多余的时间思考。

他就那样不分地点不分时间地索吻，吻的力度稍大，我支支吾吾要窒息了，他心疼了，放轻了点。直至停下，我睁开眼，瞧见他眼眶红红的。

“不要对我说你会很好照顾自己，不要说那些话试图让我放心、安心，我办不到。你记住，随时需要我回来，随时叫我回来。”他的手掌覆在我的脑后，手指透过我的头发贴在我的头上，很暖很结实，另一只手抚在我的面颊上，他的吻再一次贴来。

我踮起脚，搂着他的脖子，边吻他边点头边掉眼泪。

阮曼君，你现在越来越爱流泪了，接吻的时候，怎么能掉眼泪呢？真没出息。

“刚才你叫另一个男人吃早餐，吃你做的早餐，你知不知道，我吃醋了。”他犹豫着说，用拇指给我擦眼泪。

“小气鬼。”我说着，用手背拭去往下落的眼泪。

他就是这样霸道，好像我是他的女人，那么全世界的男人都最好离我远远的。我从未觉得他专制，我喜欢他给我的这种“他是我唯一的男人，我是他唯一的女人”的归属感。

就算是在床上，那么私密的时刻，我在他的怀抱中，欢畅淋漓，我会不停地问他：“卓尧，我是你一个人的，对不对……”他的脸埋在我胸前，他点头，喉咙里发出的声音让我全身热血沸腾。那种安全感，总能让我飞到云端，彻底，醉生梦死。

我们有多久没有分开了呢？足足一年了，一年来从没有分开过，他没有哪个夜晚不睡在我身边。

我都不敢想我独自带着孩子住在这栋靠海小楼，将如何度过夜晚。他没有提出带我去上海一定有他的原因，兴许是他清楚他上海的那个家不会接纳我，怕我伤心。

我自作聪明地以为我都给佟家生了孩子，至少也会得到他上海那边家人的默认，默认我是他的妻子。

现在想想，我都能想象到林璐云见到我，会绝情地对我说：“别以为生了一个孩子，就能进我们佟家的门，我不会承认你这个儿媳妇，是你从我身边夺走我儿子的！”

还有那个梦，那个白花花空间只有我一个人的梦，怎么喊怎么找也见不到卓尧。你相信征兆吗？每次有事情发生，之前就会有一些征兆，看你会不会留意到。我就是做了这个噩梦之后，卓尧就要回上海。

我和卓尧，已经朝夕相处一年，这仅有一次的分离，我仍体会到了离别的隐痛。

我送卓尧到小楼庭院外，黎回在我的怀里，明亮的眼睛望着卓尧笑，他给我最后一个拥抱，亲吻黎回的脸蛋，说：“我的佟太太，等我回来。”

他上车，坐在车里朝我微笑，忽而，我见他低头点燃一支烟。车缓缓从并不宽阔的小路上驶离，我站在原地，抱着黎回，直到车在拐了几个弯后，消失在椰子林间。

坐在院中那个藤木秋千上，摇摇晃晃。小黎回仰着红润可爱的脸蛋，小手抓着我的耳垂，在我的腿上稳稳坐着，他大概不知道，他的爸爸，去了另一个城市。

“爸爸去看望奶奶了，宝宝，你不仅有爸爸妈妈，你还有奶奶，两个姑妈，还有多多阿姨。”我对小黎回念着。

太阳冒了出来，秋日的阳光照耀在身上，明媚悠闲的时光，我想我可以找一份工作，当然，我可不要打电话去拜托那个宋太太。舅母一贯对周围大事小事均无所不知，不妨让舅母帮我打听看，在家能做的工作是最好的。

空中传来飞机掠过的声音，我抬头，卓尧是不是就坐这架飞机呢？算航班时间，正好是这个时刻。

“来，对爸爸招招手，爸爸再见。”我摇摇小黎回的手，对着天空说。

# 第二章

# 每当我听《Mademoiselle》，就想和你跳支舞

爱过我的女人，
再也爱不上别人。

他走了，我被打回原形，丝丝缕缕的落寞包围着我，只盼他快点回来我身边。

小黎回名字背后那段浪漫的故事，卓尧对我说的那句情话：如果巴黎不快乐，不如回到我身边，只要我还活着，我此生都不再离开你。

他说得多好，此生都不再离开我。

手机响了，是多多打来的，她这段时间忙着和当初暗恋她的宋柏重温旧梦，怎么恰好在这个时候惦记起我了。

“多多，还记得我啊，光顾着和宋柏卿卿我我，都不理我了。”我使着小性子说。

“我的姑奶奶，你不也一样，你家的佟少啊，让季东转告我，如我有时间，速到渔村陪伴你。我正在香港免税店消费呢，哎呀，这里的香水好便宜啊，我多买点。”多多咋咋呼呼地说。

原来是卓尧的安排，我听多多的口吻，显然在香港扫货意犹未尽，便说：“我又不是小孩子，你安心扫货，他会尽快回来的。对了，你别买太多香水，你就一个身体能喷多少啊。”

“人家喜欢嘛，宋柏是建筑师嘛，随随便便画张图纸就能挣很多钱的，我不花他花谁呢。”多多的挥霍毛病复发。

“我看你是被钱惯坏的，算你幸运，每次都能找个有钱男人，好好把握！”我提醒着她。

多多嗓门高一个八度喊道：“你有事给我打电话啊，我先不说了，坑爹啊，刷卡都刷不及啊。”

匆匆说了几句挂了电话，多多这个败家的娘们，但愿宋柏挣钱的速度能赶上多多刷卡的速度。

忽然我想到自己，我呢，还批评多多，我自己还不是一样，卓尧跟着我在这里，和破产有何区别。

爱是无私，还是自私呢？

无私是给予，放手，不求回报的爱；自私是索取，占有，不断控制的爱。

我对卓尧放手过一次，我们说好的，再也不会有第二次，再也不放开彼此紧握的手。

舅母神通广大，居然很快就帮我联系到了一份工作。虽是可以用微薄来形容这份工作的收入，但好在可以在家里完成，还可以挣一点生活费，住在这人烟稀少的海边，能有一份工作也很不错了。

穿珍珠项链的工作，如果速度快，一天挣的钱比我在麦当劳送外卖挣的还多，我知足了，又干净又不需要多大力气。

“曼君，不是舅母多嘴，你真的要做穿珍珠的工作？你可是佟家少奶奶啊，佟家那么多钱，仅珠宝店都几十家，更不要说佟家的房地产和商贸中心了，你何必自讨苦吃，那些小活，哪是你这种身份的人做的。”舅母絮絮叨叨，似乎对佟家的事也蛮了解。

“舅母，你从哪儿道听途说的啊，卓尧现在和佟家的企业没有任何关系了，那些钱不属于我们，公司是他母亲和他二姐管理。”我纠正舅母错误的思想。

“电视和报纸上都有报道啊，佟家巨富啊，再说你好歹也是个律师嘛，就算你坐过牢……不是，我不是那个意思，我是说你好歹是有学历的，你去穿珍珠，这不是那大炮打蚊子吗！”舅母抱着不平。

对于做什么工作，高贵或者平庸，我并没有戴有色眼镜去看待。当初学习法律，做一名出色的律师是我的理想，我不否认，不能重新做一名优秀的律师将是我人生的遗憾，不过正是发生了那么多事，才能和卓尧走到一起，这已将这个遗憾弥补。

“舅母，我知道你是为我好，人生嘛，有很多追求，我只想把孩子带好，也没有什么事业心了。”我说的是真心话，不过一想到过去我站在法庭上为我的当事人唇枪舌剑伸张正义，我就觉得无限怀念。

我不是一个称职的律师，我顺从冯伯文的安排，给他顶罪，是我知法犯法，被吊销了律师证，只怪自己。

“你不要说你心底里没有一点点的不甘心，我真是搞不懂你们俩，放着上海豪门世家的日子不过，跑到这鸟不拉屎的渔村，你们有没有想过未来啊。就算是贪玩私奔，也玩了一年了，该玩厌了。”舅母劝说。

也许是听我没有什么反应，舅母叹了一口气，把珍珠场的地址告诉了我，她打过招呼，我直接去领珍珠回来穿即可。

我一手抱着黎回，一手拎着一袋珍珠，这些珍珠要从颜色、大小上来分类，穿成一串串各种样式的项链，我向女工们学习，差不多都会了。

沿着海滩走，怕海风把黎回吹得受凉了，我把厚披肩裹在他身上。他很乖，不吵不闹，我怕他饿了，就加快了步伐往家走。

身后传来两个女人的议论声。

“前面那个就是今天来的女人，哎呀，看她穿得非富即贵，没想到也会来和我们做一样的事，真是可怜。”

“她有什么可怜的，我们还不是一样的干活。”

“那可不一样，一个女人带着孩子求生计，看她那样子一定是以前很有钱，现在落难了。话说从穷到富是好过，从富到穷那就可怜了，我猜，她要么就是有钱人家的太太，现在破产了，要么就是……就是老公把他们母子俩抛弃了！”

“啧啧，听你这么说，确实可怜。”

我懒得回头去看身后这两个爱说闲话的女人，我加快了步伐，像是变得更有力量。人生就像潮水涨退，有高潮，也会有退潮，看开一点，生命中值得珍惜的太多了。

不远处一个穿着黑色衣服的女人正在一脚深一脚浅地往海水中走，我想喊住她提醒她待会儿涨潮，没想到她直直地就往海水深处跑，很快海水就没过了她的腰。

难道是……自杀！不会吧，我刚还想着生命的可贵，居然就碰上了轻生的人！

怎么办？我回头想找那两个说闲话的女人，可她们早已不见了踪影。急死我了，我还抱着孩子，我不能下水救人，周围也没有人，连渔船都没有。

在我最焦急的时候，怀里的小黎回让我急中生智，我对着正泡在水里的女人喊：“喂，小姐，游泳啊，麻烦你能不能帮我一个忙啊？”

好戏剧化的开场白啊，我期待她能回头搭理我一句。

而她，没有，就像是没有听到我的声音一样，还在往前走，海水越深阻力越大，我看着她随时都会被海水冲倒淹没。

在这人命关天的时候，我怀里的小黎回，哇的一声啼哭，哭声响亮，我借势叫喊着说："小姐，我的孩子好像不舒服，我手里提着东西，拜托你，拜托你帮帮我好不好？"我不知怎的，声音都带了哭腔。我太急太害怕，我不能眼睁睁看着一个人在我面前自杀啊。

终于，她回了头，潮水一荡，她往我这边退了几步，她食指指向自己的脸，疑惑地说："你叫我？"

我欣喜地说："是啊，我叫你，你快点过来，帮我个忙。"

她犹豫了几秒，才慢慢地朝海岸边走来。

她浑身湿透，冻得直哆嗦，我把披肩解下来围在她身上，将手中的一袋珍珠和工具塞到她手上，抱着黎回哄着他，装作是真的需要她帮助一样。

我当律师的时候，接过一个案子，一个劫匪挟持一名人质逃亡，之后遇到一个小女孩对他说了一句："叔叔，你可不可以帮我系一下鞋带？我不会系。"劫匪帮小女孩系好鞋带，小女孩谢过他，说"叔叔是个好人"。那句话，竟让劫匪放弃罪念，因为他发现自己还有能帮助人的能力，他被感化。

我想，轻生的人，大概也是认为自己活着没有意义，她绝望得不需要别人对她伸出援助之手，但她不一定会拒绝向别人伸出援手。

"我家就在前面，去我家洗个热水澡，吃碗面，就算是我感谢你帮我提东西，走吧。"我握着她的手，若无其事地看了她一眼。

这一眼，把我惊得不轻。

她应该不认识我，但我一眼就能认出来她，因为我看过她的照片，听过她的故事，她还来过我的梦里抢走了我的卓尧。

她是，欧菲。

她怎么会来这里，又怎么会在这里自杀？她是来找卓尧的吗？一连串的问题冒出，我来不及想太多，但我必须阻止她轻生，我要把她带回家。

我牵着她的手，生怕她跑掉，她不说话，只是帮我提着东西，顺从地跟着我走。她的手冰凉彻骨，头发还在滴水，浑身发抖，这个天气，在海水里泡一会儿人也会冻麻的。

她的脖子上有烧伤的疤痕，粉红色的疤痕，脸上倒没有，想起她和卓尧一同经历的那场火灾，我确定这个女人，就是欧菲。

我不能把我的身份告诉她，如果她是来找卓尧的，她要是知道我就是抢走卓尧的人，她肯定会不信任我，万一她想不开，我的良心怎安。

“请进，这是我的家，先洗个澡，我去拿一些我的衣服给你换。”我送她去洗澡，她一句话也不说，只是照我说的去做。她湿成一片的长发贴在脸上，我给她找了一条干净的干毛巾。

我把黎回哄睡着，挑了几件适合她身材的衣服，敲卫生间的门把衣服递给她，她小心翼翼把门开了一条缝，接过衣服就立刻迅速关上门，像是很怕我看到什么。大家都是女人，看到有什么关系呢。

我坐在客厅的沙发上，脑袋里一片混乱。居然还计划穿珍珠呢，我的生活都突然乱如麻了，理不清头绪。

太多的疑问，欧菲的出现、自杀，这和卓尧之间有怎样的关系？

在这时，卓尧的电话打了过来，我怕被她听到，就到庭院里接电话。

“卓尧，到上海了吗？”我随口叫出卓尧的名字，赶忙回头，生怕欧菲听见。

“到了，在去医院的路上，你和孩子，都好吗？”他关心地问。

“你才走多久，当然都很好，你忙你的，不用惦记我们，晚上再通电话。”

“好，挂了。”他说完，挂了电话。

我握着手机，仰头深呼吸，保持平静。装作不认识，反正她不认识我，好好劝劝她，顺便问她有怎样的故事。

我回到厨房，做了一碗热乎乎的牛肉面，将牛奶放微波炉里加热。

做面给自己男人的前女友吃，还努力要做得很好吃，阮曼君，天底下是不是没有比你更蠢更单纯的女人了？

“我洗好了，谢谢你。”她穿着我的衣服走了出来，站在厨房门口。我回头看她，才发现我拿给她的是一件绿色的针织衫。

思绪一下就跳到了那条绿裙子上面，她就是那条绿裙子的主人，卓尧的旧情人。我心慌乱了，我看她脸色苍白，头发湿漉漉的，便说：“客气了，还好衣服合身穿着正好，来，吃碗面喝杯热牛奶暖暖身子，把寒气都驱走。”

她是个很温婉美丽的女人，五官比照片还要精致，身材也非常好，听闻她做过瑜伽教练，气质好得让我有些自卑了。

“我也很喜欢绿色。”她说着，端庄地坐着吃面，手指洁白纤细，无名指上戴着一枚钻戒，她，嫁人了吗?

我第一次见到吃相如此优雅好看的女人，不像我，总是狼吞虎咽，饭粒沾到下巴和脖子上。

是男人，都会喜欢这样矜持温顺，貌美如花的女人吧。

卓尧的眼光，真不差啊。

我心里泛着醋意，却没办法不对面前的女人生出怜爱之心。这种女人是一类被称为奇迹的女人吧，美得让女人都我见犹怜。

“你怎么不问我为什么自杀？”她吃了半碗面，姿势优雅地喝牛奶，突然对我提出这样的问题。

“为什么自杀？你长得这么好看，死了多可惜。”我特俗特没品位地问。

她笑，笑起来就更好看了，有一颗小虎牙，两个小酒窝。她说：“我好看?那是你被我的脸蛋欺骗了，我很丑陋的，你看到会吓到的。”

我尴尬了，转移话题说：“你听歌吗？我放歌给你听，我每次不开心就听歌，心情很快就会好起来。”

她极有礼貌地说：“好。”

显然，她并不赞同我说的听歌就会治愈心情，却还是那么优雅有礼。

我开了音响，随机播放出一首法语歌，是Berry的《Mademoiselle》我和卓尧都喜欢法语，包括听歌也是，法语是说情话最动人的语言。

她听着歌，脸上带着迷人的笑，那笑容，多么熟悉，像极了一个人。佟卓尧，你骗我，还说我们有什么夫妻相，我面前坐着的这个女人，才是真正和你有夫妻相。

我呢，此刻多像一个试图打探窥视你们过去的卑微小丑啊。

“每当我听《Mademoiselle》，就想和你跳支舞。”她自言自语说，这句话不是对我说的，是对她想念的那个人说的。

没有任何一个词语可以形容我的心情，我在眼睁睁看着一个女人思念我的男人，我孩子的爸爸。卓尧说过一句话：爱过我的女人，再也爱不上别人。

欧菲爱过卓尧，她还会爱上别人吗？

“你——在掉眼泪吗？”她问我。

“啊，没有，只是想到过去的一些事。”我甩甩头，像一只狼狈的落水狗甩开身上的水。

我关掉音响，打开电视机，说：“听歌越听越伤感，不如，看电视吧，有韩剧，有偶像剧，有古装剧，我最喜欢悬疑剧，你自己换台吧。”

“有漫画书吗？”她对电视节目毫无兴趣。

“没有，我不看漫画。”我撒了谎，我还没有蠢到要把卓尧画的漫画拿出来给她看的份上。

“你先生呢？怎么，不在家吗？”她问，她对我还蛮好奇。

我摆摆手说：“他啊，出差了，过段时间再回来。”

“那我可以在这里住几天吗？”她问。

我没有拒绝，我怕我拒绝了，她会去寻死。我笑着用一副特别欢迎的样子说：“好哇，我一个人带着孩子也孤单了，你在这儿我正好有个伴，不过，你要住多久呢？”

“三四天吧，我想明白一些事，就会走的，你放心，在你先生回来之前我一定走。”她说。

那就好，千万不能等到卓尧回来。她又不认识我，不可能死皮赖脸不走的，我利用这三四天好好给她上思想课，让她重拾生活希望，也算是在做帮卓尧的事吧。

她说她很喜欢这栋小楼的布局，能和自己深爱的男人住在这里，多美好。奇怪的是，她和我说了一些话，却没有问我姓什么叫什么哪里人，也没有提及她自己的身份，就好像我们是失散了多年的朋友。

她谈起她爱的那个男人，他的喜好、秉性、模样，分明就是卓尧。

听着另一个女人说卓尧的种种好，我听得入神，原来真正深爱卓尧，了解卓尧，并不是只有我一个人。

我嫉妒得要死，却还要听下去。

“他这个人啊，霸道专一。我和他在国外念书就认识了，他喜欢李小龙布鲁斯李，有段时间他还去武馆学咏春拳，在学校里和四个老外打架，全校的女生都被这个中国男子迷住了。他个子高高的，清瘦，静下来时，就在广场中央坐着画画，我在旁边喂鸽子，故意把鸽子引到他的肩膀上……”她回忆着，像说着一个与我无关的男人和故事。

卓尧，那是一段我不曾参与的你的过去。

我们两个女人，爱的是同一个男人，欧菲毫无所知，自顾自地回忆着和卓尧的往事，我听着，像听别人的爱情故事。我惆怅了，我以为欧菲是过去式了，却忽略了人的一生，最宝贵的是过去的记忆。

那些记忆是抹不掉的，卓尧会不会也像欧菲这样，回忆他和她的往事?

“既然你们那么相爱，为什么还会分开呢？”我问她。据我了解，欧菲是因为一场大火之后，就离开了上海，离开卓尧。

她一怔，从回忆中回过神，她喃喃地说：“为什么会分开呢……是注定的，我成不了世界上那个最幸福的女人，而能够成为站在他身后的女人，是要有好命的吧。”

我给自己泡了一杯茉莉花茶，想着她说的好命，我的命好吗?

“我可以抱抱你吗？”她站起身，悲伤地说。

“嗯，抱我？”我放下茶杯，惊讶地看她。

“是的，我喜欢你，你的气息很熟悉，不是说，动物都是靠气息来寻找伴侣的吗？人也是如此，我喜欢你身上的气息。”她说。

我身上的气息，还是卓尧残余在我身上的味道。

我张开怀抱，给了她一个友好真诚的拥抱。卓尧，你一定想不到，你的小漫画救了你的前女友，我还和她拥抱在了一起。

晚上她和我一起做晚饭，吃过饭，她抱着小黎回，用很温柔慈爱的眼神凝望着孩子。小黎回在她怀里，竟是出奇的乖巧，还朝她笑。我回头看到这一幕，心一紧，这是个多讨人喜欢的女人啊，连小婴儿都这么喜欢她。

“他长得真漂亮，看到他，我就能想象到他爸爸有多英俊。”她说。

我微笑回应，想到了卓尧俊朗的面庞。

躲在卫生间接卓尧的电话，声音放到最小，还不能惹起卓尧的怀疑。

他的声音很低沉，说：“曼君，这边的事有些棘手，我需要时间……”

“你需要时间处理，对吗？”我打断了他的话，想了一下说，“医院怎么说的，是不是公司还有事？”

“是，总之，一个大乱摊子，周围虎视眈眈。还有，冯伯文和戴靖杰出狱了，举报佟氏企业税务问题，现在税务部门在查账，我妈心脏病也是因此气发，不过应该没事了，过几天办出院手续。”卓尧说。

我听到“冯伯文”三个字，立即就后背发凉。用心狠手辣厚颜无耻来形容冯伯文毫不过分，他一定会不择手段搞垮佟家的企业，还有戴靖杰，他的外公是钟利涛，钟氏仍有庞大的家族势力，他们狼狈为奸，报复佟家，那么卓尧能不站出来吗？

“你安心做你的事，需要我来上海，就告诉我，不管怎么样，冯伯文和戴靖杰不会善罢甘休的，你要注意安全。”我担忧冯伯文会进行疯狂的报复，而戴靖杰，毕竟是卓尧同父异母的兄弟。

挂了卓尧的电话，我马上就打电话给多多，她的朋友关系多，我让她去上海，帮我打探更多关于冯伯文和戴靖杰的消息。

“曼君，你放心，我明天就从香港飞上海。冯伯文那小子我会安排朋友调查，那个税务局的局长我看能不能约出来见见，大事化小小事化了，你别急。”多多说。

她就是这点好，再吊儿郎当办起正事比谁都用心，真正的好姐妹。

“对了，多多，我在海边救了一个自杀的女人，我把她带回了家，你猜这个女人是谁？”

“谁啊，不会是袁正铭的老婆吧？哈哈，她死了我还有机会。”

“是……卓尧的前女友……欧菲。”我吞吞吐吐小声说。

“你疯了，你神经了，你有病啊，你居然……你居然救了你的情敌，你还把她带回家，你不怕她晚上别把刀砍死你啊，你引狼入室啊，阮曼君！！！”多多崩溃般尖叫。

“那我怎么办，我难道不管她任她自杀吗？那是一条人命啊，换作是你，你也不会这么做。”我对多多解释说，我想让多多清楚我没有傻没有疯。

“不管怎么样，你不该把她带回家里，万一佟少回来看见了怎么办？再说你怎么就那么天真善良相信她真是自杀，要是演戏呢？居心叵测、心怀不轨来破坏你和佟少的婚姻呢！对了，你别忘记，你和佟少没有办理结婚登记，连个婚礼都没有举行，你只是给他生了一个儿子而已！”多多的话如骤雨如鼓点落下敲击着。

我和卓尧的婚姻，只因为我们有一个孩子组建了一个家庭而存在，我们没有结婚登记，过不了他母亲的那一关。卓尧拿不到户口本，我们无法领取结婚证，我认为我们之间即使没有那一纸证明，我们依旧是感情坚固的夫妻。

我算是卓尧的什么？

多多一语击醒梦中人，我从没有认真去考虑这个问题。我和卓尧，没有结婚证，没有婚礼，黎回的户口也是托关系挂到我户口的所在地。

我还骄傲着我是佟太太，是卓尧的妻，有谁承认呢？只有卓尧和我自己承认。

“要是哪天佟少想甩开你，连一个招呼一个电话都不需要打给你，他仍可以娶别的女人。曼君，你是学法律的，你比我清楚没有法律保护的婚姻是无效婚姻。当然，我是你的好姐妹，我不是在危言耸听吓唬你，也不是挑拨你和佟少的关系，我是过来人，我就是这样被袁正铭踢开的。你一点危机意识都没有，还把欧菲带回家，我实话告诉你，当年卓尧对欧菲的爱，一点也不亚于他对你的爱，旧情复燃你懂不懂！”多多苦口婆心替我不值。

她认为我不应该把欧菲带回家，当时制止她自杀之后，我就该走自己的路，怎么还能往卓尧的身边领呢。

“卓尧在上海这几天应该不会回来，欧菲说她三四天左右就走，何况她根本都不认识我，她看起来是很好的一个人，没有什么心机。她若是真想抢走卓尧，去年在巴黎他们见过一面，那时她就可以抢，何必等到现在。”我辩解，自我安慰着，告诉自己凡事往好处想。

“你把情敌带回家，你总有天会吃了这个善良的亏。农夫与蛇的故事小学生都听过，曼君，赶紧让她走，不要让她发现任何你和卓尧的蛛丝马迹。”多多警惕性果然高。

多多不是在危言耸听，而我，是对我和卓尧的感情信心满满，我坚信他不会爱上别的女人，哪怕那个女人他曾经爱过。

我不明白的是欧菲，她在法国交往了男朋友，法籍男子，她不是高调地爱着那个法国男友吗？却跑来这个小渔村，又对卓尧念念不忘。

我在客厅，没有看到欧菲，也没有看到小黎回，我马上上楼找，看见欧菲站在走廊上，面对着书房的门。我的心扑通乱跳，万一她进了书房，她一定会看见那些有关卓尧的东西，卓尧画的漫画，卓尧的字迹，卓尧和我依偎在一起的相片。

她平静笑道："宝宝哄睡着了，我把他放在婴儿床里了，我今晚是睡这间房吗？"

还好，说明她还没进去。我赶忙把她领到客房，推开门，开灯。我之前就检查过一遍客房，确定没有一丁点卓尧的有关物品。我从衣橱里抱出一床冬被，开空调，她受了海水浸泡，晚上得保暖。

"虽然空调开了，不过被子还是要盖暖和一点，你白天受了寒，可不能再冻着了。走廊灯的开关你都熟悉吗？不要紧，走廊灯晚上不关。"我笑眯眯地说。

她坐在床上，打量着房间，转而温柔地看向我，说："你怎么这么关心我，我们只是萍水相逢，这个年头，像你这样的人，真的不多了。"

我怎么回答，我不能说出我的心里话，我有对她的同情，也有对她的歉意，无论怎么说，我的出现，总是在她之后，有股夺走了卓尧的意味。

"没你的出现，也有别人的出现……"她突兀地说，说中了我心里在想什么。

莫非她已经知道了一切！

"我不是有意……"我准备说我不是有意隐瞒她的，她说出的话打断了我。

"哈哈，你不是有意救我的吗？没有你的出现，也会有别人出现来救我，不是吗？我会一直站在那里，站到有人来救我为止，我以为他会来救我，没想到是你。"她苦涩地说，笑容转淡。

在她面前，我像个笨拙的孩子，哪有一点伶牙俐齿的样子，我慌乱不堪。该做什么、该说什么，分明得清楚，当见到她的脸，她的笑容，我就会阵脚全乱。

安顿好她，我回到自己的房间，将我和卓尧的照片都放进行李箱里。卓尧的大衣、卓尧随身带了多年的一支钢笔，他签字的时候就端坐着大笔一挥，我握着钢笔，想念他的模样。

都藏起来，藏好了，不能被发现。

我嗅到空气中的气息，清新好闻的淡淡木香，被子上、枕边，都是他若有若无的气息。

有的时候，我会只喷一点香水，像一尾鱼一样钻进被子里，等他来。

卓尧会边吻我边说我是个妖精，我迷恋他的身体，就像迷恋他的这个人一样。我渴望和他肌肤相亲，我会抚摸着他的胸肌像个女山寨大王，大叫着说："疼先生，你真性感。"他就那样靠在床上，用温润柔情的眼神望着我，那种目光告诉我，我是他唯一爱着的女人。

好生猛的我，好温润的他，我握着香水坐在床边暗笑。

夜里，我把小黎回抱到我床上，小家伙饿了，卓尧在的时候，都是他半夜起床温奶喂孩子。我在厨房给奶嘴消毒，忽然听见一阵阵细细碎碎的哭声，呜咽，抽泣，是压抑很久后的哭声。

欧菲躲在卫生间里哭，她并没有发觉我走出了房间。

哭出来也好，多少事，哭一哭，就轻松了很多。

我当若无其事，给孩子喂好奶，让他在我身边睡下。小身体在茁壮成长，看着黎回，我就想到卓尧的面庞，一模一样，小黎回是卓尧的缩小版。我在儿子脸上轻吻一下，说："儿子，和妈妈一起晚安。"

带着无比的满足和对卓尧的想念熟睡到天明。

那是怎样的步步惊心呀！欧菲在这里的三天，我怀着对她极其复杂的感情，想开导她，最后我都词穷，想她走，又怕她走了后会轻生。

"你不想我死吗？"她用开玩笑也很冷淡的语气问我。

我一愣，装作无事地说："你死了我有什么好处，生命多宝贵，人只有这一生啊，仅有的一次生命，不要死，起码要顺应天命去死，而不是自己决定结束。"

"很多人都巴不得我死。"她说。

"别人我不管，但我可以确信我想你活下去，活得很好很好，你会幸福的。"我说。

"我一定会记住你今天对我说的话，好，我绝不死。你有红酒吗，陪我喝杯酒，我待会儿就走，算是相识一场给我送行。"她说。

我不动声色，满口答应：“嗯，我去拿酒。”

我走了几步之遥，她喊住了我，我回头，看到她用手撑着脸长发散落在肩上。她笑问：“喂，我们算是朋友了吗？”

“不是朋友，能一起喝酒吗？”我笑答。

我大方地拿出了我珍藏的年份最久的红酒，我们俩喝光了一整瓶红酒，我没有醉，她也没有醉，相视一笑。她已换上她来时的那一身黑色装束，衣领偏高，脖子上的疤痕微微露了出来。

她走了，临走我们紧紧拥抱，我一直望着她的身影，看她上了一辆车。那辆车是外地车，她是和朋友联系好了来接她的吧？有人在她身边，我也可以放心。

回到家里，将藏匿起来的东西都一一拿了出来。我真像一个生怕外人瞧见自己珍宝的人，只等外人走了，才敢将宝物拿出。

卓尧，就是我的宝物。

我走进书房，见书架上的那一排漫画册似乎有人动过，我记得我把一本《圣经》放在漫画上面，而此时《圣经》放在了书架的下排。

联想到欧菲问了几个敏感的问题，我想，她会不会识穿了我的身份。

卓尧离开的第七天，舅母来看我，像往常那样，拎了一些水果和她种的蔬菜。菜叶上布满了虫眼，舅母说她带着两个女儿亲自下地捉虫，她从不施药。每次舅母送来的菜里总有几只肉虫，都是卓尧拿去厨房洗。

他洗的青菜，我从不会担心里面有虫子，他是有轻微洁癖的男子。

舅母从她那橘红色的劣质皮包里，掏出一个方便袋，袋子上印有某某书店和电话号码，她从中拿出几本厚厚的书。我看了一下，都是律师常看的书籍，如《大律师，小律师》、《律师是这样做成的》和一些司法考试的复习试题。

我把这些书和资料放回袋子里，无奈地说：“舅母，你把这些书都退回去吧，我的律师证吊销了，我不能参加司法考试，当律师，等下辈子吧。”

舅母不甘心地说：“那你又没有犯法，你是被姓冯的骗了啊，他骗你的感情毁了你的前程，你是被他栽赃诬陷的。要不这样，你去向法院澄清，把当年的事说清楚。”

见舅母激动了，我问：“舅母，你今天怎么好好的又说起这件事，事情都过去两三年了，牢我也坐了，还计较什么呢。”

“曼君啊，你得为舅母争气。昨天我打麻将手气好，连和四圈，隔壁人家的儿媳妇就开始碎碎念，说手气这么好，怎么也不过点好运给你外甥女，还说什么在上海当大律师嫁入豪门，原来还做穿珍珠这种粗活，真是可怜。曼君我跟你说，我要不是看她男人是中学校长，我非把麻将扔她一脸！”舅母气鼓鼓地说。

“所以你就特意去给我买书，想我成为大律师是吗？舅母，你一片苦心和好意，我心领了，可你的外甥女是真的没出息了，不是什么大律师，也没有嫁入豪门。那些人爱说闲言碎语就随她们说去。”我说着，从沙发后面拎出我穿好的珍珠项链。

舅母有辆小电动车，等舅母回去路过珍珠场时帮我把穿好的珍珠项链送过去。

“我不管，你不许再穿珍珠了，好歹佟家在上海是资产雄厚，你为佟家添丁生子，怎能守清贫。你看他，都去了一个星期了，还没回来，八成是舍不得离开那边的豪门世家。”舅母说话刻薄，却无恶意。

我笑着坐在舅母身边，揽着舅母的肩膀说：“不会的，他妈妈生病了，做儿子的也该尽尽孝心，他都一年没回去了。卓尧每天都给我打电话，他儿子还在我这里呢，不要我也不能不要儿子，对吧？”

“一开始不是说他妈病得很严重吗？脑溢血加心脏病，怎么他一答应回去就立刻转危为安了，别是有诈，我看啊，那个佟夫人坏得很，恐怕是装病！”舅母猜想着，嘴角歪向一边，样子很滑稽。

“不会有人拿自己的病来骗人吧，好好的谁会说自己有病呢。舅母，你是电视剧看多啦，你的外甥女婿绝对绝对不会抛弃我的，就像舅母你，无论我怎么不争气，你也都不会抛弃我。”我搂着舅母，他们一家是我唯一的一家亲人了。

舅母走前，叮嘱了我几句，让我抓紧催催卓尧，叫他赶紧回来，不行就说孩子想爸爸了，孩子生病了，看是儿子重要还是妈重要。

我把那几本书收下了，我想闲暇的时候，翻看几页，那些我熟烂于心的法律条文，依旧深刻。

我放弃了那份穿珍珠的工作，不是为自己，是为了维持卓尧的尊严，我不能让别人在卓尧背后指指点点，说他养不活自己的妻儿，要娇妻做粗活维持生计。

决意要把那几本法律相关的书再熟读一遍，每晚小黎回睡着后，我就看看书，做做记录，等卓尧的电话。

他的电话每晚都会如期而至，他没有给我准确的回程日期，言语间有些躲闪，他不再正面回答我的问题，只是叫我不要担心，通话的时间也变得短暂，总是匆忙挂断。

卓尧，你已经离开我十天了，我每天都要用十分钟来教孩子喊爸爸，起初我还怕等你回来的时候他还不会喊爸爸，不过现在，我怕的是他会喊爸爸了而你没有回来。

我照旧等他的电话，这一晚，我的手机和家里固定电话都没有响过。

我竟一夜未睡，我忍住没有给他打电话，他如果不忙，他一定会打给我的。

卓尧，你知道吗？那一晚的曼君是有多么的卑微，迷茫。我握着手机盯着你的号码，几次想打给你，最后都按了返回键，我像偷偷摸摸的第三者，不敢闯入你回家后的生活，我只能等你的消息。

过了一天，这恍恍惚惚的一天。我给孩子穿好衣服，喂饱后，就坐在床上发呆，心里很急，怕他出事。我决定再等一天，倘若卓尧还没有联系我，我就打电话给他。

黄昏的时候，我在阳台收衣服，听到手机在房间里响，我飞奔回房间，顾不得去捡一件掉在地上的衣服，接了电话就说：“卓尧，你还好吗？”

“我很好，我是你的旧相好——”一个陌生、阴沉的声音。

冯伯文！

我甩不掉的噩梦，他出现了，只要他出现，就有不好的事要发生。我厌恶他，一听到他的名字就反感，他的声音一跳出来，我瞬间怒火中烧。

“你想怎么样？”我凶巴巴地叫喊。他写匿名信举报佟氏企业税有问题，目的都是要报复卓尧，他报复卓尧，就是在报复我，爱过这种男人，是我的污点。

“我不想怎样……就是想和你叙叙旧，你当初要是跟着我，现在也用不着做粗活呀，可惜了你那双葱白的手。”冯伯文厚颜无耻地调笑。

“你跟踪我？你有完没完，你还嫌你害我不够惨吗！你别来骚扰我，否则我会报警。”我愤怒了，这个该死的魔鬼。

冯伯文在电话那头嚣张地笑，笑得我全身发麻。

“我不过是请了一个私家侦探，佟太太何必动怒。我现在是良好市民，我在做一个市民应尽的义务，举报偷税漏税的人。哎呀，你是律师，你猜猜佟氏集团的副总裁要对他的偷税漏税付出什么代价呢？”冯伯文说完，补上一句，“不知道明早《商报》头条上刊登你在珍珠场做粗活的照片后，佟卓尧会脸黑成什么样呢，我拭目以待！”

“你真卑鄙！”我咬牙切齿道。

“好戏还在后面，谁叫他好夺人之美，我这一次，要让他江山美人都输得精光！看在你我一段旧情的分上，我算给你提一个醒，照顾好你儿子，电视上说最近人贩子出没频繁。”他句句威胁。

我疯了一样对电话喊：“你要是想怎样冲我来！如果我儿子有丝毫闪失，冯伯文，你别忘记了，我也有证据，当年的案子，再审一遍，我随时奉陪，咱们可以法庭上见！”然后挂了电话，心神不宁。

伪造金融票证的人是冯伯文，他经手签字的票据存底在我这里。当年我在银行一次性租了五年的保险柜，把那些证据放在里面，只是没想过将来有天要用这些来指证他，洗刷我自己的罪名。

我必须打电话把这件事原原本本告诉卓尧，我不能眼看着冯伯文这个疯子来伤害卓尧和我的孩子，我宁愿与冯伯文鱼死网破。

# 第三章

# 那个高高在上的男子，人见人爱

爱过一个最好最适当的男人，我这一生别无所求。

爱过一个最好最适当的男人，我这一生别无所求。

卓尧的手机关机，他要是没有特别的事，是不可能关机的，他说过要让我随时能够联系上他。上天保佑，千万不要出什么事。

对，找季东，他一定清楚卓尧身边的状况。

季东的电话很顺利地接通了。

“喂，季东，我是阮曼君，卓尧的电话关机，他在你身边吗？”我焦急地问。

“哦……佟少手机关机了吗？那他可能在公司忙，手机没电了没察觉到，不用担心。”季东搪塞。

我只好说：“那你碰到他转达一下，让他回个电话给我，还有，让他注意身体，别工作到太晚。”

正好这时手机有新的电话进来，我对季东说我有电话进来，我要接电话，让他挂吧。

“曼君，爆料啊，你猜我在叶老的寿宴上看到谁了！”多多的声音像炸雷一样。

叶老的名气我做律师时就有耳闻，算是屈指可数的房地产大亨之一。多多还真是有本事，刚回上海就能混进叶老的寿宴中，她果真是朵不败的交际花。

“你怎么跑叶老的寿宴上去了，和你八竿子打不着的人，不是拜托你帮查下我的事吗？噢，你贪玩。”我没有八卦的心思和她聊。

“我跟宋柏来的，宋柏是建筑师，在叶老的集团效力呀。我跟你说以下的话，但你得保证你有心理准备。”多多郑重其事地说。

我的心猛地收紧，全身紧张，问：“和卓尧有关吗？”

“嗯，现在宴会正在进行，叶老和林璐云坐在一起，像是要结成亲家。叶老说稍后有重要的事要宣布，你知道吗？佟少和叶老的女儿叶洁白并排坐在宴会正中央的位置，环形的激光灯灯光打在他们身上，难道……反正我急死了，先不挂电话，这边音响声音很大，你和我一起听听。”多多一口气说。

而我，从热闹喜庆的宴会声中，大概听清了多多的意思。

我笑了，迟疑了一下说：“多多，别跟我开玩笑了，好吗？季东告诉我，卓尧在公司加班，怎么会在叶老的宴会上呢。”

“你不信我，除非有个长得和佟少一模一样连神态都一样的男人，我正亲眼所见，半点假话，我自戳双眼。”多多信誓旦旦地说。

我的耳朵，如同被打了一针，疼痛，嗡鸣。我怎么会不信多多的话，她不会无中生有，而我怎么能不信卓尧，他说好的要我等他，他说他此生都不再离开我，你叫我怎么相信。

“他可能是要应酬，情非得已，公司遇到了一些棘手的问题，他是有求于人，才受制于人。”我沉默之后，清晰地说。他关机，连季东都骗我，这让我很难过，不管何事，都该和我说一声，不是吗？

“最好是这样。佟少没有看到我，他呀，还一副很绅士的样子照顾坐在他身旁的叶洁白呢。叶洁白是叶老唯一的女儿，四十七岁才生的叶洁白，算老来得女，以后叶老的家产都是留给叶洁白的，林璐云是看上这一点了吧。哎，我看林璐云面目红润，一点也不像病人。”多多像个记者，给我做现场报道。

我听到电话那边忽然响起了很大的掌声，多多说：“叶老要宣布今晚的重要大事了，嘘，你自己听。”

掌声安静下来后，一个苍老而有力的声音说：“各位来宾，承蒙各位关照和厚爱，我们宏叶才有了今天的成绩。我一手创立宏叶至今，风雨四十年，摸爬滚打，不知不觉，人就老了，人活七十古来稀，今天是我七十寿辰，借此机会，我有两件事要宣布。这第一，宏叶董事长的位置从今天起由我的女儿叶洁白来接替。”

掌声再次响起。

“洁白留学回国后，跟在我身边打理公司已有三年，我也考验了她三年，我才放心把公司交给她，宏叶的将来，就看你们年轻人这一代了。也希望在座的各位，多多支持小女，谢谢！”

掌声起。

“这第二件事，就是小女洁白的婚事了。洁白今年二十四岁，已到婚嫁年龄，我最想看到的，就是洁白穿着婚纱，我能够在教堂里挽着她，亲手把她托付与人。我和林璐云女士相识多年，两家交情深厚，卓尧也是我看着长大的，我很欣赏他。他父亲在世时，和我的关系就像你们年轻人说的兄弟，好哥们！洁白和卓尧的婚事，我们父母先做主，就定了，订婚仪式择日举行。”

掌声不绝于耳。

我握着手机，开着扬声器，那边的掌声那么刺耳，卓尧，好像全世界都在为你和另一个女人的婚事鼓掌。

相形见绌的是，我们俩在一起，能为我们祝福、鼓掌的，有几人？

我们是不被祝福的一对。

我一只手捂着脸，一只手还不死心地握着手机，那边的声音不断传了过来，眼泪大颗涌出，我用手背一次次拭去。那是个与我无关的世界，有无数的欢声笑语和掌声飞了出来。

“曼君，你都听清楚了吧，叶老一心想纳卓尧为婿，林璐云想攀附叶家的势力，二者一拍即合。不过那个叶洁白，要是知道你和黎回的存在，还会订婚吗？曼君，你应该来上海一趟了。”多多劝说。

那个男子，人见人爱，他的身边，怎会缺少想要嫁给他的名媛千金。就算叶洁白知晓我的存在，知晓小黎回的存在，那又能怎样，我有什么可以争的？我只想得到卓尧亲口说出的答案。

我在说服我自己，他一定有他的苦衷，他不想的，我要相信他对我的爱。是啊，每个女人都会爱他，可他爱的只有我一个女人，我们经历了那么多分离和考验，好不容易在小渔村有了家，一家三口，我们怎么会轻易分开。

幸福来得太不容易了，仅仅维持一年，一年，还不够我爱你年限的万分之一。

卓尧，我们在一起，为什么这么难，是老天在惩罚我吗？惩罚我的高攀，惩罚我的自不量力、我的自私和奢望。我不要你的身家地位，我要的只是你，哪怕是一无所有的你，为什么，都这么难。

我不再是两年前的曼君，那时我可以说走就走，一个人从上海到武汉辗转去巴黎，逃离你的身边，那样不管不顾。而今，我有了你的孩子，我不能剥夺孩子需要爸爸的权利。

就算我是坚强的小漫画，我可以没有你，那么，小黎回呢？他很快，就会喊爸爸了。

“曼君，你别再犹豫了，我给你订机票，你收拾下行李就准备来上海。我看你再不来，佟少就真对那个叶洁白有感情了，自古男人都如此，林璐云根本没病，说不定佟少欺骗了你！”多多十万火急地说。

手机还开着扬声器，喜庆、热闹、隆重的场面，想必去的人都是非富即贵。卓尧已经一年多没有和这类人接触了，他远离都市，再次回到上海，他的心，难道就无法回到小渔村了吗？

卓尧不会那样，他十几天前还睡在我身边，他强烈的爱，我都感觉得到。

我把手机放在桌上，任由那边的声音传来。我坐在地板上，双腿曲起，我抱着自己的腿，无声无息地哭。

“现在，有请佟氏集团副总裁佟卓尧为宏叶集团新任董事长叶洁白发表爱情宣言！”一个吐字过于清晰的男人的声音响起。

掌声雷鸣般响彻。

我听得清清楚楚，一字不差，两个总裁，真是门当户对，大有前途。卓尧，我想听，你会以怎样的话语和笑容对另一个女人表白。

“有些话，在这里，不方便说。”卓尧的声音，低哑的嗓音，让我一刹那感到久违的声音。他还是老样子，回到那个圈子，他就很冷静，惜字如金。

“佟少，是不是怕我们听到，想对叶总悄悄说啊！”有人在笑着起哄，气氛一下就被调动起来，本冷场寂静的宴会又笑声不断。

“他还算有良心，没有说什么，不然啊，我就当众揭穿他！”多多气愤地说。

“诸位，今晚的主角是我的爸爸，大家，就别再捉弄我和阿Man了。”一个好听的甜美声音，她是，叶洁白。

Man，卓尧的英文名字，洁白称呼他为阿Man，那么温柔亲昵。

她已懂得替卓尧解围了，大方得体，处事不惊。

我显然，败了一截。

多多没好气地说：“狐狸精，白长了一张清纯脸。曼君，甭怕，你到上海了，我同你一起去宏叶找这狐狸精，把孩子带着，在宏叶大闹一场，我让宏叶上上下下都知道他们老总是狐狸精。”

“姑奶奶，你小声一点，小心被听到把你丢出去，幸好坐在最外面。”一个男人紧张兮兮地说。

“喂，宋柏，你插什么嘴，你是怕得罪你的老总丢工作是吧？曼君是我好姐妹，都大难临头了，你还顾着你自己的饭碗，你给我闭嘴！”多多凶悍地教训宋柏。

他们的争吵让我更加崩溃，我悄然地挂了电话，关机。孩子在甜甜地熟睡，发出平稳的呼吸声，我给他掖了掖被子，关灯窗外是无边的黑暗和孤寂的夜。

夜里，我竟在冰凉的地板上睡去，直到冻醒，连梦都没有一个。如果可以做梦多好，我倒可以在梦里放声哭泣，问问他究竟发生了什么。

凌晨，楼下客厅的电话座机“丁零零”响起，划破了黑暗的沉寂。

还会有谁在半夜里给我打电话，我不想接，但怕吵醒孩子。我不想开灯，无法面对灯光下颓废的自己，摸着黑下楼，接了电话。

“喂，哪位？”我声音一出口，才发现自己的嗓音沙哑到发不出正常的声音。我清了清嗓子，重复了一遍，这只是比第一遍更大声的沙哑的。

“曼君，是我，怎么手机关机了，我担心你，你的嗓子痛吗？着凉了吗？对不起，没有给你打电话，太忙了，今晚喝了一些酒，头疼。”他的关切和往常一样，一连串的体贴，情绪平静得像那个宴会上的男人不是他。

他问我怎么关机了，他怎么不说他也关了机。

我能说我对他没有一点点的抱怨和责备？那是不可能的，他没有主动解释，他还在隐瞒。

当我，是傻瓜，卓尧，我不是你的小傻瓜。

“我没事，大概是夜里着凉了，头疼就少应酬一点，下次忙，就让季东打个电话和我说一声也好。太晚了，你早点睡。”我像一只母鸭子，嗓子沙哑不清，眼泪扑簌扑簌往下落，装作什么都不知道，只想好好和他说句话。

如果真的要争吵和计较，我宁愿是面对面，在电话里叫嚣，毫无意义。

是谁说的没有人可以重要到让我欺骗小漫画，是谁说在饭局上遇到殷勤的女人他就会转动无名指的婚戒，提醒对方自己是有妻室的男人，是谁说永远永远不会让我找不到他，我只要动动手指头就能听到他说“我爱你”。

看了太多的类似剧情，男人在婚后会发生很大的变化，不再宠溺妻子，不再专一，不再好脾气，但，卓尧和我从未有过变化，在这一年来的朝夕相处中，我们爱得更深。没有一点的征兆，除了那个白花花空间的噩梦。

漫长的夜，无边的胡思乱想，脑中穿梭着我和卓尧的那几年。初见的第一天，他坐在车里，微怒的脸，他把赤脚的我丢在公路上，他在宴会上误认为我是拜金女对我不屑一顾，在他的公司当众戳穿我的案底并解雇我……然后，我们特别自然地就相亲相爱了，他总会悄悄跟在我身后，不言不语，静静看我。

想到这里，我露出了浅浅的笑意，每当想到我们的过去，我就无比坚信我们的爱，他为了我，付出了那么多，他怎会不坚定呢。我回房间，钻进被窝，窗外的天空已泛白，不管几点，我要忘掉，忘掉对他的怀疑，忘掉叶洁白，乖乖安心等他回来。

早上被小黎回的踢腿动作惊醒，他在床上伸伸手踢踢腿，我趴在他身边，凝望着他，卓尧的缩小版，我的小卓尧。

“小宝贝，你相信爸爸吗？他那么爱你，怎么会不要我们呢。”我说。

眼睛很痛，昨晚多多的那个电话，我多希望只是一场梦，梦醒了，卓尧还是我亲爱的丈夫。丈夫，一丈之内是夫君，一丈之外就不是的，这是谁的理论？卓尧远在千里外的上海，他还是我的丈夫。只是，我们之间的婚姻关系，没有得到法律上的认可。

我曾是律师，我清楚我们之间的婚姻关系从法律上来说，毫无意义，假使他明天娶新妻，我也无权干涉。这不能怪卓尧，是他母亲坚决反对我们的关系不拿户口本出来给我们办理结婚证，卓尧甚至都安排过民政部门的朋友试图不用户口本就办理，可他母亲早就提前做好了工作。

我也阻止了卓尧用别的途径来办理结婚证，那时的我，真觉得结婚证对我们之间的关系并不是多重要，感情不好了，就算有结婚证，还可以离婚。

只是对于孩子的身份，终究是一种亏欠，我的小黎回，不能背负一个私生子的身份。

如果我听多多的话，带着小黎回去卓尧上海的家，再见见他的家人，搏一搏，可能会得到他家人的认可和成全。小黎回这么可爱，长得和卓尧小时候一模一样，说不定林璐云会喜欢黎回就默许了。

但，卓尧没有提出让我去上海。

我不能贸然去，至少应该和卓尧说一声。

手机开机，收到了两条信息，先看到的是卓尧昨晚发的，简短的一句话：曼君，我醉了，闭上眼都是你的笑脸，想听你的声音，哪怕你骂我。

我盯着这条信息一字一字地看，生怕漏了一丝他的温柔，看过一遍，再看一遍，在心里默念。

他醉了，想到的都是我，我心疼了，责怪自己不该多想。一定是应酬需要，公司遇到了麻烦，税务部门要来查账，冯伯文和戴靖杰还咬着公司不放，多面夹击，他有他难言的苦衷。何况昨晚的宴会上，我也没有听到卓尧对那个叶洁白表露爱意。

男人的逢场作戏，女人要适度体谅，不能小题大做兴师问罪，最后只会让假戏真做了。

我不会那么傻，我不在卓尧身边，不能把他推到别的女人身边。

女人的直觉告诉我，叶洁白是喜欢卓尧的，那样亲昵的称呼，一个端庄淑女是不会对自己不钟情的男人说出来的。

好像他们还是传说中的青梅竹马两小无猜。

阿Man，洁白喊卓尧的英文名，声音动人。

很多事，先是动情，再动人。

我把白面包涂上奶酪和草莓果酱，咬上一口，酸酸甜甜，面包吃到肚子里，咕噜一声，才知自己有多饿。翻开第二条信息，是一条彩信，我咬着面包，等待彩信的加载。

小黎回在沙发上玩积木，那些积木是卓尧在海边便利店买回来的。他有洁癖，特别是孩子用的东西，他总是用白色干毛巾擦拭一遍，放在阳光下晒一晒。

一想到白色，就会想到那个叫叶洁白的女孩。

我想我此后要对白色有阴影了。

彩信加载完成，清晰地出现在我眼前，有两张照片拼凑在一起形成对比。

一张是我一手抱着孩子一手拎着一袋珍珠行走在沙滩上，还特意取了我一个动作定格，让照片上的我看起来像是很艰难辛苦。旁边的照片，是卓尧和一个漂亮高贵的女孩并肩坐在豪华宴会上。他穿的不是我给他准备的衣服，很隆重正式的穿着，那么老气传统的西装他也能穿得英俊逼人，他端正坐着，不苟言笑。他身边穿白色礼裙，脖子上戴着钻石项链的女孩，是叶洁白。

她笑意盈盈，牙齿洁白，皮肤白皙，还有笑起来弯弯的半月形眼睛，显得甜美，高贵，像个公主。

王子和公主，他们坐在一起，就是童话。

我端详着他们坐在一起的样子，好不羡慕。卓尧，你离了我，能找到比我更美的女孩，而我，还能遇到如你这样的男子吗?

你说的，爱过你的女人，再也爱不上别人。

有很多很多女人爱你，我只是其中的一个。

做着粗活，穿珍珠项链的我与你身边戴着昂贵的珍珠钻石项链的女孩，在一起比较，小漫画，真快是老漫画了。

我坐了两年牢，有一段失败的感情，被吊销律师证，颠沛流离独自漂泊几个城市，失明了十个月，生了一个孩子，我的经历，丰富得像一块千疮百孔的布。

发来彩信的号码很陌生，不过不用去猜测，冯伯文发的，他就是想让我伤心，这是离间计。

照片下面还有一段话，很小的字体，我仔细看，是这样写的：

照片像素够清楚吧，觉得看得不过瘾，我还有高清照。当你看到这条彩信时，这两张照片正在杂志的印刷厂连夜印刷，很快，佟卓尧就会背负一个脚踩两只船的负心汉罪名，他的名望，他的声誉，他的公司，还有他妄想和宏叶联姻搞垮我的计划，都要毁于一旦！

冯伯文的阴险手段不亚从前，他好狠，永远都意识不到自己的错，失去的东西总把责任归于他人，自私，卑鄙。我曾爱过他，想想就厌恶。

多少个女孩，年少无知时都爱过一个王八蛋，那时的我们还不懂爱，孤单，很想有个人陪着看场午夜电影，睡前打电话说晚安。那个王八蛋填补了我们的空白，他的甜言蜜语让我们昏头转向，我们以为那就是爱情。我们毫无保留地奉献自己，殊不知，王八蛋的天性就是够混蛋，欺骗了我们最初对爱纯真的向往，还一再妄图掌控我们。

感谢这个王八蛋，因为他，我才知道，后来我遇上的卓尧，是怎样的值得和珍贵。

抱歉，混蛋，女人不再隐忍。

你若阴险，我必凶残。

冯伯文，你是忘了我说过的话吗？你的那些罪证还在银行的保险柜里，唯独我能取出来，只要我把那些证据提交到法院，我看你嚣张到几日。

我不是那种有仇必报的人，哪怕他冯伯文对我不仁不义，我也从未想过要推翻当年自己的口供，但，如果他敢做出伤害卓尧的事，我绝对不姑息。

按动手机键，回复四个字：鱼死网破。

我拼死，也要维护卓尧的声誉，我不能让他受到伤害，所有的所有皆因我而起，我不能躲在这个小渔村等他背水一战后回来。我变得无比刚强，强大到如穿盔甲的将军，挡住刺向卓尧的刀光剑影。

爱情，让女人内心柔软，亦坚韧。

小渔村，我可能要离开你一段时间了，也许很久，也许只是一阵子。

期望下一次，能和卓尧并肩走在沙滩上，一起牵着小黎回，三个人大小不同的脚步，深深浅浅落在沙滩上。

这栋小楼，是我最心爱的家，没有卓尧，已不再成为家。

我订了晚上飞上海的航班，票量紧张，好在我抢订到了。不想再拖延，只想要快一点到离他最近的地方，守护着他。他曾说我是他的守护天使，只要我在他身边，再大的灾难和危险，他都不会有事，都能平安脱险。

装了几件衣裳，小黎回的婴儿用品，我和卓尧在海边相拥的照片，我做的茉莉花茶，紫贝壳手链……一件件的物品往箱子里装，我像是搬家一样，把最珍贵的记忆都要随身带着。委托舅母每隔一些时日就来小楼看望一下，帮把院子里的小树涂上白灰好过冬防虫。这些树，是我和卓尧亲手种下去的，他骗我说很快就会有果子吃了，其实，等小树长大结果实，需要更多的年月。

每个房间的窗户都关严实，以免海风吹进房间。卓尧的衣服都熨好晾挂在衣橱里，他的漫画书以及画稿我都带上了，虽然很重，好在可以托运，他见到了这些画稿会开心吧。

要给他一个突然惊喜，先不告诉他我要来上海，否则他原定的工作计划要被我打乱了。我可以让多多来机场接我，有这个好姐妹很温暖。

“多多，我订好了机票，今晚到上海，你来接我和宝宝。嘘，别让卓尧知道了。”我和多多通着电话。

转眼间已是两年多没有回上海，我和卓尧在上海相识，相厌，相爱，相离，这座城市承载了我太多的爱和伤害。我甚至有些紧张，踏足那座城，我和卓尧会有怎样的故事?

能想到的朋友，只有多多。

“大小姐，你昨晚关机，没有机会听到后来的精彩点啊，冯伯文也出场了，不过被叶老的四个保镖给架出门送走了。今早各个八卦杂志都是佟少的负面新闻，我看啊，佟少是咎由自取，我以前还那么欣赏他，这次毁了我们众女性心目中佟少的美好形象。你来了上海，好好教训他，叫叶洁白知难而退！”多多孜孜不倦地教诲道。

“多多，卓尧不会和叶洁白有什么暧昧的，那些都说明不了什么，我相信他，从现在开始，我不许你说卓尧的坏话，否则，割席绝交。”我说。

多多被我的话封了口，她说：“好吧好吧，大情痴，放心，我会准时到机场接你。”

把家里各处都安排妥当，小黎回的纸尿裤、奶瓶、小毛衣都在随身带的包里。冰箱里还有些食物，舅母过来照看，就让舅母带回家吃。

我坐在我们的双人床上，抚摸着床单。我们在这张床上度过了一个又一个长夜，我怀疑我换了一张床睡，会不会失眠呢。

离开小楼，我几次回头，舍不得，我记下了院子里合欢树的高度，大约比院门高出一小截。

“黎回，妈妈要带你去一个新地方，去找你的爸爸。你还会见到你更多的亲人，你的奶奶、姑姑，妈妈教你喊爸爸，喊奶奶。”我哽咽着对怀里的宝宝说。

心中生出的悲凉，天旋地转般疼痛，如被一把无形的刀划过。

我讨厌这样的自己，一些话明明自己敏感而怀疑，却非要铿锵有力说得坚信不疑，天知道，我是多害怕面对未来，那样没有定数，渺茫的未来。

一个人抱着孩子，拖着行李箱，背着偌大的包赶往机场，距离并不远，我每一步都走得悲伤。

这世界上有太多可以用悲伤来形容的名词，悲伤的脸、悲伤的眼泪、悲伤的歌曲，我连步伐都是悲伤的。你能体会那种百感交集的悲伤吗？种种心绪，诸多疑问，哀莫大于心死，我多像赶往战场的士兵。

机场的候机室，轮播的新闻镜头里，居然有卓尧的身影，他西装革履，面前是豪华的办公桌，桌上立着一个相框。他在接受记者的采访，不凡的谈吐，说着公司未来的规划。

他这个模样，回归了我最初认识的佟家三少，英俊严肃，锦衣玉食，高高在上，那一刻，我们之间的距离被拉回到过去，拉回好远好远。他不再是我触手可及的丈夫，他是另一个男人，冰冷傲慢的佟家三少。

镜头一闪，我看到相框里的照片，照片上的女人，并不是我。

白色的贝雷帽，白色公主裙，白色白色——叶洁白！她的照片，公然放在他的办公桌上。短短的十几天，这个叶洁白无所不在地出现。

身边的几位同样候机的女人，盯着大屏幕眼睛眨也不眨，口水都快要流出来了。我低头看怀里的小黎回，他正对着屏幕上的卓尧笑，他认出了那个人是他的爸爸。

“这个赫赫有名的佟少还没结婚吧，不是说和一个有诈骗前科的女人私奔了吗？看来他是把那个女人给甩了。抢手的男人啊，要是我年轻几岁，我一定非他不嫁！”一个穿着豹纹皮大衣的大婶说。

“阿姨，我都没希望，你就别想了，当年我在佟氏旗下的子公司做过文秘，我亲眼见过佟少。哇，真人比镜头上的还帅，我花了我两年的工资买一身名牌把自己打扮得花枝招展，可他，目光一次都没落到我身上！”年轻女孩心痛地说。

“你在那儿上班，那你一定见过和佟少私奔的诈骗犯了吧？说来听听，是不是长得美若天仙。”

我心里哭笑不得，诈骗犯，私奔，我成拐带犯了！但也有一种骄傲从心底生出，能做他的女人，是多荣耀的事。他高高在上，又有几个女人见过他私底下的模样，还有他身上的淡淡木香，他怀抱的温度，他下厨做的黑椒牛排的味道。而我，见过这个男人最柔情蜜意的面庞，他纯真的笑容，他大衣里残余的气息。

和她们比，我有很强大的自豪感。

一旦想到叶洁白，我的危机感顿时让我成了斗败的公鸡。

未来的卓尧，还会是我的吗？

身边的年轻女孩装作很了解的神态说：“我当然见过那个狐狸精，细眼小嘴，长得狐媚相，胸围很大，挤胸扭臀，说话嗲里嗲气，把佟少给勾引去了，我打包票，一定是色迷佟少的。佟少和她走了之后，公司里很多女员工都辞职了。阿姨，你不晓得，佟氏有多少女员工只是为了见佟少一面才在佟氏上班，这一次，佟少回来了，我打算重新去佟氏面试。”

我打量我自己，她真见过我吗？我哪里一脸狐媚相，胸围真的很夸张吗？她绝对没见过我，是凭空捏造了我的形象。

“噢，你这么着急了辞掉工作去上海，就是为了佟少？你省省吧，他快要订婚了，未婚妻是宏叶新任董事长，昭示天下了，你没希望了！”豹纹大婶说。

“哎，就算能和佟少一夜情，我也满足了，最好一夜大肚，给他生个孩子，基因好啊！”年轻女孩说着，指着我怀里的小黎回对豹纹大婶说，“你看这小男孩长得多好看，薄薄的嘴唇，挺直的鼻子，他爸爸基因肯定特好！”

我无语了，我怀里的小黎回就是卓尧的孩子，当然基因好。

卓尧，我的情敌，原来并不只有一个叶洁白，也不是只有你的前女友欧菲，还有太多太多像我现在遇到的这样的女孩，连和你一夜情都在奢望。

我浑身一激灵，太可怕了。

我爱的究竟是怎样一个男人，和他在一起，那么我的余生都将生活在这种不安里。

飞机一路平稳，窗外漆黑一片。我更喜欢坐白天的航班，换登机牌时我总要选个靠窗的外置。我喜欢坐在窗户边，看窗外的云层，总会想起小时候外婆对我说的话，她说人死了，就会去天上，变成云朵，变成星星。我的爸爸、妈妈、外婆，此时的我，是不是离你们很近，如果你们在我身边，请抱抱我。

黎回很乖，第一次坐飞机也没有不良反应。起初我还担心飞机起飞时会引起宝宝的耳鸣，还好，短程的航班，空姐也告诉我不会有问题。

一个多小时的空中飞行，于我而言，仍是漫长。当飞机下降时，我看到了上海的夜空，阔别已久的上海啊，终于，要与这个城市重逢。

下了飞机，取了托运的行李，在出口看见了手持两束百合花的多多。她见到我，热情地飞奔而来，把花往我的行李箱上一放，从我怀里抱走小黎回。

她一脸慈母样说："哎呀我的干儿子，干妈好想你啊，都长这么重了，干妈都快抱不动了。"

好吧，原来小黎回比我更受欢迎，我只好跟在多多的身后，拎着行李箱背着包，还要抱着两束百合花。多多把小黎回视为亲儿子般，说为了迎接她干儿子的到来，她下午特意去商场买了一个婴儿床，安装了好久才拼好床。

"我也不会住太久，你还大费周折买婴儿床做什么，不是浪费嘛。"我说。

多多走到车前，把车钥匙递给我，她扯着嘴角说："哎，我看你这次别想短期内能回去，再说我可不想委屈了我干儿子，就算以后你们回渔村了，我还可以留给我儿子用嘛。"

我摇摇头，由衷地感谢："我儿子可真幸运，还有你这个富婆干妈，你大概都看见了，我这个亲妈落魄到穿珍珠养家了。"

多多拍拍我的肩膀一副悲悯状："本以为你嫁给佟少就穿金戴银，没想到，你连粗活都做了。曼君，你真悲哀，你真悲剧，你代表了所有花痴最惨烈的下场，现在全上海，全世界人都知道，你，阮曼君，是个弃妇。"

"我晕，你用得着这么恶毒嘛！多多，哪有你说的那么恐怖，卓尧对我和孩子的爱，我比谁都懂，我们毕竟生活在一起，他是真情还是假意我会分辨不出来吗？"我没好气地说。

"OK，我不再和你争论这个话题，到我家给你看杂志，我是当你好姐妹才直说，但，我特能理解你，真的。就像我爱袁正铭，我现在见到他，我还是没志气地腿软，挪不开脚，我见到他就会犯贱。"多多帮拎着行李箱塞进后备厢。

我开的车，多多抱着黎回坐在后排，车后座上的那些布绒玩具被黎回的小手扯得变形。我顺着车内的GPS导航仪的指引才顺利找到了多多新搬的公寓。

两年多没来上海，变化并不是很大，这个城市已经繁华到了不可能有过多变化的地步，车流量和人流量倒比过去多了很多，幸好走的路都不塞车。

外面极冷，路上的行人都穿厚厚的冬衣，霜降已过，冬天是真正要来了。

天寒地冻，路远马亡，只为一人，那个人，他此刻在想念我，还是陪在叶洁白的身旁？

我想念他，想要见他一面，夜已深，如果我突然出现在他面前，他是惊喜地拥抱住我，还是，会因为我没有和他打声招呼就来了上海而生气？我们离得很近，还在一个城市，去往他公寓的路途我早已熟悉，我抑制住自己想要见他一面的念头，我还带着小黎回，我只有等白天再去见他。

多多把客房收拾得很温馨，黎回的婴儿床靠在我的床边，宝宝安静地沉睡，偶尔小手会抓动一下。我把床头灯调至最柔和的光线，围着红色流苏的羊毛披肩，轻掩上门，走到客厅，多多从冰箱里拿出一罐啤酒扔向我，我稳稳接住，拉开易拉环，喝一小口。

抿着酒，手转动着易拉罐，上面显示的酒精度数极低。想到卓尧给我下戒酒令时，他假装很生气但坚持不了几秒就要微笑穿帮的样子，我放下啤酒，用玻璃杯倒了一杯温白开水。

“曼君，打算明天去见佟少吧。”多多竟已将一罐啤酒喝完，双手把空易拉罐捏得变了形。她坐在沙发上，垂着双手，手指上的那枚钻戒价值至少千万以上。

“明天上午我要去一趟银行，我想给他一个惊喜，佟母不想见到我，我等他从公司出来。”我指着多多无名指上的鸽子蛋钻戒，小心地问，“这个鸽子蛋多少克拉？宋柏出手可真大方。”

“宋柏？他有心也无力。”多多悻悻地说。

“你又傍上哪个冤大头啦，这样任你花钱，我看开银行也不够你花。”我感叹道，多多真是位花开不败的交际女王。

“不说我了，说了你得批评我没志气没出息了，我和你不一样，你还有佟少和儿子，我可要趁着年轻多从男人身上积累些财富，一旦我人老珠黄，我还可以养活我自己，唉——”多多长叹一声。

直至天将亮，我才回房间去睡。多多喝了四五罐啤酒，没有醉，却一直说梦话，嘴里喊着袁正铭的名字，我想多多大约再也走不出袁正铭留下的那个痴缠迷宫了。

那么，假如是我，假如卓尧像袁正铭那样娶了另一个女人，名媛淑女，而我，或许比多多要凄惨要悲痛成百上千倍吧。

多多还可以继续攀附下一个男人，我不行，我要独自抚养黎回，我不会再接受任何男人。

佟卓尧，叶洁白只是你应酬的一部分，我和黎回才是你生命中的部分，是这样子吗？

# 第四章

## 我在你背后哭，没有人听得见

真正的气质男人，走入人群之后，总会吸引所有人的目光。

醒来，晴天，委托多多替我照看小黎回，叮嘱了几遍照顾宝宝的细节。我换上多多给我找来的性感修身豹纹短裙，黑色大衣，长筒皮靴，从未这样穿扮过，多多说既然要给他一个惊喜，就该把惊喜的星级指数提到最高。

开着多多的车，放着一首摇滚歌，准备先去银行，取出那份可以指证冯伯文的证物，然后把证物交给卓尧。想必佟氏集团正在接受税务部门的调查，林璐云偷税漏税不是一年两年，她野心大，这一次要真出了事，卓尧定要替他母亲承担。

有冯伯文的把柄在手，我想事情还大有转机，冯伯文当我是在编谎话诓他威胁他，他要是看到我的证据，他还敢不退兵。

等红绿灯时，那么巧，我竟看见了站在斑马线边上的毕苏生。很久没见了，要不是他独特的艺术家气质，我想我是认不出他来的。他蓄着一小撇胡子，左边腋下夹着一个空的纯净水桶，衣着破旧，颓废地站在那里，绿灯了，他也不走，站着一动也不动。

反而红灯一亮，他倒要走了，险些被车撞到，我吓了一跳，他简直是僵尸的精神状态。将车开到不远处的路口转弯临时停车，打开车门，喊他的名字："毕苏生！"

他没有反应，周围人都听到了，他不可能没有听到，难道是我认错了？我又喊了一声，他还是头也不回。

车来车往，我就那样喊出了一个人的名字，这个名字，提及我就会心疼。

"静安！"

他回头了，那么慢速的回头，像是在另一个时空被召唤了回来。他望着我，我看不清他的神情，但他微驼的背，沧桑的身影，叫我在这个冬日的清晨，悲凉欲哭。

我们在一家蓝湾咖啡坐下，他沉默着，直至坐下，我要了一杯蓝山咖啡，他点了一份豆花鱼。豆花鱼，是静安爱吃的一道菜。

面对面坐着，他的样子，是我见过的最悲伤的面孔。

我曾恨恨地想过，要是让我再遇到毕苏生这个混蛋，我一定要打得他面目全非，再让他在静安的墓前跪上一天一夜。

此刻，我想我大概是无法对毕苏生失去静安的悲痛感同身受了。

良久，他望着豆花鱼，眼泪滚落，手掌捂住眼睛，肩膀在轻微颤抖。他的手背上布满了条条干裂的血口，他断断续续地说："静安……死了……你离开上海没多久，她就……死……"他说不下去了，就用沾满泥土的袖子擦眼睛。

好可怜，我想他是我见过的最悲伤的男人。

静安，你见到了吗？你心心念念的苏生，在你死去两年后，还是会难过得一塌糊涂，你见到这一幕，会心疼不已吧。

"你不觉得，一切都太迟……静安已经走了，回不来了，她走了两年，你就这么颓废糟蹋自己两年，你对得起当初用生命来护着你的静安吗？当初……如果你不背弃她，不和那个女人在一起，现在，就不会……"我说着苏生，泪流满面。

"我该死，为什么死的不是我……我皮糙肉厚，刀扎入我的身体不会有什么事，她那么弱，那天她还生病发了高烧，没有吃一点东西，我连水都没有给她倒一杯……"

"好在，你都知道。静安为你做的，你都知道，你还能对她念念不忘，她也会安心，你要好好活着，活成静安想看到的样子。"

他缓缓地点头，但也许他无法明白，也许他无法原谅他自己。他从破旧外套的内衬口袋里，掏出一个信封，信封对叠着，他小心地打开，看得出来他很爱惜很在意这封信。

他把信递给我，信纸是传统的白底红线条的信纸，发了黄，泛了旧，我以为这是静安写给他的情书。

打开一看，是静安的遗书。

傻傻的静安，像是预料到自己有天会死在毕苏生的前面，她早早地安排好了后事。我想那时的静安，就算没有发生替毕苏生挡一刀的灾难，她也没有准备活多长久，她会在亲眼看见苏生幸福之后自绝。

苏生，记得爱上你那年我十八岁，我用了两年时间终于让自己相信一个事实——你不爱我。此后，我就很努力工作挣钱，我想要存够一百万。一百万不多，你可以买房娶妻生子，不要辜负下一个女人了。好好待她，把你没有给我的爱统统给她……死亡对我来说不可怕，而我最担心的是，我死了，你怎么办？好在，我给你存了一百万。苏生，我想要谢谢你，谢谢你出现在我的生命里，让我爱上你，陪伴你，有机会成为你的妻子。即使离婚了，你还会回家来看看我，吃我做的饭菜，喝我煲的汤，给我一个拥抱，对我而言，这已足够……

静安的遗书，让我在悲伤之后，想了很多。我们都以为我们爱得很伟大，可这样的静安，告诉我，今后，该怎样去爱卓尧。

而我，能做到坦然看着卓尧和别的女人幸福吗？不管他是和欧菲还是叶洁白，我能够做得到吗?

苏生走了，没有告诉我去哪里，静安死了两年，他依旧这样悲伤，他也不算是无情无义。多少男人，在女人死后不久，娶了一个又一个，但，这并不是不对。我在想，如果我死了，卓尧会悲伤多久。

起初清晨那激动的心，竟跌至谷底，我是个永远都没有危机意识的女人，过于自信，现在我要见他，要他的解释，要他亲口告诉我，他爱的只能是我。

我在银行保险柜取到了重要的证据，小心翼翼收在包里，这关系到佟氏集团的生死存亡。我在想，要是我可以解决佟家这次遇到的麻烦，是不是卓尧和叶洁白的联姻就可以取消。

只要冯伯文在税的问题上不再闹，摆平有关部门，佟氏集团就可以平安无事。

走出银行大门，一辆银色车上下来两个墨镜男，其中一个打开车门，对我说：“阮小姐，跟我们走一趟。”

我抓紧了怀里的包，生怕是遇到了抢劫，但对方既然能够叫出我的姓氏，想必是熟人。

谁会消息这么灵通，我一到上海，就要见我。

我以为，是卓尧的母亲林璐云。

我坐在后排座位上，左右前后都是冷峻不语的男人，我警惕地问：“你们最好别乱来，银行门口有监控，我若有不测，警察可以第一时间查到你们。”

开车的男人语气冷漠地说：“我们只是拿人钱财替人办事，放心，不会对你怎样，只是你的一位老朋友，想要见见你。”

车停在我很陌生的一栋大厦门口，上了电梯，二十二楼，进了一家新开的公司，公司进门的logo，我熟悉，是冯伯文的公司，这个logo是当年我设计的。

难道他早就派人跟踪我？我包里的证据，是不是他此次见我的目的？

冯伯文的新公司俨然成立不久，或者说，公司里没有一个员工的身影。我不清楚他葫芦里卖的是什么药，绑架我？应该不至于，他不会那么傻，他说他要做良好市民，怎么会用做坏事的表象来做坏事呢。

他只会用做好事的表象来做坏事。这是他一贯作风，阳奉阴违。

冯伯文坐在办公椅上，背对着我，我环顾他的办公室，死气沉沉，他还是那么虚伪，想尽一切办法把办公室布置得豪华气派，不过，是个皮包公司，他的目的就是联合钟利涛和戴靖杰来对付卓尧。

“你果然来上海了，戴靖杰说用这一招对付你，你肯定要来上海，没想到，你真是明知山有虎，偏向虎山行。东西取了吧，我念在我们过去的情分上，我不动手，你自己交出来吧。”冯伯文没有转过头，声音阴沉，充满了威胁。

我恍然大悟，上当了，不能让他得到那几张指证他的票证，我故意扯开话题说：“冯伯文，我们两年没见了，你就用后背对我说话吗？至少，你也该给我沏一杯茶。”我说着，小心地把手伸入包里，将证据拿出来，轻轻放在地上，用脚踢进办公桌下面。

冯伯文是想不到我会把证据藏到他办公桌下的，我只要争取时间，就能悄悄拿回来。

“可以，只要你乖乖交出来，我当然愿意用我英俊的脸对着你说话，并且，给你沏上等绿茶，我没忘记，你爱喝绿茶。”冯伯文转过脸，白色的西装被他阴邪的笑容糟蹋。

在他望见我的一刹那，他的目光里有些异常，他愈发像一只狼。

我穿着豹纹短裙，黑大衣，长皮靴，只为给卓尧一个惊喜，没想到，却被他尽收眼底。我暗暗后悔，仍装听不懂他的话，说：“你要我交什么？我不欠你的，冯伯文，我今天来这里，是警告你，好自为之，停止你脑中想做的事，这对你没有好处。”

“曼君，你应该比任何人都了解我的性格，我认准的，会放弃吗？噢，对，我放弃了你，不过没关系，拜佟卓尧所赐，我离婚了，你要是想跟我重归于好，我的怀抱随时为你敞开，你对我还是有感情的，不如，交出东西，免伤和气。”冯伯文站起来，皮椅还在转动，他朝我走来，皮笑肉不笑，面目分外可憎。

“站住！你别过来，你再过来，我就跳下去！”我指着冯伯文的脸，对他很厌恶，若他再靠近，我真有开窗纵身一跃的冲动。

“我仇人太多，这个窗户外面有防护设施，跳下去，也不会受伤。”冯伯文嘴角有一抹阴冷的笑。

“该死的，你给我滚远点！”我爆粗口对他大吼。

“哈哈，曼君，你还是像从前那样可爱，那样傻。”他哈哈大笑，得意地走到办公桌前，做了一个弯腰的动作。

他弯腰，很顺利地捡起了最为重要的证据。

我惊得不轻，他明明是背对着我，却对我的一举一动了如指掌。

冯伯文举起一部手机，按了一个播放键，里面重复着我和他刚才的对话。他说：“我的办公室里，有监控的，你抬头，正对着你的，我的手机和这个监控是联网的。曼君，你的样子，真可爱。”

他从桌上拿起打火机，一手紧握着几张票证，他打算烧毁证据。

我必须阻止，就算拼了，也要把能指证他的有力证据拿回来。没有考虑太多，我冲上去，先死死拽住他拿打火机的那只手，用力掐，他痛得甩开了打火机，而我，连同打火机一起，跌落在地上。

哧的一声，是裙子裂开的声音，我忍着痛站起来，捂着裙子破了的地方。

冯伯文，已把那些证据付之一炬，脆弱的纸，烧得只剩下一个角。他把纸片扔在地上，很肆意地笑。

我红了眼，对他的仇恨达到了顶点，恨不得，与他同归于尽，但，不能，我还有小黎回，我不能让他失去妈妈。

“我劝你放弃和我鱼死网破的念头，你我不一样，你有儿子，你心里根本放不下佟卓尧，我不同，我不怕身败名裂，我不怕头破血流。不如，我给你一个建议。”他用手抚摸着下巴，猥琐地看着我，说，“你生完孩子，身材恢复得不错，比以前丰满了嘛。今晚，你把我哄得开心，伺候舒服，我就对他网开一面。”

和这种无耻的人还有什么好说的，只是没想到，这副嘴脸，我竟曾为他着魔。突然对自己生出了莫大的怜悯之心，我爱过这样卑鄙的混蛋，想想，就恨自己，一失足，千古恨。

“我彻彻底底明白自己当初错到什么地步！你好下贱。我本想和你谈判，只要你放过佟氏，远离戴靖杰的复仇计划，我会把当年的证据交还给你。牢嘛，两年我都坐了，我没想过送你进去。既然你做绝，那你最好思量你下面的每一步路，卓尧有任何事，我不会让你下半辈子好过。”我说完，没看他一眼，摔门而出。

走出来的那一刻，眼泪夺眶而出，曾经爱过这个男人，尽管我早已释怀，当他面目狰狞厚颜无耻，我始终无法原谅自己当初的执迷不悟。

我比静安还要傻多少倍啊，至少，苏生只是薄情，本质不坏。

那两年牢，坐的真是一文钱不值，阮曼君，以后再也再也不要提起，想起，承认和冯伯文的曾经，从现在起，是仇敌。

想到卓尧温暖的笑容，我便觉得生命的真实，他和孩子，是我坚强又坚强的最大支撑。他待人总是清凉如水，独独对我，亲密无间，热诚欢好。想着他的好，好想马上和他见一面，扑到他的怀里。

站在电梯口等电梯，看着指示灯从负一楼停车场一层一层往上闪，我急切地想要快一点离开这个鬼地方，生怕冯伯文这个恶魔般的人追出来。

电梯丁零响了一声，银色的门打开的那一刻，我看见了像是阔别已久的卓尧。

他从电梯里走出来，面庞清俊，高大颀长的身形，白衬衣，深蓝色西装，袖口有两排纯金的纽扣。一副冷峻深沉的模样，他的气场就是这样，出现在任何场合，总能让人群安静，散发出耀眼的光亮。

他身上的光芒，像春日。我们终于离得很近，渴盼他会像往日那样望着我微笑，张开怀抱，嗓音低沉温和地说：“来我怀里。”

我想起三年前，我们分开，好久不见，他的车每晚都停在我公寓楼下。车灯闪烁，他坐在车里抽烟，正巧我下楼去便利店，我一出来就识出了他的车，他转脸，也看到了我，他打开车门，大步向我走近，紧紧拥抱住我。他低头吻我的脸，生命仿若一下完整。

只是没想到，会在这样的场景下，与他重逢。我凌乱不堪的衣衫和发丝，裙角破裂，我捂住脸，站在他面前，笑着流泪。

他的眉头皱了一下，脸上，没有出现我期望的笑容。他用惊异的目光打量着我，陌生得令我害怕。他没有说话，他只是静静地看着我，看我的狼狈，看我的衣衫不整。

我一下子，意识到了他在想什么，他见我这个样子，生了误会。然而，卓尧，难道你不是那个最疼爱我最信任我的人吗？你怎么，用这样的疑惑眼光来审度我。

我低头，咬了咬嘴唇，深呼吸，转过脸，看向左边。

他不言，我不语。

沉默过后，他轻声说：“曼君，你可知道，你让我失望，并且，心痛。”

他的话语，已经是恼怒，因为那股心痛，他才会轻声说。我宁愿他勃然大怒，对我大吼，我好和他吵一架之后拥抱。

卓尧，我来这里的目的，是为了什么？为了你，你知道我是为了你，但你以为，我用那种方式在帮助你。

电梯门又响了一声，怕人瞧见，我低头，长发垂落，该怎么收拾残局，来上海之后发生的事和我来之前在小渔村想象的相差万千距离。问题，是不是都出现在我这里？我反省自己，换位思考，若是我变成卓尧，我会不会，气恼。我在为他找借口，为他开脱，只因他在乎我。

“阿Man，原来你在这里等我啊，对不起，我在停车场反复找，还是没有找到你的戒指。”甜美的声音，即使是道歉，也能娇滴滴，她是叶洁白，我不抬头也能猜到是谁。

我看了一眼卓尧的左手无名指，空荡荡的，他遗失了我们的婚戒，心脏传来的刺痛险些让我弯腰捂住心口。丢失了婚戒，是不好的征兆，呵，不算婚戒吧，我们也没有正式登记结婚。

“没关系，别再找了，我们进去吧。”他毫无责备的意思。

他说过的，任何场合和应酬，他都会戴着那枚戒指，时刻提醒其他女人，他是个有妇之夫。那枚戒指，尺寸正好，那么牢牢套在他的无名指上，怎么会弄丢？

我竟然，卑微到连头都不敢抬，我的目光正好落在叶洁白挽着卓尧的胳膊上，那个位置，我以为站的只会是我。

心脏不合时宜地加剧刺痛，我是有了心脏病吗？怎么每次都会绞痛成这样？我捂住了心口，毫无准备地弯身蹲了下来，额上大颗大颗的冷汗直冒。太像演戏了，旁观者或许会觉得不如晕倒下去，那就更有好戏看。

原谅我，疼得慌。

疼得，麻木不仁。

远处，传来这样的歌——

“我在你背后哭，

没有人听得见。

压抑也是一种幸福，

我已经能体会。

再也没有什么借口可以作为我后退的理由……”

我心口痛得蹲在地上，我的身边是他挽着别的女人。

佟卓尧，你可知道，你让我绝望，并且，心寒。

所托非人。

我就站在你面前，我真的半点也看不出你和叶洁白只是演戏，她挽着你，比我还理所当然。

“小姐，你哪里不舒服吗？要不要我送你去医院？”叶洁白退了回来，蹲下身子，关切的声音很柔和。我看见了她的手指，细细长长，指甲做得很漂亮，绘着细腻的图案。连指甲都做得如此昂贵精致的女孩，我第一次遇见。

传说中的公主与灰姑娘，噢不，我不是灰姑娘，我是灰大婶了。叶洁白比我年纪小，她和卓尧一样锦衣玉食，而我，出生于小渔村，饱经沧桑，相形之下，不需要看脸蛋和身材，只比手，我就自卑了。

卓尧，你领了这样一个叶洁白来我面前，再骄傲自信的曼君，也会卑微了，你知道吗？因为挽着你的是她，不是我。

我摇摇头，咬紧嘴唇，强忍着痛站直身子，装作没事，按电梯键，电梯很争气地迅速开门，我像逃命一样钻进电梯，疯狂地按一楼的数字键。

电梯门关上前，我都不敢看向前方，害怕自己会失态。我听到叶洁白委屈地对卓尧说："这个人真奇怪，我也是好心。"

我在最后电梯门仅有一小道缝隙就合上的那一瞬间，望向了前方，我看见他的侧脸。天涯海角，过树穿花，那么多陌生的城市走过后，他还能找到我，可现在，隔着一道电梯门，却遥不可及，犹如隔着千山万水。

我没听到卓尧说什么，不知他有否萌生一点点心疼。

电梯下降，下降，我的心脏连同着堕入谷底，把我和他越拉越远。他没有追出来，手机在电梯里没有信号，我甚至还心存幻念，他会发短信给我解释。

走出这里，那种刺痛消失了，如被下了降头术之后获得挽救。

寒意侵袭，这样衣衫不整走在路上，招人非议，我拦了一辆的士，去取了多多的车，开车满大街地转。

转了几条长长的街道，还路过以前送外卖的街，路过那家麦当劳，找地方停车，披了一件多多放在车后座上的披肩，进了麦当劳。

坐在靠落地窗的位置，阳光斜照，看到了停在门口的送外卖的电动车，一个二十岁左右送外卖的女孩戴着红色的头盔，我朝她微笑，她多像当年的我。

我仰头看对面那栋大厦，三年前的场景，历历在目，那时他总去那栋大厦的最佳位置，来看我在麦当劳忙进忙出的身影。

那大约是再也回不来的感觉吧。

看了太多的类似的话，大意就是男人在得到女人之后，心理就会发生变化，得到了就不珍惜，会寻找下一个目标。男人喜欢把得不到的东西变成得到的东西，他们享受的是征服的过程。

"为什么我吻你的时候还是很想吻你。"记得这是他在陪我看了一场电影之后，忽然转头，托起我的下巴吻我后说的话。他的气息，扑面而来，那时的我，在他怀里，完整得如一条长河，越过激流、暗礁，穿山越岭，到达他身边，旋转，忘乎所以，投入。

他的吻传递的味道，还在我唇边，是啊，我们曾那么亲密，怎会一下子陌生，疏离。

点了一些吃的，却想了太多当年的事，面对着一桌子汉堡薯条，我竟眼泪泛滥。卓尧，现在的曼君，脆弱得不得了，我都不敢想，一点都不敢想你挽着叶洁白走的场景。我连回头的勇气都没有，我怕我回头后，会跑上去质问她为什么挽着我丈夫的胳膊，为什么要夺走我儿子的爸爸。

我不敢，我太怕在你的面前失去仪态，不再是那个坚强独立的小漫画。

我这么没用，难怪，会失去你。

是真的，失去你了，因为我，真的生你的气了。没有去想将来，那一刻，我想的都是曾经。只要一想到卓尧温暖的笑容，我就无法相信，我的眼睛看到的是事实，我多希望我的眼睛欺骗了我。

大杯大杯喝了加冰的可乐，我不再喝酒了，因为如果以后我醉倒路边了，我想你不会开车一路找寻我，带我回家了。不小心地吞了一块大的冰块，卡在我的喉咙处，咳不出来，也咽不下去，那种滋味，生不如死，我宁愿就这样卡死算了。明天的报纸右下角奇闻奇事那一版就会刊登——一绝望女人喝可乐吞冰自杀。

我竟然彻彻底底死于你走之后的荒芜爱情里。

不，我不能，我还有小黎回，我死了，我们的孩子怎么办？我忍着难受，用手比画着要了一杯热开水喝下，那块卡在喉咙的冰遇到热水，迅速地消失了。

冰那么坚硬，终抵不过温热的水。

爱情长了杂草，需要将杂草除掉，这块冰，让我恍然大悟，我该试着做些什么。卓尧的苦衷，兴许不能言说，我应该不动声色替他找到症结所在。

就算他变心，也不会这么快，而我们之间，误会越来越深，就好比我和冯伯文之间，并无什么，卓尧还是误会了，他不是不相信我，他是太霸道。

他都没有想过，我怎么会不误会他和叶洁白之间呢？他都不解释。

“阿姨，你为什么一会儿哭，一会儿笑呢？”一个穿着粉色毛衣和白裙子的小女孩坐在我对面，七八岁的模样，头发是浅浅的自然卷，长相甜得像一颗草莓。

“那是因为阿姨喜欢一个人，喜欢一个人，就会悲喜无常，而我喜欢的这个人，他也许会喜欢别人。”我笑着，望着她，想她可能并不能听懂。

再过几年，小黎回大了，也可以这样坐在我对面，和我聊聊天了。

“阿姨，你要坚强，不哭。我比你还可怜，我爸爸把妈妈公司的钱都骗走了，他和一个漂亮姐姐住在一起，不要我和妈妈了。”她悲伤地说，强忍着泪，有着和年龄不相符的坚强。

真可怜，这么小的年纪，就要承受父母关系破裂带来的伤害，她像个小大人，举着自己的例子来安慰我，也道出了她自己的心事。

眼看着，面前的小宝贝眼泪要滚落了，脸蛋红红的，一句话也说不出来。

我哭了。我一想到黎回长大后，可能也会这样，心酸至极，坐在座位上，双手放在腿上，就那样直着身子，咧着嘴哭。

她伸出小手，给我擦眼泪，说：“阿姨不哭，等会儿我uncle会来接我，uncle很厉害，我让uncle帮你。每次在医院打针，医生把我打痛了，我就会对医生说我会喊uncle来看你还敢不敢打痛我！uncle带我去打针，从来都不疼。”

“你的uncle，他可以帮我把我喜欢的人带回我身边吗？”我抽泣着问，噘着嘴。

“当然可以，uncle是世界上最帅最厉害的男人！爸爸总打我妈妈，uncle回上海后，去把爸爸打了一顿，爸爸就不敢打妈妈了。”小宝贝嘴里的uncle似乎是万能的男人。

世界上最帅最厉害的男人，在我这里，不应该是卓尧吗，她的uncle再厉害，能把我的卓尧带回来吗。

手机响，多多的电话。

“你在哪儿呢？见到佟少没？躲哪家酒店滚床单，快点交待！你儿子开始大哭了，我快哄不住了，你赶快回来吧。转达佟少，来日方长。”多多没个正经，信口开河叫嚷着。

“幸好黎回还小，不会说话，否则你这个干妈肯定把他教坏了。”我说着，对小女孩笑。

“你快回来吧，我花光了我所有的鬼脸啊，怎么哄也止不住哭。”多多还特意让我听到了黎回的哭声。

我已经出来一整天了，神思不定的，我得马上回去，小黎回想妈妈了，哭声让我心疼。

“我马上回来。”我挂了电话，对小女孩说，“我要回去了，不能陪你等你uncle了，你不要到处跑，乖乖坐在这里等uncle。”

“好的阿姨，那，再见。”

“你妈妈有你这样乖的女儿，比她拥有什么都幸福。再见。”我说。

走出麦当劳，已是日落，黄昏的光照得人心里柔软。红灯倒计时数字跳闪着，回头望去，小女孩仍坐在那个位置等待着。绿灯跳了出来，对面左边的车流也整齐有序地驶来，亮着一盏盏车灯，有那么极短的余光，我似乎看见了卓尧。

他开着车，迎面驶来，我们的车，擦身而过。

我从后视镜里，看着那辆黑色的车平稳地驶离我。他的名车在车流中显得格外耀眼光亮，是他，我相信我心跳传来的感觉，刚刚，我们又那么近。

分了心，我险些撞到了高架桥的石礅。

在此时，手机振动，响起了那首专属卓尧的来电铃声。我把车停在高架桥下，握着手机，一下就紧张了起来，我好怕，他会打电话和我说那两个字——分手。

连离婚都谈不上。

电话接通，许久都没有声音，即使身边车来车往，我亦能听清楚他的呼吸。他呼吸很慢，像是在极力压抑，那样的气力，像是每呼吸一次都可以带出泪水来。仅仅是听着他的呼吸，我已心疼得泪流满面。

似有太多要说，却难开口。

卓尧，就算你不说什么，我也明白，你很艰难，你是万万不想伤害我的，纵使有千分之一的机会，你宁可自己受伤，也不舍得我难过。

我们的爱，在无声中，坚定无比。至少那一刻，我能够肯定，他爱我。

“卓尧……”我轻叫着他的名字。

“以后，开车不许开那么慢。那么慢，后车容易追尾，你只知道开车快危险，开车太慢，也不安全。这里不是渔村，是上海。”他慢吞吞地说，一句一句，像兄长样的口吻。

原来，刚才他也看见了我。

他不放心我，所以打电话来。

最后的那句“这里不是渔村，是上海”，让我们都陷入了沉默。我们都想到了敏感的地方，什么时候，我们能一起离开上海，回到小渔村。

“你有时间吗现在？我想见你。”我鼓起勇气说。我们之间，短短半个月，生疏到了这个地步，他重新做回佟家三少，那个位置，已令我觉得遥远。

他没有立刻回答，沉思片刻后，说：“今晚有些忙，改天，我打你电话。黎回，就辛苦你照顾了。”

“我是他妈妈，我会照顾好他的。”我说着，仰靠在座位上，想把眼泪忍回去，不料却横着从眼角滚落滑到耳边，冰凉。

他说忙，等于是，拒绝了我。

卓尧，我以为不管再忙，你都能抽出时间，不会拒绝来见我一面，我可以确定你的车就停在不远处，你静坐在车里，只要你愿意，开车，回转，我们一分钟后就可以见面。

你以忙做借口，我默许了你的忙，我等你，终有不忙的时候。

卓尧，没有人像你，让我眼泪这样流。

回到多多的公寓，装作什么事都没有发生，满脸笑容，给小黎回洗澡、换衣服，喂鱼泥和软饭，他的小牙齿，和卓尧的一样整齐。

我抱着黎回的小身体，把脸贴在他圆滚滚的肚皮上，说：“幸好，妈妈还有你。”

多多仍旧约会，购物，和很多男人在电话里调情，每天来接她的车一辆比一辆高档豪华，衣柜里吊牌都没来得及拆的衣服就已成为旧衣，那些男人前仆后继，围绕在她身边。

她对着镜子抿着烈焰红唇，特认真地说：“曼君，我养你。”

我一时没反应过来，反问地“嗯”了一声。

“我养你，就在这里住下去，不用担心任何问题。如果难过，告诉我，我陪你哭，陪你喝酒，陪你去撕烂那个叶洁白的脸！”多多转身，握着我的手。

“我很好，一点都不难过，卓尧过几天会来接我们。”我说这句谎话，听起来太假。

多多没有说话，没拆穿我，她只是转过脸，用粉饼快速补妆，她的眼泪，让我不敢抬头了。

这样的日子，过了一个星期，卓尧的电话也没有再打来，我倔强着，也没找他。他如果有时间，如果想念我和黎回，他怎么会不打电话呢。

我该自觉，每一次见他或接他电话，我的心就会如死灰复燃一般，突然无比坚信他爱我，哪怕他和叶洁白要订婚的消息传得像童话般美好，可当他不再出现，隐遁，我又陷入万劫不复的绝望。我想我不能再见他了，每见一次，希望复出，接着绝望，就这样在希望和绝望的交替中受折磨。

卓尧，你可知，这样的日子，我过得好痛苦。

天气越来越寒冷，怕黎回受凉，极少带他出门。多多出去约会，家里就剩下我和孩子，暖气开着，窝在沙发里，从厚厚一堆书里，找童话故事念给黎回听。他笑，我也跟着笑，那时的我，真觉得个人的爱和需要都不重要了，黎回，比我的生命还重要。

我教他喊爸爸，发音“ba——ba”，他总是喊得不够清晰，我一遍遍重复，想着如果下次卓尧来看我和黎回，黎回喊他一声爸爸，他会多么的骄傲，他的儿子会喊爸爸了。

黎回，是卓尧的缩小版，我抱着他，就心存感恩，也许即使将来卓尧离开了我们母子，我也不会多恨他，毕竟，我们有一个共同的孩子。

十二月一日，我已经十天没有接到卓尧的电话，十天，这十天，漫长得像一百天。天气出奇的好，阳光暖照，我拉开窗帘打开窗户，阳光照射在身上，让我觉得明媚的日子也许近了。

多多早上走，叮嘱我，最近几天不要出门。可天气这么好，我不走远，应该没事。

抱着黎回，给他戴了一顶小毛线帽子，穿格子红棉衬衫和黑色的羽绒服，帅气健康的儿子，是我最大的欣慰了。

出来走走，透透气，晒晒太阳，在公园里，锻炼着他走路。他才一岁多，我等着他长成男子汉，像他爸爸一样，保护我。

突然，不知道从哪里冒出来很多闪光灯，咔嚓咔嚓响个不停，相机在抢拍着，我赶忙抱起孩子，用手遮住孩子的脸，惊恐地叫道：“你们干什么？吓到我孩子了，不许拍。”

根本，没有人理会我，相机还在拍，我才明白，这些人，都是各个媒体的记者。

我紧紧搂着孩子，不再多语，想要尽快离开这里。

“阮小姐，请问你怀里的孩子是不是你为佟氏副总裁佟卓尧生的私生子？”一个年轻的男记者挤上前来，举着话筒，挡在我面前。

他居然用“私生子”来形容我的儿子。

我压抑着内心的怒气，在这种场合，言多必失，随口一句话就会引来非议，记者会乱写，恐怕对卓尧有不好的影响，我最好就是保持缄默。

“请让开。”

“你对佟少与宏叶集团总裁叶洁白的订婚持怎样的看法，你会去法院起诉吗？”

“我们杂志愿意为你提供援助，帮助你声讨得到赔偿，这是我的名片……”各路记者都“好心”地七嘴八舌说着。

小黎回被吓得紧紧搂住我的脖子，眼神里都是惊恐。

我抱着黎回，被一群有备而来的记者围得水泄不通，我找不到出口，一句话都不说，用空出来的一只手努力让这群记者不要挤到吓到黎回。

“前段时间有记者拍到你衣衫不整出现在你旧情人的公司，请问你是否想用这种举动报复佟少？”

“你曾经是一名律师，却坐了两年牢，你是怎样让佟少对你钟情的？我们报社想邀请你做一期访谈……”

“我不需要！请你们让开，我的孩子这么小，他受不起惊吓。”我孤立无助，哀求道。小黎回害怕地开始哭了。

就在这时，忽然传来刺耳的刹车声，听得出车速很快。刹车的动静，将这些记者的目光吸引了过去，那辆黑色的车，停在公园门口的马路边，和我的位置就隔着两排梧桐树，几米的距离。

他关上车门，大步走了过来，穿着宝蓝色大衣，身形高大。隔着那些树，我仍感觉到他投向我这里的眼神里的关切、紧张和怒火。

那些记者，将镜头全部转向了他，甚至做着现场报道，而我，并不希望他出现，这些报道只会连累到他，有损他的声誉。记者看到的是，佟氏副总裁未婚生子，高调与宏叶集团总裁订婚。而他们看不到，我和卓尧是怎样不容易，我们抗争了多少。

说到底，还是他的家庭，无法接纳我，我唯一能做的，就是领着他和我逃离，现在，我明白了，逃离不了的，终是要面对。

当记者在他面前提出了那三个字——私生子，这三个字引起的后果，是我从认识他以来，第一次看见他，发了这么大的火。

他砸了记者的摄像机、手机，并将那名说出“私生子”这三个字的记者一拳打倒在地，一只手有力地攥住记者的胳膊，一字一句地说：“你最好，离我的妻子，远点。”

“都给我滚——”他激动地斥责。

记者们慌忙逃离，顾不得收拾地上的摄像器材。跟随而来的季东，停车，跳下车跑过来，拉住了情绪失控的卓尧，说：“佟少，你不能这样，那些记者会写得更不堪入目，我们好不容易争取到……”

“你闭嘴！我做什么决定不需要你教，滚。”他扬手甩开季东，冷漠地说。

他的手，在砸摄像机的时候，受了伤，血顺着手掌，往下流。

他转过脸，望着我，那个眼神，我永远永远都忘不了，令我心疼得不能言语。想说的，太多太多，却无从开口，他静静望着我，两排法国梧桐的树叶就那样一片片飘落。

“小漫画，过来我这里，让我抱抱你。”他用喑哑的声音说着，张开手臂，受伤的手，流了很多血。

我哭着，抱着黎回，钻进他怀里，他一只手抱着黎回，一只手搂着我，他吻着黎回的脸颊，再吻我的额头。我握着他受伤的手，心疼哽咽着说：“你受伤了，在流血，我们去医院，好不好？”

“傻瓜，看你怕成这样，我没有事。”他眯着眼微笑，我在他怀里仰着头，像是做梦一样。

“我给你包扎一下。”我从衣服口袋里拿出手绢，这是给黎回准备的手绢，干净整洁。我小心地在他手心上缠绕一道，打个结，却无意间，看见了他手腕上还有旧伤。

我抚摸着他的旧伤，问：“这些伤，是怎么来的，你和人打架了吗？”

无法想象，那样镇定沉静的卓尧，满手都是打架受的伤。他的手伤成这样，看来对方的伤势不轻。

“你也是，伤痕累累。”他揉揉我的头发，手臂用力地将我揽紧，深呼吸了一下说，“抱着我的大宝贝、小宝贝，大小宝贝。”

他看穿了我的心，伤痕累累，他比谁都懂我的痛处，看到我和黎回遇到麻烦时，他不管自己的身份，没有顾虑冲过来保护我们，他始终都没有把我们母子放下。

“上车，离开这个公园，记者也许还躲在不远处。”他搂着我，抱着黎回，我们朝他的车走去。

我细心地发现，停在那里的黑色车子，车头左侧剐花了。

“车怎么了，撞到了哪里吗？”我问他，忙摸摸他的胳膊、他的腰，生怕他出了车祸撞到哪里，我责备地说，“开那么快，刹车那么急，你再这样，以后让季东开车，他在你身边，我才放心。”

“那天，在老地方的那条路上，我看见你的车开得极慢，我分了神，避让不及擦到了护栏。所以，就给你打电话。”他淡淡地说，逗着怀里的黎回。

我们竟都一样，那天我也险些撞到了高架桥下的石礅。卓尧，你令我担心、害怕，并且痛苦不堪，但无论如何，我都不能见到你过得不好，你受伤。

“那你还批评我开车慢，你是黎回爸爸，你要以身作则。下一次见面，再看到你受伤，我就不让你抱黎回了。”我开玩笑说。

下一次见面，根本没有时间表，这一次见了，下一次，会是何时。

我握握黎回的小手，叫他喊卓尧爸爸，他迷茫地望着卓尧，才二十多天，儿子就把卓尧给忘记了。卓尧有些难过，说：“看来再这样下去，他大概不要我这个爸爸了。”

“儿子不要你，我要你。”我开心地说。我只要此刻，此刻的我们，一家三口团聚了。

我坐在后排座上抱着黎回，他开车，我看见他握着方向盘的手，那枚婚戒，完好地戴在他的无名指上。

不是丢了吗？居然失而复得了。

我低头，端详自己手指上的同款婚戒，上面的钻石，熠熠生辉。

车缓慢行驶，季东的车，也跟在后面。

“怎么不问我，为什么不给你打电话，不来见你。”他问。

“你不是来了吗，答案已经不重要了……卓尧，我不需要你解释太多，你为我做的，付出的，我想，不是一两个误会就可以让我怀疑你。而且，每当我听到你的声音，或者看见你，我心中盘旋无数次的阴霾和猜疑就会被全部打散。你站在那儿，我就明了。”我说。

他笑了，爽朗的笑声，说：“我的女人，真乖。坐稳，抱好黎回，我需要甩掉后面的几辆车。”

“几辆车？”我惊诧地透过窗户往外看，果然看出了端倪，后面的几辆车，紧紧跟着我们的车。

“他们是谁，为什么跟着我们？那辆本田是季东的车，其余的呢？”我不停地回头看。

“冯伯文派的私家侦探，钟老爷子的手下，两家媒体的车。”他语气肯定地说。

我们只是见一面，却引来了这么多的追踪，我忽然明白他为什么一直都没有来找我，没有打电话给我，他每天被这么多的人跟踪，他担心的是会引火到我们母子身上。

“所以，你迟迟不见我，是这样吗？”我凝视着他的背，他侧脸俊朗的线条，这是我深深迷恋的男人。

熟悉的木香，车内并不大的空间，却载着我的全世界。如果车一直走一直走，会有尽头吗？没有尽头的话，卓尧，我们离开这里，开着车，远走高飞，好不好？

“我明知那些记者紧跟着我，可还想来见你，我开车经过公园，看到你正好走进公园，我打算绕道甩掉记者再回来，那些记者竟认出了你。曼君，当我看他们包围着你，你那么单薄无望地抱着孩子，我控制不了我的情绪。”他说着，懊恼不已。

他迟迟没来找我，是因为他的一举一动都有一帮人盯着，他想保护我。当他忍不住来看我，却招来了一大帮记者，他并不在意那些记者乱写对他有什么影响，他怕的是，那些言论会伤害我。

“卓尧，我还以为你不要我们，不要我和小黎回了。”我眼角湿润，太多的坚持，让我总算得以欣慰。

“答应我，把这样的想法永久从脑中赶走。现在情况确实麻烦，我需要时间一一解决。我岂能尽如人意，但求无愧于你……我们是一家人，不管是在小渔村，还是上海。”他说得很慢，低哑的声音透露出他的疲惫。

我岂能尽如人意，但求无愧于你。他的这句话，让我坚信，他每次做出的选择，都有他的理由。我怀里的黎回，我们漂亮的儿子，也许朝夕相处的日子，不会远了。

车在拐了几条街之后，跟在后面的车似乎不见了，他的车速也放慢下来。他在观察确定后面没有车跟踪之后，又绕了一会儿，将车驶进了一个高档小区里。

“多多那里不方便住了，出于安全考虑，你暂时住这里，这套房子是几年前我买给季东的，没有人会想到我们的家在这里。”卓尧认为多多家已经不安全了，戴靖杰疯狂起来还不知道会做出什么样的事。

“好，可是季东住哪里呢？”我偏着头问他。望着他，我觉得他像我偶像，我是个小粉丝。

他笑了，说：“放心，我不会让他睡马路的，我的小漫画可真爱操心。”

“你吃醋了——”

“没有，我看起来像爱吃醋的男人吗？”

“嗯……像——”

“那天，我真的吃醋了，我见你性感得让每个男人都想入非非，还出现在冯伯文的公司，我真嫉妒得要疯了。你离开后的十分钟，冯伯文就进了医院，他的眼睛，恐怕要休息一段时间了。”他的语气，颇得意。

似乎打自己妻子的前男友，是十分爽快的事，我想想，嗯，确实是蛮爽的。

我想到我在海边救了要自杀的欧菲，卓尧的前女友，我想还是暂时不把这件事告诉卓尧，已经有一个叶洁白闯入了我们之间，我不想再节外生枝。

卓尧，请原谅你的小漫画有这样的小自私。

“我哪有性感到让每个男人都想入非非……”我顶嘴。

“都让我想入非非了，何况那些男人。”他打断。

“其实，我有当年他伪造金融票证的证据，我本想在银行取出来后就去找你，一出银行，就被冯伯文的人带上了车。他烧了证据，我和他拉扯了，裙子破了，只是这样而已。”我红着脸，局促不安。

“也就是说，穿得那么性感，是为了见我。”他若有所思地说，顺着逻辑，挑选出他认为我话中的那个重点。

# 第五章 我想哭，你可不可以暂时不要睡

黎回，妈妈一直是个胆小鬼，可自从有了你之后，妈妈变得很勇敢。妈妈会一直守护你长大。

车驶进地下停车场，光线暗了下来，安静，朦胧不清。我的右手顺着他的肩膀攀上他的面庞，在我失明的时候，也是这样，他不得不离开我，我在黑暗中抚摸着他的脸，把他的模样刻入脑海。

在那段日子里，我的眼睛什么都看不见，最开心的事就是做梦。因为在梦里，我是看得见的，我能清楚看见卓尧的笑容，我跑到他怀里，他摸摸我的头，醒来，我抱着被子轻轻地哭。

“卓尧，公司还有哪些困难，你告诉我，我们一起想办法。虽然我的作用对于佟氏整个庞大的家族企业来说是微乎其微的，不过，我很想帮你。她能帮你，我也能。”叶洁白有地位有势力，而我，却有随时都愿意为卓尧冲锋陷阵的勇气。

他停车，开车门，抱着黎回，牵着我的手，说：“你保护好自己，保护好黎回，替我守护这个最温暖的家，等我在外面钩心斗角尔虞我诈累了，回来这里的时候，你给我温柔的怀抱。”

“就这么简单？”我愣愣地问。

他笑了，摸摸我的头说：“这已是最艰巨的任务。”

他笑了两次，英俊的骄傲男人，笑起来的样子那么纯真，一点都不像正襟危坐在办公室里接受采访时熠熠夺目的佟少。上第五个台阶时，我走上前，挡在他面前，说：“不许动……我要吻你。”

“不怕被人看见吗？”他原地不动，乖巧地说。

“这里哪有人，以前就算是在人来人往的路上，你都会吻我的。”我噘着嘴，抗议着。

“好，那你吻吧。”他眨眨眼，闭上眼睛。

每次都是他俯身吻我，这一次，我站在更高的台阶上，视线和他齐平，我紧紧搂住他的脖子，唇贴着他的眉心。松开他后，我看见黎回正望着我笑，我跑过去按电梯键，羞涩低头。

“就这么简单吻一下吗？”他故作不满，皱眉，像是很吃亏。

“不要，我忽视了你怀里的小家伙，不能把儿子教坏哟。”电梯门开，我问他几楼。

“二十二楼。”他说着，看了一眼腕上手表的时间。

“卓尧，你要是还有事的话就先走。”我极违心虚伪地说。其实，今晚很想他留下来陪我，在他怀里酣睡到天亮。

“不，今晚我在这里，哪儿也不去。”他看我一眼，骄傲得要命，随即笑了，把我往他怀里一揽，极不正经地冒了一句，“喂，小干柴，今晚烈火哪儿都不去。”

“不许教坏儿子。”我在他手心上轻轻打了一下，他的眼神传递给我他刚才看手表的原因。

明天天亮他就要走，他看时间，是觉得这一晚的时间太短暂，短暂到我们吃一顿晚饭，照顾好儿子睡下，缠绵悱恻，拥抱着说说话，时间就到了。

十几个小时，我只想争分夺秒地拥有他。

明天过后，他也许还是挽着叶洁白，遇见我，好似不相识。他没有主动提外界传得沸沸扬扬的有关他和叶洁白订婚的事，他不解释，因为，这是真的。

不去想明天过后，这之后的十几个小时，他是属于我的。

贪恋此刻的相聚，开心快乐。

电梯在二十二楼停下，我看着红色的数字“22”，心刺痛了一下，极莫名的，不该有的刺痛。我迟疑半秒，跟着卓尧走出了电梯，他看我有异样，柔声问：“哪里不舒服吗？明天下午我预约了林医生，他从国外回来，知名心脏科医生，我们去看医生。”

他是记得我心痛的样子的，那个电梯上的“22”，让我想到在冯伯文公司的二十二楼电梯口，对于我来说，这个二十二层的高度，让电梯带着我的心堕入谷底。就好似这二十二层距离，是天与地之遥，我下沉，下沉得离他很远很远。

卓尧说的林医生，我早几年就听说过，著名的华人心脏科医生，在伦敦开了一家私人医院，专为豪门贵族开设的医院，但，他同样也收治了很多无钱看病的患者。他的照片登上赫赫有名的国际人物期刊，是个收费昂贵而又善良悲悯的医生，具有强烈的神秘色彩。

林医生亲诊，费用很高吧，太奢侈了。我的心脏强壮得很，只是每次到了卓尧这里，心脏就会动不动刺痛。

“我很好，没有病，那个林医生，不像医生，倒像所有医患的偶像，他亲诊，很贵吧。”我小心翼翼地问。

卓尧拿出两串钥匙，一串递给我，一串握在手里开门，说：“他是我表兄弟，留学时也在一起，他不会和我谈钱，相反，我这次请他回来，除了为你检查身体，他还肩负重任。先不提这个，明天和他见面再说。”

进了这个属于我们的临时的家，我顿时被眼前的装潢所打动。这简直是翻版的渔村复式小楼，客厅窗帘、沙发、地板、红酒架、吊灯、地灯、茶具，全部都和小渔村家里的一模一样。

“卓尧，我们这是搬家了吗？仿佛把渔村的小楼都搬来了，只是把它嵌入了这栋大楼里。你的咖啡壶，还有我插花的花瓶，不过这个沙发是新的，没有小黎回抓的痕迹。”我欣喜地说，转个圈，进了厨房。

厨房整齐干净，微波炉、烤箱、果汁机，连洗碗的毛巾都是海绵宝宝的图案，一模一样，这就是我们在小渔村的家，餐具都没变，那些瓷碗瓷盅，还有描画着禅与莲的竹木筷子。

一切，仿佛没有变过，我身在上海，却住在渔村的小楼。

这儿，是家。

“尽可能让季东安排复原装修，装修材料全部是最好的绿色环保材料，季东请专家来检测过甲醛等有害物质指标，可以安全居住，不会损害宝宝健康。家具、电器和物件都是我去买的，最难买的，是你的那个瓷碗，为了和它一模一样，我去了一趟景德镇，定做的。”他说着，没等我感动发出感言，就把我牵进了黎回的房间。

他怀里的黎回，等不及听我们絮絮叨叨，酣甜熟睡，粉嫩的小脸蛋，显得在爸爸的怀里睡得比在我怀里安稳踏实。

黎回，爸爸的胸膛很结实，爸爸会保护我们。

他轻轻把黎回放进婴儿床里，同样的，和渔村小楼里的宝宝房间毫无差别，真被卓尧的记性折服，他还记得我们那个家的每一个细节。我被又惊又喜的情绪冲击得抿嘴笑着流泪。小黎回安静地睡，我们合上门，走出来，站在客厅外的阳台上。

我依偎在他怀里，搂着他的腰，柔声说："为什么要对我这么好……做这么多事，你不辛苦吗？就算你不做，我也会把这儿当我们的家，有你和黎回，就是家，哪怕是头顶蓝天，脚踩草地，也是我们的家。"

"小漫画，你住惯了小渔村，我怕你，不习惯这里，所以还原渔村小楼的样子。"他深呼吸，鼻尖在我的发丝间闻着，说，"你身上的味道，每每闻到，我闭上眼，就想拥你入睡。这些天，没有你，我没有哪个夜晚不失眠。"

我快要哭了，这个深情的"疼"先生，深情的言语，深情的家。

"卓尧，你哪里有时间来这里，你每天都那么忙，一大堆人围着你转，难道你不睡觉不休息了吗？"我问，抱着他的手，一秒钟也不舍得松开。

"来上海后，我就开始安排了，我只等着这里装修好，就接你和黎回过来。不过，渔村那儿，阳台的外面是蔚蓝的海，这里阳台的外面，是高楼林立。这一个月，每晚失眠，我就开车来这里，整理这里的摆设，困了，就靠在沙发上，脑子里总能听到你在哼摇篮曲。"他说过这句话，忽然认真地托起我的下巴，俯下面庞。

他没有吻我，只是凝视着我的脸，温柔的目光，似乎能把我看融化了。他用温热的拇指帮我拭去眼角的泪水，说了一句："小漫画，你瘦了。"他说到"瘦"字，哽咽，竟流了眼泪。

"卓尧，我没瘦，不信你摸摸我的腰，都是小肉肉。"他那清俊的脸啊，令我魂牵梦萦。

他捧着我的脸，深情明亮的眼睛里涌出泪水，说："我考虑过回上海的后果，我努力想把对你，对儿子，对妈妈，对二姐的伤害都降低一点。我确实是让妈妈和二姐受的伤害少了，可对你的伤害就大了，你一个人，该要多坚强。你受过很多伤，你说我是你的疗伤人，而我，给你的幸福时间，并不多。"

“我有你的爱，就可以将伤口愈合，在你怀里，我是完整的曼君……我不怕伤害，爱从来都是伴随着伤害而来。”我吻着他的唇，十指痴缠在他的发丝里。

他一只手环绕我的腰，把我紧紧揽在他怀里，那些吻，令我失去了方寸。太久了，卓尧，我们太久没有如此亲密的贴身拥吻，此时，我是你的女人，你的妻子，这些吻，都是我们的爱。他拦腰抱起我，吻没有停止，带着他独有的气息，推开卧室的门，把我放在松软的床上。他手撑在一旁，拨开我额间的头发，细细地吻，突然间，他濡湿的唇含住我的舌尖。

那种窒息感是幸福来得太快造成的，眩晕，四下寂静，只有碎碎密密的吻声。我喘息着，好不容易回过神，眯眼看他，他双眸紧闭，长长的睫毛，眉目俊朗，这一刻，他是我的丈夫，他带来的涌动温柔让我沉迷，脑中空白，只剩缠绵。

这一年，每夜他都不曾不睡在我身边，那种肌肤相亲的亲密行为，从没有冷淡过，爱交织进入彼此的生命中，融为一体。他在我耳边唤我小漫画，而我，紧紧贴着他的胸膛，抓紧他的后背，呢喃道：“卓尧，我是你的女人。”

“你是我唯一的女人，我的小漫画。”他重重地吻在我的唇上，来势汹汹的吻，他的胡茬碰触着我的唇和下巴。

亲密过后，我枕着他的胳膊，握着他的左手掌端详。看了舅妈家的一本手相书略懂一点，我在他掌纹上按来按去，掌纹清晰，没有凌乱的支纹，我装作似乎很懂的口气说：“疼先生你呀，事业线明朗深刻，相信难关都会渡过的，还有，你会长命百岁，活到孙子都有了儿孙。再看看你的婚姻线，哈哈，你很有桃花运哟，命中带双妻之格，你会有两个妻子。”我咯咯笑着说，不知哪里来那么多的感伤，眼角湿润。

“胡说，我此生只会有一个妻子，那就是你。你这个假算命先生，再胡说，小心我惩罚你。”他捏我的耳朵，洁净的脸带着挑衅的笑。

“干吗，你想怎样——”我在他掌心拍打一下。

“嗯？”他挑眉，嘴角浮出一抹极有杀伤力的邪笑，说，“你猜我想怎样？”

“黎回爸爸，不闹了，该给儿子准备软饭和鱼泥了，他最爱吃了。晚上，我再陪你。”我笑着，从他怀里逃出来，用薄被包裹着身子，站在厚厚软软的地毯上，当着他的面，一件一件地穿衣服，他双手抱在怀里就那样温柔看着。

只穿了两件，就被他拉回了怀里，那两件，被他一秒钟褪去。他抱着我，像个抱着心爱玩具的孩子，不讲道理地说："我吃醋了，你把爱一大半给儿子了，我也要吃软饭和鱼泥，我也要抱抱。"

这个样子的卓尧，也许全世界只有我一个女人见到过，那个在外惜字如金，不苟言笑的倨傲男人，私底下，竟是这么可爱单纯。

"瞧瞧，我们的卓尧呀真没出息，连自己儿子的醋都吃。宝宝牙齿小，才吃鱼泥，你牙齿这么整齐坚固，你又不是小孩子。"我吻了他一下，起身想穿衣服。

"那碰碰鼻子。"他的鼻尖蹭了过来。

左右各一下碰了碰鼻尖，他满意地摸摸我的头，说："现在，你休息，我来给黎回做饭，再做你爱吃的菠萝饭、孜然羊肉，还要煲个母鸡汤专给你喝，你越来越像小母鸡了。"

"你今晚，真不走吗？"我正面对着他，唇离他的唇只有几毫米的距离。

"不走，根本不舍得走半步，恨不得，和你长为连体。"他拿起我的衣服，一件件，为我穿上。

我围着大披肩，穿着米色布拖，站在厨房门口看他忙来忙去，一副最佳模范老公的架势。已经醒了的小黎回坐在客厅沙发上玩积木，看看我的两个男子汉，我这一生，还有什么遗憾的呢？卓尧爱我，我不敢奢望嫁入豪门做佟太太，我只想，继续这样的时日，岁月走过，我们仍执手。

我幻想着我和卓尧去民政局登记结婚，邀请我们的朋友来举办一个很小的结婚聚会；我们住在小公寓里，黎回健康，衣食无忧，凡俗平庸的普通夫妻，没有头衔和地位。是那些头衔，让他在外面心绪沉重。

"小漫画，站远一些，别被飞溅出来的油烫了。"他炒着菜，说。

"遵命，黎回爸爸。"我转身，开心地笑，正步走，乖乖坐在沙发上。

他的手机，放在客厅的榻榻米上，他不想人打扰我们，所以调成静音模式，此刻手机屏幕上的灯闪烁着，没有铃声，也在提醒着有来电。

我起身拿起手机，看到上面的来电人是叶总，我不清楚这个叶总是叶洁白的爸爸，还是叶洁白本人。我回头看看黎回，我再看看手机，那一刻心里有一些害怕，是浑身冒着寒气的恐慌，我怕这个电话，会马上让卓尧离开我。但，卓尧说过，今晚陪我和黎回，哪里都不去。我拿着手机，走向厨房，用很尴尬的语气说：“你有电话。”

他正拿着汤勺在尝汤的味道，听到我说有电话，摇摇头说：“不接，就当作没看见。”

“叶总打的。”我说。

他握着汤勺的手停了下来，看着我的眼神有了不安和歉意。

那是在告诉我，这个电话，他要接了。

我把手机放在离他手很近的位置，转身走开，轻轻地带上了厨房的门，这是我给他的信任和尊重。

教小黎回喊爸爸，给他倒温热的水在奶瓶里喝，我听到卓尧的声音，他挂了电话，打开门，说：“准备吃饭。”

他没说叶洁白打电话来做什么，他是怕伤害到我，其实，我不是没做过最坏的准备。那一道道卓尧亲手做的菜端上了桌，都是我爱吃的菜，我每道菜都先尝一口，给他打满分，他美滋滋地接受表扬，端着小碗一口一口喂黎回吃软饭和蛋羹。

“曼君，我们之间，是不是应该更坦白一点。”他用手帕给黎回擦下巴上的汤汁，说。

我大口吃肉，举着筷子，说：“坦白从宽，有什么想说的，就告诉我。”

“在你听到我下面要坦白的事之前，我必须再次向你重申，我爱你，你是我唯一爱的女人，你相信我吗？”他问。

我坚定地点头说：“你是我在这个世界上最亲的人，是我最信任的人。”

他低头，沉思，深呼吸，抬头望着我，缓缓道：“曼君，我不得不和叶洁白订婚了，只是订婚，叶老的意思是，亲眼看着我和他女儿订婚才愿意抽出宏叶的股份投入佟氏集团，对，这场订婚，是个交易。”

“然后呢，我该怎么做，是该祝福你们，还是诅咒你们？”我平静反问，眼神冰冷清醒。我早该拒绝和他来这里了，明知道我们再聚就会引出这个话题，我们不得不面对的话题，之前两家集团在媒体面前铺垫了那么多，目的不就是为了给他们的订婚造势吗？

“一旦我们订婚，佟氏集团的股东们才能稳定心绪，不再撤资，佟叶两家的联姻，直接影响着佟氏集团的生存与灭亡。”他用很缓慢的语速解释着，生怕引起我伤心，避免触碰我那根敏感的神经。

我面上波澜不惊，用筷子夹菜，盛一大碗汤，两只碗堆在面前，轮流着吃。

“我知道，台湾言情小说都是这么写的，不过，我随便你，放心，我会祝福你们。”我说着，快速往嘴里扒饭，像个饿了很久的乞丐。我怎么会不懂他的为难，他不能眼看自己父亲一手创立的企业瓦解，不能看着他的母亲老无所依，他需要成全那个大家，所以，舍小家。

“别这样，曼君，我只是需要时间来安排，我和叶洁白之间没有感情，我只要扭转了局面，就不会这么被动。”他说着，倒是毫不担心未来会有什么包袱。

“你和她订婚之后，我算是你的情人？被你养在这栋漂亮公寓里，你每天借着开会、应酬、加班等理由来我这里看我，晚上十点穿好衣服从我的床上离开回到她的那张床上，这，就是你让我看到的未来。”我继续吃，面不改色地说，有好几次，使劲把眼泪往回收。

他坐到我身边，试图改变我的思维，说：“不，曼君你完全误会我的意思，我并不是要娶她，我和她是逢场作戏……”

“最佳荧屏情侣，是吗？佟卓尧，你今天来的目的，做这么一桌饭，你的温柔铺垫，就是想亲口告诉我，你要和她订婚了。没关系，我早就知道你们要订婚了，不过你亲口告诉我，我确实吃了一惊，你很坦白。”我放下碗筷，正视他的目光。

“你知道后来我的漫画一直卖不出去没有一家公司签约的原因吗？是我妈安排的，以她的势力，她一个电话，就可以切断我们在小渔村所有的经济来源。”卓尧说。

没想到，这场谋虑做得这么足，早在那时，他母亲就开始一手操纵。

“你是早就清楚了吧，只是迟迟没有告诉我，你怕我会乱想，难怪那阵子你抽烟很凶。”我联想到他那阵子背着我接电话，可能就已经明白是他母亲在想办法切断经济来源来召唤他回去。

黎回在他怀里，眼睛看着我，样子极乖，他一天天在长大，我多希望他有一个完整的家。

“公司陷入了内外皆乱的麻烦，订婚只是解决问题稳定股东的办法，这不是婚姻，这只是手段。”他突出强调了手段二字。

“叶洁白岂不是很无辜，你为了保全公司，和她订婚，你这样又对吗？卓尧，本来这个事情我闭口不提，既然你说开了，我想劝你，解决问题的手段有很多，利用女人来耍手段达到目的就很自私卑劣，冯伯文是这种人，你不应该是。”我说，我无法认同他的这种手段。

“我是个商人，必要的时候，不择手段是顾全大局。即使我和她订婚，也绝不会影响我们之间，我只要一年的时间，我就说服我妈，娶你，到时你风风光光嫁进佟家，没有人能阻止我们在一起。”他说得坚决。

“那叶洁白呢？你和她订婚，之后利用完了她，再娶我，你这样，不自私吗？那你和冯伯文有什么区别！”我反驳他。

“不一样，他是利用你之后娶别的女人，而我，是利用别的女人之后娶你。”卓尧声音大了几个分贝，一脸认真地说。

“卑鄙！”我竟随口骂了他，我意识到自己的冲动，这是我第一次对他这么粗鲁。我平复着自己的情绪，背对着他，不想看他，我怕我会忍不住抱着他哭。爱是自私的事情，可我不能眼看发生在自己身上的厄运再发生到叶洁白身上，她是无辜的，爱情为什么非要牺牲另一个人的幸福来成全。就算冯伯文娶了雅琪，可他们终究还是分开了，连老天都不会纵容自私的爱。

“是，我是卑鄙，我卑鄙地想借订婚之名来挽救公司，我卑鄙地在准备订婚的同时，却无数次地想念你，一次次跑来这里想象我们生活在此的场景，我居然想要你和孩子无名无分等我一年。”他说着，走到我面前，眼眶湿润，搂紧我，说，“别离开我，曼君，别像那一次，躲得我远远的，我好不容易才找到你，我们不能再分开了。”

“你走吧，今晚别留这里了，我想静一静。卓尧，如果你还给我一点尊严的话，就别再试图来说服我，我想自己做决定。”我抱着黎回走进了卧室，合上门，看着怀里的黎回，自言自语，“阮曼君，你好狠心，这也是自私的，你想独自拥有他，而你什么也帮不了他。”

听到他在收拾碗筷，洗碗，过后，也没有听到他开门的声音，怀里的黎回，吃饱之后就睡了，婴儿多好，无忧无虑。

我开门，径直走进黎回的小房间，把黎回放在床上盖好被子，灯光调至柔和，在他的小脸蛋上吻了一下。我想卓尧给我最大的馈赠，就是这个漂亮可爱的儿子，只要黎回在我身边，不管面对多大的困难我都会勇敢。

我的宝贝，妈妈一直是个胆小鬼，妈妈总担心你的爸爸会离开我，伤心啜泣深陷绝望，妈妈不敢一个人在黑夜里睡觉，妈妈连打针都会哭，妈妈怕毛毛虫、蟑螂和蜗牛。可妈妈有了你之后，变得很勇敢，生你的时候那么疼妈妈一咬牙就过去了，妈妈像一个战士，要保护我的宝贝。不管爸爸陪不陪伴你成长，但妈妈都会一直守护你长大。

客厅里，地灯亮着，我走到沙发旁，看见他靠在沙发上睡着了。睡熟的他，单纯得像个婴孩，我凑近他的脸，那一刻，很想吻他，虽然一小时前他的话让我很气恼，可看他沉睡的样子，我只有心疼。他一定是很累了，手上的伤口裸露着，新伤夹着旧伤，我握着他的手，十指相扣，真的很不舍。

我想把他抱到房间里睡，这么累，应该躺在床上踏实地睡，可我哪里能抱得动他，我稍微动了动，他就睁开眼。他看见我紧紧扣着他的手，竟一下就露出了单纯欣慰的笑容，那笑容，让我所有的不好情绪奇迹般消散。

“不生我气了，好不好？”他央告着。

“我以为你已经走了。”我坐下来，抚摸他的额头，眉毛，眼睛，他闭上眼睛，温润如玉。

“说好了今晚不走，留在这里陪你的，我是黎回爸爸，我要以身作则。”他环抱着我，脸贴着我的背，柔声道，“我再想别的办法，我不卑鄙了，明天我们去见林医生，他这次来，就是帮我的。”

我反身抱住他，开心地说：“好，这才是我的佟卓尧。”

“回房间吧，还是抱着你睡最香。”他抱着我，回房。

我们聊了很久的话，聊的是过去我们在一起的有趣事情，我枕着他的胳膊，听着他说，慢慢地睡着。我依稀记得他说和我认识的这三年他说的话，比他从小到大说的话都多，和我在一起，他就会有太多的话想要说，他问我会不会觉得他唠叨，我实在困得没有气力回答，他大概是在我睡了之后才睡着的。

睡在他怀里，是可以用四个字来形容的——高枕无忧。

一觉醒来天已大亮，他正坐在床边抱着黎回喂奶，见我醒了，说："小漫画，营养早餐做好了，你要是觉得困就再睡会儿，黎回我喂好了，待会儿我要回公司了。"

我揉揉眼睛，看时间，已经都快八点了，我掀开被子，裹着睡衣，拉开窗帘。二十二层高的楼，让我看不清楼下的建筑物和行人，阳光照射了进来，暖洋洋的。我伸伸懒腰，精神抖擞地对他说："你该回公司了，那边一定有很多事等着你处理，你这个大忙人，得事事尽心。"

"我不舍得走。"他坐在床边，牵着我的手，说，"曼君，答应我，别对我失望，别离开我。"

"好，答应你，永远都等着你，等你回来这个家，不离不弃，不把你一个人丢下。"我笑着给他披上大衣，抱着黎回，他该走了。

看着他把手机从静音模式调为标准模式。他检查好水电煤气，打电话给季东过来安排工人装宽带，我说不需要季东过来，他说我一个人在家有陌生人来不放心。我看着他一件件事检查交代，生怕我会不小心弄伤自己，那些小剪刀小锤子他锁在一个柜子里，连万能胶水也收了起来。因为我曾把胶水弄得满手都是，两只手掌心都粘在了一起，后来是用热水泡了好多遍才分开的。

他不在家，我就会拿着小锤子呀，万能胶水呀在家里鼓捣一番，比如把桌子的棱角凿平整，粘上厚厚的小碎布，这样呢，等黎回大点开始走路就不会碰到桌角。他说我笨，有卖那种包桌角的小物件，他会让季东买来装上。

他说着说着，看到玻璃花瓶，说："下午给你带一束百合过来。陌生人敲门千万不要开，除了季东，不要给任何人开门，记住，是任何人。"

"那多多呢，她是我好姐妹，她不可以来这里看我吗？"我装作可怜巴巴的样子。

"不可以，那些人会跟踪她找来这里。听着，曼君，我现在是在和那群人打一场硬仗，而你，是我最在乎的人，是我的软肋，你不能有事，我绝对不允许这中间有任何差错。你在这里，很安全。"他神情严肃，令人不可抗拒的语气中却透着紧张。

“好的，那我保密。”我说。

他扣着袖口的纽扣，站在门口，环顾周围想着还有没有没叮嘱的事，他的手机很准时地在八点半开始响，他是八点半去公司上班，每天的行程季东都给他列了长长的表，那些表，按照每个小时列出了一个个事件，他会斟酌后在后面打钩。

我看着那张表，想象着他该多累，见不同的人，打不同的商业仗。我看到九点有一项是给小桐桐的老师打电话，我指着小桐桐的名字问他：“这是谁，小桐桐？”

他瞟了一眼，继续扣纽扣，说：“是二姐的女儿，叫佟桐，我们的外甥女，二姐离婚了，佟桐非常依赖我。我手上的伤，就是打她那个混蛋爸爸留下的，那蛋卷走了佟氏全部的可用资金，连税款都卷走了，还虐待二姐和佟桐。最好别让我抓到他，否则……”

“否则怎么样？想好再说。”我瞪着他。

“交给司法部门处理，作为一个合法的良好市民，我会用法律手段维护自己权益，阮律师，我说得对吗？”他笑着说，眼角的浅浅鱼尾纹好看极了。

“虽然我的律师证被吊销了，但是呢，我还是相信法律的公平公正。欺负二姐的混蛋一定不会有好下场，现在他一定四处逃窜，我们该想个办法让他出来。”我动着脑筋，又问，“那混蛋叫什么？”

“刘颂。”

见他还在扣那粒袖扣，我知道他在拖延时间，赖着不想走，手机响个不停也不接。我迅速帮他扣好纽扣，把他的日程表交给他浏览，掏出他的手机按下接听键让他接，打开客厅的门。

他接着电话笑着瞪我，当电话那边有声音传来，他又变得很严肃，说：“好，车堵在路上，你准备好会议材料，各董事到会议室之后再通知我。”

他挂了电话，对我说：“下午等我，我带你去见林医生，不许跑，我开车回来接你。”

“你的日程表排得满满的，你有时间吗？”我疑问。

“我会把不重要的事情过滤掉的，总之等我，有事给我打电话。”他说。

我推着他出去，笑道："卓尧，你真的好啰唆呀，我肚子都饿了，送你一早上也送不走你。"我只是，不想因为自己耽误了他的正事，我怕一旦耽误了，下一次，他就不能来了，我又何尝想他走呢。

他走了，我看着电梯门合上去，直到电梯的楼层指示灯闪烁到了负一楼，我才回来，穿过客厅，走进我们的房间。主卧的窗户正好面对着停车场的出口，我站在窗户那里，二十二层高，那些车辆看起来很小，但他的车，锃亮豪华，缓缓驶出停车场出口。小区保安急步跑着毕恭毕敬地帮打卡，他的手伸出车窗，似乎是给小费，停留几秒说了什么，这才缓缓驶去小区门口。

车向右转弯，融入了车流中。

我拉上窗帘，一只手抱着黎回，一只手刷牙洗脸吃早餐。音响里循环播放着他买的限量版法国歌手的CD，他做的早餐，特别好吃。收拾好家里的卫生，打开电视机，过着流水账一样的生活，没有他，我的生活就是一本流水账，又没有工作，现在连向唯一的好姐妹多多都不能透露我的地址。

我这才想起，我关机了。昨天，怕来电打扰到卓尧休息，我关了手机，糟了，多多见我一夜未归，定会满世界找我的。

开机，手机振动得厉害，全部都是通信服务台传来的短信，足足振动了一分多钟，几乎都是多多打来的，还有一个是舅母打来的。多多在短信里问我怎么关机了，没出什么事吧，开机后速回。

"儿子，瞧你干妈对我们多好，这个世界上没有几个人会这么在乎我们了，当然，你爸爸是最最在乎我们的。"我亲吻黎回，他抱着卓尧的相片呵呵地笑，小手指在相片上指来指去。

回电话给多多，一阵响亮的彩铃过后，我听到了多多慵懒的声音，她还没睡醒呢，嘟哝着说："曼君，你野哪儿去了？我昨晚找了你一夜，你丢了没事，别把我干儿子弄丢了。"

"我……我在卓尧这里，他给我安排了新的住处，当时情况紧急，匆忙之下没有和你打声招呼，所以……"我欲言又止，却担心多多会生气。

"没事没事，这是好事呀，佟少接你和小宝贝回家，我也替你们开心，我家的大门是永远为你敞开的，你想来就来，想走就走，我是你姐们，我挺你！"多多边说边拍着胸脯，拍得啪啪响。

看来她喝醉了，不然的话，她是绝对不会拍胸脯拍得这样响，她会担心拍扁了的。

我心里暖融融的，是的，在这个世界上，不管有没有男人要我，但我知道，有一个女人，她随时会收留我。我过得好，她会躲得远远的，一个人潇洒，我过得不好，她会挺身而出，她就是我的姐们，李多多。

“多多，那你休息吧，再睡一会儿。”我说。

“好，那你在哪儿呢？我下午去看你。”她说。

我本要告诉她我的住址，想到卓尧叮嘱的话，我便没说，只是随口说：“不用来看我了，我会去找你的，黎回闹了，我挂了呀。”

我骗了我最好的姐们，心有不安，卓尧是觉得多多口无遮拦，万一透露出我和黎回现在的住址，冯伯文和戴靖杰疯狂起来说不定会做出什么可怕的事。我自私，是因为黎回，我不能让一点点的危险可能性发生在黎回的身上，他还那么小，大人之间的恩怨，不能连累孩子。

就像林璐云和钟雯，当年两个女人之间的事，最后牵连到了卓尧和戴靖杰。我能理解戴靖杰对卓尧的敌视，戴靖杰生活在物质匮乏的小渔村，每年钟利涛都会安排人带戴靖杰来上海看卓尧过的锦衣玉食的生活，戴靖杰认为卓尧夺走了原本属于他的一切，是林璐云逼死了他的母亲钟雯，他一定是等着长大后来夺走林璐云当年夺去的一切。

只是事情竟复杂到不仅有外敌，连卓尧的二姐夫刘颂都卷走了公司的可动用资金，造成公司股东纷纷提出撤资，而公司根本没有多少钱了，那样精明的林璐云竟栽在了自己女婿的手上。难怪会让卓尧回来接管公司的烂摊子，此时，最靠得住的也只有卓尧。佟氏已经风雨飘摇，冯伯文和戴靖杰还如两只蠢蠢欲动的饿狼，随时会扑上来。

眼下必须要找到刘颂，追回公司的资金，减少损失，如果钱还能追回来，那么，也许卓尧就不用靠和叶洁白订婚来稳住股东们的心了。

我该想想办法了，怎么样可以找到刘颂呢？卓尧派出去那么多人，也没有找到刘颂，但可以肯定，出入境记录没有刘颂的出国信息，也就是说，刘颂一定还在国内，甚至，就在上海。

也许，多多可以帮我找到刘颂，她认识很多欢场中的女人，刘颂的身边一定少不了女人，况且认识刘颂的女人也不少，只要刘颂在欢场出现，就一定会被认出来，靠卓尧派出去的那些手下还不如靠欢场中的女人。我身边还有一些首饰，这些首饰，足够让那些女人为我卖力找。

除了手指上戴着的那枚婚戒，其余的首饰对我来说，不重要了，只要帮助卓尧找到刘颂，也许情况就可以彻底好转。待会儿季东会过来，下午卓尧接我去见林医生，也许只能明天去找多多商量了。

我忽然想起卓尧提起的佟桐，这个女孩的故事，怎么听起来那么熟悉？我想了想，觉得就像是我在麦当劳遇见的那个小女孩，她说她的爸爸把妈妈公司的钱都卷跑了，她有个uncle很厉害，打了她爸爸。奇怪，卓尧既然打了刘颂，那为什么又让刘颂跑了呢？

# 第六章

# 像埃菲尔铁塔一样的女人，美丽不失坚强

为什么我吻你的时候
还是很想吻你。

门铃响了，我带着疑虑走到门口，看了看挂在墙上的门禁显示屏，是季东，他带着一个二十多岁的女孩子，还有一名身穿蓝色工作服的工人。我打开门，季东说了一句：“太太，是佟少安排我带这两名工人过来的。”

我请他们进来，给他们各沏一杯茶，让他们坐，他们站着犹豫不敢坐，季东介绍着说：“这个女孩叫阿春，是冯伯文以前的用人，生了一场大病后被冯伯文开除，是佟少在路边看到昏死的她，安排她住院治疗。现在她完全康复，佟少让她来照顾你，比较放心。”

阿春，看起来年纪比我还略小，模样很老实，打扮朴素，从乡下来的女孩子，很乖巧，她低着头，小声喊了一声：“太太。”

我是蛮喜欢她的，只是想到她以前是冯伯文家的用人，就觉得很不舒服，我心有疑虑，问：“你家里没有亲人了吗？既然病好了，为什么不找个好人家嫁了，还出来做工呢？”

“回太太，我是从乡下逃婚出来的，不敢回去，以前佟少救了我，我才没有病死。之前在医院做护工，学了一些知识，佟少让我照顾您和小少爷，我一定会尽忠尽职，不敢怠慢。”阿春极有礼貌，一一说明。

我笑着点头，指着其中一间客房，说：“好的，那你就住在那个房间，朝南，比较暖和。你去收拾东西吧，如果饿了，厨房有吃的。”

“是，太太。”阿春乖巧得像个小妹妹，我竟在这么短的时间就对她打消了疑虑，产生了好感。

“太太，这个工人是装宽带的，佟少怕你在这里孤单，有了宽带后你可以上上网，这台电脑是给你的。”

“你们这是，要把我软禁在这里吗？那以后买菜购物呢？”我问。

“阿春会去做，除了我和佟少来接太太，太太不可以私自出去。”季东说。

工人已经开始去忙着拉线装机了，还装了个固定电话。我坐在沙发上，盯着那三杯没有喝一口的水，说：“这样的日子，要过多久呢。我每天就待在这里，与外界隔绝，上网也不能替代出去走走呀，我就这么每天在这套公寓里发呆吗？”

“佟少会来接您出去吃饭，散步，只是出于安全考虑，这个时候不能出去，阿春会照顾打理好一切的。”季东彬彬有礼，说话不留破绽。

我快要崩溃了，看着这个说话像机器人一样的季东，我拿起手机，要打电话给卓尧，我要问问他是准备包养我金屋藏娇呢还是软禁我。季东站在一旁，长叹一口气。

听到季东叹气，我问他：“你叹什么气？”

“太太，你有没有想过，你一个电话会让佟少心神不宁，他可能开车会失神，开会错把股东的名字报成你的名字，他会闷在办公室里砸东西吼着要见你。他不是神，不仅仅是太太你在做你不想做的事，佟少也是，他做的每件事，没有一件事是他想做的，可他必须做。那天在冯伯文的公司，他看见了你，对冯伯文大打出手，回到公司大发雷霆，不多久，又让我陪他回冯伯文的公司，在那个地下停车场，他弯着腰，一遍遍找遗失的婚戒，最后钻到了一辆车的车底，才找到，我从未见过他那副样子。”季东说着，从包里掏出几份杂志。

其中一份杂志上，有我在小渔村做穿珍珠的活时被拍的照片，和叶洁白的高贵照片拼在一起做鲜明对比。

“这个报道，让佟少把自己关在办公室一整夜，除了我没人知道他在想什么，我跟随他这么多年，我能猜到他在想什么，他觉得自己对不起你。这些杂志上写着他和叶洁白订婚的消息，你也许没有仔细看，其实没有一张照片他是有笑容的。你来上海之后，他想去看你，被我拦住，他打了我几拳，向我说对不起。他太艰难了，仅有的一次开车去看你，还引得那么多记者。他本打算等这里再完美一点就去接你，看来，他是不愿再等下去了。所以太太，我请求你，待在这里，别私自出去，万一你有事，就会是天大的麻烦。”季东说的，都是我不了解的。

原来，他为了找那枚婚戒，钻到了车底下，我能想象到有轻微洁癖的他，西装上染了灰尘，会是怎样的表情，但找到了戒指，他一定又很开心。

他没有告诉我，他是怎样找到这枚婚戒的，我还以为，他去定做了一个一模一样的。

我有所触动，对季东说："以后，多照顾他，我不在他身边，如果他发火，一定不要让他做出伤害自己的事。而我，清楚我该做什么，不该做什么，尽量让他少些麻烦。季东，谢谢你的坦诚，告诉我这些我不知道的事。"

"太太，我跟着佟少这么多年，我把他当兄弟，也许是高攀了，但感情上就是兄弟。我了解佟少是个专情的人，我跟着他这些年，他从来不流连欢场，他独居，深居简出，私人关系很简单，他那么爱你，即使和叶总订婚了，他也不会娶叶总的。"季东肯定地说。

我静静地坐着，好久才回过神来，我分明是清醒的，却又恐慌不已。

我坐在这里，是坐享其成，还是坐以待毙？

坐在这儿等着卓尧打赢那些硬仗回来，还是坐在这儿等待他和叶洁白订婚？

即使订婚，也不娶。

卓尧，真的是这样吗？事情真的这么简单就可以解决吗？你和她订婚，再解除婚约，麻烦真的就能迎刃而解吗？

我还是要找到刘颂，我小心一点，应该不会有意外，冯伯文如果真敢拿我怎么样，上次就不会轻易放我走。

工人装好了宽带，季东和工人一起走了，我坐在客厅里回味季东说的话。卓尧有千般好万般好，我也不能窝在这个衣食不缺的世外桃源静候他的佳音，无论如何，我不能让他和叶洁白订婚，我会争取帮助他解决问题。

阿春哄着黎回，黎回倒是对阿春很亲，不陌生，在阿春的怀里很乖，这样我就放心了，我独自出门的话，黎回可以交给阿春照顾。阿春是卓尧派来的人，那么一定可靠。

阿春随身带了一些毛线针织用品，我试着想给黎回织一件小毛衣，打发无聊的时间。

我边织毛衣边和阿春聊天，问她过去的事，是怎样遇到了卓尧。

"那时候我还在冯先生，不，是冯伯文家里做工，女主人是个千金小姐，很挑剔，我侍奉不好稍有不对就会挨打，佟先生去过那里几次，有次发了很大的火，差点把冯伯文打了，好像就是为了太太您。后来，我生了一场病，冯太太嫌我累赘做不了活就把我赶了出来，是佟少出钱救治了我，还安排我在医院做护工，我很感激他，终于这次可以有幸照顾太太和小少爷，算是回报佟少的救命之恩。”阿春感激地说。

我还真没有想到，卓尧那样冷漠倨傲的人，竟会救人，他看起来，高高在上，没有一点怜悯慈悲的心。他救了阿春，也没有告诉我，可能，是因为阿春在冯伯文家里做事被赶出来，他不想在我面前提冯伯文。现在，卓尧认为阿春是可以信赖的人。

“阿春，以后就叫我曼君姐，黎回就叫他名字，别一口一个‘太太’一口一个‘小少爷’地叫，都什么年代了，咱们家不搞资本主义。”我笑着，数着针脚。

“像太太这样气质好脾气好的太太真是少见呢，没有一点架子。”阿春说。

我故作凶悍地说：“那可不一定哟，我发起火来很凶的，你最好不要偷懒，哈哈。”

吃过午饭，换上比较正式的着装，灰色呢大衣外套，里面是一袭长裙，高跟鞋，简单化上淡妆，对着镜子审视自己，还好，看起来比实际年龄要小不少。再过个两年，黎回大一点，我就真是迈入中年妇女的行列了。

“太太，你长得真好看，穿什么都漂亮。”阿春站在我身后，望着我说。

“还叫我太太，叫我曼君姐，我比你大嘛。”我起身，喷了点香水在颈间。

阿春摇摇头，说：“曼君姐，这样称呼不尊敬。”

“以后叫太太，我拒绝答应哟。”我逗着她，看她脸上的腮红不够细腻，拿起化妆台上我的一盒新腮红送给她，她不好意思收下，我执意给她。卓尧果真没有选错人，我真的很喜欢阿春这样朴素忠厚的女孩，把黎回交给她，我才放心。

客厅的门有钥匙扭动的声音，我听到了，知道是卓尧在开门，我美滋滋地跑到客厅，他正好开门进来，手里拿着一束白色百合花。见我神采奕奕朝他做鬼脸，他也笑了，张开双臂，用倦怠的声音说：“来我怀里，让我抱抱，我上午被一群老古董围攻，好不容易脱身。”

我乖乖地让他抱着，他似是一下轻松了。我想他上午召开的股东大会一定又很不顺利，我把花插在花瓶里，嗅着花的香气。

“股东们还是决意要撤资吗？没有可回转的余地吗？佟氏几十年的企业，这些股东都跟随你父亲几十年了，怎么一到难关，就纷纷撤资，太不够义气了。”我说着，喊阿春出来，做些汤面给卓尧吃。他在外应酬，都是大鱼大肉，吃些清淡的汤面，可以养胃。

“那些老古董胆小怕事，要留着养老的钱。钟氏现在是戴靖杰接管，他在制造声势，对佟氏很不利，他鼓动这些股东撤资入股去钟氏，分红更高。目前先拖一拖，我妈上午气得犯病，吃了药才好些，股东们也是见此状，才散会。”卓尧说完，看阿春进厨房里忙，问，“阿春，你觉得怎么样？”

“挺不错呀，你挑的人，能不好吗，我很喜欢她，正好来给我做伴。你吃点面，我们就可以走了。”我说着，起身想进厨房亲自弄面。

他牵着我的手，说：“不走，陪我说话。”

“我要给你的面加点青菜、西红柿、鸡蛋，很快就来。”我说。

“那我去找儿子说话。”他往黎回的房间走。

“你声音小点，阿春刚哄他睡着。”我嘱咐了一句后进了厨房，帮阿春洗菜，切菜。他的口味我最了解，吃面不吃太熟的面，不爱吃盐，放些泰国香料就可以了。

阿春把面端上了餐桌，我倒了一杯热牛奶，他在公司一定是喝了很多咖啡。

轻轻推开黎回的房间门，看见卓尧趴在婴儿床的护栏上，凝视着熟睡中的黎回，眼里都是浓浓的父爱。

“卓尧，面可以吃了。”我轻声说。

他走了出来，回头看了一眼黎回，笑着对我说：“他越来越像我了，看着他，我就毫无压力毫无疲惫了。”他揽着我，像拥着皇后的皇帝般。

他坐在那里吃面，喝牛奶，我坐在一旁织毛衣，阿春晾晒着衣服，好温馨。我甚至想，就算让我一辈子都不走出这套房子，失去自由，每天都待在这里重复一日又一日的单调生活，只要卓尧在这里，那真是一件幸福的事情。

自由再可贵，没了爱情，也就没了方向。有了爱情，失去自由，至少我们可以相互依偎。

临走之前，我细细地写下黎回什么时间吃什么，接着又告诉阿春该给他添衣服，该牵着他学走路等，说晚上我会回来，阿春记下，让我放心。

我让她有事立即给我打电话，不要给陌生人开门，家里的水电煤气都要注意，刀用过要插在刀具架里放好。

卓尧抱着双手骄傲地望着我。

我明白了，我在重复他上午对我说过的话，他的不放心，也是我的不放心，他似乎在想“你也是这么啰唆的嘛”。

乘电梯到停车场，他警惕地观察停车场的环境，迅速上车，系好安全带，他说了一个咖啡馆的名字，像是以前和林医生常去的地方。我为自己能够见到传奇人物而感到幸运，暗暗窃喜，也算是不枉此行。

他会读心术似的，猜到了我的小想法，摸摸我的头，说：“怎么，对林医生很感兴趣吗？你是佟太太，待会儿不许犯花痴。”

“我怕我会控制不住我自己哟。”我说着，看着他露出坏笑。

“小骗子，爱过我的女人，怎么还会对别的男人犯花痴呢。”他自负地说。

瞧瞧，他就是这样一个帅得一塌糊涂且傲慢得一塌糊涂的男人，不过，他说的是事实。

“你和他认识很久了吗？”我偏着脑袋问。

“当然，小时候一起长大的，他从小立志当医生，我立志当漫画家。他成功了，救了很多人，开了私立医院，极少露面，好在，我找他，他就回来了，还算义气。”卓尧说。

林慕琛，他充满了神秘感让我好奇。

“他可以帮我们什么？”我问卓尧。

“请他帮我医钟老先生的心脏病。”卓尧答。

我实在没想到会是这样，我不解，问：“钟利涛想方设法隐藏这么多年要为他女儿报仇，处心积虑培养戴靖杰来打垮佟氏。可卓尧你却告诉我，你要请最好的心脏科医生来给他治病？”

“我还是想以和平的方式来化解我母亲对钟家造成的伤害，我并不想钟利涛犯病死，一旦他死了，戴靖杰会失去制约，疯狂报复，那太可怕。”卓尧的话不无道理。

我在心里祈祷，希望不再有伤害，可以用最和平的方式解决，上一代人的错，应该止于上一代人，恩恩怨怨，牵扯到下一代，对大家都不好。

进了那家咖啡馆，被浓郁的咖啡香气包围，我看到最里面靠墙角一个低头看杂志的男子，他气质独特，不同于别的客人，你看不出他在等人，但我隐约就觉得，他就是林慕琛。

他很特别，不同于卓尧的冷峻倨傲，他有一种遗世独立的味道。

或者说，一尘不染。

卓尧牵着我的手，走向了那个沙发座。

我猜得没错。

“林医生，久等了。”卓尧说。

林慕琛放下手中的杂志，挥手就是一拳打了过来，卓尧敏捷闪过，反手握住林慕琛的拳头，说：“几年不见，还是老样子的开场白，该换点新鲜的了。”

“你还是能躲过我的拳头，下次就没这么好运了。”林慕琛说着，目光转向了我，他的眼里像有如一束光，闪过我的眼帘。

他沉默了，我竟也不知说什么好。

“这是我的太太，阮曼君。我已经向我太太介绍过你了，她之前看过有关你的报道。”卓尧说着，拉着我坐在林慕琛的对面。

卓尧的手，很自然地搂着我的肩。

“林医生，你好。”我礼节性地伸出右手与他握手。

他没有作声，握了握我的手，没有再看我，女人的直觉让我察觉到异样，他似乎不那么坦然。他穿着黑色机车夹克，手边放着一个黑色墨镜，他戴上墨镜，这才望向我们。

“佟少，这次急着叫我回来，不是为了带你漂亮的妻子来见我吧。”林慕琛说。

“我太太总是会心绞痛，你给她做个检查，你说没事，我才放心。”卓尧看我一眼，笑着说。

“好，手给我，把脉。”林慕琛简洁地说，他说这句话，是对卓尧说的。

他不是西医吗？怎么也把脉。

我伸出手，露出手腕，把腕上的手链解下来，放在一旁。林慕琛的手指搭在我的脉搏上，我屏住呼吸，想让自己的心跳得慢一些。

“心脏很健康，有一种心绞痛，和病理无关，受情绪刺激，是一种心理引发的症状，就好比我们害羞会脸红，激动会心跳加速，是情绪引起的身体异样。”林慕琛说完，意味深长望着我。

他把我的脉搏，察觉到我的心跳加速，我收回手，冷冷望着他。

“那就好，你说健康，那么我太太就一定健康。今晚住我家，我妈的心脏病真需要你仔细观察。明天，再去医院，陪我看个病人。”卓尧说着，拿出支票写下一串数字，撕下，递给林慕琛。

林慕琛瞟了一眼支票，没有接，用开玩笑的口吻说：“佟少，我们之间需要谈钱吗？不如，请你太太陪我跳支舞。”

卓尧的脸色一沉，毫不留情地道：“林医生，你最好别开这种玩笑。”

“OK，言归正传，我这次回国只有一个星期的时间，需要我做什么，在这一个星期内让我解决好。”林慕琛靠在沙发上，不经意间将目光投向了我。

一杯黑咖啡、一份甜品热红豆沙端了上来，我细心地给卓尧的咖啡里加一点奶、方糖，然后乖乖坐在一旁吃红豆沙。他们之间聊什么，我并不感兴趣，我对林慕琛有了回避，女人的直觉，让我保持着分寸和尺度，或许不闻不问，最好。

我想着要约多多出来一起商量怎么找到刘颂，如果找不到刘颂，追不回来佟氏的流动资金，那么圣诞节那天，就是卓尧和叶洁白订婚的日子，这该死的十二月二十五日。

期间，在洗手间打电话回家，问阿春黎回怎么样，有没有哭闹，还好，阿春说黎回很乖，醒来就玩了一阵子，正在喝牛奶。

想想，给舅母打了一个电话，告诉舅母，帮我多照看房子，我可能短时间内不回去了。

“曼君，你表妹回来说，报纸上都写着佟卓尧要和叶什么的订婚，这是怎么回事哟，可急死我了，我准备收拾东西动身来上海看你。”舅母声音呜咽着，伤心地说。

我反倒心里很开心，大为感动，人总是患难方见真情，以前总以为舅母嫌弃我坐过牢给亲戚蒙羞，后来也是盼着我嫁进佟家，现在想，她是真的疼爱我了。

父母去世这么多年，在世上我就只有舅母一家亲戚了。

“舅母，那些报道都是胡写的，我和卓尧感情没有任何问题，不用担心我。”我安慰着舅母，对着洗手间的方镜子抹眼泪。

“曼君啊，要坚强啊，我们也帮不了你，你爸妈死得早，要是你爸妈还在世，也好歹有个人给你做个主啊。”舅母更伤感了。

是的，曼君，要坚强啊，没有人能替你坚强。镜子里的那个阮曼君，眼眶泛红，眉目清秀，笑起来，下眼皮有一道小细纹，我用食指在自己嘴唇上吻一下，按在镜子里曼君的嘴唇上。

“加油，小漫画，战斗吧。”

两个男人似乎谈得很顺利，林慕琛，著名心脏科医生，希望他医好钟利涛，可以帮助卓尧化解钟利涛这个仇敌。

走出咖啡馆，寒风扑面，我立起了大衣衣领，依偎在卓尧的怀里，卓尧右手搂着我走在路上。他手机响，我本想离开他的怀抱让他空出右手接电话，而他眯眼微笑，先很自然温柔地把我换到左手边，然后空出右手从大衣口袋拿手机接电话。一连串的动作，让我在他怀里盯着他的侧脸，犯了花痴，心里无比温暖。

“佟桐，老师批评你了吗？我检讨，我上午开会，忘了给你老师打电话。

“佟桐，那这样，为了补偿你，晚上我带漂亮舅妈回来教你说绕口令，好不好？”

听出来，卓尧是在和他的小外甥女通电话，难道，他要带我回佟家？

林慕琛看着远处的建筑，脖子上戴着一条银项链，坠子是一块价值不菲的古玉，有期电视栏目播放国宝拍卖会介绍过这块玉的拍卖情况，没想到被身在国外的他买到。他用流利的英语惆怅低语了一句，而我的英语已退化到听不懂他在说什么了。

“佟太太，你很像一座铁塔，埃菲尔铁塔，漂亮不失坚韧。”林慕琛说完，掏出一包烟，用镶嵌着翡翠的打火机点燃烟。

我居然被“赞美”成像一座铁塔一样的女人，我笑着问卓尧：“你说，我像铁塔吗？”我挽着卓尧的胳膊挽得更紧了，我不清楚自己为何要格外表现出更亲昵的样子。

“他的意思是，做我的女人，需要有足够强大的内心和精致的外表，不过，那都是过去了，以后，你只管貌美如花，我替你打天下。”卓尧优雅洒落地说。

林慕琛将只吸了半截的烟弹远，转身背对着我们说：“不妨碍你们，我找妞去，晚上八点我去你家，拜访伯母。”

我看着他扬长而去的身影，这个毫无白衣天使气质反像黑道大哥的男人，肩膀宽厚，背微驼，静时有着与世隔绝的疏离，言语间却满是痞气和匪气，这个男人，真令人捉摸不透。在我回首准备上车时，我看见林慕琛的手腕上垂下来一串亮闪闪的链子，他背对着我走着，手却晃了晃那串链子，像是在示威。我摸摸我的手腕，我的手链不见了。

林慕琛戴的那个玉坠可以买下一个珠宝店了，他刻意拿走我放在桌上的手链，是什么意思？我钻进车里，没有向卓尧提起手链的事。

“今晚，你说要带漂亮舅妈去见佟桐，意思是，带我吗？”我问他，心里沾沾自喜。

“当然不是带你。”他一口否认，看到我失落的表情，立即说明，“我们去接黎回，然后我们一家三口。回那边吃晚饭。今天早上，我妈透露的意思是，想抱抱孙子。”

“真的吗？她真的说想看黎回吗？你也知道，黎回也一定想有奶奶和姑妈的疼爱，他虽然那么小，毕竟血浓于水。我觉得，你妈妈能接纳黎回，这就是对我最大的鼓励，相信爱屋及乌，说不定也能尝试着接纳我。”我憧憬着一家团聚的美好未来，我可以光明正大地挽着卓尧，抱着黎回，出现在那个家。

“当然是真的，上午开过会，我妈跟我说，听说孩子妈妈带着孩子也来上海了，既然来了，那就让她晚上带着孩子过来吃个饭吧，让我也好抱抱我们佟家的长孙。我想我妈也许是想通了呢，年纪大了，想抱孙子了。”卓尧说。

我飞快在他脸上亲吻一下，说：“谢天谢地，今晚我要把黎回打扮得帅气可爱，让你妈妈一见就喜欢极了。”

“等这场风波过去后，我一定让我妈好好弥补一下，加倍疼爱你这个儿媳妇。”他说。

佟家大宅坐落在郊区，卓尧以前就不经常回去住，他住在市区的公寓里，现在卓尧的二姐离婚了，带着佟桐也搬了回来。车驶进大门，两边都是白桦林，向前驶了一百多米，一座四层别墅方才显露出来。

这栋大宅实在太大，就算加上家里的用人和厨师，这么大的宅院，也仍旧冷清了。

“这座大宅是我爸爸的至爱，他的遗嘱里写，不管今后佟氏发生多大的困难，也不得卖这个大宅。”卓尧说。

如果不是真的来到这里，谁能想到这样茂密的一片白桦林中，竟有这样一栋大宅。

“人对房子的感情很奇怪，有时不同于别的资产，生活在那里久了以后，房子就像自己的亲人了，习惯了。”我轻轻道，低头对怀里的小黎回说，“儿子，待会儿见到奶奶，要喊奶奶，奶——奶。”

卓尧笑：“他刚学说话，连妈妈都说不清楚，怎么会叫奶奶呢？你这是拔苗助长。”

我噘着嘴说：“黎回可聪明了，要是他一见到你妈妈就喊奶奶，说不定你妈妈一高兴，就把户口本拿出来，说，得了，你俩领证结婚吧。”

我说完，立刻意识到自己的天真。

他沉默一会儿后，说：“这是迟早的事。”

我点点头，他从后视镜里看我，我也从后视镜里看他。我看到他高高的眉骨，眉头紧锁，还有那深邃的黑眸，我又犯花痴了。

多多上一次还说我代表了天底下大花痴最悲惨的下场。

而这一刻，我只有幸福，憧憬。

卓尧牵着我的手，抱着小黎回，在进客厅的时候，我犹豫停顿了一下，卓尧给我一个鼓励的笑容，捏捏我的手心。只要在一起，总是要走进这个家的，这是回避不了的。

进客厅，家佣阿嫂客客气气上来喊了一声“佟少”，而后望着我勉强笑笑，欲言又止。

卓尧搂住我的肩膀，说：“走，带你去见妈。”

妈，我有多久没有叫一声妈了，妈妈去世后，再也没有感受过来自母亲的疼爱。客厅最耀眼的就是那垂下来数米长的水晶吊灯，我仰头望，这样的奢华，离我很远，水晶灯让我如在梦幻中一般，闪烁着。

来不及细看客厅的布局，就被卓尧搂着上二楼，我听到二楼传来弹钢琴的声音，是圣诞歌。二楼一到，也是一个大客厅，相比较楼下的奢华，二楼更像是一个儿童乐园，如果不知道的，单看这层楼，还会以为是走进了童话里的乐园。

带小蘑菇头的粉色滑滑梯，秋千架上挂着各式各样的粉色铃铛，一颗装扮得亮闪闪的圣诞树立在钢琴旁，上面挂着大袜子、布偶、圣诞帽和各种圣诞彩饰，还有很多我见都没有见过的玩具。还专门有一个橱窗，放满了一排排的芭比娃娃。

这简直是小公主的世界呀。

我看见一个留着自然卷及肩长发，发间系着粉色蝴蝶结的小女孩，背对着我，正坐在钢琴前认真弹圣诞歌。旁边，站着的正是林璐云，她穿一身唐装，闭着眼，双手打着拍子，一脸的陶醉，并没有察觉我们三人的存在。

黎回目不转睛地望着，他这么小，似乎也看出了这是怎样的欢乐城堡。黎回的眼睛里，充满了小婴儿对心爱玩具的兴奋劲，他的小手摇摆着，咧开只长出短短两颗小牙齿的嘴笑得那么甜。

卓尧摸摸我的头，给我一个定心的微笑。

他走到林璐云的身边，说："妈，曼君过来了。"

佟桐弹钢琴的声音止住，她从椅上下来，抱住卓尧的双腿甜甜地喊："uncle，你回来啦，舅妈呢？"

卓尧指着站在门口的我："佟桐，叫舅妈。"

佟桐面对我的那一刻，毫无惊奇，她真的就是那次我在麦当劳遇到的小女孩，难怪那天会在那附近遇到开车的卓尧，他是她描述的那个伟大万能的uncle。

"咦，你是那个那天在麦当劳和我聊天的阿姨，原来就是我舅妈。这个小baby就是我的小弟弟咯，他长得好可爱，外婆，你快看看，小弟弟长得可不可爱，像不像uncle小时候呀？"佟桐拉着林璐云来到我面前。

林璐云面无表情仔仔细细看着小黎回，我懂了，她在看黎回是不是和卓尧相貌相似，是不是卓尧的亲生骨肉。

"倒是挺像你小时候的模样，来，让我抱抱。"林璐云有了一丝笑意，对卓尧说。

卓尧笑：“我看他就像看自己小时候的照片。”

我把黎回交给了林璐云，在交到林璐云手上的那一刹，我有些不舍，怔了几秒。

佟桐说：“舅妈，你想不想看uncle小时候的相片，我知道在哪儿，走，我带你去看。”

我望了一眼卓尧。

“去吧，我陪妈说会儿话。”卓尧说。

佟桐牵着我的手，带领我上了三楼，三楼，是卓尧的世界了，健身房、画室、书房，一应俱全，以前，我以为我们在小渔村住的地方已很好了，应有尽有，而看看卓尧的这个家我就明白，他为了和我在一起，舍弃了这里多么优越的生活，屈居在小渔村。我来到这里，才知他牺牲了多大。很多男人，都不会这样吧，放着豪宅、地位不要，去一个乡下的渔村。

佟桐带着我来到了一个房间门口，指着房间说：“舅妈，这就是uncle的记忆房，里面装满了uncle从小到大全部的记忆，我带你进去看看。”佟桐拿出一把钥匙，开门，再开灯。

灯亮的一刻，我看见了一个很简单朴素的房间，并没有想象中那样豪华。房间里放着各种各样的车模型，两面照片墙，还有一面墙挂的都是卓尧画的漫画。佟桐打开偌大的衣橱，说：“舅妈，你瞧，这些都是uncle从小到大穿过的衣服，外婆全部都收在这里。”

我摸着一件件小衣服，从卓尧还是很小的年纪穿得小毛衣、开裆的小裤子、小皮鞋，看得出来，他还很小的时候，穿得并不是很好。那时的林璐云，还没有正式嫁入佟家，钟雯死后，林璐云嫁了过来，于是卓尧的衣服就变得做工精细面料高档。我看着一排排的衣服、裤子和鞋子，从小小的一件件一双双，慢慢变大。

那些衣服，多少年了啊，林璐云仍保存完好至今，这打消了我过去认为林璐云不疼爱卓尧的观念。看得出来，林璐云很宠爱卓尧，否则，怎么会花这么多心思留下这些衣服，约莫是卓尧从出生到十七八岁之间的衣服。

佟桐说：“uncle不在家的这一年，每当外婆想他了，外婆就会把自己关在这里偷偷地哭，我和妈妈都知道她很想念uncle。外婆总说，uncle在外面过得不好，就会回来了，她一直在等，直到我爸爸把外婆的钱都骗走了，外婆才叫uncle

回来的。”

佟桐才七八岁，说起话来，像个小大人。

我忍住悲伤，问佟桐：“上次你和我说，你uncle打了你爸爸是吗？”我想起卓尧手上那些伤。

“是啊，uncle打爸爸，都怪我，我吓哭了抱着uncle的腿让uncle别打我爸爸了，爸爸是不对，可我害怕，结果，爸爸就跑掉了。”佟桐说。

难怪刘颂跑掉了，原来是因为佟桐哭求，不然卓尧既然都打了刘颂，又怎会让刘颂有逃跑的机会。

“舅妈，上次你哭，你说你喜欢的人可能会喜欢别人，你说的是我uncle吗？我告诉你哟，你不要担心，我uncle只喜欢你一个人。”佟桐用极肯定的口吻告诉我，小脸蛋红扑扑的，像说着秘密。

我笑了，问：“佟桐，你怎么这么肯定呢？”

佟桐说：“是uncle告诉我的呀，uncle跟我聊天，他说他只喜欢舅妈一个人。他只和我聊天的，因为这个家里，只有我不和他吵架，不惹他生气。”

我心里，虽喜，但也很不好受，想着他因为我，和全家敌对，他每次回到家里，都因我而和母亲、姐姐争吵。

我抬头看墙上的照片，有他还在襁褓中的照片，小小的个头，薄薄的嘴唇和单眼皮，黎回像极了他，那样优良的血统和基因，黎回长大，想必也是个风度翩翩的美男子。

还有他留学期间在武馆拍的照片，照片上的他，正练着咏春拳，古铜色的肌肤，肌肉发达，一脸的刚毅。欧菲说过，那时的卓尧，崇拜李小龙，他穿着白衬衫，打跑了欺负女生的几个黑人。之后被一帮黑人追打，他拉着欧菲在深夜的塞纳河畔一直跑，那场景我想着，多美丽。

那是一段我没有参与的人生，如果能早些遇上他就好了。

我眯着眼凝视那一张张不同时期不同样的他，深邃眼眸，洁净的手指骨节清晰，他透着股清洁感，脸上有着男人和孩子混合的味道。我看得眼里都是温柔，我亲爱的男子，喜欢你的女人想必成百上千，而我这样普通的女人，何德何能让你一往情深。

感情没有配不配，可我，着实略觉卑微。

“舅妈，你见过uncle哭吗？你觉得他是什么样的呀？”佟桐问。

“嗯？他哭过吗？他总是很威风，在外面绷着脸指挥一大群人，特别严肃，他的下属都很怕他。只要觉得不对，不管犯错的是多漂亮的女生，他都会毫不留情地批评。但是，他在我身边，就像个小孩子，就和你一样大似的。”我想了想说。

佟桐“扑哧”笑了，说：“和我一样像个七八岁的小男孩吗？舅妈，你知道吗？有一次，uncle喝醉了，和我说了好多好多关于你的事，那时你没有来上海，外婆逼着他和叶姐姐在一起，那晚uncle哭了，哭得就像我们班上的小男生。可是第二天早上，他又像什么事没有发生一样，开会去了。”

我忽然犯起了心绞痛，一阵阵地痛，原来一直以来我爱他都不及他爱我深，这些，都是我不知道的，我还因他和叶洁白的事生气。他那么孤单，只有对佟桐这么小的孩子说说心事，他不对我说，是怕我难过，从回到上海起，他做的每一件事，都是他不想做的。

我好不懂事，幸好还够坚定，否则，我一定会不停自责。

眼泪，几乎要出来了，心绞痛让我闭上眼，我想到他搂紧我将头埋在我肩头上那紧张的样子。我有多怕失去他，他就有多怕失去我。

“你怎么能这样！把黎回给我！”楼下传来卓尧发怒的声音。

佟桐慌忙说：“一定是外婆和uncle吵架了，舅妈我们快下去劝劝。”

我和佟桐赶紧往楼下跑，到了二楼和一楼楼梯拐弯处，我停了下来，他们母子之间的争吵，我不便于多话，我扶着楼梯，静静看着。

林璐云抱着小黎回，站在沙发前说：“该怎么做，留下还是带走，由我来决定。”

“把黎回给我。”卓尧背对我，我看不见他的表情，他的声音很威严，他怎么能这样和妈妈说话。

“不给！进了这个家，就别想带走！想走，你就带着你的女人，滚！我对儿子不抱期望了，如果亲子鉴定后，他真是我的孙子，我就栽培他，趁我还活着。”林璐云斥责他，抛出这样一番话来。

我险些跌在地上，双腿发软。黎回是我的孩子，我不能把他留在这里。

黎回受到了惊吓，哇的一声号啕大哭，眼睛四处搜寻，张开双臂，想要挣脱林璐云的怀抱。

亲子鉴定，这四个字更是让我受到大辱。我踉踉跄跄走到卓尧身旁，看着黎回哇哇大哭，心疼，我求着林璐云："他哭久了会小腹胀气的，你让我抱抱他，哄哄他。"

"等亲子鉴定之后，如果不是佟家的骨血，自会还你。"林璐云冷冷地回答。

黎回啼哭，手不停往我身上抓，想要我抱他。

"福妈，过来抱他上楼！"林璐云下着命令。

家佣福妈放下手中的活，应了一声，走了过来。

"福妈，你敢——"卓尧目光直视福妈。

福妈唯唯诺诺不知听谁的好。

黎回哭得脸都涨红了，我再也不要顾忌什么了，我连自己的孩子都保护不了，那么做不做佟家的儿媳有何意义。我伸手从林璐云的怀里夺黎回，林璐云牢牢抱住黎回的腰，我并不敢用力争夺，我怕会弄伤孩子。

"妈妈……妈妈……"黎回竟然哭着喊出了妈妈。

我的心抽痛着，黎回，妈妈再也不和你分开。

"求求你，把黎回还给我，他是无辜的，他还那么小，他根本什么都不懂。"我哭着，跪了下来求林璐云。

福妈挡在了我面前。

卓尧扶起全身无力的我，对林璐云斥责："你不要以为你是我妈就可以为所欲为，我告诉你，我可以没有你这个妈，但我不能失去曼君和儿子。你一直以来飞扬跋扈，逼我做每一件我不想做的事，你为了保住你的地位，你杀人放火，你动用手段让所有的公司拒绝我的画，你装病，你现在还要拿一个孩子来胁迫我，你卑鄙，可耻，你根本不配做一个母亲。"

林璐云被镇住了，抱着黎回，往后倒退了几步，不敢相信似的看着卓尧，然后她哈哈一笑，摇着头对我说："你看看，你这个狐狸精，你把我儿子的魂都勾走了。瞧瞧，这就是我的儿子，连妈都不要了，就为你这个女人，我们母子成为仇敌，你别忘了，你也有儿子……"她说完，又望着卓尧说，"从小到大，这是你唯一一次一口气和我说这么长的话，没想到，这就是你对我的评价。"

林璐云捂住胸口，脸色发白，站都站不稳，歪倒在白色真皮沙发上。

福妈大喊：“糟了，夫人心脏病犯了，我去拿药。”

佟桐趴在沙发旁，拉着林璐云的手哭喊：“外婆，外婆很疼吗？福姨去拿药了，马上就来了，外婆……”

卓尧将黎回从林璐云的怀里抱了出来，交给我，他看了一眼痛苦的林璐云，犹豫了一下。

大门打开，林慕琛走了进来，看到这种情景，冲了过来：“姨妈，怎么了！”职业习惯使他立即做出反应对林璐云进行抢救。

“林医生，这里交给你了。”卓尧看了一眼林璐云，拉住我的手，说，“我们走。”

佟桐哭着扭头，满脸的泪水，哽咽着说：“舅妈，求求你，不要带走我uncle好不好，佟桐求求你……”

我看见林璐云痛苦的脸，她的手抬了起来，挥了挥，我心软了，我松开卓尧的手，说：“你留下来，我和黎回走。”

我没等自己多想，抱着黎回就往大门外跑，我生怕，我会下不了决心。佟桐的哭声，林璐云痛苦的脸，她说“你别忘了，你也有儿子”。这些画面在我脑中闪现，我只想抱着黎回离开这里，那道大门，太厚重了，难以踏进。

# 第七章 你是否这样梦见过我，像我梦见你一样惆怅

深情的男子，更像一棵沉默的树。他沉默在我的心间，像是一棵种了许多年的树，根深蒂固。

好冷的夜，寒风吹着，直抵人心的刺骨寒气。

我想我该走了，我有了结果，横跨在我和他之间的，是血脉纠缠的亲情，如果选择我，令他斩断亲情，使他们母子成仇敌，我还配说爱他吗。

天色黑暗，宅院里两排路灯，白桦林在夜晚变得充满神秘感，怀里的黎回不再哭了，我走在这条长长的林荫路上，路的尽头就是佟家大宅的大门。我的每一步，足有千斤重，把怀里的黎回紧紧搂着，生怕会被抢走。他哭着叫我妈妈，我怎么能丢下他，也许留下黎回，他在这里会像佟桐一样过着城堡里小王子一样的生活，可我，不能失去黎回，这是卓尧留给我的最大的珍宝。

白桦林里有什么东西在动，我吓了一跳，借着路灯细看，是一只孤单的野猫。

“你怎么也跑来这所大宅子里，你可知，这不是你来的地方。”我对那只野猫说，也是对自己说。

身后驶来一辆车，车灯亮着，我知道是他。车在我身边停下，他从车里下来，开车门，说：“上车，我带你走。”

我望着他，傻傻站着。

“听话，这是郊区，没有车，你抱着黎回能走到哪里去，这么冷的冬天，受凉了怎么办。”他爱怜地说，摸摸我的头。

我只好顺从上车，透过车窗看他，他给我关好车门，钻进车里，发动了车。他一路开着车，不说话。

直到黎回在我怀里奶声奶气喊了一声“妈妈”，他才说了一句：“我不能没有你。”

“你妈妈怎样了？”我问。

“曼君，你是不是想离开我？”他答非所问，猜透了我的心思。

他怎知我想什么？可除了他，还有谁轻易便知我心，我心里一惊，说：“你怎么不留下来照顾你妈妈，她犯病了，你……”

“有林医生在，她不会有事，你也听到了，林医生叫她姨妈，我和林慕琛，是表兄弟，所以，你放心，林医生会尽心照顾好她。”他说罢，抬手看了一眼手腕上的表。

“我不会让你离开我的，我们一起走，离开这里，离得远远的。我真后悔，我为什么要管她，为什么要回到这里，甚至还把你带回这个没有一点温暖的家！”卓尧冲动地说。

车并没有往我们回家的路上开，而是在岔路口拐了个弯，朝机场的方向驶。

“你做什么，你要带我去哪里！”我问他，我已明白他要做什么。

“回家！我们回家，回小渔村。”他说着，加快车速，在这条夜里车辆稀少的路上，飞速行驶。

“停车！我不要离开上海，不要回去。”我捶打着他的肩，要他停车。

他将车停在路边，他说：“最怕你倔强，我会拿你一点办法也没有。”

我苦涩地笑：“以后，不再倔强了，小漫画，长大了。”我看着前方的树木，四下空荡荡的，这样的景色，适合告别。我装作轻松地说：“今天，佟桐跟我说了一些事，我看到你的记忆房，你的衣橱里都是你的小衣服，佟桐说，你不在上海的这一年，你妈妈总会把自己锁在那个房间里哭。卓尧，她也是爱你的。今晚你看到了，她病起来，那么痛苦，她年纪大了。我们不能爱得这么自私，佟桐还那么小，她哭着求我不要带走你，你不能够扔下她们不管。”末了，我接着说，“公司的事，也需要你管。”

他趴在方向盘上，静默不语。

“她说得对，我也是做妈妈的，卓尧，如果在你和黎回之间只能做出一个选择，我会选择黎回，任何人都不能把我儿子从我身边带走。所以当她让福妈抱走黎回时，我多揪心，而换位思考，我不让她从我身边带走黎回，就像她不让我从她身边带走你一样。”我说。

“这不一样！”他转过脸，面对我，说，“答应我，不要离开我，我就猜到你会有这个决定，所以我很怕，我很怕你离开我，像过去那样，一声不吭就走了，我找你找得很辛苦，每找一个城市都是担惊受怕，怕没有你的下落。”他说完，握着我的手。

我把手从他的手掌心抽离，冷淡地说：“送我回去吧，阿春还在家等着我。”

“回去，意味着我还要在公司里，每天远离你和孩子，一本正经地开会，和冯伯文、戴靖杰斗来斗去，意味着……”

“意味着我们结束了！佟卓尧，我们之间，结束了。你要我跟你回那个小渔村，你连一幅画都卖不出去，一无所有你拿什么养我和黎回？我爱的佟卓尧，是那个有钱有势、呼风唤雨、一掷千金的男人，而不是现在的你。”我说着违心话，别过脸，不敢看他。

他倒了车，掉转车头，车往市区开，我抱着黎回坐在后车座，泣不成声。

一路上，我们没有再说一句话，他把我送到了公寓楼下，我下车，他的车启动后开了没有两米，停了下来。我站在车后，看见他打开车窗，烟味飘了出来，他靠在车里抽了几口烟，将烟弹出窗外，车再次发动，驶离了我。

留给我的，是汽车温热的尾气和香烟的味道。

我捡起了那半截香烟，将那熄灭了的烟，握在手里。

那晚之后，他没再来找我，也没有给我打过电话，他彻底消失了。我试着调整自己，不去想他，把全部的时间和心思都放在黎回的身上，阿春陪着我。只是某日清晨，手机里收到一条银行进账短信，我的卡里，莫名其妙多了一笔七位数的款。

是他给我的分手费，还是给黎回的抚养费呢？我按出一串他的号码，想给他打电话问问清楚，也算是找个借口主动联系他。他的公司遭遇严重财政危机，这些钱，我不能收下，再困难，我也有能力把黎回抚养长大。

拨通他的号码，是嘟嘟嘟的接线声，没有任何彩铃。

“我在开会，稍后和你联系。”他接通，硬生生的一句话之后，就挂断了电话。

我想，他应该很忙吧，既要打理公司应付不同的人，开枯燥的会，还要准备和叶洁白的订婚典礼。圣诞节，多好的日子，他和叶洁白订婚的事有条不紊进行，就算见不到他，那些杂志也能让我了解他的现状。

这样挺好的。

我坐在阳台边，抚弄着白色蕾丝窗帘。之前让阿春给我买了七八盆小绿植，放在窗户边，我和它们说话，不断地吃东西，我想起某位女作家书中的一个女子，对着一盆小绿植轻声地说："你终于长大了。"

夜里，我将身体蜷缩在被子里，缩成小小的一团。我的身边，保留着他的位置，他喜欢从背后抱住我，手环绕在我的腰间，手掌心贴在我的小腹上。我梦见了他，梦里他张开怀抱，说："来，让我抱抱。"我就乐呵呵往他怀里钻。醒来，是我自己紧紧抱着自己而已。

你是否这样梦见过我，像我梦见你一样惆怅。

书上说：深情的男子，更像一棵沉默的树。

他沉默在我的心间，像是一棵种了许多年的树，根深蒂固。

书上还说：任何一个人，失去了另一个人，都会活得一如既往。

这些天，我看了很多书，试图从书里缓解我失去他的抑郁症状，只是好不容易调整好的情绪，会因为一首歌，一个词，甚至一道菜的香气，又陷入有关他的记忆。

尤其是黎回，黎回的笑脸，和他那么相似。黎回才这么小，等黎回大点，会越来越像他，我看到黎回，就会想到他，就会想，我的黎回，长大了会没有爸爸。

带着我全部的珠宝首饰，去找多多。

多多看见我，抱抱我，说："有地方住吗？现在住哪里，不行就搬回来。"

我把住的地方告诉她。

"好，下次我去看你，他们快订婚了吧。"多多说。

"是的，圣诞节那天举办订婚典礼。对了，帮我找一个人。"我轻轻地说，仿佛连魂都丢了。我从包里拿出刘颂的照片，递给多多。

多多接过，认了出来，说："找刘颂啊，这是佟佩卉的老公吧，怎么好端端找他啊？"

"他卷跑了佟氏全部的流动资金，找到他，兴许可以追回佟氏的损失。"我说。

"哈哈，也就是说佟少的公司垮啦，不错，幸好你抽身而出，不然万一破产了，要背一身债呢。难怪佟少真和叶洁白订婚呢，怕玩完啊。看在我曾经也对他花痴的分上，我帮着留意点。”多多收下照片。

“你帮我把照片发给你认识的女友，欢场中的女人，告诉她们，谁找出刘颂，这些都属于她。”我说着，拿出装珠宝的木质盒子，推到多多面前。

多多打开盒子，看了看，点上烟，盘着腿坐在沙发上，问我：“值得吗？”

“我们也问过静安值得吗，这没有答案。”我说。

多多答应帮我，找到刘颂的把握就大了很多。

走在街上，到处都是圣诞节要来临的气氛，还有十天就是圣诞节了，也就是离卓尧订婚还有十天的时间。风中传来面包的香气，站在面包房门口，想起他离开小渔村的那天早上，我给他做蛋香吐司和玉米粥，我双手沾满了玉米粉，他拿着DV录我贤妻良母的样子。他说吃我做的早餐，才会有胃口。我走进面包房，买了一小包蛋香吐司，付了款，连找零的钱都忘了拿。店员极好心说：“小姐，找您的钱。”

我恍恍惚惚地，接过钱，连声道谢。

在寒风中，握着蛋香吐司大口吃，这吐司入口松软，比我做的要好吃多了。竖起大衣领，嘴角上沾满了面包碎屑，不去擦拭，像个傻瓜一样啃着面包。路过一家音像店，听到一首歌，我猛地掩面蹲在地上哭，手里捏着半袋蛋香吐司。手被冷风吹得麻木，眼泪冰凉。

一个人去酒吧喝酒，和一大群陌生男女玩大冒险，输了就站在酒吧舞台中央脱掉大衣摆了一个妩媚的S造型，大跳贴面舞。手机里不断有电话打进来，我看不清号码，对着电话大吼：“我死了！”

酒吧门外有个男人双手捧着鲜花半跪在地上向女人求婚，我冲过去夺了鲜花扔在地上用脚使劲跺，和那个女人打了一场莫名其妙的架。醉了站在广场中央跟着大屏幕唱歌，边哭边唱，鬼哭狼嚎似的，反反复复唱，所有人都看见我伤心的模样。

听到有小baby娇滴滴叫妈妈的声音，我像一下清醒了起来，打了个冷战，黎回，我还有我的黎回，我不能这样沉沦颓废下去。

我往回走，招手拦了一辆的士，报了地址，靠在座位上头痛欲裂，手机疯一样振动。

“小姐，你有电话。”司机好心提醒。

我盯着屏幕，半天才看清楚是佟卓尧的来电，我已删除了他的号码，但那串数字是多么熟悉。

“师傅，你帮我接，就说我手机丢了，这手机是你捡到的。”我把手机交给了司机。

司机有些迟疑，还是接了电话，说：“喂，手机是我捡的，你打错了。”司机把电话挂了，交给我，我立刻关机。

我多幼稚，企图用这种方式来断绝和他的联系，我忘了我还住在他的房子里。

“你别关机啊，他听起来很着急，问我在捡手机的附近是否看到一个单薄消瘦的女人。”司机说。

下了车，付了车钱，走进小区里，没看清脚下的路，滑倒摔了一跤，仔细一看，是一个香蕉皮，膝盖痛得一时间站不起来，我就近抱着身边的一棵树，难受地哭。对自己说，这是最后一次，以后再也不准哭成这副德行。

只觉得有一双强有力的手突如其来地从我的身后拥住了我，接着一只手揽着我的背，一只手伸在我的腿部，拦腰抱起了我。怀抱很温暖，有熟悉的木香味，我用冻得像硬馒头一样的手背擦眼泪，踢着腿，用手打他，抓他。

我尖叫着：“放开我，你走开，离我远点……”

“曼君……”他用很宠溺的语气喊出我的名字，旋即低下面庞吻我，不依不饶的吻，让那个冬天的夜啊，一下忽如一夜春风来，千树万树梨花开。又好似漫天的星光呀，满目闪耀。

他像光线一样出现，漫无边际，照亮天地——他似书中如此描写的美好男子。

我很㞞地被他的吻轻易征服，转而是以更加猛烈的激吻来反击他这些日子对我的冷落，用力咬他的唇，有淡淡的血腥味散开来。

我停下了对他嘴唇的惩罚，抚摸他的嘴唇，问：“疼不疼？”

他倒若有所思，回味着说：“吃蛋香吐司了？”他用拇指擦我下巴上残余的面包屑。

“嗯，比我做的好吃。”我撇撇嘴，说着就没出息地快要哭了，他还那样抱着我站在路灯下，也不怕被小区里的住户看到。

“学坏了啊，都不给我留点吃。”他说着，抱着我往电梯入口走。

我从大衣口袋里掏出半袋蛋香吐司，已经被揉成团状，我拿给他看，面包奇怪的样子让我咧开嘴朝他笑了。

他低头啄吻：“又哭又笑，小傻瓜，打开来，喂我吃，我还没有吃晚饭。”

“怎么到现在还没吃饭，你被虐待吗？”我问。

“某人去酒吧喝酒疯闹不接我电话说死了死了的，我就赶紧开车到处找，一家家酒吧找，没见你踪影，只好在楼下等。我在离你不远的车里，看你哭得不像话。”他咬了一口干巴巴的蛋香吐司吃。

“那你有没有被很多女人调戏？”我托起他的下巴，问。

“有啊，此刻就有个女人醉醺醺托着我的下巴不怀好意盯着我犯花痴。”他说。

“你不是很忙吗？前天打你电话，你说我在开会，稍后和你联系，你拒我于千里之外，现在跑来找我做什么。”我看着候梯厅的红色数字在跳跃着，脑筋一转，说：“背我走楼梯，二十二楼，边走边给我说清楚。”

“遵命。”他说着，背我上楼梯。

在他背上，我比任何时候都乖巧，好像此时用情最真最深，因为波折风浪过后，他还会像过去那样停车在我楼下，等我回来，见我醉了，就抱着我一层层走楼梯上楼。

“钟利涛死了。”他说。

“啊……钟老爷子死了！怎么会死了呢，不是在住院观察吗？”我惊诧，虽然他老态龙钟，可听到他的死讯仍让我大感意外。

卓尧说：“也许我和戴靖杰的仇怨是注定无法和谈结束，说来很巧，我带着林医生去医院看了钟利涛，本来钟利涛是拒绝的，后来也许老人家是听医生的劝知道林医生在心脏病治疗方面的名气，他答应让林医生检查。林医生出来之后，本是有把握做出治疗方案的，可是，我和林医生走之后没半个小时，钟利涛就因心脏病发作，停止了呼吸。”

我听得连连吃惊，问：“不至于吧，林慕琛怎么会这么逊？就算医不好，也不至于他前脚走，后脚钟老爷子就去世啊。”

“所以，前天我和林慕琛都被带到了公安局问话，你给我打电话时，我正在公安局喝咖啡。被讯问了几个小时后，我的律师把我担保出来，一出来就是回公司处理事情，然后就给你打电话。”他说。

“那你怎么不告诉我，害我白白浪费这么多眼泪。”我趴在他背上说，看着墙上的数字，已经是六楼了。

“告诉你我在公安局，还被戴靖杰指控雇凶杀人，你知道了不会急疯啊，我怕你会暴躁地带着阿春来扫荡公安局。”他笑。

我用头轻柔地蹭蹭他的头，说：“卓尧，放我下来，我不要你背我，我要和你手拉着手，一起走上二十二楼。”

“傻瓜，膝盖都破了，老老实实趴在我背上。”他命令着。

我有些担心，他的公司本身就惹上了逃税的官司，现在他又多了一个雇凶谋杀的嫌疑，钟老爷子为什么偏偏要死在卓尧和林医生去了之后，如果真的会死得这么快，凭林医生的临床经验，怎会察觉不到，还胸有成竹对卓尧说有了治疗方案。

在走到十楼的时候，墙上那个大大圆圈里的“10”字竟像倒计时一样提醒着我，如钟声敲击在我的心间，我身体里的酒精散去大半。十天，十天就是他和叶洁白订婚的日子，我还在这里幻想什么。我挣脱他的手，从他背上滑下来，站在地上，用生冷的语气说：“不用你送我了，我自己走。”

他反把我抱紧，说：“还要继续冷淡我，彼此折磨下去吗？”

我推开他，上楼，呵呵笑，说：“我都差点忘了，你要订婚了，还跑来我这里，不怕未婚妻知道回去让你写保证书吗？”

我按电梯，想要快点到家里，把他关在门外，我不想心一软把他带回家。

进了电梯，他站在那里看我，眼神里显出莫大的无助，他那样趾高气昂的男人，竟流露出这样的眼神。

电梯门合上，我闭上双眼，因为有轻微密闭空间恐惧症，所以感到心闷。酒醒了，我和他之间，就是这样子，醉生梦死的迷离逃不出醒来的空白。刚还在他背上像个幸福的小女人，一个“十”字就轻易瓦解我的梦。

走出电梯，他喘着粗气冲上来抱住我，头埋在我肩上，在我耳边粗重呼吸，他竟一口气跑到了二十二楼。

“不管我们之间的距离有多大，你坐电梯，我也可以跑步追上你。若你快一点，我就跑更快追上你，你慢一点，我就放慢速度等你。”他喃喃地说，像个小孩子，抱紧我不撒手。

我任由他抱着，眼泪静静流在他的西装上。

“我宁愿你每天打电话骂我，来公司里和我大吵大闹，把我锁在你的房间里不让我走，也不要你这样默默离开我，不理我。小漫画，不要不管我，你要凶我，和我纠缠，找我要钱要名分。”他说。

“卓尧，别像个孩子，你我的爱情，得不到祝福，不被任何人看好，你为什么不去选择一段被所有人祝福的感情呢。我的心痛不会亚于你，我有时会错以为你还是我的丈夫，黎回的爸爸，可与你订婚的，是个叫叶洁白的女孩子。如果我们再继续下去，难道你想黎回和你小时候一样，背负着一个私生子名声长大吗？”我说。

“不会，事情在我的控制范围内。”他说。

“可是已经超出了我的控制范围。”我摇摇头，惨笑。

用钥匙开门，他跟着就进来了。想到他还没有吃晚饭，我招呼阿春给他做一碗面。阿春见多日没来的卓尧今天来了，高兴地进了厨房。电视里正放着宫斗片，片里打进冷宫的妃子忽然迎来了皇上的垂怜宠幸，她身边的丫鬟看到皇上喜悦的表情就和阿春现在一样。

黎回坐在婴儿车里，看着我就喊妈妈。

他蹲在黎回身边，亲吻黎回的脸。

我看到他的胡茬，灯光下，发现他沧桑了些许。

拉着他去卫生间，对着镜子，给他擦剃须水，慢慢给他刮胡子，我念着：“佟小同学，刮干净胡子，是个多迷人的男人，就算要和别的女人订婚，我也要把你胡子刮干净，帅帅的，挽着别的女人的手，体面大方。和你在一起这么久，到头来，我像个妈妈，盼着你娶个好女孩子，婚姻幸福。”说着心酸，倒在这一刻十分真心。

他捧着我的脸，望着我，想说什么，终没有说出口，也许那些要求，他明白对我而言难以开口。对于这份爱情，我也是自私的，我要一份完整独属我的，我不要任何女人参与其中，否则宁可不要。

给他刮胡子、系领带、煮咖啡、熨衬衫，以后这些事，大概都会交给叶洁白做了，卓尧，这是我最后一次为你刮胡子。我用热毛巾擦干净他的下巴，踮起脚吻他的唇，清凉。

我看着他明亮的眼，我们相对无言。

我努力自持内敛，收起那些坏情绪，让他对我的所有印象，都是我微微一笑的温顺。

我轻轻呼吸，一点一点擦他的下巴，抚摸他的额头，眉眼，鼻梁，嘴唇，在他怀里不断收紧自己瘦弱的身体，他西服袖口有微微的褶皱，看起来很优雅。我想起以前他总会在起风的时候，把我兜进他的大衣里，把我夹在他胳膊下裹得严严实实。

我红着脸，用我这一生最温柔的目光凝望着他，我朝他微笑，笑着笑着，掉下了眼泪。

“卓尧，我宁愿我不清醒，糊里糊涂就这么跟随着你，不管你娶谁。可是，我向来清醒，我心里有个声音不停在提醒我，你不再是我的丈夫。”我说，掩面而哭。

“别走，别离开我，就住在这里，我难过的时候可以开车来这里，可以来这里抱抱你，你等我。我亦清醒，我不能同时爱两个女人，我也不会娶我不爱的女人，我会争取，我会争取的，曼君，你相信我好不好。”他像个孩子，害怕我会走掉，抱着我不放手。

阿春站在厨房门口问：“太太，面快煮好了，你要不要过来做个配菜。”

我收拾脸上的泪水痕迹，从他怀里出来，进了厨房。他喜爱青菜、西红柿、黄瓜片配着面，我洗净手，切好了一盘配菜，从冰箱里拿出一个苹果，切成细细薄薄的苹果片，插上牙签，他喜欢吃。

他坐下吃面，我抱着黎回教黎回喊爸爸，可是黎回发出的声音都是“妈妈”，一声声“妈妈”，我急得吼黎回：“你怎么这么笨，教了这么多遍都学不会，不是妈——妈，是爸——爸！”

“曼君，黎回才一岁多一点，不会可以慢慢教。”卓尧说。

阿春站在一边也好心说：“是啊太太，宝宝还小，这么点大的宝宝很多都不太会说话。”

我不理会他们，自顾自地教黎回：“爸——爸，爸——爸，你再不喊，以后你想喊都没人答应……”我用手拍了黎回的小身体一下，这是我第一次对黎回动粗，他明亮的眼睛恐慌地看着我，小脸蛋上都是惊讶的表情，嘴里还在小声喊“妈妈，妈妈……”

无辜的黎回，我心疼了，抱着黎回说：“对不起，对不起……妈妈不该凶你……”

站在一旁的阿春看着我们这样的一家三口，眼神里充满了怜悯和悲伤。

晚上，他留了下来，他乖乖穿着我给他拿的睡衣，以往他是不爱穿睡衣入睡的，想起他以前总说：怎么我们这么像老夫老妻。

他头枕着我的腿，闭上眼睛静静躺着，我把被子盖在他身上，轻柔宠溺地抚摸他的头发，发质很好，有这样发质的男子，定是干净优雅的，墙上的挂钟一秒一秒走着，倘若一刹那就这样到了地老天荒，多好。

我明白，我们一定会在十天后失去对方。

一直都是他如此宠溺我，而这一晚，我只想陪在他身旁来宠溺他，他枕着我的腿沉睡，左手和我的右手十指相扣。我拍着他的肩膀，像哄黎回一样哄着他睡去，他的侧脸俊逸带着光华，我轻吻他，他有长长的睫毛，这个漂亮的男子。

关了灯，他的手机在黑暗中闪了几下，能够在这么晚往他手机里连续发几条短信的人，除了我，只会是叶洁白了。我蹙起眉，盯着手机，像看着一个怪物。也许她找他有急事，我拿起手机，打开短信。

阿Man，你在她的身边，是吗？你放不下他们母子，即使你很快就要和我订婚，可你的心依旧还在她那边。我看到你把我的照片随手扔在你公司仓库里，我看到你办公桌上的杂志，你把刊登我们订婚消息的那一页撕了，我看到你开会时的会议记录上面写满了阮曼君的名字，我看到你无名指上的婚戒，被我弄丢了你居然找到重新戴上。

阿Man，是的，我是故意弄丢你的婚戒，我是故意让杂志那么去写，我喜欢你这么多年了，你为什么不肯试着接受我？你进了公安局，我立即安排律师去保释你，今晚，为了解决你公司的逃税问题，我陪那些局长喝了很多酒，而你在哪里，你的阮曼君在哪里？为什么我付出了这么多，你偏偏就是不爱我。

阿Man，之前你提出取消订婚，我一直没答应，你也没逼我，看得出来你是怕伤害我，谢谢你，还对我有最后的于心不忍。好，我答应你，取消订婚。

连续的三条短信，我看了之后，对叶洁白的敌意竟减少了很多。她也并不幸福，而我就像那个偷走了她幸福的女人，我占有着她的未婚夫，他们即将订婚，我还让他睡在我的床上，她在为卓尧付出，我们却在这里拥抱不舍。

原来叶洁白是清楚我的存在的，她并没有来找过我，是出于对卓尧的尊重和包容吧。

望着睡熟的卓尧酣然入梦像个婴孩，我做出了一个决定。

我不能够让叶洁白和卓尧取消订婚。

我以卓尧的口吻回复叶洁白：我已想清楚，我会和她做彻底的了断，断绝往来。我给她一笔三百万的分手费，她收下了，她答应不再来找我，也不会在订婚那天打扰我们，她说祝福我们。所以，我们的订婚典礼照常举行，绝不会取消。请你，给我机会。

我编好了这样一串文字，反复忖量，确定无误，我想叶洁白也不会怀疑的。我的拇指停留在确认发送键的上方，犹豫了几秒，想到卓尧为了我和叶洁白提出取消订婚，他能这么为我做，我已知足。叶洁白能够给予他的帮助是我给予不了的，我不想成为他的小麻烦。

卓尧，这一次，就让曼君给你做主。

当按下发送键时，眼泪从我的脸颊滑落，无法回头。

很快，手机收到回复，叶洁白的短信：阿Man，真的吗？你终于决定下来了，我太幸福了，能够嫁给你就是世界上最幸福的女人。三百万够吗？不够我可以再给她更多的钱，让他们母子过最好的生活。我爱你，我也想听你说你爱我，哪怕现在只是骗骗我。

我快速打下三个字“我爱你”，回复给她。

他睡得那么乖，只有在睡着的时候，他才不会艰辛，我望着他的脸笑。傻瓜，哭什么，爱就是要看着对方幸福，爱不是添乱，爱是锦上添花。我的卡里，有他汇给我的三百万，我从枕头下拿出那张银行卡，悄悄放在他的钱夹里。

他钱夹内侧，有我们一家三口在小渔村镇上照相馆里拍的照片，我们俩抱着黎回，坐在沙发上，黎回笑着露出一颗牙齿都没的小嘴巴。

我捂着嘴，任由自己无声地哭。

心绞痛犯了，阮曼君，你是自作自受！只是卓尧，还会有人比我更爱你吗？我只是，想让你平安顺利，我无能力帮助你，如果我的离开和退让可以换来佟氏上上下下老老少少的和气福气，那便值得。

第二天早上，我陪着他吃早餐，往他的杯子里不停加热牛奶，看着他吃我做的早餐，他侧过脸装作不经意吻我。

他让黎回骑在自己的肩膀上，或者他趴在地板上让黎回坐在他的背上，他就是个普通的男人和父亲。我站在旁边笑，黎回更是快乐得合不拢嘴，正长牙的小嘴巴一笑就会流口水，滴到了卓尧的西装上。我就想啊，他的西装上满是我的泪水和黎回的口水，而等他回到公司，他将依旧正襟危坐在会议室开会。

只有我，离他的内心如此近。

“小漫画，想不想去游乐园？袁正铭投资开办了一个游乐园，我带你和黎回去，那里很适合带年纪很小的孩子去玩，因为没有任何具有危险性的游戏项目，一起去吧。”他把黎回顶在肩膀上，黎回的小手抓乱了他的头发。

我看看阿春，阿春正收拾着桌子，说：“太太，你就带着宝宝出去走走，你看这天气多好，多适合在外边玩，你们去吧，我在家里给你们做好晚饭等你们回来。”

阿春比带她出去玩还要开心。

我点点头，握着黎回的小手，说：“宝贝，爸爸和妈妈带你去游乐园玩，好不好？”

他打电话给袁正铭安排，我装了一些黎回吃的用的随身物品放在包里，对，还有相机和一支口红。我换上轻便的印花裙子，套上一件薄大衣，阳光正好，像春天，冲散了前几日的寒冷。

“袁正铭会安排好的，我们直接过去，东西都带齐了吗？”他问。

我说：“齐了，出发吧。”

他端详我，点点头说：“很美，不过会不会冷？”

“不会冷呀，就算冷，不是有你给我的三百万嘛，我可以刷卡买件要几千美金的貂皮大衣，把自己打扮得像个阔太太。”我逗着他。

“小傻瓜，尽管用。”他搂着我，眨了眨左眼，豪气冲天。

袁正铭开的游乐园坐落在郊外，正是前段时间电视和报纸上铺天盖地宣传的游乐园，主要是针对一岁到八岁之间的婴幼儿开办的，我本就打算带黎回来这里转转，没想到卓尧会带着我们来。

停好了车，我和卓尧各牵着小黎回的一只手，黎回正蹒跚学步，一家三口走在一起，停车场附近的保安目不转睛看着我们，不断有人投来艳羡的目光。只是走进游乐园，除了可爱的卡通人偶和工作人员，基本上看不到一个游客。

小黎回看见卡通人偶的欢快劲啊，小手挥舞着，蹦蹦跳跳，幸好我和卓尧牵着他，不然小家伙都要兴奋得摔倒了。

“前阵子广告做得挺好的呀，怎么生意这么惨淡？”我好奇地问。

卓尧四下望望，满意地说：“今天清场，我包场。”

我没有说什么，也许他这么做是为了保护我和黎回，其实我要的不是和他去哪吃饭就清场整个饭店，去哪儿玩就包场，我要的是，我们像普通夫妻那样，在人群中，笑着闹着。

不想扫兴，也许，这样的机会以后都不会有了，很难得，不如痛快玩一次。

游乐园的广播里放着儿歌，勾起了很多童年的记忆，小时候，在渔船上抱着一个破旧的燕舞收音机听儿歌，那就是我全部的童年娱乐，年少时父母就接连去世，而今，我也有了自己的孩子。

生命的残忍在于仅有唯一一次且短暂，生命的可贵之处就是生命的延续性，黎回的身上，不仅延续了我和卓尧的生命，还有我们的爱。我想从这个意义上来说，我和卓尧永生永世都不会分开，血脉相连在另一个生命载体上。

阳光下，裙裾扬起，对于我昨晚发的短信，我感到豁达宽慰了很多。

注定是要失去的话，我希望最痛苦的那个人是我，为这场失去的爱情承担一切悔意、恨意的人，是我。

卓尧抱着黎回坐在旋转木马上，闪闪发光的旋转木马在儿歌中起起落落，旋转来回，我抱着双手，看着他们父子。卓尧的笑脸，黎回的笑脸，我举起相机，拍下他们，我从相机里，看到是那样幸福的场景。我心爱的男人，我心爱的儿子，他们一起朝我挥舞着手，他们都爱我。我不争气地掉眼泪，用相机遮住脸，单反就是好，可以挡住脸擦眼泪。

拍他的侧脸，漆黑的发丝，我躲在相机后面哭。

从此，我还是那个坚强的阮曼君。

下午公司有急事叫他回去，他把我和黎回送回家，就匆匆走了。阿春在厨房里忙忙碌碌，正剥着冬笋，说要做几道家乡菜给我们尝尝，我淡淡地说："他晚上不在这儿吃了，随便炒个菜，别忙了。"

阿春"哦"了一声，失落地站在厨房门口。

# 第八章 愿我如星君如月，夜夜流光相皎洁

仿佛季节轮回，一下子就来到了春天，沉静美好的光阴，繁花似锦，不知人间忧欢的爱情啊。

隔日，是钟老爷子的追悼会，我穿着一袭黑衣黑裙，参加了葬礼。

毕竟我在钟氏上班时，钟利涛待我不薄，现在戴靖杰和卓尧的误会和仇恨这么深，我想恳求戴靖杰放过卓尧，也是放过他自己，前尘往事何必牵牵绊绊。

天空下着细雨，戴靖杰戴着白孝站在棺椁旁，作为家属答礼。

我走上前，朝钟利涛的遗体鞠躬，戴靖杰见我，微微吃惊，回礼。我站在他身边，拍拍他的肩膀，说："节哀顺变。"

戴靖杰点点头，眼角的泪还未干。

"是他叫你来的吗？曼君姐，是他杀了我外公，他怎么会好心找名医来治我外公。他和姓林的医生是表兄弟，他们合谋，就因为我外公让我和佟氏的股东谈合作，他害怕股东撤资来我们钟氏，所以就杀了我外公。"戴靖杰声音低，但情绪激动。

我言之凿凿，说："卓尧绝对做不出这种事，他一心想和平化解恩怨，林慕琛是他特意请来给钟董看病的，他不可能因为商业竞争就杀人。"

"他有什么事做不出来的，他的手段和林璐云一样卑鄙残忍，他为了保住地位不惜借助女人，如果不是靠着叶洁白，佟氏早垮了，那些股东都是看宏叶的实力。要不是叶洁白请了什么高级律师，他就是杀人凶手被关在里面了。他为了地位都要和宏叶新董事长订婚了，他抛弃了你！你还在这里为他辩护，他可真是能哄得女人为他死心塌地。"戴靖杰轻蔑道，眼神里的妒火让我陌生。

眼前的戴靖杰，让我觉得他是非搞得卓尧无法翻身不可，他万一发起怒来，什么事都能做出来，被复仇的想法弄得像个疯子。

"林璐云害死了我母亲，佟卓尧害死了我外公，他们母子害死了我在这世界上最亲的两个人，我一定让他血债血偿，痛失最爱！"戴靖杰拳头握得咯咯响。

我吓得后退了一步，我收起自己的惶恐，说：“我告诉你，卓尧没有做过任何伤害你和你外公的事，他甚至还把你当兄弟，试图挽回。我不允许你动他一根头发，否则，我绝对不会放过你，我以我的生命向你保证。”

“你不信我……好，那你滚，你不配来参加我外公的葬礼，滚啊！”戴靖杰怒目圆睁，指着大堂门口。

大堂外传来嘈杂的声音，众人都望过去，是佟卓尧带着下属一行人，走了进来。他们将几十个花圈依次抬了进来，丧礼司仪和另一位主持面面相觑，到场的，谁人不知佟卓尧和戴靖杰之间的事。

他穿着黑色西装，外面套着黑色大衣，墨色领带，鞠躬，季东等随从跟在身后鞠躬。

丧礼司仪喊：“家属答礼。”

戴靖杰俊秀的脸变得扭曲，脖子上青筋暴起，让人望而生畏，他叫喊着：“姓佟的，少在这里假慈悲，你这个杀人凶手，我不会放过你，你等着，我会让你痛苦一生，你这辈子都别想再摆脱！”

他转头望过来，看见我，走过来，伸出手将我拉到他的背后，然后用极严肃冷静的语气说：“今天是钟老的葬礼，如果你真孝顺，请给逝者安静。我是不是凶手，钟老泉下有知，警方也在调查，在座的有很多都是钟氏前辈，你还没有资格在这里大叫大吵。”

他反转手背，握住我的手，大步离开殡仪馆大堂。

打开车门，他很不客气地将我推进车里，重重关上车门，他坐在我身边，急躁地用手拉松领带，接着一拳打在自己的腿上，一扫刚才在葬礼上的平静，他轻蔑地望着我。

我以为他因为我来参加钟利涛的追悼会而生气。胳膊撞在车门上生疼，我抱着胳膊揉，亦是冷漠道：“我来这里是因为我在钟氏上过班，只是一种礼节，我想没必要让佟少动这么大的火气吧。”

他从大衣口袋里拿出手机，扔在我面前，大吼着：“你说，你为什么要这么做，你凭什么来插手我的人生，阮曼君，你是不是觉得你这么做特别伟大，特别高尚！”

手机屏幕上，是我以他的口吻发给叶洁白的短信。

他是为这个动怒。

我低头，眼睛盯着手机屏幕上的短信，盯着盯着，眼睛被泪模糊得白花花的，只看得见屏幕的光。

“我告诉你，你自私！你太自私！你把我推到她那边，替我做决定，你尊重我没有？她已经答应了取消订婚，可是你，你把我亲手推给了她。阮曼君，你爱我吗？你如果爱我你怎么能这么做！三百万是吧，三百万在这里！”他对我大声吼叫，把那张银行卡扔在手机旁。

“你想我娶她是吧，好！如你所愿，我会让你心想事成，你满意了吧，拿着三百万，下车——”他一拳打在车门上，砰的一声。

我吓得一抖，眼泪不断往下掉，我捡起那张银行卡，抽泣着，看见他的手背在流血。我下车，轻轻关上车门，没关上，我又关了一次。我不停地哭，他的吼叫，他发这么大的火，难道我不痛心吗？佟卓尧，你以为我想这样做是吗？好，祝你幸福。你恨我也好，总好过藕断丝连。

我抱着自己瘦弱的身体，胳膊上还有他用力攥紧我推我进车留下的隐痛。

迎着小雨冷风，我一步步走着，眼泪和打在脸上的雨一同滑进嘴里，我张着嘴哭，号啕大哭，就让我，肆无忌惮哭一次。

他的车缓缓驶离，车前的雨刮器左右摆动发出唰唰声，他坐在车后座，眼睛注视着前方，冷毅决绝，车从我身旁擦过时，他没有看我一眼。我在雨中哭着走，看着他的车越走越远，消失在细雨里。

我张开手心，只剩他给我的银行卡，他从我的身边扬长而去了。

身后车喇叭响个不停，一辆车急速停下，车里的男人下车撑着伞跑到我面前，是林慕琛。他穿着咖啡色夹克，系着流苏围巾，嘴里嚼着口香糖，眼神瞟了瞟车，示意我上车。我站在雨里，动也不动。

“喂，上车！你不是像铁塔一样坚强吗？怎么只会在他走后折磨自己，你淋雨生病了，谁照顾你儿子，难保叶洁白不会把你儿子接到她身边，成日虐待他不给他饭吃。”他说。

我瞪他，赌气一般走上车，任自己身上的雨水沾在他名贵跑车的座位上。

他耸耸肩，钻进车里。

“车不错吧，姨妈给我配的。”

我知道他姨妈是林璐云，我不想再听到佟家那边任何人的消息。

我沉默，以为他会识趣不说话。

他将一串手链在我面前晃晃，说：“还给你，你的手链。上次故意藏起来想找机会约你，总没时间，没想到，这么巧，遇上了。”

我收下手链，没好气说：“约我干吗，我和你表哥结束了！”

“我喜欢你啊，第一眼就喜欢，不过当时他在那儿，我就没有多说什么。”他递给我一条白色毛巾，让我擦头发。

“神经病，你像个流里流气的小痞子，真无法想象你穿着白大褂给病人动手术是什么样。”我说。

他吹着口香糖，啪啪响，有着像极了丹尼斯·吴的侧脸，只是在我心里，半点也不及卓尧的清俊。

“不要怀疑我作为医生的专业素养和专业知识，我想起来我们第一次见，我们都话很少，没想到这一次，我在马路边捡到了你，你却对我冷嘲热讽。”他感到无辜。

马路边捡到我，这令我想到了我和卓尧的初遇，我狼狈闯入他的世界，那段爱，确实来得突兀，难怪，没有好的结局。

我苦笑，说：“麻烦你，林先生，送我回家。”

“好的，it is my honour。”

“嗯？”

“这是我的荣幸。”他正视我，很不可思议似的说，“你有中学毕业吗？英文怎么这么差，我在你面前说了两次英文，你都听不懂。”

“我大学毕业，法学专业学士学位，英语六级水平。”我说。

“那你怎么连最基本的英语口语都不懂。”

“因为你半句汉语半句英语，你可不可以不要说汉语里夹着英文！”我说，不过想想，我这些年真把过去学的知识都忘记了，回家我要开始复习英语了。

他笑，说：“第一次有女人这样说我，她们都说我很有绅士风度啊，你不觉得吗？”他自我感觉良好。

“那是她们见识浅薄，没有见过真正的绅士。”我无缘无故把锋芒全部对着林慕琛。

我一刻都不想停止自己的刻薄，我害怕我一停下来，脑子里就是卓尧决然离去的一幕。我索性把双脚踩在座位上，抱着自己的腿，下巴放在膝盖上，说：“陪我说说话吧，行吗？哪怕就让我骂骂，也好。”

“要来点红酒吗？车里有。”他很乐意地说。

“我不和陌生男人喝酒，卓尧说了，不许我和别的男人喝酒。”我撇撇嘴，抱着自己。

“听说李多多是你的好姐妹？”他问。

我点点头，说：“是啊，怎么了？”

“那她这次可赚了，钟老爷子一死，依据先前钟老爷子的遗嘱，她会有一大笔遗产。”

“她又不是钟老失散多年的女儿。”我反击。

“她是他的地下情妇啊，当然，她同时充当着很多富豪的情妇——”林慕琛说。

我打断他：“你住嘴，不许你这么说多多。”

“不信你自己问她，不过钟老爷子应该是她最大的金主了，今天葬礼上她也有来。”

我想起看到过多多手上戴着一枚“鸽子蛋”钻戒，价值千万，当时还问她是谁出手如此阔绰，她没说，难道她真是钟利涛的情妇？可钟利涛都可以做她爷爷了啊，她瞒着我都没告诉我，她是怕我会骂她吧。

“算了，我自己的感情都处理不好，我也没有资格去指点别人。”我累了，只想回家冲个热水澡，抱着黎回睡一会儿。

车快到小区时，我在路口下车，因为我记得卓尧对我说过，不要告诉别人我住在哪里。钟利涛的死一定和卓尧没有关系，但不一定和林慕琛没有关系，我提防着，向他道了声谢，下车，雨已停了。

“喂，你怎么不问我，钟利涛的死，是不是我和佟少做的。”他靠近车窗，问。

“我可以不信你，但绝对相信卓尧。”我坚定地说。

林慕琛的车驶远，我才往家走。就算和卓尧分手了，但，我还是习惯听他的话，做什么事，都要想想他是怎么说的。

这之后的几天，我和阿春每日照顾着黎回，我开始复习英语，翻开法律相关的书。忘记时间，忘记白天黑夜，试图以此很快度过最令我痛苦的日子。有一天起来后，问："阿春，是二十六号了吗？"宁可醒来时已到了二十六号，也不要清醒度过二十五号。

"太太，今天才二十号。"阿春说。

还有五天，漫长难熬的五天。

把冰箱里的吃的全部拿出来放在沙发上，对着电视机看以前最鄙视的韩剧，里面的女主角娟秀美好，得了白血病快要死掉，男主角哭得呀鼻涕都拖了老长。我哭过后，想着那一长串鼻涕没良心地咯咯笑。卓尧，若死的是我，你会不会也哭成这副模样。手机响，拿起来，手指上沾满了各类零食表面的油腻，那是一串我熟悉到不能再熟悉的号码。

手机响呀响，我在心里默数，从一数到十，数到七的时候，生怕他会挂了，赶忙接了，放在耳边，一只手仍在往嘴里塞东西，我不说话，想听他会开口说什么。

电话那头也是静静的。

几秒后，传来他低沉淡漠的声音："我打错了。"

原来他是打错了而已，应该是打给未婚妻的吧。

"那挂吧。"我轻飘飘回了一句，便往嘴里塞糖，连同大半个糖果薄纸包装袋一起吃。可我的电话仍握着紧贴在耳边，我舍不得挂。

他也没有挂，我听到他粗重的呼吸声，我把电话贴得离脸很近很近，仿佛这样他就是在我身边了。

"没有想和我说的吗？"他声音低哑，像是感冒了。

"感冒了吗？"我问。

"没有感冒，可能是烟抽多了，咳嗽了。"他说。

"那就喝点燕窝炖雪梨，以前你咳的时候，一吃就好了，润肺的。"我一听他说烟抽多了，心疼，鼻子发酸。

"你感冒了吧，鼻音很重，那天淋雨了，是我不好。"他和缓地说，轻轻咳了一声，努力压制着咳嗽。

“我很好。”

“我想见你，吃你做的燕窝炖雪梨，抱抱你，抱抱黎回，听黎回叫我一声爸爸，可以吗？别冷落我，别不出现，别让我感觉你离了我可以活得很好，曼君，不好，你离了我你会活得一点都不好！你离开我，你再也不会爱上别的男人了。你曾从我的生命里走丢，我好不容易在巴黎找到你，你说我们此生都不再分开，你叫我怎么相信，你会亲手把我推到别人身边。你为什么不打我骂我逼我娶你，我爱的是你，只能是你……”他用几近哀求的语气说。

十分钟后，他的车停在楼下，我胡乱围着一条披肩以最快的速度下楼，他从后备厢里拿出一束百合花，拎着大包小包的吃的，我望着他笑，说：“你怎么这么快就到了，提着大包小包像是拜访亲戚似的。”

“我一直都在楼下，抬头望望这栋楼，便觉得与你很近。”

“只许见这一次，以后不许再来这里找我，否则我就搬走。”我接过花，从他手中拎过那几包东西。

“不请我上去坐坐吗？”他问。

我微笑，说：“不必了，黎回已经睡了，再说了，这么晚了，也不方便。”

他原地不动，只是望着我，眼里都是温柔的期许，他说：“小漫画，我们不会分开，你信吗？没有人可以动摇我们，哪怕是你想亲手把我推开，也不可能动摇我们。”

“我很疲惫，你答应过我，你会娶叶洁白，你要做到，你要做好，你要对得起你妈妈、你二姐、佟桐，以及那么多你手下的员工。希望我们是朋友，像这样的见面，不要频繁了。”我说完，便转身离去。

“曼君，对不起……”他在我身后说，声音低沉无奈。

我回头望他，使劲摇头强装笑脸说：“没关系，卓尧，真的没关系……”

那天与他在楼下见了一面之后，多多来看望了我。她告诉我卓尧很顺利就摆平了逃税的那件事，并且卓尧派季东找到了几年前冯伯文伪造金融票证时公司里的财务主管赵起云，卓尧高薪聘请了赵起云，即将要召开记者招待会，不仅要为佟氏之前的负面影响洗白，还将给予冯伯文有力还击。

多多永远都能掌握这些最新的资讯，这场记者招待会将在豪华五星级酒店会议室召开，不过仅限凭记者证前来的媒体记者和一些相关的人。

“曼君，你这儿装修得不错啊，佟少可真会哄女人开心。我想起来乾隆皇帝也做过这样的事，乾隆宠爱香妃，为了免香妃思念家乡，就把香妃的寝宫仿照香妃在家乡的住房来改造得一模一样，看来啊，你就是佟少的金屋藏娇啊。”多多感叹。

我给多多一个白眼，我说：“别想象力那么丰富了，住在这里也不是长久之计，过段日子，我会想办法工作，搬离这里。”

“你就这么拱手把佟少让给叶洁白吗？你也太好说话了，她可是超级超级大富婆，你随随便便要点钱，你下半辈子带着黎回不用工作也足够了。”多多这么对我说，手中的“鸽子蛋”钻戒格外刺眼。

“这不一样，我不要钱，如果我要了钱，我还配做黎回的妈妈吗？”我说。

我本想问多多，为什么要做钟利涛的情人，她瞒着我，做一个七旬老人的情人，并还和宋柏交往，而宋柏就是宏叶集团的建筑设计师，每月挣的钱全部交给多多挥霍一空。

“曼君，你的价值观真的不可取，爱情和财富，你不能一样都不要啊，干脆你就做佟少的情人啊，这样钱也有，人也有。”多多提醒着。

“多多，你还是好好珍惜宋柏，别再管教我啦，我和卓尧之间，容不得第三人，我宁可失去他，也不要和别人分享他。”我坚定道。

“叶洁白果然有一手，那么难摆平的税务局长都能放佟氏一马，全看叶洁白的面子和酒量，听说她那晚喝酒喝得胃出血。”多多转移话题说。

我笑笑，说：“所以卓尧将要娶的是她，不是我。刘颂那边，你帮我打听得怎么样了？”

多多整理着黎回摆放在沙发上的一大堆玩具，说：“听个姐妹说，她前阵子在酒吧碰到他了，他出手很阔绰，左拥右抱两个女人，还撒钱。我让姐妹们都帮我多盯着点，你放心吧，你的那盒子珠宝首饰诱惑力大得很，只要刘颂再出现，保证手到擒来。”

我盯着地灯旁花瓶里的那束百合，怅惘地说：“但愿吧，还能最后为他做点什么。”

多多滑动着打火机点烟，长发遮面，十指纤长，这双手夹着烟是那么洒脱迷人，她沙哑着嗓子说：“曼君，你真傻。我、你、静安，我们都傻，爱上一个男人，就想着为这个男人挡风遮雨，挡桃花，挡霉运，挡刀。到最后，谁会记得我们？前阵子碰到袁正铭，他居然装作不认识我，呵呵，真他妈的混蛋。”多多咬着没有点燃的香烟，手撑在额前，接着说，“而我，还是那么喜欢他，还是那么喜欢他……”

真正爱上一个人的时候，一切都那么值得，包括不可避免的伤害。

黎回醒了，阿春抱着黎回出来，多多要黎回叫她干妈，疼爱地抚摸黎回的小手心说：“现在想想，我倒后悔，当初应该给袁正铭生个孩子，至少孩子还是两个人最直接的牵挂。曼君，即使佟少以后娶了别人，或者有很多的女人，但你的位置，无人可替代，你信吗？”

我信，怎么会不信，就好似在我这里，卓尧的位置，亦是无人可取代。

愿我如星君如月，夜夜流光相皎洁。

卓尧，你便是被漫天群星围绕的那轮明月，众星拱月，你的光芒，璀璨耀眼，你的曼君，也许只是你身边的一颗小星星。

度日如年，这接下来的每一天，我深深体会到这四个字的含义，我试图逃避，带着黎回去一个没有电视、没有电话没有网络的地方，冲动地想要订机票去巴厘岛，等圣诞节之后再回来，可我内心很矛盾，并不想走，我想等待一个奇迹。不是说爱是上天安排的缘分吗？我们这么相爱，也许老天真的会在最后关头给我一个意外惊喜。比如刘颂找到了，卓尧不用娶叶洁白就可以解决所有麻烦；比如戴靖杰想通了一切因果恩怨，放弃了复仇。

我把命运寄托给了上苍来决定，在这之前，我做了全部的努力。我这一生没做坏事，没有伤害任何人，为什么老天如此待我，让有情人终不能成眷属。我要的并不多，我只是要我们在一起。

那晚，我独自睡在双人床上。冬夜的月光凉如水，照射在床上，我关掉了暖气，盖着单薄的被子，几乎像死去了一样躺在床上。阿春轻轻敲门，问我要不要吃些燕窝粥，我艰难地说：“我困了，想睡了。”

呼吸都无力了，该流的泪都要流干了，明知不能为爱情要死要活，我还有个那么小的黎回，警告自己要坚强，可我仿佛已有了濒死的感觉。全身无力，目光呆滞地望着月亮，一动也不想动。此刻的他，会在哪里，他的身边是不是有叶洁白的陪伴，他们会很忙吧。

那几盆小绿植静静地生长，看起来会在这个冬天开出花来。

哪怕是死，也不过如此，冰凉的床，孤身一人，寒冷的冬夜，漆黑的房间，静静悄悄，我像失了魂魄一样。恐怕是密闭空间恐惧症的缘故，一个人在黑暗封闭的空间待久了，就会陷入绝望。

渐渐入睡，心像被冰冻得硬邦邦的，睡眠很浅，我竟梦见了去世多年的外婆。外婆坐在小渔村的树下，穿着薄薄的灰色对襟上衣，黑色布鞋，她一头花白的发，握着我的手，老泪纵横，说："小曼君，你终于回来了。"

"外婆，是啊，我回来了，我不走了，我留在你身边陪你。"我蹲在外婆身边，头侧在外婆腿上。

"傻姑娘，答应外婆，不管遇到多大的风浪，都要挺过去。你从小就在渔船上长大，几次风浪都没被淹死，你是经历过大风大浪的孩子，你要活到外婆这个年纪，你不能犯傻，我和你爸爸妈妈都看着你好起来啊……"

梦里，外婆的脸蒙上了薄薄的雾气，我是清楚的，外婆已经死了。她的手没有温度，露出慈爱的笑容，她叫我要好好活下去，永远都不可以动轻生这个念头。生命和爱情，哪个更可贵，有人用生命来维护爱情的尊严，可知，没有了生命，谈何爱情。

我念着"外婆"醒来，泪湿满面，冥冥中感觉到是已故去的外婆在给予我信念与希望。

我开灯，开暖气，冲泡一杯玫瑰茉莉花茶，一小束用棉线扎着的干茉莉，是我在小渔村种的茉莉花。玻璃水杯里，漂漂浮浮一束白色茉莉，三朵粉玫瑰，这样的茶，喝下去，心情会一下就好起来。卓尧送来的那一大束白色百合花，不久后也会萎谢吧，我应该做成干花，怕是将来不会再收到他送的花了。即使送，我又能以什么身份收下呢。

我一下子，就失去了所有的借口，不能再付出，更不能再接受。

会有另一个比我更有能力的女孩子来爱他，帮助他。

叶洁白，为了卓尧，喝酒喝得胃出血，想必她是很爱很爱他了，她一定会好好待他的。而我，不该逃避，要积极面对，不再郁郁寡欢，祝福他们。

佟氏召开的记者招待会在五星级酒店，门口的服务生告诉我，只有记者和受到邀请的上流社会的人才可以进入。我拎着白色包，局促地站在酒店门口，上流社会，这四个字就将我打入旋涡，只是来记者招待会远远见他一面，都不可以吗?

“她是我邀请的贵宾。”林慕琛晃晃手中的邀请函，偏了偏脸，对我做了一个手势，让我挽着他的胳膊进去。

我挽着他的胳膊，脚下的高跟鞋踩在厚厚的棕色地毯上，软软如在云端，我眯眼看林慕琛，好像我挽着的是卓尧。我穿着裸色大衣，长发松散，淡淡的紫色眼影，我想在台下看着他。

服务生忙引我们进入，向我道歉。

站在电梯里，来来回回等了好几个往这边赶的女孩子，我对林慕琛笑笑，说：“谢谢你带我进来，你知道，我没有别的意思，只是想看看他，我很想念他，我和他之间，总像见一面少一面。”

电梯门合上，林慕琛耸耸肩，说：“也不一定，我想他心中已有选择，他的心谁也把握不了，不过你放心，我时刻都欢迎你跟我走。”

“别和我贫了。”我笑着止住他的话。

电梯里站在我前面的女孩子，似曾相识，很快我就想起来了，记得在机场遇见过她，她当时说自己如何迷恋卓尧，还说见过我，没想到，她还真的又回到了佟氏来上班。

“喂，章依，待会儿记得给佟少的杯子添茶，别光顾着犯花痴，这个机会可是很难得的。”一个穿佟氏工作套装的女孩用手臂碰了碰我面前的女孩。

她转身笑，胸前的工号牌告诉我，原来她叫章依。

“不行不行，我待会儿得先去趟洗手间，我一见到佟少就呼吸困难，紧张，犯晕。你看我今天戴的蓝色美瞳怎么样，可美呀？”章依问。

“美死了，待会儿上台给佟少添茶水时一定要使劲放电。”

我浅浅笑，她们哪里会知道，卓尧出席活动，从来不喝外面杯子里的茶水，他是有轻微洁癖的男子，季东会给他准备专用的茶杯。

林慕琛挽着我的手，他压低声音说：“别松开我的手，跟着我走。”

进了会场，放眼望去都是一排排架着各种摄影仪器的记者，台上的桌子立着出席记者招待会的人物身份牌，我一眼就看见了最中间的那个：佟卓尧。旁边，放着的是：叶洁白。他们俩的名字，摆放得那么近，近得让我羡慕。我只能，远远站在几排记者的最后面，遥遥望着。

台下的记者都在小声讨论着接下来的新闻稿该怎么写，本在大家眼中即将破产的佟氏集团忽然一夜之间起死回生，股票大涨，旗下的各种产业纷纷投放各类广告，地铁广告、站台广告、电视广告，同时在做着公益活动，消除之前因逃税，资金匮乏而产生的负面影响。

“佟氏集团和宏叶集团强强联手，强强联姻，这次，我看不多久，佟氏集团就会重振起来，到时候，钱会赚翻吧。”一名商报记者说。

“那是自然，不看看宏叶集团的实力，我曾经很钦慕佟少这个男人，觉得他和别的富少不一样，他低调沉默，不沾铜臭，没想到他竟然为了保住地位娶叶洁白。”一名女性杂志记者说。

果然角度不同，大家的立场也不同。

好在我早做了准备，戴着麦兜图案的口罩，没有人会认出我就是卓尧曾经的女人阮曼君，当然，也没人会想到我会有勇气站在这里，看着自己深爱的男人和叶洁白坐在一起。

突然会场安静了下来，主持记者招待会的主持人是著名的电视台男主播。

卓尧大步走上台，西装革履，皮鞋锃亮，他坐下，微微颔首微笑，迷倒台下一帮女记者。我看见他左手无名指上的婚戒，他还戴着我们的定情戒指，他习惯性摸摸无名指上的婚戒，脸上不再有笑容，表情严肃，直到叶洁白穿着白色长裙坐在他身边，他望了一眼叶洁白，眯眼笑。

他的领带，是我亲手挑给他的那条。

台上英气逼人的男子，高高在上，我挽着林慕琛，旁观着他和叶洁白金童玉女般互相介绍着公司的规划。很显然，他摆平了冯伯文，也解决了公司的财务问题，他把佟氏逃税的事转变成冯伯文栽赃诽谤，坐在一边的律师补充说：“我们保留追究冯伯文及其公司责任的权利。”

他的下巴稍抬高，如他所说，一切问题都不会成为问题，都在他的控制范围内。

他并不需要我为他做什么，我之前去找冯伯文，都是那么可笑幼稚，叶洁白早为他安排好，不仅摆脱了麻烦，还给冯伯文有力一击。

我戴着口罩，没人看清我的表情，是哭还是笑。

嗯，我是笑着流泪。

当他的目光扫过我这一边时，恰恰好，我也望向了他，我们四目相对那一刻，我隐约心痛，察觉到他或许认出了我。他的拳头握了起来，目光冷冷投射过来，他做了一个起身的动作，被叶洁白按了下去，也就那么几秒，好像只有我明白他在想什么。

他很快就自然对答记者的提问，没有再看向我。

我心虚，想想是我自己多疑了，人群中，我戴着口罩，在角落里，他怎么可能认出我。

记者的提问一个比一个犀利，他皆对答如流，叶洁白配合默契，真有夫唱妇随之势。

“请问佟先生，关于日前钟氏总裁钟利涛突发心脏病去世，而恰巧是在您带着一位医生出现后不久，钟利涛的外孙戴靖杰指控您雇凶杀人，请问佟先生怎么回应这件事？”记者问。

他轻笑，抬头说：“我能安然坐在这里回答你的提问，就是最好的回应。”

律师补充：“目前没有任何证据，在警方未公布调查结果之前，对于所有发表这种言论的个人或单位，我们保留追究责任的权利。”

叶洁白莞尔笑道：“我以宏叶董事长的名义担保，佟先生绝对光明磊落，并且三天后，我们将举行订婚仪式，届时欢迎各位参加订婚典礼。”

台下掌声响起，闪光灯闪烁，“天生一对地设一双”形容的就是他们吧。

章依站在不远处的台下，手里端着一壶茶，渴望地看着卓尧，期望他做出举杯喝水的动作，我想章依怕是要失望了，卓尧是绝对不会喝那杯水的。我身边的几位不知从哪钻出来的富家小姐，握着镶满水钻的手机不停地拍卓尧。

“快拍快拍，这个侧脸多帅啊！”

“哎呀他转过去了，讨厌，拍花了啊，我一看到他就害羞，我受不了了。”

我见他的目光再次投射了过来，我身边的富家小姐们群体做眩晕状，我低头，内心有些虚荣。这个人见人爱的男人啊，他曾属于我一个人，他枕着我的腿，像个婴儿一样熟睡，他是她们的佟先生，却是我一个人的疼先生。

他身上好闻的木香，指尖的咖啡香和日本烟香气。

想起他不惹尘埃的气质，他空闲的时候，不像别的男人去寻欢作乐，他会学习香道，买各种名贵的香木，沉香、檀香，点燃，熏香，他的身上，有传统男人的所有优良特质。

会场周围有十几个统一穿黑色西装的男人，季东站在首位，他们应该都是保镖。

记者会结束，有记者提议要拍卓尧和叶洁白的合影，我不忍再继续看下去，身旁的林慕琛说：“我们走吧。”

“好，走吧。”我点点头，挽着林慕琛离开会场。

出了电梯，我才取下口罩，我将口罩握在手里叠成不同的形状，想借此掩饰内心的难过。

“带我走，离开这里，好不好？把车开快点。”我坐在林慕琛的车里，无力地说。是我咎由自取，分明知晓今天来会看到怎样的“热闹”，到最后，却无力承受。我想他，我好想他，想见他一面，我不去想见这一面带来的伤口，起码，我见了他，总好过不见。

“放心，不要怀疑我的赛车技术。”林慕琛说着，弯腰凑近帮我系安全带。

我手撑在车窗旁，听到窗外有人在大喊大叫闹事，循声望去，是冯伯文。衣冠不整的他握着酒瓶站在酒店门口大喊卓尧的名字，骂骂咧咧，被赶过来的保安和卓尧的保镖打倒在地。卓尧从酒店门口走出来，车启动，我回头望，他看着我，眼里都是痛心，不怒而威，高大的身影跑动了起来。我看见他上了车，飞车而来。

林慕琛加快车速，从后视镜里看见卓尧的车飞奔追来，他一踩油门，车一下就急速飞了般跑开。

我望着后视镜里卓尧那辆黑色的车，他坐在车里，在想什么，他不陪着他的未婚妻，跟在我身后做什么。

“很危险，要不要停车？”我问林慕琛。

林慕琛冷笑，拿出一片口香糖放在口中，说：“我倒要看看，佟少爱你有多深。他和我比车技？他什么都比我强，不过车技真是比不过我，我是赛车手啊，跟我比，只会是翻车的下场。”

“不要，停车，我要下车！”我解开安全带，拍打车门。

林慕琛驶向高架桥，车速超标，在一辆辆车中间穿过，我不停回头看卓尧的车，卓尧稳稳跟在后面，我好担心他这样跟下去会出事。

“林慕琛，够了，停车，再这样下去会出人命的，你疯了吗？他这样跟着，他会出事！”我晃动林慕琛的手臂，想要他停车。

“Stop！你再晃我的手，翻车的是我们！”林慕琛嚼着口香糖，拨通卓尧的电话，毫无表情地说，“佟少，怎么样？车技不错，原来你还记得她是你心爱的女人，如果真的爱她，就追过来吧！”

林慕琛挂断了电话，镇定开车，我盯着他的侧脸，这个让人捉摸不透的男人，他究竟想做什么。

“别担心，不过是试试他，我也不想让我的表哥出事，你难道不想知道他爱你多深吗？一个男人若爱一个女人，就会拿命去追去保护，所以放心，他不会有事，他也不会让自己有事。”林慕琛说。

车在高速路上飞驰，超越了几辆满载货物的大型卡车，车窗外的树木如梭子般闪过，风驰电掣的速度，我的背抵在座位上，林慕琛连续两次漂移，我的身体歪歪倒向了他怀里。我坐稳后，吓得脸色苍白，看卓尧的车，车身漂移，半边车身悬在空中，瞬间落在地上。

惊心动魄，这样的极速飞车太危险，我不清楚这两个男人在暗暗较什么劲，他们从见面一开始，就是似敌似友的关系，但原因并不全在我。更何况，钟利涛的死，警方还没有给出调查结果，林慕琛很有可能就是杀害钟利涛的人，他懂得医术，只有他能把握得这么好，做的这么滴水不漏。

只是，这样看他，只会觉得他是个一身痞味的医生，一身痞味，他真的会杀人来嫁祸卓尧吗？林璐云是他的姨妈啊，难道，是林璐云幕后指使的，不可能……林璐云都放过火去烧欧菲，有什么事做不出来？

短暂思考过后，车身连续急速转弯，我的胃翻江倒海般。回头看卓尧，我的心猛地提了上来，一辆货车在避让了林慕琛的车之后，对卓尧的车有些避让不及，突然间，只见到那辆货车，不见卓尧的车，我急得哭了。完了，卓尧一定出事了。大货车挡住了我的视线，我看不见卓尧的车发生了什么事。

“卓尧的车不见了……不，他不能出事……停车，停车啊！”我歇斯底里大叫，拳头握得紧紧的。我不要试了，我不要他用生命做赌注来试爱我有多深，我要他安然无恙站在我面前，哪怕三天后他娶别的女人，哪怕我们永远永远不再见面。只要我清楚他在这个世界某个城市生活得很好，他依旧做那个英俊而骄傲的男人，对别的女人发着他的光芒，那又如何。

他的生命要远远比他给我的爱重要得多。

我的胸口涌上来熟悉的绞痛，为什么，心脏健康的我，每次都会在心疼他的时候犯心绞痛，一枚长钉一寸寸钉入我的心脏，阵阵刺痛。

眼泪冲出了眼眶，有那么几秒，我失去了活下去的勇气，全身瘫软，像被抽走全部骨头一般。

林慕琛望着后视镜，沉着地笑：“看仔细点，他顽强地跟着我，佟少啊，这究竟是怎样的男人。真无法想象，他为了你居然可以赛出这么漂亮的成绩，好吧，我认输。”

我欣喜万分地看到，卓尧的黑色车完好无损地从货车后出现，刚才只是货车挡住了视线而已。我捂着脸，激动地笑了，用手背擦眼泪，拍打了一下林慕琛，带着泪笑道：“要是他有事，我要你用命偿。”

“你很喜欢威胁每一个对佟少可能不利的男人吗？听说你经常在外扬言谁动佟少一根手指头，你就用下辈子全部的时间去报复他。你真是个恶毒的女人，噢，不对，是小鸡护老鹰。”林慕琛玩笑道，将车沿着高速公路旁的岔路，拐入了服务区的休息站。

我瞪了他一眼，故作邪恶状说：“只要我在，谁都不许伤害他，否则我一定饶不了他。”

他说：“我好怕……不过我和他是兄弟，你别恐吓错对象，我是混白道的。”

林慕琛的车刚停下，卓尧的车就冲进来挡在林慕琛的车前面。急速的刹车声后，卓尧下车，他的西装在他下车的过程中扬起好看的弧度，他从挡风玻璃前面望着我，我亦望着他。

怅然遥相望，疑是故人来。

他的目光没离开过我，我在他眼里看到我在他心中的位置，他大步迈到车窗旁，伸出洁净的手，袖口上缀着墨玉纽扣，他低吼着：“开门！”

我坐在车内，心里竟是无限温存，一时静坐着，只是望着他，这个让我着迷的男人。

车门打开，我忘了自己是怎么走下车的，只是像飘一样坠入他怀抱中。他用力抱着我，那个怀抱，紧密得让我稍有窒息感，他的手掌托着我的头，俯身低吻，扑面而来的气息，混合着日本烟和黑咖啡的味道，还有他全身淡淡的木香。

我除了伸出双手搂紧他的脖子更加热烈地回吻他，再也没有任何念头。

远处的森林啊，在寒风中微妙反衬着我内心的暖意。

仿佛季节轮回，一下子就来到了春天。我们混合的气息和味道，温柔的亲吻，我的笑容和眼泪，沉静美好的光阴，我头上他手掌心带来的温度变化，繁花似锦，春意盎然。

不知人间忧欢的爱情啊。

若永不再分别，哪怕与世隔绝，不知时日，不晓年岁，就这么拥抱亲吻，旁若无人。

他手指摩挲着我的脸颊，凝望着我的眼睛，说：“不要跟别人走，不要走……我在台上看见你挽着他，我气得不得了，我快控制不了我的情绪。曼君，我心里发酸，我只想把你从他车里捉出来，使劲吻你。”

我咯咯笑，用手指堵住他的嘴，我在他的怀里转身，他双臂从我的肩上垂下来拥着我，双手紧握着我的手，我们俩用幸福恩爱的姿态一同望着林慕琛。

林慕琛手撑在车上，站在车门旁，一副艳羡的神情：“亲够了没，太劲爆了吧，我可是连拍了很多张，回头随便卖给一个媒体，都是绝对头版头条。”他嚼着口香糖，对卓尧点了个头说，“喂，感谢我不？如果不是我，你现在正应付着叶洁白呢。”

“小漫画，你挽的是他哪个胳膊，告诉我，我把它卸下来。”他低头温柔凝视我说。

我作思考状，想想，指着林慕琛的左边胳膊说：“是左边那个。”

“哎，你们俩个亲够了就来对付我，要不是我制造机会让你们患难见真情，你们哪来这么多亲密接触。”林慕琛痞痞一笑。

“那奖励你今晚替我应付叶洁白，她养的那只雪纳瑞心脏不是很好。”卓尧沉静地笑，搂着我径直从林慕琛面前走过，上了他的黑色车。

我们的爱招摇过市般，我在他怀里，对林慕琛欢乐地做鬼脸。

“我的天，我又不是兽医！”林慕琛抱头纠结。

# 第九章 醉笑陪君三千场，不诉离殇

原来姹紫嫣红开遍，似这般都付与断井颓垣。良辰美景奈何天，赏心乐事谁家院。

卓尧开车，我依偎在他怀里，车上了高速，我问他：“你公司有个叫章依的女孩，你认识吗？”

“不认识，怎么了？”

“她呀，喜欢你哟，我不小心听到的，而且不止一次。本来她辞职了一年，因为你重新回到公司了，她才回来上班的，是你的小小仰慕者呀，今天为了给你倒茶，端着茶壶站了一个小时。可我知道，你根本不会喝那杯茶。”我说。

“我会让季东安排处理。”他说。

“安排和她见面吗？”我鬼灵精怪问。

“你猜呢？”他摸摸我的头。

“猜不到啊，你的心思总是情理之中，意料之外。”我摇摇头，在他的脸庞上啄吻一下。

章依那样的女孩，年轻漂亮又主动，有几个男人能拒绝这样的女孩，我想换作我是男人，我会拒绝吗？但我对卓尧是绝对的信任，他的眼里再也没有别的女人，他是清高自持的男子。

凛冽的冬天，高速路上空旷，没有市区的交通堵塞，没有人如潮涌，所有的车都井然有序，这样的情景，让我怀念起我们在小渔村的家。

院子里的那棵白玉兰树，我不在，它能否安然过冬？

等来年春暖花开，候鸟迁徙而来，院子里就会热闹起来，那些小鸟呀还会飞来院子里筑巢，每天早上推开窗户，就听到小鸟在扑棱着翅膀欢叫着。渔船上的渔夫撒着网，哼着捕鱼的号子。

没想到，这一走，竟是这么久都没有回去，好在还有舅妈可以帮着照看家里。

车在高速公路上一路行驶，不断有车擦身而过，时间就这么一点一点流走，二十三号、二十四号、二十五号，这接下来的三天，我怎么度过。我翻转手心，与他十指相扣，我们都沉默了，不知道为何，这样寂静明亮的冬日午后，天空蓝得都冒出了柔情蜜意，我只怕我再多望一眼，便会掉下泪来。

下了高速，返回市区，路过一个城郊的十字路口，有位老婆婆坐在路边，穿着厚厚的棉袄，围着粗布围巾，脸冻得通红。她面前一个红色的小水桶，里面插满了各种颜色的雏菊，白黄粉红紫，坚韧的小花儿，迎风摇摆。

远处有人吟唱昆曲《牡丹亭》中《皂罗袍》那一段：原来姹紫嫣红开遍，似这般都付与断井颓垣。良辰美景奈何天，赏心乐事谁家院……

光阴啊，就在这样的一个十字路口，美得惊动了烟火人间。

他将车停靠在临时停车地点，对我说："乖乖坐着等我。"

我拉着他的衣角，说："我想和你一起去。"

我蹲在老婆婆的面前，手抚弄着一束束雏菊，挑哪种颜色好呢，每一种颜色都很喜欢，实在难以取舍，空气中飘着雏菊的芬芳。

老婆婆慈眉善目，虽干瘦却很健朗，牙齿都快掉光了，笑着说："小姑娘，雏菊呀又叫长命菊、幸福菊，我卖了十多年的雏菊了，买雏菊的姑娘，都会幸福的。"

都会幸福的，是吗？我抬头望卓尧，蓦地，眼泪流下。哭了多少次，甜的、酸的，滋味不同的眼泪。

"婆婆，天这么冷，这里车来车往的，您也要保重身体。"我不由自主地握了握婆婆的手，热乎乎的手，像年少放学回来外婆把我揽进怀里的温度。

卓尧弯腰，和我一样蹲了下来，他说："喜欢就都买了。"

我点点头，说："好，全买了，婆婆就可以回家休息了。"

婆婆笑，说："这些雏菊是十几年前我老伴种的，乡下一大片，儿子媳妇要把我接到城里住，我割舍不下这些花儿。老伴走了啊，就留给我这些花儿了，他生前总说长命菊长命菊。你们要是真喜欢，我就送给你们，花就是要送给真心喜欢它的人。"

我收下了那一大束雏菊，五种颜色，抱在怀里，婆婆坚决不收钱，卓尧执意付了钱，搂着我，说："长命菊，我的小漫画要长命百岁。"

路边有卖串串香的小车，我走了过去，问："老板，多少钱一串呀？"

"素的一块钱一串，荤的两块钱一串。"老板的脸冻得发红。

"好，荤的来五串，素的来五串。"我豪迈地说，一副大款的样子。

卓尧握着钱夹，里面只有厚厚的几层各种信用卡，他对我耸耸肩说："没现金了，不能请你吃了。"他绝对是从小到大也没吃过这种街边摊的小吃，他是锦衣玉食的公子哥嘛，他出入的场所，哪有不支持信用卡的。

"那我自己买，我有钱呢。"我从口袋里掏出皱巴巴的二十元钱付给老板，端着一盒子串串香，开心地吃。

"有这么好吃吗？"他望了一下周围的环境，这个注重生活品质的男人，怎么会吃布满灰尘的小摊点卖的食物。

我饿了，只管吃，说："可好吃了，真正好吃的都是在你觉得脏兮兮的地方。我这个人啊天生就是穷人家孩子的胃，我吃不习惯鲍参翅肚，怀黎回那阵子，倒是吃了很多燕窝，也是为了让黎回生下来身体健康。"

"来，让我也尝一点。"他拿起一串，对我眨眼笑。

我嘴巴张成0形，他真吃了。

"味道还不错。"他说。

我跟在后面，抱着一大束雏菊，捧着饭盒，像个小傻瓜，乐呵呵跟着他上车。我痴迷的卓尧，总是会做出让我意外的举动。

坐在车里，我望着正在收拾着小板凳和红桶的婆婆，觉得怀里那些雏菊，俨然不仅仅是花的本身，而是——爱情与守候。

"小漫画，如果哪天我死在你前面，你怎么办？"他开车，望了我一眼，脸上都是和煦的笑容，用这样的迷人微笑来和我讨论死亡。

"你不死，你还要养我，给我买好吃的、漂亮衣服。"我着急回应。

他摸摸我的头说："答应我，不论将来发生什么事，都要像我爱的小漫画那样，坚强独立，像长命菊，幸福长命。你会幸福的，你不是跟着我所以幸福，而是你跟着任何一个男人都会幸福，没有男人会忍心让你不幸福。"

"你骗人，你胡说，我不是没遇到过混蛋……你做什么，干吗这样说？你是要订婚了所以打算抛弃我是吧，交代这样的话让我难过。"我低头，恼了起来，手从他手心抽离，内心生出极大的怨艾。

怨天怨地怨沧海桑田，那么多人相爱都可以走到一起，为什么我们不能在一起。

“你不会再遇到混蛋的，那个混蛋，我替你解决了。小漫画，以后的路，很漫长，我能陪你到哪里呢。我的小漫画，长大了呀，黎回再大一点，也可以保护你。”他眼眶湿润，说出些莫名其妙我听不懂的话。

我似乎明白了，我呵呵冷笑说：“是啊，还有三天你就要订婚了，我怎么把这件事忘记了。怎么？怕我以后没人管啊，那你今天为何要追出来，你管我挽着谁坐在谁的车里，你为什么管我。你要和我告别是吗？你错了，佟先生，我们早就告别了。别以为我们吻了一会儿你就是我的谁，接吻，和谁都可以啊，你吻未婚妻不同样是可以的吗！”

我的话很犀利，红了眼睛。

醉笑陪君三千场，不诉离殇——这很难办到。

“对不起。”他说。

“值几个钱？”我咄咄逼人，锋芒毕露得连我自己都不认识自己了，我怎么会对我的卓尧说出这样的话。

他沉默，我们之间陷入了僵局。

他带着我进了一家商场，对我而言，这里的每一样都是奢侈品，我双手抱在怀里，说：“怎么，打算用钱收买我？我身份卑微，也没资格做你的佟太太，你何必在我这样一个没资格的女人身上花钱。”

“你用尽尖酸刻薄来奚落我们之间的感情，你难道很好受是吗？如果你觉得好过一点，那你就说！”他冷冷地说。

我苦涩笑道：“好啊，既然佟少现在有钱有势，我也很识时务，谁不会花钱呢。”我说着，径直走到一家珠宝柜台，扫了一眼，一个翡翠镯子，看一眼标价，嚯，这么贵。

“这个给我包起来。”我看都不看导购一眼，说完就直接上二楼，找女装，得多买点。

在商场里看到了好几对都是老夫少妻，年逾五十的男人搂着二十岁左右的女孩子在挑选衣服，且不论他是否家有妻子，单看着一幕，就不协调，就刺眼，此情此景，伤了多少贤妻良母的心。

只是没来由地想要哭，一阵一阵的，我该去看心理医生了，密闭空间恐惧症也加剧了，想去，但一直都没有勇气独自走进医院。心理医生一定会看出来我的病症在哪里，我失去了一个男人，得到他，我的病便好了，处在怎样的狭小空间都不会多恐惧了。

那种恐惧，是源自要失去他而造成的安全感流失。

我站在商场人群中，用手指遮住自己红肿胀痛的眼睛。

那些摆放在店门口的圣诞树呀，挂满了小灯，一闪一闪亮晶晶，提醒着我，圣诞节要到了呀，这一天要来了。

我没有试任何一件衣服，挑了直接让导购打包，挑到最后我自己累了，他跟在我身后，极认真地帮着挑选我穿的尺码，他以为我真的会穿吗？我不会穿这些衣服的，就当作纪念吧，多少年后，我可以指着这些崭新的衣服告诉我儿子，他爸爸是爱我的，给我买了这么多新衣服。

我看见了一条长裙，高贵独特的设计，我美滋滋问他："这条裙子怎么样，我穿着它参加你的订婚典礼，好不好？"我把长发撩起来束在脑后，在他面前故意说。

"包起来。"他低沉简洁地说，阴沉着脸。

几名导购窃窃私语说："这不是佟氏总裁佟卓尧吗？真人比杂志上还要帅啊！"

"他怎么会带这种头脑短路的女人出来。"

我呵呵笑，装疯卖傻，今晚就让我过一把做佟卓尧情人的瘾吧。

他一句话都不说，痛心地望着我，他一定觉得我陌生，认为女人变化起来真可怕。我内心多痛，我折磨他，折磨自己。

因为我知道，两天后，他不再属于我了。

就让我放肆享受你的宠爱。

刷完卡，拎着几大包衣服，我把翡翠镯子戴在手腕上，在他面前晃啊晃，他板着脸，当我醉了似的。

直到送我上楼，阿春把我手里的东西接了过去，他才开口说："我可以进去看一下黎回吗？"

他客客气气的语气，生疏得很，他为什么不直接说“我要看我儿子”，而这样的客气，显然是在拉开与我的距离，我索性赌气说：“改天吧，等你订婚典礼结束后再来吧。”

那一大束雏菊倒让阿春喜出望外，略懂察言观色的阿春插话说：“太太，我准备的是三个人的饭菜。”

“留人家吃饭做什么，人家会稀罕我们这种寻常人家的饭菜吗？外面有鲍参翅肚山珍海味！对，佟先生，你是个高尚优雅的男人，是我把你推到叶洁白身边的，是我亲手赶走了我的丈夫，我孩子的爸爸……但我不是个伟大的女人，我做不到心平气和到这个时候了还和言细语地和你道别，我做不到！我快神经质了，求求你，你走好不好……”我推开他，语无伦次说着压抑在心里很久的话。

“曼君……”他拉着我的胳膊，唤道。

“晚安。”我用说再见的口吻说晚安，赶他走。

他惆怅地说：“那么，晚安。”

我进了家，关上厚重的门，背贴在门上，不舍得离开，因为他就站在门外。站着站着，我们俩隔着门站着，我的心都快碎裂了。许久，电梯停在这一层楼的声音响起，然后电梯下降。

他走了。

像是一刹那的恍悟，之前我对他的所作所为，让我感到万分后悔，我不该那样说他，他分明也是痛彻心扉的，他对我的爱比我爱他更深刻，他的痛楚怎会少于我。

我打开门，竟然看到他颀长的身影，电梯按钮透着昏黄的灯光，映着他的脸发暗，使他显得那么疲惫，我移下目光望着他做工考究的黑色西裤。

他并没有走，他还站在门口。

我们都做不到安之若素。

他的爱就是这样简单，我静静立在他面前，仿佛瞬间就遗忘了所有的人与事。

当你曾经历经沧桑亲眼见了各种世间男人对感情丑恶肮脏的态度后，你才会知道，遇见一个对的男人，有多难。好的男人，应该是清澈的，透着光泽，如一块璞玉。

面前的卓尧像犯错的孩子，没有了愤怒，只是用一种无助的眼光凝望我，他在告诉我，事情到了这个地步，他不想的，他是有多不想离开我和孩子。

阮曼君，你怎么能够这样自私，只顾发泄着自己的情绪，他是无辜的。

我抱住他，投入他的怀抱，我轻轻打他的胸口，我说：“你不是走了吗？怎么还在这里。”

“我怎么舍得没抱抱你就走呢。”他爱怜地说，拉开西装，把我包裹住。

“我明明听到电梯上来后停了会儿就下去了。”我说。

他揽着我走进家里，关上门，得意地说：“我不这么试一下，怎么能让你开门，我就猜到你躲在门口，只要发现我走了，一定会开门追出来。”

我挠他痒痒，惩罚他：“怎么学这么坏了，阿春，下次他再这样，不许给他开门。”

阿春也幸福地笑：“是，太太，我一定听你的。”

他把刚睡醒坐在婴儿床上发呆的小黎回抱在怀里，黎回不同以往那么欢快，蔫头耷脑的，我问阿春喂了奶没，阿春说相比往常吃得不是很多。

他是哪里不舒服，还是母子连心懂得我的苦楚？

“有时候，黎回沉默地向下看时，我会觉得他有心事。”我握着黎回的小手，对卓尧说。

卓尧说：“他这么小，怎么会有心事。”

“他可懂事呢，他长得像你，但心思像我。”我说。

阿春进来，问：“太太，那么多雏菊，家里的花瓶都放不下了，要不，你看那束百合都败了，我把它丢了，好用花瓶来插雏菊。”

“别丢，放那儿，我来处理。雏菊你就用以前装红酒的小木桶放着，稍微添点水就好了，我来收拾。”我说。

“都谢了，就扔掉，会长一些小飞虫的。”卓尧说。

“不扔，放那儿放着就好。”我倔强地说。

我靠在他肩膀上，轻轻闭上眼睛，想沉入睡眠。还能要怎样呢？如果这一刻，静止，我永远留在你的身边，也好啊。

晚上一起吃过饭后，他被一个电话催着回去开会，我送他到门外，向他认错，说自己不该赌气狂刷他的卡，买了一堆衣服，还有这个二十多万的翡翠镯子。

“你请我吃一串串，这就算是我请你的。”他说着，给我一个温柔甜蜜的吻。

“叫串串香，不是一串串。”我纠正道，抚正他的领带，嗅到他温润的气息，我贪恋的男子。

我们就是这样，只要不提及那个敏感的话题，我们之间就没有任何矛盾，我们彼此心照不宣，都不去说二十五号的事，他如平日里那样嘱咐我，我温顺答应。

我以为日子平静了，只要尽量不再见面，我就会自我疗伤调整好自己的情绪，该来的都来了，该接受的也都要面对了。

第二天一早，门铃响，我想我住在这里除了卓尧来，也不会有谁来找我，我穿着睡衣抱着黎回去开门，阿春正在厨房现打豆浆。

我打开门，满脸欣喜想要迎接卓尧。

门口站着四个人，这四个人，有着不同的年龄段。

分别是佟桐、叶洁白、佟佩卉、林璐云，从少到老，站在我的房门口。我哑然失笑，该来的终于来了，只是阵容大得出乎我的意料，几乎卓尧生命里几个重要的女人都过来了，就差欧菲了。

“请进。”我抱紧孩子，大方领她们坐在沙发上。因上次在佟家发生的不愉快，我把黎回送进了房间，合上了门再出来。

“阿春，泡茶，雨前龙井。”我招呼着。

阿春见此场景，忙洗手泡茶。

叶洁白坐在沙发上，名媛就是名媛，浑身就透着那股高贵的味道，不像我，连我的胃都吃不了高贵的菜肴。

“阮曼君，今天找你，是有事的，明人不做暗事，开门见山来说，节约时间。我和卓尧二姐、佟桐你都认识。洁白，你介绍一下你自己。”林璐云发话，说话间，目光落在客厅的装饰上。

客厅沙发旁边，放了四大包衣服，都是昨天买的高档女装，林璐云皱着眉，盯着那几包女装。

“阮小姐，我是叶洁白，阿Man的未婚妻，咱们见过面，你还记得吗，在冯伯文公司的门口。”她优雅地微笑，显得知书达理，友善地伸出手与我握手。

我伸手和她握手，她注视着我手腕上的翡翠镯子，随即，她微妙地和林璐云交换了一个眼神。

“既然都认识了，你们想说什么，就说吧。”我做好了思想准备。

阿春端茶过来，很有礼貌地上茶。

林璐云抿一口茶，她的脸富态却苍白，可能上次的病还没有痊愈。她说：“阮曼君，其实我这次来，是来求你的，我带着我的女儿、我的外孙女，来求你，恳求你离开他，我不想白发人送黑发人，我不想哪天起床看到报纸说我的儿子横尸街头。”

我大惊失色，我何曾想过要害了卓尧的命，我站起身，不悦：“林董，你的话未免严重，且不说我和佟卓尧已经分手，就算没有分手，我也不会做出伤害他的事。欲加之罪何患无辞，不过，你没必要大驾光临说这些莫须有的事。”

佟佩卉让我坐下，她语重心长地说：“我妈没有半句话是在危言耸听，有一个巨大的阴谋，在步步为营想要置卓尧于死地，这个人，你我都认识，就是戴靖杰。先是指控卓尧雇凶杀人，接下来就是商业战争，不过有宏叶的力挺，我想毫无经商头脑的戴靖杰根本不会是卓尧的对手。最可怕的是……戴靖杰已经疯了，完全疯了，教唆冯伯文干尽坏事就算了，他还写恐吓信，寄死老鼠和血浆，他偏执地认为钟利涛是卓尧害死的，要血债血偿。就算卓尧击垮了钟氏的不当商业竞争，那个疯了的戴靖杰像个炸弹，随时都会要了卓尧的命。”

佟桐惊恐地说：“舅妈……”她看了看叶洁白，小声说，“好可怕，死老鼠，还有电话打进家里，说要杀了uncle偿命，外婆每天晚上都做噩梦，我也害怕，一天见不到uncle就会吓坏。”

我起身，说：“他敢，我跟他拼命！我去找他。”我说着就要进房间换衣服。他要报仇是吧，要血债血偿，好啊，不是说要毁了卓尧最爱的女人吗？那就冲我来啊。

佟佩卉拉住我，说：“曼君，你怎么这么冲动，他是个疯子啊，四年前那场大火，你真以为是我妈纵火要烧欧菲吗？我们调查到了当年的一个地头蛇，纵火的极可能就是戴靖杰，他来上海的第三天，卓尧和欧菲就被人放火陷害。你最好别出现在戴靖杰的面前，黎回和你的安全很重要，别再让卓尧忧虑过多，你千万千万不可冲动去找戴靖杰，相反你出入一定要注意安全，别让戴靖杰盯上你。”

我感到不可思议，看着林璐云，为什么她一直都不向卓尧解释清楚，母子之间非要带着这误会过这么多年。

“你一定很好奇我怎么不跟卓尧说那场火不是我放的，我早就知道那场火是冲着卓尧来的，我不说是怕他担心，我想摆平这些事，毕竟这是我欠下来的债。我没有想到，戴靖杰没有因那次我的宽容而放手，他反而变本加厉。你以为你和卓尧在小渔村真能安稳过下去吗？戴靖杰对付着我和卓尧的二姐，借此让卓尧回到上海，他就是要和卓尧争、比，不管争比的结果，疯子最后都会试试疯狂报复。你以为我真就是为了保住我自己的地位吗？我是不想他一败涂地，不想他死，更可怕的是，戴靖杰居然也喜欢你，那个冯伯文还是你的旧情人，这种关系掺在里面，接下来的戴靖杰采取的复仇行动我都不敢想。”林璐云说。

“竟是这样，竟牵扯出这么多年的阴谋。戴靖杰对卓尧有三点恨，一是他母亲的死，二是他外公的死，第三种恨，竟是因我而起。我该怎么做，怎么做才可以保护他？”我哀求林璐云，现在不管她说什么，我都会去做。

“离开他，别再见他，让他和洁白顺利订婚，你要感谢洁白的大度，她在了解你和卓尧之间的关系后，并没有迁怒，所以你要矜持点。卓尧只有自身强大，才能对抗戴靖杰，这场杀人不见血的战争，才刚刚开始……”林璐云担忧地说。

叶洁白坐在我身旁，说：“对不起，也许我才是真正的第三者，但你放心，我也爱他，我会全力保护好他。他的身边有很多保镖，只要他不偷偷见你不甩开那些保镖，他就是安全的，我们需要你的配合。他不能有事，戴靖杰恐吓信也不能轻视，他是那种说到就做到的人，他的眼神告诉我，他豁出去了，宁可与阿Man同归于尽。”

我的手一直在发抖，不敢相信，我生活在只有卓尧关爱宠溺的世界里，我根本没预料到会有这些可怕的阴谋，我以为顶多是竞争，怎么会血债血偿，同归于尽。

我胡乱点头，握着叶洁白的手，我的手心一片冰凉。我竟对叶洁白有了莫大的好感，感恩、感激？我颤抖着声音说：“我一定不再见他，你答应我，全力保护好他，一定要保护他，我没有能力保护他，我只会给他添麻烦，求求你，保护他，他不能有事。”

“我是他的未婚妻，我也爱他，我不会让他出事的，只要你不要再让他甩开一群保镖来见你。太危险了，也许戴靖杰就是钻这个空子来做什么伤害他的事，不能让事情不在我的控制范围内。”叶洁白心思缜密。

这是我欠缺的。

我慌忙点头，紧张地吞咽一口唾液：“好，我听你们的，不见他。你们顺利订婚，他必须强大，强大到任何人都威胁不了他，我会和他划清界限，不再见他。”

林璐云慈祥地对我笑，说：“我们对你说的话，不要告诉卓尧，最好从现在开始，和他断绝来往。我知道你们昨天见了面，这些东西也都是他给你买的，可见你在他心里的地位不是没有的。”

叶洁白说：“伯母说得对，阿Man毕竟和你有了一个孩子，感情一时不能割舍在所难免。男人都会念旧，都认为旧情人还是自己的，所以其中分寸需要你来把握。”

我除了点头，什么都不会做了。

佟佩卉同情地说：“只怪我们佟家只有卓尧一个男孩子，大姐年龄稍长，移民去加拿大后再也不参与公司里的事，我的前夫刘颂听从戴靖杰的教唆，一步步卷走了公司的流动资金，如今只有宏叶能帮我们了。”

佟佩卉和林璐云说这些，毫不避忌叶洁白，而叶洁白似乎明白这是以婚姻在做的权钱交易，却也甘心情愿。

只要她能让卓尧安全，我也甘心情愿退让。

聊到了中午，我已全身无力，我挽留林璐云在这儿吃饭，林璐云婉拒了，她抱了抱小黎回，嘱咐我要照顾好佟家的唯一血脉，悻悻地走了。

我呆坐着，傻了一样。

愚蠢的阮曼君，你除了儿女情长你还懂得什么？难怪卓尧会在车里对我说出那番话，他说他死了我该怎么办，他念念不忘担心着我，可我只会顾及那一点私情。

门再次响起，开门，是叶洁白，她站在门口，从包里掏出一个牛皮纸信封，递交到我手上，说：“刚才伯母在，不方便交给你，这是记者拍到的，我买了下来，以后要注意，这样的照片登了出来，对卓尧和公司都很不利。”

我打开信封，一沓照片，是我和卓尧在高速公路服务站拥吻的照片，照片右下角显示的时间也是对的。我翻看了两张，内疚极了，看不下去了，低着头向叶洁白道歉。

“对不起，以后不会了。”我好比一个犯错的小学生，惴惴不安向老师道歉。

“没关系，以后注意点，你们的爱情我都听说了，很感人，不过，女人的爱情，向来都是自私的。你一定很好奇，为什么我明知这是一场交易性质的婚姻而我还要坚持。我留了两年学，爱情观是很新派的，按理我根本不会接受这种家族联姻。但，要看那个男人是谁，看值不值得。他是佟卓尧，阿Man，这样的男人，为他受再大的委屈，只要可以换他一个温柔的目光，都是值得的。你说呢，曼君？”叶洁白问我。

我苦笑，说：“是的，值得。”

“这是我的名片，有事可以给我打电话。”叶洁白从精致的卡包里抽出一张名片。

高档的烫金名片，我端详上面叶洁白的头衔，这才是和卓尧般配的头衔呀。

我要把那十几张我们拥吻的照片保留好，珍藏着，也许，这是最后最美好的记忆了，我已经失去了再见他的全部理由。他不能再这样不顾自己甩开保镖来看我，他的安全比任何都重要。

戴靖杰，实在是可怕的阴险人物，从最开始，他就在耍阴谋，我以前还当他是个单纯的大男孩。

那林慕琛呢，他是谁的人？林璐云的，还是戴靖杰的？他和钟利涛的死到底有没有关系？还有这些照片，林慕琛当日开玩笑说连拍了我和卓尧热吻的一幕，难道真是他？

真真假假，我分辨不出来谁和我才是一个阵线的。

阿春收拾着茶杯，说：“太太，我永远都站在你这边，支持你，我也相信你和佟少会有情人终成眷属，你一定会幸福。”

“是吗，何以见得？”

“你喜欢雏菊啊，我们乡下人都知道，雏菊代表着坚强不息，长寿幸福。”阿春说。

平安夜，我买了四个苹果，送阿春一个，黎回一个，再送自己一个，还有一个就当是送给卓尧的。他明天就要订婚了，今晚一定很忙吧，给我打了两个电话我都没有接，收到他的一条短信，说在外滩的情人墙等我。

我没有回复，因为我根本不会去。

“也许我知道你不会来，可我还是会等你。”

一小时后，他传来这条短信。

我望着手机屏幕上的这句话，看了好久。他明天就要订婚了，还要见我，我不能心软。他独自在外滩，万一遇到危险怎么办。我想了想，找出叶洁白留给我的名片，拨通了叶洁白的手机。

接电话的，并不是叶洁白本人，是她的助理，在询问了我的名字之后，再向叶洁白进行通报，五分钟后，我终于接通了叶洁白的电话。

她在电话里，用慌乱着急的口气说：“阿Man是不是去你那里了？说好了今晚和我一起来看爸爸的，趁我选婚纱居然不见了。”

婚纱？订婚也要穿婚纱吗？我想了想，也对，订婚之后，不久就要结婚了。

“他在外滩情人墙那里，你派人去找他，保护好他。”我说完又补充一句，“我不会见他的，一有他的消息，我会立刻告诉你。”

我多怕会惹得她不悦。

她也客客气气说：“好，我安排人过去接他，再见。”

“拜拜。”我说。

这场爱情里，我总会卑微。

刚挂了电话，阿春慌慌张张抱着黎回跑出来说：“太太，不好了，黎回发烧了啊，头很烫，昨天就不怎么吃饭了，得赶紧送医院啊。”

我来不及多想，胡乱套上一件羽绒服。小黎回的脸烧得滚烫，我把黎回紧搂在怀里，提着包，包里有些钱，穿着布拖就往门外走。

出了小区，平安夜，根本都打不到车，拦了一辆辆出租车，都有客。我急得要哭，没车怎么去医院，最近的医院也要有四十分钟的车程。

只有找多多，打了两通电话，都无人接听，平安夜，她一定是在酒吧泡着的。

此时手机响了，是卓尧打来的，我接了电话：“喂，卓尧，你在哪儿呢……”我险些就说出了口，说黎回病了，你快来接我们去医院。

但他的话，让我瞬间清醒。

“是你告诉叶洁白我在外滩的吧，是你让她找到我，你是有多怕我不能顺顺利利订婚！我始终不理解你，为什么要做这样的事来折磨我，时好时坏，你怎么会变成这样不可理喻！”他怒吼着，对我把他的行踪告诉叶洁白很愤怒。

我也明白了，我该对他说什么才是正确的。

我望着怀里烧得昏迷的小黎回，哪怕我眼泪在脸上一道道滑落，我也冷若冰霜，镇定地说：“我就是要折磨你，我早就不爱你了，你离我的生活远点吧，算我求你了，你可以另娶，我也可以另嫁。”

“你敢——”他冷冷地说。

我挂了电话，能想象到他的震怒，如果我站在他面前说出“你可以另娶，我也可以另嫁”的话，他一定会像拎一只不听话的小猫一样把我扔出去。

在包里翻到了一张林慕琛的名片，忘了是什么时候丢在包里面的，我想不到别的人能够在平安夜来送我去医院，尽管分不清林慕琛是敌是友，但我目前需要的是一辆车送我去医院。没有思索过多，拨通了他的手机，十分钟后，他的车就停在了我面前。

他穿着牛仔上衣，戴着一顶棒球帽。

我上车，着急地说：“去医院，我儿子发烧了。”

“好，得快点，再晚点主治医生都下班了。”他说。

他绕了一条道，但因为不堵车，所以比计划中还是提前到了医院，我们拦住了正要下班的儿科医生，他果然熟悉医院的流程，领着我直接找医生，都不挂号。

好在，黎回只是着了凉，医生开了药方，配了一瓶药水。要挂水，我看着发着烧的黎回，担心，心疼。

我守在黎回的身边，这里是高等病房，林慕琛坐在我对面，窗外有烟花绽放，平安夜呀，大家都在过这个美丽的节日。

林慕琛变戏法一样从牛仔上衣口袋里掏出一个红红的苹果，放在我面前说：“平安夜快乐，祝你和宝宝健康平安，也很开心你在无助的时候能第一个想到我，而不是佟卓尧。”

“错，你是第三个。不过没想到啊，跟着你来医院，都不用排队挂号，你好像和这里的医生都很熟悉。”我问他。

“我是他们倾慕的偶像。”他正儿八经地说。

“你是医学界的神话，传奇。”我说。

“对，总结得好。”

“因为你从头到脚，都有股土匪流氓的气质，你难道没发现吗？”我转着苹果说。

“你彻底失恋了。”他一语中的。

“胡说。”

“只有失恋的女人才会嘴巴这么刻薄。”他说。

“好吧，谢谢你，能够在节日的夜晚送我来医院，说实话，除了你，也没有人会帮我了。”我摊开手，笑笑。

“你总算会说一声谢谢，我为了你们有更多时间相聚，陪着叶洁白家那只雪纳瑞一整晚，那只狗真的有心脏病，虽然我不是兽医，但职业道德让我决定医好那只狗。”他说。

“是对狗的女主人动了心吧，你说实话，站在一个男人的角度来看，叶洁白是不是真的很让男人心动？”我问。

“你心里都有答案了，不是吗？叶洁白，宏叶董事长，有钱有貌有身材有气质有品位，相信一般的男人都会喜欢她。不过我不喜欢，相比之下，我更喜欢你这样的，佟少也不会喜欢叶洁白这样的女孩，你知道为什么吗？”他靠近，反问。

“为什么呢，我哪里都不及她。”

“你确实是哪里都不及她……”林慕琛肯定地说，接着话锋一转，说，“但是叶洁白同我和卓尧是一类人，一样的成长背景一样的家庭环境，这样的女孩子，有着公主的外表女王的心，整天都端着自己，成仙了般，实在没有趣味。而你不同，你是独一无二的阮曼君，坚强独立，优雅从容且不失单纯与可爱。男人都渴望找到一个引领他过简单纯真的日子的女人。”林慕琛总结。

“你对我很了解吗？我们才见了三次面而已。”我说。

“这些都是佟少说的，他一直在我面前说你的好，以至于我初见你，就喜欢上你。”

“可不可以不要这么直接，当着我儿子的面说无聊的话，我告诉你啊，只可远观不可亵玩，你可别打我主意。”我白了他一眼。

他笑着应承说：“欣赏，怀揣纯粹欣赏的心。”

“这还差不多。”我挥挥拳头吓唬他。

“明天打算去订婚典礼的现场吗？老规矩，我可以带你去，人很多，没有人会发现你的存在的，当然，你得戴着口罩。”林慕琛比画了一个戴口罩的姿势。

“好啊，黎回今晚退烧没事的话，我就带他去参加他爸爸的订婚典礼，我要告诉他，他爸爸娶别人了。”我说。

林慕琛双手环抱，说：“你做这么绝，让黎回这么小就接受现实吗？”

“他是个小男子汉，他有权知道真相。”我说。

“好吧，我去买晚饭，我也是男子汉。”林慕琛说。

我守着黎回，他的小脸蛋白净可爱，睫毛长长的，五官漂亮，嘴唇薄薄的，长大不会也是个薄情的男人吧。被很多女人爱的男人，注定要辜负很多女人吧。

贾宝玉就是从小在女人圈子里长大的男人，所以多少红颜为之倾倒。

我不停地摸他的额头，还好，体温降了下来。护士进来量了一下黎回的体温，告诉我烧已经退了，不用太担心，挂完水拿着药方去领些小儿感冒冲剂回去，不需要住院。

护士凑近我身边，说：“你先不要转身，装作和我正常说话的样子。有一个女人，在病房门口来来回回走，老从窗户往里探，待会儿你出去看看，认不认识，仔细点孩子，最近有人贩子来医院偷小孩子。”

等护士走了，我等了一分钟，打开门，探出头一看，果真有一位戴着厚围巾和白色羊毛帽子的女人朝这边望，见门打开，立刻就匆匆忙忙消失在楼道里。

我想追出去，但又一想，决定还是等林慕琛回来，以免中了调虎离山之计，守住黎回才是要紧的。那个女人的背影，好熟悉，在哪里见过……

欧菲！

是欧菲，她怎么会出现在这里，鬼鬼祟祟的，她是来找我，还是路过恰巧碰到？她要做什么？天啊，事情怎么越来越复杂，我像是被一张网困住，身边出现的每个人，都有着让我揣测不出的目的。

林慕琛买了两袋吃的回到病房，自言自语地说："他怎么会在医院，这么巧？"

"谁，你看见谁了？"我急忙问。

"戴靖杰啊，刚在医院门口遇上的，奇怪的是，要是换作平时，见到我会骂我是杀人凶手揪着我打一架，怎么今天装作没看见我呢，这疯子难道想通了？"林慕琛疑惑地说。

欧菲、戴靖杰，都出现在医院里，是巧合，还是暗藏阴谋？明天就是卓尧的订婚典礼了，老天保佑，典礼顺利进行，不出意外，保佑订婚之后的第二天，佟氏的股票就会大涨。

我在心里祈祷，他和她顺利订婚，招财进宝。

# 第十章 从此无心爱良夜，任他明月下西楼

“你这个人呀，我恨不得把你包包起，像个香袋儿，密密的针线缝缝好，放在衣箱里藏藏好。”

晚上十点，抱着睡得安稳的黎回走出医院，心总算是放下来了，孩子的健康比什么都重要，冷风吹着，我赶紧用羊绒披肩把黎回包裹严实，生怕风吹到了他。我自己被吹醒了，其实我的未来也不会太艰难，还有个儿子陪伴我，我要看着他长大成人，然后走到卓尧的面前骄傲自豪地说：看我把你儿子照顾得多好。

林慕琛送我回去，我感激地说：“真是麻烦你，平安夜你本该出去玩的，却因我来了医院。”

“越是节日我越是会远离热闹的地方。”他说。

路上的行人皆是成双成对，今夜最畅销的是红苹果和红玫瑰吧。

车路过熟悉的地段，是卓尧的公司，我从车内仰头望去，灯火辉煌，都还在加班，卓尧呢？他是和叶洁白在一起，还是在公司？我循着那灯光，望着，像看我深爱的他。

也许他并不在公司里。

看到一个女孩抱着纸箱沮丧地走在路上，纸箱上有佟氏集团的logo，她是佟氏的员工，看她这副样子，是被辞退了。

我仔细看了看，竟是章依。

那个在记者招待会上想要给卓尧倒茶的女孩子，是卓尧的倾慕者之一，是犯了什么错，会被开除。她为了接近卓尧，重回公司上班，被开除的话对她而言一定是个打击。

“你朋友吗？”林慕琛见我看得入神，问。

我摇头笑笑，说：“不认识，见过几次，似乎很迷恋卓尧。”

“毫不夸张地说，在这个城市里，一个广告牌砸下来，十个女人有九个都是迷恋卓尧的。你没看那些杂志，把他都写成企业家偶像了，帅气多金霸道深情，你最了解他了，你眼中他是这样的吗？”他说。

“我眼里的他呀，是男人和孩子的综合体，他有时候话特别多，一直说一直说，我就故意不理他，他最后就像孩子一样央告我陪他说说话。他是个清高的男子，纯真的孩子，也是霸道的男人。你不也是，杂志把你描述得那么神秘夸张，我以前也很钦佩你……当然，你救了很多人，这值得钦佩。”我说。

清高的男子，纯真的孩子，霸道的男人，卓尧就是这三者的组合。

“你果然是最懂他的女人。”林慕琛说。

车在快到小区的路口减速，他问：“是停在这里，还是送你进小区？”

“当然送我进去，风这么大。”

“上一次你让我就送到这里的。”他说。

“那次是因为我不想告诉你我住在哪里，不过现在没必要瞒了，你都知道我住的小区了。”我说。

“果然对我有过防范。”他说。

我笑着把取的药装进包里，收拾好自己的东西，以免落在他车里，翻到包里的手机，看到上面显示了一个未接来电，是一小时前卓尧打来的。

车停在楼下，车里的灯亮着，林慕琛说：“我送你上去吧，你要抱孩子还要拎包。”

“没事，到这儿就可以了，包里东西不多，一点也不沉，我要坚强独立嘛。”我扬了扬手中的苹果，说，“谢谢你送我的苹果，你还是今晚第一个送我苹果的人。”

“My pleasure。我们以后就算是朋友了吧。”他摘下头上的帽子，扣在我头上，说，“看你披头散发面无血色，大半夜的吓死人，戴着帽子会好一点。”

“我回家会好好学习英语的，以免将来和你这个朋友沟通有障碍。”我将帽子戴正，朝他问，“这样戴好看吗？”

他端详着，用手将帽子稍微往左移了点，拍手说：“这样就好看了。”

我觉得有些亲昵，摘下帽子，还给他，理理头发说：“还是不用了，现在人都睡了，也没人会遇到我。”

林慕琛下车来给我开车门，忽然，他停住了，眼睛看着前方。

我顺着他的目光朝前方望去，我看见了站在车前面不远处的卓尧，他的左手里，握着一束百合花和一个苹果。他照例穿着白衬衣黑色西装，一件咖啡色薄呢大衣，面色阴郁，高大的身影在路灯下站立着，他刚才目睹了车里的一切。

他走了过来，替我打开车门，眼睛红肿，声音沙哑："下车——"

我抱着黎回，下车，站在他身边，看见他额头上的青筋暴了出来，他已是气急败坏了，在努力控制自己的情绪。

林慕琛站在一旁，说："佟少，你误会了，我和曼君只是送儿子去医院……"

话音未落，卓尧挥起一拳就打在了林慕琛的脸颊上，林慕琛往后退了几步，嘴角溢出了鲜血。

"曼君这二字你没有资格称呼，这是我的女人，我的儿子，你再敢靠近他们，别怪我们兄弟做不成——"卓尧冷冷道。

林慕琛用食指拭去嘴角的鲜血，点头说："好，你有本事今晚你就该送你儿子送你的女人去医院，别让你的女人和儿子站在寒风中哭，你有本事就自己解决问题别靠一群女人来保护你，你有本事明天就不要娶叶洁白！"

林慕琛说完这段话，钻进车里，开车离去。

卓尧原地站着，那副神情，让我心疼，他面对着我，我给了他一个拥抱，说："卓尧，林慕琛在胡说，他根本不清楚你的艰辛，你在努力保护我和黎回，保护你妈妈、你二姐，保护佟桐，你没有利用任何女人。"

他依旧不语，抱着黎回，牵着我的手，一步步往电梯口走，天空有几点明亮的星光。

"今晚黎回发了高烧，我打不到车，无奈之下才让他送我去医院。你明天还有事，我不想打扰你。"我没提订婚，我只是说他有事。

他握着我的手，拇指在我的手背上摩挲，我抱着百合花，还有一个红苹果，心生暖意，说："你没开车过来吗？"

"我走过来的。"他答，声音喑哑。

"走了这么远，你怎么这么傻，你干吗要对我这么好，都这个时候了，还往我这里跑，你明明清楚接下来会发生什么，我不要你出事，我也不要你死……"我说着，就哭了出来。

“曼君，每当我空闲下来，我就忍不住要来你这里，不能开车来，我走着走着也会走到这里来。我不会和叶洁白订婚的，明天的典礼上，我会公布订婚取消的决定。我想过了，即使没有宏叶的帮助，我也要来承担，我是男人，戴靖杰想怎么对付我，大可放马过来。”他说着，坚毅果断。

“你要是这样做，我真会质疑我当初怎么会爱上你。出尔反尔，半途而废，置全家人全公司人的利益和安危于不顾，坚持所谓的清高以及原则，你就等于辜负了所有人。”我反驳他，要彻底打消他要取消订婚的决定。

“我会控制好局面。”他安之若素。

我不再与他争辩，想起章依，便开口问他，借以转开话题：“章依被辞退了吗？”

“是的，我吩咐季东让人事部开除她的。”他扬眉道。

“她犯什么错了吗？严重到需要开除？她可是真心喜欢你这个佟少。”我说。

“我们公司不欢迎走了之后再回来的人，何况好马不吃回头草，我不希望我公司的女员工上班的目的是见我而不是为了公司的利益。”他振振有词。

这么说，章依被辞职是因为我的一句话了，他是故意这么做，以儆效尤，也是讨我欢心，让我看到他对我的真心，他对别的女人毫无怜香惜玉之心，那些主动贴近的女人只会让他望而生厌。

“照你这么说，佟先生，你的公司基本上全部女员工都要被开除了。”我说。

“佟先生”仍被我念成“疼先生”，他听了，似乎心情舒畅些许。

回到家里，阿春靠在沙发上昏昏欲睡，听到我们进来，阿春忙起身说：“对不起太太，我睡着了，黎回烧退了吗？”

“烧已退了，没事了，你回房间睡吧。”我说着，把卓尧送我的苹果放在冰箱里，百合花和雏菊一起插在木桶中。

把睡得正甜的黎回放在小床上，折腾了一晚，小家伙今晚可以睡个安稳觉了。

他肩上披着一条浴巾走进了主卧里的卫生间，我听到淋浴的水声，他在洗澡，今晚他要留下来过夜吗？

我们很长一段时间没有肌肤之亲了，心莫名紧张，伴随着羞涩，可一想到他是叶洁白的未婚夫，羞耻感和罪恶感也涌上来，总感觉今晚隐约要发生点什么。

不能沦陷，不能再乱想了，我拍打自己的脸，对着镜子说："冷静冷静，控制控制，不能冲动。"

可如少女怀春的心小鹿一样乱蹦，隔着卫生间模糊的玻璃门，我看到他裸露的身躯，高大结实，他的身材，让正常的女性都会吞口水吧。

我用手遮住脸，按捺自己："正常反应，要克制，不能有亲密接触，保持距离。"我的脸滚烫滚烫的。

哗的一声，卫生间门打开，他头发湿漉漉的，腰间裹着白色浴巾，用毛巾擦着湿发。修长的身形线条，长期坚持晨跑和锻炼的他肌肉很发达，但绝对不是那种让人生畏的肌肉，这是极具美感的身体，健康自然。

"我洗好了，你去洗吧，里面热气还没散，很暖和。"他说。

我低着头忙说："我去客厅旁的卫生间洗。"

他拉住我，一把就牵我入他怀里，突如其来的吻力度轻重不同地落在我的脸颊上，脖子上，那些湿润的吻顺着脖子蜿蜒而下。他像是爆发了出来，一只手撑在墙上，一只手揽着我的腰，狂如雨点的吻，令我失去了所有的理智，全身就那样酥软，在他怀里，任他的吻侵蚀我本已躁动的心。

我渴望着成为他的女人，那种压抑着的渴望，被他全都点燃喷薄而出。

他的手熟练地褪去我的衣服，轻车熟路，我们彼此这么熟悉亲密，我试图想要反抗，推开他的头，抓扯他的头发，却换来他更加猛烈的吻。

吻了多久，记不得了，他的炙热让我软软倒在他怀中。他急促地喘息，眼神告诉我他想要什么，我吻他的唇，湿润清凉，我说："你等我，我先洗澡。"

他恋恋不舍闹着要和我一起洗澡，我迅速闪进卫生间，关上门，隔着门逗他："想偷看是吧，允许你隔着玻璃门看。"

空气里残余着他用过的洗发水香气，温热的水冲在身上，一寸寸的肌肤，都曾密布他的吻，我的脖子上有几处浅粉色的吻痕。回味着他的吻，我内心挣扎着，今晚，真的留他在这里过夜吗？理智告诉我这绝对不可以，但情欲和想念让我疯狂，我想再最后拥有他一次，在他和叶洁白订婚之前。

连我自己都认为自己这样很可耻，却无法控制。

我拉开门，赤着脚刚走出来，就被他拦腰抱起，他把我放在松软的床上，用温暖的被子把我包裹住。我眯着眼望他，他的面庞低俯凑近我的脸，这样好看的男人，此刻离我这么近。让我魂牵梦萦的男人，他身上散发着清淡的气息，我望着他，伸手抚摸他的脸，泪水不知不觉就出来了，内心的爱意和不舍，缠绵悱恻，理智被冲散。

我轻声细语说："我们之间可能不会有未来，但今晚，我想值得我一生铭记。"

被子包裹着的我，被他压制在身下，我想起张爱玲对胡兰成说的——"你这个人呀，我恨不得把你包包起，像个香袋儿，密密的针线缝缝好，放在衣箱里藏藏好。"

我呢，像不像作茧自缚？

不去管了，我只要今晚，今晚之后，这个男人将不再属于我。

默默无言。

他吻着我眼角的泪水，一点点打开被子，他的手轻轻抚摸我的肌肤，旖旎的春情他尽收眼底。

我紧紧揽着他的脖子，一声声唤他"卓尧"。

我是你的，你是我唯一的男人。

小漫画，我不会离开你，我爱的只能是你。

放在床头的手机响了，是有人给我发来短信，我反应迟钝，手恰好碰到了手机，迷迷糊糊中看到，是叶洁白发来的：他是不是在你那里？

他的手胡乱夺过手机，随手扔在了地毯上。

卓尧，我该怎么办，我们该怎么办。

"别理任何人，你只属于我。"他在我耳边咬着我的耳垂说，呼出的热气让我的意识涣散，消失。

我只属于你。

我不管了，哪怕他明天举行订婚仪式，可他今晚留在我的床上。什么羞耻，什么理性，什么矜持，统统不要了，此刻我已沉迷。

他把头埋在我怀里，褪去了我身上的单薄衣衫。

我们相爱，只争朝夕。

窗外的黑夜最好永远黑下去，不再有天明。

我忽然发现我双手被捆绑着横卧在车后座上，卓尧坐在我身边，昏暗的车内光线，车摇摇晃晃，看不清开车男子的面孔。“卓尧，出什么事了，我们怎么会被绑在这里？”我挣扎着，想要逃脱捆绑我的绳索。

卓尧淡漠地说：“所有的事与她无关，放了她，用男人的方式解决问题。”

我使劲摇头，不管发生什么事，也不能让他独自面对，我叫喊着：“不！你答应过我，去哪里都带着我，就算是赴死，也要带上我。”

“傻瓜，我怎么会死，我们都不死——”卓尧抚摸我的脸颊，随即车停下，车门打开，我被放了出来。

车扬长而去，沿着公路旁的一条岔路驶进了两旁长满高高杂草丛的窄路，我才想起我连车牌号都没有记下来。

拿着手机报警，连续按了十几遍报警电话，都按错了号码，不论怎么拨，都无法接通报警电话。

迎面一辆巨型摩托车驶来，我慌忙拦停，骑上摩托车，从来都不会骑这种狂野型摩托车的我居然骑着它飞速朝杂草丛中的窄路狂奔。两边的野草，足有一人多高，我沿路找寻那辆车。在这荒郊野外，卓尧，你被带去了哪里？为什么要放了我，我宁愿我被绑在车里，和你一起面对生死险恶。

我看见那辆车被弃在路旁，车内空无一人，不远处，卓尧一动不动地躺在草丛中，那个看不清面孔的凶手坐在一旁抽烟。

我如同疯了一样，放声大哭，冲了上去，抱着卓尧：“不要死，卓尧，我送你去医院，还来得及，一定来得及，我是曼君，我来救你了……”

“小漫画，醒醒，怎么睡着睡着哭了。”卓尧的声音响起，我的脸上有他手掌覆上来的温度。

卓尧？我迷迷糊糊，当我睁开眼那一刻，他离我很近，双手捧着我的脸，床头的灯光很温馨，原来，只是做了一场噩梦。从那么可怕难受的梦里醒来，发现自己躺在他怀里，一睁眼就可以和他的双眸对视，真好，幸好只是个梦。

“做噩梦了吧，傻瓜，还真哭出眼泪了。”他把我抱在怀里，故作担心说，“真是个让我不省心的小东西。”

我回想那个梦，似乎真实逼人，转而想到林璐云和叶洁白对我说的那些话，生出莫大的担忧。卓尧，我没有能力保护你，可我决不会眼睁睁看你遇到危险。

“我梦见有坏人要杀你，他把你杀死了，太可怕了。”我摇摇头，心绪不宁。

“傻瓜，我怎么会死，我们都不死，那只是个梦。”他说。

和梦里说的一样。

“卓尧，万一真的有危险，你要记得把我带在你身边。”我说。

他笑，道：“带你？是因为你每天早上醒来伸懒腰时会喊一声‘我是小超人’吗？”

我被他逗笑了，他还记得，在小渔村时，我每天早上起床前，躺在他怀里，要舒服地伸一个懒腰，双臂直直伸过头顶，喊一句：“我是小超人。”

那时，我喜欢睡在他手臂上面，不用枕头，就静静地把脸贴在他胸膛。

此时，我想抱抱他。

“卓尧，让我抱抱你吧，像以前那些夜晚你抱我一样拥抱你。”我伸开手臂。

他像黎回那样子，听话地钻进我怀里，他枕着我的手臂，吻我颈间的锁骨。

“小漫画，你说梦话了，你说，卓尧，来得及吗？来得及吗？我就摸摸你的头说，来得及，别着急。”

“你干吗在我说梦话的时候接话，你又不知道我问的是什么。”

“可确确实实你听我说来得及之后，你就安心踏实多了。”他的手搭在我的腰际，滑到我小腹的位置，低喃着，“黎回是从这里开始长大的，我没有亲历你怀他的辛苦日子，在你失明期怀孕的那段日子，我都没能陪在你身边，这是我对你感到最歉疚的地方。若我们能再有一个孩子，我要看着他在你肚子里慢慢长大直到出生，长大成人。”

“怎么，还想要个孩子？”我笑他想当爸爸王。

“想，你不是给我算过命吗？你说我多子多孙多福。”

“那也不一定是我生的，我还算你命里是双妻之格，你会有两个妻子，灵验了吧？好的不灵坏的灵，啊不对，这也不坏。”我自顾自说着，没察觉到他生气了。

他转过身，背对着我。

我拿起手机，上面显示时间为六点十分，另一行的日期是十二月二十五号。

短信提示里，一打开是满眼的“叶洁白”，我真怀疑她彻夜未睡给我发了一晚上的短信息。

想要一键删除，犹豫了下，想想她无非是想卓尧回到她那里，如期举行订婚仪式，所以大费周章发这么多短信，我也没想过阻拦他们的订婚大礼。

我从他背后抱住他，哄他：“好啦，以后我再也不做算命先生了，你别不理我，我答应你。这样吧，我再给你生一个女儿，好不好？女儿是爸爸前世的情人，这样，你前世的情人和今生的爱人都陪在你身边，你看你多幸福。”

他依旧背对我，不理会我。

“真生气啦，你再不转过来，那我也要生气了，我数一二三……”我说。

他转了过来，起身就压在了我身上，突如其来的吻落在我的脸上，最长的那个深吻令我紧紧闭上了双眼，直到我的脸上濡湿一片，已分不清是我的眼泪还是他的眼泪。我们都哭了，他双眼红肿，说不出一句话，只是凝视我，吻我。

“就住在这里，哪里都不要去，等我处理好一切，我给你一个最盛大的婚礼。我有多害怕看不见你，生怕就会在我没看见你的那一会儿，你就走了。”他说。

“我不走，就在这里等你回来。”

卓尧，我不去想能否等到我们举行婚礼的那一天，今时今日，你要去牵着叶洁白的手宣誓，宣誓你这一生一世，都爱这个女人。

“也许，今天是个解除误会最恰当的日子。”他说，似已有打算。

“卓尧，不要因为我们之间的爱去伤害任何人，你的母亲、你的姐姐、佟桐、叶洁白，还有你手底下一帮跟着你打拼养家的员工。你从出生就注定无法选择你的人生，你不能只画画漫画和自己喜欢的女人在一起，责任二字，你比我懂。”我说着，起身给他拿来衬衣和西裤。

“我多想什么都不要了，哪怕我们去路边摆个摊一起卖一串串为生都好。”他竟生出这样无奈的念头。

“再次纠正那叫串串香，什么一串串呀。名字都叫不对，你这样锦衣玉食的男人去摆路边摊？就算你愿意，我可不愿意，我要发愤图强，天天向上。”此刻，我还有心思开玩笑。

“小漫画，我不想和除你以外的女人订婚，这对你和叶洁白都不公平。”

“可你早前不就对我说了，你会和她订婚，你都答应了，现在又要反悔了吗？你是君子，当一诺千金。”

“和你在一起之后，我不需要再对别的女人一诺千金。”他不情愿地套上衬衣，对着镜子系领带。

“那之前呢，你有没有对她一诺千金？”想到欧菲，就有莫名的不安，她出现在医院里，不久，林慕琛也看见戴靖杰在医院，是巧合，还是预谋？

欧菲并没有过着卓尧说的那种幸福生活，嫁给法籍男人在国外过恬静日子，她回来了，并且屡次出现在我的身边。

是要来和我抢卓尧吗？

“无论过去，还是将来，没有人可以比得过我现在拥有的你。”他走过来，单手拥抱我。

“别有顾虑，坚决去做你的事，我喜欢的卓尧，不会是儿女情长英雄气短，答应我，做回原来的你，那个让我莫名其妙就爱上了的佟家三少。把小漫画、你的漫画事业、你的漂亮小儿子都先放一放。”我走到窗前，打开窗，看到了遥远的别处天地。

我内心已有了未来。

“等我，一年或者半年……”

“卓尧，我们之间，有远远比山盟海誓更久长牢固的支撑。”我打断他将要做出的承诺。

像平常他来这里一样，梳洗罢，阿春正给睡醒的黎回做栗子粥，黎回刚生过病，消化不是很好，吃些栗子粥促进肠胃功能。

卓尧坐在一边静静望着我，黎回清晰地叫我“妈妈”，我把满满的爱都给了小黎回，不管发生什么，我都要把黎回抚养长大。

“叫爸爸……爸——爸……”黎回站在我的腿上，迈着小步伐。

阿春端上栗子粥，望望我又望望卓尧，说：“佟少，太太，我这就去给你们做早餐。”说完急匆匆钻进厨房，像是生怕稍微迟了点，卓尧就要走了似的。

门铃声响起。

我随即朝他微笑，对阿春说：“阿春，别忙了，他还有事，马上要走了。”

他脸色阴沉，开门，抬手看手表，对着站在门口的季东说：“在车里等我。”

他合上门，坐下，端碗喂黎回吃粥。

“季东都在等你了，你快去吧。”我催促道。

他沉默不语，一口一口喂黎回吃粥，黎回在他怀里，转头朝我张望。

阿春站在厨房门口，局促不安，她都快要哭出来了：“吃了早饭再走吧，我会很快就做好，我这就去……”

“阿春，别挽留了，我说了，他有事！”我声音微怒，明知不关阿春的事，却对她发了火。

他的手机响了，没等他开口说走，我起身回卧室，披了一件厚大衣，脚上套的是一双他给我买的棉布拖鞋，我站在他面前说：“我添了件厚衣服，我送你下楼。”

他无声望着我，喉咙似有千言万语卡着说不出口，他点头，阿春接过黎回。他打开门，我在他背后微笑说：“过两天我就带黎回去找你玩，好不好？还去袁正铭的游乐园，你要记得提前打电话给他包场。”

他勉强露出笑容，转身走出门。

我轻轻合上门，我们都不知说什么样的话来安慰彼此。

乘坐电梯时，我有些不适，他拥着我，说：“不该让你住这里的，你有密闭空间恐惧症，我不应选择电梯房，是我考虑欠妥当了，过些日子我安排新住处接你搬过去。”

“豪宅吗？”我问。

“没问题，我来安排。”他说。

“等等吧，我习惯住在这里了。”我心里想的是，我可以回小渔村，至少那里，有我们最幸福的一年记忆。

“曼君，你怀念小渔村的日子吗？我总是会梦到我们还在小渔村生活着，也不知道渔村的院落颓败了没，那些树能否过冬。”他牵着我的手，从电梯里走出。

“我委托舅妈替我看管房子，她会打理好的。”我们手牵手，像情侣那样，走在小区里。

不远处，有妇人在痛哭，殡仪馆的车就停在一旁。妇人哭喊着：“你走了，我以后怎么活下去……”那样凄凉的哭声，响彻云霄，我抬头看他，握着他的手加大了力度，那样紧紧握着，生怕失去了他。我在梦里梦见卓尧死去，却在这里遇到丈夫去世的妇人痛哭的一幕。

倘若我昨晚的梦是真的，我大概会哭得比这个妇人更凄怆，我抵死也要保护的卓尧，你一定要和叶洁白在一起，你要强大到戴靖杰、冯伯文之类的人都无法伤害你的地步，我才可以安心。曼君没有用，帮不了你，除了割舍掉对你的牵挂，我毫无选择。

季东的车停在一边，卓尧上车，我想哭却努了努嘴做出笑的表情，我想那一定难看死了。车开了，隔着车窗玻璃，他的轮廓已模糊，原来，是我已泪眼婆娑。他的车驶走，我蹲在地上号啕大哭，双手揪住自己的长发，大衣衣摆垂在地上，任自己哭到跌坐在地上。

离我不远处，那位丧夫的妇人也在哭号，殡仪馆的车砰一声盖上了门，车启动，妇人追着车凄厉哭喊，被家人拉住。我的心，更痛了，她是死别，我是生离。

从此无心爱良夜，任他明月下西楼。

卓尧，再见不如不见。送走他，一切到此，该结束了。往时，盼与君世世为夫妇，我们曾万里漂泊寻觅彼此，却落得各自独身返回。

阿春见我一个人回来，看到我忍不住轻颤的腿，她拿来一张羊毛毯包裹住我，哭着说：“太太，你怎么这么傻，为什么不留住他？他是那般不情愿走，只要你张张口，叫他别走，他就不会走，你真的舍得吗？舍得他去娶别的女人吗？你看你，都失去了魂魄。”

我已六神无主，魂魄飘离身体，无法归位，任阿春抱着我哭。

卓尧，你看，我们爱得多悲情，连阿春一个局外人都哭得不像样。

靠在沙发上眼神空洞盯着天花板，阳台上的风吹了进来，阿春去关好窗户，来来回回问了我几遍要不要吃点什么，我无力地摇头，摇头的幅度很小，好似随时就会这么离开人世了。

“妈妈——妈妈……”黎回颤巍巍走到我面前，小脸凑到我脸上，奶声奶气却无比清晰地呼唤着我，稚嫩的手掌贴在我脸上，黑亮的眼睛和我对视着。我看着他，我想我怎么能这样绝望，我们的小黎回呀等着妈妈把他养大，阮曼君，比死更坚强的是生，我要振作起来。

我支撑着，坐起来，对阿春说：“阿春，给我做点面，多放些青菜，我饿了。”

阿春像获得特赦一般，乐得不知手该放哪里好了，急匆匆跑进了厨房，隔了一小会儿，在厨房里喊我：“太太，我给你放点胡椒，你肯定嘴巴没味，吃什么都寡淡，我再盛一小碟我腌的脆萝卜端给你。”

我走到厨房边，看她忙得团团装，我过去帮她拿盘子：“我就是吃一碗面，看把你忙得，没事，刚才对你说话语气重了些，你不要往心里去。我现在，只有你一个贴心的知冷知热的朋友。”

阿春眼里的泪要落下来了，说：“太太你不要这样讲，你待我好，我跟着你，你总多给我一些钱，最好吃的都分给我一起吃，从不把我当外人看，我咳嗽了你给我炖燕窝，家务你也总和我一起做，我都不知自己能帮你什么。”

“傻阿春，真是傻瓜，和你说多少次了，不要叫太太，叫得生分了呢。坐下来一起吃面，说我饿，你不也没吃，你不也挂着泪花。”我说着，端着阿春腌制的萝卜干放在餐桌上。

小时候，外婆也会腌制各种酸菜，刚到上海时，外婆还用几个小罐头瓶子给我装几瓶子酸菜让我带走，我有时吃不下饭就会吃一些。所以，难过的时候，就抱着一小罐外婆腌制的酸菜吃。

细想，一晃都是多少年过去了。

阿春怅然道：“见你主动吃东西，我就放心，人只要能吃饭，那就什么事都能挺过去。刚才你躺在这里，病恹恹的，倒像戏里的林黛玉躺在榻上临终前的模样，我只想心里念阿弥陀佛保佑你快些好起来。”

我吃着面，听阿春说着戏里的《红楼梦》。

“阿春，你形容得很贴切，你就好比紫鹃，我身边也就剩你了。”我说着，回忆起很久前读《红楼梦》里黛玉临终的那一段：只见黛玉两眼一翻，呜呼！香魂一缕随风散，愁绪三更入梦遥！

年少时我读到这一段哭过。

——当时黛玉气绝，正是宝玉娶宝钗的这个时辰。

嗯，这个时辰，卓尧在订婚典礼上了吧。林慕琛说典礼在希尔顿大酒店举行，我和希尔顿酒店是有多大的缘分，冯伯文是在那里举行婚礼，我在那里遇见了卓尧，而今天，他将要在那里和别人订婚。算了，不想这么伤感的了，不过是巧合，有钱人都会选五星级酒店订婚，酒店都是叶洁白安排的。

我以前幻想过和卓尧订婚的场景，我说在小渔村的海边办个自助餐，把我在小渔村的那些邻居和亲戚都请来，他说那样太简单了，他要在豪华游轮上举办。婚礼现场会有各界名流，有英格兰歌手唱歌并表演踢踏舞，夜游上海黄浦江，在最美的夜景里让我做他的新娘。

我向往的，是平凡朴素的生活，一生一次的婚礼，他可能是怕我受委屈了，现在看看，不管是在小渔村，还是在黄浦江上的豪华游轮上，都不重要了。

"咦，这儿有一封信。"阿春走过来，手里拿着一封信。

"没有邮戳，我也没从信箱里取过，这信是哪里来的？"阿春递交给我，自言自语。

定是卓尧留下的信。

我拆开信封，里面除了一张写满字迹的信纸，还有一张字条。

那张字条我太熟悉不过了。

字条上写着：小漫画，如果巴黎不快乐，不如回到我身边，只要我还活着，那我此生都不再离开你，不再把你一个人丢下。

这张字条，原放在小渔村，没想到，他从小渔村来上海时，竟随身带着。他从未忘记我们曾经相爱的艰难和不易，看到这张字条，我想，他做什么事哪怕对不起我，我也能原谅他。

打开信，信是如此写的——

小漫画：

是在哭吗？不要哭，你哭的样子不好看。

这些天，我一直陷入后悔与自责当中，不论是面对你，面对我母亲，还是叶洁白。当初我不该答应用一场订婚来做交易，即使订婚了，我也不会娶她，这样一段毫无感情的婚约，存在着只会伤了我们三个人的心。

比事业重要的，是你和黎回。

之前我因担心祸及家人，所以选择给戴靖杰最有力的还击，只要佟氏起死回生，我就有信心让他溃败。

而现在，我考虑清楚了，戴靖杰毕竟是我同父异母的弟弟，我不该不择手段去对付他。该还的总是要还，我也不能为了顺应母亲和二姐，去做对不起你的事。我和二姐谈过了，佟家的事应该是佟家自己人来解决，戴靖杰也是佟家人，我不该利用叶洁白，更不能有负于你。

离开小渔村，这张字条一直夹在我钱夹的内侧，在我下决定宣布取消订婚前，我看着这张字条，我用生命爱着的女人，我怎么可以辜负她，更何况，我们还有一个可爱的儿子。

生是夫妻，死是夫妻，宁可一起面对风浪，也不可，从爱情里逃离苟且偷生。

我甚至想象过，我的小漫画会不会很霸气地开着车来订婚现场抢人，但你的决然告诉我，你不会，那么，让我来做决定。我说过，发生任何事都不要怕，你要明白，有我在，我会处理。

订婚的这天，我将当众宣布取消订婚，我什么都可不顾不思，你呢，小漫画？你敢不敢做一个随时破产并且拖家带口逃亡天涯的男人的妻子？

让阿春多准备些饭菜，晚上我来找你，别哭了，晚上见。

你的疼先生

信中的内容，让我在感动之余愈发紧张。他不能这么做，想了想，我觉得应该去阻止他。我换了一双鞋，让阿春抱着黎回跟我一起去希尔顿酒店，我要当面告诉卓尧，他要是那么做，我就带着黎回离开他。

# 第十一章

## 那日我狂哭不止，曾经差一点想过死

即使再见面，

也不过是成熟的表演。

打车去酒店，那是我印象特别深刻的地方。在快到酒店的十字路口，我望着窗外，仿佛看到了初遇卓尧的那个炎炎夏日，他的车停在我身边，他的侧脸淡漠倨傲，眼神专注看着前方。他最迷人的神情，就是眼神专注凝视着一个地方思考。

酒店门口，围满了记者和工作人员，担心引起记者的注意力，我和阿春在隔着二十多米的地方下车。看记者都堵在门口，说明卓尧还没有过来，我让阿春带着黎回去附近转转，我在这里等卓尧。

他的车若远远驶来，就一定会看见我，只要他停车，我就上车劝说他，好在，有个小建筑物挡着记者从酒店门口看过来的视线。

不多久，阵容庞大的车队排列成整齐的队形驶来，我有些措手不及，怎么也没想到，会有这样的阵势。我竖起衣领，挡着脸，观察过去的每一辆车，都没有看到卓尧。

却看见了叶洁白，只是一个侧影，她坐在车里，在微笑说着什么，洋溢着满满的幸福。一个订婚典礼都安排得如此隆重，那要是结婚，岂不轰动全城。

我傻傻看着，这些幸福，与我无关。

卓尧的车突然开到我身边，他摇下车窗对我微笑。

在这种情景下重逢，我一刹那便欣喜了。我说："你写的信我看过了，你要是那么做，你就永远别想见到我。"兴许我说这句话的表情不够决然，倒像是赌气使性子的话。

他双手放在方向盘上，下巴搁在手背上，侧脸望着我，微笑挑衅："你威胁我的话，我从未当真。"

我手机响了，低头看，是一条未读短信。

多多发来的：曼君，我看到刘颂了，你马上过来M-BOX酒吧，越快越好。

我得马上过去。

“我还有事，不和你说了，你别以为我说着玩，不信你试试看，你敢不顺利订婚，我就人间蒸发给你看！”我说着，赶紧拦出租车。

“去哪儿？我开车送你。”他说。

我想发现刘颂的消息还是先不要告诉卓尧，他要是知道了，肯定会跟我一起去，万一没找到刘颂，他订婚又被搅乱了，总不能两头皆失。我只要在订婚典礼前找到刘颂，追回卓尧公司那笔巨额资金，一切就来得及。

“不用你送我，我自己打车。”我拒绝，心里想，卓尧，你等我，等我把刘颂找到。

我拦了辆车，报了酒吧名，好在两个地方很近，只有十分钟的车程。

打电话让阿春带着黎回先回家，告诉她我晚点会回去。

多多站在门口等着我。

“怎么在外面站着，刘颂呢？别让他跑了。”我急忙问。

“在里面呢，我找了四个姐妹缠着他，他哪里跑得掉。我们怎么抓他啊？他可能认得出来你吧。”多多说。

我对刘颂没有任何印象，卓尧的这位前任二姐夫，也算间接破坏我和卓尧生活的始作俑者，抓到他，于公于私我都要狠狠扁他一顿。

“我们先进去，观望观望。”我说，和多多一起走进酒吧。

一个正被四位漂亮女孩缠着喝酒的中年男人，“地中海”发型，肚子微凸。桌上的酒，瓶瓶都是名酒，他这样的挥霍无度，我真担心他把那些钱都挥霍一空了。我想暂不能打草惊蛇，要先找一个男人过来制服刘颂。刘颂的情况还没有摸清楚，先不能惊动卓尧，我能想到的只有季东和林慕琛，考虑了下，我打通了林慕琛的电话。

他说他正在希尔顿酒店，我让他抓紧过来，有万分紧急的事，但千万不要惊动卓尧。

“美女们，我该走了，这是赏你们的，拿去买衣服。”刘颂醉醺醺，从钱夹里拿出一沓钱放在桌上。

“多多，你想个办法，拖住刘颂，只要十分钟就够了。”我说。

多多走过去，娇嗔道："刘总，怎么才喝这点酒就要走，你可还没有和我喝一杯，今天不和我喝，你不许走。"

刘颂见多多极美艳，立即走不动了，伸手摸了摸多多的手背，恬不知耻地笑："那我就陪你喝三杯，要是我醉了，你送我回家。"

"刘总，哪有你这样欺负人的，只有男人送女人回家，哪有让女人送男人回家的。"多多拍了拍刘颂的肩膀。

刘颂心领神会似的，笑道："好好，我疼你，我送你回家。"

多多拖住刘颂，我在酒店门外等林慕琛。

手机响了，是阿春打来的。

一接电话，就听到阿春的哭声，那哭声，让我顿感不妙，一定是黎回出事了。

"太太……黎回被抢走了……我开门的时候，黎回站在我身边……忽然冲出来一个戴口罩的男人，敲了我的头一下，就把黎回抱走了……怎么办，太太，你快回来……"阿春断断续续哭喊说。

我手中的手机，顺着手心滑落在地上，晴天霹雳，便是如此。

林慕琛从车里下来，他见我这样，拾起手机，问："曼君，发生什么事了？"

我颤抖着说："送我回家，黎回出事了，快——黎回不能有事。"

车飞驰在回家的路上，我心里有万种猜想，但若不是我不在，黎回怎么会被人抢走？掳走黎回的人目的是什么？是要钱，还是寻仇？是谁夺走了我的儿子？我的脑子里，想到的第一个人，就是林璐云。

是她，一定是她要把黎回从我身边夺走，因为她从我手里夺过一次。

没有理智想太细，整个人像崩溃了，种种念头一起涌出来，后悔、自责、内疚、担心、害怕、心疼，十万火急。

"曼君，别想得太可怕，先见到阿春问清楚。不管怎样，我陪你一起找到黎回。"林慕琛说。

见到阿春，她正坐在公寓门口，医生正在给她包扎受伤的头，她一见到我，连声说对不起。几名警察正在勘查，我问其中一个警察："我是孩子的妈妈，我的孩子现在在哪里！"

"我们正在调查，很快就会有结果。您要冷静下来，配合我们做个笔录，方便我们给案子定性。你的手机有没有收到勒索电话，你要回忆一下有没有结下仇家，或因家里有贵重财物引起了歹徒的绑架。”警察端着一个本子，问我。

我冷静不下来，黎回下落不明，我无法冷静在这里回忆我和谁有仇，是绑架勒索还是别的什么性质，我不能无动于衷站在这里，我要去找我的儿子。

我一个转身，冲进电梯，林慕琛也跟了进来。我不管这些警察，黎回是我的儿子，我要去找林璐云，让她把我儿子还给我。

“曼君，为什么不配合警察，你这样去哪里找！”林慕琛拉住我。

“一定是她，她上一次就想抢走我的黎回，不会是别人！”我歇斯底里叫喊。

“曼君，事情没你想的那么简单，我姨妈怎么会这么做呢？她在酒店啊！”林慕琛说。

我推开他：“你们是一家人你当然帮着她，我什么让步都做了，还要我怎样！”

林慕琛摇摇头，控制住我的手：“你想想，她怎么会在订婚这天做这样的事，岂不是自找麻烦，再说，她再自私也不会雇凶去打伤人吧？我看，凶手的目的不是为了勒索财物，而是为了寻仇。”

“寻仇？那就是说，这比被林璐云带走要可怕得多，黎回才那么点大，走路才稳，为什么要绑走我的孩子！”我的心绞痛突然犯了，林慕琛扶着我上车。

我的手机响了，林慕琛说：“是佟少打来的。”

我不知该怎么和卓尧说，他正在订婚现场，如果我告诉他黎回丢了，他会疯狂的。

林慕琛接了电话：“喂，佟少——”

“曼君和你在一起？你告诉她，黎回被绑架了，她是想怎样，如果黎回出了什么事，我永远都不会原谅她！”卓尧怒吼，挂了电话。

“他已经知道了，看来瞒不住了。”林慕琛说。

黎回若出了什么事，我也无法原谅我自己。

“电话又来了，李多多打来的。”林慕琛说。

“我来接吧。”我说。

“曼君，你跑哪儿去了呢？我快拖不住刘颂了，我都快要被他灌醉了！”多多说。

我说了一句："黎回不见了，还管什么刘颂，还有什么意义，你先别打我电话了，我在等绑匪的电话。"

挂了电话，林慕琛开车，问我："李多多找你做什么，怎么她也知道刘颂？"

"我让她帮我找的。"我哪有心思想这些，随口答了一句，一路对马路边张望，漫无目地寻找。

心绞痛一阵阵地袭上心头，眼泪就顺着面庞流。就在早上，我绝望到谷底时，是黎回迈着蹒跚的小步伐走到我身边，小手摸摸我的脸，把脸蛋贴在我的脸上，他那样乖巧可爱，是谁，把仇恨报复在我儿子的身上。

戴靖杰！

他一直扬言要毁掉卓尧最心爱的人，他偏执地认为他外公是被卓尧所谋害的，新仇旧恨，只有他最可疑。

"是他，是戴靖杰……"我恐惧极了，黎回要是落入戴靖杰的手中，那后果岂不是太可怕了，他才一岁多点，他什么都不懂，为什么要伤害他。

"佟少一直谨小慎微，不可能让戴靖杰知道你的住处啊，这个住所很隐蔽的，连那些狗仔队都没能找到。"林慕琛说。

我转过头直盯着林慕琛。

林慕琛说："别这样看着我啊，绝对不会是我，论辈分黎回也喊我一声叔叔，我怎么会做这样的事？你不能因为我知道你住这里就怀疑我，除了我，还有谁知道？噢，那个李多多，对了，她知道吗？"

多多？多多是知道，她知道这里的详细地址，可是，不可能是多多，她是黎回的干妈，她一直帮助我，她不可能做对不起我的事。

"多多是知道，你说谁我都信，但我不信多多会伤害黎回。"我反驳，脑子里搜索细节片段的记忆。

"阮曼君，你真大意啊，李多多是钟利涛的情妇！你知道钟利涛在世的时候给了她多少钱吗？钟利涛一死，她就得不到任何好处，她一定是认为卓尧断了她的财路，所以对卓尧起了恨意，加上戴靖杰的拉拢，一定是他们合谋做的！"林慕琛说。

"不可能，绝对不可能，我去找戴靖杰。"我说。

林慕琛打电话给卓尧。

“这是线索，必须告诉卓尧，还要向警方反映，我们这样贸然去找戴靖杰，无凭无据，只会被动。黎回目前应该是安全的，如果想伤害孩子，当场就做了，也不必费尽周折把孩子带走。”林慕琛说得有道理。

“佟少，黎回应该是被李多多和戴靖杰合谋带走了，李多多知道曼君的住处，我马上通知警方。”林慕琛在电话里告知卓尧。

卓尧淡然地回应：“不必了，黎回在冯伯文的手里，我的儿子，我自己用生命去换都可以，我在去见冯伯文的路上。”

卓尧的电话挂断了。

竟是冯伯文做的，卓尧说用命去换黎回，这是什么意思？冯伯文已经疯了，上一次见他，他就是一副什么事都能做得出来的疯样。

卓尧一定会有危险！

我不能让他只身一人去送死，冯伯文用黎回来威胁卓尧，那他定会用尽手段来折磨卓尧的。

一切都因我而起。

我让林慕琛马上搜索卓尧车的位置，林慕琛开的车也是佟家的车，兴许可以搜索到卓尧车的位置。

果真搜索到了，卓尧的车在开往郊区的路上，那一块都是拆迁后废弃的厂房，林慕琛朝那个方向追去。

“快一点，我不能让卓尧去冒险，冯伯文的目的就是要引卓尧出来！”我好怕我会失去我生命里最重要的两个人。

“要报警吗？”林慕琛问。

“别，别报警！黎回在冯伯文的手里！”

手机再次响起，是叶洁白打来的，我摁掉，都这个时候了，她还要来催卓尧和她订婚吗！

卓尧的车停下了，没有再行驶，我盯着地图，计算着到达的时间，至少还有十五分钟，这十五分钟里，什么可怕的事都可能会发生！我如坐针毡，只愿这车能再快点，能飞起来。

在经过高架路段时，车竟堵在了路上，前面是望不见头的车，一排排堵着，那一刻，我除了绝望，再无别的感觉。

心绞痛痛得我皱紧眉，曲起了腿，林慕琛担忧地问：“很痛吗？奇怪，我检查过，你的心脏很健康，怎么会无端痛呢！”

“卓尧会不会出事了，我感应到了，他很不好！黎回……不行，我要下车，我走过去……”

“曼君，你冷静点，佟少不会有事的，前面已经在疏导了，你要镇定！”林慕琛说。

我看着前方的车在缓缓移动，心痛得无以复加。时间一秒一秒过去，无法预料卓尧会遇到什么样的危险，我却只能堵在这条路上，卓尧和黎回都生死不明，这和我的梦境多符合。卓尧，你一定要让我看到安然无恙的你，否则，你给我的那些承诺，都是骗人的话。

林慕琛想方设法从一个车道转向另一个车道，交通稍微通畅了些。我们的车在车流中缓慢行驶，一步步下高架桥，直到下了高架桥，才不拥堵，车很快急速往卓尧的车停下的地方开去。

在一个荒郊的废弃厂房门口发现了卓尧的车，四周空无一人，静得没有一点声音。

“就是这里，快！”我叫喊着催促林慕琛停车。

突然，从厂房后面冲出来一辆车，飞速从我们身边冲过，快到我都没有看清楚开车人的模样，是冯伯文走了吗？

“卓尧，卓尧，你在哪里……”我边喊边往厂房里跑，那些长长的野草，枯黄但坚韧的齿状叶片，在我的脸上拉出一条条细小的血口子，而我还顾得了什么？那么像我的梦，梦里，卓尧遇害，我不敢往下想我会看到怎样的一幕。

在快要冲进厂房的那一刻，林慕琛拉住了我：“曼君，卓尧和冯伯文一定在里面，刚才那辆车开走了，说明冯伯文有同伙，并且卓尧很有可能被控制住了，你现在贸然进去，只能是送死！我看还是报警吧。”

“你可以不进去，但别报警，黎回还在他们手里，我怕什么死，那是我的丈夫和儿子！”我冲进去，林慕琛紧跟着进来。

“我们一层层地找！”林慕琛说。

我在一楼发现了黎回的一只鞋子，却没有找到别的线索，我把黎回的鞋子拿在手里，来不及想任何事就往二楼走，我在二楼看到毛坯的墙壁上有溅上的鲜血。

那一刻，天都塌了一般，天旋地转。我疯了一样在二楼寻找，不断从一个空荡荡的房间跑进另一个房间，紧捏着黎回的鞋子，如同失声了，扯着喉咙干号。

林慕琛摸了摸血迹，血迹还未干，应该受伤不久。

沿着血迹，上三楼，四楼，五楼，当我踏上顶楼天台时，我看见拿着一根铁管正往卓尧身上用力打下去的冯伯文，卓尧根本不还手，任冯伯文打，卓尧的额头淌满了鲜血。

“不要再打了……”我冲上去，挡在卓尧的面前，用手帕捂住他头上正在往外冒血的伤口。

“曼君，你让开，我让他打，他说的，让他打，只要他消气，他就会放了黎回。”卓尧艰难地说，“你难道不想黎回平安吗？”

我死死抓着卓尧的手，生怕被他推开，我哭着说：“我要黎回平安，我也要你平安，你流了这么多血，我送你去医院。”

“你让开——”卓尧用力将我推远。

冯伯文扬了扬手中的铁管，笑道：“阮曼君，是他甘愿让我打的，本来呢，我的气差不多就快消了，可你这么一出现，我又生气了！”冯伯文狠狠朝卓尧的背上打了一下，卓尧险些倒下，踉跄了一下，仍直直站着。

林慕琛冲上去试图夺过冯伯文手里的铁管。

冯伯文无耻地笑：“好啊，你们要是不想看到那小男孩失去一只眼睛，或者被割掉一只耳朵，那就三个一起上来打我啊，来啊！”

“你说过会放了我儿子的，你这是什么意思？如果我儿子有什么事，我要你死——”卓尧说。

“那我们看谁先死，佟卓尧，你毁了我的事业，毁了我的一切，连她，也是我的女人，不过，我不要的女人，你还当宝贝！哈哈！”冯伯文放声大笑。

林慕琛一脚踢在冯伯文的肚子上，指着冯伯文说：“你最好适可而止，交出孩子，在警方还没有到这里之前，你最好别太犯贱！”

“佟卓尧，是你不守信用在先，你答应我不会带人过来的，这样看来，我们没有商量余地。”冯伯文捂着肚子冷笑。

卓尧走到冯伯文面前，这是我第一次见他那样低声下气去哀求一个人：“你不是想我求你吗？我现在求你，求你放过我儿子，我死不死不重要，孩子是无辜的，你不要伤害他！”

“跪下来求我，或许我会考虑。”冯伯文往后退了退。

我看着那样的卓尧，肝肠寸断，在卓尧和黎回之间，如果真的只能做出一个选择，我会选择黎回。我和卓尧虽没有成为正式夫妻，但同天下的夫妻没有区别，我们二人的心都是一样的，宁愿自己死，也不能伤及孩子。

“佟少，不要跪，就算你跪了，他也不会放了黎回，黎回已经不在这栋楼里了，刚才有辆车开走，一定是有人转移了黎回！”林慕琛说。

冯伯文大惊：“不可能，我是一个人来的，孩子被我藏在一楼的纸箱子里，谁会来把他带走，你在骗我！”冯伯文手上的铁管朝林慕琛挥舞过来。

林慕琛抬起脚踹在冯伯文身上，那一下，竟把冯伯文踹得向后一仰，脚踩到地上的另一根铁管，滑向了天台外。这天台没有护栏，冯伯文双手抓着天台的边缘，身子悬空挂在五楼外。

“救我……快救救我……”冯伯文脸都吓青了，双手死死抓住天台边缘。只要他一松手，就会坠楼，这是五楼，楼下都是建筑垃圾，遍布碎石块和砖头，如果摔下去，必死无疑。

卓尧冷冷望着冯伯文。

林慕琛抱着双手冷眼旁观。

“求求你们，救我……我快坚持不……住了。”冯伯文的脸涨得通红，随时都会掉下去。

我望着冯伯文的嘴脸，害怕死亡的战栗，面部扭曲得可怕，还有那种陷入恐惧中的无助眼神，我一步步，走向了冯伯文，我向他，伸出了我的手。

卓尧大声呵斥：“曼君，你要做什么，你不要说你要救他！”

“曼君……救我……看在以前的情分上……”冯伯文眼里布满了红血丝，他看着我的那种眼神，让我不敢再看。

我伸出去的手，又缩了回来。

我是恨他，黎回被另一个人带走了，下落不明，冯伯文如果死了，黎回还能找到吗？而我曾是律师，我不能见死不救，冯伯文罪不至死，他自会受到法律的惩罚，我怎能亲眼见他死。

“卓尧，我要救他，对不起，我做过律师，我不能见死不救。”我对卓尧说。

卓尧冷冷地说：“恐怕，是旧情难忘，是你舍不得他死。”

“快……我抓不住了……你救了我，我一定悔改，欠……你的都还给你……”冯伯文嗓子里发出最绝望的乞求。

冯伯文的一只手猛然松开，整个身子就依靠一只手紧握着天台边缘，如果我再不伸手，也许几秒内他就会掉下去。

我握住了冯伯文的手，想把他往上拉，而我高估了我自己的力气。我脚抵住天台浅浅的边缘，用力撑着，我只能暂时拉住冯伯文，不让他坠楼，却没有多余的力气拉他上来。我的两只手，握着他的一只胳膊，他的身体仍在空中悬着。

没有卓尧和林慕琛的援助的话，我有两种选择，要么松开他的手，任他坠楼，要么我体力不支脚一软和他一起坠楼。

“曼君，别松开我的手，别松……”冯伯文仰着脸，眼里都是求生的欲望。

可我的脚，在一点点往边缘外移动，我用尽所有的力气，抓紧冯伯文的胳膊，我对他说：“你别动，你也抓紧我的胳膊。”

林慕琛看不下去了，想要过来帮我。

“林慕琛，你站远点，与你无关！”卓尧冷冷道。

卓尧，你怎么会绝情成这样，你连我都不顾了吗？

“佟少，那是曼君，你不管，我也要管！我是医生，我不能见死不救！”林慕琛说。

“阮曼君，你现在松开手，我可以既往不咎。”卓尧说，那种语气，不容置疑。

“不……”我哪有别的力气来说话。

卓尧不再发一言，他大概对我失望透顶，他的脚步声渐渐远离，下楼。

林慕琛帮助我，一起把冯伯文拉了上来，林慕琛打了冯伯文几拳，揪着冯伯文的衣领问黎回的下落。

我看见卓尧上了车，头上的鲜血流到了肩膀上，远看半身都是红色的，他流了那么多血，还能开车吗？他的车，像他的脚步一样，不愿意再多停留一秒就加速离开了。

看他的车驶远，我知道，我们心里，都有了深深的芥蒂。他见我救冯伯文认为我对冯伯文念着旧情，而我，也无法再去面对一个置我生死于不顾的卓尧了。我无法相信，他会就那样毫无牵挂地开车离开，像是，对我无情到了极点。

“曼君，谢谢你救我……我没想要伤害你的孩子，我只是想引出佟卓尧打他一顿。我把孩子放在楼下的，当时我和佟卓尧都在天台，我也没伙同任何人……咯咯……我真的不知道谁带走了黎回。”冯伯文捂着被林慕琛打过的地方，咳嗽着说，死里逃生的他总算冷静下来。

林慕琛抬起脚，踩在冯伯文的腿上。

“你怎么还不知悔改，不是曼君救你，你已经摔得支离破碎了，你难道要让曼君连自己的孩子都找不到吗！”林慕琛恶狠狠道。

冯伯文趴在地上，抱着我的腿，哭着说：“我真的不知道，我没想要伤害孩子，对不起……我帮你找，一定是戴靖杰，不会有别人。”

“冯伯文，你再一次把我害惨了，你为什么要三番五次来摧毁我的生活，你让我得不到幸福，让我失去我最心爱的人，你为什么要这样对我！”我大声哭着，凄厉控诉着，是前世欠他的吗？所以要来一次次毁灭我的幸福。

“对不起……”冯伯文低下了头。

警车的警笛声传了过来，警察来了之后，给我和林慕琛做笔录，冯伯文被抓上了警车。

一个警察向正在给我做笔录的警察说：“前面不远处一辆车撞在了防护栏上，车内一人头部受重伤晕厥，交警到达后据现场情况分析，伤者的伤势不是由车祸造成的，所以让我们刑警队派人员过去勘查。”

卓尧，是卓尧。

林慕琛送我到了事故现场，这应该并不算车祸现场，车是平稳撞在护栏上的，并不是很惨烈。卓尧不在里面，被送去医院了吧，他的头被冯伯文用铁管打过，一定是开车途中失血过多晕厥了。

卓尧进了医院，黎回下落不明。

警方告知我在家等候消息，他们会全力以赴解救孩子，已派人去戴靖杰的住处和公司外围进行调查走访，并告诫我，在没有确凿的证据之前，我不得私自去找戴靖杰。

在公安局配合警方做完调查，林慕琛送我回到家，阿春独自坐在沙发上哭。

我轻声安慰阿春："你头受了伤，也该休息，吃点东西去睡。别哭了，警方在彻夜调查，等黎回找到了，回家了，你还要照顾他，你不能垮。"

等黎回找到了，回家了——我说到这句时，自己也强压着哭声，眼泪不断滚落。

"太太，我对不起你和佟少，我把你们的孩子弄丢了，我把太太你唯一的希望弄丢了……我知道，佟少离开了你，只有黎回是你的寄托了，没了黎回，太太你会活不下去的……佟少和黎回都是你的命。"阿春趴在我的腿上哭。

"卓尧和黎回都不会有事的。"我说着，内心充满了信心，却也做好了面对最坏情况的准备。

我回房间，林慕琛喊我的名字，我慢慢转过脸，身心俱疲，他望着我，说："我去帮你找黎回，你休息会儿，不能被打垮。"

"谢谢你。"我说着，嗓子竟发不出声音了，泪缓缓滑下来。我走进房间，关上门，床上还放着黎回的小衣服，卓尧写给我的信，我张开手，这才发现黎回的一只小鞋子还在我手里捏着。

我捧着那只小鞋子哭："黎回……你在哪儿，妈妈把你弄丢了，你爸爸这辈子也不会原谅我了。"

我的声音渐渐喑哑失声了，除了哭，不能发出任何声音。我像个轻哭的哑巴，弯着身子哭，我失去了我生命中最重要的两个人。卓尧，再也不会原谅我了，他走的时候，那么无情，决绝。

整晚未合眼，等着电话，等着黎回找到的消息，却毫无任何音讯。

阿春几次敲门，想进来给我送饭，我都没开门，嗓子发不出声音，我也不说话了，就那般静静流泪。

夜里像是听到黎回在奶声奶气清晰地叫："妈妈……妈妈……"

我突然坐起，想要喊黎回，却只能发出轻微的"啊"声，喉咙干燥疼痛，全身滚烫，是发烧了吧。

次日，起床都力不从心，全身软绵绵的，我用纸和笔写字与阿春交流，让她打电话给林慕琛。

“太太，你发高烧啊，得去医院，我背你去医院……”阿春吓得脸都变了色，见我说不出话，像是怕我得了什么重症一样。我摇摇头，让她放心，表示我还没有事，又指着纸，让她问林慕琛有没有黎回的下落。

我想想，又写了一句话，让阿春不要告诉林慕琛我病了，免得他不能一心找黎回，我都发不出声音，也没法和警方沟通。阿春急得直掉泪，我一直摇头，勉强对她微笑，她这样为我哭，叫我怎么忍心才好。

阿春和林慕琛通完电话，说：“他说警方调查了戴靖杰的公司和住处，都没有找到黎回，戴靖杰也有不在场的时间证人。他找了一夜，现在正在公安局，叫你不要急，黎回现在一定是安全的。”

我想最后一句话是阿春自己编出来安慰我的。

窗外下起了大雪，黎回被抢走的时候，穿的衣服并不是很厚，这样的雪天，他会不会冻着？有饭吃吗？是谁趁冯伯文和卓尧在天台的时候带走了黎回，若是图钱，也没有打来索要赎款的电话，他带走黎回的目的是什么？戴靖杰有不在场的证据，可并不能排除不是他雇的人。

我不能这样躺在床上等，哪怕是拿着黎回的照片满大街逢人便问。

卓尧的电话打了进来，他的伤好些了吗？我接通电话，听到他冷漠的声音。

“你舍下黎回和林慕琛见面，你固执要救下冯伯文，我想听你解释，这是为什么，为什么你要这么做？”

我默默不语，解释还有什么用，他会相信我的解释而原谅我吗？我自己都无法原谅我自己，我也不需要他原谅我了。

只是很想问一句卓尧，你的伤好些了吗？

我的嗓子轻轻“啊”了一声，说不出任何字词。

“我躺在医院，我以为你会来看我一眼，可你甚至连一个电话都没有打。你为什么不给我一个理由，哪怕是个不成立的理由，我需要一个理由来让自己原谅你……”

我握着手机，任凭眼泪涌出。

“我只要一想到你那么着急打车去和林慕琛见面，你那么拼死去救冯伯文，我就心痛，阮曼君，我们还能有未来吗？就算找到了黎回，我也不会把黎回的抚养权给你……”

我努力吞咽着唾液，想发出声音，却只有低微的“啊”声。

“好，我们无话可说。”他说着，语气里对我失望透顶，那是再无挽回可能的无言。

我抢先挂断了电话，手捂着胸口，无声地哭泣。想必他比我还要心痛难过，我不能言语，哭的样子就像言情剧里聋哑女孩在痛哭。卓尧，我失明过，这一次，我失声了，我曾失去的何止是光明和声音，我失去了你，失去了黎回，我比失去我自己的生命还要悲痛。

生不如死。

如同歌词里唱的：“那日我狂哭不止，曾经差一点想过死。”

我用大衣包裹着自己，拿着黎回的相片，踉踉跄跄走在下雪的路上，悲伤过度，头痛欲裂。我举着黎回的相片拉住过往的人，照片的背面写着：我丢了我的儿子，你有没有见过他？

我指着黎回的相片，再指指相片背面的文字，路人就明白我是在找寻儿子，只是问了一路，所有人都是摆手。

鹅毛大雪，路人都打着伞，步伐匆匆。我走在雪中，迎着雪，那些雪落在我的发丝间、脸颊上，化成水，滚落衣领里，我浑身滚烫，竟也毫不觉得冷。

带走黎回的那辆车没有车牌号，但警方根据公路的监控发现车是开往了市中心。黎回可能就在上海的市区，也许哭了的话，会惊动歹徒的藏身之处附近的人，也许歹徒会带着他出来买吃的，也许，我可以找到他……

我站在十字路口，询问每一个路过的人，雪啊，就那么漫天飘落。

“真是可怜，一个哑巴女人弄丢了自己的孩子，这孩子长得真好，唉，苦命的女人啊……”有人在摇头说没见到黎回之后，怜悯感慨道。

我只觉头脑昏沉，脚下无力，眼前开始有了重影，朦朦胧胧的，像是被一团浓雾侵袭，接着，只是像躺在了一片广阔的地方，让滚烫的身体感受到了片刻的冰凉。

当我再一次睁开眼醒来，我看见面前围着好几个人的脸，有阿春、多多、林慕琛，没有卓尧。

我掀开被子，想要下床，说："我怎么睡着了，我要去找黎回。"说完才发现自己可以说话了，只是声音不是那么清晰，夹杂了沙哑的拖音，连呼吸都是热的，低头才知自己这是在医院。

多多摁住我，不许我起来。

"你给我躺着，你现在虚弱得很，别再出什么意外了，这几天你把我们都吓得不轻，尤其是阿春，整夜不睡觉守在你身边。"多多说。

阿春说："太太，你就听话躺着吧，想吃什么我给你去做，你可不能再吓我们了。"

我摇摇头，弄不清楚是怎么了，全身每一块骨骼都没有力气，我问："我躺在这里多久了，黎回找到了吗？"

他们三个的神情告诉我，黎回依旧下落不明。

我慌忙下床，没有摸到鞋子，光着脚就要往外跑，却被林慕琛从腰际抱住，他把我抱到病床上，说："你要是死了，黎回找回来了，也没妈妈了！你能不能冷静下来，顾点我们大家的感受，你不是像埃菲尔铁塔一样的女人吗？你那么坚强，现在怎么这么冲动没用不爱惜自己，你死了，黎回上哪儿找妈妈去！"

"我到医院看到你的时候，你都像死去一半了，高烧昏迷，一直在喃喃地喊黎回。医生说你受到了刺激，功能性失声，发高烧，神志不清，身体都衰弱到了极点，你昏迷了三天三夜才醒。你再这样不顾自己，你真不要命了吗？"多多说。

原来我昏迷了三天，这三天，还没有黎回的下落。

我眼神空洞睁大眼睛望着天花板，一句话也不说。

"冯伯文在看守所提出要来看你的请求，昨天他被警察押来看你时，他说对不起你，也谢谢你救了他，他会向法官说清楚几年前那场伪造金融票证的案子，他说是自己胁迫你承认的，这样，或许能够推翻你的罪名。"林慕琛说。

没有了黎回，没有了卓尧，还能有什么事值得我高兴的呢？

"这意味着，你还可以做回律师，只要罪名被推翻，你就可以去考律师证，你的生活并不是没有希望。黎回虽然没有找到，但他一定是安全的，只是需要时间，你必须振作，就算是一个月，半年，一年，三年，你也要振作起来坚定找到黎回的决心。黎回一定是在戴靖杰手里，现在缺乏证据，但戴靖杰是不会伤害黎回的，黎回对他来说是有利用价值的。”林慕琛说。

“曼君，我也帮你找，黎回一定会平安无事。”多多说。

我望着多多，又看到她手指上那枚价值不菲的鸽子蛋钻石戒指，问：“你以前是跟着钟利涛的？”

多多点头，解释：“我没想对你隐瞒，我是怕你看不起我。”

“你是怕我知道你和戴靖杰、钟利涛的关系吧？是你出卖了我的，只有你知道我的住处，是你透露出去的，那天也是你打电话引开我去找刘颂，是不是！”我恶狠狠盯着多多，把失去黎回的痛恨都发泄在她身上。尽管我内心清楚，多多不会这样，可我也不知晓自己哪来的怒气，怨气，那么讨厌看到她，说出来的话，都不受自己的控制。

“曼君，你怎么不相信我，黎回是我的干儿子，我怎么会……”

“为了钱，什么事你做不出来！”我偏执地说。

林慕琛说：“早就知道这种女人为了钱什么事都做得出来了，还跑来假慈悲，滚吧！”

多多走了，我失去了一个最好的朋友，这一次，失去得真彻底。我用被子盖住头，窝在床上，昏昏沉沉，竟挂着眼泪就这么睡着了。隐约听到林慕琛说他先走了，阿春下楼去买饭。

不多久，高跟鞋的声音走入了病房，只有几秒时间，我误以为多多回来了，高跟鞋声很快就离开，像是在病床旁边的桌子上放下了什么东西。我用手摸索着，摸到了一张照片，是黎回的照片。照片上他穿着新的衣裳，正在喝牛奶，看起来很健康，并没有受到虐待，照片的最下角显示的时间就是今天上午。我激动了，下床往外跑找那个送照片的人，走廊外，空无一人。

回到病房，我端详照片，可以肯定，黎回没有受到伤害，穿得也很厚，看得出来是被照顾得很好。

照片的背面有几行小字，写道：

请放心，孩子被一对无子无女的善良夫妻救下收留，因这对夫妻太喜欢这个孩子，所以恳请孩子妈妈能够让这对夫妻收养孩子。他们会精心抚养孩子长大，给他最好的教育，也会定期送孩子的成长照片给你，请你勿再悲伤过度，勿再寻找，也好保障孩子的安全。

这段话的意思是指黎回脱离了危险，被好心人收留想要收养，如果我再寻找，会对孩子的安全造成威胁。虽然这并不是个多好的消息，但至少我可以确定黎回是平安的，如果他遇到善良的夫妻收养，那也好过落入歹徒的手里。照片上没有留下别的线索，没有署名，无论如何，我总算不用往可怕的结果去想。他不在我身边，却也能成为另一个家庭的宝贝，他在离我不远的地方成长，我也会不放弃找寻，既然他们说定期会送黎回的成长照片给我，那下一次肯定还会出现。

我似乎看到了曙光，我不能绝望下去，我的黎回等着我找到他，带他回家。

阿春买回来饭，看到黎回的照片，也激动得不得了，连声说：“平安就好，只要平平安安，总是能找到的。谢天谢地，没有落入坏人的手里，一定是有好心人把黎回从歹徒手里救出来了，见黎回长得可爱自己又没有孩子，所以就收留下了黎回。好在也算是善良的人，还会送来照片报信。”

我看着照片笑：“是呢，但愿如此，总好过在坏人手里。来，给我买的是什么饭，我要多吃点，我还有几十年的光阴，我不信我会找不到黎回。也许，哪天就会遇见。”

阿春打开饭，说：“是呢是呢，太太说得极是，留得青山在，不怕没柴烧。只要都平安健康，总有团圆的一天，太太，您看您气色一下就好了，多吃点。”

“嗯，这对我来说，已经是很好的消息，只要想到他在一个好人家里得到很好的照顾，没有被伤害，我也多少安慰了些。”我大口吃饭，要赶紧康复出院，不能再消极下去。

# 第十二章

# 我知道你也许不会来，可是我还是会等你

是否我们再一次拥抱以后
答案就会不一样。

出院的那天，我在医院门口看见了卓尧，他的身边，站着叶洁白，他的头上缠着纱布，他并不是接我出院的。只是很巧，我们住的是同一家医院，叶洁白是来接他出院的，叶洁白帮他打开车门，他坐在副驾驶座。叶洁白开车，他没有看我一眼，我们彼此只隔着一小段路，从上车到车启动，他的目光从未看向我。

——当你望向我的时候，我的目光一定是凝视着你的。

卓尧，你头也不回地离去让我明白，我们之间，再无瓜葛，就连唯一的孩子黎回也被我弄丢了。

老天是让我们之间断得干干净净，彻彻底底。

我目送那辆车远去，祝他和她幸福。事情到这里可以告一段落了，我和卓尧再无关系，我要好好生存，生活，时刻都要记着找我的黎回。卓尧他可以和叶洁白结婚生子，而我，此后的日子里，只有一个信念，找到黎回。

我宁可失去卓尧，也不能失去黎回。

回到那栋公寓，我收拾好了自己的随身东西，将卓尧买给我的翡翠镯子拿去寄卖行折价当了，那些钱，我给了阿春。她跟随我这些日子，一直用心照顾我和黎回，而现在，我也不需要她的照顾了，这些钱给她去做个小生意，或者，找个好男人，当作嫁妆。

阿春怎么都不愿收下钱，只是哭着说："太太，我离开你，你一个人怎么过，我陪你一起找黎回，黎回是从我手上丢的，我不能就这么去过自己的日子。"

"阿春，你真傻，各人有各人的生活，你在我身边，我又没工作，你会让我有压力的，再说，没有人能替我分担失去黎回的痛苦，你何必跟着我煎熬。"我故意如此说，只想阿春走，把她留在身边，只会耽误她。

"太太，我不要工钱，我只要吃饭住这里，我可以帮你干活……"

“你走吧！我不想你们可怜我，我想过我一个人的清净日子。”我发了火，赶着她走，只有这样，她才会走。

我拖着行李箱，满上海租房子。我只当了那个镯子，他送我的别的东西，我都不舍得，身上钱并不多。我在网上看到一个求合租的租房信息，打了电话过去，对方要求是女生，爱干净，我去看房子，才发现是一间不足十平方米的小房间，出租房子的女孩是章依。

那个被卓尧开除的女孩，这是我第四次遇见她，她似乎认出了我，把我打量一番后说：“你就是之前杂志上写的给佟少生了一个孩子的女人吧，没想到，你也会落得这个下场，佟少要娶宏叶董事长叶洁白了吧。我也是，就因为他不知道听谁说我迷恋他，就安排人事部让我走人，理由就是我曾经辞职过，说好马不吃回头草！”

我点点头说：“看来，我们同是天涯沦落人，你能收留我吗？让我成为你的邻居。”

“好啊，反正这是两居室，条件是差了点，但好在干净，整理一下，还是可以住的，以后，我每晚都可以来听你说你和佟少的故事了。哎，对了，你的孩子呢？长得那么可爱。”章依说着，将小房间里的窗帘打开，光线还是很好。

“我的孩子，丢了。”我说。

“丢了？怎么会丢了，是被人贩子拐走了吗？”章依问。

“警方还在调查，不过孩子目前是安全的，被人收养了，只是不愿把孩子归还我。”我说。

章依点头说：“正常啊，换作是我，那么可爱漂亮的儿子，不是我亲生的我也想养啊。再说了是佟少的儿子，喜欢他的女人那么多，得不到佟少，不能与他生个孩子，藏起他的儿子养也很幸福啊。”

章依竟觉得这是一件幸福的事，可我的代价是失去儿子。

“这些是三个月的租钱和押金，我要收拾一下房间，下午我还要去公安局。”我把钱给章依，将行李箱提进小房间，开始收拾这个我将要居住的小窝。

“那你和佟少，再也不会联系了吗？他会不会来这里看你哇？”章依问。

我淡然地说：“我只想边工作边找黎回，我不会再和他来往了。”

章依样子很失落，说：“哦，我还以为他会来看你，这样，我也能看他一眼。”

这就是我和章依花痴的下场，我想，我们没有什么区别，卓尧不爱我了，并且，他恨我。

我把那套公寓的钥匙去送还给他。

我到了他公司，等待他的秘书通报。

他想必正忙，我把钥匙放在他秘书的工作台上，就默默走了。

乘坐电梯，我忍不住想他每天乘电梯站在这里的样子，他定是不苟言笑，惜字如金，下属和他打招呼他只是微微颔首，他穿着做工考究的西装，身姿挺拔。我爱他，只要一想到他离去时的无情，我就顿感心痛，呼吸艰难，对，密闭空间恐惧症，好像坐电梯越来越不适了。

刚走到楼下，卓尧的电话打来，在电话里朝我吼：“你给我马上回来，三分钟内出现在我办公室！”

我听出来他生了很大的气，他的秘书也跑着追了过来，说：“佟总说了，让我三分钟内带你去他办公室，否则，就炒我鱿鱼。”

他是故意这样的，知道我定不会为难别人。

站在他办公室门口，敲门，听到他用低沉的声音说：“进来。”

但没等我开门，他已把门打开，站在我面前，把我拉进办公室，迅速关上门。

偌大豪华的办公室里乌烟瘴气，像是抽了很久的烟都没有散去烟味，他出院没多久，头上的伤还未痊愈，怎么就抽这么多的烟。

“佟先生，你好，你找我有什么事？”我客套地说。

“阮小姐，打搅你了。”他扬眉回我。

我说“你好”，他说“打搅”，我们之间竟比陌生人还客气。

“你遗落了你的钥匙，拿走吧。”他把钥匙扔到我面前的桌上。

我看到他桌上摆着我的照片，他见我看到照片，就将照片盖在桌上，我拿起桌上的照片，说：“房子是你的，我还给你，这照片是我的，我拿走。”

“你想跟我算清楚，两不相欠是吗！”他冷冷射来的目光，把我那点心思看穿，他的手掌握住我的手腕。

“佟先生，请你自重——”我瞪向他，抽回手，放下了照片。

他将照片拿回去，放进办公桌的抽屉，说："照片上的人是你，但照片是我的；房子是我的，但我已送你。所以，我们都无须再争。"

"房子我不会住的，随你怎么处理，我和你再无任何关系，顺便告诉你，我收到匿名信，有黎回平安无事的照片，他被好心人救下收养了，我不会放弃找黎回的。"我说完，转身想离开。

他挡在我面前，说："黎回也是我的儿子，我也不会放弃找到他。"

"那谢谢你。"我说。

"我下月订婚。"他说。

"那——恭喜你。"我微笑望着他，从他身边走过，拉开门，昂首挺胸大步走出。

阮曼君，忍住，不许哭，不能把眼泪流出来，一定要装作什么事都没有走出这栋大厦。

在公安局重新做了一份笔录之后，去看守所看冯伯文，一夕之间他的头发都白了，向我不停说对不起。也许因为我出手救了他，他的良心有所发现，竟主动承认之前的伪造票证案是他所为，并坚持说我是因为生命受到了他的威胁才承认罪名，他将这些独揽下来，只为还我一个恩情。

"所有的事都是我做的，你是无辜的，案子被翻案，还你清白，重新定我的罪，你就可以去考律师，去做你最喜欢的律师职业。"冯伯文说。

"事情都过去了，你又何必这么做加重自己的罪名。"我叹息一声，过往的恩怨都该化解了。

"那天在天台，你向我伸出手，救了我一命，如果不是你，我早死了。我悬在空中，你紧紧抓着我，你没有松手，我如果还不醒悟，我还算是人吗？"冯伯文说。

冯伯文应该要坐很久的牢了，我愿意帮他请一个律师，尽管他的主要罪名是绑架罪和故意伤害罪，绑架了我的儿子，伤害了卓尧。曾经的伤害，都该慈悲面对，我一个人去承担所有的磨难。

我路过一家律师事务所，正清律师事务所，这里是全上海鼎鼎有名的律师楼，汇集了上海律师行业里精英中的精英，多少明星和企业家都选定这家律师事务所的律师做法律顾问。我望着从这栋楼里走出的女律师，英姿飒爽，一身正气，我曾经也是这样的一名女律师。我不想再看下去，这只会让自己自惭形秽。

“阮律师，请留步！”一个洪亮的男声响起。

我循声看去，是程肃清律师，他在律师界赫赫有名，金牌律师，从未输过官司，现在年逾五十，不再接官司，只带徒弟培养精英律师。我对他很是敬佩，他一直为社会底层民众提供法律援助，不图金钱，不畏权势。

“程律师，你好。”我措手不及，在他的面前，我不知从何介绍我已被吊销律师资格证的律师。

“好久没见你了，你在学校的时候成绩最好，当时招你来律师事务所，想收你为徒，可你去了男朋友的公司甘愿做一名法务，没想到，这一别就是多年。”他说道，伸出手与我握手。

我低下头，感觉愧对他的期望，我说：“我被吊销了律师资格证，不配当一名律师，我让您失望了。”

“不会，律师是只讲法理不讲情，可我理解作为一个宽容悲悯的人面对情时的选择。你没有错，只是方法错了，我听说你救了冯伯文，他令你丢了儿子，但你依然救了他，这就是你的悲悯，当年我一心想收你为徒，就是欣赏你的悲悯。好在，冯伯文已将案件推翻，你洗脱了罪名，便可重新参加考试，取得律师资格证，我们正清律师事务所欢迎你的加入。”程肃清一脸和蔼的笑容。

我像遇到了希望，欣喜问：“真的吗，我还可以做律师？”

“罪名推翻了，你就清白了，所以，只需要再考一次，我也可以破例收你这最后一个徒弟。”程肃清肯定地说。他慈眉善目，像我的长辈，而我与他只是多年前的旧交，他却记得我，并鼓励我。

“那我，回去好好努力学习，分析案例，我一定会出现在您的办公室。”我激动地说，像个女学生。

去书店买了一大堆法律方面的书，重新开始学习法律专业知识，英语教材也买了厚厚几本，除了学法律，就是学英语。平时窝在十平米的房间里，听章依每天哼着流行歌曲。她在摆摊卖小饰品，有时我也会去路边帮她摆摊。我问章依，她有很高的学历为什么宁愿在路边摆摊，她说，她离开佟氏之后，再也不想去任何公司上班。

我和章依成了很要好的室友，她晚上过来缠着我讲我和卓尧的故事给她听，我就要她报英语单词给我默写，抽我背法律条文。一个出色的律师并不是熟背法律条文就可以，还需要灵活运用在官司上。

每天我都会在上下班高峰期拿着黎回的相片在路口询问每一个路人，问有没有见到照片上的孩子。不管能否找到，我起码在坚持寻找着黎回，如果将来有天他回到我身边，怪我没有早点找到他，我可以告诉他，妈妈从没有放弃过寻找他，妈妈每一天都在想着找他。

当思念黎回无法入睡时，我就会写一篇日记，反复看黎回以前的照片、衣服、玩具。回忆很美好，我不会再哭，我要坚定找到黎回的决心，他健康地在这个世上长大，我们就一定有母子相见的一天。不再陷入绝望的深渊，坚强美好地活下去，才会有希望与黎回重逢。

卓尧订婚那天，章依要拉着我去看，我整理着自己的笔记说："我不去，你今天不摆摊吗？哪有那么多闲工夫去看别人的幸福，你不是自己朝自己的心口开枪吗？"

"对自己心口开枪的是你，我嘛，顶多就是暗恋一下他，可你不一样。他曾经是你的男人，你就这么拱手让给别人吗？"章依对着镜子贴三层假睫毛。

"去了又怎样，能抢回来吗？不是你说，我都把他忘记了。"我心如止水地说。我不是第一次听到他要和叶洁白订婚，我何必还要伤心下去，我依然坚强，我要边准备考试边找黎回。我在章依摆的摊上放了一张黎回的照片，不论走到哪里，都随身带着黎回的照片，我也在等那个神秘人送下一张黎回的照片来。

佟卓尧，当我窝在这个小房间里吃泡面复习法律知识的时候，我就很清楚地知道，我和你早距离十万八千里。

"那我去了，你今晚帮我出摊吧。"章依说着，盛装以待，好似订婚的是她，好似卓尧就在门外开车等她。

晚上，我在老地方摆摊，卖一些女孩子冬天用的手套、热水袋、暖宝宝之类的。有人弯下腰来买东西，我就殷勤介绍，腰上系着一个黑色的小腰包，看起来真像个小贩子。一对看起来还在上大学的小情侣拥抱着走过来，女生想要买一双手套。

"这双手套多少钱啊？"女孩问。

没等我回答，男孩拉着女孩走，男孩说："别买地摊货，回头我给你买好的。"

女孩笑靥如花："我不是想给你省钱吗？"

“我不是想让你用最好的吗？等我毕业了，找份好工作，挣的钱我都给你花！”男孩紧紧搂着女孩说。

望着他们远去，我羡慕得快掉眼泪了，卓尧，我们为何不能拥有如此简单的幸福？我用手背擦擦眼睛，翻开手边的法律专业书，借着身后灯火辉煌的建筑灯光，一页页翻阅。

“姑娘，这个能便宜点不？”生意来了，一位牵着孙女的婆婆问道。

“可以，婆婆，您帮我看看这照片，您见过照片上的小男孩吗？”我把照片递给婆婆，用袋子包她要买的卡通棉鞋。

婆婆将照片拿近面前，又拿远了看，仔仔细细看后说：“没见过，不过这孩子长得真漂亮，我还没见过这么漂亮的小男孩。”

我习惯了这样的失落，道了谢，蹲在路边，寒风吹过，好冷，我抱着自己的腿，晃啊晃，竟打起了瞌睡。

迷糊中听到了熟悉的脚步声，步伐稳健，大步走来。我微睁开眼，看见一双锃亮的皮鞋，笔挺的西裤，再往上看去，那张阴沉的脸和深邃的眸子，像是充满了对我的愠怒。

“律师也可以摆地摊吗？”他问。

“摆地摊又不犯法！”我随口回应。

佟卓尧！我的睡意被一下赶跑了，原本蹲在路边打瞌睡的我赶忙站起来。和他对视了几秒，我脑袋里嗡的一下乱了，弯下身子把东西往大包里装，装好了就要逃跑。

他从后面把我抱在怀里，低喃着说：“我又不是城管，看把你吓成这样。”

卓尧，我曾经，多少次盼望在过马路的时候，能够遇见你，只因为我们曾有过那样的重逢，可这次重逢来得我都来不及做任何准备，就那样，乱糟糟地出现在你面前。

“你认错人了！”我挣脱他的手，不想如此狼狈面对他，他应该在订婚晚宴上，怎么跑到了这里。

“曼君，我只有十分钟，我从晚宴上逃了出来，只为见你一面，让我们珍惜这十分钟好不好？不吵也不闹，我已经弄丢了儿子，我不能再弄丢你！”他说着，言语间透着无奈。

我不能心软，不能再和他纠缠，我低头咬了他的手一口，他痛得松开。

我跑到自以为安全的距离，头发凌乱，抱着一大包东西，拍了拍腰包对他叫嚣："你看不出来吗？我们从一开始就不是一个世界的人，我生活在社会底层，我不像你养尊处优，你做你的豪门生意，我摆我的地摊！"

我往马路中间跑，他在后面紧张大喊："小心车！"很少见他这样不淡定，在路边大声喊。

车流将我们隔得很远，我跑到一条巷子里，靠在墙上喘气。仅有的十分钟，我已觉奢侈，他不再属于我，别说十分钟，一分一秒都不再属于我，他该一心做叶洁白的未婚夫。

我抱着沉重的包疲惫地走回家。

章依坐在沙发上冷眼看着我，说："阮曼君，你都学会骗人了，你刚是不是偷会佟卓尧去了！"

我放下包，倒水喝，说："你看这样子，像是偷会谁吗！"

"那倒也是，不过你知道吗？佟卓尧失踪了，本来说去取东西，十分钟就回来，可一直都没回来，晚宴只好提前结束，真是扫兴。"章依说。

"你怎么了解得这么清楚，你混进晚宴现场了吗？"我一口气喝完一杯水，继续倒水喝。

"当然，我好歹在佟氏有不少同事，浑水摸鱼进去了，场面可真大，我这一辈子要有这么一次仪式，真值得了。你没看见啊，那个叶洁白笑成什么样子了，还故意让婚礼主持安排亲吻的环节。"章依不满地说。

"那亲了吗？"我问。

章依笑着凑过来，说："瞧瞧，还是放不下吧。不过我真心不喜欢叶洁白啊，还是你和卓尧看起来舒服，因为你是灰姑娘，我们这些普通的女孩子向往的都是灰姑娘的故事。"

"那是童话。"我说着，打开包，才发现包的侧面拉链没拉好，似乎丢了不少东西。

"你今晚卖了不少东西，快把钱拿出来我数数，给你分红。"章依用一副市侩的模样说。

我吞吞吐吐难为情地说：“我好像跑回来的时候，丢了一些。”

“丢了？不会吧，我看你丢了多少，你遇到城管了吗？这么没命跑！”章依打开包，把里面的东西一个个拿出来清点。

我脑海里浮现出刚才在路边与卓尧面对面的情景，我并不想让他误以为我离开他过得很落魄。

“是啊……遇上城管了。”我说。

“嘭嘭嘭……”有力的敲门声。

章依一惊，赶忙把东西往包里收，说：“你不会把城管引到这里了吧！”

“曼君，我知道你在里面，你开门！”卓尧的声音。

他怎么会找到了这里！

章依比我还兴奋，站起身扭着屁股兴奋去开门，都等不及我的制止，尖叫着：“佟少——”

章依打开了门，卓尧走进来，手里拿了一些我一路丢的东西。

“佟少，快进来，坐坐……曼君，快去泡茶！还愣着做什么，我房间那个罐子里有最好的茶叶！”章依催促着。

“不用了，这些东西是我沿路捡到的，如果不是它们，我是找不到你的。”卓尧毫不理会章依，眼眸望着我，跳过了章依，对我说。

章依挡在了我面前，对卓尧说：“她一定是故意丢下东西给你线索找来的。”

“曼君，我们出去走走。”卓尧说。

我坐着没动。

章依忙站起来，搓着手说：“好。”

“我和曼君说话，请你安静！”卓尧脸阴沉了下来。

“你不认识我了吗？我叫章依，就是被你开除的那个，记起来没？好马不吃回头草的那个，你想想看？”章依仍笑着提示，骨灰级脸皮厚的花痴便是非她莫属了。

卓尧俨然不想再和章依多话，我感觉他快要发火了。

“我们出去谈吧。”我径直往门外走。

卓尧很亲密地牵起了我的手。

只听章依在后面很不服气地说：“佟少，你不是说你这里不欢迎走了再来的人吗？你不是说好马不吃回头草，你怎么找曼君？”

我任他牵着我的手，因章依的最后一句笑了起来。

“伶牙俐齿的，倒会以牙还牙，你怎么会和她住在一起？住这么简陋的地方。”卓尧怜惜地说。

“你的十分钟早过了，都在满世界找你呢。”我酸酸地说。

“他们满世界找我，可我满世界在找你，为什么躲我，为什么过得不好也不找我，为什么你宁肯艰难生活也不愿向我低头？”他扳正我的身子，让我面向他。

“我们分开了，你和叶洁白订婚了，所有的事都成定局，卓尧，我们逃不脱的，注定是要被拆散的，别再来找我，打扰我的生活。也许你觉得我过得不好，但在我看来，我过得很踏实，我没有霸占别人的未婚夫，我没有花不属于我的钱，我在认真生活，没放弃找我的孩子。”我看着他的眼睛说。

他皱起了眉头，难以置信地说：“你就没有一点点想我吗？订婚典礼上当叶洁白朝我走来，我把她看成了你，曼君，要是站在那里的是你多好！我的心里都是你，只想找到你。我在车里，看见你蹲在寒风中的路边，你那么单薄，看每个路人时你的眼里都充满了温暖。你拿着黎回的照片问每个路人，你冷，你抱着自己蹲在路边犯瞌睡的样子，你知道我有多心疼多心痛吗！”

天哪，他到底看了多久，还看到了什么？看到了我数一块钱一块钱钞票的样子吗？看到了我慌里慌张四下看有没有城管的担惊受怕的样子吗？

“小漫画，只要你招招手，我就来了，我倾尽所有也要给你最极致的幸福，不愿让你一个人来承担。”他深情说着。

我的心有些动摇了，但很快另一个我在我的脑海中跳出来怒骂我：阮曼君，他是有未婚妻的男人，你别有可耻的想法了！

“不——别再说了，别再动摇我，我好不容易放下这段感情，别一错再错下去了。”我抽回我的手，逃避着他的目光，泪水不由自主落下。

“你真的放下了吗？你要是放下了，你为什么会流泪，像我一样因放不下而流泪！我是怎么过来的你知道吗？我每时每刻都惦记着你和黎回，我每天面对着公司里的一堆事，我除了躲在办公室里哭和抽烟，我什么都做不了。我想找到黎回，找到你，我们一家三口重新开始。”他哽咽着说。

抬头见他泪水涟涟，我一心疼，用手擦拭他面庞上的泪，我哭着安慰他：“卓尧，我们都不要哭好不好？事已至此，让我们各自过自己的生活，答应我，听你妈妈的话，把公司做强，做大，把戴靖杰的公司打压下去。黎回已经不在他手上了，被好心人救走了，你不用怕他的威胁，你一定要给他重重的还击。”我给他拭泪，他给我拭泪。

“你要给黎回看好爸爸，等找到黎回，他问你他的爸爸去哪里了，你怎么说，难道，你要我成为其他女人的孩子的爸爸吗？”他拥住我，在我耳边低柔地说，“我们一起携手度过这个时期，等一切稳定，我就和叶洁白解除婚约。”

“不行，你先不要说解除婚约的话，让我考虑，我还是继续住在章依那里，如果你想见我，我就出来，这段时间我忙着准备考试，我想重新做律师，我需要一份自己喜欢的工作来养活自己，而不是靠你。”我依偎在他怀里说。

“住在那里太委屈你了，搬回原先的公寓好不好？要不我再给你买个大点的房子。”他说。

“以后再看，这么晚了，你快回去吧。”我说。

他把我抱得紧紧的，说：“抱着你，哪舍得走。”

我犹豫着，问：“今晚，你和她住一起吗？”

“小傻瓜，胡说。”他说。

是否我们再一次拥抱以后答案就会不一样。

他的大衣包裹住我，我们站在那条路上，说了好些悄悄话？他偷偷吻我，唇齿冰凉，有清淡的烟味，他怀里好闻的木香又像春日里树木生长的气息，我问他原谅我了吗，他反问我原谅他了吗。

爱情就是这样无理可循，你以为你不会原谅的人，你以为不会原谅你的人，当时指天发誓再也不见，再也不念，可见面时，所有的不可原谅都消失在那拥抱里。

“那你以后不可以再抽很多的烟，不可以转身就走头也不回不管我，不可以对我很客气……”我数落着，想到那次在他办公室里，他客气的样子。

“也就是，我要对你不客气才好，是吗？”他思忖着。

“当然，不要客气。”我想都没想就回答。

他的吻压了过来，毫不留余地，不给我躲避的机会，手顺着我的腰往上抚摸，在我耳边说：“我早就想对你不客气了——”

如此轻易被俘获，我贪恋这个男人唇齿间的气息，专注的目光，就让我沦陷一次吧。

只是，我和他的手机一前一后地响了，我看屏幕上的来电，是叶洁白，我给卓尧看，我说：“你的未婚妻叶洁白找我来要你了。”

“我比你好不到哪里去，我妈打电话来了。”他不情愿地说。

“那我们各自找地方接电话，你去那边接，我在这边接。”我说。

他走到离我有一点距离的地方接电话，目光一直没离开我，看到他压低声音在说什么，脸上带着笑意。

我接了叶洁白的电话，她温和地问我有没有见到卓尧。

我看了一眼卓尧，他挂了电话朝我走过来，我只好反问：“你们不是今天订婚吗？我怎么会见到他。”

“他在晚宴上找借口走了，到现在也没回来。曼君，我为什么把订婚仪式举办得这么隆重，你可知其中原因？”叶洁白说。

我心里不安，只想结束这样的对话，便说：“什么原因？”

卓尧走到我身边，环抱着我，而我正和叶洁白撒着谎，我感觉很可耻。卓尧把我抱得更紧，亲吻我的脸颊。

“因为，我知道他不会娶我，所以我把这次订婚当作结婚一样来办，尽管这是我的一厢情愿。曼君，你从未见过一个男人在订婚仪式上的表情是那么难过，那么心不在焉，他的脸从头到尾都绷得紧紧的，没有笑过一次。我没想到，他连今晚都不肯陪我……”叶洁白伤感地说。

我内疚，惭愧，对她说：“如果我见到他，我会转告他，你在找她。”我挂了电话。

“卓尧，你回去吧，我们这样算什么，偷情吗？！”我说。

他恼了，说：“胡说，我不爱她，我要是回去，我妈又指不定做出什么出格的事了，叶洁白从今晚起，搬进佟家住了。”

“也挺好的呀。”我低头说，装出笑脸看他，说，“听话，回去吧，好冷啊，我困了，改天再见。”

“那你答应我，以后不可以背着我去见林慕琛，不可以不辞而别，不可以再去摆地摊，等我把工作安排好，我们一起去看房子，我给你买个大房子住。”他说。

我微笑点点头，一一答应他，送他上车。

他开车窗，对我招手，说有话要对我说，我走上前，俯身把头探向窗边，他的手伸出来揽着我的脖子，他的唇贴上我的唇，吻了许久，才恋恋不舍松开。

他望着我上楼，才开车走。

我的心里，似有很多的小妖怪在叫叫嚷嚷，它们是心魔，让我变成一个夺人未婚夫的女人，让我去做伤害叶洁白的事。叶洁白是善良的，她只是爱卓尧，什么话都对我说，她不曾伤害我，是我和卓尧，利用了她。

我陷入自责愧疚中，却也陷入了对卓尧无法自拔的爱。

他到家后，给我发信息，并拍了独自在房间睡觉的照片传给我，他对着镜头眯眼微笑，看起来，心情很好，阴霾一扫而空。

章依不停追问我有没有和卓尧旧情复燃。

我笑而不语，继续看书。

“看来你很快就要搬离这里了，等你成了他的小情妇，也别忘记多吹吹枕边风，让我回去上班吧。”章依大大咧咧说。

“别胡说，我才不做他的情妇。”我说。

章依说：“你不做我还想做呢，可他看不上我啊。我们这样的女人，能得他一个眼神，一个笑容，也就此生无憾了。”

“你真是花痴得没治了。”我笑她。

我的心却被情妇二字扰乱了，我们相爱的时候，叶洁白并未出现，为什么我会被说成第三者。

阮曼君，你好自私，你希望叶洁白帮助佟卓尧，却不想叶洁白拥有佟卓尧。

没过多久，快递公司打来电话，通知我有一份快递没有签收，快过年了，再不签收就要等年后了，收件的地址是原先住的公寓的地址。我和卓尧一起去取，我很好奇怎么会有人寄快递给那个地址，按道理，没有多少人知道我住那里的呀。

我忽然联想到上一次在医院收到黎回的照片时，那个匿名的人说过，还会寄黎回的照片给我。

果然，是黎回最近的照片，照片的拍摄时间是三天前，快递单上没有填寄信人的多少信息。

照片上的黎回长高了不少，他在我身边时没发现他长得这么快，从他穿的来看，生活很好，脸色红润，并不比在我身边差。我坐在车里捧着照片，靠在卓尧的怀里哭，我指着照片说："你看，我们的小黎回又长高了，他看起来过得很好，那对夫妻很善待他，卓尧，黎回会不会忘记我们？"

"总算能稍微放点心，之前是有人送照片到医院，这次是快递，一定是找不到你了。可他知道那个隐秘的地址，他应该是熟悉我们的人，他还善待孩子，应该不是我们的仇人，会是谁呢？快递单我交给警方，让警方来调查是从哪里寄出的。"卓尧分析着。

照片的背后没有太多的话语，只是说：请不要太担心，孩子过得很好，我们会把他当亲生的孩子一样来对待。

就算不担心，可那是我的儿子，我能不想念他吗？我和卓尧在一起不管多开心，只要提及孩子，我们都会一同难过起来。

但愿警方能够查明这份快递的来源，找到收养黎回的那对夫妻。

除夕夜，他开车载着我去他公司，要到他公司大厦的顶楼天台放烟花。

"你不在家里陪着妈妈过年，又来找我，被发现了怎么办！"我跟在他身后，从后备厢里拿出长的短的各种烟花。

他抱着最大的一个烟花说："我答应你的，每年都要陪你一起放烟花。"

乘电梯上去，我拍了拍胸口，窒息的感觉加剧，他关切地问我："怎么了，心里不舒服吗？"

"没事，自从黎回丢了之后，我的心理问题就加重了，每次在封闭的空间就觉得呼吸不畅，就很恐惧，必须在有窗户的地方待着，真害怕坐电梯。"我说。

"密闭空间恐惧症，之前你就轻微有点，我们的孩子丢了，这是个多大的刺激，以后，尽量不坐这种电梯，万一你一个人晕倒在里面怎么办。"他很担忧，想到黎回，他神情悲伤。

“我没那么脆弱，你也别难过，只要想到黎回还平安健康长大着，能得到很好的照顾，这对我来说，也是安慰。”我说。

他说：“那份快递是从深圳寄过来的，不过警方说并不能排除有人故意在深圳寄来摆脱警方的视线，他们和深圳警方取得了联系，我打算安排一下，我们一起去一趟深圳。”

“好，一起去找黎回，把他带回家，你是爸爸，我是妈妈。”我说。

他把烟火点燃，拥住我的肩膀，当烟花在天空中绽放的那一刻，美得让我掉泪。

在这露天的顶楼天台，周围都是烟花绽放的声音，我捂着耳朵，大声问他：“明年你还爱我吗？”

他说：“爱，比去年的爱多一点，比后年的爱要少一点。”

他说：“我会比从前更爱你。”

那晚的月亮也特别的圆，是否团圆的日子将近了。

只在心里默念几遍：但愿人长久，但愿人长久……

在去深圳的航班上，我们坐在头等舱，十指相扣，我靠在他肩膀上。我幻想着找到黎回，我们三口之家其乐融融的样子，他说每个六一儿童节，如果给黎回买礼物的话，就一定会给我买一份。他说等黎回长大了，他和黎回一起保护我。

到了深圳和当地警方联系，也找到了那家快递公司，当时的那名快递员印象不是很清楚，说是一个女人来寄的，那个女人问了几个问题，可以确定是刚到深圳的外地人。这让我们很失落，也许和警方猜测的一样，那人只是特意来深圳寄那份快递来转移视线。

查那几天乘机到深圳的人员名单，也没有发现可疑的人。

我和卓尧都很失望，除了彼此安慰黎回是平安无事的，也没有别的话可说，我们的心都无比沉重。

只希望黎回在收养他的那户人家过得安好。

回到上海，卓尧花了不少钱在各个报纸、杂志轮番刊登寻人启事，电视台也播放了寻人通知。他还雇了三十余人在街头散发重金寻子的传单，如果提供了找到孩子的线索，报酬是一百万，直接找到孩子的，报酬是五百万。

满城轰动。

在这样的情况下，只要黎回出现，就一定会有线索。

类似的提供线索的电话倒是接到了不少，可是，没有一个是准确的。

我们都在等待希望出现的那一刻，每一条线索，无论是真还是假，都不会放过。

找到黎回，这是我们共同的最大心愿。

情人节的晚上，我本以为他不会过来找我，我和章依批发了几百枝玫瑰在街头卖。到处都是情侣，我在想，卓尧是不是在陪着叶洁白过情人节呢？冷空气中凝结着浪漫。

当他的车停在我身边时，我抱着一大束玫瑰傻站在路边，他从车里走出来，那副清俊倨傲的面庞与高大的身形，加上身后的豪车，吸引了路边女孩的驻足惊叹。

他的怀里，抱着一束百合花，走过来，揽着我的肩膀说："上车，我的小漫画。"

"哇，好帅的男人，开豪车向卖花女送花。"有人感叹。

"灰姑娘和王子的故事，太浪漫了……"一个女孩羡慕地说。

我们的故事浪漫吗？坎坷曲折，一点点的幸福都来之不易。

"我的花还没卖完呢！"我说。

章依也抱着一大堆玫瑰走了过来，说："也带着我呗，佟少，你把曼君带走了，我一个人多可怜。"

他淡淡地笑，对我说："你怀里的花，我都买了。"

"那我的呢！"章依急得跺脚。

他摇头微笑，上车。

我得意扬扬朝章依做鬼脸。

那晚吃过饭，我们去了酒店，我担心被记者跟踪，他却偏拉着我的手，我看他一脸从容。我怀里的百合洁白芬芳，我问我自己，我们是不是在做一件很可耻的事。

每一次见面后，我都会自责，可我望向他的时候，我知道我们都深深内疚着。他也会主动打一个电话向叶洁白编一个不回家的理由，也许叶洁白根本就知道我和卓尧的关系，她越是不管不问，我越是不安。

我总安慰自己，这是最后一次见面，只要叶洁白来找我，我一定离开卓尧。

# 第十三章 像他那样清凉洁净的男子，少之又少

在遇见他之前，我无以自处，
仿佛在这世间没有找到所得。

平静的日子没过多久，我被浑身是血的宋柏吓得不轻，宋柏拉着我上车去医院，惊吓过度的他也说不出个所以然，只是惊魂未定喘着粗气。

“是不是多多出了什么事啊，你快说！”我急死了，这么多血，一定是受了重伤。

“不都是为了你！她抓刘颂，被刘颂发现了，刘颂捅了她三刀。”宋柏总算说清楚了。

我蒙了，想到自己那次在医院对多多的态度，她一定是为了帮我才去找刘颂的，她怎么这么笨，她一个人怎么能抓得住刘颂啊。

到了医院，多多正在急救中。卓尧也赶到了医院，我见他来，拉着他的手急得要哭：“卓尧，怎么才好，多多是为了我才去抓刘颂的，她伤成这样，怎么办，我好害怕……”

“不会有事的，医生在抢救，别怕，我陪你一起等她。”卓尧拥住我，坐下来。

手术灯暗了，医生走出来，给我们吃了一个定心丸。

“病人虽然出血严重，但好在送医院及时，也没有伤及脏器，不会有生命危险。”医生说。

宋柏那高兴的劲呀，我想他是我见到过最爱多多的男人，虽然多多带过很多男人来我面前，我从未见过比宋柏待她更好的了。

在医院，也碰见了一个老熟人，袁正铭，他脸上洋溢着掩饰不住的喜悦。他说他的妻子在妇产科，刚分娩不久，生了一个女儿。我本想告诉他多多受伤在医院，想想，还是没说，我明白，多多也就爱过袁正铭这一个男人，他却不属于她。

我去医院照顾多多时，总会碰到宋柏过来看多多。他的话并不多，不像花言巧语的男人，默默地煲汤送来，开车去很远的地方买多多爱吃的糕点，怕护士给多多打针打痛了，一遍遍求护士扎针的时候扎轻一点。护士拿着针对着宋柏哭笑不得说：“没见过像你这样疼女朋友的，我一扎针你就咬牙切齿，扎的不是你。”

我对多多说：“瞧瞧你的小男友多宠爱你，真好，赶紧把他娶回家，给他一个名分吧。”

多多温柔地望着宋柏说：“等我伤好了，我就娶他。”

宋柏开心得第二天就买了几大袋喜糖和巧克力在医院见人就发，真是个用情很深也很单纯的男人。

“多多，见你把自己托付给这个靠谱的男人，真替你幸福。只是——你不恨我吗？恨我那天对你说出那番话，你受伤，也是为了我。”我握着多多的手，满心的歉意。

多多摇头说：“我们是好姐妹，倒也感谢这次大难不死，像一块试金石，帮我试出了这样好的一个男人，可是曼君，你没有了黎回，你想过将来吗？”

“将来就是好好找黎回，好好生活。我答应过黎回，我会做个坚强的妈妈，此生我都会一直找他，直到母子团聚。”我笑着说，我的眼前似乎出现了我找到黎回时幸福的一幕。

“曼君，你坚强得让人心疼，让人难过。”多多说。

你若不勇敢，谁替你坚强。

刘颂被抓后，追回了一部分资金，但大部分都被他挥霍一空，查无去向。追回来的那些资金对佟氏的运营并不能起多大的作用，卓尧依旧借助宏叶的投资援助，开发新项目。过去中标的几块开发区的土地，趁着房产大热，叶洁白一下子拿了几个亿给卓尧去开发楼盘。

他在动工仪式剪彩完毕后打电话约我，告诉我酒店地址和房间号。我们都一个星期没见面了，我像小女生一样打扮自己，对着镜子看哪里不够好，章依在我背后酸溜溜地说：“去和卓尧约会吗？和有妇之夫约会，你是在玩火自焚，看你兴奋的样子，像个小荡妇。”

“他还没有结婚。”我说出这句话之后，红了脸。曼君，你看看你，变得多么不要脸。

“叶洁白不是那么好招惹的，她可是拿了几个亿投入佟氏，换作我是她，早就买个凶手把你做掉，反正有的是钱。”章依说。

我拎着包出门，对她说：“我可不害怕。”

“一晌贪欢，后果不堪……”章依念叨着。

我和他一前一后进入酒店，我戴着墨镜，竖起大衣领，径直去了他提前预约好的房间。

他打开门，手里握着一瓶香槟。

他帮我拿过包放好，牵着我的手让我坐下，问我：“书看得怎么样了，考试能有把握吗？要不要我安排一下？”

“离考试还有好几个月呢，不着急，我要靠自己努力。”我见他开香槟，问，“有什么事需要庆祝的吗？”

他倒了两杯香槟过来，递给我一杯，搂着我微笑说：“今天新楼盘动工，意味着不久后，可以赚回之前所有的损失，当佟氏不再需要借助宏叶的资金时，我和叶洁白的婚约自会瓦解。”

“什么——”我惊得站起来，杯中的香槟洒出。

“难道这都不值得庆祝吗？这对于我们是最好的消息。”他举起酒杯，优雅地说，“Cheers。”

我放下酒杯，不再说话。也许我该盼着这一天，卓尧的公司起死回生，他和叶洁白的婚约也因利益关系的终止而毁灭，可若我真这么做，这一切看起来多像我和卓尧合谋设的局。和他这样偷偷约会我已经不安，我努力让自己厚着脸皮打着爱情的幌子一次次忍不住见他。当他认真地告诉我，他快要利用完叶洁白了，很快就回到我身边时，我心里明白，这样得到的幸福令我难以安生。

“我们一起伤害了最单纯的叶洁白，我们在这里约会，你背着她打电话给我说你爱我，你和我在一起的每时每刻，都足够我内疚，现在，你想着要毁掉婚约，那她怎么办？而你，也会背负一个始乱终弃的名声。”我说着，也愿他理解，偷偷的爱令我矛盾痛苦。

“失去你，我才是始乱终弃，我不爱她，从一开始她就清楚这是一场带着利益的交易，就算结束，怨不得你阮曼君。”他说。

“这不是交易，她没有获得任何利益，怎么是交易？是她的付出。怎么不怨我，如果没有我，如果我死了，你不会娶她吗？你不会考虑她吗？她哪里不好！”我情绪激动了。

他望着我，说：“就算你死了，我也随你一起死。”

“卓尧，我们不可以伤害任何人，我们的爱不可以有罪孽，但我深知自己罪孽深重，我是这样自私的曼君，我还配拥有你吗？难怪上天会惩罚我，让我丢了黎回，失去了我们之间唯一的联系，你给我最珍贵的，都被我丢了。”我难过地说。

“来，曼君，让我抱抱你。”他的怀抱温暖如初。

他温柔地说：“我们不都一直在找黎回吗？一定会找到的，上天不会惩罚我们的爱情，上天会怜悯我们的艰难，我们为什么会走到现在的地步，就因为我们一路走来，顾了太多别人的感受。再等等，我会给你一个交代。”

多少艰辛不可告人，多少光阴都因为等。

“小漫画，你该搬离那里了。每次见面都来酒店，这让我没有家的感觉，所以，从明天起，你要搬走，我无法忍受你和那个女孩住一起。”他笑着说，拿出一串钥匙放在我手里。

我犹豫着，说：“这样合适吗？要不，我搬回原来的公寓。”

“你有密闭空间恐惧症，坐电梯会不适应，我选了单栋别墅，还给你带回来一个人。”他说。

“是阿春，对吗？我好想她呢，你怎么找到她的？”我好奇地问他。

他抗议道：“从一见面你就开始发问，你可不可以先亲我一下？”

我快速亲他，轻咬他的唇。卓尧，我顾不了那么多了，对你的爱总是会战胜我的理智。我一遍遍说服自己，只期望保持这样的关系，就这么隐瞒着叶洁白，不伤害她，也不要提出取消婚约。

我搬进了卓尧买的别墅里。从章依那里走的时候，她还很是不舍，她沮丧地说：“以后再也不能从你这里间接打探到他的消息了，也不能借着拥抱你来感受他身上的气息了，更重要的是，你这个死女人，我比喜欢卓尧还喜欢你，每天和你打打闹闹摆摆摊，我好舍不得你。”

我在她耳边笑着说：“卓尧让我转告你，下周一去人事部报到，恢复原职。”

章依高兴地在我脸上用力亲了一下！

当我向卓尧提出这个要求的时候，他不情愿，他说章依很烦，话太多了，看他的眼神就像狼看到羊。

“你怎么把只狼放到我公司里？整天被她虎视眈眈地盯着。”他不乐意。

“可是这只狼是我的好姐妹，她顶多对你流流口水，不敢对你怎样。”我取笑他连一个女人都怕。

他无奈耸耸肩说：“看来她被你笼络人心成了你的线人。”

阿春告诉我，她离开我那里之后，没处可去，只好回到老家，是卓尧安排季东去接她回来的，让她继续陪着我。我望着这栋豪华的别墅，金屋藏娇，指的就是这个意思吧。

林慕琛约我见了一面，他要离开上海回伦敦了。他很抱歉不能继续帮我找黎回，我告诉他其实他已经帮了我很多了，也是他激励我要重新学习英语。他回到伦敦可以救更多的人，他是一个出色的医生，不仅有医术，也有医德。

他说：“第一次听你给我这么高的评价，要是你早点这么说，我就不走了，留下来陪你。”

“我才不要你陪，我的心脏很健康！”我说。

“你这个铁塔一样的女人，英语水平进步很大呀。”他接着说，“等你和卓尧大婚时，我会回来参加婚礼。”

“你怎么会想到我和他结婚？”

“我是心脏科医生，我——”他指着自己的心脏说，“最懂人心。”

住到别墅之后，卓尧来我这里来得越来越勤，他的笑容也越来越多，每次都是在我的再三催促下才走，偶尔叶洁白打电话过来，他就说自己在外面开会，我托着下巴看他面不改色心不惊地骗叶洁白。

他和叶洁白说话的语气很好，从来都不会凶叶洁白，叶洁白是除我之外，他最有耐心对待的女人。

看他和颜悦色与她说话，对她说晚安，我也会吃醋。起初我是要的不多，只要一周能见到他一两次，他能坐下来和我一起吃饭，一起在街头拿着孩子的照片找黎回。他走到哪里都会引起围观，他是只适合坐在车里的男人，根本不能行走大街。

“我们这样光明正大成双成对出现在大街上，这样好吗？”我问。

“傻瓜，我们在找我们的儿子，有什么不好！”他说。

我想要的似乎愈来愈多。

晚上他在我睡着后轻轻起床，穿衣服，对着镜子系领带，低头吻我，我把眼睛闭得紧紧的。我根本没有睡着，哪一次不是装睡，他要回家，他第二天还有一堆公事要处理。

他说每次在我这里才是最轻松的，不需要任何伪装，偶尔，他心情很好就会拿出笔和纸给我画一幅漫画像，他笔下的我，总是个小女孩子。我倚在他的怀里说：“疼先生，你的小漫画可不年轻了呢。我总感觉我这些年过得没有什么进展，还在原地，一无所有，除了有你，我连儿子都找不到了。有时候我真不甘心时间就这么一天天过去，我好害怕等我找到黎回的那天，他都不记得我，他丢的时候才那么点大。”

“不会的，黎回不会忘记自己的爸爸妈妈，生活也不会没有进展。这个月有个楼盘开盘，可以说，当天就可以被抢购一空，佟氏的股票也会一日上涨到最高点，不出差错的话，月底我们就去深圳。”他说。

“戴靖杰还有没有来找过你麻烦？听说冯伯文……开庭的时候，你安排季东去旁听的，结果是什么？”我问。

他捏着我的耳朵说：“好呀，你还关心他，我见到他就想打他，他弄丢了我的儿子，上次你救他，已经是开恩了，我就知道林慕琛会帮你，才走的。戴靖杰那边最近没有什么动静，他的公司状况不是很好吧。”

“你那次不顾我的死活，我当时真恨透你了。”我说着，咬一口他的下巴。

他捂着下巴说：“我吃醋不可以吗？男人的醋劲若是上来了可以比女人还大，他是你的前男友，哪有男人愿意看自己的女人不要命地去救她的前男友的，再说，他把我儿子弄丢了，我不落井下石已然是慈悲了。”

“你说得头头是道，那要是换作你的前女友，你是救她，还是救我？”我问。

他想了想说：“当然救你，前女友有自己的老公去救，各救各的太太。”

“你以后再也不可以在生死关头抛下我一人走，不管任何理由。”我噘着嘴在他怀里说。

他笑："小漫画你变坏了，以前你会说，卓尧，如果有危险你不要管我，自己先走，我替你顶着。"他学我的口吻说。

"那是我年少无知，经历上一次你弃我不顾之后，我不能再惯着你啦！"我双手背在身后，装出大人训孩子的样子。

我和卓尧的感情，始终漂泊没有归宿。在遇见他之前，我无以自处，仿佛在这世间没有找到所得。

"曼君，不要离开我，我什么都可以为你去做。"他抚摸我头顶的发丝。这样的话，卓尧说过很多次。送他走的时候，我站在车的一侧，他的手从车窗里伸出来，握住我的手腕，他依依不舍地说："曼君，我寸步都不想离开你。"

"曼君，我爱你，这无可置疑。"

我站在原地把每一次告别都当成最后一次，目送他的车远去，因为，我很怕再见不到。

春天，我和阿春买了些种子回来，把种子埋入花盆里，浇了稍许水，放在阳台上，一星期后，那些种子破土而出，长出嫩绿的芽。

我在超市买花肥时，见到欧菲，她一袭黑裙，脖子上系着白色的真丝丝巾。她的购物车里装了几包婴儿奶粉，我上前与她打招呼，她看了我好久，才迟疑地说了句："是你，你……不是在渔村吗？"

"我去年就来上海了，你有孩子了吗？"我见她买了很多宝宝用品。

她尴尬笑笑说："是啊，一个意外的小生命，所以就生下来了，他没有爸爸，所以，这并不是什么光彩的事。"

"那也恭喜你。"我说。

黎回若没有丢，现在都会在地上跑了吧。欧菲在海边轻生时，对生命失去希望，而今，她也当了妈妈，有了一个小生命。

欧菲见我买了种花的小铲子和花肥，说："春天到了，是种花的好时节。"

"对我而言，哪有赏花的心，我只是想看着生命怎样从一粒小种子长大，我想参与一段生命的生长……你还记得我的儿子吗？他丢了，但我知道，他过得好。"我说着，嗓子就那样哑了。

"丢了？他那么可爱乖巧，老天一定会保佑你们母子团聚，你是个善良的人，也许，你很快会找到你儿子的。”欧菲说。

我善良吗？是老天惩罚我夺人所爱，所以让我失去我的孩子，饱受骨肉分离的痛。

欧菲，你哪里会知道，我的孩子，也是卓尧的孩子。

“谢谢你。”我说。

“对不起——是我勾起你的伤心事。”欧菲略带歉意地说。

在超市的地下停车场，我取车，戴靖杰正站在一辆车前，手里转着车钥匙，他见我走了进来，主动与我打招呼。

“阮曼君，怎么假装看不见我，最近好吗？找到你的宝贝儿子了吗？”戴靖杰虚伪至极，一脸的关切表情，挡在了我的车前。如果不是我亲眼看到他的疯狂，我实在无法把他和疯狂狠毒的男人联系到一起，他哪里还是当初那个简单的男孩。

噢，不，他从一开始就是在伪装。

“我和你没有话可说，等我找到我儿子，取到证据，我们法庭上见。”我开车门，想要上车。

他的手用力抓着车门，阴阳怪气地说：“差点忘了祝贺你，冯伯文那个笨蛋帮你洗清了罪名，你有机会重新做律师了，哈哈，我倒要看看你这个大律师如何打自己儿子被虐而死的官司。你说当你看到你儿子死无全尸的照片，你会不会在法庭上放声痛哭呢？”

我听到这里，从车里冲了出来，被他的话刺激得神经都快要爆了。我捏着拳头，冷冷看着他说：“你敢伤害我儿子，我不会放过你！不过，我不会上你的当，黎回根本不在你手上，否则你早就来威胁卓尧了。”

“你怎么知道不在我手上，是我从废弃厂房带走黎回的，冯伯文那个笨蛋把孩子放在一楼，我顺手牵羊就抱走了。我开着车离开的时候，你不是和姓林的一起下车了吗？当时，你的儿子就在我怀里，嘘，他很乖，哭都不哭，因为……我喂了他一粒安眠药……对，就一粒，他就睡着了，哈哈。”戴靖杰表情狰狞，说完之后便哈哈大笑。

“我下一步就是要继续折磨佟卓尧，不，我不会杀了他，我要他比死还痛苦，我要以此逼死林璐云，就像她当年逼死我妈一样逼死她！”戴靖杰被仇恨烧红了眼，他疯了。

他说的是真的，他对经过了解得如此清楚，当天到现场带走黎回的一定是他，他给黎回喂安眠药，这个禽兽，我一定要将他绳之于法。我努力让自己平静，我不能出手打他，这个仇，我给他记下来。

我坐回车里，关上车窗，按了手机录音上的保存键。

当我的车驶出时，我向他挥了挥手里的手机，他明白了过来，站在那里暴跳如雷。

黎回，妈妈对不起你，妈妈的心都要碎了，可是，妈妈只能用合法的方式来救你。

我的车直接开到了公安局，这段录音是最有力的证据，之前戴靖杰有不在场的证据，可见，都是伪证，凭这个录音，可以抓人回来了。

戴靖杰被抓了，正在接受审讯，却并不配合，拒绝交代，说那段录音是他在被迫的情况下才说的话，他什么都不知道，还反咬我一口，说我当过律师，故意陷害他。

不多久，戴靖杰的律师就过来了。

我坐在位子上，端着一杯水，手忍不住发抖。

卓尧也来了，问：“曼君，发生什么事了，你怎么能单独去找戴靖杰呢？这多危险，我被吓坏了，他伤害你了吗？”

“我录下了证据，他亲口承认黎回是他从废弃工厂带走的，现在正在接受审讯。卓尧，我好害怕，他什么事都做得出来，那两张照片上黎回看起来很健康，说黎回是被好心人收养的话，是不是他编出来的，会不会黎回已经出事了……”我往最坏的地方想，戴靖杰的话，把我原本的希望都浇灭了。

卓尧听了，随即冲进了审讯室，揪着戴靖杰的衣领握着拳头就朝戴靖杰的脸上打，几名警察上前拉开了卓尧。

戴靖杰吐了一口血水，对身边的律师说：“我要控告他故意伤害我！给我记下来！”

我拉住卓尧，把他往审讯室外拉。

“卓尧，我们都要冷静下来，打他也没有用，他就是想看我们痛苦，我们不能被他的几句话就打垮。”

“他想看我痛苦，就来伤害我，为什么对我儿子下手！”卓尧痛苦地说。

“当年，你妈是怎么逼得我妈抱着我自杀的！如果我没有被救，我也死了。我要让当年的事重演，让你们经历那样的痛苦。”戴靖杰走了出来，他身后的律师正在签字。

“为什么要放了他，明明就是他绑架了我儿子！”我质问。

办案警员无奈地说：“他的律师来保释他，在没有确凿证据之前，我们也无力。”

戴靖杰得意地笑，对律师说：“晚上咱上五星酒店吃饭，当去晦气，别忘了，帮我起诉佟卓尧对我的故意伤害，我的脸到现在还痛。还有这帮警察，我在公安局都受伤，他们是怎么保护我们良好市民的！”

多多的电话打了过来。

“曼君，好消息，黎回找到了，我收到匿名电话，叫我来我公寓楼下的公园，我看见黎回正坐在滑滑梯旁玩呢！”多多高兴地直嚷嚷。

“我马上就过来，你把孩子看好了！”我挂了电话，激动得热泪盈眶，拉着卓尧的手说，“黎回找到了，走，我们去接孩子！”

“太好了！”卓尧牵着我的手，大步走出公安局。

我看都没看戴靖杰一眼，也不管他会面目狰狞成什么样子。定是好心人怜悯我们母子，将孩子还给了我，看戴靖杰拿什么来威胁恐吓我和卓尧。

卓尧的车疾驰去往多多的住处，一路上，我们都欣喜若狂。失而复得的黎回，老天真是爱开玩笑，在我们都快要被打垮的时候，竟把黎回又送到我面前。

“曼君，我们终于找到儿子了，你再也不用背着我捧着黎回的衣服偷偷哭了。”

“你不也是，再也不用抽那么多的烟了，也不用看见别人怀里的孩子就痴痴发呆了。”

我们都明白，不论我们的爱情多深刻，失去黎回，都会是我们一生中无法弥补的伤口。好在，孩子找到了，感谢上苍怜悯，感谢好心人，这个人把黎回送还给我们，却不曾露面，如果遇见他，我定要好好谢他。

卓尧把寻子报酬定得那么高，若找到黎回送回来，报酬是五百万，难道有人面对五百万都不动心？而是默默将孩子还给我们，并且，没有直接联系我和卓尧，而是交给了多多。

到底是谁，这个问题我已无心再想，一心只想着在见到黎回后，他还能认识我吗？尽管分开才几个月，他那么小，几个月没见我，还会喊我妈妈吗？

隔着一排排的树木，仿佛看到上一次在这个公园里我和黎回被一群记者围堵的那一幕，没想到，这一次来这个公园，竟是我和黎回母子团圆的时候。黎回，我都快半年没有见到了，我的儿子，妈妈这一生最最重要的珍宝。

我看见多多抱着黎回坐在合欢树下的长椅上，黎回穿着春衫，戴着一顶小牛仔帽子，那合欢树正开着花，一树树的花呀在风中摇摆。我还没有走近黎回，眼泪已流了出来，几乎都走不稳了路，卓尧拥住我的肩，我见他眼里也是晶莹的泪。

“黎回……妈妈来了，我的黎回……我是妈妈。”我抱过黎回，仔细看他。他睁大眼睛望着我，小手上还拿着一袋吃的，重了好多，也长高不少，吹弹可破的脸蛋，还是那么漂亮健康。看穿着和身体，照顾黎回的那个好心人一定也是很用心疼爱黎回的。

“妈——妈……妈——妈……”黎回伸手环抱住我的脖子，一声声喊着妈妈，把手里的吃的往我面前递。

他竟还记得我是他的妈妈，我听到那声妈妈，哭得一塌糊涂，我哽咽着说：“妈妈终于找到你了，你终于回到妈妈身边了，黎回……黎回，妈妈好爱你。”

我把脸贴到黎回的小脸蛋上，多多在一旁看着抹泪。

卓尧紧紧搂着我和黎回，我们一家三口就这样迎来了意想不到的团聚，好似一下就转了运，劫难过去，重逢后悲喜交织。黎回用陌生的眼神看卓尧，卓尧牵着黎回的左手，我牵着黎回的右手，黎回已经可以独立走路，小跑，他会走着走着侧过头来喊我一声：“妈——妈。”

“卓尧，黎回是好久没见到你，之前就和你有些生分，所以还不会喊你爸爸。”我笑着对卓尧说，安抚一下他急切想听人喊他爸爸却没有听到的失落心情。

“都是我的责任，让黎回缺失了父爱。这几个月他不在我们身边，却还记得你是他妈妈，小漫画，你看，你最爱的两个男人不论过去多久，都能第一眼认出你。”卓尧说。

“不怪你，都怪我，我是个不称职的妈妈，但，我保证以后做个合格的妈妈！”我对卓尧挤着笑容，想他笑笑。

他装作委屈的样子说：“那你看，你都有黎回喊你妈妈了，我没有人喊我爸爸。”

“卓尧爸爸，卓尧爸爸——我喊你两声呢，我先替黎回喊你好不好，回去我每天都教他，保证一个星期内黎回见你就喊爸爸！”我说。

“这是你的新任务，能完成吗！”他扮领导的架势。

“疼先生，保证顺利完成任务！”我笑着，在他脸颊上亲吻一下。

这样的一家三口，平静地走在公园里散步，不时会引来路人羡慕的目光。

“等一下，曼君！”多多在我身后喊。

只见多多边跑过来边从包里掏出一个相机，在我们三个人一起转身回头的那一刻，相机记录下了这样的一幕，我、卓尧、黎回，我们手拉着手，站在公园里那株最高大的树下，我们三个一齐望着镜头，蓦然回首。

那一幕一定很美。

多多对我笑着做了一个OK的手势说：“过几天我去洗出来放大裱好了拿给你！”

人生能有这样的一个知己，我还能渴求上天再给予我什么样的朋友？而我，竟在黎回丢了的时候，迁怒于多多。多多为了帮我抓到刘颂，受了刀伤，我真自私，以后我和多多会是一生一世的好朋友，友情，是不再设防的。若说爱情需要防备谎言那还不可悲，多少谎言打着爱情的旗号招摇撞骗，但友情如果也要设防，那这个世界还有何情缘可讲。

“小漫画，下周你过生日，把李多多叫来吧，还有章依，我给你在家里举办一个小型的生日Party。”他说。

我听后有些惊讶，问：“真的吗？多多和章依都可以来？你不是很不欢迎她们来找我嘛，你又不喜欢她们，每次你见她们都是不苟言笑绷着脸，人家和你说话你也看都不看一眼，你呀，没有绅士风度。”我批评他。

他不乐意了，说：“我确实不喜欢她们，莫非你希望你的丈夫喜欢你的好朋友吗？我绅士的一面只对阮女士展露。不过，她们都是你落难在民间时结交的狐朋狗友，我见你那么喜欢她们，我又怕我不在你身边你会寂寞，所以特批。你要是再批评我，我可就收回这个特批。”

“君子一诺，你不可以在小黎回的面前言而无信。”我低头对黎回说，“是吧，爸爸是个大坏蛋。”

“妈妈——坏蛋。”黎回学着说。

卓尧听了笑道：“小漫画，你可别把我的宝贝儿子教坏了。”

“我不是坏蛋，妈妈是美人……”我厚着脸皮说。

黎回望了我一眼，继续低头沉思，他小小的年纪，难道在思考妈妈到底是坏蛋还是美人的问题吗?

阿春得知黎回找到了，马上要到家了，也不知她哪来的神速，一下子竟买齐全了所有黎回需要的吃的、用的。我和卓尧抱着黎回刚到家，阿春正在给黎回的房间打扫卫生，一听到我们回来了，就冲出房间，她满头大汗，看着黎回健健康康的，哇一声就哭了。

“傻瓜，别哭了，都平安回来了，你再也不用自责了，以后，我们一起把黎回照顾好，好不好?”我摸摸阿春的背脊，她哭得让我心疼。我和卓尧爱得如此艰难，连累着我们身边的阿春都跟着难过，好在，黎回平安回来，未来的日子里，过好每一天，珍惜，最是重要。

是的，黎回已经找到了，我不能再安慰自己是为了寻找黎回才见卓尧的，我不能再沉迷下去，不要再伤害别人，我只有一个心愿，把黎回抚养长大，别无所求。卓尧和叶洁白都订婚这么久了，叶洁白也搬进佟家住了，这桩婚事已成事实，我再牵扯进去，我算是什么。

“阿春，今晚我在这里吃饭。”卓尧对阿春说。

“哎，好，我多做些菜。”阿春欣喜应道。

我抱着黎回走进房间：“阿春，黎回的房间不用再打扫了，之前你每天都抹得一尘不染，别太辛苦了。”

卓尧跟着进来，拉开窗帘，窗外楼下原先空旷的草地上竟忽然种满了百合花，花朵纷纷朝向一个方向，我望着那些盛开的百合，难以置信。是什么时候种上的，我记得我搬进来的时候，这里还只是一片草地，那时我就计划着春天要把这里开垦成一片小花园。

我本想向卓尧提出分手的，却被眼底这一片百合花感动得哽咽，我怎么忍心说出分开二字，我们一家三口刚刚才团聚。

“你雇的花匠吗？什么时候种下的，我都不知道。好美，卓尧，难得你有这份心待我。”我说着，垂下头，靠在他怀里，泪水落在他的胸口。

黎回在房间里走来走去，看到自己以前的小玩具，他拿在手里玩耍，爱不释手。

“怎会是难得。早前买下这里我就打算种一片百合花，那时温度低，我找了最好的花匠种的。不过，我心里，最好的花匠——是你。我心里的那些田被你种满了美好的芬芳白花。”他深情地说。

他是一株树，我便是那树下的一朵白色小花。

我不是叶洁白，可以与他并肩迎接日光，迎接风雨，我只是在他的庇护下感受他的宠爱、他的雨露，我仰望他，他爱怜我。

我垂首望着那片百合，问他：“以后，是花匠来定期管理，还是我来照顾这些花儿？”

“你是最好的花匠。”他说。

“卓尧，你是要让我每日照顾黎回，照顾这些花儿吗？”我问他。

“你继续考律师证，阿春会照顾好黎回，这里的一切由你佟太太来掌管。”

“掌管一切？”

“也包括我。”他在我的面前晃了晃他无名指上的婚戒。

那枚婚戒和我的是同一款。他和叶洁白应该有一对订婚戒指，他没有戴新的钻戒，竟仍戴着我们的婚戒。

可佟太太，这个称呼放在我身上，似乎不那么名副其实。

我把我的手指张开给他看，我取下我无名指上的戒指。是我手指瘦了吧，戒指很松，轻易地被我从手指上拿下，我说：“卓尧，这枚戒指，我不再戴了，你的，也摘下来吧。”

“不合适了吗？那吃过晚饭我们再去买一对戒指。”他望着窗外，似乎对未来充满了希冀，他眼中的未来，对我而言，是奢望。

“不是……我们之间的关系，应该当断则断了。”我说完，安静地看他。

“你没有伤害她，一直以来受伤的人是你，自私的人是我，该受惩罚的也是我，曼君，与你无关，别说这样的话试图让我们分开，好不好？我们曾经分开过，那些分开，告诉我，我们根本无法分开，曼君，我们是分不开的。”卓尧神色黯然。

“我没办法把别人的未婚夫当作自己的丈夫。找到了黎回，我们的故事已然圆满，你该好好经营公司。戴靖杰不会善罢甘休，你的新楼盘还需要叶洁白的扶持，你要娶她，你不能利用完她之后就弃之不理，我不想一面对你就对叶洁白有罪恶感。”我说。

“只需要半年，再给我半年时间，佟氏集团就能超越过去的辉煌达到顶峰，到时候，戴靖杰也无法动摇佟氏的地位。而叶洁白，我在订婚之前就和她说得清清楚楚，我和她是交易，交易时间为一年以内，过了期限后，婚约自动解除。”他说。

我望向他，只觉得陌生。

他把婚姻当作交易，且冠冕堂皇。

“这公平吗？”

“我只要对你公平，我不管别的女人会怎样不公平，我不和别的女人讲爱和平等，我所做的目的，就是为了将来可以光明正大娶你回佟家。”他说。

“我们的小渔村呢？我们不会回小渔村了吧。”我苦涩地道。

“你要轰轰烈烈，我给你豪门之爱；你要平平淡淡，我给你渔村之爱。你想过什么样的日子，我就陪你过什么日子，只要，等我半年。”

从等他一年到等他半年，僵持的彼此，无法靠拢也无法分割，忽远忽近，他雕琢出另一个我，我变得更仰望明媚的关系。

“卓尧，在我小的时候，很喜欢一个白瓷茶杯，杯脚有鸢尾花的图案，是父亲带我在镇上卖鱼后，我央告父亲好一阵子才买回来的。我痴迷那个精致的茶杯，用来喝绿茶，父亲说女孩子该自小就喝绿茶，我那么珍爱的白瓷茶杯，某天我不小心亲手摔碎了它，我跑遍了小镇再也买不到同样的。我们的关系，就像白瓷茶杯，再珍爱，也会轻易被摔碎，我宁可换一盏茶杯，也不愿亲手摔碎它。”我说。

“你心里的我，就那么需要轻拿轻放？我不是易碎物品，我的心比你的心要坚定，曼君，你别再动摇自己，也别说服我。我的要求不多，我只想在我想见到你和黎回的时候，我可以开车来这里，你一开门，我就能见到你，抱抱你。”他话音落，拥住我，手掌心摩挲我的肩膀。

他的气息很熟悉，给我细碎的轻吻，我想摆脱这种爱的困顿，爱之外，还有承担。我把脸埋在他的胸口，潦潦草草支吾一声，泪水涟涟。常常会毫无征兆地哭，连自己都觉得自己哭得莫名其妙，不用管，哭会儿就好了。

我多希望自己能够在对他说“我们分手吧”之后就起身离开，坚定地走。曾用生命中最清透光亮的四年时间爱他，满心欢喜以为我们会地久天长，我没想过中途会出现一个叶洁白，更没想过有一天我会亲口说出“我们分开吧”。

# 第十四章 合欢树一簇一簇的花，见证我们曾爱过的刹那芳华

很多女人一生都最想拥有一张这样的照片，照片上有自己深爱的丈夫和漂亮的孩子。

记得和他认识不久时，一直寡言倨傲的他开始轻声微笑对我说话，联想他平日里郑重严肃的样子，不苟言笑，只是对我侧目微笑，多多就断言说我和他有怎样怎样的亲密。

晚饭时，黎回坐在椅子上，他已经会自己用勺子大口吃饭，我见他像个小男子汉一样，问他："黎回，和妈妈说说，之前照顾你的叔叔阿姨对你好不好呀？"

"阿姨好——"黎回说。

"感觉真像做梦一样，黎回一下就被送回我身边，真是遇到了好心人，卓尧，以后要是能找到这位好心人，我们一定要好好谢谢他。"我说。

黎回递给我一勺子鸡蛋羹，说："妈妈吃。"

"谢谢黎回，黎回真乖。"我摸摸他的小脸蛋，说，"无法想象，快半年没见，黎回还记得我是他妈妈。"

"小漫画，我也永远无法忘记你。"卓尧给我和黎回盛汤。

我们都各怀心事，都装作无事。

打算和阿春一起带黎回去医院，做一个健康检查，卓尧说会开车来接我们，我想他那么忙，我不忍心他将过多的时间投入我这里。

阿春多句嘴说："佟少，今晚你们一家团聚，不走了可以吗？"

"阿春，这会叫他为难的，这里，不是他的家。"我起身，抱着黎回进房间。

"爸爸——"黎回的嘴里忽然发出"爸爸"的声音。

我抱着黎回转身望着卓尧，那一刻，他脸上的欣喜让我心软。他乐得抱过黎回亲黎回的小脸蛋，把黎回举过头顶又抱在怀里，反反复复，黎回乐呵呵的。

"再喊一遍爸爸，爸爸今晚就不走了，给你讲故事听，好不好？"卓尧对黎回说。

我的心里也跟着默念：快喊爸爸。

我不想他走，我的内心从未真正背离自己的初衷。

“爸爸。”黎回清晰地喊道。

“我的小宝贝和大宝贝，今晚不走，我讲故事给你和妈妈听。”卓尧抱着黎回牵着我的手，走进房间。

我幸福，也担忧，这种状态能持续到何时?

我和黎回各枕着卓尧的一只胳膊在他温柔叙述的童话故事中熟睡，这几个月来，我从未这么踏实过。黎回终于安然无恙回来了，好像从未离开过我，他记得我们是他的爸爸妈妈。

黎回在儿童医院做了全面体检，一切都正常健康，他也没有什么心理阴影，这让我才很快淡忘了那些天的恐惧和噩梦。

卓尧无论多忙，每天都会抽时间来这里，他从不提及叶洁白，我也不多问，只怕自己问得多，就伤得深。叶洁白仍旧住在佟家，他和叶洁白的关系近到哪一步，我不想去想，从伦理上讲，他是属于叶洁白的，我也没有资格去要求更多。

只是，我努力想斩断自己的情丝，寻找一个机会让自己从这耗时漫长的情感路上的纠葛中抽离。

生日那天，在别墅里举办一个小小的生日聚会，邀请了多多和章侬。我问多多怎么宋柏没有一起来，她把我拉到一边，告诉我，她本打算和宋柏好好一起过，可是，她又遇见了袁正铭，她像戒掉毒瘾后再次复吸一样选择和袁正铭继续保持情人关系。

“多多，你错得离谱，除了财富，宋柏哪点不及袁正铭？你该好好珍惜宋柏，别再和袁正铭往来了，他会害了你的。”我煮着咖啡，说多多。

多多闭着眼，幽怨地说：“曼君，你难道不懂吗？我就是爱袁正铭，他就算明天破产成为一个乞丐我还爱他，他对我笑一笑，哪怕我知道他笑得虚伪，可我就会被那一笑融化。明知山有虎，偏向虎山行，说的就是这种爱情。”

我看着正在客厅和黎回玩汽车模型的卓尧，想想，我自己何尝不是这样子呢？行走在危险的爱情边缘。

“你和佟少以后作何打算？对了，待会儿会有影楼送来我裱好的全家福，上次在公园给你拍的，可温馨可让人羡慕的一家三口，影楼的人都说很多女人这一生都会最想拥有这样的一张照片。是啊，嫁给佟少这样深情专一的男人，生一个漂亮的儿子，哪个女人不想。”多多从果盘里拿起一串红提吃。

“我有时也会觉得自己幸福得不真实，对于未来，无从打算。多多，你知道吗？每当我看到卓尧抱着黎回，黎回喊卓尧爸爸的时候，我真的无法割舍，但我清楚我和他难入一个世界，我有多矛盾。有时我甚至自私地想，不如一下子就白了头，我和他一夕忽老，哪怕，生命到此为止，我不会活到我们分开的那一天。可当我想到黎回，我想起我心里仅存的那一点点关于我和卓尧未来的美好幻想，我又舍不得，我舍不得结束这一切。我不想伤害叶洁白，不想隔断卓尧和他母亲。姐姐之间的骨肉血脉之情。”我低下头，无所适从。

“你看看章依的花痴样子，就算没有叶洁白，也会有很多女人主动贴上来，你何必担心会伤害叶洁白，你的担心太多余了，这样的男人，哪怕他一生不动情，也注定是要伤害很多女人。曼君，既然这样的一个男人爱你，你为何还迟疑，袁正铭只要有佟少百分之一的深情，我便万万不会松手。”多多说。

章依双手撑在下巴上花痴地看着卓尧，偶尔会找话和卓尧说，是说工作上的事，只是章依说的公司里的事是卓尧根本不会涉及的，那种对于一个公司来说小到都不算是事的事，卓尧又怎会放在心上。他很淡然，惜字如金，被章依问烦了，便说：“你的话太多，再这么下去的话，我可以开除你。”

章依委屈地走过来朝我控诉：“曼君姐，你看看姐夫对我的态度，我只是崇拜他，我可没半点非分之想，我和曼君姐是好姐妹。”

我端着咖啡走到客厅，拍了拍他的肩膀，搂着他的胳膊坐在他身边说：“你呀，可改改吧，不要总对我的好朋友冷冰冰的，以后我再落难了，她们真就不会帮我了。”

“傻瓜，哪有人老说自己落难的。”他笑着把我拥入怀里，我给他的咖啡加了几粒方糖。

门铃声响，阿春开门。

两名影楼的工作人员抬着巨幅照片走了进来，照片被很细心地包装好，约有六十八寸大。我忙张罗着让他们把照片抬进卧室里，打开外面的包装，是雕花实木的相框装裱的。相片中的我们一家三口，手牵手站在花树下，黎回笑得露出几颗洁白的新生牙齿。

这般动人的全家福照片挂在墙壁上非常引人注目，一走进房间，映入眼帘的便是这张照片，想象着以后每天推开房门，我对着照片说："嗨，卓尧，我们又见了，你过得好吗？"

卓尧揽着我的肩和我站在照片前，我看着照片里的我们眼角的笑意，幸福的时光，给了我最美好的回忆。很多女人一生都最想拥有一张这样的照片，照片上有自己深爱的丈夫和漂亮的孩子。

章依和多多手挽手靠在一旁望着我们，都为这一幕默默感动着。

影楼的工作人员用恳切的语气问："阮女士，我们总监想征求您的同意，将这幅照片挂在我们店的橱窗上，做为宣传，我们摄影师都一致认为这张照片是很难拍到的，是很难在镜头下寻到的感觉，所以，您和先生能不能同意呢？"

"我没有意见。"卓尧说着，拿出一张名片，交给对方。

他的心情有多么好，竟然主动递名片给别人，且是与他工作无关的影楼工作人员。

"您就是赫赫有名的佟氏集团董事佟先生，您本人比电视上要亲切多了，承蒙您的照顾，如果能有幸挂您的照片在我们店里，那是我们的荣幸。"现在影楼的人嘴可真甜。

我阻拦了一下，说："不好意思，照片我们不想挂在橱窗上公开，所以，这个我不能同意，抱歉。"

"阮女士，您看佟先生都没有意见，您气质出众，宝宝又这么可爱，您就——"

"对不起，我对这个不感兴趣，我不想我和孩子的照片公之于众。"我断然回绝。

"您看您拥有这么幸福的家庭，何不让大家分享你们的幸福甜蜜，我们可以赠送你们一套婚纱照和一套全家福照。"

婚纱照？还会有那样的场景吗？我穿着婚纱在镜头前摆出各种亲密的姿态，他和叶洁白倒是可以拍婚纱照了。

"我不是他的妻子，你既然看电视你应该知道他的未婚妻是谁。我是他的情人，见不得光，这个孩子，是私生子，不是多光彩的事，放在橱窗展示是要教天底下的男人都在外金屋藏娇生儿育女吗？”我说完，冷冷地走进厨房。

多多走进来劝我：“你怎么了呢，今天你过生日，说这些话叫佟少心里多不舒服，谁想这样呢？别让他为难。”

章依也跟着说：“是啊是啊，知足者常乐，这样也挺好啊，除了名分，你哪点得到的比叶洁白少呢？”

“我少的不是名分，是自尊自爱！”我手指交扣，心绪不宁。

卓尧走了进来，于是多多拉着章依走出去，合上了厨房的门。

他手里拿着一个DV和影楼的名片，他端着DV在我面前，播放着去年他离开小渔村那天我在厨房给他做早餐的情形，我脸上和手上都沾着玉米粉，系着围裙，他抱着我对着镜头得意地说：“我太太，漂亮吧。”

那时的我，哪里会预料到我们现在的处境，不能在一起，也难以分开，这种关系，让我时不时就会感到难受，似乎一直都在犯着不可原谅的错误。

我脸上的泪，闪闪发亮，想说什么，他却吻住我的唇，他的唇贴在我的唇边说：“今天是你的生日，答应我，今晚开开心心度过，你想说什么我知道，只是，今晚别说。你的生日，我想你快乐。”

我点点头，他牵着我的手走出来，客厅里的灯忽然灭掉，多多和章依唱着生日快乐歌推着九层的蛋糕走了出来。第一次见到这么高大的蛋糕，我轻轻拉拉他的手说：“你真浪费，买这么多层的蛋糕，我们哪能吃得完，冰箱也放不下呀。”

“小漫画，吃得完，怎么会吃不完呢。”他说完，对阿春使了一个眼色，说，“开门，给我们今晚的公主最大的惊喜。”

当门打开的那一刻，我再也抑制不住我的眼泪，因为，我看见了太多我熟悉的人，我的舅妈、我的表妹、叔公、远房的伯父和婶婶，在小渔村从小看着我长大的邻居们，便利店的青年店主、宋太太、珍珠场的老板娘……

我迎了上去，抱住舅妈，嘤嘤地哭：“舅妈，你们怎么都来了。”

“曼君啊，舅妈和你在小渔村所有的亲人邻居都来看你，你爸爸妈妈走得早，我们都是你的娘家人，这些年你一个人在外面吃了太多苦……”舅妈说着，抹起了眼泪。

“你就别说伤心的事了，今天是好日子，都要笑，不要哭。”年长的叔公发话说。

两个表妹拉着我的手说：“姐姐，姐夫好爱你，等我们长大了，也要嫁给像姐夫这样的男人。”

宋太太抱过来一对鸳鸯枕头说：“你们什么都不缺，也不知送你们什么好，送这对鸳鸯枕头，祝福你们白头偕老。”

一大家子人围坐在客厅中央，我和卓尧被拥坐在中间。在烛光下，卓尧牵着我的手，从西装内侧的口袋里拿出一个戒指盒子，忽然单膝跪在我面前，目光明亮而深情，他说：“曼君，我们认识都有四年了吧，这四年，我亏欠你的实在太多。今晚，不只是你的生日，也是，我向你求婚的日子。在这里，在小渔村父老乡亲的面前，在大家的见证下，我向你承诺，我这一生非你不娶，生则同生，死则同死，我永不让你孤单，你永不会孤单，我爱你，用我的余生。上一次见你戴的婚戒松了，我给你换个紧的，我要牢牢套住你。”

我的泪肆意流淌，我伸出手指，他将戒指给我戴上，亲吻我的手背，黎回站在我们身边，喊我一声妈妈，喊卓尧一声爸爸。

所有人都鼓起了掌，多多边举着DV机录着边擦拭眼泪。

多多哽咽着说：“卓尧，曼君，我这一生见证了一场你们这样的爱情，纵然我没有得到这般的爱情，却也是值得了。”

我和卓尧相拥而泣，在众人的祝福中，我已铭记这一晚，他带给我的难忘一刻。

许愿时，我许了三个愿望，一是愿我身边的每一个人都平安健康，二是黎回茁壮成长，三是卓尧顺利渡过难关不受戴靖杰的威胁。吹灭蜡烛，切蛋糕，桌上摆满红酒、果盘、点心，客厅里二十余人一同庆祝，这是我度过的最浪漫最惊喜的一个生日。

我挽着卓尧的手，给长辈斟茶。

“曼君，今晚我正式向你求婚，等我处理好那边的事情，我会明媒正娶给你最盛大的婚礼，邀请你在小渔村的每一位亲人来见证我们的婚姻。”他面向我，温柔道来。

我感动得无法言语，静默温柔地望着他。

晚些的时候，把大家安顿在酒店休息，第二天卓尧会安排车送他们回小渔村。

宋太太站在酒店房间门口，语重心长地说："佟太太，你真幸福，别再计较名分这个问题，他爱你，你就是佟太太，他不爱的人，无论如何她都无法动摇你的位置。好好珍惜他，这样的好男人，哪里还找得到，我要是年轻个十岁，我怕我也要和你抢一抢了。"

我说："你先生待你也很好，你也很幸福。"

"呵呵，我们离婚了。他在外找了个比我小十几岁的女孩子，这我也能睁一只眼闭一只眼，但他们连孩子都有了，我看着他们倒更像一家人。我想离婚算了，反正他给我的钱够我花下半辈子了，我一个人也自在，不受气。"宋太太笑着摇头，她笑的背后，也是凄凉。

那个夜晚，我和卓尧站在那张巨幅照片前，就那么望着照片，他的钱夹里有我们在渔村时一家三口拍的照片，那时的黎回还太小，抱在手里，现在的黎回都会走路会说话了。

如此良辰美景，赏心乐事的生涯，我们彼此沉默相对，然后亲吻对方。

我们的相聚，短而无奈。

卓尧，我愿意与你相爱携手到老，如若错过，我愿护你安好。

这之后的日子，静悄悄的，没有多少波折，叶洁白也没有任何动静。卓尧每晚都会过来，偶尔他在这里过夜，我不再提分手。看看黎回，看看我手指上的那枚戒指，想想他的承诺，我想我静静等待，多一天在一起，也是多一天美好的回忆。

别墅外院子里的那片百合花，开得正香，我春天里种下的种子，也都长大了，已长出了花骨朵，黎回的牙齿整整齐齐都长出来了，他坐在沙发上乖乖看图识字，吃我做的曲奇饼。小区里的保安小齐追求阿春，阿春好像对小齐也颇有好感，所以有时做些好吃的，我会让阿春送过去给小齐吃，一路过来，阿春都长成大姑娘了，到了婚嫁的年龄。

我悄悄为阿春置办了一些嫁妆，黎回大了也好带了，阿春应该嫁人去过自己的生活了。我给她买了一点金器，存了些钱，都是卓尧平时给我的零花钱积累下来的，我素日里也不花什么钱，什么都不缺。

为了准备九月份的司法考试，我是静心备考，也不忘学习英语口语，每天都要练习一百句，以前丢掉的知识，我要一点点找回来。

冯伯文从监狱里给我写了一封信，信里满是忏悔和歉意，让我要注意安全提防戴靖杰，并在信末祝福我和卓尧。终于，我和冯伯文之间的恩恩怨怨化解开了，那次救了他，也是我的造化，他能够说出这么一番话，我想，他是清醒了。

卓尧有一点点吃醋，他对冯伯文很是厌恶，我烧了冯伯文写的信。过去的就让它过去吧，冯伯文就算变得比过去好一百倍，那又如何，与我无干，我心里除了卓尧，容不下别的人。

六月一日的那天，卓尧过来，我正在阳台上看书，几名工人搬着东西过来，我走过去一看，是一架钢琴。我喜出望外，这琴真漂亮，黎回可以学着弹钢琴了。黎回也饶有兴趣，没等调好音就用小手指在琴键上按来按去，听到可以发出好听的声音，他的脸上充满了欢喜和好奇。

“我小时候爱画画，可我爸爸一心想我经商，不允许我画，我不能让我的儿子像我这样成长。我认为黎回喜欢音乐，只要音乐声响，他就笑起来了，很认真听，像是听得懂音乐。”卓尧说。

我见他这样体贴关心，无微不至，我说：“谢谢你，待我和黎回这样的好。”

“小傻瓜，说的什么话，你们是我最亲的人。”他低下头，凝视我的眼睛问，“我只想与你长久。”

“长久是多久？此刻，我只要你拥抱我。”我寥落地说，伸出双臂环绕他的腰，像孩童一样紧搂着他。

央求他陪我喝酒，他不答应，我就摇晃他一只胳膊，直到他点头说好。我开了酒，赤着脚跑到厨房拿酒杯，和他对坐在正对阳光的落地窗旁，他只许我喝一点，我说微醉正好。

“只要喝醉我就可以对这无望的世间变得充满勇气，敢于抗衡，敢于敌对，卓尧，我需要多大的勇气和多厚的脸皮才能安稳和你走下去呢？你告诉我，该怎么做。”我喝着酒，觉得脸上发热。

他是一束光，照亮我独自颠沛流离的路途。

“别想那么多，我们的未来还很长远。”他抿酒，并不多喝，他待会儿还要回公司。

“你不胜酒力的样子最可爱。”我逗他。

他皱皱眉，晃着酒杯说：“这点酒，我真不在意，晚上还有个会议，不能喝多，季东开车来接我。不过，小漫画，我还有件事要和你说，你只得点头，不可以摇头。”

“你像个老妈妈。”我取笑他。

“明天我要去广州，去挖掘一个人才，正好，你也很久没有出去散散心了，我们一同去，机票我都订好了，明早我来接你。”他说。

“你都安排好了，也不事先和我说一下，要去几天？家里就阿春和黎回我不放心，我还是不去了。”我真心想去，但想到上一次黎回丢失的情景，我太害怕了，根本不敢让黎回离开我多久。

卓尧说：“你过于担心了，我放了季东几天假，让季东过来做黎回和阿春的贴身保镖。”

“季东愿意吗？”我问。

“他那么喜欢黎回，高兴都来不及呢，再者，你看看，我们不是要给年轻人多创造机会吗？阿春和季东，挺般配的。”他说。

“你别乱点鸳鸯谱，阿春和保安小齐谈着恋爱呢。”我说完，又反应过来，说，“给年轻人多创造机会？我也不老嘛，你才老呢。”我说。

“如果你怕，我帮你老。”他笑着喂我一块菠萝。

“对了，是什么样的人才呀，能够让你亲自去广州请他。”我好奇地问。

他故作神秘说：“一个对公司很重要的人，要是得到他和他父亲的支持，那下阶段的新楼盘销售就会顺利得多。”

我有些不胜酒力，他抱起我，把我放在松软落满阳光的榻上，我蜷缩起来，把头靠在他的腿上安心小憩。暖暖的阳光，酒气让身子更暖，只觉得十分惬意，好不安然。

翌日，嘱咐好阿春一些事，季东便过来了。我抱着黎回亲吻他的脸颊，给他穿好衣服，告诉他妈妈要和爸爸一起去外地两天，很快就会回来，他要听阿春姐姐和季东叔叔的话。

黎回乖乖在我脸上亲一下。

“辈分不对啊，怎么叫阿春姐姐，叫我叔叔呢。”季东笑着抗议。

阿春腼腆地说：“黎回现在会喊姐姐，还不会喊阿姨。”

“那我得趁这两天好好教教他。”季东说。

看这样子，我也放心了，收拾了一个行李箱，装了随身的衣服和用品。卓尧依依不舍抱着黎回，下巴上的胡茬弄得黎回觉得痒痒，咯咯直笑。

去往机场的路上，我们始终手牵着手。从走进机场航站楼大门直到登机口，他牵着我的手，我顺从地走，不时望望他的侧脸，我们多像去私奔。坐在头等舱，有几个空姐过来问他要名片。

我偏过头，偷偷笑，想他该如何应对。

“恐怕我太太不会答应。”他说着，搂着我的肩膀，对着美丽的空姐微微一笑。

我只好装出盛气凌人的口吻说：“对，我很小气，再骚扰我老公，我投诉你们！”

空姐纷纷告退，我和卓尧相视一笑。

飞机在白云机场降落，出了机场，有司机在机场外接我们直接去酒店。到酒店后，我冲了个澡，化了淡妆，挽着他的手在酒店楼上的越南餐厅吃饭，我点了酸辣汤、生牛河、青木瓜鸡丝沙拉，简单的饭菜，我们面对面吃着，他会不时伸出手，拉拉我的手。

然后叶洁白打来电话，我这才知道，原来叶洁白只身一人也来到了广州，刚下飞机，问卓尧在哪家酒店。卓尧让她自己住个酒店，他说他在工作很忙，匆匆挂了电话。

他有些无所适从，放下手里的白釉瓷勺说：“是的，她也来了，这是公司的安排。”

“既然有她陪你来广州，那是为什么又让我也过来。”我不悦。

公司的安排，言外之意，是林璐云的安排。

“正是因为我不想和她单独外出，所以我才想你和我一起出来，我不想你误会。”他解释。他是个极少为自己的决定做出解释的人，他解释，是怕我胡思乱想。

我继续吃饭，掩饰了内心的悲伤，我夹菜给他，说：“这也是工作需要，那我回避一下，我自己在广州四处逛逛，你们去谈正事。”

“曼君。”他将手掌覆在我的手上，说，“下午我们去见程介泽，国际著名建筑师，把他聘请来我们公司担当新楼盘的名誉顾问和形象大使。你想想，程介泽说这是最佳的居住之地，谁人会不信？只要他加入，那我有信心，以全上海同期楼盘最高的价格且以最快的速度将新楼盘销售一空。”

卓尧这一招果然出乎所有人的意料，几乎所有的房地产楼盘都会请一些著名主持人、明星、模特等来作为形象大使，可卓尧请的是享誉国际的建筑师程介泽。听闻程介泽参与设计过很多国际标志性建筑，他设计的建筑物仿佛都注入了灵气，很有神韵。

“这么说，确实是很有道理，换作我，我对楼盘广告的崇拜也不是关注某个女星，若有社会大众认可的建筑师来代言，我会更加憧憬和信赖。只是，他会帮我们吗？”我问他。

他胸有成竹地说：“当然，他是很难请得动的，所以我才会亲自来广州一趟，我父亲与他父亲曾是世交，他应该会给我这个薄面。最重要的是，我们开发的新楼盘确实设计精心，以人为本，我相信也符合程介泽的眼光。我留了两套最佳户型的房子，一套给你，一套给程介泽，他如果能够入住，那自然更是莫大的宣传造势。”

他端起茶杯喝茶，我崇拜的眼神看得他有些不好意思。

他说：“怎么这样盯着我看，你的眼神令我分心。”

“我在想，你是个什么样的男人啊，我到底有没有直达你的内心，你还有多少智慧谋略没有表露出来，这只是你的冰山一角吧，你越来越像个合格的商人了。”我赞叹他的能力太强。

“佟太太，你太过奖了，我画漫画时，我想做个最出色的漫画师，事到如今不得不经商，我也要做个不留余力的商人。我既然回来管理公司，我就要做好，不会辜负佟氏上上下下所有人的期望。为了佟氏的发展，你牺牲了太多，我要不振兴公司，岂不辜负了你。再者，越早提升企业实力，我就可以越早解除和叶洁白的婚约，到那时，我妈也不会反对我们。”他似乎比去年的他清明了些，他明白他要的是什么，该怎么做。

摆在我们面前的路只有一条，那就是硬着头皮往下走。他挑起了公司的大梁，从宏叶周转了巨额资金投入新楼盘的开发，如果顺利，开盘后收回的资金不仅足够连本带息把宏叶的借款还清，还会剩余足够的资金让佟氏用于未来的投资周转，研发新项目。

他和叶洁白的关系，到目前为止，还不能结束，只能如此拖着。叶洁白也清楚这其中的道理，一旦卓尧资金雄厚，她这个名义上的未婚妻也没有存在的必要，他们是各取所需。

“我是不是很自私，我们是不是很残忍？卓尧，你告诉我，我这么做，是不是要遭天谴的？”我贪恋他的爱，迟迟无法退出。

“小漫画，别这么说，自私的是我，想要事业，想要家庭。残忍的人也是我，真的有天谴，那也是我的责任。爱本无罪，我们没有伤害过谁，何过之有？”他说着，用纸巾擦拭我嘴角的汤汁。

我被他的动作逗笑了，我拿着纸巾看，说：“讨厌你，我哪有把汤弄到嘴上，你总是白操心，我又不是小孩子。”

“你还没有黎回成熟。”他批评我，爽朗地笑。

我的手机响，来电显示是叶洁白，我看到这个来电，头皮发麻，这就是做贼心虚吧，我问卓尧：“怎么办，她打电话来了，我接不接，我该怎么说？”

“我来接。”卓尧伸手来拿电话。

我急忙把振动中的手机藏在背后，不给他接，说：“你不能接，你一接，她就知道我们俩在一起，她会伤心的。嘘，我来接吧。”

我接通电话，说：“有事吗？”口气冷淡，想想又有些内疚，语气缓和一些，说，“我在喂孩子吃饭，有事你说。”

“你在上海？”叶洁白迟疑着问。

“嗯，在上海啊，怎么了？”我明知故问，撒谎还是让我的脸稍稍发热了，心跳加速，像个偷东西的窃贼。

“公司安排我和阿Man一起来广州出差的，他没有和我乘同一个航班，也不见我，也不管我，我也不知道他住哪家酒店，我以为是因为你也在，所以他才会抛下我不管。”叶洁白委屈地说。

我只好安慰她说：“他也许是忙呢，或者怕你受累了，你就自己在广州吃吃玩玩，他肯定是有把握能独自处理好工作事务才会这样，你别担心。”

“曼君，你放心，等时间到了，我会离开他，谢谢你的善良和宽容。”叶洁白诚恳地说。

这倒叫我难堪，无地自容，我匆匆说了几句就挂了电话，望着卓尧，勉强一笑，说：“我好有压力，这么好一个女孩子爱你如此之深，你反倒不珍惜她，她现在一个人在广州找不到你。”

“她可是堂堂宏叶集团的董事长，以她在广州的人脉，你以为她会像个小女孩迷失方向吗？倒是你，我的小漫画呀，老爱犯迷糊，我是一天不见都不放心。”他感慨道。

这样子的对话，真是温馨，有恃无恐地相爱，该多好。

见到程介泽，双方介绍之后，我才知道，原来程介泽就是上海著名大律师程肃清的儿子，也就是上一次鼓励我考律师证的程律师，他说愿意收我做徒弟。程肃清和卓尧的父亲是世交，此时我才恍悟，难怪程肃清会对素昧平生的我伸出援助之手。

程介泽白净，戴着黑框眼镜，没有建筑师的另类气质，倒很像他父亲，是一个文文静静的青年，但只要几句话沟通，便能发现他内心的艺术世界，宏观而庞大的构建方案。卓尧没有先提合作之事，只是和程介泽谈建筑与理想，看来卓尧之前做了大量的准备工作来收服这个千里马。他们两个男人谈着对国内外各个建筑师以及建筑的看法观点，他们的观点有时会产生分歧，有时会不约而同达成一致，看起来，聊得很投机。

而后，卓尧才提出他的想法，程介泽在看了卓尧递给他的企划书和建筑图以及了解了楼盘的理念之后，饶有兴趣，事情一下就明朗了起来。很快，程介泽和卓尧之间就达成了合作协议，卓尧成功邀请程介泽做新楼盘的形象大使，并且程介泽给新楼盘重新起了一个好听的名字：绿时佳苑。结合着小区里大面积的绿化设计，以及绿色清新的格调，又加上在春天开盘，程介泽当场题诗——春芳又绿时，故人何不归。

以绿色、春天、归家，三个主题来宣传新楼盘，加上程介泽的实力代言，各个地铁、公交站的LED灯箱、移动电视屏幕、媒体广播宣传多面进行，本着以人为本，以家为中心的理念，我想，卓尧的成功指日可待。

假设我不认识佟卓尧，作为一个购房者，我也会选择绿时佳苑。

“只有先打动自己，才能做好楼盘，如果自己都不想入住，那这个楼盘对开发者而言是失败的，我留了一套给我自己，也给你留了一套。”卓尧对程介泽说。

程介泽点头说：“佟少这个观点我很欣赏，你不是普通的商人，你是个注重人性化、充满浪漫文人气息的商人，这可能和你是漫画师的身份有关，当然，你有这么优雅美丽的太太，也是你浪漫的由来。谢谢你的盛情邀请，绿时佳苑的那套房子我收下了，不过我会按照绿时佳苑开盘的价格来买，你懂的，只要东西好人人都会掏钱掏得心甘情愿。”

程介泽签了合同，会在一星期内处理好广州的工作，在绿时佳苑开盘前积极配合做好宣传工作。

我长嘘一口气，这事终于办妥当了。

晚上和程介泽一起吃了晚饭，卓尧和程介泽似乎特别谈得来，我这个对建筑一窍不通的人居然也听得饶有兴趣，偶尔也会参与他们的讨论，两个行业不同的男人因为对艺术共同的追求达成了一致。

末了，程介泽在临走的时候，和卓尧握手，说：“佟少，这几天你辛苦了，看了大量有关建筑方面的知识，记得这么牢固，一定累坏了吧。”

“果然是和我一起长大的好兄弟。”卓尧心服口服。

“其实，我爸前天在电话里同我说了你的这个想法之后，我就答应了。故意没给你答复，让你亲自跑一趟，一来感受一下你的诚意，二来领教你的实力，大名鼎鼎的佟少名不虚传。令我意外的是，还让我看到你和嫂子夫妻恩爱的一面，原来你佟少也有温柔的一面。”程介泽说。

“你还是和小时候一样，少年老成，什么事都瞒不过你的眼睛。”卓尧说。

“建筑师不仅可以看透建筑的构造，还可以，看穿人这里的构造。”程介泽指了指自己心脏的位置，补充说，“佟少，你心里的空间太小了，只装了一个女人。”

“一个够了。”卓尧拥着我，微笑着说。

送别程介泽，我打电话回到家里询问阿春和黎回有没有吃饭，黎回有没有乖，黎回在电话那一头喊我妈妈，然后喊了一声爸爸，季东说已经教会黎回喊叔叔、阿姨了。卓尧笑季东普通话说得不是很标准，别把黎回的发音误导了。

我依偎在他怀里，说：“疼先生，那你介不介意我让黎回喊你疼爸爸。”

“当初你定是故意喊我一声疼先生来打动我的芳心。”他得意地说。

我捏捏他的下巴说：“我的疼先生，脸皮越来越厚了哟，是你先追求我，是你先打动我的芳心。”

我们回到酒店，已是晚上十一点，我站在房间窗前看着夜景，问他：“卓尧，之前是你找过程肃清吗？是你在他面前提及我，并让他帮我的对不对？佟家和程家的关系这样好。”

“我是找过程伯父，那时我跟你都心存芥蒂，刚好公司和正清律师事务所有个事情要谈，我去了那里。很巧，正在和程伯父谈话的时候，不经意瞥见你从窗户下走过，像个小傻瓜似的站在律师楼楼下，羡慕地看着从那里面走出的律师，我只觉心疼，拜托程伯父鼓励你一下。他本来就对你印象深刻，当年没收到你这个徒弟也是他的遗憾，所以他就下楼找你谈了谈。”

卓尧与我并肩站着，窗外是春天的夜色，空气中弥漫着淡淡的雾气，楼下酒店大门口的路灯下有灌木丛，隐约可见上面落了些桃花的花瓣。

“谢谢你，你究竟还为我默默做了多少事，一一告诉我，好不好？你给的惊喜太多，而我，我也帮不了你什么。”我惭愧地说。

“胡说八道，我是你丈夫，反正我会坚持做好你的丈夫，做好黎回的爸爸。你要向我学习，做个合格的妻子，要对我宠爱有加，温柔有加，比如说现在——闭上眼，让我吻你，乖乖的。”他话音刚落，唇就贴了过来。

我悄悄眯着眼看他闭着眼深情投入的样子，这个男人啊，我是注定中了他的毒。

得不到名分，如此这般厮守到老，也很好。我放任自己沉溺，我没有能够再恢复的能力，那种爱到灵魂融合只有死亡可以终结的爱的能量。

等下去，就算是等到人世已老，沧海桑田。

他说我的身上有白色小花的芬芳，我说他的身上有阳光下树木的清香，他是一株树，我是落在他身旁的一朵花。这样的男子，从他的明眸里，反射出一个更加美好的我，女人的一生，遇见这样的男人，他会让你重新审视你自己，包括挑选男子的眼光。

如他说的，爱过他的女人，再也爱不上别的男人。

在广州还有一天的时间，我躺在他怀里用电脑查广州旅行的攻略，纠结地说：“怎么办，卓尧，哪里我都想去，可是只有一天时间呀。”

“那你先选一个你最想去的地方，以后机会多，再慢慢玩。”他说。

“噢——那你要不要打个电话给叶洁白，关心一下，她一个人在广州，你不能扔下她不管。”我说。

“她又不是小孩子，她有花不完的钱，不管哪里，只要有钱，就不会丢。”他说。

“那万一遇到坏人呢？她长得那么好看。”我说。我没有想到的是，我竟会一语成谶。

“今晚不提她，好不好？小漫画，你善良得有些过度了，你再这么说，我有理由怀疑你不够爱我。”他说。

我乖乖点头，指着电脑屏幕上的旅游攻略说：“明天白天，我们去莲花山好不好？那里有两千多株桃花，我要去看桃花，求招桃花运。”我偷笑。

“你敢，赏桃花可以，桃花运就免了。明早就去，我们多拍些照片，后天一早还要赶飞机，也不能玩太累了。”他拿过电脑，关机，给我盖好被子说，“小公主，该睡觉了，不然明早一双熊猫眼看桃花，就不能人面桃花相映红了。”

我钻进被子里，搂着他的脖子睡，真踏实。

# 第十五章 曼君，我想见你，哪怕片刻

岁月流逝，我无法预知我们前方的路途是否还能手牵手看四季更替，赏花观景，唯有此时，珍重珍惜。

广州真是温暖呀，只需要穿一件春衫，长裙和单鞋，风吹在脸上，都是温暖的，真是个迷人的城市。我披着长发，穿着简单，卓尧一身休闲装束，穿了运动鞋，他脱下西装、衬衣，少了些倨傲，多了些清凉和澄澈。

到了莲花山，我们手拉着手，像平日里遇到的每一对情侣一样。我是个名副其实的吃货，在粤式风味餐厅里先吃饱了肚子，边走边吃番禺小吃，然后在斋堂里吃七色拼盘素菜。

山上，漫山遍野的桃树，花开满枝丫，空气里都是桃花盛开的香气。各种颜色的桃花，深红、玫红、粉红、粉白，这些桃花热热烈烈盛放着，形成一片花的海洋，让人沉醉。站在一株桃树下拍照，卓尧先给我拍了一张，然后请一名路过的游客帮我们拍了一张合影。照片里的我们，很登对很有夫妻相，好吧，我承认我笑的模样越来越像他。

有人在带着桃花花瓣扑面吹来的春风中吟诗："花谢花飞花满天，红消香断有谁怜？一朝春尽红颜老，花落人亡两不知。"

"卓尧，这桃花真美，只可惜花期不长，花刚开，就被春风吹谢。"我从地上拾起一片还很鲜艳的花瓣，怅然地说。

"在这清静的地方，享受春光无限好，我不许你忧伤。以后每年我们都要出去走走，转转，看各处的风景，在风景中游走老去。"他触景生情。

在这桃林里逛了一天，好似全身都沾满了花的香气，卓尧拨开我的发丝，从发丝间找到几片藏匿的桃花瓣，我想，它们是要跟我走吗？

回到酒店，翻开相机里一张张照片，每一张都不舍得删除，哪怕有些因为手抖拍花了，有些曝光过度了，可我也不舍得删，很怕以后不会有这样的机会在一起拍这种照片。

太爱一个人，好的、坏的，所有的记忆，都不舍得delete。

岁月流逝，我无法预知我们前方的路途是否还能手牵手看四季更替，赏花观景，唯有此时，珍重珍惜。

“我这一生都会爱你。”他说。

“我这一生都会信你，相信你爱我。”我说。

人间哪有真正的世外桃源，所谓的世外桃源都会被外界一一打破，扰乱。

他的手机有好几条未接电话，都是叶洁白打来的，没有未读短信，因为他从来都不会回复任何人短信，除了我。他说成熟的男人是鲜少会拿着手机发送短信的，除了给最爱的女人。

明天我们就要回上海了，这是在广州的最后一夜。

他洗过澡，腰际低裹着浴巾。靠在床上，拥着我，洁净修长的手指剥好柑橘喂我吃。电视里放着韩剧，剧中的男主人公因为女主人公的死去痛哭流涕，这样狗血的剧情，我居然没有掉一滴眼泪，明明平日里会无端落泪的我，此时泪点全无。

看来，这女人只要爱情甜蜜幸福了，再伤感的故事也打扰不到她甜美坚硬的心。

我穿着一套素色的bra和内裤，我喜欢穿一套一套的内衣，女人应该从内在精致起来，这段时间，胖了些许，身体显得略丰满。

躺在他怀里，他的手指在我的腿上写着字，要我猜，他写了很多遍“我爱你，曼君”，我说痒，他说：“那我吻你便不痒了。”

他俯身吻我，我双手攀住他的脖子，他的身躯和面庞，让我沦陷。

“我喜欢你的腹肌，还有你饱满的臀部。”我弹了弹他的腹肌，真结实。

他皱着眉，打量我说：“越来越色了，我得治治你好色的坏毛病。”

“哪有——都老夫老妻了，我表扬你嘛，你也该表扬我才对。”我说。

“难道你要我说我喜欢你的胸肌吗？”他思忖着说。

“哎呀，你真讨厌，你才是胸肌，你全身都是胸肌！”我用拳头轻捶他的胸膛。

手机不合时宜地响了，是我的手机，一看号码，是叶洁白。她是怎么了，找不到卓尧，就来找我。

我从卓尧的身下移出身子，清了清嗓子，接通电话，说：“你有事吗？都这么晚了。”她这样不停地找卓尧，我吃醋了。

“曼君，卓尧真的没有和你在一起吗？”叶洁白低落的声音。

我于心不忍，说：“真没有在一起，他不是和你去广州了吗？我帮你问问，好不好？”

我心里挣扎，矛盾，在善良与爱的面前，我迷失了方向，欺骗了叶洁白。

酒店的房门传来敲门声，有门铃呀，怎么酒店的工作人员不按门铃呢。

只是一秒钟的时间，我反应过来，叶洁白和我通话的话筒里，也传来和酒店房间里一样的敲门声，一样的节奏。

“开门吧，阮曼君——”叶洁白冷不丁地说。

手机从我的手里滑落，掉在厚厚的地毯上，我惊恐地望着只裹着一个浴巾走上前开门的卓尧，连制止的勇气都没有。我坐在床上，很羞耻，我只穿着内衣，我慌忙拉着被子盖在身上。

“怎么是你？”卓尧吃惊的声音。

“佟少，你以为我找不到你吗？我只要查广州最豪华的几个酒店便知。我是来找阮曼君的，我倒要看看，她是在上海还是在广州，我倒要看看，她口口声声说不会再介入我和你之间而现在她睡在哪里！”叶洁白冷冰冰地说，走了进来。

我像被揭开了最后一块遮羞布，无地自容。卓尧坐在沙发上，说：“叶洁白，我和你之间的规矩你很清楚，这和曼君没有关系，是我带她来的，她是我爱的女人，你有什么资格在这里质问她。”

“阮曼君，你真是让我大开眼界，你在电话里说你没有和卓尧在一起，可你明明和他这样睡在一起！你在欺骗我的时候，你有没有一点心虚，你有没有一点羞耻感？就算卓尧他不爱我，可他名义上是我的未婚夫，我和他的合约期还没有满，你就等不及了吗？你太不要脸了——”叶洁白说的话，锋芒直刺我的自尊心。

卓尧拉着叶洁白的手把她往外拖，低声吼着：“你给我出去！你再无理取闹欺负她，我对你不客气！”

“她就是不要脸，不要脸！”叶洁白尖叫着，面红耳赤，用手里的包砸着卓尧。

“滚——我告诉你，从现在开始，我们之间的关系彻底结束了，什么婚约，什么期限，都完蛋结束了！”卓尧生了很大的气，敞开门，将叶洁白推了出去。

我卑微地拾起一旁的衣服，一件件无力地穿上。

“阮曼君，你会有报应的！”叶洁白最后凄厉地控诉。

卓尧重重关上门，见我蜷缩在床脚垂着头穿衣服，心疼地抱着我，说：“曼君，别这样好不好，别怕，都结束了。这不是你的错，是我造成今天的局面，她的话，你别往心里去。”

“我要走，我要回上海，现在就走，我不能可耻地待在这里。”我甩开他的手，慌乱地穿衣服。

卓尧摇晃我，说：“你胡说什么，你不要这样侮辱自己，你侮辱自己就等于在侮辱我！”

“叶洁白说得对，我会遭报应的，迟早会报应到我身上的，你让我走，走得远远的！”

该爱一个人的时候，绝不拖拉，该离开一个人的时候，也要及时。我没有做好及时离开他，才把自己弄得狼狈不堪。

“别走，曼君，你这样让我害怕！”卓尧紧紧拥住我，不让我走。

“求求你，卓尧，保留我最后一点点自尊心和羞耻心，我不要没有尊严的爱情。”我求他放手。

“我不松开，你今晚能走去哪里？你要走，是什么意思？”

“我们分手，再也不要见面了。”我艰难地说。

“我不答应，曼君，我不答应分手？你不能这么自私，我说过了，我和她的婚约已解除，我们怎么能分开呢？你想想黎回，想想我们一家三口，你不要走。”

“正因为黎回，我才要彻底和你分手，我不想他是你的私生子，我不想他长大知道他的妈妈是个轻贱的女人，我不想他的身世永远见不得光，我宁可他没有父亲。”我说。

卓尧沉默，松开手，任我穿衣服。

“我不会让你像我母亲年轻时那样卑微没有名分，我更不会让我的儿子像我小时候那样见不得光，那种艰辛我比谁都有体会。但曼君你错了，你不能说宁可黎回没有父亲这样的话，你不能剥夺黎回有爸爸的权利，我是他的爸爸，永远都是。”卓尧说着，拿起西装西裤走进卫生间，换好衣服。

“我们一起改签机票，今晚回上海，你一个人回去，我也不会放心，有什么事，到了上海再商量。”他安抚着我。

我低头坐在床畔，说：“卓尧，我好难过，我真的好难过，我好讨厌我自己，牵牵绊绊，自私地伤害别人。我们再这样拖下去，真的有罪，我罪孽深重。”

“我来解决，我回上海就和叶老坦白一切，解除婚约，我会公开这个消息，新楼盘一开盘，资金到位，我以更高的利息来还宏叶投入的资金。”他说。

“这不是钱的问题，叶洁白她不缺钱，她要的是你的爱，你别再错了，回上海向叶老认错，向叶洁白认错，别再错了……”我哭着说。

他只好安慰我说：“好好，我们回上海再商量。”

手机进来一条短信，陌生的号码，归属地是上海，短信写着：万分紧急，请务必找到叶洁白，有人为了破坏佟氏和宏叶的关系，要伤害叶洁白，千万要保护好叶洁白的安全。

匿名短信，透露着一个可怕的消息，叶洁白可能有危险，这个发短信来的，定是一个知情人！

“卓尧，你看这条短信，是叶洁白有危险啊。”我高度紧张起来，直觉告诉我这条短信绝不是空穴来风。我总感觉我们的身边有个好心人在暗中帮助我们，透露着消息给我们，这个短信的内容，很可能是真的，那么叶洁白，必然有危险！

卓尧瞟了一眼，说：“谁在恶作剧吧，她能出什么事，你看她刚刚脾气火暴的样子，都能吃人了，谁能伤害她。我们订机票回上海。”

“不是，真的，我们出去找她吧。赶紧先给她打电话啊，如果真出什么事，我一辈子都良心不安，你也没法向叶老交代。”我说着，拨叶洁白的电话。

——您好，您拨打的电话已关机。

“她生这么大的气，关机也正常。”卓尧说。

“我得去找她，卓尧，我做过律师，你要相信我的直觉。”我说。

他只好点头说：“那就出去找找。”

从时间上算，不管叶洁白是乘车走还是步行离开，都没有走太远。我们下楼询问酒店门外的服务生，如果叶洁白坐出租车走的，那么服务生一定会帮叶洁白在门口叫车，这种五星级酒店，每隔十几秒就会有出租车绕过来在大门前候客。

我简单描述了叶洁白的装束和外貌，服务生指着朝东的方向说：“看着那个女孩哭着往那边走了，没多久，应该还能追上。”

我和卓尧按照服务生指的方向去找，走到一个路口，有一条巷子曲折，黑咕隆咚，巷子两边的墙壁上都画着大大的拆字。破旧的老式房屋早已人去楼空，一些收废品的老年人住在里面，还有些流浪的人和贫民，这样的破落和我们身后那栋金碧辉煌的五星级酒店形成了讽刺的对比，这是城市最常见的贫富差距。

一个拾荒的老人慌慌张张从巷子里跑出来，大喊着：“杀人啦，杀人啦……”

卓尧抓住老人的胳膊，忙问：“老人家，出什么事了？”

老人手里还提着蛇皮袋，全身战栗，嘴唇哆嗦着说：“快……报警，那边有个女孩快死了，流了好多血……快不行了！”

“不会是叶洁白吧，卓尧，我们赶紧去看看！”我急得心都快跳出来了。要是叶洁白真出了什么事，我和卓尧还怎么面对余下的人生，她是无辜的，她没有做错任何事，千万不要是叶洁白啊。

顺着黑漆漆的巷子走进去，听到了微弱的呻吟声，卓尧借着手机的亮光拥着我往前走，他担心我会害怕，让我闭上眼睛。走进巷子深处，在一堆废弃的垃圾筐旁，我们都看见了躺在地上而腿下流了长长一摊血的叶洁白，她的内裤被褪到了脚踝处，我已明白发生了什么事。

“叶洁白，你醒醒，不要睡，我马上报警，医生很快就来了……”我手抖着拨打110。

“孩子……我的孩子……”叶洁白气若游丝，手慢慢地摸向肚子。

我听到这一句，顿觉五雷轰顶。

眼下的情况我想不了太多，我只是望了一眼卓尧，拨打了报警电话和急救中心的电话。卓尧想扶起叶洁白脱下衣服盖在她的身上，我忙制止：“你别碰她，她伤到哪里我们不清楚，不能随便碰，医生马上就来了，也要保护好现场，才能破案。”

做过律师的经历，让我在这种场合下迅速恢复了冷静沉着。

“破案要紧还是人命要紧，她流了这么多血，我们必须先给她止血！”他焦急地找寻伤口。

我仰起头，让眼泪倒回去，他是担心叶洁白，还是担心她肚子里的孩子。

“你找不到伤口的，她流产了，你怎么给她止血！”我说。

“救孩子……我不能失去孩子……”叶洁白意识模糊地念着。

卓尧大惊失色，说：“什么孩子，怎么会有孩子！”

“她怀了你的孩子，你还想隐瞒我到什么时候！”我转身往巷子外面跑，说，“我去路口等救护车，你看好她！”

他一声不吭，蹲在叶洁白的身边。

我走着，眼泪横飞。好惨烈，佟卓尧你无话可说了吧，你接下来是不是要解释说是酒后糊涂，甚至说错把她当作了我？呵呵，我的爱情幻想在这一刻灰飞烟灭。

在生命的面前，争分夺秒，我猛擦一把眼泪，一定要救活叶洁白，我不能再沉浸在儿女情长里，救人要紧，别的都不重要了。

救护车和警车几乎是同时到达，我站在路口挥手，将医护人员和警察领到巷子里来。叶洁白被抬上了救护车，我和卓尧跟随警车到医院，一路上配合警察做着笔录。

当警察问及我们是什么关系的时候，我自嘲地说：“她是他的未婚妻，我是他孩子的妈妈。”我把手机递交给警察。

车上的警察都面面相觑，被这样复杂的关系弄得尴尬。

做完笔录，卓尧电话通知了叶洁白的助理，没有惊动叶老，叶老年纪大了，万一受到刺激，那事情就更无法收拾了。叶洁白的助理连夜飞广州，林璐云得知了，也和卓尧的二姐赶过来。

我和卓尧的“丑事”终究是要尽人皆知了。

阮曼君，早知今日你何必当初，若早点断了这层关系，也不会害无辜的叶洁白受伤成这样。

我们等在抢救室外，我祈祷叶洁白不会有生命危险，活着最重要，一定要平安活下来。

长达两个小时的抢救，终于等到手术室上灯灭的那一刻。

医生走了出来，说：“哪位是病人家属？”

“我是她未婚夫，她怎么样了？”卓尧问。

嗯，危急关头，他到底还是会承认他和她的关系。

我已无心计较太多，从我知道叶洁白怀孕的那刻起，我对佟卓尧，看透了，也绝望了，我也不再计较他和她之间的称呼是什么，此时，我只想确定叶洁白平安度过危险期。

我和佟卓尧，恩断义绝，再无未来。

“你未婚妻怀孕三个月了，发生这种事，胎儿是保不住了。她遇到了暴力袭击，被猥亵了，加上暴力造成的流产大出血，现在病人情况不很稳定，但不会有生命危险。最重要的是，她的精神受到很大的刺激，恐怕一时很难恢复，心理上的创伤要比身体上的更难康复。”医生说。

“好，那什么时候可以转院？”卓尧问。

医生说：“观察一天，情况稳定就可以转院，你们是上海来的吧？回上海要进行心理辅导，我还要向警方汇报病人情况，先走了。”

叶洁白在清晨的时候醒了一次，醒来之后就大叫大闹，一见到我就抓狂，情绪激动，护士只好给她打了一针镇定剂，她才睡去。

卓尧坐在病床边，自责地说：“都是我害了你，把你害成这样，我一定治好你。”

我坐在病房外，不敢进去。好好的一个女孩子，被祸害成这样，凶手是谁？除了那个施暴的直接凶手，我和卓尧就是间接凶手。太可怕了，叶洁白经历了多可怕的变故，我恨我自己，事情演变成这样，我才知道要斩断这份感情，却造成这样令人痛心的局面。

叶洁白的助理从病房里走出来之后，见到我就甩给我两个响亮的耳光，她“呸”了一声说：“不要脸，勾引叶总的未婚夫，贱人！你有什么脸站在这里，你对得起病床上的叶总吗？你滚蛋，少在这里猫哭耗子假慈悲！”

她的声音，引来了周围很多病房里的病人和家属围观。

“对不起……对不起……”我垂头说。

“朝我说对不起有什么用，你进病房对叶总说啊，你敢看她的眼睛吗？你抢别人的男人，把她害得这样惨，你还嫌不够吗！”

我看向病房里的佟卓尧，他没有说一句话，坐在病床边，沉默不语。

“原来是未婚夫和别人偷情，未婚妻遇到歹徒，还流产了，真是罪孽啊。”围观的人道听途说拼凑这样的故事，议论纷纷。

“不要脸的贱女人，破坏别人感情，滚出医院！”

“滚吧，快点滚！”人群中有人推了我一下，我险些倒在地上。

卓尧没有走出来，我低着头，无颜面对任何人。我不知道自己是如何走出医院的，像是随时都会窒息。我蹲在医院门口，放声大哭，一切都完蛋了，我害了自己，害了卓尧，更深深伤害了叶洁白。

我和卓尧走到这种地步，还有什么希望，死局般的结尾。

回到上海住在那栋别墅里，整日惴惴不安，做梦也会惊醒，阿春担忧我这样下去会精神分裂，她说这不能怪我，可我听得出来这是宽慰我的话。我寝食难安，想要打听叶洁白的消息，但我绝对不会找佟卓尧。

多多帮我打听到了消息，卓尧带着叶洁白回到了上海。叶洁白身体在正常康复，但精神很不正常，要么就是念着孩子孩子，要么就是有暴力倾向，尖声惊叫，疯了一样躲在墙角踢打靠近她的人，害怕脱衣服，不敢洗澡。

“叶洁白怕是很难康复了，曼君，你真的打算和佟少彻底断绝了吗？”多多问我。

“不然怎样，我和他都对不起叶洁白，现在叶洁白疯了，我和他不可能走下去了。”我凄然地说。

多多点燃一根烟递给我，说：“你和我观念不同，如果袁正铭的老婆疯了，我立马就乘虚而入。你和自己较什么劲，你不爱他了吗？你舍得吗？事情既然都发生了，你选择躲避，有意义吗？”

“有意义，我要摸着良心做事，我不要踩着叶洁白的伤口去得到爱情。而且，我和卓尧的问题并不仅在于叶洁白康不康复，他和她有过孩子，这意味着什么？意味着他欺骗我，他说他和她没有关系，可事实呢！”我猛吸一口烟，被烟呛得咳嗽。

“男人一时控制不住自己很正常，你自己好好考虑清楚。不过佟少现在真可怜，听说叶老因为女儿的事和佟家彻底翻脸，不等卓尧的新楼盘开盘，就立刻抽离了投入的全部资金，并发表声明与佟氏集团没有任何商业往来。做得真决绝，也不想想佟少现在每天都在医院照顾他女儿，还要怎样。”多多打抱不平。

“他会有办法渡过难关的，不用为他操心。”

“是啊，最近宣传开了，国际著名建筑师程介泽代言佟氏的绿时佳苑，可火爆了，估计开盘前一天晚上，售楼部门口就要排长长的队伍了，到时候的壮观规模可堪比乔布斯的苹果新产品首发会了。”多多说。

能听到他顺利渡过难关的消息，我心里有些放心。

“这次多亏了袁正铭，拿出一大笔钱借给佟少来还给宏叶，钱债是不欠宏叶的了，现在佟少每天都去帮助叶洁白做精神康复和记忆恢复，带着叶洁白去她之前最喜欢去的地方，做她最喜欢做的事。”多多说。

我摘下手指上的戒指，放在锦盒里，当是和过去告别。

“多多，不管叶洁白会不会康复，我都不会和佟卓尧在一起了，以后，别在我面前提这个名字，好吗？我想忘掉他，忘得一干二净。”我说。

“他是黎回的爸爸，你怎么能忘掉？”

“抽筋扒皮，也要抽空自己，忘掉他。”我说。

这之后，林璐云来过一次，对我态度竟很好，没有过多责备我。她带着佟桐来看望黎回，因为刘颂被抓的事情，我愧对佟桐，毕竟刘颂是她的爸爸。佟桐很懂事，拉着我的手说：“舅妈，我爸爸被抓，你也是为了帮助uncle，我不怪你。外婆很想念黎回，uncle整日不回家，除了在公司忙，就是去照顾叶姐姐，uncle真的很辛苦，舅妈你不要生uncle的气好不好？”

“曼君，都是我一手造成现在的悲剧，不是我硬要卓尧和叶洁白订婚，也不会发生这样的事，到最后，也是没有得到宏叶的帮助，还和宏叶闹翻了，毁了叶洁白，也毁了你和卓尧的感情。叶洁白怀孕，我也很意外，卓尧对她很冷淡的，我想不明白，这中间是出了什么事，问卓尧，他也不说。我真的后悔我自己的错误决定，害得你们三个人都饱受折磨。”林璐云满是歉意地说，她很痛心。

黎回独自玩耍，嘴里喊着爸爸。

“他都半个月没见到爸爸了，他就自己一个人边玩边喊爸爸，他可能是怕自己会忘了爸爸吧。”我心酸地说。

“你和卓尧，真的没有挽回的余地了吗？”林璐云问。

“没有了，我和他不可能了。”我等林璐云的一个认可等了太久，现在来得太迟了，我想嫁给卓尧的时候她不同意，如今，她同意了，我也不会和卓尧在一起了。

决绝激烈，仿佛可以从此消失再也不相见。如果他还爱我，那我就是要这样被他无法得到地深爱着，这就是我阮曼君对他的报复。

我偷偷去看叶洁白，隔着厚厚的玻璃窗，我看见她双手紧抓着自己的衣领，头发乱蓬蓬的，曾经那样优雅的女孩子成了这样。她对着空气自说自话，表情不停变化，大吼大叫，当看到玻璃窗外的我，疯了一样朝我冲了过来，把整张脸死死贴在玻璃上，眼珠瞪着我，我被吓得往后直退。她恨我，她如此深地恨我。

一个夜晚，狂风大作，暴雨如注，而夏天也到来了。

他送我的车，还停在车库里，我想起阿春说的，车库里的下水管道破了，涌进了很多水。我打着雨伞，在车库里查看，那辆车还是崭新的，他送我车的时候，只是随意地说："车库太空了，我给你买辆车放进去。"

我蹲在车库里，望着下着暴雨的天空，回忆我们的过去。

那晚，卓尧的电话打了进来，我静静望着手机在黑暗中闪着光，我抗拒却又期盼，那光亮，带给我熟悉的温暖。在电话打进第三遍的时候，我接通了电话，心怦怦跳。

"有事吗？我睡了。"我小声说，装出睡意，疲惫，满不在乎。

"曼君，我想见你，哪怕片刻。"他这样的一句话，就轻易打动了我。

不能，我要坚定。

"我不想见你，哪怕片刻，我也不想见你。"我冷漠地说。

他说："你还记得你说过你这一生都会相信我的吗？为什么你不肯相信我。"

"你还记得你说过你这一生都会爱我的吗？在情场你比我老到，你应该知道承诺不过是游戏的对白。"我说。

"我就这么不可原谅，不值得你信任？叶洁白精神成了这样，其中的缘由只有她自己清楚，我不想说出有损她清誉的话，所以我对外界才没否认这个孩子是我的，但曼君你要相信我，我跟她真的没有任何亲密的接触，她怀孕的事和我没有关系。"卓尧解释说。

"解释等于掩饰，现在她这样了，任你怎么说都行啊。"我说。

"这就是我给你的解释，你要是不相信我，我无话可说了。"他怅然地说。

这句话令我又开始犯心绞痛，像有无数的针扎在我的心头。

“那我挂了。”我说完，迟疑了一秒之后，按了挂断键。

那场暴风雨之后，空地上的那片百合花一夜之间，七零八落，全部都残了，再好的花匠，也是无能为力了，一切都是天意。

我无心备考，眼看九月份的司法考试就要到来，可实在无法静心，从车库取了车，想去超市给黎回买些吃的，鬼使神差，车开着开着开到了去年我和卓尧遇见卖雏菊的婆婆的那个路口，卖串串香的摊贩大叔还在。

想买些雏菊，并没有看见卖花的婆婆。

是不是暴雨天气，打伤了她的雏菊花儿?

下车问摆摊的大叔：“麻烦问一下您，在这里用提桶卖雏菊的婆婆去了哪儿?”

“你说张老奶奶啊，早就死了啊，半年前就死了，这半年，还真有不少人来这里问我，她种的雏菊最好看。”大叔憨厚直爽地说。

一点也没有委婉，直截了当的一句“早就死了啊”，我难过极了，世事难料，有些人，一转身，就是一辈子。

坐在车里，突然不知道自己要将车开往何处，于是就用双手蒙住脸，伏下头掉了眼泪。还记得卖花婆婆的脸，被风吹得皲裂，那么亲切慈祥的老人。

开着车在几条街上绕，路过一家三层楼的影楼，赫然看见橱窗上的巨幅照片，是我和卓尧、黎回手拉着手站在合欢树下，一定是卓尧让影楼的人挂上去的。我坐在车里，盯着那幅照片，捂着眼睛哭，眼泪从我的指缝里钻出来，落在身上。

有人路过影楼，驻足仰头观望着这张照片。

我再也触及不到的幸福。

我没想到，程肃清会亲自来我这里。他询问我考试准备得怎么样，遇到难处没有，我向他请教，留他中午在这里吃饭，他直接告诉我，是卓尧让他来看看我，鼓励我。

“卓尧他是个对感情执着专一的男人，你们之间存在着误会。他很关心你，托我来看望你，他不想影响你参加考试，你也要考虑一下你们之间的事，当然，眼前是考试为重，考试通过之后，你就来正清律师事务所上班，我收你为徒，这不是看卓尧的情分，而是你真的优秀。”程肃清说。

“程律师，谢谢你的关照，我一定会好好努力考试，我和卓尧是不可能复合了。”我微笑着说，心如止水般平静。

程肃清走了之后，我投入到备考的状态，英语口语水平也有很大提高，林慕琛从国外给我打过一次电话，我用流利的英语和他交谈。

卓尧的新楼盘开盘当天，被抢购一空，佟氏成为最成功的新晋房地产商，他的成功，我早就预测到了。看着媒体记者采访他，他满面春风对着镜头，谈吐优雅，说着未来公司的远景规划。

他过得很好，事业很成功。

章依打电话问我，再三确认我是不是真的要放弃和卓尧的感情了，我说了三遍真的。

“那好，我要开始追求佟少，他现在比三年前还要风光十倍，你放弃，是你傻。”章依说。

我坐在椅子上，盯着咖啡壶，发呆，孤独，然后动手摆放那几盆小绿植，茉莉、兰花、仙人掌和一盆菖蒲，浇水，加土，最后坐在窗台前，捧着书，开了窗户抽烟。

“夏天呀，是你们正长身体的时候。”我对着花儿说。

烟是多多上次留下来的，我只抽完她留下来的这几根烟，就不会再抽了。

黎回很乖，他不再像以前那样每晚都缠着要找爸爸说故事才睡觉，他长大了，他会摸着我的脸说：“妈妈，宝宝不想爸爸，宝宝也不听故事了，妈妈一听到爸爸就会哭，宝宝不要妈妈哭，黎回最乖了……”

听到这般贴心的话，我抱着黎回，满心安慰，还好，还有这么好的一个儿子。

阿春和保安小齐分手了，因为小齐催促她离开我这里，和他回家结婚，阿春是觉得我正处在难关，又要考试，她不愿舍我而去，但我发现季东总是会开车来接她出去，我琢磨着，这阿春是不是真和季东谈恋爱了啊。

阿春会把从季东那里打听到有关卓尧的消息告诉我，我能想象到，她一定也会把我和黎回的消息告诉季东。有几次，经过我允许，阿春带着黎回和季东一起出去玩，回来时，阿春带了很多给黎回买的新衣服和玩具，我知道，是卓尧带黎回去买的。我和他分手了，但我不阻拦他见黎回。

九月，司法考试，因为准备得充分，加上之前就做过律师，一切还算顺利，进入正清律师事务所做一名实习律师，并拜程肃清为师。重新做回律师，这是我梦寐以求的事。

每天化着淡妆，拎着包，职业装搭高跟鞋，神采奕奕去上班，跟着师父学到了很多学校和课本上都学不到的知识。不久后，师父将一份刑事案交给我代理，对方辩护律师咄咄逼人，幸好我抽丝剥茧，找出对方的硬伤，这才险胜了官司。

没过几个月，我成为正清律师事务所的金牌律师，经手的都是最难打的官司，遇到瓶颈难以攻破，我就会请教师父，我全身心投入到工作上，不去想他。

他的事业蒸蒸日上，公司规模不断扩大，在程介泽的策划下，佟氏又中标了两块地皮，准备开发新楼盘。他又开始投入建造商场和五星酒店，他已经不需要任何人的资金支持就可以独立启动大项目。

和多多出来喝茶，她和袁正铭闹别扭，宋柏仍在等她，这就是她的感情棋局。

“曼君，你看佟少如今的风光和辉煌，你后悔了吧？他一直都单身，也没有任何绯闻，只是坚持照顾叶洁白，配合叶洁白主治医生制订的康复计划，那只是一种责任，与爱无关。我和袁正铭都看得出来，他还在等你，上次跟他一起去澳门赌场玩，他说他只输过一次，他输了你，赢了再多牌面，也没有什么赢的喜悦。”多多说着，从包里拿出一个DV，说，“佟少让我交给你的。”

回到家，打开DV，我看到了我生日那晚，他单膝跪在地上向我表白，他真挚的样子，我怎么会怀疑他呢？这样的卓尧，他会做出背叛我的事吗？

他录了一段视频，他坐在沙发上，双臂肘部撑在膝盖上，十指交扣在胸前，英气逼人。

他对着镜头说：“曼君，好久没见了，你好吗？听程伯父说，我们的曼君很优秀，连续成功打赢了几个漂亮的官司，现在是正清律师事务所金牌律师。恭喜你，你终于做回了你自己，成为一名出色的律师，我真为你开心。”

他说着，停顿了下，揉了揉眼睛，我看到他眼里满是红血丝，他一定很累。他又笑着说：“我也挺好的，公司现在稳定发展，我同时启动了三个大的项目，你放心，我不会得意忘形，我总想，要是你在我身边，哪怕是陪我说说话，也能缓解一下我的压力。我知道，你不会原谅我了，连我自己也不明白这当中是哪个环节错了，让我这么不可原谅。我没有欺骗小漫画，也没有做过背叛小漫画的事，小漫画装满了我的心，我的心容不下别的人。我还是会照顾叶洁白，来弥补我的过失，你的善良也让我清楚我只有这么做，才能减轻你的自责。相信等叶洁白清醒过来，恢复正常，她会说出真相，她怀孕的事，还有事发当晚的事，案子一天没破，我都无法心安理得。”

“小漫画，你得答应我，当真相大白那天，你要把缺给我的这些爱统统还给我。我妈妈几次都追问我们之间的关系，她很想我们在一起，我总觉得我们的幸福快要到了，我一个人坐在沙发上，总会幻想那样的一家人其乐融融的场景。”

我流着泪看完了这段视频，心被软化了，我相信你了，卓尧，虽然你还欠我一个合理的解释和理由，但我信你没有欺骗我。纵使我相信你，可我还是要提醒自己，残忍一点，狠心一点，远离你，不再有交集，要断得彻底。

把心一横，砸烂了那部DV，然后把DV给他寄到公司，我在包裹里附了一张字条，说：别再企图用回忆来打动我，我对你早就死心，我的生活已经重新开始，不欢迎你这个人的出现，希望永远不见！

在砸烂DV之前，我已经将里面的所有视频都拷贝了下来，我哪里舍得破坏掉那些美好的记忆，我和卓尧之间，也就剩下这么一些回忆了。

# 第十六章 他们那样艰难的爱情都能走下去，为什么我们不能

只见他从人群中走来，穿着白衬衣和黑色西裤，腕上一串黑曜石，迈着大而坚定的步伐就那样走过来。如拨开云雾的春日，令我满眼光耀。

很长时间，我们都没再有联系，各忙各自的事业，我走在路上，随时都能听到有关他企业的报道，他离开了我，越来越成功。我也是，在一个个棘手的案子中更加成熟坚强，以正义之心，恪守律师的职业道德，把维护法律的公平和公正放在第一，职业之光带来的名利双收我也欣然接受，不卑不亢。

元旦的时候，主任宣布新建的律师楼即将完工，年后就可以搬到新的办公楼，大家都很开心，师父程肃清也退休了，很少出山，他将手上所有的案子都交给我处理。

除夕夜，下着雪，我加班后赶回家，想要陪黎回和阿春过新年。我把车停在车库，往大门口走，看见他正从车上往下搬烟花，这是很长时间以来，我们第一次见面。

“佟少，你是不是走错了路，这里是我家。”我淡然地说，双手抱在怀里，戴上一顶白色帽子，兜住在雪中飞扬的长发。

“我来陪你放烟花，不是答应过你，每年的除夕夜都要陪你放烟花，明年我仍然爱你，比去年的爱多一点，比后年少一点。”他说，直起身子，咖啡色的大衣上，落了一层薄薄的雪。

我走过去，帮他拍了拍雪，这样的动作在过去看是再平常不过，现在却显得很亲昵，我保持着距离，说：“那你慢慢放，我就不请你进去坐了。”

“好。”他说，我不敢看他，我心疼，多久没犯心绞痛了，我不想再痛下去了。

我转身，走到门前，开门，轻轻合上门，装作什么都没发生。我牵着黎回的手坐在沙发上，阿春正在看春节联欢晚会，很有喜剧效果的小品，阿春笑得弯了腰，我却怎么也看不进去，直到门外响起了放烟花的声音。

阿春惊讶说：“还没到十二点呢，就开始放烟花了。”

我站在窗台上，仰望着升入空中的烟火，绽放，熄灭，沉寂，一连串的烟火，直至所有的都燃放完，他才上车。我看见他车里有香烟燃烧的火光，他抽完烟，才离去。

“卓尧，再见。”我在心里念。

走进房间，我依旧像每晚那样对着偌大的照片说：“卓尧，晚安，好梦。”

春夏秋冬，四季更替，又是一年过去了。

我们正清律师事务所的工作人员都搬进了新建的律师楼，新律师楼很气派，我有一个大的独立办公室，并有私人助理。我坐在现在的位置上，也没忘记自己一路走来的艰辛。我用自己的收入买了一套房子，是绿时佳苑的房子，买的时候也是委托中介买的二手房，价格很高。中介的客户经理问我怎么也跟风追求绿时佳苑的房子，我笑着说：“谐音嘛，绿时佳苑很像律师佳苑的音，住在这里，一定旺我，所以当然要住这里，风水好。”

中介客户经理笑着说：“原来大律师也信风水之说。”

什么风水，我的风水就是只因这是他的地盘，他一定想不到我会在绿时佳苑买房子。我将别墅的钥匙寄给了他，证明我可以独立了，没有他这棵大树的支撑，我依旧可以活得很好。

去看望叶洁白，她好了很多，虽然不认识我，但没有对我很凶，情绪稳定。听护士说，卓尧每天都会来看望叶洁白，和叶洁白说说话，很体贴，就算是丈夫也没有几个能做到这么风雨无阻，一日不差地来看望。按照这样的康复速度，应该离痊愈不远了。

我点头说：“他确实是个很好的丈夫。”

这话，说给自己听。

把黎回送进了一所幼儿园，我每天下班开车去接他放学，他很懂事，不问我爸爸去了哪里这样的问题。有时我会主动提，问他想不想爸爸，如果想，我可以送他去爸爸那里住几天。

他睁着明亮的眼睛问我：“妈妈，你想不想爸爸，如果想，我可以送你去爸爸那里住几天。”

“我不想他。”我说。

“妈妈，你在撒谎，我都三岁了，是大人了，你还骗我。”黎回不满地说。

“妈妈没骗你。”

“那你每天晚上都对着照片和爸爸说晚安。”黎回说。

三岁了，就这么人小鬼大伶牙俐齿，卓尧，儿子真的像你，我快要管不住了。

日子过得安稳，我胖了些，每天都对着镜子给自己加油鼓劲，上班时，有忙不完的事要做，忙得充实，下班就匆匆忙忙赶去幼儿园接黎回。阿春和季东是动了真格，爱得死去活来，我在他们的身上看到了当初我和卓尧的影子。季东的母亲嫌弃阿春的出身，嫌她家贫困，我出面做主，给了阿春丰厚的嫁妆，总算让季东的母亲答应了这桩婚事。

有情人终成眷属，帮助一对有情人结成连理，也是好事一桩。

是不是很多人都像我这样，自己的感情毫无着落，却总操心身边人的婚事，帮忙着张罗，只有在夜深人静的时候，才发现原来最需要操心的是自己，原来自己始终都是一个人。

第二天醒来，忘掉梦里的卓尧，起床洗脸化妆送黎回上学，然后去上班。

那栋新建的律师楼，竟建了一座观光电梯。

我每天下班，都会走进观光电梯，我宁愿多走几步路，也不想乘室内电梯。我有密闭空间恐惧症，在接连的打击之后，待在封闭空间里就越发心慌，呼吸艰难。

好在新的律师楼里，有这么座观光电梯，隔着透明的电梯，可以看到车水马龙的来往车辆。

这景色毫无美感，主任是怎么想的，还建一个观光电梯，真是奢侈浪费。我想不明白设计观光电梯有什么必要，不过也好，透明的电梯空间令我不会恐惧。

我也期待着，可以站在这座电梯里，远远看见他的车驶来。

想象他把车停在她身边，摇下车窗对我微笑。

似乎除了我之外，没有任何人乘观光电梯。

也许，大家都懒得多走几步过来，室内电梯更近些呢。每次看到室内电梯前拥挤的人群，而只有我独自等在观光电梯前时，我就会这么想。

新来的前台女孩米糯乘了一次观光电梯之后，挨了主任一顿训。

主任说：“米糯，那观光电梯是你能用的吗！那是给阮律师专用的，连我这个主任也没有资格用！”

米糯委屈道：“凭什么那座电梯成她一人专属的，这也太不公平了。”

“不公平，凭什么？凭她是我们律师事务所金牌律师，更凭——更凭这座观光电梯是佟卓尧私人赠予我们律师事务所五十万建造的……”

我正好给主任送客户文件，在门外听到主任和米糯的谈话，惊得手中的文件险些掉落在地。

他知我的心症，居然特意为我建造了专属的观光电梯。

这些日子，我每天上班下班乘坐的电梯，原来是他的用心良苦。

他从未从我的生命中走失。

我从来都不是一个人。

那天下班，我从律师楼乘观光电梯，隔着远远的距离，那么巧，简直像奇遇，我看见他从车里走出，我站在缓慢下降的电梯中表面上波澜不惊。迎面那一刻，我客气与他握手，淡淡地说：“久违，佟少。”

我的心里，早已是波涛汹涌。

他心痛地说：“你做得那么决绝，房子和车都退给了我，像是要把我从你的生命中彻底赶出来。”

“曼君，生命只有那么长，我们却生生分开了一年。”他牵着我的手，拥我入怀。

这样的拥抱姿势，我们重复了很多次，这一次，却像失散了很久的亲人，只是怀抱再温柔也不能逗留，情人到最后都会难免成为朋友。

我说：“如果你有公事，我已经下班了，请你明天再来。”我让自己清醒自持，逃离他的怀抱，想要走。

他在我身后说：“叶洁白完全康复了，她想起了过去的事情，你难道不想知道我和她之间的真相吗？”

“真相对于我们的结果还有意义吗？”我转身问他。

“当然有意义，上车。”他说。

我上了车，车里熟悉的木香，一切仿佛都没变，又回到了那个夏天，我们初遇时，他车里就是这般好闻的气息。

“会不会刺激到她，那件事，对她一定打击很大。”我言外之意，指的是她在那条巷子里受到的伤害。

“很奇怪，她所有的事与人都想起来了，就是忘记了那晚发生了什么，包括在酒店看见我们——也许这对她来说是一件好事，忘掉阴影，重新开始。医生说这是选择性失忆，人会选择性忘掉伤痛和不愉快的记忆。”卓尧说。

见到叶洁白，我始终不敢正视她，她拉着我的手，很是抱歉地说：“曼君，听护士说，你一直来看望我，我犯起病来，还打了你是不是？我真是太糊涂了，不过我现在好了，医生说我可以出院了，你不用怕我会打你了。”

她的话，让我惭愧。

“洁白，你终于好起来了，他一直都在照顾你，等待你康复。”我说，此时此刻，我无比希望卓尧和叶洁白走到一起，他保护她，不再让她受到伤害。

“曼君，我的病好了，所以我要把他还给你和黎回了。我不知道我发生了什么事会占用了你和卓尧一年的时间，耽误了你们，医生说我出了车祸伤到了脑神经。你看，我现在多么健康，多么阳光，我不需要他了，你把他领回家吧。”叶洁白明媚地笑。

“可是你……”

“可是什么呀，我怀孕的那件事是吧？我跟你说实话吧，我和卓尧之间是清清白白的，我肚子里的孩子是我偷偷去美国做了试管婴儿，我想生一个混血宝宝嘛，真的和卓尧没有任何关系。不信的话，我给你我在美国做试管婴儿的医院电话，我还有签的协议，我都找给你看，你要相信卓尧。”叶洁白诚恳地说。

叶洁白没有再喊卓尧阿Man。

卓尧听完后这才发话，说：“曼君，你都不信我，我这一年，等的就是这一天，我终于沉冤得雪。”

这都是真的吗？我相信，却太突然了。

即便如此，我也无法面对叶洁白的牺牲，她受到的伤害，就算她选择性失忆，但我没有失忆，我忘不了我带给她的伤害。

叶老接叶洁白出院，见到我和卓尧，也只是沉默，我和卓尧送他们上车，叶老摇下车窗，对卓尧说了一句公道话：“这一年你也尽职尽责了，我不再怪你，你也不欠我们什么了，我会和洁白移民到澳洲，你们自己，好自为之。”

这句话，多少让我们有些安心。

卓尧开车去幼儿园接黎回，黎回远远地就喊爸爸，朝着卓尧的方向跑，跑到卓尧跟前后抱住他的腿，我这个妈妈站在一旁受到了冷落。然后，他抱着黎回，牵着我的手，我们去逛菜市场，买了我爱吃的菜。他细心在菜摊上挑选蔬菜的样子，让人忍俊不禁，那样高高在上的男人，也会有一天在菜市场买菜。

阿春嫁给季东之后，每月都会回来看望我，照旧帮我收拾屋子，打扫卫生。我说她现在不是阿春了，是季太太了，她也不许我喊她季太太，说理解我当年不愿被她喊太太的心情了。

卓尧说他特意安排季东接近阿春好打探我和黎回的消息，没想到，季东假戏真做，真的喜欢上阿春这样单纯朴实的姑娘，还就真走到了一起，结成夫妻。

缘分这种事情，实在无法参透，看似无缘的人，也能在冥冥之中被什么牵引走到了一起，看似缘深的人，也会因各种误会而分手。

当他知道我住的就是绿时佳苑的房子时，像是受到了极大的感动，说：“小漫画，原来你一直都在这里。”

“你不也是，花了那么多钱，给我建观光电梯，真是浪费。”我说。

戴靖杰的公司彻底破产，他本人也消失得无影无踪，再也不用担心他会对佟氏构成威胁了。卓尧说他不再追究，不会落井下石，他要给一败涂地的对手留条生路。

晚上，我们吃了一个团圆饭，吃过饭，我就催促他走，他不想走，我说等他娶我才可以在这里过夜。我要矜持着点，我要做佟太太，再也不给他机会像以前那样，不给我太太的身份，只给我太太的地位，佟太太的身份和地位，我都要名正言顺得到。

他上车前，信心满满地说：“我一定娶你回家。”

那晚的月亮，圆呀圆，圆满得像我的心。

婚礼定在豪华游轮上举办，夜游黄浦江，像他描述过的那样，会有英格兰的乡村音乐和踢踏舞。

婚礼当天，多多和章依拿出由法国顶级婚纱设计师给我设计制作的一套婚纱，婚纱名字叫：百合正香。婚纱是按卓尧画出来的初形设计制作的，他会画漫画，居然还会服装设计，这婚纱很漂亮，独特的腰部百合花设计，可以完美呈现我做新娘的美态。

我接到了一个陌生的来电，电话中女人的声音我有些熟悉，仔细分辨，是欧菲的声音。

她只是努力挣扎说了一句："曼君，让卓尧小心，别来找我，别来……"电话被一个愤怒的男人挂断了，那个男人的声音，是戴靖杰。欧菲怎么会在戴靖杰的手上？会发生什么事？不行，我不能装作什么都没发生和卓尧结婚，不能让叶洁白那样的悲剧再上演，我要告诉卓尧。

我们的爱经得起考验，我相信不会因为欧菲的出现而受到影响。

"卓尧，欧菲被戴靖杰控制了，你在哪儿？我马上来找你。"我迫切地问，脱掉裙子和高跟鞋，换上牛仔裤和球鞋。

"我接到戴靖杰的电话了，他真是个疯子，他在公墓旁的一处废宅里，扬言我要是不去，他就放火烧死欧菲。曼君，对不起，今天的婚可能结不成了，我要去救欧菲，我一定会安全带着欧菲回来，我也一定会娶你。"卓尧说完，挂了电话。

我不能让他一个人去，我也要去。我上车后，猜想着大概有可能的几处公墓，想想，戴靖杰选的地点，一定是葬了他妈妈钟雯和外公钟利涛的公墓，那个公墓我知道，静安也是葬在那里，我去过，还看到过钟雯的墓碑。

我打开GPS，看了下地图上的距离，我知道我肯定能先到那个墓地。我很快发动车子，以最快的速度赶去那里。我是一名律师，我不再胆怯，先不惊动警方，欧菲具体的状况还不清楚，戴靖杰是疯子，万一他情绪激动伤害了欧菲，后果会不堪设想。先摸清楚现场情况，确认地理位置，再报警不迟。

我到了公墓，把车停在公路边，仔细看，确实能看见灌木丛中有一座废弃的平房。我慢慢地朝那座平房靠近，极小的动作，不想惊动戴靖杰。在我离平房只有几十米的距离时，忽然从草丛里跳出来一个人，对着我的头就是一棍子，我晕了过去，失去了知觉。

醒来的时候，我迷迷糊糊打量现场环境，发现我被紧紧绑在一根铁柱子上，我侧过脸一看，看见欧菲也被绑在了另一根铁柱上。

戴靖杰像恶魔一样面目狰狞，手里拎着一桶汽油，虎视眈眈望着我们。

“欧菲，你没事吧？”我看到欧菲被打得鼻青脸肿。

“曼君，我没事，你怎么也被关进来了，老天保佑卓尧不要中计，千万不要来。”欧菲闭上眼说。

我苦涩地说：“他一定会来救我们的。”

戴靖杰杀气腾腾地说：“你们俩还挺熟的嘛，我告诉你们，来一个，我杀一个！我要烧死你们，当初我妈是被水淹死的，我就要用火来对付你们！上一次算是他命大，没烧到他，反把这个笨女人烧了。”

欧菲身上的伤疤，那年的大火，果然是戴靖杰所为。

我怒气冲天，说：“你放火杀人，真是丧尽天良，你知道你被抓了之后的下场吗？！”

“不就是死路一条吗？我临死也要拉一个垫背的，我要杀了佟卓尧最心爱的女人，他最爱的，不就是你嘛！我要烧死你，烧死你！哈哈——不过这个决定我要等他来了做，你们俩一个死，一个生，我倒要看看他选哪一个生，哪一个死……哈哈，有意思。”戴靖杰将汽油晃了晃，脸上的五官可怕地扭曲在一起。

“你现在悔改还来得及，你烧死我，你自己也跑不掉，你要是为了报复连自己的性命都搭进去，你也没有赢面。”我和他说话，试图拖延时间，我的手在努力从背后拿裤子口袋里的手机，想要报警。

不管怎么样，不能让戴靖杰伤害卓尧。

“我怕死？我会怕死吗？我豁出去了，钟利涛我外公，知道是怎么死的吗？哈哈，是我杀死的，我为了报复佟卓尧，嫁祸给他，我杀死了我的亲外公！”戴靖杰呜呜地哭，忽然又恶狠狠抬起脸说，“谁叫他要劝我放弃复仇，我苦心经营的复仇大业，我要为我妈报仇，我杀了他，也是为了帮他女儿报仇！算佟卓尧福气大，被他躲过这一劫。”

“是你绑走了黎回，是你强奸了叶洁白，是不是？”我激动地问。

“是，在烧死你之前，我把一切都告诉你，你儿子是我绑走的，我计划了好几次都失手了，不过你一定没想到，欧菲其实和我是一伙的。她在渔村的海边自杀那次，你记得吧？是我安排她去接近你，找机会绑走你儿子，没想到她这么不听话，那次在医院，也没有得手，都怪那个该死的姓林的医生坏了我的事。不过冯伯文那个大笨蛋，哈哈，被我来了一招螳螂捕蝉黄雀在后。我本想好好折磨你的儿子，没想到欧菲竟敢背叛我，把黎回藏了起来，最后还把孩子送还给了你，你说欧菲是不是也该死，哈哈。叶洁白的事也是我搞出来的，哈哈。不过你们俩，我只杀一个，你们俩还不赶快争活下来的名额啊，哈哈！”戴靖杰此时就像一个恶魔。

“你还有没有一点点人性，佟卓尧没有伤害过你，他是你同父异母的哥哥，你怎么就想不通，非要一条死路走到底。而且叶洁白是无辜的，这种多少年前的上一代人的恩怨，你用这么残忍的手段来报复，真是无药可救。你要杀，杀我吧，放了欧菲。”我大义凛然地说，我是律师，我有责任保护欧菲。

“不，别伤害曼君，戴靖杰，我们错得够多了，一开始你就以卓尧的生命安全来威胁我替你做事，我都照办了，你还要怎样？你不能再伤害他们了，你杀了我吧，我早就不想活了，我活着也是行尸走肉！”欧菲说。

我大约弄清楚了事情的来龙去脉，欧菲一直就被戴靖杰控制在手里，戴靖杰以卓尧的生命安全来威胁欧菲做一些事情，把欧菲当作报复的棋子，到最后他复仇计划破灭，还是用欧菲来引出我和卓尧，戴靖杰真是撒开了好大的一张网，步步为营。

“你们两个都抢着为他赴死，啧啧，真是感人至深，等会儿把这个选择权来交给佟卓尧吧，你们俩也一定很想知道，他会选你们其中的哪一个跟他走。”戴靖杰说。

听戴靖杰的语气，他应该是不会伤害卓尧，他是要用一种更惨烈的方式来对付卓尧，这对卓尧而言比亲手杀了他还要残忍。我和欧菲，卓尧只能带一个人走，留下的那一个，会被这一桶汽油付之一炬。

这时传来汽车在坡地急速行驶的声音。

戴靖杰鼓着掌说：“他来了，好戏开始了。”

戴靖杰打开装满汽油的油桶，将汽油泼在我和欧菲的身上和周围的地上，浓浓的汽油味让我犯晕，他将空桶扔在地上，一只手握着打火机，对我说：“阮律师，你最好扔掉你手中的手机，上一次被你用手机录音了，这次，你报警试试看，你看是你的手机快，还是我的打火机快，到时候，你们俩一个都活不了，都得死——”

他将死字的音拖得很长。

卓尧车的刹车声在门口响起，他破门而入，我和欧菲不约而同地说：“快走，别管我！”

卓尧看着我，看看欧菲，握紧了拳头，对戴靖杰说：“你到底想怎样，是男人的话，我们一人一把刀决斗，你绑着两个女人算什么男人！”

“卓尧，他是疯子，他完全疯了，你带着欧菲走，别管我。”我哀求着说，汽油顺着嘴角渗入嘴里，我胃里一阵恶心难受。

“曼君，我来救你！”卓尧见状，直接上来要救我！

“你再敢往前走一步试试，我就先烧死她！”戴靖杰扬了扬手中的打火机说。

卓尧拳头捏得咯咯响，站在原地不动。

“想打我啊？哈哈，很愤怒对吧，我喜欢看你愤怒。游戏规则很简单，单选，两个女人你带一个走，我要烧死你最心爱的女人，我数一二三，你选一个，你可以上前解开她的绳子，带她走。”戴靖杰说完，开始数，“一——二——”

卓尧走到了我的面前，打算解开我的绳子。

“不要，卓尧，不要解开我的绳子，你救欧菲，你救她啊！”我哭着哀求说。

“卓尧，带曼君走，我和戴靖杰相处几年了，他不会杀我的，要杀早就杀了。”欧菲说。

“停！不许动！”戴靖杰说完，指着欧菲，对卓尧说，“你，解开她的绳子，带她走，我要烧死阮曼君。”

“你到底做什么，你说让我选一个的！”卓尧怒吼。

戴靖杰阴冷地笑：“你别忘记了，我说要烧死你最爱的女人，那么你救的是哪一个，我就要烧死哪一个！我给你五秒钟的时间，解开欧菲的绳子，带着她滚！”

卓尧冲到欧菲的身后，用最快的速度解开绳子，拉着欧菲就走，在门口，他转身对我望了一眼。

我朝他微笑。

卓尧，曼君不怕死，能够知道你选择的你最爱的人是我，你能选择救我，哪怕你没救得了我，我也值得了。

“戴靖杰，你非要烧死我才可泄恨的话，那你就来吧。”我闭上了双眼。

我的脑海里是黎回灿烂可爱的小脸，我舍不得儿子，舍不得卓尧，但我已经对不起叶洁白一次了，这一次，我知道我选择的没有错。

“哈哈，阮曼君，你好天真好可爱，佟卓尧真是有本事，能够救走欧菲，还哄着你甘愿赴死，佟卓尧是谁啊，他能不知道我的那点小算盘吗，我要烧死他最爱的女人，他只能救走一个，从逻辑上看，以他的智商他是肯定能猜到他先决定救哪一个，我就会烧死哪一个的。你以为他决定救你，是他爱你吗？哈哈，你错了。我为什么不烧死欧菲你知道吗？欧菲说得对，她跟了我几年，我还真的不舍得烧死她，你看看，我比你的佟卓尧还有情有义，你当初不如跟我……”戴靖杰说完，手就伸向了我。

“滚开，要杀就杀，别碰我！”我尖叫，用脚踢他。

“戴靖杰，别碰她，我和她一起死，你满意了吧。”卓尧的声音响起，他又返回来了，他怎么这么傻，都活着出去了，为什么还要回来。

他走到我身旁的铁柱子边，捡起地上的绳子，将自己绑在铁柱子上，我看着他把绳子绕在自己的身上，我哭着喊：“不要……卓尧，求求你快走……不要这样，我不要和你一起死，我不要看着你死……”我哭得肝肠寸断，他为什么要回来送死。

“别哭，别怕，是谁说的，有疼先生在，砍头也都不怕呢。生则同生，死则同死，我的小傻瓜。是的，我是知道我选带谁走，谁就会被留下来，曼君，你能原谅我吗？让你陪我一起死，我没有把生的机会给你。我们是夫妻，我最爱的女人只有你。我不能让欧菲死，她因为我被火烧过一次，我不想她无辜被牵累，再被火烧一次。小漫画，对不起，我别无选择。”他说完，伸出手，想要握住我的手。

两根铁柱子的距离并不远，我的手臂被绑住了，但是卓尧的手是自由的，他牵起我的手，侧着脸对我微笑。

“你现在走还来得及，你能扔下我们的儿子不管吗？黎回那么小，没了妈妈，再没了爸爸，他怎么办？卓尧，你快走，我不要和你一起死，我不要你看着我被火烧成黑炭。”我呜呜直哭，求他快走。

“小漫画，黎回会坚强的，妈妈和二姐会帮我们照顾好他的，他长大，一定会记得你这个伟大的妈妈。本来今晚是要娶你的，没想到，连累你送死。不过不怕，我一直都在啊。”卓尧说完，用手指在我的手心里写了几个字。

曼君，我爱你。

一生经历这样的一场爱，就算此时死了，除却对黎回的牵挂和担心，这场爱，轰轰烈烈，我值得了。

“卓尧，我不怕，你在，我什么都不怕。”

“好感人的场面啊，都不怕死，好，不求同年同月同日生，但求同年同月同日死，今天你们的婚礼要成为你们的葬礼了，佟卓尧，阮曼君，去阴曹地府结婚吧！”戴靖杰狰狞地笑，手在拨动着打火机。

我闭上了双眼，手上是卓尧的手掌传来的温度。

死即是生，若有来世，我还要爱他，至死不悔。

砰的一声响，几秒过后，并没有火光冲天，我睁开眼，看见戴靖杰倒在了地上，毕苏生拿着一根粗粗的棍子站在一旁。他捡起地上的打火机甩得远远的，用绳子绑起了晕过去的戴靖杰。

“得先把他绑起来，免得他装晕或者醒来偷袭，在墓地，我可是学会了反侦察的手段。”苏生绑好了戴靖杰，再过来解开我和卓尧身上的绳子。

“苏生，你怎么会出现在这里，像天兵天将一样出现救了我们，你要是再晚两秒，我就和卓尧变成烤乳猪了！”惊魂过后，我破涕为笑。

“我都以为我们要死了，居然你出现了，还救了我们，你真是及时雨。”卓尧说完，把我紧紧抱在怀里。大难不死之后，我们都深刻意识到对方的重要性，经历了生死攸关的时刻，更觉生命的珍贵，身边人的宝贵。

“我在这个墓地做守墓人两年了啊，静安死了之后，我就在这里守墓了。之前刚巧去静安的墓前看看，发现这里停着车有哭声，就循声过来看看，幸好发现了，打晕了这个恶人。”苏生也紧张得捏了把汗。

这么看来，冥冥中也是静安救了我一命。

警笛声传来，警察带走了昏厥中的戴靖杰，罪行累累，数罪并罚，根据刑法足够判决他死刑了。

我和卓尧在三天后，一同来到静安的墓前，遗相上的静安，沉静温婉。我献上鲜花，给静安鞠躬，我说：“静安，这次是你和苏生救了我，我知道你躺在这里，看到好朋友有难，你一定很着急，所以冥冥中鬼使神差苏生才会来你的墓前看看，才会发现我和卓尧遇险，救了我们。谢谢你，我的好姐妹，你安息吧，苏生他在这里守墓守了两年，他是深爱你的，虽然太迟，但他陪伴在此，不会让你孤单。经历过这次生死大难，我知道，爱是可以高于生命，凌驾于生命之上的，我也终于理解了你，当初你奋不顾身救了苏生，你的勇气从何而来，你爱一个人，你就绝对会有勇气挺身而出，哪怕是死。”

休息一段时间，我恢复工作，继续上班，婚礼也被耽搁了下来。卓尧的母亲来找我谈，我借口说还没有做好准备，其实，我是不知如何面对这几年默默牺牲付出的欧菲。她才是最爱卓尧的女人，她身上都是伤疤，为了保护卓尧，留在戴靖杰的身边受尽折磨，他们现在误会也解除了，应该重归于好。

卓尧约我在咖啡厅见。

他和欧菲是一起走进来的，我心里很痛，但我也要面带笑容，要祝福他们。

我站起身，笑着说：“看你们这样好，我也就踏实了。欧菲，你吃了很多苦，以后卓尧一定会好好待你，结婚的时候，记得通知我。”

“你怎么知道我要结婚？”卓尧坐下，问我。

欧菲笑而不语。

“看你们的样子就猜到了，你们赶紧结婚啊。欧菲，你要珍惜他，早知道我救了你，我会失去他，我当时应该犹豫一下，不救你的。”我说。

“你救了我两次，那次在海边，我也是打定主意要解脱，是你救了我。”欧菲说。

卓尧被一个电话叫走，只剩下我和欧菲面对面坐着。

欧菲忍俊不禁，笑道：“看你勉强微笑，勉强祝福我们的样子，我和卓尧逗你的呢？我实在忍不住了，他偏要拉我来做恶人，为了精心准备别致的求婚仪式，让我做炮灰。哎，实话告诉你吧，那天他救我出去的时候，他叫我赶紧逃，报警，别回头，我问他为什么不和我一起走，他说他只爱你，死也要死在一起，不把你一个人丢下。”欧菲说着，抹着眼泪。

我也被感动得直掉眼泪，卓尧，你这个坏人，要让我感动死吗？

“你说说，这样一个男人，连死都要和你死在一起，他就是想娶我，我也不会嫁给他，他生是你的人，死是你的鬼。哎，你现在出去，沿着街走一百米，走到最繁华的地段停下，你就明白了。”欧菲说完，起身离开。

我顺着那条街走，步伐匆匆，不清楚他要做什么，只是想赶紧把这条街走完，在经过最繁华的街头拐弯时听到人群的尖叫欢呼，我蓦然回首。

只见他从人群中走来，穿着白衬衣和黑色西裤，腕上一串黑曜石，迈着大而坚定的步伐就那样走过来。如拨开云雾的春日，令我满眼光耀。在那个黄昏的街头，人山人海，他捧着一大束百合花如此出现，我惊喜得不能讲话。他苦涩地说：“为什么不嫁给我，还躲着不见我，我都向你求婚三次了，上帝做证，这次一定是最后一次。”

我只是含泪摇头。他握住我的手，单膝跪下说：“很忙吗？再忙，也要抽个时间嫁给我。”

人群中，所有人都高喊欢呼着说：“嫁给他，嫁给他，嫁给他……”

我回头朝人群一笑，眼泪滚了下来，一激动，答应着说：“是你们说的啊，那我就，嫁给他了啊！”

他站起来，俯身吻我，手揽着我的腰肢，我好幸福。

一个星期后，卓尧带着我和黎回，登上了飞往巴黎的航班，原定的豪华游轮婚礼改成旅行结婚，只是多了个我们的宝宝黎回，我抚摸着包里鲜红的结婚证书，这幸福来之不易。

在巴黎，我告诉黎回他名字的由来。

——如果巴黎不快乐，不如回到我身边。

我也是在巴黎怀了黎回。

黎回念着“如果巴黎不快乐，不如回到我身边”，然后问：“爸爸妈妈，我到底是巴黎生的，还是妈妈生的呢？”

“你是爸爸生的。”我逗他。

我们一家三口来到了埃菲尔铁塔下，夜晚的埃菲尔铁塔是最美的时刻，卓尧指着埃菲尔铁塔问黎回：“看到没有，你妈妈呀就是这样的女人，和铁塔一样，又坚强又美丽。”

忽然，一个微胖的外籍男子一步步往铁塔上攀爬，用英语嚷着要自杀，我听他的意思，是因为家里的人反对他的爱情，所以他才选择自杀殉情。来了好多警察，也有很多游客围观。

铁塔太美，所以每年都会有不少人爬到这里想要自杀，没想到，这次竟被我和卓尧遇上了。

卓尧怕黎回受到惊吓，说：“曼君，我们走吧，万一真跳下来，会吓到黎回。”

“不，爸爸不走，他要是跳下来，会死的。”黎回一本正经地说，紧张地看着铁塔上的轻生男子。

警察拿着喇叭在喊话，只是适得其反，轻生男子的情绪越发激动，随时都会纵身一跃跳下来。我想了想，上前用英语对警察说：“请让我试一试。”我出示了自己的护照，警察将喊话喇叭递给了我。

我站在这高大而又灯火辉煌的埃菲尔铁塔下，对着轻生男子，用熟练的英语讲述一个故事。

那是我和卓尧的故事，从我们最初相识，我们经历了的那些坎坷，我们一次次失去彼此，再寻觅彼此，有过误解，有过抉择，有过生死考验，但我们都坚持坚定地走下来，因为我们彼此都认为对方是值得爱的那个人，尽管途中我们有过分歧，有过迟疑，但我们从没有停止过爱对方，一刻都没有停止过。

卓尧抱着黎回，站在我身后，温柔地望着我。

我说着，自己也沉浸进去，这几年的回忆是我一生最丰富的时光，我边说边流泪，轻微抽泣着，但仍清晰地讲述着。

我说着故事，轻生男子情绪稳定下来了，对故事很感兴趣，主动问我：“接下来呢，你们在一起了吗？”

我指了指身后的卓尧和黎回，笑着说：“这就是我的丈夫和我的儿子，经历了这么多艰难，我们终于走到了一起。你看，这是我们的结婚证书，我们结婚了，我们在一起了，永远都不会分开了，谁也不能分开我们。”

卓尧拥抱着我，对着轻生男子用英语说：“嗨，哥们，我英语不是很好，但我太太说的故事你应该都听清楚了，死不能解决问题，活着才有希望。你看，我和我太太现在多幸福，幸好我们没死，否则哪有这样的幸福！”

“我相信，只要有爱，就没有打不动的心，不要放弃，要像我们这样，为了在一起，什么都不怕。”我在卓尧的脸上使劲亲吻了一下。

黎回咯咯笑，拍起了小手掌。

“爹地，妈咪，爱老虎油！”黎回对着喇叭用童稚的声音说。

要感谢我的英语水平能够支撑我说这么久的故事，还有我聪明的丈夫和儿子配合如此默契。

我身边的警察、游客都纷纷流着泪鼓掌。

爬在铁塔上的轻生男子，也用一只手擦眼泪。

他主动一步步往下爬，在消防队员的救助下，安全到了地上，我们悬着的心总算落下。

他的女朋友哭着跑了过来，担心得要死。

他对女朋友说：“Their love is so hard, but they can make it .Why can′t we? ”

——他们那样艰难的爱情都能走下去，为什么我们不能？

是啊，我和卓尧这样艰难的路途都走了过来，还有什么样的爱情走不下去。

在巴黎的这段小插曲，也教会我爱的真谛，不仅需要爱的浓烈，还要爱的坚定。在遇见他之前，我无以自处，仿佛在这世间没有找到所得。而风波险阻过后，我们有了更好的未来。

他公司的生意越做越大，实力日益雄厚，而我也成为一名自己理想中刚正不阿的知名律师。他闲暇时间，还会画漫画，会开车带我和黎回去陌生城市旅行，他漫画的主题，永远都围绕着我和黎回。

愿我如星君如月，夜夜流光相皎洁。

除夕夜。

我和他牵着黎回的手，站在别墅天台。

“卓尧，明年你还爱我吗？”我问他

“爱，比今年要多一点，比后年要少一点。”他说。

“爸爸，明年你还爱我吗？”黎回接着问。

“爱，比还没出生的妹妹要多一点，比妈妈要少一点。”卓尧摸了摸我的肚子，说。

“爸爸，你怎么知道妈妈会生一个妹妹？”黎回问。

“因为你妈妈说，怀你的时候，你很调皮，总是闹腾，现在肚子里的宝宝很乖，一定是个文静的妹妹。”

“噢，爸爸，那是不是妹妹出生了，你就爱妹妹多一些呢？”黎回追问。

“你怎么有那么多问题？”卓尧抱起黎回，挠他痒痒。

“爸爸，我是小男子汉，我长大了，你呢，要多爱妈妈和妹妹一点，我和爸爸一起，保护妈妈，保护妹妹！”黎回小大人般地说。

我期待着肚子里新生命的诞生。

卓尧，我爱你，岁月见证。

# 如果巴黎不快乐 3

SAD CITY SAD PARIS

典藏版

白槿湖 / 著

如果巴黎不快乐，不如回到我身边。

CNS PUBLISHING & MEDIA
湖南文艺出版社
HUNAN LITERATURE AND ART PUBLISHING HOUSE

繁星万千，

不及你眉眼半分。

# 目录

SAD CITY
/
S A D
P A R I S

# 第一章 爱如捕风，恨如朝露

曼君，
愿此生与你终老温柔，
白云不羡仙乡。

# 3 如果巴黎不快乐

在人潮涌动的春日街头，她一身干练从容的职业套装，宽大飘逸的纯白蚕丝围巾在身前摇曳，遮掩了已孕八个月的高隆腹部。步伐沉稳，面容安静得看不出她此刻的心思。

她身后紧紧跟随着助理何喜嘉。

路过一家花店，店家正慢条斯理地从店内搬出花来，一大束含苞待放的百合花，静静立在粗犷的高腰陶瓷器皿中。

人未有期，花依旧如期而来。送花之人再也不会费神来博她欢喜，对此，她以为，这是他的决定，他们各自立场不同，才会打破了预先的平衡和亲密。她不会罢休，无论如何，这场官司，她都要赢。

哪怕他恨她入骨，哪怕他们之间恩断义绝。她是律师，她无法容忍自己深爱的人触犯自己的法律底线。

噢，不，是过去深爱的人。

《圣经》里说：爱如捕风，恨如朝露。

爱恨皆是弹指间。

她不想再捕风捉影，朝露暮晖。倾泻的春光下，她的发丝有着动人的光泽，她不要再继续心灰意冷、黯然失色了，该与冬天告别了。

何喜嘉拎着文件包，手里还拿着一个面包大口吃着。因为第一次穿高跟鞋和A字裙，走路很不自然，居然走着走着鞋就掉了，只好尴尬地单脚站着，低下头，脸上浮起羞愧紧张的神色。

她恰好回头，看见了何喜嘉的窘迫。

她慢慢蹲下身子，给何喜嘉拾起那只掉落的高跟鞋，黑色的皮质，浅短的跟，她轻轻放在何喜嘉的左脚边，伸出手扶着何喜嘉的胳膊。

“对不起，师父，我什么都做不好，还要你处处帮我。你怀孕本来就很辛苦，可我连最简单的事都做不好。”何喜嘉穿上鞋，小心翼翼地说。

她看着何喜嘉，多像当年初出茅庐的自己，怀揣着太多的梦想和对律师这个行业的敬畏，一头扎进法律的世界，豪情壮志，要维护世界法纪，维护公序良俗。一晃，这些年过去了，当初的那个自己早已不见，不过她始终不忘初心。

“能够一毕业就进入正清律师事务所，已经证明了你的出类拔萃，而你是我从二十个新人里挑中的徒弟，你就更要有信心。今天这场官司非常重要，也是我们师徒第一次合作，你要镇定，我们的对手非同一般。快吃吧，吃饱了就会信心十足。”她和善的笑容，让何喜嘉无法把这样的阮曼君和外界传言中铁面无私的大律师联系到一起。

何喜嘉鼓起勇气，问了一件思虑了许久，却迟迟没有勇气提及的事：“师父，我们真的必须赢这场官司吗？这场官司的输赢关系到佟氏集团下半年的运营，若我们赢了，可能明天佟氏的股票就会狂跌，我身边的朋友也有佟氏的股迷，大家都在关心这场官司。”

“那你是希望我们赢，还是希望我们输呢？”她浅笑，露出洁白整齐的牙齿。而她在心里反复告诫自己：阮曼君，忠于你的职责、你的初心，你要全力以赴赢这场官司，本来该输的就是他，你不能牵扯私情。

何喜嘉矛盾地说：“我既想我们赢，又想我们输。我们若赢了江律师，就为我们的当事人争取到了合法权益，而且我们还能扬眉吐气。江律师她对师父你的态度实在嚣张，我们整个正清律师事务所，只有她不把师父放在眼里。可若是我们赢了，就意味着彻底得罪了佟少，那往后……”

她打断何喜嘉的话，说：“你这样的观点和立场，若不改，以后很难成为一个优秀的律师。首先，作为律师，你在开庭的当日，竟然对于自己的立场还混淆不清；其次，公报私仇是律师的大忌，江律师有她的过人之处，连主任和程肃清律师都敬她三分，你我更应该明白这个道理。”

或许，她自己的心绪已乱，才会对何喜嘉有所指责。

“师父说得对，我一定谨记。”何喜嘉乖巧地点头。

“前面就要到法院了，会有大批的媒体记者。你跟着我，不要慌乱，第一次

开庭，你就要面对这个全上海都关注的官司，紧张很正常，有我在，放松些，深呼吸。”她拍拍何喜嘉的肩膀。

何喜嘉深呼吸，娃娃脸显得十分稚嫩，一看就涉世未深。

在距离法院大楼还有十余米的地方，就有眼尖的记者发现了她。一时间，各路人马包抄而来，将道路堵得水泄不通。她一只手竭力护着腹部，一只手紧握着何喜嘉的手。

“阮律师，你即将临盆，为何还要接手这个官司，并且被告还是佟氏集团。我们都知道佟氏总裁佟卓尧和你是夫妻关系，请你解释一下，这是炒作，还是你们里应外合，或意味着你们的夫妻关系走到了尽头？”记者的语速极快，几乎将话筒伸到了她的脸上。

“对不起，在官司还没有定论之前，我无可奉告，请让一让。”她淡漠地应对。

“你们现在是分居状态，会打算离婚吗？孩子的抚养权你会争取吗？现在外界盛传佟少和江照愿的绯闻，你对此持什么态度？”娱乐八卦记者凑了过来。

财经记者挤了进来，抢占话语权：“今天官司的输赢，将直接决定佟氏集团明天的股市走向。这次佟氏若输了，整个集团将遭遇金融危机和信任危机，预计集团利益将倒退两年。阮律师应该能预料到这种局面，请问你是否胜券在握，好让我们的股民有所准备。”

她听在耳里，只觉“嗡嗡”乱成一片。

在记者们争抢提问间，不知谁撞了一下她的肚子，她强撑着，显得有些吃力。

何喜嘉挺身而出，大喊道：“你们都闪开，没看见我师父是孕妇啊，出了事，你们哪个负得了责！”

隐约间，一个声音冷笑道：“有什么好压人的，还以为自己是原来那个风光无限的佟太太啊。官司之后，就将成为佟家的弃妇，没有了佟卓尧，你阮曼君什么都不是！我们这些记者也看不起你这种薄情寡义的女人。”

很快响起诸多附和的声音，都是在斥责她的无情无义。

法与情，她既选择了法，也就做好了应对这骂名的心理准备。

她沉默着，在拥挤的镜头和话筒中，努力想找一条出路。

一辆黑色的车停在了不远处，驾驶位的车窗开了一半，可以看到他的侧脸。

他坐在车里，静静地从后视镜里观望着曼君，回头对身后的江照愿说：“江律师，你先进去，我随后就到。”

江照愿混血儿的五官在淡紫色的妆容衬托下。更是美艳惊人，她拎着公文包，轻轻一笑：“那好，我在二楼休息室等你，做开庭准备。”

他下了车，大步走向群情激昂的记者。他拨开众人，走到她面前。他身上穿着那件蓝白条纹衬衣，她记得，这件衣服是自己亲手洗净、叠好后放在衣橱里的。

“阮律师，需要我帮助吗？”他客客气气，一副居高临下的口吻。

她望着他，这个眉目干净的男人眼里都是陌生。阮律师，这样的称呼从他口中说出来，颇有讽刺意味。

记者们都拭目以待，把他们之间的每句对白都当成是追根究底的线索。

她的目光迎上他的：“佟先生，谢谢你的好意，请你好好招待这些记者，我不想因为你而被他们纠缠。”

“好，我站在这里，就没人会挡你阮律师的路。”他话音一落，各路记者自动后退，让出一条道路。

她牵着何喜嘉，坚定不移地往前走，不再看他。

“你们不要再骚扰她，否则下午你们的总经理会接到投诉电话。不要挑战我的耐心，我不想和记者打交道。”他警告完毕，方才离开。他看着她的背影，尽管她伪装得很好，他仍能看出临近预产期，她沉重的身体有多艰辛。

他在她身后说：“你半个月没见到黎回了，就不想见见他吗？”

她没回头，径直走，说：“你妈以黎回要挟我，对此，我一忍再忍。等官司结束了，我自会想办法维护我的探视权，不用你操心。你还是好好和你的江大律师想想今天上午的开庭吧。”

“我们还没有离婚，何来探视权？”

“我赢了官司，你自然就会和我离婚。”

“你就这么有信心你会赢？与我对簿公堂，看起来你很有成就感。”他说着，清冷的脸上挂着冷峻的笑意。这笑，是他在嘲笑自己，把自己推向一败涂地的，竟是自己深深爱着的女人。

她转身，愤然地道：“佟卓尧，是你亲手毁了我们的家，变了的人是你！你不再是当初那个画着漫画、不沾铜臭的男人，你现在彻头彻尾变成了一个商人。你为了金钱利益，不择手段，罔顾生命，我必须阻止你的计划。我是不想你在金钱的欲海中越陷越深，你明白吗？”

“这只是你的一面之词，你宁可相信外人，也不信我。变的人是你，为了当赫赫有名的大律师，你连自己的孩子都不顾了。”他失望极了。

陆曼君摇了摇头说：“你永远都不认为自己是错的。我的当事人，她的丈夫死了，留下嗷嗷待哺的孩子，谁又来给她一个公道。”

“我给过她一笔钱……”

她怒不可遏：“够了！你有钱，我知道，我现在要的是你停止你的Y楼计划，不要再伤害更多无辜的人了。”

“随你，我知道你有本事赢我。”他眼里满是揪心的痛。

何喜嘉站在一旁，悄悄端详着佟卓尧的脸。连她这个外人也看得出，他是多么在乎陆曼君。

“妈妈——”黎回的声音从车窗里传来。

曼君的心被牵动，忙朝着车走去。车门打开，车里坐着的人让她大吃一惊。

“舅妈、多多，你们怎么在这里？”她上了车，对何喜嘉说：“等我几分钟。”

黎回定是太想念妈妈了，小手捏着她的耳朵，在她脸颊上响亮地亲了一下，委屈地说：“妈妈，奶奶说你不要我和爸爸了，只要我一说要妈妈，奶奶就会生气。”

她心疼地打量着黎回，小家伙瘦了，眼睛有些红肿，一想到儿子哭着要找妈妈，她就于心不忍。孩子，总是能触动母亲心中最柔软之处。她说：“妈妈怎么会不要你？妈妈工作很忙，等事情结束，妈妈还要去医院给你生小妹妹。”

李多多一身棉麻素简的衣裤，没有化妆的脸显得气色很好。在丽江，她定是过着安宁无忧的生活，这次来，想必是做说客的。果然，她开口就道：“曼君，你是不是傻呀，你看你都多大肚子了，还有一个来月就要生了，你竟然把孩子的爸爸给告了，好好生活不行吗？你完全可以不去插手这件事。这些年，你们经历

了多少才有今天，你不珍惜，反而要摧毁这来之不易的美好生活。你放手吧，他会原谅你的。”

舅妈也在一旁劝说：“是啊，大老远的，他把我和你的好朋友接来，就是想让我们劝劝你，他承诺了，既往不咎，你还是他的妻子。不要出庭，听舅妈一句，女人要什么事业，有家庭才最重要。”

“多多、舅妈，你们全错了，我不是告佟卓尧，而是起诉佟氏集团。我既然答应了我的当事人接下这场官司，我就要公事公办。是佟卓尧他自己大错特错，Y楼计划必须停止，是他自己一步步错成这样的。”她固执己见。

“一孕傻三年，你现在是孕期，情绪不稳定很正常。如果你告诉我，是因为外面传得沸沸扬扬的有关他和江照愿的绯闻让你怀恨在心，采取看似正当的手段还击，那我还能理解。我无法理解的是，你以前为了他，什么都愿意牺牲，当初连冯伯文你都……为何如今，你为了坚定你作为律师的正义立场，非要让他难做。”李多多直言不讳，甚至连当初曼君为冯伯文做的事都提了起来。

“我身为律师，我在做我应该做的事，无论那个人是谁，只要他做错了事，就要为此承担后果。冯伯文是我年少无知犯下的错，我已为此付出代价。”她抬起手腕看了下表，说，“还有一小时开庭，民事诉讼，你们不必过于紧张，他财力雄厚。”曼君转过头去看向车外，只见何喜嘉正毕恭毕敬地在和佟卓尧说话。她听不见他们在说什么，只是莫名感到不悦。

“黎回，你要听爸爸的话，妈妈要工作了，去多多阿姨的怀里。”她把黎回交给多多。

黎回的小手抓着曼君胸前的围巾，撇着小嘴快要哭出来：“妈妈，不要走，我要妈妈……”

“来，让多多阿姨抱抱。”多多抱着黎回，忧心忡忡地看着曼君。

曼君从包里拿出一些钱，递到舅妈手里：“大老远把舅妈折腾来，是我让你操心了。这些钱拿着给妹妹买些衣服，小渔村的房子也拜托舅妈多帮着照看，也许我不久后会回去一趟。”

舅妈推了几下，还是接过了钱。

她在黎回的脸蛋上亲了一下，把心一横，快速下车，关上车门前，听到黎回

哭喊着要妈妈。那一刻，她心如刀割。是否自作自受，自断幸福，她都不考虑，她必须平复心绪，整理好待会儿开庭该作的陈述。

佟卓尧见她从车内出来，便问："你还准备继续打这场官司吗？"

"你以为你搬来亲友团就能让我退缩吗？佟卓尧，你到现在还不明白我们之间的问题所在，这就是我们最大的问题。喜嘉，我们该上庭了。"她绕过他身边，挺胸抬头上台阶，不再停留。

他垂下了头，俨然输了。

过去的"相看两不厌"，此时竟成了狭路相逢。

何喜嘉紧跟着曼君，伸手搀扶着她。

她问："刚才他和你说什么了，你没说什么不该说的吧，他肯定是想从你这儿打探我们的证据和证人消息。"

何喜嘉摆摆手，说："没有没有，真的没有，他只是问我你最近好不好，有没有什么不舒服的地方，是否按时产检，他还说……"

何喜嘉欲言又止。

"还说什么？"曼君好奇。

"他说的话，我不大明白，他叫我放松，说今天的官司我们肯定会赢，他注定是输。官司还没开始，他为什么就这么消极呢？是怀疑江律师的水准，还是故意放出烟雾弹，施障眼法，好让我们掉以轻心？"何喜嘉分析着。

曼君没有多想，说："或者他有自知之明，至少说明他总算看清楚自己的境况，Y楼计划根本就是个错误的计划。"

在法院二楼休息室，曼君和江照愿恰好撞了个正着。

江照愿手里端着两杯热咖啡，显然一杯是给自己，一杯是给佟卓尧的。

她不想和江照愿说话，于是选择避让。可有的人，越是知道你在逃避她，她就越是会选择上前离你更近，非要刺痛你一下才会罢休。

江照愿盯着她的腹部，感叹道："你真是无福消受的人，佟家上上下下哪个亏待你了，你要做得这样绝，还不如我这个外人。况且身为正清律师事务所的人，你明知佟氏集团是正清的衣食父母，于公于私你都不该做太绝，主任为你的一意孤行，差点没丢了职位。你挺着大肚来开庭，我真怕等会儿把你刺激到了，

你一激动，当庭产子就不太好看了。”说罢，她抿嘴轻笑。

曼君漠然地说：“我这么做，好像获得最大利益的人是你。根据司法上谁的利益最大、谁的嫌疑就最大的推论，很多事应该都是你从中作梗吧。你放心，不劳烦江大律师操心，我的孩子不会那么没出息。”

何喜嘉听着两个知名律师针锋相对，顿时见识大增，推了推眼镜，傻乎乎地听着。

“阮曼君，你跟我比，唯一可以骄傲的就是你的男人是佟卓尧，除此之外，你还有什么？之前我是羡慕你、嫉妒你，可如今你连他都失去了，你以为你还有什么比得过我吗？今天我若赢了，你的婆婆林璐云给我的承诺是什么，你有兴趣听一听吗？” 江照愿挑衅地问。

“我毫无兴趣。”正说着，佟卓尧走了过来，她立即走开。

“佟少，来，咖啡，热的，提提神。待会儿就开庭了，我们再把程序过一遍。”江照愿朝卓尧迎上去。

我们在这孤独的世间，执着地想得到深爱的缠绵。只是天不遂人愿，我们各有各的心思和立场，再相爱的人，总是无法做到思想都是一致的。除了偶尔的默契，到底还是两个不相干的个体存在。

如同星球，哪怕光芒环绕，交相辉映，也还是会顺着各自的轨迹绕行。

短短两个月，他们就形同陌路，好像过去的岁月里，爱得死去活来的人不是他们。

手机收到短信，是多多发来的。

——我在法院外等你。黎回被林璐云带走了，本来林璐云是要进来找你的，被佟少阻止了。但愿随着官司的结束，无论输赢，你们都能一如从前。

能吗?

卓尧，我们之间，到底谁在扮演无情之人?

法庭上。

她的当事人叫罗娟，农民工金焦的妻子，外来务工人员，育有两个孩子，年纪稍大的孩子在念小学，年纪小的才一岁多。丈夫出事前，她在丈夫所在工地的

食堂做饭。

罗娟当庭泪流满面，哭诉着亲眼看到事故楼坍塌、丈夫坠楼身亡的一幕，要她再亲诉一遍，无疑又是一次剜心之痛。

“我做好了饭，往金焦那儿走，打算招呼他们吃饭。当时别的工人都下来了，只有我丈夫金焦还在那二楼浇灌混凝土。我喊他，他还擦着汗对我笑……接着，我就听到‘轰’的一声，面前砖石飞落，灰尘四起，什么都看不清了……我的丈夫，也不见了。等我反应过来，就只有一堆砖块了，我丈夫……死了。”罗娟说着，痛哭流涕，惨剧发生的场景仍历历在目。

法官提醒：“请原告控制一下自己的情绪，好进行下一步陈述。”

曼君说：“原告曾听到她丈夫金焦亲口说，怀疑水泥掺了假，向包工头反映问题之后，被告知不要多管闲事。在后来的调查中，确实在现场找到剩余的一批劣质水泥，这是送检报告。”

她看了一眼何喜嘉，何喜嘉立刻呈上水泥的成分化验单。

“我们无法预计整个Y楼其余的建筑是否也是用了该水泥，但事关人命，我的当事人要求被告佟氏集团赔偿死亡赔偿金、丧葬费、抚养费以及精神损失费等各项赔偿803047.36元，并请法院强制执行停止Y楼的建设计划。”曼君义正词严。

江照愿提出了反驳的辩解：“据负责案件的司法调查，事故坍塌的楼是整个Y楼计划中的一个公共设施，总共才两层楼，与Y楼是独立开来的，不能以此殃及各项指标都符合建筑标准的Y楼。监管事故楼的包工头和Y楼监造经理根本不是同一个人，事故楼使用伪劣水泥，属于包工头个人的偷工减料行为。现该包工头已被刑拘，他的私人行为给佟氏集团造成了重大损失和负面影响。事故发生后，佟氏集团积极组织善后，安抚工人的情绪，积极给受伤的工人治疗，并对受害者家属先行赔付五十万。法官可以问罗娟是否收下了这五十万，我们这里有她亲笔写下的收据。”

江照愿低头翻看自己的证据档案夹，却找不到那张罗娟签字的收据。

无法呈上证据，这是极大的不利。

“可以传Y楼的监造经理出庭做证，证明Y楼与事故楼分别是独立的个体，原始的设计图纸也一并呈上。”江照愿说着，继续找图纸。

在传唤证人之后，却不见证人的身影。

江照愿回头望了一眼佟卓尧。

曼君趁热打铁："被告律师所谓的证人证言和证据全都得不到验证，所以只能算是一面之词。我请求法官给我的当事人一个公道，并强制停止Y楼的施工计划。"

官司进展得很顺利，没有她想象中那么棘手，江照愿是常胜将军，竟犯了这么低级的错误，与证人事前没沟通好，证据不足就敢当庭宣布。

结果如曼君所料，佟氏集团赔偿罗娟各项损失，并且法院还下达了强制执行的命令，封锁Y楼，暂停施工。

她很满意这个结果，却还没有做好应对这个结果后的准备。

江照愿并不服气，走到她面前，说："阮曼君，我不是输给了你，我是输给了他。你不要得意得太早，你看似赢了，其实有可能最大的输家才是你。你让这个高高在上的男人跌落在你手里，你觉得你们还有情分可言吗？"

"你当然是输给了他，他是错误的，你要做他的代理律师，你就是自毁名声。至于我和他的私人情感，我想我和他都认为你一个外人没资格过问。"她言语犀利，毫不让步。

走出法院，她看到他接着电话快步上了车。官司的结果一公布，Y楼计划终止，他马上就会迎来股东们的狂轰滥炸，股市暴跌，甚至其余楼盘也会遭到质疑，佟氏集团将面临一次重大危机。

何喜嘉抱着文件包，问："师父，你有没有觉得我们今天赢得太容易了？我都还没回过神，我们准备的那么多材料居然都没用上，江照愿在庭上屡次失误，倒成全了我们。"

"是我们高估了对手。"她看他的车疾驰而去，此刻又为他的处境担忧。

这就是法以外的情。若他一开始不这么坚持，及时停止Y楼，事情也不会闹这么大。他以前是个多么单纯的男人，画着漫画，可以甘于在小渔村过平静的生活，为什么现在他就是放不下这些非法的利益？幸好事故楼的包工头承认私下购买伪劣水泥的事，佟氏才免于刑事诉讼。他难道真不明白，她极力终止Y楼，其实是在挽救他吗？若Y楼以后出事，那他能逃脱得了惩罚吗？

他却认为她是太想做上海第一大律师了。

在他眼里，她是要名气；在她眼里，他是要金钱。原本两个都是清清白白，把感情看得高于一切的人啊。这个上海，繁华看尽，倒不如小渔村那般澄净无染。她宁愿回到小渔村，和他做回过去的普通夫妻。

如今一个是律政佳人，一个是地产大亨，偏偏互相伤害。

“阮律师，你等一等。”罗娟的声音憔悴无力。

她看罗娟毫无胜诉的喜悦，安慰道：“相信佟氏集团很快就会把赔偿金给你的，你拿着这笔钱，带两个孩子回老家，好好照顾孩子，别再四处奔波了。再有难处的话，就给我打电话。”

罗娟面露愧疚之色，吞吞吐吐地说：“阮律师，你是个好人，其实，他也是个好人，那个五十万，他给过我了，是我贪心，我怕说出来你会不帮我。我知道他是你的丈夫，你又快生了，我让你们夫妻反目成仇，我真是恨我自己……”

“罗姐，没事，你也有你的难处，一个人养活两个孩子，是不容易，钱是你应得的。我和他之间的问题不在于你，你无须自责。你快回去吧，家里孩子还在等着你。”她不想对这个可怜的女人有什么抱怨。

何喜嘉赢了人生中的第一场官司，到底还是个孩子，手机响个不停，对曼君说：“师父，我同学让我请客吃饭唱歌，你要不要去？”

“我就不去了，你看我的肚子，哪里还能去玩，我待会儿去医院产检。你去玩你的吧，记住，不许透露工作上的事。”她笑着说，看何喜嘉一脸雀跃的样子，和自己以前真像。

多多走了过来，何喜嘉把曼君交给多多，这才放心地离去。

“哎呀，年轻真好，这女孩才二十岁出头吧，你看，连走路都是蹦跳着的。再看看我们，站在青春的尾巴上，早已忘了青春的模样。”连多多都承认，岁月不饶人，自己不再是当年那个嚷着永远是十六岁少女的李多多了，看来在丽江，柔软的光阴让她沉淀了。

曼君挽着多多的胳膊说：“走吧，现在你这个没了青春的人，要陪我这个孕妇去产检。”

“行，看在你腹中我干女儿的分儿上，我会百般呵护你，但是你今晚必须跟

我讲讲，这半年来你和佟少之间的故事。我太好奇了，这世上居然存在一种事物形态可以将两个如胶似漆的神仙眷侣给分开。你快告诉我，我好用来拆散别的恩爱夫妻，比如袁正铭。”多多狡黠地一笑。

她真是服了多多，说：“你还惦记着袁正铭啊，别提他了，我和佟少走到今天，他是真有不可推卸的责任，晚上再和你慢慢说。”

“你住哪儿呀，你的车呢？”多多张望着问。

曼君故作轻松：“住酒店，我净身出户，难道你连这点都看不出来吗？”

在医院，曼君做了常规的产前检查和B超。

医生拿着B超单仔细看着，又看了一眼她身上的职业装，说：“你现在还在工作吗？”

“从明天开始就暂停工作，安心待产了。医生，有问题吗？”她紧张地问。

“虽然你这是二胎，但照目前来看，有胎盘早剥的迹象，非常危险。如果有腹痛和出血的症状，你要马上来就医，当然，现在就住院更好。”医生说。

她惊慌失色，在关乎孩子健康的事上，她永远无法镇定，这是天底下所有母亲的共性。

“我目前还没有出血和腹痛，现在怀孕还不到九个月，如果卧床休息，孩子还能保多久？”她抓着多多的手，手都在颤抖。

医生说：“这个我无法保证，能够足月是最好。你还有半个多月就足月了，如果不住院，那你自行观察，有腹痛和出血就及时来医院，建议37周终止妊娠，这样孩子也不算早产，母子平安最好。”

从医院出来，多多安慰她：“医生说的话总是夸大的。这样，这半个月我寸步不离地照顾你。反正你也结束工作了，好好卧床休息，半个月后再来医院，今天的B超显示，宝宝都有六斤多了。”

“是啊，只能这样辛苦你了。我都不知该如何感激你，你总在我最需要的时候陪在我身边。”

“哈哈，说什么见外的话，以后我生十个八个，全部都要你来照顾我！”多多夸张地说。

“我舅妈呢？”

“哦，她回去了，还找佟少要了一笔钱，说是跑路费。唉，你怎么摊上这么个势利眼的舅妈。”

“她一直都这样，我已经习惯了，只要她帮着照看我在小渔村的房子，给些钱也是应该的。”

回到酒店，不到十分钟，门铃就响了。曼君打开门，卓尧站立在门口，手撑在门边，像是跑了很远的路。他怒目注视着她，恨不得把她给生吞活剥了。

“输了官司，就来这里和我较劲吗？我对你无话可说，你想离婚的话，我马上就签字。”

她故作骄傲，掩饰着内心的矛盾。看着他一脸疲惫愤怒的样子，她心里很不是滋味。他不说话，只是看着她，神情慢慢变得温柔，像一个充气的怪兽被拔了气塞，软绵绵了。

“你怎么还有工夫跑来这里瞪我，现在佟氏上上下下乱成一团，你去处理你的事吧。离婚的事可以等一等，我不会反悔不签字的。”她又说出这样一番话来。如此近的距离，她闻到他身上熟悉的味道，他宽阔的胸膛，还有他眉目间的怜爱。他的手指上还牢牢戴着婚戒，而她的却早已摘下了。

“你去医院，发生那么重要的事，为什么不告诉我？为什么对我隐瞒孩子和你的安危？跟我走，跟我回家！”他沉默半晌后，说。

她回头朝里面看多多，多多赶紧垂着头走进卫生间。

“是她向你通风报信的吧？危言耸听，我不是好好地站在你面前吗？你放心，黎声是我们的孩子，哪怕我们离婚了，我也会把孩子健健康康地交给你。你会这么紧张，是因为这个孩子，我也一样。作为黎声的母亲，我会用我的生命来保护她。”

“黎回，还有即将出生的黎声，一儿一女，是我们的心愿，现在都有了。你这个口口声声说爱孩子胜过自己生命的妈妈，却要离开他们，离开他们的父亲，你自问你是合格的母亲吗？”

她颇有讽刺意味地说：“那只怪他们的父亲太合格了。”

他神情黯淡下来，说：“你已经赢了官司，我们是不是该和好如初了。”他

几近哀求。

“你输了，卓尧。撇开官司，你我二人，你输了。”

他突然做出了一个举动——拥抱住她，低喃着说：“我输了一切，因为我只想赢一个你。”

她试图推开他的怀抱，可在推开的过程中，她又是那么迷恋这一刻，她的动作那么迟缓，只想要多汲取一些他怀抱的温度。这样的相互折磨，这是她想要的局面吗?

林璐云的到来，让也许会有所缓和的局面陷入了更大的旋涡中。

“儿子，你在做什么，这个女人害得你还不够吗？！你还低声下气求她做什么，你越是卑微，她就越是得寸进尺！我们佟家哪一点亏待了她，她要这么报复我们母子。现在全公司都炸开了锅，你居然撒手不管，还来找她，你是不是要把妈妈气死！”林璐云痛心疾首地说。

曼君逃离卓尧的怀抱，冷眼旁观，她和林璐云之间好不容易建立好的婆媳关系，也因林璐云屡次不允许她见黎回而破裂。林璐云再次以黎回要挟，这是她无法接受的。

“妈，这是我们夫妻之间的事，你不要再插手！”他冷冷地说。

“她的伎俩不就是拿肚子里的胎儿来逼你吗？她都不在乎了，你还在意什么，想给你生孩子的女人，大把存在。这个孩子她爱生不生，我们佟家还不一定接纳呢！”林璐云狠话一出，激怒了曼君。

曼君气得发抖，她深知不能动胎气，想控制，可林璐云的那张脸，她看着是那么狰狞扭曲，于是还击：“我看在你是孩子奶奶的分儿上，不和你计较，你不要以为每个女人都和你一样，拿亲生骨肉作为自己攀附权贵的棋子！”

她这是在暗讽林璐云当年小三产子，登入佟家大门的事。

“你有什么资格来说我这个长辈——”林璐云举起手，一巴掌重重地打在曼君的脸上。

瞬间，曼君的嘴角流出了殷红的血。

多多见势不妙，赶紧冲了出来，挽起袖子就要打林璐云，嘴里骂着：“你这个老太婆，还敢打孕妇，你还有没有人性了！她怀的可是你儿子的亲骨肉，你这

都下得了手。”

“我教训我儿媳妇，你算什么东西，还跑出来教训我！她就是受了你这种不三不四的女人的教唆，才会变得现在这么不可理喻！”林璐云推搡了一下逼近自己的多多。

多多哪咽得下这口气，管林璐云是谁的妈谁的婆婆，一把揪住她的头发，两人扭打在一起。

曼君上前拉多多，一不小心，林璐云一脚踢在了曼君腹部的右侧。尽管腹部隐隐作痛，可她也顾不了那么多了。这时，卓尧挡在了母亲的面前，抬起手臂，用力钳制住多多的胳膊，多多稍微扭动，就痛得拧眉。

“你还没有资格对我妈动手，她有心脏病，你最好别越帮越乱。”他阴沉着脸。

林璐云倒是会审时度势，上前就打了多多两巴掌。“啪啪”两声，让曼君的心被重重地刺伤，她绝望地盯着佟卓尧，这个男人，如此无情。

“你放开多多！林璐云你再敢动她一下，你信不信我报警抓你！还有你，佟卓尧，你不想看我死，就离我远一点，把你这位疯了一般的妈带得远远的，我不想见到你们！”她扶着多多。

他松开手，转身离去。林璐云见状，跟在卓尧的身后走。

“曼君，你没事吧，刚才有没有碰着你肚子，快检查检查。”多多不顾自己，观察着曼君的情况。

“我没事，连累你挨了耳光，我才是真难过。多多，对不起。”她有气无力地说，在他们走之后，她才软弱下来，感觉腹痛难忍，额头上的汗珠一颗颗冒出来，脸色煞白。

“两巴掌算什么！你怎么脸色这么难看，是不是伤到你了，快到床上躺下。”多多搀扶着她侧卧在床上，然后去倒水。

曼君忽地觉得腿间有股暖流流过，她还没起身看，多多手里的玻璃杯就摔碎在地上，惊慌失色地说：“血……好多血……”接下来发生了什么，她意识模糊，只记得自己被抬上了救护车，又被送上了手术台。

等她再度醒来，病床边，多多趴着睡着了。

曼君看自己正输着血，肚子上包扎着纱布。她最关心的是，孩子怎么样。

多多被她的动静惊醒，抬起头，见曼君清醒过来，说：“阿弥陀佛，总算没事了，可把我吓死了。你这次是去鬼门关走了一趟，胎盘早剥，大出血，幸好被及时送到医院，宝宝也平安。只是你大出血，必须住一阵子院。宝宝早产有点体虚，已经进保温箱了。”

她这才露出笑容，说：“那我什么时候可以去见宝宝？”

“现在还不行。我刚去了，也是通过视频来看的。你先休养好，我明天过去，拍照片回来给你看。”多多端来萝卜汤给她喝。

“这次幸亏有你在，不然我们母女俩都不知会怎样。”

“好姐妹说这个干什么，宝宝是叫黎声吧，很好听，你取的还是他取的？”

“他取的。两个月前，我们在巴黎度假的时候，做了一次检查。他知道是女孩，高兴得不得了，就取名黎声，佟黎声，一双儿女，是我们爱的回声。黎声，也有‘巴黎歌声’之意。”她回忆着，沉浸在数月前的幸福中。

多多说：“多好听的名字，女儿还未出生，爸爸就这么疼爱她！现在，黎声都出生了，他却还不知情。之前的事，要不是我悄悄打电话告知他，也不会害你大出血进医院早产，所以这次我就没告诉他，想等你醒来，由你来决定。你说呢，是不是该给他打个电话？”

“不打了，现在公司乱成一团，他无暇分心，我不想给他徒添烦恼。反正母女平安，这就好了。过一阵子快到预产期了，他应该会主动来问吧。”她说。

“都这个时候了，你还在为他着想。”多多摇头。

“有人打我电话吗？”她问。

多多拿出曼君的手机，翻看着说：“何喜嘉发来了短信，问你想不想吃烤鸭，她送过来给你。还有就是林慕琛，打了好多电话，我没接，你要回个电话过去吗？”

她有些失落——卓尧没有打电话过来。

“你回条短信给林慕琛，就说我在医院，让他别告诉卓尧。”她不想看手机，眼睛又肿又疼，刀口也隐隐作痛。

多多发完短信，就端来一盆热水，给曼君擦身体。

不一会儿，手机上收到林慕琛的回复，他问她们在哪家医院哪间病房，他立刻过来。多多边回复边说："他倒蛮关心你的。"

"他是医生，他来了可以帮我问清楚医院里的具体情况，他也熟悉医院的流程，我想尽快接黎声回到我身边。"她说。

林慕琛的速度堪比火箭，五分钟后就出现在了病房里，曼君简直要怀疑他是不是就住在医院的后院中。

"这家医院有你熟悉的医生吗？麻烦你帮我打听下宝宝现在的情况，我很担心。"她拜托林慕琛。

林慕琛一副"小事一桩"的样子说："我不熟悉每个科室的人，但这里每个科室的人想必都认得我。放心，我去招呼一下，你现在是产褥期，要养好月子，别想太多，注意身体。"

"谢谢你。哦，还有，保密，不要让他知道。"她叮嘱。

"了解！"他做了个OK的手势，走出病房。

多多不可思议地说："这家伙一副玩世不恭的样子，居然是心脏科的主刀医生，还是在国外知名医院主刀。太神奇了！你看他，就像个街头小混混，我要是病人，看到自己的医生是这个样子，估计在手术室里当场就被吓死了。"

"他平时是这样，可只要穿上白大褂，拿起手术刀，就一本正经了。"曼君笑。

十分钟后，林慕琛带着几张照片走进病房，同时也带来了好消息："我去问过了，孩子的情况很稳定，已经可以喝几毫升的奶了，大约要在保温箱里住一周，就可以回到妈妈身边了。你看照片，小家伙在保温箱里自娱自乐玩起来了呢。"

曼君接过照片一看，胖嘟嘟的黎声，一点也不像早产儿，小腿还挺长的。她忍不住笑了，眼泪也随之落下。

两个孩子，此刻都不在她身边。

林慕琛仿佛看穿了她的心，说："是不是想念黎回了？我想黎回也一定很想妈妈和妹妹。这样，我这几天找时间，寻个借口把黎回带来陪陪你，好不好？"

她开心极了，问："真的吗？可不要哄我。"

他一副踌躇的神态，好像天底下就没有他林慕琛办不到的事。

接下来她在医院度过了漫长的一周，饱受等待的煎熬。直到黎声被护士抱了进来，放入她的怀中。她看到自己的黎声，喜极而泣，小心地将黎声抱在怀里端详着。真是不公平，黎回是卓尧的缩小版，长得酷似卓尧，女儿黎声竟然也这么像卓尧，那眼睛、嘴巴、鼻子都活脱脱是卓尧的样子。

都说长得像爸爸的女儿有福气。

我们黎声啊，从出生到现在，都过了一周了，也没有见到自己的爸爸。

她很失落，没有得到别的产妇分娩后丈夫的宠爱。他过去答应过她要弥补她。她生黎回的时候，他不在她身边，他信誓旦旦地说，等生黎声的时候，他要全程陪产。可如今他又在哪里？

在高等病房里的电视机里，她见到了他。

电视上关于佟氏集团的新闻都是负面的，每天都有业主去佟氏集团的大厦楼下拉起横幅，要求验房、退房、赔偿，甚至一年前已入住的小区里，也有业主想见缝插针闹事获得利益。佟氏集团的股票暴跌，股民纷纷抛售，旗下的饭店和酒店也门可罗雀。

镜头只拍到了他一个行色匆匆的侧影，她看出来，他瘦了好多，季东自始至终挡在镜头前。

林璐云倒是乐于接受采访，将矛头和骂名指向了曼君，说："我们佟氏集团这次栽在了自己人手里，我们认栽，我们的楼盘质量没有问题，我们能够接受一切检验机构的检测。至于那个阮律师，我们佟家已与她划清界限，离婚只是早晚的事，奉劝她一句，会有她后悔的一天。"

她关掉电视，望着怀里的黎声。这个小婴儿有着长长的睫毛和乌黑的头发，她轻声说："你想爸爸吗？你怪不怪我是我让你见不到爸爸的？"

多多兴奋地推开病房门，说："曼君，你看谁来啦！"

黎回快速钻了进来，飞奔到妈妈身边说："妈妈——我好想你。"

她欣喜不已，抚摸着黎回的头，说："妈妈也想你，快来看你的小妹妹，和你长得很像呢。"

"我看看，我看看……"黎回踮着脚，凑近黎声的脸庞，喜悦地凝望着自

己的妹妹，说，“妈妈，妹妹睡着了吗？她好可爱，我小时候是不是也是这个样子？要是爸爸看见了妹妹，一定会很开心，爸爸和奶奶这些天都没有笑了。”

“那你有没有听话？不要调皮，惹爸爸和奶奶生气，要乖乖的，以后你就是哥哥了，要做妹妹的好榜样。”

“我对奶奶说了，我和爸爸只要见到妈妈就开心，妈妈见到我和爸爸也会开心。”黎回带着稚气说。

“谁带你来的呀？”

“是林叔叔带我来的，他就在外边。他说这是我们的秘密，不能让爸爸和奶奶知道。妈妈，我画了画送给你。”黎回从肩上的小书包里拿出一张画纸，上面用蜡笔画着一家四口的卡通形象。

黎回不仅遗传了卓尧的长相，还遗传了卓尧绘画的天赋，栩栩如生的画，让曼君看得心酸。

“这是爸爸，抱着妹妹；这是妈妈，牵着我的手。我们一家人出去玩。”黎回咧开嘴天真地笑，“妈妈，你什么时候和妹妹一起回家啊？”

“现在还不知道，妈妈要住院观察一段时间，你是小男子汉，答应妈妈，就算妈妈不在你身边，也要听爸爸的话。不能乱吃东西，不能爱哭耍脾气，你越乖，爸爸妈妈就越疼你。”她左手搂着熟睡的黎声，右手搂着懂事的黎回。

林慕琛说不能逗留得太久，不然下一次就不方便带黎回出来了，母子二人只好在短暂的见面后依依不舍地分开。曼君分明看到黎回眼里的泪水将出未出，小小的人儿在努力忍住眼泪。

将来，他一定是个坚强勇敢的男孩。

在医院的日子，全靠多多的照顾，何喜嘉也常来看望曼君这个师父，有时会带来律师事务所的一些趣事。

一次偶然，曼君从何喜嘉的口中得知律师事务所里有一个去英国进修半年的机会，本来这个机会是给江照愿的，但输了官司的江照愿似乎不愿去英国了，而且正好也忙着给佟氏集团当顾问律师处理接下来的事务。

她记在了心上，考虑着要不要去英国进修半年，又有些放心不下黎声。

她趁多多不在的时候给主任打了一个电话，怒火未消的主任劈头盖脸就是

一顿狂批："你还好意思给我打电话，你闯下大祸了知不知道？佟氏集团的主要律师都在我们事务所，现在闹了天大的笑话，自己人打自己人，我还有脸见佟少吗？你还要提你去英国的事，我要是放你去英国，佟少会拆了我们律师事务所，你信不信？我们的王牌律师江照愿也因这个官司输了，现在处在事业低迷期，你不仅毁了佟氏集团，你还毁了我们律师事务所。要不是程律师从中调和，我早就让你离开正清了！"

她无言以对，听主任一顿发泄后，默默挂断电话。这时，她想到了程肃清，以他在正清二三十年的资历和地位，现在也只有他能力挽狂澜了。

程肃清对她的来电并不意外。

"你是想让我推荐你去英国进修吧？"

"程律师，我……我没有别的路了。在上海，我暂时没法待下去了，我真怕我会得产后抑郁症。"

"你生了？"

"早产了，好在孩子很健康。还有一些日子就出月子了，我打算把孩子交给卓尧，他会照顾好两个孩子，然后再办理离婚手续。我想去英国进修，不是想逃避，我只是害怕待在这里，很害怕……怕面对这……"她说着，渐渐语无伦次。

"好，我来安排。你应该和他商量一下，我个人建议。"程肃清说。

"不了，眼下的事，够他伤神的了。"她想到程肃清也坚持在做无偿的法律援助，帮助社会的弱势群体，便问，"程律师，这次的官司，我是不是不该接？"

"都已经接了，还追究这个做什么呢？法外有情，情难逃法，忠于你的内心。"

结束了和程肃清的对话，她做了去英国进修的决定，只是每当看到襁褓中的黎声，这个信念就会被消磨掉。黎声真是一天一个样子，会笑，会做很多种表情，有时看着妈妈的眼睛，忽然就笑了，婴儿的笑容真是最纯净的。

她没有把这个打算告诉多多，怕多多会节外生枝，就算是要去英国，也要瞒着佟卓尧。

出院后，她带着黎声和多多一起回到了绿时佳苑的那套公寓住下。这套公寓是绿时佳苑刚开盘时，他送给她的，"绿时"谐音"律师"。好久没回到这里，

室内的摆设还和以前一样。

夜晚，黎声睡着了，多多躺在曼君身边，把被子给她盖好，偎依在她的肩旁，说："来，总算平静了，给我讲讲你和卓尧这半年的故事吧，如我之前所说，我太好奇你们怎么会对簿公堂的。"

窗外，下着春雨。

他们来来回回地寻觅彼此，那一段往事，最后只是暗夜中的一份回味。

那份记忆，她也很想重温。

她娓娓道来。

# 第二章 昨日重现，他们之间横亘的纠葛与缠绵

我们这一生遇到的男人太多了，
甚至对你说“我爱你”的可能也很多，
而能够给你平和长久相伴岁月的，
只有一个。

## 3 如果巴黎不快乐

他们在巴黎度过的半个月，是许久以来最平和的日日夜夜。

白天的时候，曼君和卓尧牵着黎回的手，坐在广场晒太阳。不远处，有个当地女子在唱法语歌。傍晚来临，黎回睡熟后，他们站在酒店房间的露台上，静静地看塞纳河畔的夜景，河面上浮动着月光和灯影。

“我已经能清晰地感受到肚里的小宝宝在踢我。”曼君低头望着自己隆起的腹部。

“噢，你这么调皮，以后爸爸给你买花裙子，你可要像妈妈一样淑女乖巧。”卓尧弯下腰，正对着曼君的腹部，用认真的口吻说道。

卓尧穿着墨色的衬衣，西裤并不工整，他总是会解开手腕的衬衣纽扣，挽起衣袖，把黎回抱在怀里哄着入睡，这会让他的衣裤被好动的黎回蹭出细微的褶皱。当然，肩膀上白色的痕迹，定是黎回吃糖果时流下的口水。

“她一定是一个可爱的女孩，因为她的爸爸在她妈妈怀她期间，整天都说给她买花裙子、蝴蝶发卡，还亲自给她布置公主房。”也许一儿一女才是最完美的。

这样的对白过后，他们都会陷入对未来圆满的憧憬中。

他是被众人瞩目的男人，浑身上下都闪烁着光芒。此时此刻，他却纯真简单得像一个孩童。他们之间是不会有任何嫌隙的。曾经同生共死，还有什么可以阻挠他们。

卓尧通过电脑召开视频会议时，又回到那个正襟危坐的姿态。她则窝在沙发上读书，旁边的台灯散发着暖白的光辉。

她望向正在安排工作的卓尧，他的侧脸被光圈笼罩着，专注认真说话的模样，英俊而温暖。

如此珍贵。

他真是个干净的男人。

她放下书，抱着靠枕，手撑着下巴，望着这个令自己仰望痴缠的男人，内心生出欢喜。

“任何事情都等我回来亲自处理，无论大小事宜，都不用惊动林总。”他吩咐着，做着最后的会议总结。直到他合上电脑回头，方才发现她的眼神，他的脸上竟露出微微腼腆的笑容。

“怎么这样直勾勾地看着我？像是要把我吃掉。”他走过来，敞开怀抱。

这样的拥抱，再多也不够。

“我只是一时之间还无法适应这样的幸福，就好比一个好几天饱一餐饿一顿的流浪汉，突然被告知从此可以酒池肉林。你说，像不像是做梦呢？”她在他怀里抬头，看见他下巴上有胡楂生出。

他突然十分动情，回忆道：“你大概不知道我是从什么时候开始想照顾你的吧。”

她好奇地问：“难道不是从你爱上我之后吗？”

卓尧摇头道：“其实第一次，你睡在我的床上，那一晚，我就这样决定了。”

“你还好意思说，那晚我们都喝醉了，第二天你就让我换下衣服，赶我走，我怎么就没觉得你有想照顾我的念头呢？”曼君不服气。

“那晚我是醉了，半夜我醒来一次，靠在床上，见你蜷在被子里，那么近地看着你，我在想等你醒来后我要怎么对你说。当然，大意就是我会对你负责。你睡着，身体突然颤动，腿踢了一下，像是十分害怕。我伸手摸摸你的头，拂开你的头发，然后你就安稳地睡了。我想是从那一刻起，我决定要照顾你。”他说着，手掌抚摸着她的背。

“睡觉突然抽动不是要长个子的意思吗？我经常这样子，脚好像突然踩空了，会有种坠落感，然后一瞬间惊醒。小时候我妈告诉我，这是在长身体呢。”

“小笨蛋，你每次这样，我都会把你搂在怀里，我要保护你。”他说这话的时候，像个神气的爸爸。

她睡觉时经常会颤动一下，会产生如同脚底踩空了的下坠感，有时会瞬间惊

醒。年少时母亲告诉她这是长个子，直到遇上了他，夜里她偶有颤动，他会将她搂在怀里，手摸摸她的头，她就安稳地睡去。

世间的男人那么多，我们也会遇到形形色色的男人，但那个深夜里会因为你一个颤动而将你搂入怀中、紧握你的手的，又有几个?

是的，我们这一生遇到的男人太多了，甚至对你说“我爱你”的可能也很多，而能够给你平和长久相伴岁月的，只有一个。我们也许会错过，也许会迟到。

他们习惯十指相扣着入睡，有天夜里，她觉得手指酸，松开，把手握成拳头放在他的手心里。他原本松开的手掌自然地稍微用力握着她的手，一直紧紧握着。因为他睡得深，她更觉温暖。那是一种自然的本能。

还有一次，他说梦话：“小漫画，要好好的。”她还未睡，翻身看他，他紧闭着眼，也许是做了不安的梦。她的手掌刚碰到他的手心，他就快速握紧她的手，把她的胳膊往胸前一揽，这才安心。

一个男人爱不爱你，从他晚上睡在你身边的举动就可以看出来。

在戴高乐机场，他与她并肩行走。在周围不同肤色的陌生人群中，她握紧他的手，这样会使她更觉得与他亲近。就好比置身一个与世隔绝的空间里，哪怕有惊天动地的声响，对她而言仍然是周遭安静，她也只有卓尧和黎回。

曼君和黎回穿着亲子装，红色的卫衣，上面分别印着麦兜妈妈和麦兜。两个人都戴着格纹的报童帽，十分显眼，引来不少路人艳羡的目光。

卓尧穿着灰色薄大衣，低调的着装却难掩强大的气场。

曼君腹中的孩子已经越来越大，她的身形略微走样，小腿会突然抽筋，去卫生间的频率也变得更高。她走着走着就停住了，不敢动，只是对他说：“哎呀，我的腿又抽筋了，不行不行，不能动了。”

卓尧就在人来人往的机场里，蹲在她的腿边给她按摩小腿。他的大衣衣摆落在了地上，黎回站在一旁，小手搭在爸爸的肩膀上，嘴巴鼓起对着曼君的腿吹气。

“呼……呼……妈妈，吹吹就不痛了噢。”黎回一脸稚气和天真。

曼君活动了一下腿，对黎回说：“真的不痛了。”

“以后妈妈再痛，我就给你吹吹。”黎回开心地说。

卓尧抱起黎回，捏着黎回的鼻尖说：“你可出息了，都会在妈妈面前抢功劳了。明明是爸爸给妈妈按摩后妈妈才不痛的，你怎么说是你一个人的功劳，你看她喜欢你就比喜欢我多。”

黎回听了，皱着小眉头，想了想说：“那有了妹妹，爸爸你就更没妈妈的喜欢了。”

“是啊，你说爸爸可怜吗？”

黎回扭头望着曼君，都快哭出来了，说：“妈妈，你给爸爸多一点喜欢，好不好，爸爸好可怜……”

“好，妈妈答应你。”她说完，微笑着瞪了一眼卓尧：“你呀，就会在儿子面前卖萌。他还不到三岁，说话都跟你学了，你说什么他都信以为真。”

“佟太太，你总说我和儿子争风吃醋，我想很快，等我们的女儿出生了，你大概就能体谅我的心情了。”卓尧说着，对黎回眨了一下眼，黎回“咯咯”笑了。

登机之后是一段漫长的飞行，好在黎回不哭不闹，曼君中途去卫生间呕吐了两次，回到座位上，胎动十分厉害，像是小家伙十分不乐意坐飞机。好不容易缓和了些，她就靠着座椅睡了一会儿，连飞机餐都没吃。

卓尧很是担心，也没有吃什么东西，喂了些面包和牛奶给黎回。因为商务舱只有两排座位，他和黎回坐一排，曼君坐在后排。睡梦中的曼君把盖在身上的毯子一次次不小心拂到了地上，他就耐心地捡起来重新盖在她身上。

“先生，我来替你捡吧，你也可以休息一下，我们的飞行时间还有九个小时。”站在一旁的空姐热情地说。

“不用了，我太太不舒服，我亲自照顾她就好了。”他说这句话的时候，眼神都没离开过曼君。

“要不是先生和太太都很年轻，你们这样相爱，真像是度过了一生一世的夫妻。”空姐感动道。

“我们确实已一生一世了。”他笑着说。

等曼君醒来，飞机已经降落在上海浦东机场，正在跑道上滑行。

“我居然睡了这么久，你没睡一会儿吗？”她心疼地问。

他点头说："我睡不着，妻子和孩子都在我身边睡着，这么贵重，我哪能睡。"

黎回还香甜地睡在座位上。

飞机上的旅客开始陆续下机，卓尧抱着还没睡醒的黎回，拿着行李。打开手机，季东的短信传了进来，他已在出口等候。

"曼君，你和儿子先回家休息，我要回公司，还有些事情。"卓尧说。

她有些疑问，都出来玩了半个月了，即使需要处理事情，也都有远程安排，怎么才刚下飞机就这么急匆匆的。

"你不休息一天再去公司吗？什么事这么急，怎么也要休息一下换件衣服呀？"她问。

他停下脚步，松开拖行李箱的手，揽过她的肩，像孩童一样做出保证："黎回妈妈，我今晚一定回家和你一起吃饭。"

"这可是你说的，不许说话不算数。"曼君笑望着卓尧，用拇指与食指轻轻拈去粘在他肩上的一根长发丝。

"嗨，这么巧，居然在这里碰到了你们！"一个穿着军大衣把身体裹得紧紧的、戴着口罩的奇怪男子挡在了他们面前。

听声音有点熟悉，但曼君还没有反应过来，卓尧就用拳头力度适中地打在了男子的胸口，笑容满面地说："你从哪里冒出来的，还是老样子，不修边幅。"

男子摘下口罩，曼君这才认出来是谁。

"林慕琛，你怎么在这里！"她很惊讶。

"正好，你负责送曼君和黎回回家，我有事要马上赶去公司一趟。"卓尧急忙交代了几句，和她拥抱了一下，就快步走出了机场。

一路上，林慕琛开车是少有的慢速，他说："开车载一名孕妇，我压力不是一般大，踩油门都得轻轻的。"

"你怎么突然回来了，是不是在国外混不下去了？"她打趣道。

"我回来相亲啊！"他若无其事地说。

她"扑哧"一笑，说："你堂堂知名医生也要走相亲这条路啊，哈哈。"

"这次相亲的人你也认识，我姨妈介绍的，就是你们律师事务所的那个江照愿，也是海归。"林慕琛说。

她很意外："没想到江照愿和我婆婆也认识啊，那祝你相亲成功。我感觉，江照愿可以驾驭得了你，你们俩挺般配的。"

"我是给我姨妈一个面子而已，她金口一开，我只得照办。"林慕琛似乎没把相亲当回事。

黎回这时冒出了一句："妈妈，相亲是什么意思，我也要相亲。"

"完蛋了，你教坏我儿子了！"曼君笑。

林慕琛把母子二人安全送到郊区的别墅，也没有进去坐坐，就直接开车走了。

回到家，除了几个保姆在家，林璐云和管家倪叔都不在，佟桐这时候应该还在学校。

她随口问了一下保姆怎么家里没有人。

"刚才夫人接了个电话，就和倪管家一起匆忙出去了，好像是工地那边出了事。"保姆说得不清不楚，可话里透露的意思却让她生出恐慌。

她把黎回交给保姆照看，尽管身怀六甲，也还是开车赶往Y楼的施工现场。

Y楼计划是佟氏集团今年房产这块的重中之重，耗资数十亿，将建成集商业、住宅、办公、休闲娱乐一体化的综合性大厦，卓尧为这个Y楼计划耗费了太多的心血。

当她到了Y楼施工现场，人群渐散，她只看到一处坍塌的砖砾中，赫然显露出一摊血迹和一双凌乱的鞋。楼倒了，还压了人，这是她的第一反应，并且也从工人的口中得到了证实。

他在机场匆忙离开，一定是接到了工地上的电话，他不告诉她，是怕她担心。

现场有警察在提取水泥和钢筋等建材，没有无缘无故的坍塌，事故的背后，肯定涉及到了建材上的偷工减料。她抬起头，看了一眼离坍塌的砖砾不远处的Y楼，她心里一惊，不得了，Y楼很可能也存在极大的安全隐患，这样偷工减料建造出来的危楼，还能够出售吗？会不会造成更大的事故？

她回到家，坐立不安，却也没贸然给卓尧打电话。

他直到深夜才回来，全身灰扑扑的，她从来没见过他身上有这么多尘土。

"你累了吧，快洗澡休息，Y楼的事我听说了，工人现在怎么样？"曼君边问边给他递来一条热毛巾。

他声音干哑，疲倦地说：“当场死亡，问题应该出在水泥上，包工头被刑拘了，现在死者家属还有工地上其他的工人都在闹事。我本不想让你知道这件事的，你好好在家安胎，律师事务所那边的工作可以转给别的律师了。”

“你都不知情吗？不是自始至终你有亲自负责材料的监管吗？”

“我把重心都放在Y楼这边，出事的楼只是一个公共设施，我就没有过多去监督，谁想到会出这么大的乱子。你先睡吧，我还要打几个电话，安排一下，事情能化小就好，一定不能影响Y楼计划。”他手抚着额头，起身进了书房。

他自有他的渠道来摆平这件事，楼刚建到一半就出了事故，死亡一人，他肯定是想隐瞒住消息。

发生了这么大的事，她哪里还有心情睡觉，于是侧躺着，手抚摸着肚子，自言自语说：“宝宝，爸爸遇到了麻烦，接下来的日子可能不会安宁了，你要好好的。”

曼君早上醒来，床边不见卓尧的踪影。

她下楼，看到卓尧和林璐云正坐在客厅商量着。

林璐云双手抱在怀里，冷漠地说：“早不死晚不死，要是死在医院倒也还好，偏死在我们的地盘，真晦气。我明天安排几位大师去工地作法，等过几天事情平息了，Y楼就可以照常施工了。赶不上今年的房价热潮，那损失的就不是小数目了。”

“谁也不想发生的，我都打点好了，死者家属闹的目的就是为了钱，我看给死者家属和事发当天的工人一些钱，安抚一下他们，等事情平息了再动工吧。”他抽出一支烟点上。

她走到他们面前，毫不掩饰直截了当地说：“你们这是要给封口费吗？人命关天啊，你们就这样花钱打发了，这样做和那些黑心的房地产商有什么区别！Y楼计划不能草率继续，谁能保证Y楼就不会倒？”

林璐云听了这番话，特别上火：“你懂房地产吗？你懂楼盘质量吗？这里轮不到你指手划脚，最好别再说晦气的话。Y楼没有任何问题，你别在外面胡说！”

卓尧沉默不语，这种态度让她很无奈，也很愤恨。

“你们这是草菅人命，为了赚钱，简直罔顾人命！钱是什么？人是什么？已

经死了一个人了，就是在敲警钟，你们还要上下买通，隐瞒事实真相。我反对你们的做法，这是不合法的手段。”她倔强起来，可是会豁出去的。

林璐云从沙发上“噌”地站起来，指着她说：“你要造反是不是，这里是佟家，你是佟家的人，你吃的、住的、穿的、用的全是佟家的，少拿你的律师派头来压我。要不是我儿子从中安排，你还能做回风光的大律师吗？”

“有我在，卓尧，这次事故的真相必须水落石出，别想蒙混过关。Y楼若出了事，那可就是大事。我是为你好，我不想你错得太大，哪怕放弃Y楼，我们也还可以有别的投资计划。”

“放弃Y楼？这不可能！我们投入了多少财力和物力，光是这块土地的竞标，我们就花了好多钱。整个集团大部分资金都在这边了，不是你说一句停就能停的。你先不要急，我会安排工程监督部门去鉴定，等鉴定结果出来……”

“你早就疏通好了关系，所谓的鉴定结果还有可信的意义吗？”她用的是质疑的语气。

他本就烦扰不堪，这时也失去了耐心：“你回房安心养胎好不好，这不是你管得了的事。我们不是约定好了，互不过问对方的公事。”

“你看我管不管得了。”她说完，转身上楼。

他们好久都没有用这样的语气来交谈了，她暗想，之前那么恩爱，大抵是没有矛盾的缘故，一旦彼此生出枝节，他就会失去耐心。

“你看看你把她惯成什么样子了，太不像话了！”林璐云说。

卓尧不想再听母亲数落曼君，说：“我出去一趟，她现在怀有身孕，情绪不稳很正常，你多多包容。”

她坐在房里发呆，他以前不是这样的，他过去对从商毫无兴趣，他热衷的是漫画，可有多久他没有再拿起过画笔了。是在商场上的屡战屡胜，让他被金钱蒙蔽了心吗？

那一晚，他没有回来。直到第二天早上，他才醉醺醺地被季东给扶了回来。她默默地给他擦脸、换衣服，又喂他喝蜂蜜水醒酒。她明白，他这一晚是去饭局陪相关的领导了，喝了这么多酒，看来已经差不多摆平了事情。

隔日，她趁着林璐云和卓尧外出，取了车，悄悄去了一趟医院。在医院里，

她看到了死者躺在病床上的妻子罗娟，被丧夫之痛包裹着的女人气息奄奄。医生说罗娟两天来滴水未尽，严重脱水昏厥，病床边是一个才六岁大的孩子在忙前忙后。

她心生悲悯，买了一些水果，坐在病床边，不知怎么开口介绍自己的身份。

病床上的女人并不知情，只当她是好心人。在得知她是一名律师后，握着她的手，苦苦哀求她为自己死去的丈夫做主，她要告佟氏集团。

她实在无法拒绝，便答应了罗娟的请求，并留下了自己的手机号码。

从医院回来的路上，她满心沉重，罗娟家破人亡，她无比愧疚，是自己的丈夫失职，才会造成这样的惨剧。

她向卓尧表明了自己的想法，很明显，她这是在公然和他反抗。他没有耐心地说："你现在怀有身孕，就不要再搀和这件事了。你独自开车出去很危险，再这样，我可真要把你反锁在房间了。"

他只是用一句狠话来吓唬她，可偏偏激怒了她，曼君焦躁地说："你无权干涉我的自由，我明天就去律师事务所，只要罗娟需要，我就会做她的代理律师。我不仅是为她维权，我也要你终止Y楼计划！"

"Y楼不是我说了算的你明白吗？所有股东的权益，单凭我一个人做不了主。你是怎么了，安安心心养胎，就当这件事没发生过，眼不见为净。"

"可发生了的事怎么能无视？你没看到死者的妻子多可怜，在你眼里，一条生命只是代表着一串数字而已，你怎么变得这么冷漠可怕！"曼君向后退了几步，满心失望。

卓尧只觉头疼："是你孕妇的敏感心理在作祟，这世界上每天都有很多不公平的事在上演，你也要一一揽上身吗？"

"对不起，我不能纵容我的丈夫做有违良心的事。"她说。

就这样，两个人从开始的意见不合到针锋相对，最后僵持各不相让，而直接导致事情愈演愈烈的原因是佟卓尧居然聘请江照愿做佟氏集团的顾问律师。这一点彻底让她深受伤害。

他是故意的，明明知道在正清律师事务所里，独独江照愿事事与她争，与她作对，他还聘用江照愿，几次公开带着江照愿出席记者招待会。

即使这是林璐云的安排，那也要卓尧欣然接受才行。他看似很满意这个安排，甚至亲自开车到律师事务所接江照愿下班，无视她这个妻子的感受。他认为错的人是她，是她不顾自己的感受在先。

她真的无法理解，在巴黎的日子，他们那么默契，如胶似漆，现在却因为这件事闹得天翻地覆。

林璐云显然对曼君要做罗娟的代理律师一事反应激烈，在卓尧不在的一个晚上，对着曼君破口大骂："你敢背叛佟氏，背叛卓尧，你就从这个家滚蛋！别仰仗着自己怀有身孕就胡作非为！你做什么都可以，但我绝不允许你背叛我的儿子！"

背叛?

曼君不服，她究竟哪里背叛了佟卓尧。

她离开了别墅，在酒店里暂住，哪怕后来他屡屡来酒店接她回去，她都断然拒绝，打算一切私人的事情都等官司结束了再谈。林璐云更是不许她再见黎回。林璐云的从中作梗，加剧了她与卓尧之间的误会。而在正清律师事务所，江照愿嚣张跋扈，炫耀着自己和佟卓尧的关系，更令她心生芥蒂。

偶然见了一次林慕琛，他坦言自己和江照愿的相亲并不顺利，江照愿开门见山说："你和佟少的气质真是相差十万八千里。"

这句话深深地刺激了林慕琛，他要立刻回伦敦，过段时间还会有个学术交流会，到时再回来。

临行前，林慕琛友情建议："你和佟卓尧不要再闹了，别便宜了那个江照愿。你还有身孕，争一时之气不值得。"

"你是医生，你的职责是救死扶伤；我是律师，我的职责是伸张正义。我也不想和他走到这一步，是他逼我的。"她说。

后来，她和卓尧冷静地见了一次面，但并不愉快。起初还能聊聊黎回，可当她提到Y楼的事，他的态度又强硬了。她不禁问他："为什么一个Y楼你看得比我们的家还重要？你甘愿为了Y楼和我闹翻，你之前对我无微不至的疼爱到底算什么？！我最终还是比不过一栋楼在你心目中的位置。"

"那么你呢？为了一个外人居然要告我，你知道外界是怎么耻笑我的吗？我

的妻子把我送上法庭，还要亲手毁掉我的公司！”卓尧亦认为她的行为是不能理解的。

“首先错的人是你，我是在挽救你。不过你也找到了你的救世主，江照愿，你们俩走得很近，我都看到了。”

“那也是被你逼的，我真是傻到极点，对你还有所幻想，以为你对我会留有情面。你真伟大，大义灭亲！你没看到事实的真相，仅凭你一句话，就要我放弃Y楼，你当是儿戏啊！你太天真了！”他讽刺地说。

原本双方都是抱着好好谈一谈的想法，可结果还是不欢而散，她挺着肚子，骄傲地离开，拒绝了他要开车送她的提议。

“在开庭之前，为了避免不必要的误会，我们还是尽量不要见面了。”她说。

他们就这样陷入了双方都痛苦的局面，直到开庭那天。

曼君说了一个并不冗长的故事，多多听完后，坦白地说：“听完你的话，我觉得你们当中肯定有误会。他也没有完全反驳你的观点，他不是说了，等相关部门检测后再公事公办，决定Y楼的走向。你这样一下就上了法庭，把事情闹开了，全上海的人都知道Y楼出了人命，现在法院又封锁了施工现场，你这么做，是不是太绝了？”

“他和他母亲早就疏通好了关系，所谓的检测只是个表面形式，谁能保证Y楼不会像旁边的事故楼那样坍塌。何况，法庭上，江照愿也没有提供有效的检测报告和证人。”

“你就不担心自己冤枉了他？他如今正面临破产，焦头烂额，你都不觉得内疚吗？如果你一丝一毫的内疚和心疼都没有，那你就真该想想自己是否爱这个男人了。”多多直言不讳。

“我此刻跟你掏心掏肺地说一句，我口口声声说是为了我的当事人讨公道，实际上我也是为他好。我做了一件被全天下人都认为是坏女人、坏妻子干的事，我背负这个恶名是因为我爱他。Y楼的问题，很可能是林璐云一手造成的。她之前经手的楼盘就出现过墙体开裂、漏水等质量问题，Y楼这次是幸运，旁边小楼的坍塌是在敲警钟，我真怕万一Y楼继续，会出更大的事。到时候，卓尧的处境可能远

比他现在遇到的危机要可怕得多！”曼君揪心地说。

多多恍然大悟：“原来是这样。看似毁了他，实则是在保护他，可现在你们的误会这么深，该怎么办呢，你有什么想法吗？”

曼君想了想，看了一眼窗外的黑夜，说：“下个月，我打算去英国进修半年。”

“你开什么玩笑呢！曼君，你打算丢下黎回和黎声，丢下佟卓尧？这怎么可能，且不说他会不会放你走，就你自己，能舍得吗？”多多只觉得曼君是在赌气。

曼君的眼睛开始湿润，眼泪轻轻地落下来。

“我已经决定了，我相信他会照顾好孩子的。去一个没有人认识我的地方，过离群索居的生活，或许半年时间可以改变我和他之间的窘迫僵局。”曼君看着窗棂外泛白的天空。

天亮了。

多多用诧异的目光打量曼君的脸，在微醺的晨光下，她的脸仿佛蒙上一层薄薄的雾气，如同她此刻的心。

“你太让我不敢相信了，曼君啊，佟卓尧说得没错，你真的变了。从前的你，义无反顾跟着他；如今的你，义无反顾远离他，甚至还要抛下年幼的黎回和嗷嗷待哺的黎声。这又是何苦呢？相爱相杀才解气吗？”

“我没变——”她执拗地说，内心却毫无底气。

婴儿床里的黎声像是也在抗议母亲的这一决定，哭了起来。曼君连忙把黎声抱起来，紧紧地搂在怀里。小小的婴儿在母亲的怀抱中很快就有了安全感，安然恬静地入睡，粉粉的脸颊，五官和她爸爸一模一样。黎声在睡梦中抿嘴笑着，那甜甜的一笑，足以融化寒冰。

这个出生那天就会笑的小女孩，将来会有好运气吧。可既然如此好运，怎么会这么小就将要和母亲分离。

多多继续劝说：“这么可爱的宝宝，连我这个打算一辈子丁克的人，看到她也突然萌生了结婚生子的念头。你说，你怎么就狠得下心呢？”

“我不是抛弃她，我是让她回到她父亲身边，暂时离开半年，即使没有我，她也会被照顾得很好。”曼君说着，将怀里的黎声搂得更紧，仿佛生怕会被人从怀里夺走。

“你说的都是废话，你我都是从小就死了妈，我们应该知道孩子没有妈妈意味着什么，难道你就不担心佟卓尧给两个孩子找个继母吗？”多多句句犀利。

她沉默了，面上的神情冷若冰霜。

第二天中午，多多揉着酸涩的眼睛醒来，走到客厅，见曼君一只手抱着黎声，一只手在笔记本电脑上写着东西。

多多上前接过黎声，说：“你就不能休息一下吗？昨晚肯定没睡吧，你这样眼睛会坏掉的。你还没吃东西吧，我去拿面包给你吃。你看你，这样我都没法走了，你让我怎么能放心？我呀，干脆做你的贴身保姆得了。你说那阿春也真是的，嫁给季东之后，这么快就大肚子了，不然她还能照顾一下你。我大把约会的好时光啊都得荒废了，我可声明，我不是照顾你，我是照顾我的干女儿。对吧，黎声，快快长大呀，叫我干妈，干妈给你买花裙子……”

曼君一边忙碌地写申请，一边说：“你什么时候变得这么婆婆妈妈，一点儿也不像过去的李多多。记得我来上海第一次见你，你穿着貂皮大衣，里面是不是还穿了件高档料子的艳花盘扣立领旗袍来着？年月久了，我忘了很多画面，却怎么也忘不了望你那一眼。你知道吗？你活脱脱就像某位先生的姨太太。”

“可不是吗？我那时候可不就是袁正铭的姨太太。呵呵，他的太太大概生了吧，肚子蛮争气，给他生了个儿子。和我在一起时，他说不让我生孩子，说女人怀孕分娩太痛苦了，别毁了我的好身段，他会心疼。可他怎么就和自己太太生孩子了呢？”多多轻轻地拍着黎声的背，一脸哀怨。

曼君笑：“你还苦大仇深做什么，不是都看开了吗？再说了，你和你的深情王子没联系了吗？人家可是爱了你那么多年。”

“我又不爱他，只是被他深深地感动了，仅此而已。如果二十年后他还不结婚，还在等我，那我就嫁给他。”

“二十年？你可真是个害人精！”

“你自己又何尝不是，佟少那么好的一个人，是你八辈子的福气吧，你却不珍惜。”多多低头在黎声额头吻了一下，说：“黎声小宝贝，你妈妈将来一定会后悔的，因为你的爸爸真是个好男人。你长大了会不会因为有个太完美的父亲，

而看不上世间普通的男子？不过你的奶奶可真是个百年女妖、千年奇葩。”

曼君合上电脑，说：“算了，我去做饭，好堵住你的嘴巴，晚点家里有客人来。”

“什么人？男人还是女人？”多多八卦道。

“我们事务所的一个老前辈，我带孩子不方便出门，他亲自过来拿我去英国进修的申请报告。”

“你动真格的啊，哈哈，希望你的申请不能通过。”

“内定名额。我们律师事务所，在资历上，除了我就是江照愿，不过她肯定是不会去的。”

多多的手指在曼君头上戳了一下说：“她当然不会去，正好你走了，她留在佟少身边伺机下手。”

“随便吧，能够被抢走的爱人就不算是爱人。”她变得镇定，即使有所隐情。隐情，是隐秘的情感。

佟卓尧，我该收起对你的全部隐情。

她提着菜篮下楼买菜，遇到久未谋面的邻居。对方见她没有了大肚子，恭喜她生了宝宝，又问她怎么搬回了这里。她淡淡地微笑，只是说来这里小住几天。客气地寒暄问候过后，邻居又问起卓尧：“你家佟先生好久没见了，看电视得知，好像是遇到了些麻烦，现在境况好转了吗？”

她尴尬地站着，竟有些想逃，怕人知道自己就是将自己老公推入困境的“罪魁祸首”，便摇摇头说：“我不知道，不要再问我了。”声音里透着冷冰冰的拒绝。

在菜市场买了新鲜的蔬菜，不知不觉，菜篮子里全是他爱吃的菜。怎么，还想亲手做饭给他吃吗？不该继续留恋的。曾经在一起相亲相爱的时间，如今却都用来想他、恨他，恨他一开始的坚持，恨他和江照愿走得那么近。他又不是不清楚，她在他这里，又小气又好吃醋。

“佟太太，买菜啊，这种事让家里的保姆做就好了，你还亲自来。哎，你生的是儿子还是女儿啊？”卖菜阿婶热心地问。

“是个女儿。”她笑笑，低头挑菜。不过她还哪有心思买菜，佟卓尧，你看你，在我的生活里无孔不入。走到哪里，人人都知晓我们是夫妻，都询问我们的生活。是不是只有我逃往一个生死不相识的地方，才好割舍了这层关系？

“女儿好啊，像爸爸吗？”阿婶笑眯眯地咧着嘴。

曼君点头，随意装了些菜在篮子里，从钱夹里拿出一百元，说：“不用找了，下回来一起算。”

“这还没称啊？”

“我赶时间，不用称了，就这样吧，我走了。”她说着，逃也似的离开了。

身后的阿婶对一旁帮着卖菜的女孩说：“你长大也要成为像阮律师那样干练出色的女人，再嫁个好男人。哪像那些来买菜的，一毛钱都跟我计较，有钱才好啊，谁说钱买不到尊重。”

她脑子里回味着这句——“谁说钱买不到尊重”。大概在佟卓尧和林璐云的心里，钱可以买到生命和尊严。

这样一想，变了的人，是他。

又何必再去想他。

她匆匆回到小区，然后恍悟，逃到了这里，还是他的地盘，绿时佳苑是他集团下的地产，到处都是他的影子，空气中都回响着他的声音。官司输赢未定之前，她一心想打赢官司，给死者家属一个公道。现在官司结束了，她赢了，失去了目标，就像是充足气的塑胶超人忽然被拔了气塞，成了一张皮，连站稳都艰难。

物业管理员在单元楼下用对讲机说着什么，她一句也没听进去。

“喂，佟太太……佟太太，请留步……”她刚要按下电梯键，就被身后连声的追喊叫住。

她回头，手指着自己，惊讶地问：“你是叫我吗？”

“是啊，佟太太，不是您还有谁会是这里的佟太太。是这样的，电梯刚出了点故障，我们会马上抢修好，请佟太太放心，小区居民的安居乐业，是我们全体物业人员的工作重点，我们一定竭尽全力保障业主们快乐出行，平安回家……”这位物业管理员滔滔不绝，恨不得曼君把这些话原封不动讲给自己的老板佟卓尧听。

“你没看新闻吗？我和他正在办理离婚手续，很快就不是什么佟太太了。”她说完便走向楼梯，留下不知所措的物业管理员。

她一步步走在楼梯上，耳边是不断涌入的各种人在喊自己佟太太的声音。傻

瓜，还留恋什么，佟太太只是一个称谓而已。他日，他佟卓尧另娶他人，这佟太太还是会有人来当。

她从未觉得这楼梯这样漫长。

以前，电梯是正常运行的，他也喜欢背着她上楼，好怀念趴在他温暖的背上，双手搂着他的脖子的感觉，就好像把自己这一生都托付给了这个男人。他一步步稳稳地走着，背上的她需要小心轻放、呵护备至，是最贵重的。

“佟先生，十年之后，二十年之后，你还会再像今天这样背着我爬楼梯吗？”

他坚定地说：“当然会，你以为我背不动你吗？除非你再胖个百八十斤。”

这画面，清晰得就像在眼前。

她回到家就给黎声换尿布、喂奶，她想着，黎声都出生好些天了，佟卓尧大概还不知道。一想到女儿至今还未见到父亲一面，她就难以抑制内疚，抚摸着女儿的小手，喉咙哽住了。

多多蹲在厨房里择菜，问：“你确定你的大人物前辈中午会在这里吃饭吗？买这么多菜，咱们俩得吃好多天啊。”

她抱着黎声站在厨房门口说：“应该会吧，吃不完放冰箱里吧。”

多多哪里知道，曼君只去了一趟菜市场，就把看到的所有佟卓尧爱吃的菜，统统习惯性地买了回来。

桌上有一份今天的财经报，上面的一篇报道里，所谓的专家正在分析佟氏集团股市的走向，并提到一个至为关键的人物——任临树。关键时期，如果任临树这位商业骄子能够给佟氏提供帮助，那么佟氏就还有起死回生的机会。

她脑子里迅速搜索起过往有关任临树的信息，之前律师事务所也给任临树的企业做过法律顾问，虽然她没插手，但多少对任临树也有一些了解。

任临树，三十岁，后起的商界新秀，主产业是珠宝，副业涉及房地产、酒店、广告，也会投资拍摄电影，算是奇才。他毫无家庭背景，全凭人脉和头脑发家。并且他相貌不详，神龙见首不见尾。他会帮佟卓尧吗？从某种程度上讲，他们还是竞争对手，佟氏集团一旦垮掉，任临树的企业就会吸引大批客户和精英，跻身排名第一的企业，取代佟氏的地位。

不过，不按常理出牌的任临树也许会伸出援手。

曼君放下报纸，怅然。这和自己又有什么关系呢？若是卓尧看到她这副为自己担心的样子，只怕会觉得他不过是假慈悲。

“佟少不会真的像那些专家分析的，去向任临树求助吧？哎呀，菜来了，尝尝我的手艺，这是我在大理学做的小蘑菇炒青菜。”

“你把蘑菇炒了？”

“对啊，难道让你来做饭吗？你要照看黎声嘛，让我来做菜。”

“可是……可是这蘑菇，我……”她欲言又止。

这是佟卓尧爱吃的一道菜，他每次吃她做的这道菜都会赞不绝口，其实只是一道普通到不能再普通的家常小炒。

可她这样想做什么？他又不会来。

门铃响了。她抱着黎声，起身去开门。

站在门口的，是应邀而来的程肃清。

“程律师，快请进。”她忙退后。

“我今天还带了一个人来，你肯定很想见他。”程肃清说着，走了进来，他身后跟着走进来的高大男子，除了佟卓尧，还能有谁。

他看到她怀里抱着的孩子，喜出望外。再一次做父亲，他期盼已久，一瞬间，他和她之间的隔阂仿佛全部消失不见，此时此刻，他们只是黎声的爸爸和妈妈。

他抱着黎声，露出了这么久以来都没有出现过的笑容：“我有女儿了，真是个女儿，一看就是个小女孩。你真是太过分了，为什么不让我知道，我可是她的爸爸呀！”话虽如此，但他的语气里满是宠爱和欢喜，没有半点责备，即便是说着“你真是太过分”，那也是开心的。

“都是爸爸不好，让你少见了爸爸这么多天，爸爸一定好好补偿你和妈妈，等会儿就带你去见哥哥和奶奶，还有你佟桐姐姐。”他说着，望着曼君，似是在征求她的同意。

程肃清坐在沙发上，曼君给他沏了茶，也给佟卓尧沏了一杯。

“我回自己的家，你何必还给我沏茶？”他说着，目光却没离开怀里的黎声。

“程律师，这是我的进修申请，麻烦你签字提交上去。”曼君拿出早已打印好的申请表，递到程肃清的手里。

程肃清为难地看看佟卓尧，又看看曼君，这份申请，让他两难。

“我已经听程伯父说起了，你要去英国进修半年，下个月就走。曼君，你不觉得这太不实际了吗？黎声还这么小，你想进修，明年我陪你去，等我先把事务处理妥善，我有的是时间来陪你和孩子们。你暂时先别走，跟我回家，好不好？”他用温和的口吻和她商量着。

她这才转头看他，这是他进门后，她第一次直视他。他瘦了、黑了，胡须没有剃，青青的下巴，看上去很疲惫，肯定又是连夜工作喝了太多的咖啡和浓茶。

心疼，还用说吗？她说不出话来。

程肃清见曼君不吭声，便说：“这份申请表暂且搁在我这里，我也不签字，你们俩商量一下。我今天来，主要的目的还是想劝劝你们俩。之前的事，你们都没有对错可分，毕竟立场不同，可你们好歹要往前看，再往怀里看看。孩子太小了，你们做父母的闹一闹，可有想过最可怜的是孩子？为人父母，一切决定的出发点难道不都是孩子吗？”

“程律师，谢谢你，先吃饭吧。”曼君搬开一张餐椅，请程肃清坐下。

程肃清了解曼君的性格，情理上她比任何人都清楚，并且她也不是轻易就下决定的人，因为她比旁人更清楚自己内心想要的是什么。她也不是个糊涂之人，一经点拨就翻然醒悟。人不怕糊涂，最怕过于清醒。

“饭我就不吃了，你们小两口想说的话一定有很多，我就不打扰你们了。孩子还小，不能吵闹，你们俩可记住了。”程肃清告诫着，意指他们不要再争吵，免得吓到黎声。

“那好吧，谢谢你百忙之中还亲自过来，我送你。”曼君送程肃清出门。

等电梯时，程肃清说：“别任性了，就朝着自己的一双可爱的子女看，跟他回家吧。关于进修的事，他说得对，明年再去，就当一家人度假了，何乐而不为呢？”

“顺其自然，我不再苛求和奢望，你就别为我们操心了。下次我回律师楼，还有好多官司上的事要请教你。”曼君说。

程肃清点点头："快回去吧，和他好好谈谈。"

曼君推开门，抬头就看见卓尧坐在客厅的沙发上，温柔地凝望着怀里的黎声，自言自语说："爸爸盼了好久，总算把你给盼来了。你放心，爸爸一定会求得妈妈的原谅，你也要和爸爸一条心，替爸爸求情。"

"你还带了说客来？呵呵，以为这样就能皆大欢喜圆满解决问题吗？我下个月一定要走。"她说。

"我不准！"他斩钉截铁地回应。

他始终不明白，自己到底是犯了什么天大的错误，让她执意不肯原谅他。如果是他和江照愿让她生出了误会，那一定是她多心了，他怎么会对江照愿有任何想法。从一开始，他就对江照愿没有半点好感，甚至他故意聘请江照愿做自己的代理律师，也是暗下苦心。

他并没有往更深的层面细想。

他终是无法说服她。同她告别、说晚安，她都不回应，只是说让他稍等一下。她去了书房，在落了薄灰的书架上拿起盘香、檀香、沉香和两盒香枝。

他喜欢檀香，气味略烈于沉香。而她喜欢沉香，觉得更能使人心静、安宁。不过这些香时日已久，恐有受潮。再者，家中有婴孩，不宜用香。

她将香递到他手中，连同那尊在古玩拍卖会上他不惜高价竞得的宋代香炉也一起给了他。

"黎声在这里，香料不能焚点，你拿回去用掉。还有这个香炉，如此贵重，必要的时候。可以变卖掉。暂不说你我的事，现在公司一定需要不少钱，你就别再来找我了，我要是想你，自会去看你。你妈要是同意，就把黎回送到我这里，让我来照顾一段时间。"

他接过香，却把香炉轻放在鞋柜上。

"我送你的东西怎可卖掉，我还没有穷困到那种地步。"他说完，看着她，又道了声，"晚安。"

就如同他不会离开，和过去的那些夜晚一样，道一句，晚安。

未来的生命里，你将以何种身份与我说晚安？原来这份简单的亲昵，亦是难得的。

“佟卓尧的威力不可低估，你还为他担心什么，他肯定会漂亮地打赢这场仗的。就算Y楼成了烂尾楼，佟氏集团也不会垮。”多多信心十足地说。

“那也要看银行能不能把贷款批下来，好周转别的项目，又或者那个传说中的任临树这次能够出手相助。”曼君思量着。

多多摇头笑道：“那些我不关心，倒是你，你要是真去了英国，我估计他一怒之下会踏平你们律师事务所。”说罢，她还做了个踏平的手势。

“时间会缓解一切伤痛的吧。”曼君怀抱着柔软地散发着奶香的黎声，将脸轻贴在黎声的脸上，慢慢闭上了眼睛，脑海里都是卓尧的面容。林璐云肯定不会再原谅她了，可要她向林璐云认错，她做不到，也无法和林璐云住在一起。婆媳关系已彻底僵化。

她很想念黎回。

我们在人世中灌注情深，又渐行渐远，漂流疏离，直到惘然相忘。

# 第三章

# 只因你给了我短暂的美好，我便倾此生之力回报

燕去燕归，沧海桑田，倘注定有缘无分，亦感蒙赐初面。纵此生不见，平安惟愿。若得闲，仍念。

——“我发誓用全力爱你，不管你是何种形体。直到永远，永不忘记，这是一生一世的爱情。在我的灵魂深处，永远知道，无论发生任何事，我们都会回到对方身边。”

电影《The Vow》中的台词。

她坐在拥挤的地铁车厢里，列车微微晃动，车窗外的视线忽明忽暗，像是穿梭在光阴的两端。她戴着耳机，看着电影。人群中，她孤立地存在着。

这部影片，触动了她内心某部分说不清的情感。

她想起年少时失去双亲，独自求学，和他相识，一步步走到今天，所有的誓约都在岁月长河里流逝了。

曼君低头，尽管周围不会有人认识，可哭泣真是一件难为情的事。

走出地铁站，阳光耀眼。

“嗨，师父，真巧。”她听到那甜甜的熟悉的声音，慌忙露出笑脸，抬头看见手里提着一大杯冰镇可乐的何喜嘉。

“刚下班啊，这还没到夏天就喝冰可乐，当心感冒。如果在庭上流鼻涕，可就不好看了。”她疼爱地看着何喜嘉，这个父母年事已高远在异乡打拼的女孩。

何喜嘉穿着薄荷绿的上衣，浅色高腰牛仔裤，怀里还抱了一摞厚厚的资料，缩了缩脖子，吐着舌头笑：“我怕热。师父，你什么时候回来工作啊？江律师这些天心情不好，就没给过我们好脸色看。这下又弄了一堆案例让我们背熟，实习生早走了一拨了，就剩我一个了。”

“那你为什么不走呢？”

“我在等你啊师父，你对我这么好，又教会了我那么多东西，我不想离开。不过江律师那天和佟氏董事长的谈话，我无意间听到了一些，我想我应该要告诉

你。”何喜嘉鼓足勇气说。

她们在地铁出口附近的咖啡馆坐下。

佟氏董事长，对她而言，是个陌生的称谓。以前她是佟太太，而此时，何喜嘉口中的佟氏董事长，只是一个称谓。因为之前她就不许何喜嘉再在自己面前说起自己和佟卓尧的关系，要求她以律师的水准来判断一个人的身份。而她应该明白，就算是从法律的角度，他也是她合法的丈夫。

何喜嘉四下张望，神神秘秘，像是怕被人发现了，光洁的脸庞因为急促的呼吸和刚进空调室内的原因，显得特别红润。这是张面若银盆的脸，干净得连一粒雀斑都没有。隔着近距离，曼君越发觉得何喜嘉长得可爱。

她故作镇定，或者说假装不在意更贴切。她点了两杯咖啡，几份点心和甜品，看了看手表，说：“小何，别卖关子了，这里又没有旁人，黎声还在家等着我。”

黎声暂时由多多照看着，她出来去母婴店买婴儿衣服和纸尿裤，顺路去了一趟正清律师事务所，大家都下班了，她在自己办公室坐了会儿，便匆匆离开，也说不清在怀念什么。

“师父，最近记者盯紧了我们正清，江律师连给佟氏败了两次官司，损失惨重，但是，败得都莫名其妙，有失水准。就好像是谁挖了一个坑，让看似胜算在望的Case，稀里糊涂，各种古怪，就输了。师父你一定不知道，其实那个官司会赢，是因为佟董作弊。”何喜嘉说。

曼君惊了一下，迅速恢复微笑：“他作弊？我不是很明白你的意思。”

“我也听得不是很清楚，在江律师的办公室，我听到江律师和佟董这样的对话。”何喜嘉说着，开始模仿起他们对话的场景。

“佟少，上一次和阮曼君的官司，我就输得莫名其妙，准备好的证言材料或遗失或被篡改，白白让她占了上风，不费吹灰之力就赢了官司。而这一次，又输了，我不得不怀疑——佟少，这和你有分不开的关系。”

“江律师，你应该很清楚，不管官司的输赢，我都会付你律师费，你没必要用这种语气和我说话。”何喜嘉模仿佟少，压低声音。

“你这样说，就是承认了，你为什么这样做，一连输两场官司，我之前都在媒体面前信心满满，你叫我以后怎么在正清做下去，怎么接Case。”

“我不需要向你解释。”

“那我是不是要向林总解释呢？”

“随你。”

“他们就说了这么多，佟董一脸不悦地离开了正清，我注意到，他路过你的办公室时，目光和脚步都停顿了会儿，我想他做这些，牺牲集团利益，都是为了你。”何喜嘉两只手握着咖啡杯，边喝边说着。

曼君叹息，轻声说：“小何，你也是他请来的说客吗？他做了手脚故意输了官司，听起来好荒唐，也不符合他商人的本性，他但凡真想费心做这些事，那为什么还要坚持Y楼的项目，到底Y楼有多大的意义？曾经的他，能够穷得一无所有和我一起在小渔村生活，而现在，他却为了利益和我相抵。”

“师父，我怎么可能是佟董派来的呢？我只是觉得师父你误会佟董了。我想，会不会是Y楼对佟董而言很特殊呢？如果他真的那么爱财，就不会故意输了官司，损失那么多钱了。”何喜嘉摊开手心，背靠在沙发上，有些无奈。

曼君抿了抿干燥的嘴唇，说：“你一定听错了，我们是凭自己的能力赢了官司。小何你记着，任何时候都不要因为别人的话来怀疑自己的能力水准，我想，是江照愿输了官司，不甘心罢了。”

何喜嘉点点头，只好说：“也许吧，我只是希望，师父你和黎回、黎声、黎回黎声的爸爸，一家四口幸福地在一起，冰释前嫌，不要再彼此误会了。江律师根本不会入佟董的眼。”

阳光照在曼君的半个肩膀上，使她感觉一半温暖，一半薄凉。她好像看见他坐在自己面前，穿着墨绿色西装，平心静气地喝着咖啡，朝自己微笑。

他真的是为了她故意输掉了官司？

同何喜嘉告别后，她走在街道上，心里想着何喜嘉刚才说的话。她不承认何喜嘉的观点，一是因为她并不想赢一个他拱手相让的官司；二是因为她怕自己会内疚，会马上追回他。

江照愿说会向林总汇报，也就是说她会将一切原原本本地告诉林璐云。

林璐云虽已退居二线，但实际仍拥有一部分的决定权。

她和林璐云的关系已经不可调和了，只要一想到差一点因为林璐云而失去了黎声，她就充满了深深的怨恨。可是恨又如何，林璐云始终是佟卓尧的母亲。

自从她们的关系僵化之后，她就再也没有喊过林璐云一声“妈”。她手指轻抚了一下鼻尖，内心酸涩。她隐约嗅到了自己手指上有他的气息，那一刻，她觉得他们离得并不是很遥远。

日落，冷风吹来，车辆疾驰而过。身后传来一个高昂的男声，在叫着她的名字。不用回头就知道，是林慕琛。

林慕琛穿着印花衬衫，系着黑色丝巾，换了新发型，看起来还是不学无术的富家子弟模样。他假装偶遇的样子说：“嗨，阮曼君，真巧，在这碰到了你，你怎么没开车？”

“旧症复发，视力不是很好，所以，坐地铁更安全一些。”她看看他别在身后的手，问，“你手上拿的是什么啊？还藏着，怕我和你抢吗？”

他笑：“哦，送你一顶帽子吧。那个，你最好不要吹风，以后会头痛的。”

“不是正巧碰上吗？连帽子都准备好了？”她接过帽子戴在头上说，“以前你是不是也给我戴过帽子？”

“你还记得啊，当时佟少还打了我呢。”林慕琛望向四周。

“他不会又突然冒出来打我一拳吧。”

曼君双手拢在怀中，看向远方，说：“那都是过去了，好怀念那时候的我们，就算不能在一起，可依然相信对方。”

林慕琛耸耸肩，仿佛变魔术一样，手在背后一晃，变出一个金黄色的橘子，递给她：“我请你吃橘子，很甜的。我小时候，再难过，只要一吃橘子，就会忘掉不开心的事。”

她握着橘子，放在手心凝视。卓尧，假使真的可以吃一样东西，立即忘记我们之间的爱，你会吃吗？我不会，即使我们到了这种地步，我也不想忘掉你，我要记住你，永远记住你。

她把橘子和帽子一齐还给林慕琛，冷冷地说：“谢谢你，我马上就到家了。”

“怎么，不邀请我去家里吃饭吗？我想看看黎声。”林慕琛很温柔地笑了笑。

她婉拒了林慕琛，只想避免不必要的误会。

再见，林慕琛。

她看到他脸上流露出隐隐的失落。

回到家，空调开着恒温，黎声已经睡着了。

多多的手指在手机上飞速按着，扭头对曼君说：“还没吃饭吧，菜是热的，赶紧吃。我干女儿下午可乖了，喝了奶就睡了。你说，我在这儿几天都舍不得她了，你又怎么舍得抛下黎回和黎声。”

“多多，够了，这几天你重复了太多遍，不是每个人都可以像你这样无视过去，轻易重新开始——我不小心听到的，你和袁正铭还有联系，他都是有家室的人了，你为什么还要和他纠缠下去，这样道德吗？”她质问多多，心里生出一阵莫名其妙的火气。

她说完这些话，立即就后悔了。她这是怎么了，也太神经质了。

“我和袁正铭，不是你想象的那种。我……”多多试图解释。

“对不起，我可能太累了，我去拿衣服洗澡。”她歉疚地说，想快点避开眼前的这一切。她站在黎声的婴儿床边，看着黎声熟睡的脸，肉肉软软的，想起也曾看过卓尧婴儿时的照片，此时的黎声，眼睛、鼻子、嘴巴，全都是卓尧的影子，只是饱满的额头略像自己一点。

她捂着嘴，无声无息地哭了。

在衣柜里找衣服的时候，来来回回她都没有拿出一件衣服，只是呆愣着。回想以前住在别墅那边，他有早起晨跑的习惯。每天清晨，他洗漱之后。进房间来换衬衫和西裤，她睁开眼听到动静，会赤着脚跑来开门。两人相视微笑，深深拥抱。他立在衣橱旁，她给他扣衬衫纽扣，扣下面几粒纽扣时，她会弯腰蹲下身子。拥抱过后，她就送他出门上班。等他走之后，她再吃早餐，晒晒太阳，听胎教音乐，给花园的花修剪枝叶。

这样温存的岁月，已不复存在。

想起何喜嘉说的那番话，细想在法庭上，从江照愿的神情来看，确实是突然发现丢失了重要的证言资料，才会不知所措。可江照愿毕竟是金牌律师，很快就

遮掩住慌乱的面色。即使输，她也输得从容不迫。

他若真的默默做了那么多，那自己岂不是错怪了他?

她拿出手机，想给他打电话，想想有些不妥，又打开短信。她思忖着该如何表达，头又痛了，眼睛也有点模糊。编辑了半天，才写了这样一段话：你明天有空吗？我想见黎回了，也有点想你。之前是我太冲动了，明晚把黎回带来，一起吃饭好吗?

她默读了一遍，又删删改改。

正想发送出去，就听到黎声哭了。

她赶忙把手机放在床上，跑了出去。

好不容易哄好了黎声，她又匆忙吃了一碗饭。多多给她倒了一杯热水，忧心忡忡地说："曼君，如果你心里有什么，就一定要说出来，千万别闷在心里。你这样情绪化，什么都自己一个人承受，我真怕你会得产后抑郁症。"

产后抑郁症。

她无法控制自己的情绪，喜怒无常，时而堕入绝望的深渊，时而又渴望得到爱。尤其是看到黎声的脸，她就更加痛苦，恨自己不配做母亲，不能让黎回和黎声都在爸爸妈妈的身边。

"不会的，我怎么会得产后抑郁症。多多，我控制不住自己的情绪，我再这样继续下去，恐怕都不能做个好律师了。也许是流泪的缘故，我的视力退化了，这几个月卸了妆之后像是衰老了好多。真是难为你了，此时此刻，只有你在我身边，我还冲你乱发脾气，你不要见怪。"她抱歉地说。

"怎么会呢，只要你觉得发泄出来会好一点，那就发出来吧。其实我之所以联系袁正铭，是想从他口中问点有关佟少的消息，毕竟他们是好朋友。但袁正铭似乎有所隐瞒，不愿多说，我几番保证说绝对不会透露出去，他还是不肯说。Y楼，应该有个很大的秘密。"多多思量着。

"秘密？我是很疑问，他不是个把利益放在第一位的人，却偏偏对Y楼如此坚持，我不懂原因。大概是股东们给了他很大的压力，斥巨资建造的Y楼，直接关系到佟氏的生死，所以他就糊涂了。"她想不到还有别的原因。

多多拉着她的手说："我再继续问问，尽量多打听一些消息。听袁正铭说，

林璐云在他妈妈面前说起过你，无非是两个婆婆在议论自己的儿媳妇。佟少夹在你和自己妈妈之间是很为难的。”

“我们三个人都有各自的立场，我并不想让他为难，我只是在做一个律师应该做的事。”

“曼君啊，你不仅是一名律师，你还是妻子、母亲。以前我没有家庭观念，自从见到你生下黎声，这些日子，我感受到了抚育一个孩子的乐趣和意义，这让我很向往。我真的很高兴能看到你拥有一双儿女，我好羡慕。”多多说。

曼君深呼吸一口气，是的，上天到底是待自己不薄的，给了自己可爱的黎回和黎声，又还想要什么呢?

“你忍心看到两个孩子从小就失去爸爸或者妈妈吗？跟随你们之间任何一方生活，都意味着他们会失去一份母爱或父爱。你想想，你们坚持所谓各自的立场，可最后受到伤害最大的，却是无辜的黎回和黎声。”多多直言。

曼君辩驳说：“难道孩子成长在那样的家庭里就是幸福的吗？唯利是图，金钱利益至上，缺失真善美……”

“够了曼君，你不是孩子了，你没有资格自作主张替他们来安排人生。忠于你自己的内心，别再为了你的追求执迷不悟了。也许你是高尚的，可你脱离了实际和你的身份。世上可以带来公平公正的律师很多，需要拯救援助的人也很多，但黎回和黎声的妈妈只有你一个。同样，你也只有黎回和黎声这一双儿女，这样简单的道理，难道你不明白吗？”多多一语惊醒梦中人。

曼君恍悟过来，眼角泛着泪光，激动地摇着多多的肩膀说：“我全明白了，你说得对，我和孩子才是彼此的唯一。官司已经结束，Y楼也停工了，我们的生活也该恢复到以往了。我这就去打电话给他。”

“快去找你的佟少吧，唉，很快又只剩下我这个孤家寡人了。我得找个城市，远离你们这些贤妻良母。噢，对了，你有一份快递，我放桌上了，你自己看一下，寄件人地址好像是佟卓尧的公司。”多多指了指茶几。

她走过去，就看见一个只能装些文件的快递信封。这会是什么呢？她心里也自恋地想，不会是他寄来的信吧，于是迫不及待地走进房间去看。只听见多多在她身后说：“什么人寄的呀，还躲起来偷偷看。”

她打开后，里面掉出了两张纸，上面赫然写着五个字——“离婚协议书”。

在这份离婚协议书上，明确写了孩子的归属问题和财产分割问题。黎回由卓尧抚养，她抚养黎声。至于财产，协议书上写明她是婚姻中的过错方和背叛者，所以她得不到佟家一分钱的财产，也就是说，她要带着刚出生的黎声净身出户。

若不是亲眼看见这离婚协议书上赫然签着“佟卓尧”三个字，她不可能相信这会是真的。就算是赌气说了好几次离婚，她也还没准备这些。而他，口口声声说要复合，却做出了这样决绝的事。

她坐在地板上，一旁手机上的那条短信显得那么讽刺。是天意，这条短信还没有发送出去。她真想立刻打电话给他，问他为什么要这样无情。难道他之前来这里说的那些话都是在演戏吗?

这时，手机屏幕亮起，来电人正是他。

她犹豫着接了电话，一言不发，只听到他的呼吸。她想，他大概也一定听得出来，自己的呼吸很急促，他应该还能从中听出自己愤怒且难过。

他打破了双方的沉默，故作轻松地说：“协议收到了吗？对不起，我临时有事去了北京，不能亲自送给你，只好快递过去。你看看吧，要是没问题，也签个字。”

她想，既然都要离婚了，自己还会为这点小事生气吗？他那么忙，忙到离婚这件大事也变得微不足道。她一只手握着电话，一只手捏紧离婚协议书。

她明明眼泪都在往下掉，却还是要装成没事人一样说：“嗯，我收到了，这样也好，省得我麻烦。你放心，我立刻就签字。我也很忙的，不能亲自送给你，所以也快递给你吧。我挂了。”

“等一下——”他急忙说。

她的手指停留在手机屏幕上的“挂断”二字上。

“你还要怎么样？”她用手背胡乱地擦脸上的泪水，她想自己一定哭得很难看。真是没用，一直都是她在闹着要分开，这下好了，他同意离婚了，她才彻底看清和明白自己的心有多痛。

卓尧，我不敢相信，有一天我们真的会分开。

过去历经了太多磨难，好不容易才结婚，黎声还不到两个月，他就提出离

婚，他甚至选择了黎回，而没有选择黎声，那是因为，像这样的家族企业，都需要男孩来继承家业吧。

一想到孩子就无法控制眼泪，久违的心绞痛浮上胸口，她捂着心脏的位置，说不出话来。

这是对她的惩罚，惩罚她之前轻易把“离婚”二字说出口。可女人的一生至少要说三百次离婚，可又有哪一次是真的要离？无非是想看看这个男人究竟有多在意自己罢了。她素来聪慧，在他面前，也成了俗套的小女人。

“我在北京可能要待一个星期，或许会更久，你要是不想见到……她，你就把协议快递到我公司。我会说服她，做她的思想工作，让你见到黎回的。”他在电话里说。

她，指的是林璐云。

听得出来他在边考虑边说，却听不出他有半点悲伤。

她只觉得天昏地暗。

要是早知道真离婚的这一天，她会如此痛心，而他又是如此漫不经心，她会不会后悔和他生下了两个无辜的孩子？

“我是黎回的妈妈，在法律范围内，我也有权利看他。我不想黎回和黎声分开，等你回了上海，你要亲自好好照顾黎声。”她嘱咐着他说，然后快速挂断电话。真是怕啊，怕他会再打来电话说有什么需要补充的。

多听一句，她都担心自己会控制不住情绪而失了态，说出一些不妥当的话。尽管那些话在刚才就快脱口而出。

——为了孩子，我们是不是该双方冷静冷静，暂时把离婚的事搁置一边？

可她的自尊心让她说不出口，毕竟一直以来说要分开的人是她啊。

“阮曼君，这下你到底是满意了啊……”她伏在床边哭，泪水滴在离婚协议书上。这个家，终于要散了。

林璐云，如你所愿了。

从房间走出来，一双红肿的眼睛出卖了她。她无力地坐在沙发上，有些失魂落魄，端着一杯热水，却喝得寡淡无味。是啊，本身就只是一杯普通的水，还能要求有多甜。

多多抱着平板电脑，随意扫了曼君一眼，吃了一惊，说："你眼睛怎么肿成这样了，要不要我煮个鸡蛋给你敷一敷？寄的是什么东西啊，不会是一千万的支票，让你喜极而泣吧。"

"我真没心思和你开玩笑，因为世界末日要来临了。多多，你帮我问问袁正铭，查一下佟卓尧去北京的目的，去多久，同去的人还有谁。"她想知道他究竟和谁在一起，只是两天之隔，变化就这么大。

"难怪呢，刚袁正铭和我说，他在北京，要陪同十分重要的人物，估计他是和佟卓尧在一起。"

"那你快问问江照愿是不是也在北京。"

多多的手在屏幕上翻着，说："不用问袁正铭了，网上的照片都出来了，你来看。"

"我不想看，你直接告诉我吧。"

"姓江的也在啊，就在佟卓尧身边，还被记者拍了好多照片。真是的，我要打电话给佟少问个清楚，他和江照愿去北京做什么，不用拐弯抹角，直接问他好了。"多多查找着卓尧的手机号码。

曼君拿过手机，强装笑脸，摇摇头说："不要打给他，他刚才打电话和我说清楚了，我不想再问他任何话了。"

"哎，袁正铭回我消息了。他说，此番去北京的任务就是，陪好任临树，拯救佟氏企业。"

任临树，卓尧果真向任临树求援了。

这个唯一能够和佟氏抗衡的人。

"任临树怎么说，很难搞定吗？"

"佟少带了一个律师来，结果任临树在饭局上要求女律师喝三杯酒。可佟少不同意，他说如果自己的公司需要女人喝酒来得到资金的援助，他宁可不要。他就是这样古怪的人。"

这是多多和袁正铭的对白文字。

他很袒护江照愿，这跟何喜嘉说的那些根本对不上。连去北京见任临树这么重要的事，他都带着江照愿。呵，他是要重新开始自己的情感生活了吧，他是不

是已经忘了自己已是两个孩子的父亲?

黎声在睡梦中笑出了声。

这么点点大的小婴儿，每天能睡上二十个小时，除了喝奶就是睡觉。

她羡慕这样的无忧无虑。

就算离婚，她也要把黎声留在自己爸爸的身边。并不是她自私不想抚养孩子，而是她不想女儿在没有父亲的呵护中长大。听起来像是个借口，她明白没有人能取代他这个做父亲的位置，但终会有人替代她，成为孩子们的妈妈。

江照愿这样的女人，不可能入得了佟家。

林璐云不会愚蠢到找个比自己心机还重的女人做儿媳妇。

她心中那个去英国逃避眼下痛苦的念头更加强烈了。虽舍不得黎回和黎声，她的心有如千刀万剐，但她必须去英国深造，这样才有机会获得在律师行业里继续立足的能力。

现在，已经没有哪家律师事务所敢要她了，除了正清。当然，主任也是看佟卓尧的脸色的。

一个公然背离所在律师事务所的原则，和自己丈夫打官司的女律师，这样不听从领导的安排，这样固执无情，即使再有能力，也没有哪家律师敢接纳了。所有的领导都喜欢属下服从自己。

想要好好养两个孩子、拥有工作、赚钱养家，她只有拿到更高的学历。

离婚协议上写了，她拿不到佟家一分钱。何况她也没指望分财产。他公司都已经陷入这么大的危机之中了，且是因她而起，她还能开口要什么财产。

黎回、黎声，等妈妈半年，半年之后，妈妈应该就会很强大了吧，这样就能赚很多钱来养你们了。

特别是黎回，一直过着锦衣玉食的生活，她怎么能够拖累孩子。就算不能再过那样好的生活，但也不能太差。在上海，单身女人如果没有一份好工作，薪水也不够高，想养两个孩子，谈何容易。她没有别的要求，只想半年后能够带着两个孩子一起生活，她希望他们不会跟着自己受苦受罪。

她本已搁浅的出国计划被快速提上了日程。

“你说什么，佟卓尧他同意离婚?这怎么可能！我和他爸爸是多年的好友，

自从他进了佟家，才七八岁，我也算是看着他长大的。因为他自己的成长阴影，所以他对家庭很渴望。前阵子见面，他还说一定要挽留住家庭，其余的都是次要的。我见他说得情真意切，才会同意上门做说客。这该不会是曼君你想去英国而编出来的话吧。”程肃清不信。

曼君穿着姜黄色复古衬衣，黑色高腰中长包裙，很职场干练的装扮。她产后恢复得很不错，衣服的尺码也没有增大。她坐在程肃清面前，从包里拿出离婚协议书给他看。

“他都已经签字了，也在电话里说让我签字之后寄回公司给他，他是下定决心离婚了。程律师，我向来都敬重您，现在，我想去英国，恳求你推荐我去吧。我有两个孩子，我不去就会没有工作，可我要养活他们啊。”

程肃清一惊：“这签名是他的不假，简直难以置信，前阵子他还说放不下。难怪你能放下两个这么小的孩子，执意去英国，原来你是想独立抚养他们。工作的事不需要担心，正清只要我活着一天，就没人会让你离开。”

“是我自己没有颜面再待下去了，我不想再和他有任何瓜葛。再说了，我这次也给正清添了很多麻烦，把正清推上了风口浪尖，我很内疚。只有我离开正清，才是对的。”她垂下头，忧心地说。

程肃清拍了拍桌子，说：“好，去英国的事包在我身上，你准备准备。第一批的赴英深造计划就这几天了，我们这边苦于没有合适的人选，本打算放弃第一批计划的。现在既然你有难处，那我就交给你了。不过学成归来后还是要回正清的哦。剩下的时间，你把孩子安排好。孩子还太小了，半年啊，没有妈妈在身边。好在佟少很疼爱孩子，肯定不会让孩子受到半点委屈。”

曼君点点头说：“只能是这样了。半年后我就会把他们接回我身边，再也不分开。”

手续很快就办理妥当，程肃清应该是预料到她会去英国，所以出国申请和安排都早已准备好了。她是去英国一所著名大学的法学系进修半年。

她每天都陪伴在黎声的身旁，也深深想念着黎回。偶尔黎回会偷偷打电话给她，喊一声“妈妈”，说自己很想妈妈和妹妹。

她迫切想见黎回，在睡梦里都念着儿子。

要既不惊扰到林璐云，又见到黎回，能办好这件事的，只有一个人。

“林慕琛，我想拜托你帮个忙，对你这样神通广大无所不能的著名医生而言，这只是个举手之劳，你一定会帮忙帮到底的，对吧？”她先拍他的马屁，见儿子要紧，再说点违心的恭维话也没损失。

林慕琛果然爽快地答应：“你说吧，就没有我办不到的事。”

“我想见黎回。”

“这个，估计就这件事我做不到……最近姨妈很谨慎，前几次我带黎回出来见你，这小家伙回去之后都特别兴奋，见到了妈妈，那脸上简直都在放光，可能姨妈察觉到了。都不用你说，我还想找机会带黎回来找你呢，可都没有得到姨妈的允许。”林慕琛说。

她一听到这里就很火大，要不是林璐云唯利是图，金钱至上，她和卓尧也不会弄成现在这样。她想了一下，说：“可你绝对会有办法的不是吗？你的点子多，麻烦你最近一定要找机会把黎回带来我这里。那个人到底是你姨妈，只有你最有机会，拜托了。”

她只能依靠林慕琛了，照林璐云的性格，被Y楼的事气得火冒三丈，她要是亲自回家去看黎回，林璐云出于报复肯定会把黎回藏到另一个地方的。和林璐云这样的人还讲什么道理和法律，她只认为自己制定的规则和制度高于一切，可以凌驾于伦理之上。

母亲见孩子，天经地义。

多多没有再收到袁正铭的回复，看他个人网页的更新，应该是家里孩子发烧了，已匆匆从北京赶回了上海。

只剩佟卓尧和任临树还在北京。

多多这时也不再劝阻曼君去英国了。

“早告诉我嘛，原来你去英国是为了回来能更好地工作，更好地照顾孩子，那我就理解了。之前我还在想，你怎么就变成狠心的女人了？佟少也是，毕竟一日夫妻百日恩，就算他现在很穷，快要破产了，也不至于这么小气吧，离婚还一分钱不分给你。我和袁正铭分手，他还给了我一大笔钱呢。哎，对呀，你干吗要花这么大力气？你没钱，可是我有啊。我给你一笔钱，你做点生意，要不我们一

起做生意，投资玩玩？”多多饶有兴趣地说。

曼君鄙夷地看着多多：“你啊，太不了解我了。我好不容易才能继续做律师，我不想放弃。工作的目的不单是为了挣钱养家糊口，也是要让自己快乐啊。我对做生意和投资丝毫没有兴趣，多枯燥啊，还是做律师更让我快乐。”

“天哪，你什么逻辑？我觉得你背那些条条设定死的法律条文才是真的枯燥。你做律师，几乎每个月都有不少于两次的法律援助，碰到一些官司还不接。就你这样的律师，能赚到钱吗？”多多嗤之以鼻。

“这叫追求，你是不会明白和体会到的。”

白天就在照顾黎声的忙碌中，还有和多多的调侃玩笑间度过了，她假装没事发生一样，照常生活。夜里，黎声睡了，多多也睡了，她独自躺在床上，想起过去的种种回忆，就不停地哭。她怕惊动了睡在隔壁的多多，便把头埋在被子里哭。黎声醒了，她还是照旧换纸尿裤，哄黎声入睡。

她很想他，他现在过得好吗？有没有和任临树谈成合作？

他要离婚，一定是恨她破坏了自己的事业，恨她再三说要走要离开他。

所以他来了个彻底的断绝。

世界上最无法理解的两个词，一个是分手，一个是离婚。

两个原本真心喜欢、情投意合且爱得死去活来的人，可以因为这两个词而一刀两断。过去一度是那么亲近恩爱，那么了解对方，怎么一句分手、一句离婚就能把所有习惯瞬间放下。请告诉我，该怎样在遇见的时候抑制住跑去拥抱他的冲动，该怎样把笑容都换成冷眼相待和形同陌路。

即使是朋友在绝交时都会舍不得，更何况曾是爱人。

只因你给了我短暂的美好，我便倾此生之力回报。

卓尧，有人说我笑起来和你很像。我捧着镜子端详了很久，直到脸都笑僵了，你的笑容还是没有浮现。我很难过，我们曾信誓旦旦地保证会爱一辈子的。

卓尧，祝你平安喜乐。

她开始收拾黎声的衣服和日用品，消了毒后装在包里。她会亲自把黎声送到卓尧身边，如果卓尧在她临走前还没有回上海，她就把黎声交给林璐云。到底林璐云是黎声的奶奶，会好好疼爱孩子的，就像疼爱黎回一样。

听林慕琛说，林璐云私底下找了他好多次，问黎声的模样长得像谁，有没有照片，是不是能吃能睡。听到林慕琛说黎声很像卓尧，林璐云得意得不得了。曼君想，也是该林璐云得意，两个孩子都是他们爸爸的缩小版。

离婚协议书拿在手里很久也没有下笔签字，她不知自己在犹豫什么。当初是哪个人再三说离婚的，那个不同意离婚的人都果断地签了字，现在剩下她依依不舍，有意思吗？

卓尧每天都会打电话来，在她冷漠的回应中，他只好把话题都围绕在孩子身上。也只有在问有关黎声的事时，她才会跟他说会儿话。

“你什么时候回上海？我想见你，有些事当面说清楚不是更好吗？”她的语气咄咄逼人。

“还需要一段时间。我也想见你，这边只要谈拢了的话，也就能解决公司的事了。你照顾黎声也很辛苦，不要太累着自己。”他周旋在性格冷酷古怪的任临树身边，煞费苦心，暂时依旧毫无成效。

她有时真想问他，为什么每天还打电话过来关心她，都要离婚了。可想想，离婚最初是她提的啊，她还有什么话好说的。所以那些成天把分手、离婚之类的词挂在嘴边的女人要引以为戒，男人有时是会当真的。

等我半年后回来，我要带着黎回和黎声远走高飞。佟卓尧，你以后还可以娶别的女人，而我只有黎回和黎声了。所以原谅我自私的安排，我去英国只是为了更好地独立抚养孩子。

林慕琛不知哪儿来的本事，不仅让林璐云同意他带黎回出来玩，还能让黎回在外面住一夜，这让曼君十分兴奋。她已经有好长时间没有搂着黎回睡觉，没有给黎回讲睡前故事了。

去英国之前，还能和黎回一整天待在一起，这也是意外的惊喜，她开心得都忘了问林慕琛是怎么做到的。

黎回穿着白衬衣和牛仔薄外套，林慕琛那条很潮的印花丝巾也系在了黎回的脖子上。小家伙一见到妈妈和妹妹，就开心地在房子里蹦蹦跳跳，还趴在黎声的婴儿床旁自言自语地和黎声说话。

“妹妹，你要乖乖听妈妈的话，快快长大，哥哥带你玩……我们的爸爸去北

京了，北京我没有去过，爸爸很累，总是在叹气，就像是哥哥这样……”黎回边说边叹息，像个小大人一样。

曼君做了黎声爱吃的排骨瘦肉粥，小心地挑出骨头，想起卓尧曾说过的话——

“我说佟太太，你以后就不要去律师事务所上班了，全上海都知道你是金牌大律师，你已经赢了。回家吧，你只要带带孩子，出去旅行就好。别拼了，有时候你赢了官司我反而更担心，怕你会被跟踪遭到报复啊。”

“全职做佟太太吧，这样最舒坦，也最安全。”

那时，她替一名保姆打官司，被告是一名年过五旬的富商，有暴力倾向，虐打保姆，却反过来说是保姆盗窃家中财物。她没收取分文律师费，为伤痕累累险些要扣上小偷罪名的保姆做代理律师。结果她赢了官司之后就多次被人跟踪，走在路上还会被人故意往脸上泼可乐，有同样的人在不同的地点里来伤害她。后来还是他调查清楚了背后的缘由。

自从那件事发生之后，他就不想她再继续做危险的工作了。她这样当律师，被打击报复将会是常有的事。

可要她这个职业女性再去做家庭主妇，她很难适应。

现在，照顾儿女，做饭给孩子吃，反倒成了珍贵奢侈的事，就连做佟太太，也成了遥不可及的梦。

他终于放弃了她。

她迟迟下不了的狠心，他替她做了选择。

晚上，左边睡着黎回，右边睡着黎声，她觉得真是好幸福。

“妈妈，以后我可以每天都这样睡在你怀里吗？”黎回睁着大眼睛问。

“你等妈妈半年，妈妈啊，要学习，要读书，才能有好的工作，才能挣钱养你和妹妹。这半年，妈妈不能在你身边陪你，你要乖，听爸爸和奶奶的话，等半年后，妈妈就来接你和妹妹。”她尽量简单地表达自己的想法。

黎回又问：“妈妈是要走了吗？去哪儿？不带爸爸，也不带我和妹妹吗？”

“妈妈去上学，黎回你明年也要上学了。妈妈和你一样，只是妈妈上学的地方比你要远很多。你可以和妈妈打电话，视频通话，中途有假期的话，妈妈会回来看你，半年时间，很快的。”

“半年是多久啊，妈妈？”

“半年啊，就是等你长满整齐的牙齿时，妈妈就回来了。”

黎回咧开嘴，露出牙齿，手指着嘴问：“那妈妈，你看看我还差几颗牙就长满了？”

“妈妈数数看，还有四颗牙齿。”

“那我记住了，等我四颗牙都长出来了，妈妈就回来了……”黎回用胳膊搂着妈妈的脖子，安心过后，睡意袭上来。

身边的两个小家伙酣甜熟睡。

曼君难以入眠，让她如何能舍得这两个孩子，再多的坚强，在柔软的婴孩面前都不堪一击。她十分珍惜这样的夜晚，卓尧，倘若你也在，那就好了。

第二天一早，她给黎声喂过奶之后，就亲自下厨给黎回做早餐，烤面包、热牛奶、新鲜水果，还录了几段自己讲的童话小故事。

黎回吃得饱饱的，嘴角还有一滴牛奶，在她脸上亲了一大口。

“妈妈，要是每天早上都吃这样的，我一定会长得胖胖的。”黎回摸摸肚子，靠在沙发上，把妈妈做的早餐吃得一干二净，此时肯定有些撑了。

“小傻瓜，吃那么多，记得和妈妈的约定，再长四颗牙，妈妈就去奶奶那儿接你，然后每天都给你和妹妹做饭。在你四颗牙没长出来之前，你要听奶奶和爸爸的话，尤其是奶奶的话。”曼君说着，拿湿巾给黎回擦嘴巴和小手。

黎回像什么都懂似的说：“妈妈，我以前喜欢奶奶，可以后我不喜欢她了。因为她不让我见妈妈，我想妈妈。”

说着，小家伙的嘴就嘟了起来，走到曼君身边，偎依在她怀里。

再不舍，也还是要暂时分离。难道要她放下自尊，去求卓尧，求他不要离婚？她做不到。她闯了那么大的祸，彻底得罪了他的妈妈，他也不会原谅自己了。至今，她也不承认自己有错，只是对孩子，她有着莫大的愧疚。

前一天就答应林慕琛了，黎回只能待到第二天上午十一点，中午必须送回佟家。她打电话让林慕琛过来接黎回，他居然在电话里说有事不方便过来，让她自己去送黎回。没办法，她只得去了。临去英国前，她总归是要见林璐云一面的，还要把黎声拜托她照顾。

再次回到这栋郊外别墅，她俨然把自己当成客人。在家里做事的保姆见她走进来，张口习惯性地刚想喊一声“太太”，又被林璐云的目光给吓得咽了回去，慌慌张张地走了。

“我今天来不是和你吵架的，黎回奶奶。”她让黎回先去房间玩。

“改口改得可真快，不过‘黎回奶奶’这个称呼真是你我之间最恰当的称呼，我可当不起你这个背叛佟家的女人的婆婆。”林璐云冷笑讥讽。

曼君想到了黎声，不想和林璐云争执，于是说：“我要去英国了，他还不知道这件事，我没有告诉他。”

“不告诉他是正确的，他已经够烦了，为了得到任总的援助，他跑去北京，做了多少取悦人的事。这些都是因为你，你让我那原本骄傲的儿子失去了他的骄傲。你今天既然来了这里，我就实话告诉你，是我让我侄儿林慕琛找你的，黎回去你那里也是我的安排。是因为我心疼黎回，才会在你临走前让他见你。而黎声，我会亲自去接她。你就安心去英国进修，做你的大律师吧。将来孩子们大了，自然会忘掉你。黎回现在是记得你，可时间久了也就会忘了。你还会记得你三岁之前的事吗？黎声就更不用说了。说了不怕你难过，就算我儿子再娶一个女人回来，只要善待两个孩子，久而久之，孩子们也都会当她是自己的亲生妈妈，会忘掉你的。”林璐云冷笑着说。

这番话击溃了曼君，她踉踉跄跄地退后一步，捂住了胸口。

林璐云继续刺激她说：“怎么，受不了了？你害我损失了几个亿我都承受了，光说你两句，你就脆弱成这样吗？你放心，孩子们不会有阴影的，我会给他们找个好妈妈，一定会比你称职。”

“你是坏人——我不许你这么说我妈妈！”黎回竟没有回房间，而是躲在楼梯后面默默听着这一切。也许他并没有听懂，可他知道，奶奶的话一定让妈妈很不开心。于是他冲了出来，站在奶奶腿边，拿小手用力地推奶奶。

“哎哟，我的乖孙子，奶奶和你最亲了。这个人是坏女人，不是你妈妈。”林璐云哄着黎回。

“骗子，你是骗子，她是我妈妈，我要我妈妈，我要和我妈妈吃饭，我要长出四颗牙……牙牙……你快回来牙牙……”黎回转身走到曼君面前，紧紧搂着她

的腿，号啕大哭。

林璐云气不过，问："什么牙牙！阮曼君，你到底和黎回说了什么？还有，离婚协议书呢？签了字就给我！"说完，她伸手要离婚协议书。

"我不明白你在说什么，就算离婚，也是我和卓尧之间的事，不需要你插手。"曼君手搂着黎回的头，安抚着他。

林璐云急得瞪眼，把黎回用力往自己身边拉，说："你想不认账是吗？是你让林慕琛告诉我，只要让你见黎回一面，和黎回在一起待一天，你就在离婚协议书上签字。我就知道你不会轻易放过我们佟家，我们到底是造了什么孽，娶了你这个祸害，毁了我儿子。你别碰我孙子！"

黎回吓得哇哇大哭，尽管被林璐云抱了起来，可双手还是牢牢抓住妈妈的衣服，哭得喘不过气来，嘴里叫喊着妈妈。

她的心都要碎了，恨不得马上抱着黎回走。

林璐云叫来了家里的厨师、保安、门卫，一行七八个人，把她"轰"出了佟家。好在她平时待这些人也不薄，他们只是在林璐云面前装装样子，出了林璐云的视线，就对她客客气气的，并向她道歉。

身后是黎回渐渐变弱的哭声，一定是被林璐云抱进了房间。

"拜托你们帮我照顾好黎回，不管他是感冒了还是拉肚子了，都要和我联络。我有你们的手机号码，如果我打你们的电话，麻烦你们让黎回接电话，谢谢你们了。"她哀求着，如同抓住最后的救命稻草。

保安小罗拍拍胸脯说："太太你放心，我肯定随时报告你，做你和小佟少的联络人。上次我妈生病，还是你托朋友在北京买药治好了我妈，你是个好人，一定会有好报的。"

这样的话很温暖，让她也稍微放心了些。

在佟家别墅门口又坐了一会儿，她才起身走。

再过三天就要去英国了，还要再经历一次分离。黎声还那么小就要送到这里来，她再不舍，又能如何？

她只能想着这里有专门的婴幼儿医生和营养师，会比自己照顾得更科学，更全面了。

她要很努力才能说服法官，将两个孩子都判给自己，可眼下自己连工作都保不住，又怎么可能得到孩子的抚养权。

去英国进修，有了更高的学历和工作经验的积累，就有希望。

这半年，怕是她有生之年最艰辛也最难熬的日子了。

骨肉分离，没有当过母亲的人体会不到。然而有关佟卓尧的一切，她都将深埋在心里。也许半年之后，再次相见，还会回到从前。

过去同他在一起的时间，现在都用来想他。

说绝情的话，做深情的事。

分开，是为了更好地重逢。

由于时间仓促，直到临行的前一天，她才办理好所有的手续。仓促之余，她也没有过多的时间去想悲欢离合了。只有一刻不停地忙，才是遗忘的最好方式。不过可惜的是，我们还有睡眠的时间，那些相忘的人就会趁着这个机会跑来梦中，占据我们的大脑。

第二天中午的航班，她准备上午的时候把黎声送回佟家。

那一夜，她彻夜无眠，黎声熟睡在她身边。她凝视着黎声的小脑袋，柔软的毛发，紧闭的双眼，偶尔嘴巴会做出吮吸的动作，偶尔会在梦中哭起来，她忙轻拍着，嘴里念着："不怕不怕，妈妈在这儿，有妈妈在，不怕……"

黎声，原谅妈妈的无能为力，也原谅妈妈的自私。或者妈妈从最初就不应该卷入Y楼的官司，不该和你的爸爸、奶奶闹翻，安安稳稳地过日子，给你一个完整甜蜜的家。可是妈妈做不到，可能换了现在，妈妈看着你，会后悔当初的决定。但在当时，你还在妈妈肚子里，妈妈真的顾不了那么多。

曼君想着，念着，再多的坚强，都会在孩子面前瓦解。

此刻，人的悲伤就像是没有上限和下限一样。

清晨的时候，她做了一个一定要给他写一封信的梦，就像是马上就要分开，还有太多的话要说，但时间仓促，怎么都来不及。好不容易找到笔，她却老是写错字，写着写着，很多话都字迹模糊，看不清写了什么，又换信纸重新写一封。这样反复着，地上扔了一堆废弃的纸团。直到一梦初醒，这封信还没写好。醒来后，她还是没能忘记梦中自己那万分急迫的紧张心情。

他们之间，多像扔在地上那揉成一团的信纸，舒展开来，是缠绵的情话，只是扔在地上，就成了多余的废品。

唯有在梦中，可以思念他，思念得那么坦然，那么大胆。

卓尧，想要远离你的心和想亲近你的心在打架。

他还不知道她要离开了吧，她的手机已经关机，不再等待他的电话。他还在北京，周旋于任临树的身边，就算放弃Y楼，也要赔偿股东们的大部分损失，否则就要宣告破产清算了。

对不起，卓尧。

没有我，你会更好地过自己的生活。

# 第四章

# 原来不爱我的你，就是我生命中最猛的一枚催泪弹

以笑拭泪，才是你离开时，
我最悲伤的表情。

# 如果巴黎不快乐

## 3

北京，早晨八点。

北方的春天，春寒料峭。他穿着薄大衣，坐在四合院里，看见天空中有鸽群飞过。记得曾和曼君说过，来生，要做一对鸽子，遨游天际。

鸽子是忠贞的动物，一生只有一个伴侣。

现在，他多想给她写一封信，绑在鸽子腿上，让鸽子飞回她身边，代为传情。

季东站在他身后，递过手机：“不用飞鸽传情，打电话吧。”

多年的跟随，季东很是了解这位年纪轻轻就成为上市集团董事的心。

他握着手机，思虑着，像是想到了什么，便问：“任总约我们今天在哪里见面？把行程安排好，等了这么多天，总算是有了好的进展。不出意外，今天应该可以谈拢合约，这样马上就能回上海了。”

“佟少，你已经迫不及待了。”季东望着他的背影偷笑。

“别以为站在我背后，就可以肆意取笑我。”他转身，笑着说，“你比我更迫不及待想见你的妻子。”

季东摆摆手：“不不，这一点我肯定没有你急。”

“那还不出去，我要打个电话。”他笑道。

解决了重大的麻烦，感觉轻松了些许，恨不得马上签了合约，回到上海，回到曼君和两个孩子的身边。电话拨通，回复的却是那句无情的话：您所拨打的电话已关机。

本来就被焦头烂额的事弄得很疲惫，好不容易看见了希望，想马上告诉她这个好消息，却怎么也联系不上。

他继续拨打，隐约间，有不好的预感。

转念，他便打电话给母亲。

林璐云正坐在车上，接了电话，问："和任总谈得怎么样了？"

"谈妥了，今天上午签合约，下午资金就会汇进公司……"

"嗯，机票我给你订了，明天回来吧，在北京休息一晚。Y楼的事，我安排了个饭局，明晚和季东，在老地方，固定的包间，陪好客人，相信风头差不多也过去了，Y楼就能恢复开工了。"林璐云底气十足地说。

"我联系不上曼君，你们是不是有什么事瞒着我？"

"这我就没本事知道了，我哪有时间搭理她啊。她还不是在赌气，哪会管我们火烧眉毛，全公司上上下下几千人等着发工资。再不发，估计只有进集团多年的老员工会坚守，那些新进的员工会纷纷辞职跳槽。我们没有了好的职员，整个企业还有什么活力？你父亲手上传下的家业，可不能毁在我们手上啊。"林璐云看了看手表，故意拖延时间。

"既然想跳槽，那就放他们走，不需要挽留想走的人。"

林璐云笑："你明白这个道理就好，想走的人，就不要费时费力挽留了。"

挂断电话，林璐云对司机说："开快点吧。"

林璐云的到来，让曼君有些措手不及。

曼君站在门前，一手抱着黎声，一手拖着行李箱。

她身后的多多看到林璐云，立马板着脸说："你们有话好好说，我先下楼等你。有事给我打电话，我马上上来。"

林璐云环顾着房子问："这处房产，是在谁的名下？"

"在我的名下，我已经和中介公司联系了，会卖掉这套房子，钱会给你。"曼君说。

林璐云点头，说："这可是你自愿的，不过以阮律师这样敬业又大公无私的职业素养，相信很快就会成为王牌律师，到时候，这样的小公寓对你而言，简直微不足道。"

言语中尽透讽刺。

"以后，我不会再出现在你的面前让你碍眼了。"

"我是来接黎声的，否则，你以为我想来见你吗？"林璐云看着曼君怀里的

黎声，伸手就要接过来。曼君下意识地搂紧了黎声，谁懂她有多么不舍得。还没有两个月大的婴儿，就将要离开妈妈。

“她怕热，不能穿太多，不然会长湿疹。她现在用的尿不湿是S码的，要再等一个月才能用M码吧，这个包里装的是我给她买的衣服，能够穿到七八个月大，暂时是不用买衣服了。”曼君说着，始终还是把黎声紧紧抱在怀里。

林璐云不耐烦地点头：“我们有专业的育婴师，会比你更好地照顾我的孙子和孙女，你就别管了。孩子是卓尧的骨肉，是我们佟家的血脉，你走是你的事，就算我再不待见你，也还是会全心全意爱我的孙子和孙女。往后你就放宽心做你的大律师，就当自己没有生下这两个孩子，也没有遇见过我儿子。”

曼君不再说话，低头望着怀里的黎声，小宝宝睁着大眼睛望着她，甜甜地笑着。她再也忍不住了，怀里这个柔软的小宝宝是自己的女儿啊，马上就要分离了，她怎么能不伤心。

不可思议的是，怀里的黎声见到流泪的妈妈，竟然不再笑了。她就像怔住了一般，望着妈妈的脸，仿佛在问：妈妈，你为什么哭，为什么这么伤心……

曼君再也控制不住，低头抱紧黎声，大哭了起来。

林璐云看了看时间，冷冰冰地说：“再给你五分钟时间。”

五分钟，短得一眨眼就过去了。

我的黎声啊，将来妈妈一定会亲自抚养你长大成人，再也不分开。此时此刻，和你分离就像是要了妈妈半条命一样。没有别的法子了啊黎声，想要得到你的抚养权，如果妈妈不努力，就无法争取到。

怀里的黎声也哭了起来，这让曼君的心更痛了。

“好了好了……别哭了，把孩子都弄哭了。她这么小，还什么都不知道，你走吧，别再回来打搅我儿子了，他被你害得够苦了。早知今日，当初我就不该动了恻隐之心答应你们在一起，也就不会让我们公司沦落到这种地步。你走吧，走得远远的，可真是大快人心啊……”林璐云决然地说。

曼君不想再浪费时间做无意义的争吵，还有什么攻击性的语言要比和黎声分开更具伤害力呢。

还有不到三个小时，她就要飞去英国了。

该松手了，曼君。

林璐云抱着黎声，像想起了什么，厉声问：“对了，别想一走了之啊，离婚协议书呢？”

“我还没有考虑好，等我再想清楚些。”

“没考虑好？你不是自己口口声声说要离婚吗？现在反悔啦？甭想，赶紧签字离婚，放我儿子一条生路吧。”林璐云不顾怀里啼哭的黎声，讨要着离婚协议书。

曼君隐忍着，伸手握着黎声的小手，黎声抓紧妈妈的手指，哭声才止住。

“要我签字离婚可以，两个孩子的抚养权我要争到手。”她镇定下来，说着最关键的一个要求。

“协议里是我和卓尧商量的结果，黎回归我们抚养，黎声归你，你居然痴心妄想要两个孩子的抚养权。凭什么？就凭你是口若悬河、信口雌黄的金牌律师吗？你就算是大律师，上到法庭，法官也不会把两个孩子的抚养权都判归你的。痴人说梦！况且，婚姻过错方是你。”

曼君坚持：“那我是不会签字的。”

“不签字？那你就是在耍无赖了。你最好老老实实的，否则，两个孩子的抚养权都不会归你，你信不信？想想自己吧，唯一在正清的工作，还是看我们的脸色赏你一口饭吃。你这样无情无义，背叛律师事务所，背叛自己的丈夫，就算赢了大官司，你看看全上海，还有哪家律所会聘用你？再者，这套房子也变卖了，一个没有工作，也没有房子的女人，法官会把孩子的抚养权给你吗？应该一个都不会给你吧，你自己掂量掂量好吗？”林璐云胸有成竹地说。

无房无工作无存款，别说法官不会考虑让她来抚养两个孩子，就连她自己，都万分恐慌不能给孩子好的生活。尤其是黎回，一直以来都过着锦衣玉食的日子，怎么能吃半点苦。

尽管黎回会说：“妈妈，只要能和你在一起，我可以不住大房子，不吃冰激凌，不买新衣服，只要能和妈妈在一起，就好了。”

可当妈妈的，谁能忍心看孩子跟着自己受苦呢。

“好，我签字，我签——”她一字一字地说，像是考虑了很久才狠下心来。

她从包里找出离婚协议书，想着他看到这份协议时会是怎样的表情，而他当初签下这份协议，签名一气呵成，找不到丝毫犹豫的痕迹。这个说好了和她永不分开的男人，当时心里在想什么？

卓尧，当初你那样千般百般待我好，可你有没有想过，将来有一天，你离开了我，我该怎么活。

她握着笔，在离婚协议上写下了自己的名字，犹如千斤重担。

好漫长啊。

林璐云终于拿到了自己期盼的那一纸协议，笑逐颜开：“你放心吧，等你学成归来，黎声我自会送到你身边。当然，你要是遇到别的人想嫁了，不想要黎声，也行。毕竟你已经是离异的女人了，本就不怎么好再嫁人，还带个孩子，只会更不好嫁人吧。”

曼君无言。

林璐云抱着黎声走了，曼君双手扶着门框，手指牢牢抓着门。看着黎声消失在自己的视线中，她再无力气，顺着门跌坐在地上。几十秒之后，她突然像是被唤醒了一样，拔腿就跑，拼命按电梯，下楼，冲出单元门就往外跑。多多蹲在地上，看见曼君疯狂的样子，吓坏了，想抱住她，却失败了。看来眼下只能求助佟卓尧了，多多拿出手机准备发信息……

林璐云的车在缓缓行驶，她抱着黎声坐在车的后排，曼君跟在车后跑，想再看黎声一眼。

“怎么开这么慢，我叫你开快一点没听到啊，是不是要等我换司机你才明白我的意思？”林璐云不悦地说。

佟家的老司机崔师傅一直都受到曼君的恩惠，他女儿能够顺利去美国留学，也是曼君托人办的。

崔师傅停了车，眼睛红红地说：“孩子的妈妈在后面追着，那么可怜，就不能再让她看孩子一眼吗？你要是嫌我不够资格做你的司机，那你就开除我吧，反正这样残忍的事我是做不出来的。”

“你说我残忍？我就不明白了，这个女人在佟家一年，究竟收买了多少人心？你们一个个不好好工作，全都敢冲着我给脸色。本来今天那个保安小罗弄坏

了院子的自动门，害我出不来，我就够气的了，你是也跟着造反吗？！还不开车！”林璐云发起了威。

老崔干脆下了车，对着远远跑来的曼君说：“太太，别急，我们会等你回来。”

“真是的，这说的什么话，我快要被气死了，知不知道这个月你们工资都发不了就是因为她！”林璐云火冒三丈。

曼君含泪感激地点点头，哽咽着说：“谢谢你，崔师傅。”

林璐云隔着车窗，冷冷地说道：“还不放手，你再拖下去，可赶不上飞机了啊。”

曼君近乎哀求地说：“我能再抱一下黎声吗？”

北京机场。

季东阻挡在佟卓尧的面前。

“不行，不能就这么走了，和任总约定好的时间，如果我们走了，这合约可就毁了，再要想办法，就没有这么容易了。”季东劝说着。

卓尧厉声道：“多多说曼君就要离开我去英国了，我还管合同做什么！你留在北京，跟任总解释。”

“任总的傲慢性格你又不是不清楚，就我这样的小角色和他谈，他会买账吗？都费了这么大劲了，先签了合约再走，可不能功亏一篑啊！”季东冒死进谏。

卓尧转过头，笑笑：“你还真是胆大包天，连我的路都想拦，也不看看自己是什么身份！”接着就是一拳，不过拳头在快靠近的时候又停了下来。

“我不想对你动手，让开。”

“我不会让的，除非你签了和任总的合约。”

身后响起了掌声。

任临树居然来了，脸上是难以捉摸的笑容，说：“佟少果然是名不虚传的情痴，我今天倒想看看你有多么痴情。”说着，他向后伸手，跟在一旁的助理便将合约递了上来。

“只要佟少答应陪我喝一小时咖啡，我就签了这份合约，你们佟氏集团也就有救了。当然，佟少如果想要做情圣的话，那就当着我的面撕了这份合约，我们之间的合作作废，你就可以马上回去。”任临树说着，对身旁的四个彪形大汉保

镖使眼色。

四个保镖将卓尧和季东围了起来。

“任总，这是在为难我吗？”卓尧沉着地说。

“堂堂佟氏少董，出门只带一个助理，都没有保镖的吗？”任临树挑衅道，对佟卓尧的不告而别很是不满。

“我可没有任总那么娇弱。”卓尧冷笑着回击。

任临树傲慢地说：“那我倒要看看，佟少是愿意做商人，还是做情圣？是和我一起喝咖啡呢，还是撕掉合同？”

“你以为这两件事我会很难选吗？”佟卓尧接过合约，当着任临树的面，从合约的中间撕开，再交到任临树的手中，没有一丝停顿。

江照愿远远地跑来，一改往日的孤傲庄重，在旅客匆匆的机场大厅中央，直跺穿着高跟鞋的脚，尖声道：“佟卓尧，你一定是疯了！”

任临树举起手，晃了晃手中被撕开的协议，不可思议地说：“我着实读不懂你，这么多天你煞费苦心、纡尊降贵地给我赔笑脸，可此时此刻，你就这么轻易草率地撕了合同，我怕你还没坐上飞回上海的飞机就会后悔。”

“我赶时间，请你的人让开。”卓尧径直大步走。

任临树的保镖往后退着，却仍旧包围着卓尧。

江照愿跟在任临树的身后连声道歉：“任总，真是对不起，我们董事长家临时有事，所以情绪不稳定，您千万不要放心上。协议的事我们回上海再约，反正都谈妥了，您看？”

“江律师，我很好奇，你和他是什么关系？连输了两场官司，你这样的败将，没资格和我谈条件。”任临树对她不屑一顾，双手别在身后，冷眼看着佟卓尧。

江照愿气得扭过头去，堂堂正清的大律师哪受过这样的轻视。

周围人纷纷投来好奇的目光，还有人举起手机，八卦地拍着照片。

卓尧停下脚步，站立在原地，回头对任临树说：“如果任总想惊动机场警察，我并不介意。”

“我给了你机会，是你自动放弃的。OK，good luck！放行——”任临树说完转身，极绅士地阔步离去，几名保镖这才紧随其后离开。

江照愿追上卓尧，正开口想说点什么，却被他给打断。

“我警告你，江律师，做好你自己的本分，否则我可以单方面解除我们的合约。”他说话间还在拨打着曼君的手机。

“林总的话，你完全都不放在心上了吗？好，那我就原原本本把我看到的、听到的转达给林总。”

……

身后的季东拦住咄咄逼人的江照愿，他的耳根才清净点。他快步朝登机口走，心想：曼君你不接电话，难道真的是像多多短信里所说的那样，已经登机要飞往英国了吗？我愿意放弃Y楼计划，只求你不要走。曼君接我一个电话吧，就一个。

可电话始终都是无法接通的状态，他只能以最快的速度赶回上海，看是否能在机场拦住她。

而此时的曼君，把黎声紧紧抱在怀里，泪水从脸颊滑落，林璐云在旁边催促着。纵使有再好的育婴师，她也无法安心。

可这又如何？

黎声最终还是被林璐云带走了，留下浑身虚弱无力蹲在地上埋头痛哭的曼君。之前的干练和坚强都退去了，这时候，她就是一个不得不和自己两个孩子分离的母亲，伤心欲绝。但航班不等人，她不能再停留了。

多多从她身后走来搂住她说：“我知道你很难过，我也很心疼你，可我们太势单力薄了，没有法子……”

“我一定要争取到两个孩子的抚养权。”曼君抬起头，隐忍着泪水的眼睛里充满了决心。

“走吧，打车去机场，我也要离开上海了，你走了，我在这儿连个朋友都没有。别问我打算去哪里，总会有再相逢的一天的。我应该还是会过着一手夹着香烟，一手握着红酒的生活，然后，孤独终老。”多多说着摇了摇头，长吁一口气。

“是的，这繁华，再美不过烟火。”曼君幽幽道。

“我算是混迹情场欢场多年的交际花了吧，可能我把这一辈子的欢爱都提前过了，所以，我现在算是看破红尘，无牵无挂了。在回上海之前，我特别特别想知道，曾经对我说会爱我到天荒地老、不离不弃，会娶我做他太太的那个人过得

怎样，是不是像和我在一起的那段时间一样快乐。我已经看到了，他很快乐，都有孩子了。”多多泪眼蒙眬。

“别再想了，多多，还有，我自己也是，不要想了。今天的太阳这么温暖，第一次觉得，其实有没有他都没什么关系，没什么大不了的。我是不会灭亡的。”曼君努力露出笑容，和多多拥抱。

她没有让多多送自己去机场。

再好的朋友，也终有一别。

她坐在出租车后排，手心里是黎声用过的那块小手帕。窗外，这座城市的种种浮华一闪即过，就像是这几年匆匆流逝的时光。她登上了幸福的巅峰，然后重重地摔了下来，摔得面目全非。

不再奢求，顺应自然。

卓尧，我仍然记得你第一次在小渔村见到我和黎回时脸上的笑容，我大概这辈子都忘不了。本想走的时候再见你一面，可已经没有必要了。你人在北京，正做着违心的事，一定让你很为难吧。

曼君从包里掏出手机，抚摸着屏幕，手指轻按开机键，但最终还是放弃了。

她下了出租车，正想往机场大厅里走，就看见了靠在车门上的林慕琛。她不想理他，视若无睹地从他身边走过。他突然伸出手，拉住她的胳膊，眼睛并没有看她，仍注视着正前方。

“等一下。”林慕琛说。

她没什么心情跟他多话：“我赶时间。”

林慕琛看了一下手表，说：“三分钟。”

“你眼睛一直看着那边，你是怎么看到我来的？”

“余光。”林慕琛笑起来，一边嘴角上翘。

“你居然对林璐云说我同意签离婚协议，是不是话太多了点？”曼君想起林璐云之前说的话，不免质问他。

林慕琛故作冷静地说：“是你说想见黎回，不管我用什么办法的。我已经做到了，我姨妈那个人，她想做到的事一定会想尽办法，反正总是要签字的，不如借机会见黎回一面。那一纸协议只是，哄哄她的，没有什么效力。我来，是受人

之托送东西给你的。”说着，他走到车子的后备厢，打开，从里面拿出一个玩具汽车模型，递给她。

曼君一眼就看出来，这个玩具汽车是卓尧送给黎回的，看似是个汽车模型，其实是支手电筒，还能发出警鸣声，这是黎回最宝贝的礼物。

“你儿子今早吵了我一个早上，非要我把这个拿给你。我的耳朵到现在都还嗡鸣，小家伙也太能闹腾了。”林慕琛揉了揉耳朵，痛苦地说。

她握着这个玩具汽车模型，黎回把自己最珍爱的玩具送给了她，而她却不能够陪在他身边。她把汽车模型放到背包里，对林慕琛说了一声“谢谢”，就不再多言，怕触动到自己内心努力对黎回和黎声抑制的难舍难分，往机场大厅里走。

林慕琛大声嘱咐道：“有困难就打我电话，觉得辛苦就回来。”

她不禁想到多年前自己独身逃往巴黎，卓尧也说过相似的话。瞬间，她有些恍惚如梦，仿佛梦醒了，他就睡在她身边，握着她的手，十指相扣。她坐在登机口的座位上，等待登机。不知内心在期待什么，她打开手机，看到并没有电话打进来，心里有说不清的失落。

阮曼君，你后不后悔当初的决定？她问自己。

从一个决定到下一个决定，一步步离他越来越远，好似陷入了一个连环扣，他们的距离逐渐拉大。彼此深爱又互相伤害，这才是最痛苦的相爱状态。他做得对，替左右摇摆的她做了了断。最可怜的是黎回和黎声，将要在单亲家庭里成长。曾经在一起的画面忽闪而来，那么亲昵，那么温存。再想一遍，还是会心动。

她给他发了一条短信：我马上要走了，你自己多保重。

最后还是用一句“多保重”代替了“我爱你”。

等待了数分钟，手机没有任何动静，她起身拿着登机牌和护照前去登机。

卓尧刚下飞机就直奔机场大厅，四处搜索着曼君的身影想要拦住她。他打开手机，之前因为一小时的飞行都处于关机状态。开机后，他想立即打电话给她，站在熙攘的人群中，他环顾四周，真想见她，带她回家。

“查过了，上午直飞英国的航班已经在办理登机手续了。”季东走来汇报。

“马上给我订下一趟航班的机票，让秘书长去我办公室把护照送过来，我一定要找到她，把她带回来。”卓尧说着，手抚着额头，闭上眼睛，诸多愁绪一齐

涌来。怎么办，该怎么办才好？！

她真的离开了，像做了一场噩梦一样，说好的抵死缠绵，到头来还是要走。

手机跳出一条短信，是她发来的。看到短信的内容，他说不出话来，只是双眼慢慢模糊了。

林璐云带着秘书一起走了过来，从背后拍了拍卓尧的肩膀："儿子，不要为她难过了，她不值得你这样，还有太多事和太多人在等着你。你知道吗？她已经在离婚协议上签字了，还把黎声也送了回来，看来应该是早就做好了这个打算吧，不然也不会走得这么干脆利落。你跟妈回公司吧。"

他低头，难以置信地看着离婚协议书上曼君的签名，清晰无比，仿似一个千斤重且烧得火红的大烙铁猛地朝心中砸来，又沉又烫。短暂的窒息感后，他整个大脑一片空白，只剩下眼前的这个名字。

他并没有看到正在排队等候登机的她突然放下行李，从楼上一口气跑到楼下。身边的人都望着她，她偷偷绕过了安检，又回到大厅，远远地看着站在那儿好像在轻声哭泣的他。

是真的很想走上去抱一抱你，卓尧，对不起，我终究要离开你。

他也一定不知道，她临走之前，去了一趟他公司楼下，只为了感觉离他近一些，尽管心里清楚他不在。这样明明爱着还要分开，无论是当事人还是旁观者，都是痛苦的。

我们常常这样，在别人的爱情里做着爱情的专家，却在自己的爱情里做着爱情的盲人。

上海飞往英国的航线上，淌满了她的泪水。

他坐在车后座，一言不发，林璐云起先还在数落曼君的种种"恶行"，说了太多，他根本没有听进去一句，失魂落魄的。她从未见自己的儿子悲伤成这样，渐渐也就不再说话。

车停在了公司大厦的楼下，林璐云下车，卓尧突然拉上车门，对驾驶位的季东说："开车，去正清。"

后视镜里，林璐云张大嘴在喊些什么，他没有听清。

季东疑惑地问："我们去正清还能做什么，曼君已经离开正清了，辞职都办妥了。"

"原来你一直都知道，却还继续让我在北京待着，为什么要这么做？"他声音一沉，带着被欺骗的愤怒。

季东显得很无奈："对不起，林总嘱咐……"

卓尧一拳打在车门上，直起身子，吼道："你跟了我这么多年，对我而言最重要的是什么，你难道还没清楚吗！"

季东一声不吭。

"再有一次就从我这儿滚——"他的声音缓和了些。

到了正清律师事务所，主任早带领着一行下属站在门口迎接。主任低头不敢看佟卓尧，能不能保住自己这个职位全凭佟卓尧的一句话。他从主任身边走过，看也不看一眼，只是扔下一句："你，到办公室来！"

他站在曼君的办公室门口，推开门，步伐放慢。此时的办公室里空荡荡的，桌上属于她的东西都被带走了，仅有一些无关紧要的文件还整齐地陈列在桌上。他的指尖抚过桌面，缓缓坐下，坐在她过去每天都要坐的位子上，看着她每天都要面对的那些文书、文件夹。空气里似乎还残留着她的味道。

拉开抽屉，看到一张稿纸上写满了他的名字，还有"对不起"三个字。傻瓜，写这么多我的名字，为什么不当面告诉我？只要你喊我一声，不用说对不起，我就已经原谅了你。我无法原谅的，是我自己。

主任战战兢兢地敲门进来，低着头，额头上冒着细密的汗珠，等待接受惩处。

"我不打算追究了，你出去吧。"他只是简单地说了这么一句。

主任听到这句话，如释重负，赶紧出去，生怕走慢点会逃不出去。

他就这样一个人静静地待在她的办公室，直到何喜嘉轻轻推开了门，他抬起头，认出这个女孩就是之前跟在曼君身边的实习生。

何喜嘉有些胆怯，说："佟董，您好，主任让我问您，午饭吃什么，哪家饭店，他来安排。"

他对何喜嘉招招手，示意她过来。

何喜嘉走到办公桌前，等待着他的指示。

“我想起来了，你是和我太太一起出庭的那个女孩吧，看来你和她关系不错。和我讲讲我太太之前工作上的趣事吧，或者，只要和她相关的，我不知道的另一面的，我的太太。”他说着逻辑并不是很通的话，就只是想找个熟悉她的人来重复这四个字——“我的太太”。

何喜嘉歪着头想了想，笑着说：“我想起师父……”

他轻咳一声纠正：“佟太太。”

“呃……佟太太有一次好机智，我们一起去吃饭，有份汤里有一只蟑螂，我正想叫店里的服务员来，结果佟太太对我摇了摇头，悄悄放了一枚硬币进去，然后才叫来服务员。我开始还不明白她的用意，当时那个服务员也不知该怎么办才好，就叫来了经理。那个经理倒是很爽快，立刻道歉，并答应马上为我们换一份，还送了一瓶红酒做补偿。过了一会儿，汤重新又端上来，太太当着经理的面，用勺子在汤里舀了一遍，发现硬币居然还在！我这才明白，原来太太早就料到他们肯定是把汤端到厨房去，捞起蟑螂又重新端上来，所以才放了硬币，这样那个经理就无话可说了。过了几天，那个饭店就因为厨房卫生环境差、饮食安全不达标被停业整顿了呢。”说着，何喜嘉笑了起来。

他偏着头，听到最后一句话，神情有些变化。

很快，何喜嘉就意识到自己说错了话，连忙补充道：“我师父就是这样，对事不对人的。她其实不是针对那家饭店，那家饭店现在又重新开了业，生意比之前更好了，所以佟董你不要想到Y楼上面去。”

“你在撒谎。据我所知，那家饭店已经关门大吉了，现在换成了一家咖啡馆。”他淡定地说。

“你怎么会知道？”何喜嘉吃惊地问。

那时他和曼君正处在僵持得最厉害的时期，他有一天坐在车里，在律师事务所楼下等她，看到她和何喜嘉一起走出来。她挺着大肚子，紧锁着眉，偶尔说话，看起来并不开心，然后走进了不远处的一家饭店。他下了车，走到饭店门口，隔着玻璃窗，看到了这一幕。

后来饭店被查封，其实都是他着手处理安排的。

“说说吧，官司的事。”他很想听一听，她真的有那么想赢了自己吗?

“师父是个好人，为那个可怜的母亲做法律援助。佟董，她没有错，你去把师父找回来吧，她还是爱你的。”何喜嘉恳求地说。

他摇头，哽咽道：“她……要和我离婚，她这样执着地离开，目的就是为了半年后和我再打一场官司。”

“什么官司？”

“抚养权。”他起身，轻拍了一下桌子，有些不舍地说，“去跟你们主任说，这间办公室不许任何人进来，我以后还会过来。”他说着，打开门离去。他不能被她一次次这样绝情地伤害，再不能了。阮曼君，你每一次都固执己见，可曾替我想一想，为什么要一而再、再而三地毁灭我的人生。

小漫画，你是我的灾难。

没有你，我失去了一半的大脑，可还有一半要继续处理余下该收拾的烂摊子。

我是不是该遗忘你了?

他回到家，将大衣脱下扔在沙发上，解开衬衣纽扣，第一件事就是去黎回的房间。黎回此时正趴在床边，看育婴师给黎声喂奶。他走过去抱起黎回，可爱的小黎回把食指放在嘴边做“嘘”状，随后又指了指黎声，小声说：“妹妹在觉觉。”

黎声闭着眼睛喝奶，有节律地吮吸着，她长得白白嫩嫩，看得出，曼君是全心全意在呵护黎声。

“荷姐，两个孩子以后就拜托你了。”他恳切地说。因为在意孩子，他一直格外尊重这位高薪聘请的育婴师。这位荷姐有着二十余年的育儿经验，她以科学育儿著称，孩子交给她，他很放心。

要是曼君在就好了，再好的科学育儿，也不及母亲的亲密陪伴。

他坐在一旁，黎回趴在他的肩头睡着了，嘴里还不时地念着“妈妈”。过去他和曼君憧憬着一夫一妻、一儿一女的生活，如今拥有了两个健康可爱的孩子，她怎狠得下心扔下他们远走高飞，决绝得就像他们过往的几年都是白过了。

阮曼君，我恨你，恨你搅乱了我的生活后扔下所有的包袱离我而去。你想要

孩子的抚养权，你做梦！他在心里下定决心，对这个狠心的女人，他要彻底死心才好。

深夜，他还在书房里工作，电脑屏幕偶尔会因信号干扰产生波纹，他就会立即看手机，好像要在手机铃声响起之前就看到她的短信或来电。随即他又感到失落，她没有发来任何消息。他痛恨自己，她都这样践踏他的尊严了，他还在想着她。而她呢，每次相见都是一脸无情。但凡对他还有些牵念，就不会在离婚协议书上签字的吧；但凡对两个孩子还有些牵挂，她也不会一走了之吧。

他揉了揉太阳穴，从抽屉里拿出一包烟。自从有了黎回，他就戒烟了。再一次点燃烟，初抽的时候，猛吸一口，呛得他咳嗽起来。案上焚的檀香是从她那里拿回来的，有些潮气，断断续续灭了好几次。

他按捺着那股强烈想去找她的念头，抽身去工作。他眼前的烂摊子一堆，公司里人心惶惶，无论如何，当下首先要稳定人心，再寻找资金出口。Y楼不能放弃，他要打造东方第一商场。她既然不相信他建的商场，那他偏要建好给她瞧。

此时她在做什么？住得好吗？吃得习惯吗？会不会也像他一样，因为想念一个人而吃不下，更睡不着？

他开始恢复每天有规律的生活状态，早起陪伴两个孩子半个钟头，吃过早餐后，自己在房间里熨衬衫，想起她站在这个位置给自己熨了很多件衣服。

想起她，他整个人就会温柔起来。

眼下需要解决的问题绝对不是一方面的。公司楼下被Y楼所占土地的居民拉起了横幅，这些居民强烈要求要么拍卖Y楼，要么尽快动工以保护他们的权益。原因很简单，当初在签订拆迁协议时，佟氏集团承诺将会以低于门店租金百分之四十的价格将Y楼旺铺租给居民，并且安排一层楼作为他们的住宅楼层。目前这些居民都租住在市郊，尽管佟氏每月都会补偿五千元的租金，但这些居民显然想快点结束租房生活，搬进Y楼，拥有新的旺铺门店。

白底红字的横幅上赫然写着八个大字——

还我住宅，拒绝欠债。

林璐云为了集团的颜面，怕这些拆迁户闹事，私下给他们打了欠条，承诺按合同规定的Y楼开业日期，迟一天就赔偿拆迁户总利益百分之一的损失。但想必是

有人在这些原住居民面前煽风点火，导致拆迁户们纷纷手握欠条，站在佟氏集团大厦楼下抗议示威。

保安全体出动拦住冲动的拆迁户们，而此刻有些人已经出言不逊，甚至领头的黄衫男子还喊出“冲进大厦”的口号。

他坐在车里冷静地看着这一切，打电话给江照愿：“江律师，来我公司楼下。”之后他照例从容不迫地走进大厦。他看都没看一眼这些胡乱叫嚷的拆迁户，不过是想要钱，人的嘴脸总是在金钱面前变得狰狞。他快速思考着，任临树是肯定不会有戏了，还有谁能在这个关头拿出一大笔钱呢，银行?

“季东，从现在开始，把我们之前合作的银行行长一个个约出来吃饭。还有，私下联系那个领头的黄衣男子，查查他的来路，不要声张。”他边走边吩咐。

职员见他来了，纷纷侧身站在一旁：“佟董，早上好。”

他微微点头，报以微笑。

一个女职员悄悄地说：“佟董一冲我笑，我就要晕倒了。你看，那个意气风发的佟董又回来了。你还说辞职呢，就算停薪，我也要在佟氏做下去。”

身边的男职员嫉妒地说：“这就是高富帅和矮矬穷在你们这些花痴心目中不同的待遇。佟氏有这么多花痴的员工撑着，走了我们这些男员工，照旧垮不了。要我说，作为男人，就不要来佟氏应聘，简直是自取其辱。凭什么同样是男人，我就是穷矬丑集一身，而佟董就是万千宠爱集一身呢。佟氏集团男性职员普遍晚婚，就是因为女职员都去仰慕佟董了。”

“咯——你们两位上班时间议论公司高层，是不是不想在这里干了？”江照愿冷着脸出现。

两个职员慌忙溜走。

不过江照愿很快就会心一笑，自言自语道：“看来他知道什么重要，什么不重要了。阮曼君，是你自己要走的，他没有去找你，显而易见，你不再是他的唯一。在他最危难之际，你逃离了，只有我对他不离不弃。”

这个优秀得近乎完美的男人，在江照愿的眼中，似已成为她的囊中之物。

江照愿走进了董事长办公室。

佟卓尧正在和两位股东商谈对策，江照愿在隔壁会议室坐下。十分钟后，他

走过来，坐在会议桌的正上方，和江照愿隔着三米的距离，淡然地问：“那些拆迁户你解决了？”

“我随随便便解释了一下何为合法游行、何为非法集会游行，后果是什么，他们就散了。”江照愿得意地说。

他笑道：“同样的话，我们的保安也说过，但果然从江律师的口中说出来才有分量。”

“佟董看起来心情不错，那好，我今天是顺道过来，把林总交给我的协议，拿给你过目签字的。”江照愿递过来的，是那张林璐云握在手中的离婚协议书。

他瞄了一眼，果断地说：“我是不会签字的。”

“她都果断签了，你还念什么旧情！你难道不恨她吗？是她把你……”

“这是我的家事，还轮不到你说话。江律师，不管我恨不恨她，我都不会看你一眼。”他说完，起身离席。

江照愿不服气地说：“你如果对我没有半点好感，在北京，宴请任临树的饭局上，你为什么不让我喝酒，要为我挡酒？”

“我只不过是单纯地觉得不应该让女人喝酒来达成我的目的，我不喜欢喝酒的女人。”他说着，心里就想到了曼君。她呀，还会不会独自一个人喝酒喝到痛哭？她过得好吗？

“你要看清，在你最困难的时候，是谁陪在你身边，谁又离你而去。”江照愿自幼学习芭蕾舞和小提琴，身形曼妙，职业装让身体线条凹凸有致。她对自己很有信心，就如同她当初说的：阮曼君，你和我比，你唯一可以骄傲的就是你的男人是佟卓尧。

“江律师，我有支付你薪水，我希望你能站在自己的位置上，不要说不符合你身份的话。”他不再多言，起身走出会议室，只留下一脸委屈的江照愿。

他不愿再提及和阮曼君有关的一切，身边的人也渐渐心照不宣。他冷静得出乎所有人的意料，每天都在为公司的事奔波，也亲自去赴那些银行领导们的饭局。只是所有的贷款加在一起，都远远不及公司需要的资金，更不能安抚那些拆迁户躁动的情绪。他需要的是更大一笔资金，目前，只有任临树财力雄厚，能够帮助他，但已经是不可能了。

季东也只查出游行队伍当中为首的黄衣男子并不是拆迁户，暂时还调查不到该男子任何的有效信息。

他靠在沙发上，感到心力交瘁。每每累的时候，他总会想起她，想起她修剪花枝时侧着脸对自己笑的样子。什么才是真正的爱？应该是你努力想不去爱、不去想她，但还是会爱、还是会想，到了连自己都控制不住的地步，就是真爱了吧。

“这世上很多人能够做到和谁在一起都能过得幸福，都能相爱，可是我不能，我做不到。我不能理解相爱的两个人一旦分开，还可以各自交往新的伴侣，过新的生活。我只想和她度过我的余生。”

这是他在工作簿里写下的一段话，在夜深人静的时候，他趴在办公桌上，孤独和煎熬包围着他，他无法不想她。

愚人节那天，他拖着疲惫的身躯回到家。刚上楼，一阵风吹来，他闻到了熟悉的味道，是属于她的香气。他顿了顿，突然想会不会是曼君回来了。他大步冲上了二楼，一间一间房地寻找她的身影，心中那种期盼越来越强烈。结果在他们的卧室梳妆台底下，他看到她最爱的那瓶香水碎了，洒了一地。

他莫名恼怒，叫来倪管家：“我说过多少遍了，不要进我的房间，不许碰我的东西，为什么不照做！是不是要我把你们全都辞退了！”他沉着脸。

倪管家只好说：“佟少，这点小事不值得动气，我马上找人来收拾，再去查查到底是谁打破了香水。”

卓尧不作声，低头看着地上的香水瓶碎片，说不清是因为空欢喜一场的失落，还是因为生意上的屡屡不顺。他坐在沙发上，皱紧了眉，旁人很难猜到他的心思。

林璐云走了进来，气定神闲地说：“我当是怎么了，这点小事，至于对倪管家这样发火吗？有火冲我来发，是我让人打扫你的房间的，有些不用的东西就该丢了。”

“你有什么权利处理我房间的东西！”他站起身，迎面对峙林璐云。

“就凭我是你妈！”林璐云双手叉腰双目圆睁。

他知道，在和母亲的争论上，他永远赢不了她。就因为她生了他，并且她还有严重的心脏病。

“倪管家，你出去吧。”他声音减弱，像是失去了所有防御，卸下了沉重的盔甲，等着被远远刺来的矛直插心窝。曼君就是那支矛，让他的心里时常一阵阵发酸。

心脏仿佛多了一种会流泪的功能。

林璐云以一副胜利者的姿态，得意地说：“倪管家，叫人把地上的玻璃碎片扫干净，免得扎到孩子。”

“不用了，我自己清理。以后不许进我房间。”他说这话时，眼神黯淡，一脸的落寞。

等林璐云和倪管家出去之后，他才弯下腰，捡起地上的一片片香水瓶碎片。房间里满满的香气，让他想起他们从前一起出去吃饭前，她都会往空中喷两下，然后在香水的雾气中旋转身子，笑着说：这是香水舞，你也来跳呀。她说着，就会把他也往自己身边拉，所以他身上不时也有她的香水气味。

渐渐地，这种气味就能够代表一个人了。

他蹲下来，坐在地板上，低喃着说：“我就知道，怎么会是你回来了？今天是愚人节，真像个笑话。你为什么不回来，甚至连个电话都不打给我。我始终想不明白，是什么让你变得如此绝情。”

曼君，你过得可好？

半年之期，却仿佛如此漫长。

日子就这样在重复着思念和不停地应酬中度过，有时陪那些领导，他总是一脸不食人间烟火的淡然，一旁的袁正铭只能尴尬地说：“他呀，和庙里的和尚一样清心寡欲了，我们玩我们的，不用管他。”

一旁倒酒的服务生也只敢远观，不敢靠近他。即使他身上散发着强大的吸引力，但同时也具备着更大的排斥力，就仿佛这个男人光芒万丈地坐在那里，却透着拒人千里之外的波光。

他努力违背自己的内心去迎合一些人与事，当然，这也取得了不少进展。Y楼原本被法院查封暂停施工，现在有希望五月恢复开工，这算是个很好的消息。他像是要竭力证明什么给她看，即便她在遥远的地方，他也想证明自己并没有错，Y楼是完全符合安全标准的。

眼下独缺资金，而拆迁户隔三岔五还是会来闹事。事不大，但像只蚊子“嗡

嗡”地飞来，这里叮一下，那里叮一下，让人很烦。

他开车路过商场，特意停了车，走进商场，找到那款香水，买了一瓶带回家，重新放在原来的地方。林璐云将曼君没带走的衣服和用品都扔进了储物间，他悄悄进去把属于她的物品又一件一件拿回房间，回归原位。

夜晚总是会失眠，他就靠着她留下的这些物品来安慰自己。

每天早晨睁开眼就会想起她，他的情绪会不断变化，从难过到愤怒，再到自责，最后只有想念。

怎么能不想她，又怎么能不怪她?

曼君，只要你回来，我愿意和你重新再爱一次。

他不信她不想念自己。

黎回又学会了很多新词汇，有时候还会说长长的流利的句子，黎声也会伸手抓东西，会盯着人看，甜甜糯糯地一笑了。他总觉得黎声的笑容很像曼君，神韵相似。

一天下午，他从花园里走过，匆匆忙忙要往公司赶。只是很奇怪，向来稳重的佟家司机崔师傅却躲在花园一角在打电话，听着像是在说“太太放心”什么的。他一惊，怔住了，听到任何可能与她有关的事，他的神情就会变成这样。

他停下脚步，站在一棵枫树下，悄悄听着崔师傅打电话。

“太太，家里都好，两个孩子都健康。是呢，小的那个都认生了……不不，你是她妈妈，她肯定不会对你认生的，大的那个很有礼貌，看到我都会叫我崔伯伯，嘴巴真甜，有礼貌又懂事。他呀，佟少瘦了不少，我听季经理说，公司的事那边还闹着呢，法院也没松口，他应该很烦吧。”崔师傅显然是在和曼君打电话。

他心里一阵狂喜，尽管面上还是装得很平静。

她居然还在家里安插了眼线？其实何必绕这么大的圈子来问外人呢，直接打电话问他不就好了。

他轻轻地离开，那一天心情格外好。晚上还主动对开车的崔师傅说了一声“谢谢”，弄得崔师傅受宠若惊，暗暗地想：我在佟家开了二十多年的车，就没听过佟少对谁说过一声谢谢。哈哈，今天是怎么了，他居然有了笑脸。

曼君离开已经整整一个月了。

这一个月，他总算是走过来了，也能够略微适应见不到她的每一天。

他居然有了错觉，以为只要半年一到，她回到上海，他们就能重新开始，就当从来都没有那么多的误会，她只是出去进修了半年，并不是离开他。他数着日子过，等待着她半年后回来。

如果不是紧接着黎回生一场重病，他是真的会抱着这种期待一直等待她吧。

那场病，毫无征兆，又来势汹汹。

# 第五章

## 温山软水繁星万千，不及你眉眼半分

安安静静结束你我之间过去的缠绵。你知道吗？不吵不闹，放你走，是我给你最后的温柔。

# 如果巴黎不快乐 3

一天夜里，荷姐急促地敲着他的房门，慌张地说：“佟少，赶紧来看看黎回，这孩子高烧不退，都烧到39.5度了。”

他随手套上一件大衣就跟着荷姐去黎回的房间。他清楚，能够让有着多年育儿经验的荷姐如此慌乱，一定不是简单的小病。他的心被揪得紧紧的，祈祷千万不要有事，黎回还那么小，怎么承受得了。

房间里，黎回静静地躺在床上，小脸蛋烧得通红，眼睛闭着，额头上贴着退热贴，看来荷姐已经给黎回进行物理降温了。他心疼得不得了，宁愿这病是在自己身上，哪怕是严重十倍，他也不愿黎回的小身体被折磨。

“荷姐，现在怎么办，是不是该送医院？”他抱起黎回，搂在怀里，用下巴贴着黎回的头。

荷姐拿起桌上自己记录黎回二十四小时之内发烧温度情况的本子说：“照目前看，物理降温起不了作用，我怀疑是小儿肺炎，还是去医院治疗最好。”

肺炎，在他听起来是很吓人的，因为从出生到现在，黎回一直都很健康。他抱着儿子就往外走，荷姐拿着黎回的盖毯跟在他身后，匆匆上车，往医院疾驰而去。

到了医院，挂了急诊，怀里的黎回仍处于高烧昏睡中。医生检查之后，做出的诊断和荷姐是一样的，急性肺炎，必须立刻住院治疗。

躺在病床上的黎回，穿着小小的病号服，紧紧握着爸爸的手，嘴里不停地在喊：“妈妈……妈妈……我要妈妈……”

这使他心如刀割，儿子病了，她再忙也总该回来吧。他想起崔师傅上次有偷偷和曼君联系，于是立刻让倪管家去找崔师傅要曼君的号码。大半夜里折腾了一番过后，崔师傅风风火火地赶来医院，带来的消息竟让他的心落到了谷底。

“对不起佟少，太太之前确实有打过电话回来，不过那个号码是公用号码，她也只打过两次，问我两个孩子的情况，我都是如实相告，其他的我真的什么都不知道。”崔师傅紧张得满头大汗。

他沉默片刻后，说：“很晚了，你们回去休息吧，我一个人在这里就好了。”

荷姐握着手机说：“林总说她一会儿过来。”

“不用了，你告诉她，孩子需要的不是一个充满控制欲的奶奶，而是自己的妈妈。”他说完，眼睛看着黎回，再也没说话。

他守在病床边，每隔几分钟就把湿毛巾放到水里重新揉一遍，再搭在黎回的额前，一夜就这么重复着。直到护士告诉他，已经从高烧降到了低烧，他才稍稍放心。至少要住院一周，在这期间，他想放下一切事务，好好在医院陪着黎回。

清晨的阳光照在黎回的脸上，他坐在一旁看着，有些困倦，但意识里没有一点想睡的念头。这一夜，黎回不知迷迷糊糊喊了多少声妈妈，他想，如果曼君能够出现在病房里，那该有多好。不管是黎回还是他，都会万分欢喜和雀跃吧。

她却这样执着地走了，杳无音信。

他握着手机，查看通信录，想着谁还会有她的联系方式呢？第一个想到的当然是李多多，马上打电话过去，传来的却是用户已停机。翻来覆去，他突然发现，原来自己和她的交集并不多。他深爱着她，却没有真正走入她的世界。与她有关的人那么多，他竟然也只有李多多一个人的电话号码。

最后，他不得不一大早就打扰程肃清的美梦。

他在电话里抱歉地说：“程伯父，还在休息吧，打扰了。我想问问正清派去英国进修的大学那边的联系方式，方便给我吗？”

一直以来，他都是非常敬重程肃清的。

“好好，没事，不打扰，我一会儿去律师楼就把号码发给你。哦，对了，曼君在英国生活得还习惯吗？”电话那头的程肃清的声音还是那样朗朗有力，看来是在晨练中。

“习惯，就是有些想家。”他也不知道自己为什么要这么满是幻想地回答。可能是不想被人知道他被她甩开了，甚至连个电话和招呼都不曾有。

是啊，他差点都要忘了自己的骄傲和自尊。

在焦急中，他等到了程肃清发来的一串号码。他先给醒来的黎回洗了脸，换上干净衣服，又喂了水和白米粥，看护士进来挂水、量体温，一切安排妥当后，黎回又渐渐睡着了，他才轻轻合上门，站在门口拨通那串号码。

电话接通后，他用流利的英文简单说明了情况，当他问到要找该校一位从中国来的律师阮曼君时，对方居然回应说，这个学生并没有来校报到，而是办理了退学手续，之后的情况就不清楚了。

他握着电话，哑口无言，内心却无比焦急紧张起来。她都去英国一个多月了，竟然没有在进修的大学学习，那她究竟去了哪里？这样音信全无，她是不是安全的，又会不会发生什么意外？

漫画家到底是漫画家，幻想无边，脑子里很快就闪过好几个惨不忍睹的画面。他紧张得要命，站在病房门口，从未有过这样的六神无主。即使公司面临那么大的问题，他也没这么慌乱。她太坏了，无情地走了，还留给他这样大的恐慌和担忧。

是要立刻去英国找她，还是怎么办？联系驻英大使馆？他想着对策，看似条理清晰，实际一片混乱。

“佟董，你好，一大早你怎么在这儿？”身后传来一个年轻女孩的声音，他循声望去，是曼君非常喜欢的徒弟何喜嘉。

可能是因为眼前的这个女孩是他深爱的曼君很喜欢的人，他也就对她生出了些许好感，露出了温和的笑容，说：“我的孩子病了，在这边住院。你呢，来看医生吗？”

“啊！孩子病了？是黎回还是黎声？怎么样？不严重吧？”她说完才反应过来自己的态度过于热情了，有些不好意思，于是接着说，“我参加了福利院的志愿者活动，负责照顾的一个孤儿得了肠炎，所以我就陪着来医院了。”

他点头赞许地说：“我太太果然没看错人，你是个热心肠。黎回没事，烧退了，轻微肺炎，住院观察一下。”

“需要我帮着照看黎回吗？我和师父在一起时，和黎回见过几次面，他很可爱，我也喜欢他。”何喜嘉热情地说。

“不用了，我会在医院陪着他。只是，他很想他妈妈——我忘带手机了，

你能打电话给你师父，让她回国来看看黎回吗？她那么喜欢你，不可能没给你电话。”他撒了谎，因为他不希望任何外人知道自己连她的联系方式都没有了。

出人意料的是，这个方法很奏效，何喜嘉轻松地拿出手机，说：“好的，我来打，这时候英国应该是凌晨吧，师父肯定还在睡梦中。”

他努力掩饰着激动的心情，静静等待电话的接通。

“通了通了。”何喜嘉做出一个“OK”的手势，甜甜地笑了。

“喂，师父，你在英国好吗？还在睡觉啊，我很好，主任没刁难我，我已经转正了呢。嗯……嗯，我会努力的。呃……师父，是这样的，你方便回来一趟吗？我听说，黎回生病了……不严重，不严重，你放心，就是黎回很想妈妈，他想见你……你没时间啊……那只能这样了，下次吧……”何喜嘉沮丧地说着，朝佟卓尧看了一眼。

佟卓尧忙指着自己，意思是自己要听电话，亲自和曼君说。

“师父你等一下，佟董有话要和你说。”何喜嘉说着，几秒后，她放下电话，失落地说：“师父一听你要接电话，就挂了。”

他拿出手机，说：“把号码报给我，我来打电话给她。”

何喜嘉翻动着手机，糟糕的是，手机居然不早不晚这时黑屏了，任凭她怎么按，就是毫无反应，她都快要急哭了，说：“这部破手机也太不争气了，偏偏这时候坏了。怎么办？号码还是朋友给我办的，他人在国外，我也查不了电话单。”

“你能不能想起一点她号码的数字，哪怕是尾号几位？”他焦急地说。

何喜嘉使劲想了想，无奈地摇了摇头。

“想不起来就算了。”他心中的滋味无法言喻，他不敢相信曼君怎么会变成一个连孩子病了都置之不理的冷血之人。

这时，手机响了，是季东打来的电话。他接通：“季东，我在医院有些事，公司那边你先看着。”

“佟少，这次无论如何你都要来公司签合同，任总答应无条件给我们资金了，并且利息比银行的还低，真是雪中送炭。你快来，合同一分钟没签，都会有变动的可能。”季东兴奋地说。

他难以置信，问：“你没发烧吧，这怎么可能？”

“是真的，佟少你赶紧过来吧，任总正在贵宾室等着你，我先招待一下。”

看样子是真的，不过他还不能高兴得太早，对于向来难以捉摸的任临树，不能轻易看表面。不过此时他必须先赶回公司，可黎回还在打吊针，现在临时通知荷姐来医院似乎又有些来不及，于是他看向了何喜嘉。

“能帮我照看黎回吗？就上午这一会儿，等会儿黎回的育婴师就会过来的。”他说。

“没事，没事，有我在这儿行了，你去忙你的。”何喜嘉笑着说，还有些羞涩，低着头不再看他。

“那就拜托了，谢谢你。”他从病房的窗户看了黎回一眼，便匆忙往公司赶。

他在开车时才想起自己刚刚有多糗，他一面装得很酷地说自己手机没带所以打不了电话，而不久之后又拿出手机问何喜嘉曼君的电话号码，真尴尬。

这个何喜嘉，难怪曼君会如此喜欢，真是个善解人意的女孩，居然没有拆穿他，不露声色就当什么都没察觉。

他在内心称赞——我的小漫画啊，还是那么有眼光，她喜欢的人，从来都没有错的。

瞬间，他又想到她竟然不回来看黎回，还一副一点都不紧张的口气，也没透露自己在英国的哪个地方，为什么没有如约去大学报到，种种疑团，这时候都来不及想了。眼下最重要的事是弄清楚任临树的目的，只要能够合作，签好合同，Y楼就能顺利开工了。

爱使人矛盾，使人在悲与欢之间游离。

如果你恨了一个人很久，听到了有关这个人的消息，还是会欣喜若狂，那是因为，所有的恨，不过是掩埋爱的一层薄沙，风一过，深爱就会显露出来。恨是因为对方的不联系、不来往，一旦对方伸来手，我们就会立刻忘了曾经的痛心疾首。

办公室里，缭绕着任临树抽的香烟烟雾。

佟卓尧审视着合约，作为乙方，按照合约上看，几乎没什么苛刻条件就能让

乙方获得甲方的资金，甚至那点利息低得可以算是零利息了。这反倒让他不敢轻易签合同，便问："任总，之前在北京，我们有过很不愉快的经历，现在你主动提出以这么低的利息来注入资金，太便宜我了吧？我无法理解，所以不能签这份协议。"

"无功不受禄是不是？果然是了解你的人，猜到你会有警惕之心。好吧，坦白地说，那次在北京见面之后，我想了很久，觉得佟少你非常有趣，而我恰好对Y楼也很感兴趣，所以，就当交你这个朋友了。日后，Y楼也会入驻我们千树的专柜。我相信，这次只是我们合作的开始，未必以后我就不是赢家。再说，以我对佟少能力的了解，Y楼肯定能找到投资人，与其让他人有份，倒不如我自己来。这是我的解释，不知佟少还满意吗？"任临树摁灭烟头，起身走到卓尧的办公桌边，双手撑在桌上，弯着腰，两眼直视他。

面对任临树的解释，佟卓尧仍心存疑虑，收下合同，说："这样吧，合作是长久的，等我们法务看过合同后，我们再约个时间签约，怎么样？"

"好，那下周一我等你的回复。"任临树洒脱地说，站起身，拍拍衣袖，蓦地说了一句，"佟少，只在此山中，云深不知处。"

"嗯？"佟卓尧有些不明所以。

任临树爽朗地笑道："没事没事，突然兴起念首诗。"

果然名不虚传，商界怪才任临树，传闻中七年前被初恋女友甩了，自此后就变得冷酷无情。情场失意，商场得意，一朝崛起，千树集团成为可以和佟氏集团鼎立抗衡的企业。若能强强联手，那自然是商界一次双赢的夺目之举。既是对手，也是伙伴。

卓尧陷入了沉思，捉摸不透任临树的用意，究竟背后还隐藏着什么呢？

季东倒认为是他多虑了："我觉得我们有必要马上让法务过目合同，签合约，任总是个变化多端的人，非常个人主义，为了避免夜长梦多，我看……"

他抬手打断，说："不不……季东，正因为他变化多端，我们才要观望一下，听起来任总的解释是挺合情合理，但我总是能察觉到他有些神秘。他不只是对Y楼的股份觊觎，似乎还有对我更重要的东西，具体我也说不清楚。"他一手撑着额头，思忖。

“可我们没有退路了，Y楼我们已经砸进去很多钱了，现在只缺这些钱就能竣工开业。商场早一天开业，我们获得的利益就越大。再往后拖，媒体就会对Y楼有更多的猜疑，现在已经有八卦说我们Y楼闹鬼了，再加上拆迁户们三番五次阻挠，我们没有机会再等银行那边的贷款了。”季东分析着眼下的境况。

他对季东的分析并不否定，只是眼下再没有一步路可以走错了，余地不多，他不得不小心谨慎。

“林总交代，尽快签约。”季东说。

他一听到母亲插手公司的事，心里就很不舒服：“够了，我和她母子一场，她做的事、说的话，最后没有几件是正确的。我还要去医院，黎回得了肺炎，我得去医院陪陪他，你把合同交给法务。”

“肺炎？要不我也去医院看看，你有打电话给……”季东欲言又止。

“她不回来。”他叹息一声接着说，“或许英国有对她更重要的事吧，随她。”

“哦，那合同要不要给江律师过一眼？”

他摆了摆手：“不必了，这种商业机密，知道的人越少越好。她还不足够让我信任。”

从公司出来后，佟卓尧驱车赶回医院。一进病房，只见何喜嘉坐在病床边，给躺在病床上的黎回讲童话故事，精神状况好了很多的黎回正聚精会神地听着。他不忍打扰，轻轻地在沙发上坐下。

“公主在花园里玩，她的玻璃球不小心掉进了水井里。这时，一只青蛙说，‘公主，如果我帮你捡了那个玻璃球，你就要带我回城堡’……”何喜嘉声情并茂地给黎回讲着故事。

黎回“咯咯”笑，不经意地扭头，看见了他，大声喊：“爸爸，爸爸！”话音刚落，又猛烈地咳嗽了几声。

“你看你咳的，乖乖听故事，不许在何阿姨面前淘气。”他笑着下命令，见黎回恢复了精神，心情顿时好转。

何喜嘉站起来，憨厚地笑：“佟董，你来了，那我就先走了。”

“爸爸，我要阿姨陪我，要阿姨陪我……”黎回索性撒起娇来，拉着何喜嘉的手，不让她走。

何喜嘉一时之间不知如何是好，站在原地，任由黎回拉扯着。

卓尧轻咳一声："乖，你已经生病了，难道还不听话吗？何阿姨也需要休息。"

黎回低下头，嘴里嘟囔着："何阿姨认识我妈妈，我想妈妈……"

他这才明白，原来黎回这么快就依赖起了何喜嘉，是因为他知道，这是妈妈的朋友。想到这里，他就更加不解为什么曼君得知孩子病了还不回国。她之前把孩子看做是自己的命，她怎么能够不管不问？难道不想见他，就连对待孩子也一同冷漠了吗？

在何喜嘉等电梯的时候，他追了出来，客气地说："何小姐，方便把你的手机给我吗？我想拿过去看我朋友能不能修好，我想通过手机的通话记录，找到我太太的联系方式。"

他难得对不熟悉的女孩如此客气，自从曼君不告而别，他在公司就变成了一个脾气很坏的人。尽管在认识曼君之前，他也是不善言笑的。

那时曼君挽着他的胳膊，走在黄昏的路上，说："我发现你最近脾气好了很多，也不会无缘无故对女下属发火了，怎么变得心情这么好？"

"我哪有那么多的好脾气，我的好脾气还不都是因为你。"他说着，抽开被她挽着的手，紧紧拥抱住她。

过去的一幕幕令他难以忘怀，而现在曼君的所作所为，却令他陌生。

"佟董？佟董……你在想什么呢？给你，我的手机。"何喜嘉拿着手机在他眼前晃晃，打断了他的浮想。

他接过手机，简单地说了句："改天还你。"说完，他转身便走，脑海里还是绕不开曼君的身影。

为什么还要去想她，是本能的习惯吗？这该死的习惯，要不要改一改？

白天在公司，晚上要彻夜守在医院，在他看来，反正在家也是失眠，都一样。任临树的那份合同，他反复看了很多遍，也没有看出任何不妥。现在就差法务那边了，如果也没有发现问题，周一就能顺利签约了。

季东把何喜嘉的手机送去维修，尽管已尽力修复，可手机还是无法开机。内存恢复过后，也没有找到一个国际长途号码，可能是手机本身的存储功能就有很大的问题。

“这种老款手机，市面上都淘汰停产了，我已经尽力了，可还是没有找到号码。其实也简单，我让通信公司内部的人查一下通话记录就可以了。”季东说着，把手机放在他的办公桌上。

他拿起手机，转动着看了一眼，说：“算了，到此为止，没有继续查的必要了。”

这些天来，他的手机二十四小时都开机，只为等待她的一个电话。每次电话铃声响起，他都高度紧张，但每一次都不是她。她可以把他的手机号码倒背如流，却没有打电话给他。

他幻想过，如果真接到了她的电话，自己一定会说：小漫画，闹够了没有？闹够了的话就给我回家。

可她始终没有打来电话。

他又何必一波三折去找她的联系方式，不愿回来，是她的决意。总归知道她在英国过得很好就行了。

曼君，若早料到我们会这么快分道扬镳，那么我宁可你爱我浅一些，这样你就能爱我长久一些。

星期五的清晨，正清律师事务所。

卓尧穿着橘色暗纹衬衫，宝蓝色西裤，春日晨光照在他的肩上，整个人都像会发光一样。主任连忙赔笑迎了上来，从口袋里掏出一包软中华香烟递过去，小眼细眯着说：“佟董大驾，有失远迎，快请进。”

他微微颔首，径直走进了曼君的办公室。

主任赶紧叫唤着：“小何，赶紧去楼下买咖啡！”

江照愿踩着七寸高跟鞋，穿着意气风发的职业装走了进来：“哎，主任你今天怎么梳大背头了？是哪个大人物来了，看把你给紧张的。对了小何，我还没有吃早饭，帮我也带些来。”

“我的江大律师，分贝小一点，佟董来了，正在阮律师办公室呢。”主任说着，手指了指办公室门。

江照愿不屑地笑笑：“人都走了，还留着办公室做什么，供人瞻仰遗容吗？浪费资源，没看到大家伙都挤着办公很不方便吗？不如腾出来，反正她就算回来

我们正清也不会欢迎了，对不对啊主任？”

主任就差伸手捂住江照愿的嘴了，急急忙忙地说：“姑奶奶你就少说几句吧，别让佟董听到，我会吃不了兜着走。”

“怕什么，佟氏都快要倒闭了，迟早的事，他不听我的，简直是自取灭亡。”江照愿得意地说。

“那你就太不了解佟少了。”主任神气地说。

新进律师事务所的实习生们窃窃私语起来。

“这就是传说中阮律师背后的大BOSS先生吗？好帅好迷人，你们确定他和阮律师离婚了吗？那我不是有机会了？”A女花痴流口水状。

B女推搡了A女一把，傲慢地说：“伸手接住你的口水，然后照照口水看看自己的样子，不自量力！听说阮律师是被甩了呢，连家门都不让进了，这下又被抛弃又是失业的，可真惨。”

A女问：“她不是去英国进修了吗？”

B女冷笑道：“对外当然说是进修，难道说自己被甩了要出去散心？豪门可不是我们这种资质平平家世平平的灰姑娘进的。阮律师完全是自作孽，换任何一个男人都会甩了她，何况是佟少这样骄傲的男人。”

何喜嘉拎着咖啡和面包进来，板着脸气愤地说：“够了，还想不想干了！再说我师父的坏话，你们就等着收拾东西滚蛋吧！”说完，她将咖啡重重地放在桌上。

江照愿伸手从袋子里拿面包，吃惊地望着何喜嘉对主任说：“哟，主任，你发现没有，自从小何转正之后，就总欺负这些实习生。”

“那还不是人家师徒一场，感情深厚嘛，理解理解。小何，把咖啡给佟董端进去。”主任吩咐着。

A女殷勤地跑过来，道：“主任，让我来端吧。”话毕，便以迅雷不及掩耳之势拿起咖啡就往办公室走，那速度，简直像风一样。

此时，卓尧正坐在曼君的办公椅上，用面巾纸擦桌上的灰尘。他下过命令，除了自己，任何人都不能进来，更不允许做清洁打扫，这里还保持着曼君离开时最后的原貌。他想，这样有关她的气息就不会流失吧。

A女敲门进来，放下咖啡，却并没有要走的意思，就杵在他面前站着，长长的

假睫毛随着眨眼的频率闪动着，令他觉得碍眼。

“你出去，让何小姐进来。”他淡然地说。

“哦。”A女失落地往门口走，一出办公室，就没好气地说：“喂，何喜嘉，佟董叫你进去。”

何喜嘉抬起头，推推眼镜，一脸的茫然。

当卓尧将一部新款手机放在何喜嘉面前时，她愣住了，显得有些受宠若惊：“佟董，你这是？”

“之前那部手机坏了修不好了，这部手机你拿去用吧。”

何喜嘉慌忙回绝：“不用不用，我发了薪水就去买，反正我在上海也没有什么亲朋好友，暂时没有手机也没有关系。”

“你就当是黎回送你的礼物吧，这样，明天周六，你如果有时间的话，去医院给他讲故事吧。”他说着，又想起了什么，便问，“曼君一般多久给你打一次电话？”

何喜嘉眼里掠过一丝失落，但紧接着用轻快的语气回复道：“师父啊，一般隔个七八天就会打给我，有时她在那边学习，需要在正清工作的一些案例，她就会打电话给我，让我查一下。”

“她在正清安排的那所大学吗？”他装作不知道地问。

“是啊，在那儿，每天课程很紧张，师父还说……”

“好了，我明白了，你出去吧。”他冷冷地打断。

佟卓尧的忽热忽冷使何喜嘉内心越发慌张。

卓尧望着桌上空空的花瓶，陷入了沉思。原来这花瓶中，每天都会插着一束绽放的百合。他心中有了一个念头，这个念头萌生后，就急切地想去做。

因为心里有所牵挂，以至于他走到停车场才想起车钥匙落在了曼君的办公室里，于是返回正清，恰好看到江照愿正把何喜嘉骂得狗血淋头。

“小何，你果然具备狐狸精的潜质啊？看你平时闷不吭声的，居然不声不响就把你师父的男人给勾引了，他是谁你掂量过没有？他是佟少，你又有几斤几两？竟敢在我眼皮子底下做这种龌龊的事！怎么，被他包养了？新手机都给你送来了。你真可耻，你配做一名律师吗！她阮曼君真是傻了，把我当敌人，结果防不胜防，没想到自己爱徒当了小三。你可别忘了，人家现在还是合法夫妻，还没

离婚。”江照愿气势逼人地说着。

何喜嘉全身都在颤抖，硬着嗓子说：“我没有！”

A女赶紧落井下石以泄私愤，跟腔道：“就是，还教训我们呢，自己做出这种下作的事。”

“这就是不要脸。贱人做贱事。”江照愿恶狠狠地说。

卓尧走上前，把何喜嘉拉到自己身后，用威慑的语气警告江照愿：“江律师，你如果再说下去，我可以告你诽谤。你这张嘴巴，真不该长在一个律师的身上。光凭这点，你就没法和曼君比。”

“佟少，你真看上这小丫头片子了？”江照愿摇着头难以置信，原是有气故意撒在何喜嘉身上，却没想到他会返回来。

“从现在开始，她从正清辞职，正式加入我们佟氏集团的法务部，你再没有资格对她妄加评论。”卓尧一字一句盯着江照愿说。

江照愿瞪大眼睛道：“佟少，你一定是鬼迷心窍了！”

“我只知道如果是曼君在这里，她也一定不会允许你这样侮辱她的爱徒。”他语气强硬。

在整个正清人人惊呆的目光中，何喜嘉跟在佟卓尧的身后走了出去。每个人都有着各自的打算，主任后悔莫及，想着当初怎么就没有善待何喜嘉。而江照愿则是满心的不服气，想着阮曼君若看到这一幕会怎样。

律师事务所楼下，何喜嘉停下了脚步，说：“佟董，谢谢你刚才帮我解围，我会重新找工作。以我的资历，是进不了佟氏法务部的。”

“不用谢我，我不过是看在你是曼君徒弟的分儿上。周一来上班。”他说着上了车，并没有再多话，也没有载何喜嘉。

第二天一大早，何喜嘉就出现在了黎回的病房门口。卓尧有些意外，倒是躺在床上的黎回开心得直踢腿，嘴里叫嚷着：“阿姨，阿姨讲故事，讲故事听。”

于是他转身对黎回说：“你要听话，阿姨才会喜欢你。”

手机响起，是季东的电话，他顺手接听。

“法务那边说合同没问题，所以周一我们就签合约吧。”季东喜出望外。

“好，那你安排，和任总约吧。”他说着，瞄了一眼何喜嘉，看到她似乎想

说什么。

他挂断电话，就听何喜嘉问："冒昧地问一句，这个任总，是叫任临树吗？"

卓尧一惊："你认识他？"

"我一个不起眼的小人物怎么会认识他，不过倒是听师父提起过。"何喜嘉说。

他的表情忽地严肃起来，说："你之前说你是带福利院的孤儿来这里看病，这里是私人医院，诊金很高，哪家福利院会出手这么大方？另外，你告诉我说我太太在正清安排的大学进修，可据我了解，学校那边根本没有曼君的记录。我想你最好老老实实说清楚。"

这一番话把本就胆小的何喜嘉差点吓哭："我不是有意要撒谎欺骗你的，其实……是我自己路过这儿看见你，跟了进来，才知道黎回生病了，我也不好说我是跟着你来的。还有，我师父是这么说的，我就这么对你说，我也不知道她不在那所学校。"

"你跟踪我？是曼君叫你这么做的吧。"他相信了她的话，也认为她定是受了曼君的安排。这样一想，就说明曼君还是在意他的，这让他心生欢喜。

"不是，是我自己的好奇心而已。"她说。

"好，不愿出卖师父，算你忠心，以后就留在公司好好工作。记住，如果曼君打电话过来，就第一时间来我办公室。"他表面还装得淡然，实际上快要眉飞色舞了。

人与人之间，在相处得好的时候，我们往往称之为缘分、佳缘。好比看黎回如此喜欢何喜嘉，孩子脸上露出了久违的笑容，他就在想，这是曼君种下的一段善缘。她曾待何喜嘉如亲妹妹，处处呵护，才会有何喜嘉今天对黎回这般珍视在意。

向来谨慎精细的他，没有想到更深的层面，日后他才悔不当初。当然，那就要从曼君回来之后说起了。

第二天，各项检查结果出来之后，显示一切都很正常。黎回顺利出院，他悬着的心才总算落了下来。在家陪了黎回、黎声一整天，直到晚上的时候，何喜嘉意外地出现在了客厅。

林璐云竟热情款待了何喜嘉，这让人太难以置信了。

“我和黎回相处了几次，有些不舍，我之前答应过给他买奥特曼的玩具，所以就送了过来。因为我之前陪师父回家拿文件来过两次，所以今晚就直接过来了。”何喜嘉低头羞涩地说，从包里拿出一个奥特曼玩具，轻轻地放在茶几上。

林璐云殷勤地笑：“欢迎何小姐常来，我们黎回就需要你这样善良的阿姨。”

卓尧坐在一旁，看着母亲从未有过的和蔼可亲，甚至怀疑起自己的眼睛。难道素来攀附权贵的母亲吃了转心丹？

他没有同何喜嘉多言就回书房工作了。

自曼君走后，他每晚都会失眠，伏案工作到深夜，常常都是趴在桌上睡着，有时还会突然惊醒。梦里，他们一如从前，她睡在他身边，十指相扣。可等他醒来，只有自己一人坐在偌大的书房里，显得越发冷清。

是该结束这样的生活了，小漫画，快些回来，好吗？

敲门声响起，不用想也知道是谁。

林璐云走了进来，脸上充满兴奋和八卦的表情，激动地问：“你和何小姐相处到哪个阶段了，看你每日愁眉苦脸，我还担心你仍放不下。没想到你这么快就找到了心仪的女孩，听说还把她调到我们公司法务部了，之前是为了她和江律师有了冲突？”

他无可奈何地看着母亲，疲倦地说：“妈，你真的多想了。”

“我之前还想撮合你和江律师呢，不过没关系，这个更好。”林璐云盘算着。

他以为自己听错了：“你这是哪儿跟哪儿啊，我是已婚人士，请你纠正好自己的三观。不过我真的很好奇，难道这个刚刚参加工作的普通女孩比江律师更优秀吗？当然，我是指她们的身份背景。你眼中的优秀，不都是用金钱和地位来衡量的吗？”

林璐云白了卓尧一眼，可能是太开心，对于儿子的冷言冷语并没有放在心上：“你以为这个何小姐很简单吗？那你就错了，她的养父是澳洲非常有钱的华人，在当地做珠宝和皮草生意，为人低调，只有个英文名字。不管那么多了，反正很有财力。虽然是养父，可那也是父啊！”

“够了，她只是个简单到要等薪水买手机的普通上班族而已，你想太多

了。”他真是受够了母亲这种攀附权贵的思想。

“我说的是真的，她都承认了，她说不想依靠养父生存，所以才自己回国独立找工作谋生。你看，我们公司现在正处在危机之中，她还肯来我们公司上班，就算是我们佟氏的一份子了。要是你开口，她肯定会向他的养父求援的……”

“资金问题我已经解决了，明天就会和千树集团的任总签合约，你不要再插手了。还有，阮曼君始终都是我的妻子，你不要自作主张给我介绍女人。”他说完便低头看档案资料，不再多言。

林璐云失望地起身，临走时嘴里还念着：“多好的女孩啊，又有爱心背景又好，黎回还喜欢，真不明白我怎么生了个和我全然不同的儿子。”

他无奈地摇摇头，没有把母亲的话放在心上，他早已经习惯了她这样。只是没想到，看起来简单纯良的何喜嘉，居然还有豪门背景。当下的世道，富二代横行，能够拥有显赫家世仍全靠自己努力打拼的年轻人太少了，这倒让他对何喜嘉刮目相看。既然她在他面前不曾挑明这个，那他也就装不知道好了。

书房里，灯火通明，他没有丝毫的困意，眼睛再一次看向手机。她在英国的什么地方？过得好不好？一刹那，他想到了一个人。

电话接通，安静的书房里响起清晰的“嘟嘟”声。

“哥，这都什么时候了，不睡觉吗？”林慕琛声音慵懒，似乎被惊扰了美梦。

“英国时间现在是白天，可你在睡觉，黑白颠倒对心脏不好，著名的华人心脏科医生，你这可真不是个好习惯。”卓尧调侃道。

林慕琛哀怨地说：“我经常来往国内和英国，我的生物钟都是国内的，改不了了。再说我一般都是晚上的手术，一台手术下来，十几个小时那是常有的事，早不分白天黑夜了，我求求你让我睡会儿吧。”

电话中传来林慕琛的鼾声。

“不要装睡，从小到大你就这样。你一台手术十几小时，我很心疼你，把你医院地址给我，我寄一箱必需品给你。”卓尧一本正经道。

林慕琛瞬间清醒，忙问：“寄什么宝贝给我？”

“纸尿裤，黎回也用的。”卓尧忍不住笑出声。

林慕琛抗议：“哥，你一点也不幽默，国际长途很贵的，你最近不是闹经济

危机吗？”

“打电话的钱还是有的，这点不需要你担心。言归正传，出于几种原因，我不方便出面，你帮我查查曼君在英国的地址。”

“你堂堂佟氏的董事长，神通广大，怎么想到找我？你就不怕我找到曼君，和她走得太近？我可不想再挨你一拳。”

卓尧低声说：“我是认真的。”

“好，好，你一认真我就怕你了。行，行，我帮你查查。”林慕琛只好满口答应。

通话结束后，卓尧靠在沙发上，不停地抽烟。这时候，他是多想她能够站在自己面前，拿走自己手里的烟，轻声责备自己怎么不爱惜身体，然后再给自己一个温暖的拥抱。

我很怕你不爱我，只因你是我唯一的爱人。

所有的煎熬，看似都在转危为安。他希望除了公司的事，他和她之间也能够有所转机。至少，先联系上，哪怕说上一句话，也会是很快乐的事。眼下，一步步解决问题，他需要顾及的太多。

任临树在北京时，拟定的合同还很苛刻，条款细繁，而这次的合同比上次宽让了太多，法务从合同本身根本就看不出有什么地方会对佟氏集团不利。

签协议之前，卓尧和任临树相对坐在沙发上，几个重要股东也坐在一侧。卓尧握着签字笔，看了一眼任临树，问：“任总，说句真心话，为什么帮我？坦白说，看这份合约，明显你是在帮我。”

任临树思量了十几秒，冒出一句：“因为爱情。”

整个办公室都安静了，大家在几秒后一齐反应过来，都忍不住笑了。

“任总，我对男人没兴趣。”卓尧说着，也笑了出来。

任临树会心一笑道：“传闻你是人见人爱的男人，不过我可不是你的好基友。开个玩笑，缓和一下气氛，别弄得像是我要把你们佟氏集团给卖了似的，哪有那么多阴谋诡计，就当交个朋友。”

“好，合作愉快。”卓尧潇洒地签了字。

两个男人握手以示双方的诚意。

“任总，你们公司的法务水准相当高，光看这份合同就能看出来，你可要当

心被别的公司高薪挖走呀。”卓尧打趣说。

任临树笑了笑：“我有全上海最好的律师，薪水也是别的公司给不起的价。不过，她是我从别人那里挖来的。”

“那我倒要好好学习任总挖人才的本事了。”卓尧说。

合同顺利签订，这让他一下子释然了。

他和任临树一起出办公室往外走，何喜嘉从旁经过，任临树回头望了望，问：“佟少，她是？”

“新来的法务。”

“好面熟，像是几年前见过。”任临树努力回忆。

卓尧说：“相似面孔的人太多太多了。”

他说完这句话，顿了顿，瞬间脑海里就绕出曼君的影子。若这世上面孔相似的人有太多，怎么偏偏没有遇上一个像你的人，以解我燃眉之思。

Y楼在任临树的资金注入下，顺利运转起来。工地开工，闹事的拆迁户们被一笔安置费堵住了不安分的嘴，外界媒体也纷纷关注起这栋“死而复生”的Y楼。

大家纷纷开始猜测，为什么这栋楼还未有个正式的名字，只是对外公开简称是“Y楼”？

在Y楼动工一个月之际，各大报纸头版都有一个相同的标语，相当引人注目。

——新楼冠以旧爱之名，Y楼原是叶楼。

叶洁白，这个原本尘封的名字再次被揭开，这些记者揭开了往事。

全篇报道大意是佟卓尧为了集团利益与宏叶集团的千金叶洁白订婚，在订婚期间与女律师育有一子，之后利益达到抛弃了未婚妻叶洁白。痛失未婚夫的叶洁白在酒后被强奸，精神上受到重创，远赴国外疗养。受不了内心谴责的佟卓尧斥巨资建设Y楼，不惜与身为律师的娇妻反目。娇妻一怒，将他告上法庭……

整篇读下来，简直把他描述成一个始乱终弃的人。

林璐云看了报纸，气愤至极，手重重地拍在桌子上说：“这是什么报道？！全是胡扯！Y楼是我取的，意为卓尧名字最后一个字拼音的首字母，怎么就和叶家扯上关系了？”

卓尧却是心平气和地读完，不说一句话。

“你怎么不说话，难道任由他们这样抹黑你吗？”林璐云大声质问。

他仍然无动于衷。

“我知道你恨我，可你是我儿子，你也有儿子，哪有做父母的不爱自己的孩子！你不在意，我在意，我这就打电话给这些媒体，我要他们道歉，我要起诉他们！”林璐云歇斯底里地喊道，伸手拿起桌上的电话就要打。

“你够了，把我的生活抹黑到令我一点希望都没有的人，是你！是你这个口口声声说爱自己儿子的人。什么解释都不重要了。既然她不在意，就算全世界的人误会我，我又何必解释。”他说完这句话，无力地起身。

他漫无目的地开车行驶在大街上。从前她坐在副驾驶座上，等红灯的时候，总是习惯性握着她的手。现在，等红灯时，他还是习惯性伸出右手，只是再也握不到她的手。

车在路口转弯的时候，一个身影走过，那么熟悉，是她！他立刻减慢车速，刹车，打开车门往回跑，站在十字路口，并没有她。身后等得不耐烦的车喇叭声四起。这喧闹的路口，哪里会有她。

他怀疑自己出现了幻觉。

他们已经分别两个月了。令他放心的是，林慕琛传来了消息，有人在伦敦街头看见了阮曼君，她蹲在花店门口挑选百合花。知情人说，曼君因为不想这半年的学习受到打扰，所以换了一所学校进修。

“你一定要等她，半年，半年之后她一定会回来的，不然你会后悔的，真的。”林慕琛说。

“我没有刻意去等她，我就是这样生活着。等待是有目的、有期限的，可这样的生活是遥遥无期的。你明白吗？”卓尧说着，心好疼。

他在坐牢，他的灵魂因她的离去被禁锢了起来，他失去了自由。没有她在身边，谈何自由。这自由，就是无边的孤独。

失去她之后，才发觉过去两个人在一起吃个早餐都是极致的幸福，很珍贵。他也很内疚以前没有抽太多的时间陪伴她。

他甚至想，如果不去投资Y楼，他们也不会有后来的矛盾，她也不会远走求学。

一天夜里，何喜嘉打来了电话。

“佟董，刚才师父打电话给我了，不过，她大概怕我会告诉你，用的是公用电话。她问黎回和黎声过得好不好，还问了你。”何喜嘉说。

他紧张地问：“她有没有说她自己过得好不好？她什么时候回来？她下次打电话会是什么时候？”

“她说她过得很好，学了很多东西，没说回国的日期，她说以后还会再打来的，就说了这么多。”

“没说别的吗？你仔细想想。”

“没了……她让我有空就常去陪陪黎回黎声。”何喜嘉吞吞吐吐地说。

挂断电话，又是失眠，他在一半惊喜一半失落中度过了一夜。

这样看来，她是真的不想见他，不想他找她，没有留下蛛丝马迹让他有迹可循，他尊重她的选择。

曼君，希望半年之后我们能重新开始。

那时Y楼差不多该竣工了，等她回来，再一起给这栋楼取一个好听的名字。

之后，何喜嘉只要是周末，就会来别墅看黎回、黎声。黎声已经四个月大，认人了，很喜欢何喜嘉。她坐在花园的秋千上，抱着黎声，边荡秋千边问身后的卓尧：“黎声一看我就会笑出声，该不会是把我当妈妈了吧。”

他听了，脸一沉。

何喜嘉马上反应过来自己说错了话，忙道歉：“对不起，对不起，董事长，我无心的，我怎么能和师父相提并论。”

林璐云走了过来，说：“哪里的话，我看小何姑娘人就不错，对孩子又好。换了别人，有个富甲一方的养父，怎么会独自来上海吃苦。你这样多累啊，还要租房子，靠拿死工资在上海生存很艰难的，我们家大，不如你就搬过来，住孩子们隔壁，如何？”

卓尧反对：“不行，我不同意。”

“不用不用，谢谢林总。我来回跑没关系的，住在这里很不方便，会打扰到你们。养父对我有养育之恩，我很敬重他，这两年他身体不大好了，我也不想被人说我是贪图养父的财产。事实上，靠自己也可以活得很精彩嘛。”何喜嘉扬起脸，带着稚气。

“你才二十岁出头，自己都还是个孩子，你养父一定为有你这样的养女感到骄傲。我看啊，你就搬过来住，我和孩子们都喜欢你。”林璐云赞不绝口。

卓尧怅然地说：“妈，你要是能把这种怜悯慈悲之心分百分之一给曼君，我们也就不会散了。”

林璐云脸色暗下来：“我和她话不投机半句多，她要是有小何的百分之一乖巧，不去和我们打官司，我会这样？之前我对她哪点差了。”

“你要这样固执我无话可说。”卓尧转身就走。

林璐云继续对何喜嘉说：“别考虑了，你就搬过来住吧。”

他听着，心生一念，如果何喜嘉搬来别墅住的话，一来可以在晚上陪黎回和黎声，二来一旦曼君打来电话，她可以立刻告诉他，他就能和她说上一句话了。否则，真要等到半年后曼君回国才能和她说说话了。

他回头，简短地说：“林总让你搬，你就搬吧。”

何喜嘉欣喜得不得了，抱着黎声努力抑住喜悦。

家里确实因为何喜嘉而热闹了起来，也常能听到黎回的笑声，虽然还是会哭闹吵着要妈妈，但真的没有以前那么频繁了。不过遗憾的是，一个月过去了，也没有再接到曼君的电话。

他很是失落。

想想还有三个月，她的回程之期就到了。他越发觉得时间过得太慢，再快一点，最好直接跳到三个月之后。他想象着重逢的场景，也许她会像以前一样，打电话给他说：亲爱的疼先生，来机场接我回家。

黄昏的时候，季东开车送他回去，正巧远远就看见何喜嘉一只手牵着黎回，一只手搂着黎声。

季东说：“远看还以为她是两个孩子的妈妈。”

卓尧沉默，脑子里想着要是曼君在就好了，她也会这样带着黎回、黎声等自己下班。

“我就在这儿下，不用送我进院子里了。”他说。

他走下车，黎回看到了他，一边大声地喊“爸爸，爸爸回来了”，一边朝他跑来。

他蹲下身子，张开怀抱，黎回结结实实地扑进他怀里，他搂着黎回，又从何

喜嘉的手里接过黎声，就这样，一只手搂着黎回，一只手抱着黎声。黎声会伸出小手在他的脸上轻轻地抚摸，偶尔也会用力一抓。这些都是他莫大的幸福。

他同何喜嘉的话很少，何喜嘉走在他身旁。路两旁的香樟树上，不时地有飞鸟惊起。

他回头望望，总感觉有人在背后盯着他，可几次回头，并没有人。他想，是不是自己的幻觉？

小漫画，你再不回来，我就真该去看心理医生了。

直到那天的照片登上了八卦杂志，他才明白，那天是被躲在树后的记者偷拍了。照片上是他搂抱着两个孩子和何喜嘉一起走在路上，黄昏的光，柔柔的，两旁树木茵茵，光从照片上看，真是很美很温馨的场景。

有人评论他用情不专、滥情，前段时间刚因为旧爱叶洁白上了八卦头条，这次又有与新欢傍晚散步的绯闻，他完全忘了自己是个已婚人士。

但“在一起”的呼声也很高，有人说单看照片就觉得很温暖，希望他们能够在一起。当然，这种说法很快就被冠上了“三观不正”。

他想清者自清，无须在意。这些年来，这样的传闻经历得还少吗？从成为一个富豪私生子开始，他就逃不出这种被关注被抹黑的怪圈。

卓尧只盼着快点到九月，九月曼君就回来了，流言会不攻自破的。他在心里早就原谅了她一千次一万次。

那么深的爱，哪恨得起来啊。

任临树有时会过来关注Y楼的进展。有一天，他忽然问卓尧：“佟少，你太太去了英国，你想不想见她？”

“你说呢？这还用问。”他边看项目计划边说。

“哦，我想起来了，当初你不就是为了赶回上海追她回来，才会撕了我们的第一份合同。当时我真认为你疯了，不过我现在能理解你了，我也失去过一个人，我认为她是不爱我才走的，现在我会想，也许她离开，正是因为她爱我呢？”任临树说出一番不符合他风格的话。

“任总，你多愁善感了。”卓尧说。

“还不是被你这个痴情阔少给传染的。认识你挺不错的，当然，别以为我交

了你这朋友，我的股份可一分不能少，价值那么多亿的Y楼，我有三成的股份。你想想，不是我，现在Y楼就是分文不值的烂尾楼。”任临树笑道。

“你已经说了十遍以上了。”

“那我有个问题，只问一遍，Y楼真的是为了宏叶的叶洁白而取的名吗？”

“不是，和她无关。”他斩钉截铁地说。

任临树看了一眼办公室门，说：“那个新来的法务是怎么回事？年纪轻轻、资历平平就进入佟氏法务部，还经常在你的私人别墅出入自由，带着你的两个孩子玩。你这是怎么回事，要重婚吗？”

“她是个单纯的小女孩，我太太的徒弟，你别毁人清誉。”他正正经经说。

“你别这么严肃，我只是随便问问。”任临树点点头。

两个同样高高在上的男人，在一起竟会像两个小男孩一样你一言我一句地顶嘴。

一天晚上，本该睡觉的黎回放声大哭。佟卓尧他冲进儿童房，把紧闭双眼号哭的黎回牢牢抱在怀里，温柔地哄着说：“不哭不哭，爸爸在这儿呢，哭什么呀，是不是做噩梦了？”

黎回仍是号啕大哭，也不睁开眼睛看他。

何喜嘉听到哭声也跑了进来，问：“黎回怎么了，好端端哭成这样？乖，不哭，到阿姨怀里来。”

谁知黎回一听到何喜嘉的声音，哭声更大了，哭得像没法呼吸似的，脸色都乌红了。

“会不会是哪里痛，告诉爸爸，肚子痛吗？我送你去医院。”他急得不得了。

黎回摇摇头，哭声减弱，看来还是很怕去医院的。

“肚子不痛为什么哭，都是上小班的男子汉了，再哭会把隔壁的妹妹吵醒的。你不是答应妈妈，在妈妈回来之前会照顾好妹妹的吗？”卓尧说。

黎回听了，又抽泣着哭起来。

“不许哭，爸爸的耐心是有限的。”他被哭声弄得心烦。

“妈妈不会回来了，不会回来了……”黎回说完接着哭。

“谁说的，爸爸告诉你，妈妈很快就会回来。”

何喜嘉弯腰在黎回耳边说：“你要听爸爸的话……”

“你走！你走开！”黎回用力推何喜嘉，大叫。

“黎回，你不可以对阿姨这样没有礼貌。”

何喜嘉护着黎回：“没事没事，跟阿姨讲是哪儿不舒服？”

“我讨厌你！我不要你做我妈妈，我要我的妈妈，我要妈妈……”黎回仰起头哭得直抽。

他只好对何喜嘉说：“你先出去吧，你在这里他只会哭得更厉害，今晚我来陪他睡。”

等只有佟卓尧一个人在身边的时候，黎回才稍稍平静，偎依在爸爸的怀里，抽噎着说：“爸爸，我做梦，梦见阿姨成了妈妈，我不要她做我的妈妈，我要我自己的妈妈。”

“胡说，那是梦，爸爸只爱你妈妈一个人，你只有一个妈妈。”他温和慈爱地说。

“可是奶奶说，阿姨以后会是我和妹妹的新妈妈。”黎回认真地说道。

他心一沉，又是母亲在胡说八道。便对黎回说：“爸爸向奥特曼保证，我们黎回和黎声只有一个妈妈，她叫什么，你大声说出来。”

“（远）阮，曼，君。”

“不是远，是阮，ruan。你要是念不正确，爸爸就真给你找个叫远曼君的阿姨做妈妈。”

“不要不要，好爸爸……”

“那你搂着爸爸的胳膊睡觉。”

“爸爸，你给我说说妈妈的故事吧。”

“好……”

他从自己和曼君认识开始说起，有时说着说着，自己也会忍不住笑起来。不知不觉，黎回在怀里睡着了，他反而睡不着了。想着过往温存的点点滴滴，昨日重现般清晰在目。

曼君始终没有打电话给何喜嘉，他决定让何喜嘉搬走，尽管这有些不近人情。

第二天，他找何喜嘉谈话，委婉地说明了自己的意思，请她搬走，也不希望

她再去自己家里看望两个孩子，不要再走进自己的生活。

何喜嘉显得相当激动，说：“佟董，我和这两个孩子很有缘分，再说师父也多次叮嘱我要代替她照看黎回、黎声。我没有更多的想法，我只想在这两个多月里陪着黎回和黎声，等师父回来，你们和好如初，一家四口幸福地生活。到那时，我自会离开的。只是现在，请让我照顾黎回和黎声吧，何况他们俩也不能离开我。”

“你永远也无法代替他们的妈妈。孩子很懂事，他们连妈妈都可以不在身边，也可以没有你。只要以后你不出现，他们就不会念着要你。”他淡漠地说。

“可是师父让我……”

“我不想孩子对别的女人有依赖，她要是看到了，会很难过吧。”他说。

何喜嘉点头，眼睛红红的。

在林璐云还未回来之前，他安排崔师傅送走了何喜嘉。

家里总算恢复了往日的清静。

坐在曼君亲手种植的那棵树下，他特别想她。闭上眼睛，脑海里都是幻想的画面，重逢、相拥、相视微笑，雨夜里她在他怀里安然入睡。

小漫画，你怀念这些吗？

山水都可相逢。

再见面时，我会沸腾。其实我们没有分开，我的心，始终与你相亲相爱。

仍记得当初爱你、想见你的那种强烈和迫切的心情。

小漫画，你说分开后要各自幸福，可难道你不明白，我的幸福只能在你这儿。

无论如何，我们在相爱的途中，都应该给予对方最好的珍爱，哪怕这份爱，你已看不到圆满。即使将来分道扬镳，我们留给对方的，也不应该是伤害，而是宠爱，我们都要记得我们最初的心愿。

# 第六章 遇见过，总好过不知世上有他

早知道忘掉你如此不易，当年我就不该轻易爱上你，又轻易放开你。此生最怕，明明已经很久不再想念你，你却悄然跑来我梦里。

# 3 如果巴黎不快乐

立夏。

Y楼有条不紊地建造着，每天清晨，卓尧都会站在一堆沙石间和工人们交流。对这栋楼，他倾注了太多的心血。内心深处，他早已为Y楼取了一个名字。

真想牵着她的手，站在Y楼下，向她证明，她心爱的男人，初心未改。

他在手机里始终保存着两个城市的天气——上海、伦敦。在忽冷忽热的天气里，会担心她有没有及时增减衣服，她的夜盲症好些了吗？还会不会独自待在电梯里就不安、害怕？他梦见她微笑着走到自己面前，然后一阵风吹过，她便不见了，他泣不成声地从梦中醒来。

他还是很孤独，害怕醒来发现她不在身边的感觉。

在一起的那几年，最想要的时光，是一起看四季更替，晴雨霜雪。

这个春天、夏天，都是一个人在孤军奋战。

小漫画，在我醉倒饭局、疲于商战、想你想到心疼时，我多想抱住你。

你可曾想我？

你说你要努力成为更出色的律师，我成全你。不打扰，是我最难给却必须给的温柔。哪怕你是为了更好地离开我，带走黎回和黎声。没关系，只要你快乐。

可是没有我，你会快乐吗？

晚上，他常常陪着黎回、黎声睡熟后，再开车返回公司工作。换做以前，他宁可多抽些时间在家待着。听季东说，员工在背后讲他是最勤奋的老板。

他和任临树也渐渐成了既是知己，又是敌人的关系。

一天早上，刚走进公司大厦，就听到前台的两个女职员正在议论台风要来了的事。他走过去，用手背敲了敲桌子，吓得两个女孩赶紧捂住了嘴，他一言不发，径直离开。

回到办公室，他立刻打开电脑查询气象，看到强级台风在两天后的夜晚将登陆沿海地区，他眉头紧蹙，想到了小渔村。那是他们度过了温存岁月的小楼，一直都是委托曼君的舅妈看管，这么长时间没有修葺，他有些担心强风暴会掀翻小楼的屋顶。

“季东，我明天要回一趟渔村，当天估计回不来，你先帮我订好去的机票。”卓尧见季东进来送文件，吩咐道。

“嗯？怎么突然想要去渔村？”季东吃惊地问。

“有急事。”他不想过多地解释。

晚上回到家，他吃完饭就径直上楼，林璐云在楼下埋怨：“就吃这么点儿啊？陪妈多吃了会儿，你看你让何小姐搬走，我连个说话的人都没有了。”

“我明天要去外地一趟。”他站在二楼楼梯处，淡淡地说。

“有重要人物要见吗？我下午去公司怎么没听说？”林璐云追根究底地问。

他没有理会。这种母子关系让他很反感，母亲干涉得过多，而他们有太多的认知都是背道而驰的，在母亲对曼君的态度上，他是非常厌恨的。可她终归是生他养他的母亲，他不能奈她如何。

在去渔村之前，他跟荷姐交代了几句——台风来了，内陆虽不像沿海地区会有台风，但狂风暴雨一番是避免不了的，你要看好黎回和黎声，不要带他们出门，院子里也不要去。

倪管家也招呼园丁把院子里的树枝修剪了，防止被风吹折砸到人。

安排妥善之后，他简单地收拾了两件衣服，在衣柜里发现了一条曼君的丝巾。他捧在手里，抓紧，也许是她系过一两次放进来的，所以丝巾上还有她的气息。

季东的电话打破了这份宁静。

“佟少，没办法，受台风的影响，航班取消了。”

“那订火车票。”他执意要去。

季东劝阻：“台风来袭，你只身一人去渔村太危险了。”

“你不会担心我这身材也会被台风卷到海里去吧？没事，我就是去看看，公司的事保持联络，你赶紧去订票。”他故作轻松地说。

他还是第一次坐着绿皮火车去远方，着装与绿皮火车上的人格格不入，就像

是从偶像剧中走出来的人一样，引得一群小姑娘趴在椅背上围观。

“佟少，你在哪儿，我听不到你说话，你那边怎么那么吵？”季东在电话中问。

“我在火车上，绿皮火车。”他望着窗外的田园风景，陶醉其中。就当是给自己放一个假吧，这些天，他没有一天放松过，神经绷得紧紧的。现在，他总算可以怀着松懈的心去看待生活。

“绿皮火车？！真是无法想象那个样子。”季东笑道。

佟卓尧倒是怡然自得：“风景很美，我很满意。”

她曾经独自坐上这趟火车，他只是想看看她沿途经过的风景。她一个人落荒而逃时，大概和他一样痛心。

他想，如果再在一起的话，即使天塌下来也不要分离。

小渔村仍是过去的面貌，这里的人生活得安定祥和。海面风平浪静的时候，男人出海捕鱼，女人在家带孩子、缝补渔网。遇上了坏天气，男人就在家休息，陪陪孩子。因为台风的缘故，此时海面上没有了渔船，岸边的渔船也都牢牢固定着，海滩上见不到一个人。

他走在沙滩上，松软的沙子很快就钻进了他的皮鞋里。他一步一步行走，在沙滩上留下一串长长的脚印。远远看着那栋小楼，他的眼睛发酸，往昔在这栋楼里的回忆扑面而来——

海风吹着，周围除了海浪拍打的声音，再无它响。他牵着她的手在沙滩上捡贝壳，给她做一串漂亮的贝壳手链。黄昏时，他们并肩坐在沙滩上看日落月出。

海内存知己，天涯若比邻。诗人在诗中如此安慰分离之人。

一本书上有句话说：总有一天，你会明白，遇见过，总好过不知世上有他。

当他打开院门，看见庭院里一片衰败之景，他的心苍凉到了极点。原是把小楼委托给曼君的舅妈看管打扫，也定期支付了一笔不小的费用。结果，看看这院子，就知道已经很久没有人来过了。

院中原先他和她一起种植的栀树、玉兰树，本该在这个盛夏季节开得芬芳，却都枯死了。这些都是她最喜欢的树木。地上厚厚一层树叶、沙子，还有风吹来的一些塑料袋，看起来像一个露天垃圾场。秋千架不知怎么的也断了，只剩下一边还挂着，在风中孤零零地飘荡着。

打开客厅的门，好在室内完好如初，家具都用白色罩布套了起来，轻轻一吹，灰尘扬起。空气中有海风的潮气，还有些霉味。

坐在客厅沙发中央，记得那时她搂着他在这儿跳过一支舞。餐厅、厨房、楼梯、卧室、阁楼，到处都是回忆。

他挽起衬衫袖子，将屋内的卫生打扫干净，擦地板、擦家具、换灯泡，用了两个小时将整个室内打扫得焕然一新。他想着该要修葺一下屋顶，否则台风来了，会掀掉瓦砾，难保会漏雨。于是便徒步走了很远，买好了木料和新瓦，从杂物房里搬来长梯，顺着梯子爬到屋顶上，将破损的瓦片换掉，再用钉子钉牢。一个下午，总算换好了所有的瓦。

他坐在高高的屋顶上，眺望远处的海，一望无际，无边无垠——

“卓尧，你对我的爱有这片海这么宽广，这么深厚吗？”

“比海宽广，比海深厚。”

“只有天比海宽广，比海深厚。”

“你不是说，我是你的天吗？”

他修好了秋千，坐在秋千上荡了荡。想起她荡秋千，他在后面推，荡得太高，她发出声声尖叫求饶。

“我害怕，你慢点儿……”她的声音仿佛就在耳边。

夜里，他睡在床上，她的枕头还摆放在一旁。他双手摆在身体两侧，静静地听台风呼啸而来。

那一晚，疾风骤雨，停电了，他在床头柜上点了一支绿色有抹茶气息的小蜡烛。外面狂风暴雨，他无法想象如果没有及时换瓦，狂风卷走了坏的瓦片，雨水倾泻，屋内会变成什么模样。

若当初未曾离开小渔村，仍生活在这里，小漫画，我们是不是就不会走到今天这种地步，是不是就不会分开？

回到上海，你做了全上海最有名的女律师，我也成了传闻中的地产大亨，我们的生活却越来越远。事到如今，我只想和你好好的。

他在台风咆哮中度过了一夜。

第二天，窗外竟是阳光灿烂，除了沙滩上的枯树枝桠，被海风吹来的海藻，

还有鱼虾，平静的海面，丝毫没有台风肆虐的影子。

爱像一场台风，轰轰烈烈，又来去无踪。

他坐上返回上海的火车，在某站停靠时，他并不知道，对面相向而行的一列火车里，坐着他最心爱的人。

回到家，看到何喜嘉正坐在沙发上和林璐云说话，佟卓尧有些不悦："我和你说过，不要再来我家里。"

林璐云袒护道："你怎么这样和何小姐讲话，何小姐是我请来的客人，你自己不声不响跑出去两天，我就不能找个人来陪我聊聊天吗？再说了，黎回、黎声都喜欢何小姐。"

黎回拿着玩具枪，走到何喜嘉面前，说："阿姨，你中了我的枪，怎么没有倒？"何喜嘉原本尴尬着，这时为了配合黎回，佯装死去："好痛，我死了……"

此举逗得黎回哈哈大笑，他将枪又指向卓尧，嘴里发出"叭叭"的声音。

"爸爸，你也中枪了，快倒下。"

他很生气，走到黎回面前，夺下枪扔在地上，拦腰抱起黎回就往楼上走，并责备道："爸爸跟你说过很多次，不可以用玩具枪指人，这样很不礼貌你知不知道！"

"玩一会儿都不可以吗？是何阿姨买给我的……"黎回委屈地说。

回到房间，他关上门，对黎回说："咱们俩不是说好了，安心等妈妈回来。你都说了讨厌何阿姨，又怎么能够为了一把玩具枪就不要妈妈了！"

"爸爸，我没有呀，是奶奶说，只要我和何阿姨玩，奶奶就答应我，让我见妈妈。"

卓尧听到这里，更是愤怒。真无法想象两个孩子在这样的奶奶的教育下，会变成什么样子。

楼下的林璐云朝二楼喊："你这是哪来的气往我孙子身上撒，你一回家就不高兴，这个家在你眼里还是家吗？你看不惯这个看不惯那个，你看得惯的那个人倒是回来啊，她无情无义，你还牵挂她做什么！"

何喜嘉拉拉林璐云的胳膊，劝道："林总，不要说了，都怪我，不应该来

的，惹得你们不高兴，我先走了。”

林璐云拉住何喜嘉说：“不要走，就在这儿吃晚饭，这里我说了算。”

何喜嘉忐忑不安地留了下来。吃饭时，卓尧叫人送到房间，没有下来一起吃。他太清楚母亲的用意，母亲也太低估他和曼君的感情了。

突然间，听到楼下传来一声尖叫，接着是黎回的哭声，母亲在慌乱中大喊倪管家。他一惊，怕是黎回淘气出了什么事，冲下楼，就看见掉在地上的汤锅和坐在地上捂住腿的何喜嘉，还有一旁吓得直哭的黎回。

“到底是怎么回事？！”他问。

荷姐忙把黎回搂在怀里安抚，生怕吓着了孩子。

厨房里的阿姨胆怯地说：“我不小心……”说话间，舌头都在打颤。

“我没事，不要怪阿姨，上点药就好了。”何喜嘉捂着腿说。

倪管家赶来了，招招手让犯了错的阿姨先下去，然后弯下腰查看何喜嘉的伤口。“何小姐，你这个腿烫得不轻，要去医院。烫伤可不是开玩笑，感染了就不好治了。”

何喜嘉固执地说：“不用不用，皮肉伤，哪有那么严重，我自己回家擦点药就可以了。”说着她慢慢站起身，可能因为太痛，眼泪在眼眶里打转。她强忍着继续道：“佟董，我不能自己出去乘公交车了，能让崔师傅送我回家吗？”

“不行，你在我们家作客，又是为了保护黎回受的伤，要不是你，这会儿被烫了的就是黎回了，怎么能不去医院看看呢？你看烫这么大一块，水泡都起来了，很疼吧。”林璐云说。

原来是黎回在客厅里跑，结果端着汤的阿姨刚好进来，不知怎么的，也许是地面湿滑，阿姨摔倒了，汤也就泼了出去，险些烫到黎回。幸好何喜嘉及时抱起了他，结果自己的腿没有缩回来，被一锅热汤淋了个透。

“林总，我没事，真没事。”何喜嘉回绝。

卓尧沉默了一会儿，做了一个令人吃惊的动作。他弯下腰，抱起了何喜嘉，淡然地说：“不要说话，去医院。”

他抱着何喜嘉走进车库，把她放在后排车座上。他开着车就往医院赶。

“佟董，谢谢你。我没有想到，你会亲自送我去医院。”何喜嘉怯怯地说。

“要不是你，被烫伤的就会是黎回。我作为孩子的父亲，应该送你去医院，之后也会补偿你养伤期间的工资。”他一副公私分明的样子。

何喜嘉问：“我真的羡慕师父，你这样坚定不移地爱她。佟董，在我师父之后，你有没有喜欢过别的女人，哪怕是一点点的喜欢？”

“没有，一个也没有，一点也没有。”他语气坚定。

何喜嘉的脸上浮起一抹奇怪的笑意，不再说话了。

到了医院，他抱着她往急诊室走，恰巧碰上了也在医院的任临树。远远的，任临树就伸手指着他，直到走到他面前。

“佟少，别人说我还不信，这么大晚上的，你抱着女职员往医院跑，怎么，中奖了？”任临树说着，眼里满是轻蔑，回头往身后看了看，又看了看卓尧。

“她烫伤了脚，没时间，我不和你多说了，改天来公司聊。”

任临树望着卓尧的背影，感叹：“这一举动，该伤得我背后那个人多深啊。但愿她今晚不会失眠。”

在急诊室，医生检查了何喜嘉的伤后，开了药，并嘱咐她要定期来医院换药，只需在家休养，无须住院。

一切结束后，已是夜里十一点多。他开车送何喜嘉回家，让她暂时不要来上班了，并会安排家政上门来照顾她。他扫了一眼她住的环境，是快要拆迁的旧弄堂，衣服都高挂在巷子里，蚊虫又多，潮湿闷热，下雨还会漏雨，她用一个盆接着雨水。

他开门出去时，回头问她：“为什么要放弃澳洲优越的环境，独自来上海吃这种苦？”

她望着他，温柔地笑：“我并不觉得苦。”

他点点头，低头从窄小的门中走出去。

季东从家政公司找了一名阿姨去照顾何喜嘉，卓尧想，自己也只能做这些了。

日后，这件事成了任临树见他后张口就来的笑谈。

Y楼的工程还未到尾期，售楼部门庭若市，所有的门市铺位以及住宅层抢售一空。任临树亲自来到佟氏，参与下一步的开业筹划。走进办公室，两个男人一见面，就心照不宣地笑了。

“任总，这次你投资的回报可不小吧，事实证明，眼光说明一切。”卓尧坐在沙发上，递了支烟给任临树。

“你不是戒烟了吗？”任临树接过烟，点燃。

卓尧笑笑，轻轻理了理袖摆，说：“放纵一下，一个月后再戒。”

“她要回来了？”

“你是来谈工作，还是来谈私事的？”

任临树弹了下烟灰说：“这世上不是哪个男人都能做到经得起考验、耐得住时间、只爱一个女人。”

“听任总你这么说，看来你是做到了？”

“我只知道，佟少你没有做到。我和一个人打了一个有意思的赌，赌一个人的心会不会变。”任临树深沉地说。

卓尧端起咖啡喝了一口，问：“赌注是什么？”

“我现在不想告诉你，因为还没有赌完，不过胜利在望。对了，你的法务何喜嘉没来上班吗？不会是被你包养了吧。”任临树调侃道。

“无聊。还是来展望一下我们Y楼的未来吧。你过来看，未来我要在这里建一座巨大的观赏喷泉。还有这里，要请一线明星来做代言。我有信心，我们将携手打造第一流的购物商场。开业当天，销售额要突破上海的历史记录，你信不信？”卓尧站在Y楼的设计图前说。

任临树走了过来，手指间还夹着烟：“我信。不信你，我还会拿那么多钱投进去？我又不傻。不对，我得理理思绪，好像我的初衷就是因为我不信你才赌……”

“什么？”

“没什么，我有些晕，昨晚陪一个朋友喝多了。”

“你那是什么朋友，怎么总是喝酒。”

“她失恋了。”任临树说。

卓尧摇摇头，只当是听听而已。

“听说你竞拍到了一块地皮，花了不少钱吧，还是在湖边，你要做什么？”任临树消息灵通。

“计划建住宅，自己住。”

“你家那别墅还小吗？”

“给我儿子和女儿，这答案你是否满意呢？”

“满意满意，我是怕你金屋藏娇。”任临树开玩笑似的说。

卓尧转移话题：“你认识不错的建筑设计师吗？给我推荐一个。”

“你们集团还会缺好的设计师啊，佟少你可不要和我开玩笑。”

“我想低调建自己的住宅，不必大张旗鼓。”

“我明白了，是怕林总知道。好，理解。不过还真有一个，我回头把他的资料和设计作品发你。”

和任临树的谈话，大多都是这样的。卓尧直到很久以后才明白，当初自己听了以为是一句无关紧要的话，其实都是任临树颇用心的。深不可测的任临树，太神秘了。

卓尧本不想让母亲知道自己买地建住宅的事，但还是没瞒住。

两周后，林璐云气冲冲跑来质问他：“没经过我的许可，甚至都没和我说一声，你就买了那块地，又是湖边，不大不小，能建什么？你还是和从前一样自作主张。”

“那这个位置你来坐，好不好？”他指着身后的办公桌说。

林璐云一副苦大仇深的样子：“自从她离开了你，我没有哪一天见你给过我个好脸色，你就那么恨我？你为什么不恨她，她要告我们，要Y楼被封，难道她比我对你的伤害少吗？我处处为你好，你却更加恨我，我是你的妈妈，我所做的一切难道你不懂吗？”

“我不想和你吵。”他说着，拿起桌上的手机，走出办公室。

他开车去江边吹风，到处都是成双成对的情侣，他静静地看着江面的灯光，想着还有半个月就是她的回程之期了。

他打电话给林慕琛，询问曼君最近有没有什么消息。

林慕琛似乎正在酒吧喝酒，电话里传来嘈杂的摇滚乐声：“我没有碰到她，她应该月底回国，具体哪一天我不知道。你可以去航空公司查啊，以你的本事，应该可以查到吧。”

一语惊醒梦中人。

他立刻打电话让有关航空公司内部高层查一下曼君是否有订回国的机票，可遗憾的是，未来两个月里都没有她的订票记录，可以转机的城市也查不到。他失望了，是她不打算回来，还是，已经回来了？也可能她去了别的城市，世界这么大，她想躲得远远的，该是很容易的事吧。

不过很快他就收到了法院的传票，这让他相信，曼君，我们很快就要见面了。

是她提出的离婚诉讼请求，还包括两个孩子的抚养权。

他握着这张传票，不敢相信这个事实。期盼了她整整半年，还未见到她，就先看到了离婚诉讼的传票。她为什么要坚持走到这一步，难道，她真的不再爱他了？

他把自己关在房间里，断绝了和外界的联系，除了抽烟就只是喝点水，人迅速消瘦，下巴上胡楂青青的。

任临树在外面不停地敲门："佟卓尧，你给我开门，你不能这么不负责任，还有很多事要你来处理。你把自己关在家里，不要告诉我你在哭，你真是个没用的男人。不就是为了个女人吗，至于吗？她离开我这么多年，我一点都不想她！"

林璐云也哀求着："妈错了，你别折磨自己了。"

"爸爸，你开门呀……小兔子乖乖，把门儿开开，快点开开，我要进来……"黎回边哭边唱。

他终于打开门，抱起黎回，悲伤地对林璐云说："妈，我想好了，离婚吧。"

"那孩子得在我们身边。"林璐云紧张两个孩子的抚养权。

"等上了法庭再说吧。"卓尧艰涩地说，他经过一夜的痛苦挣扎才做出这个决定。小漫画，你那么多次都想抛下我，看来，我们是时候要分开了。

如果婚姻把我们磨灭成了这个样子，那么当初选择结婚是不是一种错误？

这半年以来日日夜夜的期盼，都被一纸诉讼吹散了。他从那天之后，脸上就不再有笑容，除了在黎回、黎声面前强装笑意，他几乎都是一脸的淡漠，就像这世上所有的事都与他无关一样。

九月一日那天晚上，他抱着黎声，牵着黎回，在商场的玩具店里逛。他这样

的男人，带着一儿一女走在商场里，总是夺目的。不停地有人投来目光，夸赞两个孩子长得漂亮。

为人父，听到大家夸自己的孩子，总还是很喜悦的。

黎声已经七个月了，穿着蓝底碎花的吊带裙，戴牛仔遮阳帽，十足的小公主模样。

人见人爱的男人，有一对人见人爱的儿女。

“佟董，你也在这儿呀？”何喜嘉看到他们，打招呼道。

他见她的脚好了，走过去问：“听说你来公司上班了，伤都好了？”

“早好了，没事，虽然有点疤，不过又不是在脸上，你看我穿鞋不是照样露出脚背。”何喜嘉晃了晃脚。

原在卓尧怀里的黎声见到了何喜嘉，兴奋地张开双手朝何喜嘉笑。

何喜嘉拍拍手：“小公主，是要阿姨抱吗？你居然还记得我。”

这时，店内的黎回冲卓尧喊道：“爸爸，我挑好了，还给妹妹买了芭比娃娃，你快来付钱。”

他只好将黎声递给了何喜嘉，自己走进店内。

何喜嘉抱着黎回站在店门口，指着店内说：“黎声，看，那是爸爸，那是哥哥，妈妈在哪儿呀，我是妈妈……你喊，妈——妈——”

就在此时，一个熟悉的身影出现在何喜嘉身后，说：“何小姐，好久不见了。”

何喜嘉回头，惊得往后退了一步，吞吞吐吐低下头说：“师父，你回来了。”

阮曼君的身旁，站着林慕琛。

“你什么时候做了我女儿的妈妈，那我又是谁？”曼君从何喜嘉怀里抱过黎声。

黎回抱着玩具走出店，卓尧跟在后面，只听黎回尖叫一声，大喊：“妈妈！妈妈妈妈妈妈！”一连串喊了好多个“妈妈”，然后扔下了手里的玩具，抱着曼君的腿就不肯撒手了。

卓尧像是梦醒了般，一抬眼，就看见了半年不见的她。她穿着白色一字领

T恤，黑色半身长裙，极简单的衣着，看上去瘦了很多。他多想走上前拥住她，诉说这半年的思念，对她说，我想和你好好的，你不要离婚，不要离开我。小漫画，我不能没有你。

他看见她身旁站着林慕琛，像是受到了莫大的欺骗，走到林慕琛面前，目光如炬，清冷地问："你不是说你没有见过她吗？为什么你们俩会一起出现在这里？"

林慕琛指了指自己，又指了指曼君，说："你听我解释，我和她是见过面，但不是像你想的那样，你不要误会，冷静点，让我慢慢讲给你听。"

"不好意思，我冷静不下来。"他说着，挥手就是一拳打在林慕琛的左脸颊上。

林慕琛捂着脸，蹲下身子，指着卓尧："你不要逼我还手啊，我今年练了泰拳的。"

"佟卓尧，不如你先解释解释你和她是什么关系？你给了她什么身份让她可以教我的孩子喊她妈妈！"曼君看着卓尧的脸，心痛万分，眼里有太多的失望。

"我和她没有关系，你别把我当成和你一样的人。"他冷冷地说。

何喜嘉不停地道歉："师父对不起，你不要怪佟董，我们只是偶然碰上了，我和他没有关系，他爱的只有你。我也是逗孩子玩，才教黎声喊妈妈的。我没有非分之想，你要是介意，我这就回去辞职，离开上海，再也不出现。"

何喜嘉转身欲走，卓尧拉住她的胳膊，说："辞职？我还没批准。"

曼君看着他的手紧紧拉住另一个女人，仿佛要窒息一样，胸口好疼。她抱着两个孩子，说："好，不妨碍你再婚，孩子我带走了。"

黎回和黎声呆呆地看着他们的爸爸。

"大律师，既然你已经做好了和我争抚养权的准备，那我也告诉你，你想都别想，我不会把孩子交给你的。"他对曼君一字一句地说。

"大地产商，祝你财运亨通。"曼君说着，看了一眼何喜嘉，"还有，和她天长地久。孩子我先带回家住两天，等开庭吧，听法官的。"

曼君带着黎回、黎声往手扶电梯处走，林慕琛忙跟在后面倒着走，面朝卓尧，对卓尧抱歉地说："下回再和你解释，你可不要小心眼乱吃醋。再代我向姨妈问好啊，心脏哪里不舒服就随时叫我，我这个月都在国内。"

“滚——”卓尧厌恶地说。

他没有理会何喜嘉，直接乘电梯到达地下停车场。他将车开到路边，看到曼君抱着黎声，牵着黎回的手，上了林慕琛的车。

他在后面远远地跟着，看他们进了母婴店，买了些奶粉、纸尿裤等婴幼儿用品，然后又上了车。最后车在一栋大厦前停下，若他没记错的话，这座大厦是千树集团名下的，也就是说，属于任临树。

卓尧跟随他们下车，看着他们在17楼的一套公寓门口停下，曼君开门，抱孩子进去，黎声睡着了。林慕琛并没有进去，站在门口，待黎回乖乖地说“叔叔再见”后才关上了门。

林慕琛走后，卓尧按响了门铃。

“怎么又回来了，是忘拿东西了吗？”曼君边说着边打开了门。

他推门而入，关上门，把她压制在门口，离她的脸很近，双手钳制住她的手，低声说：“不要再见他，我吃醋了。”

“是你打电话给他，让他在英国关照我的。”她扬起瘦成瓜子脸的面庞，看着他。

“那是在英国，不是在上海，上海有我，轮不到他。”他说着，俯身想吻她。

她试图反抗，用头顶开他的额头，说：“佟卓尧，你一定是疯了，你这是在私闯民宅！”

“这房子是你买的吗？”他停下来问。

“我租的。”

“好。”他拿出手机，打电话给任临树。

“任总，你的欣悦大厦，我要买，明天派人来公司谈合同。”他挂断电话，对她说：“我明天就从任临树手上买下这栋大厦，所以这栋大厦属于我，连同站在大厦里面的你，也是属于我的。”他说着，想要拥抱她。

曼君用力推开：“你神经病，钱多得没处花啊，你忘了半年前你的窘境了？这栋旧楼买了做什么，总不能拆了重建吧！”

“你在为我担心？”

“我没有，我不会为了一个不相干的人担心。请你出去，就算你买下这儿，

现在我租住在这里，我不想看见你。”她将他往门外推。

黎回跑了过来，睁大眼睛望着他们。

“爸爸妈妈，你们是不是在打架？”黎回撇着嘴，一副要哭的模样。

曼君用手抚了一下乱发，平复情绪，对黎回说：“宝贝，爸爸妈妈在谈事情，没有打架，你快陪妹妹去睡觉。”

“来，爸爸抱你到床上。”卓尧抱起黎回就往房间里走。

黎回的手环抱着他的头，说：“爸爸，妈妈回来了，我们要对妈妈好好的。”他点头，把黎回放到温软的床上。打开昏黄的小夜灯，他看了看房间，床单、窗帘、墙纸都是她的风格，满满的都是她的气息。他给黎回盖好被子，乖巧的黎回搂着妹妹，和他说晚安。他坐在床边看了一会儿，眼睛渐渐湿润。

卓尧轻轻关上门，回到客厅，见曼君坐在沙发上，赤着脚，他从鞋架上拿了一双拖鞋，蹲在她身边，给她穿上，一句话也不说，坐在她身边。就这么坐着，静静的，不说话，也是他期盼中的美好。

“你走吧。”她声音干哑，从沙发上起身。

他拉住她的手：“我不走。”

“你的手不要碰我！”她试图甩开。

“你是我的太太。”他反而拉得更紧了。

曼君用力拍打他的肩膀，嘴里说着：“我们的婚姻还有十天就可以结束了，请你自重！”

“要自重的是你。”他把她的手控制在自己的胸膛，柔声说，“一点也不自重，每晚都跑到我的梦里来捣乱。”

她冷笑着摇摇头说：“佟卓尧，要是以前，我应该会被你的话打动，可现在我不会了。你是什么人，在我走后的半年，我都看得一清二楚，我们不可能再继续下去了。”

“这当中一定有误会，是因为何喜嘉？刚才我和她是在商场里偶遇，你不也没闲着，和林慕琛逛商场。”他醋劲大发。

曼君抬起眼睛，注视着他的脸：“你总是把我想得很坏，既然我在你心中是个坏女人，那你为什么还要来纠缠？放手吧，把两个孩子交给我。我不想你将来

再娶的女人伤害我的孩子。”

“不可能，你想都别想。阮曼君，从巴黎回来后，你就像变了一个人，从第一次因那个民工的意外死亡和我打官司，要我停下Y楼计划，到你不顾我的感受，在我最艰难的时候离开我。而现在，我的生活好不容易恢复了正常，你又要来和我离婚，抢孩子的抚养权。为什么不能和我好好生活？我过去那个善解人意、温柔娴静的小漫画去哪里了？你把她还给我。”他低念着。

“我不想再听你说，说再多也没有意义。十五号法庭上见。”她悲哀地说。

卓尧缓缓地松开手，绝望地看着她：“好，我尊重你的选择。Y楼12月开盘，我还是想告诉你，这个工程是没有问题的，当初我们因Y楼出现分歧闹僵，现在……”

“你想证明你赢了，我输了，你是最大的赢家，对吧？好，恭喜你，佟大地产商。”她双手抱在怀里，话语中充满了尖酸。

“不，自始至终赢的都是你……我输了，我输掉了你，我承认，我这辈子也没这样惨过。”卓尧嗫嚅着。

“我的人生未必比你过得快乐，这半年来，我在思念两个孩子的煎熬中活着，我过得没有你那么春风得意。”她刻薄地反驳。

卓尧指着黎回、黎声睡的房间：“你明明可以不走，就像现在，我们还要一错再错下去吗？伤害的是两个无辜的孩子！你不在我身边，我有多挂念你，你看见了吗！”

“看见了，你有新欢，就不要再纠缠旧爱。”她说。

话题又绕回了原点，这样说下去，谈到天亮也不会有结果。

“我没有新欢，你也不是旧爱。”

“卓尧，我想好了，我不爱你了，坦然面对离婚的事实吧。我想重新开始一段和你无关的人生。”

……

他说不出话来，喉咙口像被什么给堵住了。

在这炎炎夏日的夜晚，他心中一片凄凉。再也不会像从前那样，即使争吵，只要注视着对方的眼睛，就会忍不住笑起来。他从她的神情里，看到了她的陌生

和绝然。她是深思熟虑过的，和半年前不一样，她这次提出离婚，是认真的，没有挽回的余地。

他全身冰冷，像是从赤道一下跌入了北极。

一个人想不想和你继续下去，只要看眼神就能得到答案吧。

不记得是怎样离开她的住处的，又是深夜几点回到了家里，伴着淋在身上的冷水，他捂住脸，痛苦地哭了。结束了，以后再也没有希望了。他躺在床上一支接一支地抽烟，整个人像没了主心骨。

翌日。

卓尧下楼，见母亲端坐在沙发上，看起来准备了不少话要说，他索性转身打算上楼，避开不必要的烦恼。

“你给我站住，下来！你告诉我，你把我的孙子、孙女弄到哪里去了？”

“送他们去朋友那儿玩几天。”他无力地回答。

林璐云冷哼一声，叹息道：“我听何小姐说了。她回来了，我们的好日子到头了。她起诉离婚，要求得到两个孩子的抚养权，她凭什么？我倒想见见她，问她这种无情无义和自己丈夫打官司抛下刚满月的女儿的女人，凭什么做母亲，凭什么要孩子的抚养权？想当年，我和你爸爸，我什么都没有，还是个见不得光的第三者，可我还是没有抛下你和你姐姐，你们三个孩子，我一天也没有离开你们。”

“妈，过去的事不要提了。以后不要再和何喜嘉来往了，会生出事端，我不想被人误会。”

“你还怕被她误会啊？她和你第一天离婚，我就第二天宣布你和何小姐的婚讯，我要气死她。我儿子这么优秀，想嫁进来的人那是一呼百应……我看她把你折磨成这样，心疼啊……”林璐云抹着眼泪。

卓尧走到母亲身边坐下，拥着母亲的肩膀：“别这样，别把她看成仇敌，她到底是你两个孙儿的妈妈。以后别再为我担心了，好的坏的，我知道都是你给我的母爱。你好好休息，孙子、孙女只有你一个奶奶，他们不管在妈妈那儿，还是在我们这儿，都是爱你这位奶奶的。妈，我不想看见大家不快乐。”

“我知道，我以后都听你的，好像又回到了过去，你两个姐姐嫁人了，你父亲也走了，我们母子二人相依为命的时候。”林璐云的声音有点哽咽，“儿子，你怪不怪我？恨不恨我？如果早知道你会这么痛苦，连我两个孙子孙女也被她带走，那我就是给她跪下磕头，也不能让她走啊，都是妈的错。”

“你是我妈。”他只说了这四个字。

哪怕千错万错，她都是母亲。

每一天都过得像机器人一样忙碌，痛彻心扉又怎样，公司里还有一大堆事情等着他。他们集团养活了数千人，他不能垮。Y楼即将进入装修阶段，各个专柜和卖场的代理商都在做最后的商洽。

任临树过来时还带了一个人，二十出头的年轻男孩，戴着黑框眼镜，下巴上蓄着一缕小胡子，文质彬彬。任临树介绍道：“这位是我们千树今年新签约的设计师，伍隆，别看年轻，设计出了好几栋国际著名建筑，比方……”

“好，我相信你的眼光，我的房子就交给他了。”卓尧打断他，接着说：“伍隆，这是我个人的想法，都标注在图纸上了。另外，还有我太太的个人喜好，卧室要大，飘窗多设计几个，还有我屋后的后花园里打算种植百合，你帮我设计好。房子前院要有儿童游乐园，不要泳池，孩子小比较危险。再建个鸡舍，还有马舍，我打算养一匹马。湖边统一安排种香樟树。”

伍隆用笔快速记录，直到卓尧说完，才合上了记录本，说：“佟少，你放心，我画好了初稿就拿给你过目，我不是第一次做私人别墅，但像佟少这么懂得生活的人，并不多见。”

“何以见得？”卓尧干涩地笑问。

“你养一匹马，种这么大一片百合花，湖边种一排排香樟树，还有儿童游乐园，这都体现了你的品味和生活，所以，佟太太真是非常幸福。”伍隆只顾着说，忽略了佟卓尧脸色的变化。

任临树笑道：“伍隆才从越南回来，对上海还不是很了解。”言外之意是说，伍隆是无心冒犯，并不知卓尧和曼君的事。

“没事，我很期待乔迁的那一天。”卓尧说。

伍隆走后，任临树就迫不及待地问：“我听说你太太回来了，还要带走孩

子，和你打离婚官司，你也同意离婚？你真打算和何喜嘉双宿双飞？值得吗？你太太是个好女人，不要轻易放弃。”

“你这些是听谁说的？”他有些惊愕。

“哪有我打听不到的事。我是很好奇，你们都要离婚了，你还花费那么多钱建别墅做什么，送她吗？”

“对不起，我的合伙人，私事无可奉告。”

“你告诉我，对你是有好处的，说不定可以改善你们的关系。你看，你斥巨资买我的一栋旧大厦，Y楼刚建成，你现在又建私人别墅，你考虑过集团的未来没有？”

“这点钱我还是有的。”

“好，我欣赏你的魄力，不够问我借。”任临树仗义地说，然后又问，“我很奇怪，一向谨慎的你，怎么见伍隆的第一面，还没看见他的设计作品，就同意他做你新豪宅的设计师？”

“因为我信任你。”卓尧看了一眼任临树说。

任临树有些受宠若惊：“你这么信任我，要是将来发现我欺骗了你，你会不会把我灭口？”

“可能会更惨。”卓尧带着威胁的笑容。

卓尧从公司出来时，正好是下午五点下班时刻，碰到了何喜嘉。何喜嘉看到他后慌忙低下头，加快脚步走开。他走上前，说：“不用刻意躲避我，本身我们就没有什么，从前你是我太太的徒弟，如今你是我的员工。”

何喜嘉只是点头，把头低得更低了。

“十五号开庭，你做我的代理律师吧。”

“和师父打离婚官司吗？”何喜嘉看周围没有人，问。

“是的，终于，我们要离婚了。”他凉薄地说。

何喜嘉哽咽了，点头再也说不出话。

他察觉到对方在哭后，转身离开了。对于除曼君以外女人的哭，他是全然不想面对的。那时任何一个细微的举动，都显得亲昵了。想想，这么多年来，他没有在任何人面前哭过，除了曼君。

年少时被人取笑为私生子，他总会昂起头，挺过去，他没有向人诉说痛苦的习惯。伤口，是最不能给外人看的地方，有的人会伸手碰一碰，有的人会忍不住对你说几句废话，这只会增加伤口发炎的概率。

受了伤，就别逢人诉说了，没用的，旁人终归是旁人，没有几个人真把你的伤当自己的痛处。如果真有那么个值得倾诉不幸的人，你面对着他，未及开口，已无声哽咽。能够让你不用哭着说出伤痛的人，都是不需要说的人。

这一生，陪着我们一同欢喜的该是身边的全部人，陪着哭的仅一个人就好。

小漫画，你本该是陪着我欢喜，也陪着我哭的那唯一的一个人。

只有你懂我的脆弱和无助。

站在办公室的窗户旁俯瞰，楼下人和车皆如蝼蚁般渺小，不远处的Y楼高耸着。他的梦想却越来越细微了，细微到能和她站在这里一起看楼下的风景。他回身看办公室的门，仿似看见她俏皮地笑着推门进来，歪着头说：走，一起吃饭去，想吃什么。

依稀就在昨天。

人生中一些对白、画面和场景，某一刻仿佛似曾相识，像是在之前的岁月里早已经历过一遭。年龄越大，这种感觉越强烈、越频繁，或许是因为我们的确周而复始地活着，又或许因为我们只是在梦境里不期而遇过。

他的迷惘和挫败感，都来自于她。

林慕琛的手机关机，失去了联系，这让他隐约感觉林慕琛和曼君有些什么事在隐瞒自己。他不明白，为什么她会那么信任林慕琛，而不是自己。在女儿出生时，她选择告知林慕琛，在她心中，他还不如一个外人。

她或许看待他如仇敌。

十五号开庭。

这一次是不公开开庭，一切都很低调，没有媒体知道，他也没让母亲来，怕母亲一时冲动，说出的话使曼君的情绪更加糟糕。他从车上下来时，咳嗽了一声，坐在后座的何喜嘉贴心地说：“感冒了，等会儿我去给你买些感冒药，开庭前服用。”

“不用了，等会儿，尽量想办法让法庭不批准离婚，我们的感情没有破裂。实

在不行，判离婚的话，关于孩子的抚养权，只许输，不许赢。”他嗓音沙哑地说。

“输？什么意思，你难道不想要黎回和黎声的抚养权吗？”何喜嘉吃惊地问。

卓尧点头，低声说：“她不能没有孩子，她是那种不能活在孤独里的人。再说，只要孩子在她身边，时间长了，她一定不想看到孩子没有爸爸，到时她就会心软了。我无法放弃她。”

她已经没有我了，不能再没有孩子。这是他对她最后的关爱。

当然，他仍抱有希望。

他不懂，她像着了魔一样执意要离婚，他究竟错在哪里，让她无法原谅他。

“是不是上次打官司时，你也对江照愿说过同样的话？你是故意输给她的，你那么爱她，她不珍惜，还和别人一起搞垮你，就为了当第一女律师。曾经有个那么爱你的女孩，你却不珍惜。”何喜嘉问，抬起眼，脸上有一闪即过的丝丝阴郁和仇恨。

“你也看了那些八卦报道？是的，我拿走了江律师准备好的证言证据，我希望曼君赢，我不想看她输给江律师。你是她的爱徒，不可以这样说她。”他望着方向盘说。

“可她已经误会我了，不会把我当徒弟了。我只是对黎回和黎声很喜爱，所以才抱抱孩子，师父她却以为我乘虚而入，对你有所图。”何喜嘉涨红了脸，委屈道。

卓尧轻声地说：“别介意，她此刻到底怎么了，连我都不明白，像脱胎换骨般变了个人。这半年，我和她不在一起，她经历的是我缺席的，可能她有难言之隐。”

“难言之隐，和那位林医生吗？”

“不会，她不会爱上别的人，就算走到今天这一步，我也相信她还是爱我的。等会儿开庭，你好好发挥，记得我说的，尽全力争取驳回她的离婚诉讼，实在不行，就想办法把两个孩子的抚养权给她。”他重申一遍。

何喜嘉点头。

他下车，看见几米以外的她站在路边，穿着一件浅色牛仔衬衣，袖子松松挽起，在夏日的早晨，显得慵懒随意。阳光照在她身上，有些热，她用手里的文件

扇着风。

卓尧从车后备厢里拿出一把伞，撑开，走到她面前，这是分别后第一次细细地看她。半个月前是在夜里，加上在商场里看见她和林慕琛在一起，他情绪混乱，没有认真平静地看她。现在，他反而宽了心，将伞遮在她的头顶，问："黎回和黎声呢？"

"我找了个阿姨照顾他们俩，我暂时不打算工作，这样就能专心照顾他们了。"

"你怎么就有信心抚养好两个孩子？你不工作，哪来的薪水？没有薪水，怎么养两个孩子？我不能让你降低我孩子的生活水准。"他凑近她的脸，低声说。

曼君说："你每月都要支付抚养费，再说了，婚后财产还有一半，我走的时候，账户上一分钱都没带走。"

"你是要和我争财产？"他笑。

"生活面前，必须现实。"她嘴硬。

他伸出右手，揽住她的腰，往自己怀里一搂，说："只要不离婚，你就是佟太太，所有的财产都属于你。"

"我不。你放开——"

"我不放——"他说着俯下身，额头贴在她的额头上，凝望着她的眼睛，手牢牢固定住她。几秒后，他吻了她，像是要用尽全部的力气，把这余生所有的吻都补偿在这一次，狂风暴雨般，不许她挣扎，不许她逃脱。她恨恨地咬住了他的唇，红着眼望着他。

直到他松手，她才松口。

"最后一次，像从前那样，好不好？以后，我就不能像现在这样，肆无忌惮地吻你了。你现在还是我的太太，你现在还是。"他再一次抱着她，眼里满是哀伤，像要哭了。

他还是会时不时跟孩子一样。

这一回，换曼君大声哭了。事到如今，再无回头之路，好一会儿，她才渐渐平息。他只是安静地抱着她，把下巴放在她的额头上，用手背给她拭泪。她这般悲戚，大概是心如死灰了。

她缓缓地说："忍了好久好久的眼泪，这一次，全在你面前流了。我仔细想

想我这小前半生，得到了我想得到的一切，可是，我从来都留不住。若你认为我是在报复你、恨你，我承认，你令我心碎。我把自己折腾成这样，你不会再心疼了吧。佟卓尧，我们已无法回头了。”

“对不起，过去是我不好，你想要的生活是什么，你说出来，我可以放下一切。小漫画，我们回小渔村好不好？回到从前，重新开始。”他恳求着。

曼君只是摇头：“不，我不能原谅……小渔村的楼，我卖了。”

“我不同意你卖，卖给谁了，我去买回来！”他急急地说。

“算了，小渔村只能存在于童话中。回不去了，房子空着也是废弃，倒不如卖了。别怪我，那些背后见不得光的事，如果不是亲眼所见，我也不会相信。可是佟卓尧，变质了就是变质了，我们的感情就像变质的食物，不能要了。”曼君抬起头，泪珠还挂在鼻尖上。

他用手指拭去她脸上的泪。

“我没有做见不得光的事让我们的感情变质。现在，我们手牵手离开这儿，好不好？”

“不要再说话，抱着我，抱紧一些。”她倚靠着，留恋这久违的温存。

直到她看见何喜嘉站在他身后，她才从他的怀里挣开，恢复了冷静：“你的律师来了，进去吧，等会儿在法庭上可不要怪我无情。为了孩子的抚养权，我不是会手软的。”

“我没有做对不起你的事，没关系。”他说。

法庭上。

卓尧坚决表示了自己不同意离婚的决心，认为他们夫妻之间仍有感情，是一些误会和摩擦导致的芥蒂，也谈到了黎回、黎声尚年幼，不能轻易判决离异。

何喜嘉作为卓尧的辩护律师，起初看似是积极在争取法官的理解，希望他不要判离异。只是慢慢的，何喜嘉擅自决定，说的话也变了味。

“我之所以要离婚，不仅是我们情感不和，还有，我的丈夫——他有了第三者。”曼君突然说出这个消息，如同一枚炸弹扔了进来。她转头望着他，迎上他震惊的目光。

接下来，她看着何喜嘉说：“而这个第三者，不是别人，就是此刻站在法庭

上的何小姐。所以，何小姐，你的辩护词是不是显得单薄了？”

何喜嘉顿了顿，昂起头，看着曼君，承认道：“是，我是他的情人，我们在一起了，从你走了之后，我们就住在一起了。”

“何小姐，你可真不要脸呢。”曼君冷笑。

“胡说！没有的事！”

卓尧怒从中来：“喂，何喜嘉，你怎么回事，吃错药了吧，我和你只是单纯的上司和职员的关系，你不要凭空捏造。”

曼君忍住泪，说：“好了，第三者自己坦白了，所以，我也没必要再举证。这种事拿出来说是可耻的，但为了两个孩子的抚养权，我也无奈，总不能让孩子跟着后妈和这样的父亲生活。我恳请法官将年幼的孩子抚养权判给我，我比任何人都更适合照顾孩子，我是他们的母亲。”

“等等……让我缓一缓。”他有些招架不住，这突如其来的变故，两个女人同时翻脸，一唱一和，配合默契。他脑中飞快地闪过一念，难道，一切都是曼君有心安排的？他反应过来，立即说：“我明白了，你们俩串通好的。曼君，别闹了，我们不要这样，即使你费尽心思想和我离婚，也不要给我来这样的手段。我是个有血有肉的人，你能体谅我的心情吗？”

“我倒是真希望这些丑陋的事是如你所说我一手安排的。”曼君回敬道。

两人在庭上针锋相对起来。

他突然离席，选择愤然离去，并冷冷地抛下一句话：“你休想离婚。在我没把事情弄清楚之前，你永远都是佟太太！”

这场离婚诉讼以不了了之为大结局。

从法院走出来，她站在门口等何喜嘉。

“师父——”何喜嘉仍是从前的口气。

曼君伸出手做出就此打住的姿势，说：“别叫我师父，我没有你这个徒弟，我也没有本事教你。我以为江照愿才是对我的婚姻虎视眈眈的人，我万万没想到，最终看似纯良无害心心念念希望我们夫妻复合的你却做了我们的第三者。”

“被人抢走心爱的男人，滋味是不是很难受？”何喜嘉幽幽地说。

曼君忿然地看了何喜嘉一眼：“你不要忘了，他还是两个孩子的父亲。我们

多年情分他都可以背弃，何况你？他不过是利用你报复而已，你也别太高估你自己了。”

“那就看谁能笑到最后，阮曼君，走着瞧，我要让你失去你从别人手里夺来的一切。”何喜嘉阴冷地说，露出了真面目。

“你……”曼君气得捂住了胸口，怒视何喜嘉。

原来只听过教会了徒弟，师父没饭吃。没想到，这个徒弟竟有这么大的野心。

此时，卓尧开着车，行驶在车流穿行的马路中，他还未从刚才的对簿公堂中清醒过来。难以置信，不久前还与他相拥不舍的曼君，会在法庭上痛斥自己有第三者，根本就是莫须有的事情，何喜嘉竟也会当庭承认。他不顾法警的阻拦冲出法庭，就是为了停止这场离婚诉讼。他不容她对自己这样的侮辱。

车在路口掉转方向，他驱车往郊外开去。

湖边此时已是一片绿意盎然，他把车停靠在树下，这里的一片地他都买下了，也就是要在这儿建一栋别墅。风吹在脸上，他转身看着远方，想着这半年来过的每一天都那么艰难。

她成了一个让他全然陌生的女人。

忽冷忽热，他开始害怕。

不畏惧生死，不畏惧衰老和疾病，独畏惧她做好了离开的准备。

他抽了很久的烟，直到黄昏，原来在这里看日落，是这么美。

将烟盒里的最后一支烟抽完，他才起身往车里走。回市区的路上，车辆寥寥无几，不知不觉中，车转了几个弯就行驶到了她租住的大厦楼下，再经过几道手续，这栋大厦就正式归为他集团名下了。

在车里坐了良久，他才走进大厦。这栋略旧的大厦，主要是办公和住宅用，全部以承租的方式对外经营。他买下这儿，只能是一笔不盈也不亏的无用交易。若不是和她赌气，他怎会做这种买卖?

按门铃，开门的是一位四十多岁的妇人，敷着面膜，用奇怪的眼神看着他，问：“你找哪位？”

屋内传来黎回支支吾吾的声音，还有黎声凄厉的啼哭声，他心一紧，用力推开妇人，直接走进客厅寻找孩子。

“喂！你是谁，怎么就往里面闯，再不出去我报警？”妇人跟在后面想要阻拦他。

他看见房间里，黎回的嘴里被塞上了袜子，手脚被绑住。黎声则坐在地板上放声大哭，积木洒落一地。

那一瞬间，他快要疯了。

他冲过去，解开绑住黎回手脚的鞋带，拿掉塞到嘴里的袜子，同时抱起两个孩子，心疼得要命。他愤怒地对身后的妇人说：“我想你一定是活得不耐烦了，他们是我的孩子——”

妇人吓得将手中的毛巾掉落在地，一个激灵就想往外跑。恰好这时，门外传来曼君进门的声音，她边脱鞋边说：“小宝贝，妈妈回来了，今天乖不乖啊？张阿姨，我买好菜了……”

“咦，张阿姨，你怎么了，要去哪儿吗？”曼君问。

“曼君，快关上门，不要让她出去！”卓尧说着，抱着孩子走了出来。

曼君立马下意识地关门，反锁，背贴在门上，警惕地看着自己请来的家政张阿姨。

张阿姨吓得瘫软在地，还狡辩说：“我知道错了，孩子把玩具弄得一地，我收拾不过来，所以才那样做的。顶多这几天的工钱我不要了，算我白干了……”

“怎么了，发生什么事了？”曼君一头雾水地问愤怒中的卓尧。

他搂紧孩子，厉声说：“你看你找的什么家政，觉得孩子哭闹很吵，到处丢玩具，就用东西把孩子的嘴堵住，手脚绑起来。还有黎声的纸尿裤一天都没换了，估计也是等你回来赶紧做做样子。”

曼君难以置信地看看地上的张阿姨，又看看黎回：“是真的吗？黎回，小孩子不可以撒谎。”

黎回点点头，带着哭腔说：“不能告诉妈妈，不然就不给饭吃。”

“为什么这样对我的孩子，我给你的薪水是双倍，就是想你对孩子真心一些，没想到……你会做出虐待孩子的事，这是犯法的你知不知道？”曼君在察看孩子后确认黎回和黎声没有受到太大的伤害，才问。

张阿姨求饶：“我不懂法，求你们放过我这一次……”

“就算你不在我这里工作，你去别的家庭，也还是会虐待孩子，我要报警……”曼君拿出手机，欲拨打报警电话。

“不要……我不能失去工作，我家里上有老下有小，还有八十多岁的老母亲瘫痪在床，每月都要治疗，我不能被抓起来，家里的老人和孩子都不能离开我……求求你们发发善心……太太，你体谅体谅我吧，就饶了我这次……”妇人边哭边哀求着，双手牢牢抓住曼君的腿。

卓尧喝止：“你住口，你虐待我的孩子，我不会轻易放过你！”

“太太……先生，你们夫妻俩都是好人，好人一生平安，别和我这个坏人计较……我以后不敢了。”断断续续的哭声扰得曼君心烦意躁。

“我和他已经不是夫妻了。算了，你走吧，我不追究了。不过奉劝你，我们家没有安装监控，但现在很多家庭都装有微型探头，你以后再敢虐待孩子可就没这么幸运了。我一是看我孩子没有什么事，二是看你上有老下有小。”曼君说完，转身把黎回抱在怀里，心疼极了。

她竟莫名其妙觉得不是很生气，也许是因为那句：你们夫妻俩都是好人。在旁人眼中，他们还是一对恩爱的夫妻。他们可以在别人的眼中继续做着夫妻，也只能是这样了。

“谢谢先生，谢谢太太……”在一阵感激涕零之后，张阿姨迅速逃之夭夭了，就像是生怕曼君反悔一样。

好不容易安抚好两个孩子，把他们都哄睡着之后，他们才坐下来面对面谈论孩子的问题。

卓尧不再做出让步，坚决地说：“你也看到了，孩子根本不能交给这样的人看管，这是我正巧碰见了，我们没看见的时候还不知道有多可怕。黎回和黎声才这么小，不能经历这些，不然以后对这个社会的认知会满是阴影。”

“我会重新找一位可靠的阿姨来照顾他们的，不用你操心，不是每一个人都这样坏的。”她辩解。

“那你刚才为什么这么轻易放她走？应该报警把她抓起来，最好你亲自起诉她，和她对簿公堂，再判她个虐待儿童罪关进监狱，这才符合你阮大律师，上海第一女律师的称号。”

“我做事用不着你教，你可以走了。”她背对着他，以示抗议。

他斜睨了一眼桌上的文件包，从中散落出了个人简历。他心中有数，她这么晚才回来一定是去面试了。

卓尧伸手放在她的肩上，扳正她，让她与自己面面相对。他盯着她，不容置否地说：“明天早上，我会接孩子回那边的家，我无法放心把孩子交给一个自己要出去工作，还把两个孩子交给家政的妈妈。”

“谁说我要出去工作！”她反驳。

卓尧沉默着，只是眼睛看了看桌上的文件。

曼君大声说：“找工作又怎样，那是我的事。你不同样有工作，你不同样是请人带孩子，我们有什么区别！”

“你在庭上不是说自己不用工作，亲自照顾孩子，你说你卖了小渔村的楼，你有存款可以负担孩子，你都是骗法官的吧——大律师也会撒谎？这是不是知法犯法。我很好奇，你花几千块请的家政保姆和我年薪三十万聘请的育婴师是一个级别吗？”他得意地笑。

曼君恍如未听到，一言不发，静静地坐着。她内心何尝不挣扎，又想把孩子留在身边，又必须出去工作，她如何能放心把孩子交给这般不负责的外人看管。她此时没了底气，只能一声不吭。

“你不说话，我就当你默认了。明天上午我会来接黎回和黎声。至于别的事，以后再和你慢慢算清楚。”他直起身，缓缓往门外走去。

她望着他的背影，两行清泪无声地滑落。

卓尧，我们怎么会变成这样子？

曾经的两情相悦，此刻的两两凄凉。

她一直认为，两情相悦是有两种境界的。

两情相悦的第二境界：当你说出你爱我，我回应说我也爱着你。这并非是最动心的爱情。我想，第一境界应是：你从未说，我从未提，可你知我心，我知你意，心证意证。就好像默默喜欢一个人，话痨的你，反而与他的话极少。在一起相处时，目光总忍不住转向他，恰巧他也望着你。那种无法言语的心境，是第一境界。

过去的夜里，两个人各做各的事，她常会突然喊一声他的名字，他轻轻应声，她不再说话，继续做自己的事。是的，只要知道你在那儿，就好了。分开后，有段时间，她还是会忙着忙着就突然喊一声“卓尧”，可四周空落落的，无人应答，她只能捂着脸哭。

这两情相悦，难寻难觅。

世上再无他这般让她安宁的人。

# 第七章 他是世间最美好的男子，深情而孤独

此生能够始终和你一起生活，用一辈子的温柔奉陪到底，属三生有幸。而我这三生三世，只要同你走过一生一世，其余两生，就算孤独终老，亦是甘愿。

# 如果巴黎不快乐——3

最深的不是海洋，而是我对你的想念。

相思始觉海非深。

哪怕再多的纷扰和争端，也不能够让爱磨灭。怎么能够因为那么几件事、几句话、几次伤害，就使我不爱你。他相信她是一时糊涂而迷失了，不会真的绝情。就像是在演戏，戏里他是她的仇敌，戏外，他们还是亲密爱人。

只是这场戏，何时才会落幕。

清晨的光照在他黑色的商务车上，他下车，肩上背着一个红色汽车形状的小书包，引来周围人的目光。那般高大的体形和肩上的小书包形成鲜明对比。

他是世间最美好的男子，深情而孤独。

路过的女子边望着他边掩嘴偷笑，估计是在想这个英俊的男子会是谁的丈夫，又是哪位小朋友的爸爸。他就是这样一个男人，在任何地方，即使一言不发，也会引人注意。而他身上透着的那股清冷和孤傲的气场，又使人只可远观。

曼君开门的时候，他正伸手要按门铃，只见他温和地微笑：“你知道我在门口？”

“我只是想把垃圾袋放在门口，碰巧而已。进来吧。”曼君推开门，往后退一步，她见他穿着宝蓝色衬衫，面颊消瘦，脸上浮着一抹愁容。他转了转腕上的手表，露出笑意。

黎回见到他，热情地扑了上来：“坏人被超人爸爸赶跑啦！”

黎声坐在沙发上，望着他张嘴“咯咯”地笑。两个孩子的随身用品都已收拾好放在茶几上，还有一些新衣服。他看得出，她是做好了送孩子走的准备，她眼睛红肿，昨晚一定是哭了一夜才狠下决心的吧。他心疼得慌，瞬间就忘了她给自己带来的伤痛。

“孩子的东西都在这儿，我买了几件新衣服给他们，你带回去。我没别的好给他们买了，我知道你那儿什么都不缺。还有，天气忽冷忽热，当心秋季腹泻和感冒，尤其是黎声，她出生就体弱。”她思绪有些混乱，絮絮叨叨，不停地说话来掩饰内心的惶恐不安。

再一次要把两个孩子从自己身边送走，可是没有办法，孩子得不到好的照顾，她又不能亲自在家带孩子。他看她备受煎熬的样子，心软了，开口说：“这样吧，你就别工作了，在家安心照顾黎回、黎声，我每个月支付你们抚养费，这总行了吧。”

“不用了，我不想用你的钱。”她咬紧牙关，“我想自力更生，我有这个能力。我有存款……”

“存款？你要说你卖了小渔村的楼得到的钱吗？我查过了，你并没有卖掉那栋楼，我就知道，你不会卖的，你舍不得。”他眼神凝视着她，像是能看穿她内心的全部。

“卖与不卖都是迟早的事，好了，你不要自作多情了。我和你没什么好说的了。”她正说着，手机响了，看了一眼手机屏幕，走进厨房，关上门。

他对黎回耸耸肩，说：“你看你妈妈，对爸爸这么凶，你是不是该帮帮爸爸？”

黎回认真地想了想，摇摇头：“不，我要帮妈妈。”

“为什么不帮爸爸？你偏心。”

“因为，爸爸帮自己的妈妈，就是帮奶奶，所以我也要帮我的妈妈。妈妈很可怜，妈妈总是在哭，还要对我和妹妹笑……”黎回哆哆地说着，抱紧了爸爸的腿。

他听了，心里很不是滋味。

曼君在厨房讲电话。

“我九点半到，好的，待会儿见。”她挂断电话，拉开门走出来。

“怎么，一会儿有事？”他问。原打算带她和孩子一起出去吃饭的。

“你都知道的，面试的事，这次是事务所主任的职位，我有把握。就算离开正清，我也必须要找个比正清高的职位。”她胸有成竹。

卓尧冷眼看着她："难怪你会这么主动让我接孩子回去，原来是不想我们挡着你步步高升，先恭喜你啊！我想，你赢我的那场官司，也为你的应聘增加了不少光彩吧。"他语气一沉，靠近她的脸。

曼君并不退让："当然，这是我有史以来最成功的一场官司，我没有因为被告是谁而左右自己的判断。"

他点头："是，是这样的，你说的一点也没错，也只有你，才能够做到和自己的丈夫对簿公堂。"

两个人你一言我一语针锋相对。

黎回把小手别在身后，走到黎声旁边，捂住黎声的耳朵说："妹妹，爸爸妈妈又要吵架了，我捂住你的耳朵，这样你就听不到了，就不会像哥哥一样害怕了。"

黎回稚嫩的话语，让他们俩的争论暂时停下来，两个人都看着孩子，渐渐平息火气。

"我赶时间，以后再说吧。我们该说清楚的事太多了。不过应该我先恭喜你，你终是赢了，你的Y楼让佟氏再次跻身这座城市最显赫集团的行列，你现在开心了吧。"她用手揉揉太阳穴。

他在心里说，我怎么开心得了，没有你，拥有再多，又怎能开心。可他表面上还是不服输地说："那我就先预祝你顺利当上主任，恭喜了。"说完，他抱起两个孩子，回头看着沙发上的衣物说，"今天一次拿不了，下次我再过来拿。"

她想说什么，又打住了。

本想帮他提下去的，可内心显然在期盼着下一次与他相见。

黎回拍了拍爸爸背上的小书包说："爸爸，你是要送我去幼儿园吗？我舍不得妈妈。"

"妈妈要工作呀，你都是小男子汉了，这样怎么能做妹妹的好榜样。"他教育起孩子来倒是头头是道。

也许孩子在那个家里她会更放心些。

"妈妈再见！下次我来背《三字经》给你听。"黎回摇摇小手说。

出乎他的意料，黎回和黎声都不哭不闹地趴在他肩上。

他想，她一定和黎回说了什么，不然这个最黏妈妈的小家伙怎么可能会这么

乖乖地跟自己回去。他回头朝她看了一眼，就见她对两个孩子微笑着摆摆手。见他看着自己，笑容立刻止住。

回到车上，分别把黎回、黎声在安全座椅上安顿好，他这才放心地回到驾驶位，扭头望着正细心给妹妹擦嘴的黎回，问："黎回，你告诉爸爸，妈妈和你说什么了，你这么乖。"

"妈妈说，要听爸爸的话，爸爸看你很乖，也许就不会给你找个凶巴巴的后妈了。爸爸，我不想你给我找后妈，白雪公主的后妈是坏人。我不要后妈，我要乖。"

他伸手摸摸黎回的头，坚定地说："妈妈只有一个，爸爸永远都不会给你们找后妈，因为爸爸只爱妈妈一个呀。嘘——不许告诉妈妈，免得她骄傲。这是我们之间的秘密。"

"嘘，秘密。"黎回把食指放在唇边。

哪知道一下车，黎回就在电话里对着曼君大声喊："妈妈，爸爸说他只爱妈妈一个，他还不让我告诉你。"黎回边说边"咯咯"笑，"妈妈，爸爸说你会骄傲的。"这时，卓尧将手机拿走，放在耳边说："黎回说的话……"

他接下来本想说的完整的一句话是：黎回说的话，你应该能明白我的心意吧。

可曼君打断他："你哄孩子的话，我是不会当真的，放心吧。你和何喜嘉……"

"够了，我和她的事你应该最清楚。"他怒从中来，这次对话不欢而散。

林璐云见到日思夜想的孙子和孙女，小跑着出来，那样子，真是个慈祥的好奶奶。荷姐守候在一旁，司机会送黎回去幼儿园。卓尧总算是放心了，这才开车去公司。他有件事，必须立刻当面问清楚。

他仍存有美好的幻想，以为剥开层层误解，他们就会一如当初。

曼君此时正在文略律师楼面试，面试官是这所律师楼的几名合伙人。她坦白说出自己以往的所有经历，也包括在正清律师事务所代理过的几起重大案件官司。而她并没有说起有关佟氏集团的那起官司。

其中一名瘦高的合伙人盯着曼君的简历，半晌，抬头看她："来，和我们说一说那件轰动全城的官司，你为坍塌事故中身亡民工的遗孀做法律援助，我们很想听你亲口讲讲，你如何能够以律师的身份去起诉自己的丈夫。"

她沉默，思考后说："准确来说，是佟氏集团。我只是在做我身为律师该做的事。对于佟先生本人，我没有任何针对性。我希望这对他也是有益的，尽管后来有关部门调查得到官方结论，Y楼建造没有质量问题，完全符合国家建筑标准。而Y楼旁的事故楼坍塌属于包工头的个人行为，包工头也因此受到了法律的惩罚。"

"这算不算是你冤枉了你丈夫，或者说，你当初的立场是错误的，你承认你的错误吗？"对方进一步问。

她并不认可："不，我没有错。当然，他也没有错。"

"那你们夫妻现在的状态？"

"对不起，我不想回答私人问题，请问你问完了吗？"她反问。

"我没有问题了。"

在接下来的交流中，曼君诚恳地谈到对律师事务所近期和远期的计划。

这次的应聘结果毫无悬念，她成功成为文略律师事务所的主任，并在第二天就要接手工作。原来的主任举家移民，等不及要离职。她也就快速准备走马上任，成为文略的新一任主任。

坐在回家的出租车上，她并没有过多的欣喜，反而有些难过。这是她预期的结果，可是，她能够被聘为文略律师事务所的主任，最为有力之处，竟是她和他的那一场官司。这真像个笑话，倒印证了他说的那句话。

——和我打官司，你很有成就感吧。你赢了我，你将来就是这座城市最有名的女律师，这就是你想要的。

这是她追求的结果吗？

出租车路过那个家政公司，之前曼君就是从那儿雇来那位张阿姨的。她下车，总感觉有些不舒服，想要进去和家政公司沟通一下。接待她的仍是那天的女孩，齐刘海，长马尾，单眼皮，笑起来蛮亲切的，这才会让她起初对这个家政公司有好感。

"您好，张阿姨在您那儿做得怎么样，还有什么需要帮助的吗？"女孩笑吟吟地走过来。

曼君面无表情："她已经离开我那里了，她没有回来？"

女孩吃了一惊："没有啊，她不是在您那儿做得好好的吗？"

"她虐待孩子，我是看在她家中有老有小的，才不追究。我今天来，是想和你们说一下这件事，让你们以后也好注意家政人员的人品和个人素质。"曼君温和地说。

这番话让面前这个女孩愣了愣，接着立刻摇头否认："不可能的事，您要是说别的阿姨，我可能还会相信，张阿姨是绝对不存在虐待孩子的问题。她在我们这儿做了十几年，无论哪个东家，对她都是非常高的评价。我们也是把我们这儿口碑最好最受欢迎的阿姨介绍给您的。她怎么会虐待孩子呢？这是绝对不可能的事。"

"她用鞋带捆住我儿子的手脚，拿袜子堵住嘴，我女儿更是一整天没有换尿不湿，都长疹子了，难道是我眼花，或者是我栽赃嫁祸？这种人还是口碑最好的家政，那你们的态度和理念我实在是不敢苟同。"曼君有些气恼，感觉对方显然是不承认的口气，好像是怕承担责任。她又说，"我不是来要求你们负责的，如果我要追究责任，那天事情发生我就会和警方，还有和你们联系。"

女孩倒了一杯水放在曼君身边的玻璃小圆桌上，客客气气地说："您坐下慢慢说，这件事必有蹊跷，要是我们这儿的家政真的虐待了您的孩子，我们定会严惩不贷，这样，我打个电话给她。"

"算了，我不想她失去工作，我本身就很矛盾，不找你们反映情况，我又怕她再次在别人家继续虐待孩子，这也是害了她。"曼君有些迷惘。身为律师，她却有太多事难以作出决定。

女孩拿起办公桌上的座机给张阿姨打电话，电话在第二遍时才接通。只听女孩简单地说了几句，大意是想让张阿姨来公司一趟。之后，女孩挂断电话，对曼君说："张阿姨人正在北京带着她高龄的老母求医，她一听我的来意，就说等会儿会给你打电话，她在电话里不停地道歉。我想就算真的存在这件事，那她也是有不得已的苦衷吧。"

"苦衷？虐待孩子也会有不得已的苦衷？那我真是第一次听说。好，我们没有什么可谈的了。"曼君起身往外走。

"等一下，我想起来一件事，前几天有一位雍容华贵的夫人来我店里，说是

您的妈妈，来找我们要张阿姨的手机号码，说是有事要说，我们就给她了。”女孩说。

曼君的脑子里快速闪过一个人的面孔。

“好，谢谢你，我知道了。”

她招手拦了一辆出租车，说了佟卓尧公司的地址。这时，手机响了，是张阿姨打来的，于是她接通了。

“喂，张阿姨，你在北京？”

“太太，真是对不起你，很对不起你。我很喜欢那两个孩子，又怎么会忍心虐待他们。我也不想的，是我贪心，我收了钱，演一场戏给你看，目的就是……就是把孩子带走。他们设计的，让你心甘情愿把孩子送走。我妈妈看病需要钱，我就……”张阿姨哭着说。

“我了解了，这不怪你，你也有难处，值得高兴的是，我的孩子没有真正受到虐待，而你也让我看清了我身边的人是怎样的模样。”曼君说着，眼里带着被欺骗的恨意。

她挂断电话，心中已非常愤怒。

出租车在佟卓尧公司大厦门口停下。曼君下了车，站在大厦楼下往楼上看。好久没再走进这座大厦，她走的每一步都很沉重。他在这里，意气风发，令人仰望。他坐在偌大的豪华办公室里，不远处，就是他引以为豪的Y楼。仿佛坐拥江山一般，能想象到他是多么不可一世。

只是没想到，她深爱的男人，背地里，竟然可以如此卑鄙。

楼上办公室里，何喜嘉正坐在卓尧的面前，低着头，没有了在法庭上的自信自如，像是犯了错的孩子，在等待惩处。她小声地说：“我知道你一定很生气，我不想解释，你要是想骂我就狠狠骂我一顿好了。”

他用低而沉的声音说：“从今天起，你不用来上班了，我不想再看到你。”

何喜嘉没有想到他会说这样的话，瞪大了眼看他，眼中迅速溢出泪水，恳求道：“佟董，你给我一次机会，我以后一定与你保持距离，不再给你惹麻烦，我保证不会再惹你生气……我知道错了。”

“你和你师父到底在耍什么花招，一个当庭说我有第三者，一个当庭承认是

我的第三者。何小姐，你我之间是否清清白白，你应该最清楚。当初会留在你别墅住一段时间，一是因为黎回对你产生依赖，二是因为我在等曼君的电话。我对你，没有半点私情。所以，我想你是被她教唆的吧，你们当庭一唱一和，目的就是为了得到孩子的抚养权。我说得对吗？”他望着何喜嘉，这个女孩的脸上，永远都是单纯的无辜样子，本不该有这么多的心计。

何喜嘉嗫嚅着说：“我不想师父在失去你之后，她身边还失去孩子，我想帮她一把。”

“帮她？你这是在害我，更是在害她，你到底懂不懂你说那些话的后果，包括你自己，也是在自毁清白。我们佟氏不需要你这样的人才，你走吧，或许你可以继续跟在你师父身边。我得到消息，她成了文略律师事务所的主任。你，自便。”他指了指门外，便不再理会何喜嘉，低头翻看季东送过来的资料。

何喜嘉还是站着不动，不停地抹眼泪，而他无动于衷，视而不见。

办公室外，曼君从容地走进来，她的出现，立刻吸引了周围往来员工的目光。

“秘书长，董事长的太太来了，赶紧给董事长打电话。”一位女职员握着话机小声说。

几秒钟后，季东走了过来，他如今是佟氏的秘书长。

“太太，董事长在谈事情，我进去给您汇报一声，稍等片刻。”季东面上挂着笑容，吩咐下去：“给太太倒茶。”

季东敲门进入办公室，正巧看见了哭哭啼啼的何喜嘉，卓尧正一脸愁容，见季东来了，说：“季东，把她带出去，我真是见不得她哭。她从今天开始离职。”

季东点头应声：“好，只不过，太太过来了，现在就在门外等着。你看，她……这怎么办？”

“什么怎么办，该怎么办就怎么办。”他冷眼看了看何喜嘉，思索着说，“哭成这样出去，外面的员工看了还以为我把她怎么了。”

何喜嘉抽噎着说：“师父看了，会不会误会……”

季东望了一眼办公室右边的门，开门就可以直接到会议室，于是季东指了指门，说：“这样，小何，你先进会议室避一避，免得太太多疑。”说着，他就领

着何喜嘉进了会议室，再轻轻关上门出来。

曼君生硬地问：“是不是禀告完毕，我可以进去了？”

季东笑笑，点头：“董事长听说你来了，特别高兴。”

她倒是很失望，他还摆起了架子，见他得申请，换了是以前，他早就走出办公室来迎接了。她揉揉额角，是呢，清醒点吧，在想什么，两个人都走到这一步了，还想那些回不去的缠缠绵绵，有何意义。

她推门而入，并没有看见他。桌上的物品摆放整齐，最显眼的就是一个精致的水晶烟灰缸，里面散落着十多个烟头。

就在这时，他的手在她的肩膀上轻轻一搭，她吓了一跳，转身看见他高大的身子站在门口，冲她露出迷人的笑容。

这笑容，差点让她忘了此行的来意。

她的手放在胸口，睁大杏眼等着他。

他双手拍拍她的手臂，心疼地说：“是不是吓到你了，对不起，我的小漫画一直都是胆小鬼，我怎么给忘了。打雷的时候，我在外面，有再多事都要赶回来陪她。她都不敢打电话，说打雷时打电话会电死人的。她永远都有那么多道理，理直气壮地做胆小鬼。”

“不要再在我面前提从前了，佟卓尧，你真是个卑鄙的人。有时候我就在想，你是如何做到的，一会儿是慈父，一会儿又能在背地里做出这么无耻的勾当！不择手段，算是你的一种品质了。”她说着，将包放在他的办公桌上，瞥见他桌上放着的照片，既熟悉又陌生。

熟悉的是，这张照片上的人正是她和黎回、黎声；陌生的是，她和孩子们不曾拍过这样的照片。看得出来，是前几天他去她那里悄悄用手机拍的。照片上是她的侧影，她蹲在地上，给满脸香蕉泥的黎回洗脸。一旁的黎声张着嘴笑，露出婴儿肥的侧脸。

“你是来和我吵架的？怎么了，这么生气，你应该高兴不是吗？恭喜你，如愿当上文略律师事务所的主任。你来，是和我分享好消息的，对吧？”他俯下身子，双手撑在办公桌上说。

“为了把孩子带回你身边，你竟然无耻到和别人演戏，以虐待我们孩子这

样的方式来让我屈服，你可真够可以的。我是说，张阿姨不是那种心狠的人，原来是你用你的钱收买了她，再假装发现她虐待孩子，好让我拱手把孩子送还给你。”她盯着他的脸，强烈的愤怒像海水一般涌上来，瞬间淹没了他。

他问：“你成天哪来这么多的阴谋论，你的意思是我花钱指使人故意虐待我的孩子，好让你知难而退，拿回抚养权？那我当初何必让两个孩子跟你走，真是荒谬至极！阮曼君，我们之间真该坐下来好好梳理一下，每次我想和你和和气气说话，你都能够打破和谐。”

“不承认？那你回去问问你妈妈，家政公司的工作人员想必还认识她的那张脸，还有她那雍容华贵的打扮！”曼君不屑地回击。

“我会问清楚的。那么你呢？请你也来给我指点迷津，我们的大律师为了得到孩子的抚养权，伙同自己的徒弟，栽赃称我有第三者，你们当庭一个揭穿，一个认服，你们把我的名誉当什么了？”他握住她的手，无奈地说，“不要再伤害我们的感情了，好不好？”

“你真不要脸，佟卓尧，你和她公然住在一个屋檐下，一起带孩子逛商场、散步，如今却都变成我一手操作的？我真好奇，你怎么就好意思这么理直气壮地反问我。”她抽离自己的手，双手抱在怀里，冷冷地说。

卓尧凄楚地一笑：“上帝作证，我和她什么事都没有，要不是为了等你的电话，我留她在我的公司做什么！我已经把她开除了。”

就在这时，隔壁会议室传来轻轻的咳嗽声。

曼君看了卓尧一眼，朝会议室那边走去。

他试图拉住她，却被她用力猛地推开。他意识到，更大的麻烦要出现了。

她的脚步在门口停下，随后，她站在那儿，一动不动。过了几秒才转身，望着他时，脸上的两行泪已滑落，她绝望地说：“我们真的结束了。”她并没有拉开门，她已经能想到隔着一堵墙的那个人是谁，她不想揭穿。

“等等，你听我说，这是个误会……”他紧紧拉住她，生怕一松开她就会飞走似的。

“以后，别再见了，就这样。”她挣脱开他，夺门而出，再也不管旁人的眼光。他一边说把何喜嘉开除，一边却又把人藏在隔壁的会议室里。他欺骗了她，

再一次欺骗了她。她这半年来如此付出，他却过得潇洒多情，曾经的温情，都一一幻灭如灰烬。

他趴在办公桌上，像个手足无措的孩子，直到听到何喜嘉战战兢兢的声音，他才抬起脸，看着何喜嘉，冷冷地说：“滚！”

何喜嘉双手捂住脸，落荒而逃。

他翻开桌上的文件，上面是文略律师事务所近几年的相关资料，他摩挲着下巴，思忖起来。他做好了打算，他不容许她离开自己，再也不容许。他想到她离去时凄然的面孔，不禁悲从中来。该怎么做才可以挽留住她？该怎么做，谁又能够告诉他？庸庸碌碌过完一天，回到家中，只见林慕琛坐在沙发上，正和母亲谈笑风生。

林璐云忙喊道：“快过来，和你表弟好好聊聊，我还在问他和江律师相处得怎么样呢，他这小子，居然说江律师有意中人了，还是第一次见他对自己这么没信心。”

林慕琛耸耸肩：“不，不，是江律师的意中人太强大了，我不是他的对手，是吧，表哥。”

“你不认为你应该和我说说另一件事吗？跟我来书房。”卓尧双手背在身后，往楼上走。林慕琛起身跟在他身后，说：“我大概也猜到了，唉，躲了你这么多天，要不是姨妈夺命连环call把我叫来，我可真不想看见你的苦瓜脸。”

卓尧回头，对着林慕琛皱了皱眉：“你什么时候变得这样啰唆。”

“这就是我的特点，我们医院里的那些病人，心脏都不太好，只能说些无关紧要的话并且还要不停地说，来缓解手术气氛。”林慕琛跟着卓尧走进书房，关上了门。

“你说吧，在英国，你和曼君有没有见过面？为什么你们会一起出现在商场？说——”卓尧坐下，一脸严肃地看着林慕琛，杀气腾腾的，像是在审讯犯人一般。

林慕琛晃晃脑袋，无所谓地笑笑：“不要这么认真，你这边空窗期不也没闲着嘛。就许你和小姑娘逛商场，还不许我……”

“我再给你最后一次解释的机会，或者，你打算以后再也不面对我。”他厉

声说。

“好吧，我在英国没碰到她，也是在上海偶遇的，信不信随你。你应该不至于低级到怀疑我和她的关系吧，我相信你的分析能力还是一如既往的高水准。算了，我去酒吧喝酒了，在这儿和你说这些没用的毫无意义。”林慕琛潇洒地说。

他这辈子犯的所有低级错误都是因为她。看见半年不见的她身边站着别的男人，他的想象不禁天马行空。可他选择相信林慕琛给的这个解释，因为他不也给了曼君同样的解释吗？况且，这确实是事实。

卓尧和林慕琛一同下楼，他拍拍林慕琛的肩：“什么时候走？”

“下周，有手术。姨妈告诉我，她最近心律不齐，你尽量不要惹她生气，我怕她身体吃不消。不过两个孩子回来了，她说她的身体也一下子就好多了。”林慕琛隐隐有些担忧，有些话并没有全部说出来。

“随她，不瞎折腾就不会死。”他冷冷地说。

林慕琛不安地问：“你怎么能说出这种话？你可别恨姨妈，她到底是你的母亲。”

卓尧不再说话。

林慕琛走后，卓尧见母亲正抱着黎声，荷姐在给黎声喂蛋黄，他在旁边坐下，低声说：“妈，你的身体无碍吧？”

“你会这么好关心我？自从她回来了，你的心也不在这个家里了，她勾走了你的魂……究竟还要她对你做多少伤害的事，你才能罢手啊卓尧……”林璐云哀怨地说，对于儿子执念于一个自己全盘否定的女人，她内心有着难以言说的酸楚。

他顿了顿，认真地说：“要是这些伤害我一并收下，她能够回到我身边，都是值得的。可是妈，你在做些什么？你怎么能够为了把孩子带回来，就收买照顾两个孩子的阿姨，制造让我亲眼看见所谓虐待的一幕？这种行为，很卑鄙！你欺骗我，在伤害黎回和黎声，他们幼小的心灵也许会认为那就是可怕的坏人在虐待他们，可能会是他们童年的阴影。你为了达到目的，从来都不会考虑方式。”

“我是为了你好，本来孩子五岁之前法官大都会考虑把孩子判给妈妈。我只有这么做，才能把我的孙子、孙女留在身边，我不能没有他们……”林璐云说到

这儿，老泪纵横，仰头叹息一声，“我这身体大不如前了，能够为你做的事不多了。我想，恶人我当，给你铺好路，以后我要是死了，也不会放不下心……”

“活得比谁都雍容华贵，就不要把死挂在嘴边了。”他不屑地说，丝毫不为所动。

他对母亲的芥蒂也因曼君而加深，好端端的一家人，生生成了这副样子，到底是哪个环节出了错？从巴黎旅行回来，Y楼出了事故，直到今日，已经过去八九个月了，时间并没有修复好他和她的温情脉脉。长久地在夜里独处，他的失眠越发严重，要靠烟和咖啡来度过。

她在的时候，家里的烟和咖啡都很少会拿出来。在她眼中，这些都是不良嗜好，她是断然不许他有这些不利于身体的坏习惯的。

有段时间，他安排集团里的部分员工学习国学，高薪请来国学讲师为员工们上课，他也会悄然坐在最后一排听听课。有一堂课讲得非常有意思，和国学倒没有很大的关系，他听了之后，还特意回家跟她说。

大概就是说男人在前半生的时候是充当照顾女人的角色，一旦到了晚年，男人就会变得非常有依赖性，很懒惰，什么事都不想去做。这时候女人，不，是老太太了，就会充当老伴的依靠。所以，你看走在街上，经常是老太太牵着老头儿走。在菜市场，也是老头儿提着篮子站在一旁，老太太精神奕奕地讨价还价。也就是说，我们的前大半生，是男人在照顾女人，而到了晚年，是女人在牵着男人的手走下去。

那时他讲给她听，从她的背后搂着她，在她耳边低语：“以后，咱们老了，你要牵着我的手，不要把我弄丢了。你要保护我、宠我，就像年轻的时候，我对你这样。”接着他又故作惋惜地说，“不过男人的寿命通常都比女人要短很多，就是不知我们能不能一起活到七老八十了。”

她在他怀中回转身，用手捏着他的鼻尖说：“所以你以后不许抽烟、不许喝酒、不许喝咖啡，就算实在是很想，也得在我的眼皮子底下，得到我的许可之后。因为你要做我很长寿的先生，要一起活到耄耋之年，一起终老。你看，到那个时候，我身边的老太太都没有老伴，就我有老伴，你说我是不是特幸福。”

“你好邪恶——”他俯身吻她。

“本来就是啊！”她大声笑闹着在他怀中转圈。

这一幕幕，恍如发生在昨日。

如今，他喝再多的咖啡，抽再多烟，做再多伤害自己的事，她也不会说一声了，就好像曾经如胶似漆的两个人一下子就形同陌路了。

小漫画，我们怎么会变成这个样子？

他怎会知晓，又怎会看到，同样失眠难安的，不仅仅是他一人。

曼君坐在漆黑的房间里，从前，她对黑夜、幽闭的空间有着莫大的恐惧，离开他之后，她开始努力习惯独自面对这些事物。

她曾在纸上写过最害怕的三件事：失去他，黑暗，封闭空间。

她连第一害怕的事都经历了，其余两个，也就麻木了。人痛到一定的程度，就会浑然不觉。她何尝不是在反思自己，这八九个月时间里，究竟是哪里酿成了大错，使他们走到了这种地步。

——此生能够始终和你一起生活，用一辈子的温柔奉陪到底，属三生有幸。而我这三生三世，只要同你走过一生一世，其余两生，就算孤独终老，亦是甘愿。

这句她写给他的情话，曾是她对他所有的仰望。

她离开的半年，本以为还会有回头的余地，在她甘愿隐忍等待的这段时日里，他的身边悄然出没的年轻女子，竟是她的徒弟。以前她对何喜嘉百般呵护时，江照愿就嘲讽说：当心教会了徒弟，师父没饭吃。

她哪会想到，江照愿竟一语成谶。

若不是亲眼所见，她怎能相信。如五雷轰顶一般，到底是他在报复她，还是他真的移情别恋了？

想到眼下最实际的问题，她如果工作的话，根本就没有时间照顾两个孩子。尽管黎回已经上了幼儿园，可黎声还太小，托管给他人，她怎么能够放心。也许，暂时把孩子放在他那边，对孩子而言会更好。等等吧，等稍微大些的时候，再把孩子接回自己的身边。

新官上任三把火，曼君当文略律师事务所主任的第一天，带着十足的干劲。她身着白色蝙蝠袖衬衣、紫色及膝裙，脚踩三寸的高跟鞋，长发齐肩，干练中不

失温婉。她顺利接手上一任主任遗留的工作计划，忙碌得一整天都没有休息一会儿。

要准备谈到一个新的重大Case，好几家律师事务所都在竞争，还要面试律师助理和主任秘书，她要亲自进行最后一轮面试。安排好一周的时间规划，才能有条不紊。这是她的职业习惯。

直到下班时间，她才晃了晃肩关节，环顾这气派优雅的办公室。想着自己绕了这么远的路，难道真的就得到了这个位置吗？

窗外高大的树木渐渐萧条，一晃，都是十月份了，初秋的季节。她揉了揉眼睛，看着远处路灯下三三两两并肩行走的情侣，苦涩地低下头，看着没有动静的手机，久久地沉默。

走出大楼，要过马路绕很远的路去停车场取车，是律师事务所专门给她配的车，虽然算是和他在一起之后开的最便宜的一款车，可那又怎样，至少比挤地铁强得多，这已是较高的待遇了。律师事务所的办公地点租在大厦的九楼，大厦楼下以及附近的停车位都相当紧张，她也只能将车停很远。

背着包走在路上，有两个年幼行乞的孩子，衣衫褴褛，大一点的男孩像是哥哥，紧紧搂着妹妹，对她诉说父母都在车祸中去世了，家里的房子被叔叔伯伯霸占，连父母的死亡赔偿金都一并占了去。留下他们兄妹俩孤苦无依，只能四处流浪。

她把包翻了个底朝天，搜出身上全部的几百块现金，还有一张她的名片，给了男孩。看见小女孩嘴唇干裂，她又给了小女孩一支润唇膏。

她用手捋捋小女孩额前凌乱的长发说："这些钱阿姨给你们当路费，你们坐火车回家吧，这是我的电话号码，回家之后给我打电话。如果你们的叔叔伯伯继续不管你们并霸占你们父母的遗产，就告诉阿姨，阿姨会帮你们打官司，帮你们讨回属于你们的东西。"

男孩怯弱地接过钱，第一次讨到这么多钱，小手都在颤抖："谢谢阿姨——"

"你真以为你是行善嫉恶的女侠吗？阮主任。"他清冷的声音在她身后响起，他的手自然地揽住了她的肩。

她扭头，差点撞上他的脸，皱眉道："你怎么会在这儿？"

"喂，两个小鬼，又来了，还不快走，再欺骗笨阿姨，叔叔就送你们俩去收

容所！”他故意面露凶相，吓得两个孩子拔腿就跑。个头略矮的妹妹跑的时候还摔了一跤，他居然笑出了声。

“你怎么这么狠心，连小孩子都捉弄，你还笑得出来！你把他们吓到了！”她高声斥责他，不放心地看着两个孩子远去的背影。

卓尧摇摇头，止住笑容：“你不想想，他们肯定是在撒谎骗你。这些小孩都是租住在一些破旧弄堂里的外来人员，父母就靠孩子们乞讨为生过着衣食无忧的日子，也只有你才会上当。”

“在你眼中，一切都是阴谋和欺骗，对吧？不管是真是假，两个孩子都很可怜。我看到他们，就想到了我的黎回和黎声，不过我为什么要和你浪费时间说这些？”她眼神阴郁，望向远方。

“你还是这样，就算知道是自己错了，也不肯屈服。”

“这不是用对错能衡量的问题，而是善恶。你这种商人，大概不会明白，所以你才会认为他们是骗钱的。”

“非要我说出来吗？昨天我在这里，也给过他们钱，比你给的还多，你看，他们还不是今天照样又来了。我想，这两个孩子在背后肯定会议论，瞧，两天骗的两个傻子居然是一家人。”他说着，忍俊不禁。

两百米开外，两个小孩弓着身子气喘吁吁。

“哥哥，他们追来了吗？”

“没有，不怕不怕，有哥哥保护你。有了这点钱，我们下个月就不会挨饿了。我们明天还来这里。”

“还来这里，会不会被抓起来？”

“不会，你没看见我们昨天骗的笨叔叔和今天的笨阿姨是一家人啊，说不定明天在这儿还能碰到他们的家人，这样我们到过年就都不会挨饿了。”

“嗯，哥哥说得对。”

卓尧从曼君手中拿走一张她的名片，攥在手中，看了看：“新名片都印出来了，不错，很有档次。”

“你还给我。”她瞪着他。

“就当以后方便合作联系。哦，我看到了你办公室座机的电话号码。”

曼君懒得理会他，大步往前走：“别再跟着我了，我和你无话可说，你等着收我的第二次离婚诉讼书吧。我就不信第二次还判不了。”

“好了，其实都怪季东，当时我正在开除何喜嘉，她哭哭啼啼的，季东进来说你来了，他怕你误会，就让何喜嘉避一避，在隔壁会议室等着。谁想到这会让你的误会更深。她已经从我的公司离开了，以后我不会再见她，你还怀疑什么？还起诉离婚第二次，以后又要复婚，多麻烦。”他以难得幽默的口气轻松地说。

他多想他们能这样说着说着就冰释前嫌，一起牵着手回家，还是黎回和黎声的好爸爸妈妈。

“你忘了吗？当初在离婚协议书上签字，让我去英国前必须签字的人，是你。之后和何喜嘉纠缠不清甚至住在一起的人，也是你。为什么等我要起诉离婚了，你才开除她撇清关系，是亡羊补牢吗？”

“胡闹！莫须有的事！明明是你在离婚协议上先签的字，怎么反成了我？那份协议我现在还放在家里，要我拿给你看吗？”他急于辩解。

她摆手：“不用了，一份协议，双方都签了字，又如何证明谁先签字谁后签字？扯不清楚了。佟卓尧，咱们俩好聚好散。照顾好孩子，等他们大点儿的时候，你想再娶，我会接孩子回到我身边。你和别的女人要生多少孩子，随便你。”曼君边走边说。

他拉住她，挡在她面前：“你说的统统都是废话！”

“你可以不听，你可以走啊。谁说的你爱听你就去听，没人拉着你来这条路！”她用力推他，低声说。

“我们讲讲道理好不好？”

“和律师讲道理？你讲得过吗？”她不屑。

“昨天来这儿看你，被那两个小孩欺负，合伙骗了我一千块钱。今天来，又被你吼一顿，那我明天还来不来？”他卖萌装可怜地说。

她瞥了一眼他那可怜样，强忍住又气又好笑的心情，严肃地说：“对一个拥有第一商厦Y楼的佟氏董事长而言，区区一千块算什么，何必还在我面前说？何况，我又没有叫你来这条路。”

“我来这儿，是为了看你一眼，你得对我的损失负责。”他有点厚颜无耻地提出要求。

“无聊，你也看到了，我身上的钱全都给他们了，不然，我还真的会立马拿给你。”她也不懂自己怎么会和他你一句我一句地说这些不着边际的话，大概她心里还是有渴望的吧。这种相处，站在一起的机会，哪怕是这样斗斗嘴，也都是宝贵的。

“没钱还的话，那就带我回家，收留我一夜，当做补偿。”他眨眨眼睛，一副天真无邪的样子。

“不要脸。”她狠狠瞪了他一眼说，“不许再跟着我。”

他静静地站在原地，她独自大步往前走，走天桥上楼梯的时候，余光瞄到他还站在那里，一动也不动。风吹到脸上，蓦地，她就哭了。隔着这么远，他大概看不见她在哭吧。

而他也有些疲惫了，看着她消瘦的身影渐行渐远，手里握着她的名片。

回到家中，黎声早早睡着了，黎回闭着双眼。他俯身吻两个小家伙的额头时，黎回忽然伸出胳膊环绕住他的脖子，笑着小声说：“哈哈，爸爸，你被我抓住啦，不许动。”

“好，爸爸不动，原来你在装睡。”他保持着姿势，任黎回缠着自己。

“你不是说给我把妈妈找回来吗？妈妈呢？”黎回像是在讨要一个说法。

他只能撒谎：“妈妈说过几天会接你和妹妹出去玩。”

“不，我要妈妈搬回来和我们一起住。”

“可是妈妈刚升职，有了新工作，没有时间，过段时间好不好？”他用商量的语气说道。

“爸爸，你都不是超人，你要是超人，就该把妈妈带回来。我不理你了！”黎回松开手，拉起小被子蒙住了脸。

他只好安慰道：“爸爸也想妈妈回家，可是爸爸妈妈的矛盾需要时间来化解。每次爸爸面对你和妹妹，都会很内疚，你嚷着要妈妈时，爸爸的心都很疼。是我的错，黎回，爸爸一定会争取得到妈妈的谅解，你不要生我的气。”

“那，这是你说的哦！好吧，我也会在妈妈面前帮你说话的。”黎回躲在被子里说，声音却带着哭腔。

卓尧回到书房，依旧是咖啡和香烟陪伴着他。桌上放了一沓近几年文略律师

事务所的资料，还有几位合伙人的个人经历。借着灯光，他仔细翻阅，为下一步的计划做着打算。

突然想起什么，打开钱夹找了几遍，才发现曼君的新名片不知放去了哪里。他愣了一会儿，直到烟烫了手，才回神。

早上五点，卓尧就起来了，开着刚提回来的新车出了门。

林璐云站在窗户旁望着楼下驶出大门的车，吃惊地说："奇怪，怎么这么早就走了？既没晨跑，也不吃早餐。"

此时的曼君还在睡梦中，被闹钟惊醒的她按掉了闹钟，继续睡。夜晚失眠，清晨嗜睡，大半年来她都是这样度过，所以黑眼圈才会越来越严重。直到闹钟响了第五遍，她才从头痛欲裂中醒来。现在是七点半，上班时间是九点，一想到这一天从早到晚的工作安排，她揉了揉眼睛，拖着疲惫的身子起床。

本还想早起能够抢到楼下的停车位，省得要绕那么远的路，这个时间，看来是没戏了。她从洗脸台下的柜子里拿出一对牙刷，从中拿出粉色的那一支，将蓝色的随手扔进抽屉里。已经习惯了在超市买情侣牙刷，将多余的那一支收起来，抽屉里已经有三支蓝色牙刷了。

洗漱完毕，曼君仓促地吃了早餐，然后开车去上班。她想尽量和车流早高峰错开时间，车开到文略律师事务所大厦楼下时，本不抱希望，却看到停得满满当当的车位中，有一辆黑色轿车缓缓倒出，正欲离去。她赶紧等候在一旁，待黑色轿车一驶离，她立刻停了进去。

抢到了停车位，这一早上的心情顿时好了一大截。

她并不是第一个到事务所的，还有一位合伙人早早就来了，见曼君到了，从桌上提了袋早餐到她的办公室。这个人就是当时应聘时向她提问有关佟氏集团官司的面试官严天。

严天的细眯小眼和一米八多的身高有些不协调，他脸上堆满了笑容说："阮主任，明晚有空吗？你看，我一大早就过来等着你，就怕别人提前约了你，所以，在我说出是什么事之前，你不会拒绝我吧。"

她带着公事公办的严肃神情说："那得看具体是什么事，我才好说我有没有时间。"

“好，够直接，我欣赏你这种性格。你看之前离职的老主任一定把工作都给你交代清楚了，你肯定也看到，接下来咱们有个大Case要争取，就是颐美公司生物美白产品和消费者的官司。这个案子输赢是明面上的事，任谁接下这个官司，颐美都会输，可那也要看输的过程漂不漂亮。再者，无论输赢，都是一笔不菲的代理费，这直接关系到咱们事务所年底前的收益。你作为新上任的主任，本来别的律师就很不服气，你一过来就当上主任，咱们是不是得做出点成绩？”严天娓娓道来。

“你说了这么多，是不是想我去应酬？之前我就说好了，我不喜欢参加饭局应酬的。我们有言在先。”她刻板地说。

严天继续动之以情晓之以理：“我的阮大主任，阮大律师，你就破例一回，对方说必须要见我们的主任才肯决定把Case交给我们，你想想看，不是万不得已，我能轻易出动你这位大将？我是迫不得已呀，现在竞争大，咱们高薪聘阮律师可就是来咱们律师事务所救苦救难的，别看外面传的文略怎么牛，那都是吹出去的……”

“好好好，甭说了，我去就是。”

“那行，说好了啊。对了，昨儿底下的人面试了初试，筛选后留下了一个各方面还不错的，我也见过，很满意。反正是做你的秘书，等会儿十点多会过来，你最后决定吧。要是不合适，咱再接着招，招到你满意为止。”严天满脸笑，直搓手说。

直到严天走出办公室，她才无奈地摇摇头，这就是职场的负面，大概现在各行各业都会面临这种工作状态，白天办公室上班，晚上饭桌上继续工作，就这么没日没夜。不过对于她这种夜晚失眠的人而言，不失为充实生活的一种方式。

如果当初从巴黎旅行回来，没有发生Y楼的一系列状况，如今她大概还在佟家高枕无忧地做着幸福甜蜜的佟太太，照顾一双儿女吧。

人生往往因为一件事的转折，就会从高峰跌入深渊。

她有反思过自己身上的问题，当初片面地认为Y楼质量有问题而强加意愿于他，让他使Y楼停工，是她的不对。之后当她得知他是故意输了官司给自己，她更是有过愧疚。也许那时她若主动找他坦承错误，他们也不至于会发生后来的事。之后就是他在离婚协议书上签字，她痛下决心远走国外，直到亲眼看见他和何喜

嘉公然带着孩子出双入对，甚至住到了一起，还有他深夜抱着何喜嘉进医院。这些都不是道听途说，都是她亲眼所见。直到此时，她方才醒悟，这半年为他付出的全部，其实只是他花前月下的帮衬吧。

“如果当初我们能不那么倔强，现在也不那么遗憾。”

那首老歌的歌词的意思，大概正是描写她的这段心境。

临湖的风景甚美，卓尧独自伫立在湖边，秋风拂过，四周美得像一幅油画。他回头看伍隆带着施工队紧张有序地开工，这里将是他决意给她的最大惊喜。意义不在于这是一栋别墅，而是，这里的一切都是为她的喜好而设计的。这更说明了他的决心，她和他的母亲既然合不来，那他们就搬出来住，不和母亲住一起。这算是他为了保护她而做的退步。

他还打算在别墅后面种整整一亩地的白百合。

这里将是童话世界，佟先生和小漫画的“佟画”世界。

他一定要在临湖别墅竣工前获得她的原谅。依照目前的工程进度，三个月内就能完工，可以开始装修了。加上刚装修过的新房要空几个月才可入住，也就是说，等到来年的春天他们就可以搬进去了。

尽管用的都是顶级的欧洲进口材料和家具，可毕竟家里的两个孩子还太小，必须等一段时间才能住。等吧，虽然他早等不及了。站在这施工工地上，他已经能想象到一家四口温馨的画面。

他并不觉得他们之间有过不去的坎，她所谓的第三者，全是误会。苍天知道，他对何喜嘉没有半点感觉。就算之前她和他对簿公堂，他都不在意了，可为什么她还是有执念放不下。

也许只有等时间来缓和这些纷杂的矛盾了。

他可以等。

想象着黎回在这片草坪上奔跑放风筝，黎声荡着秋千，而她面露安宁的笑容，静静地看着他们。

手机铃声打破了他的幻想，是母亲打来的。他不假思索地挂断，紧接着收到一条短信：幼儿园园长打电话来家里，黎回上午自己偷溜出去了，你赶紧找找。

他顿时天旋地转，黎回才三岁多，能独自去哪里？他这时想到的第一个人，就是曼君。

文略律师事务所，主任办公室里。

曼君见到了前来应聘她的秘书一职并得到面试官高度评价的人——何喜嘉。她惊得差点没从位子上站起来，这才想起之前就收到的简历。原本她不喜欢用简历去建立一个对求职者的第一印象，她认为直接面对面了解才更公平，所以简历她并没有看。现在她翻开简历，首页就是何喜嘉的名字和一寸职业装照片。

她抬起头，盯着何喜嘉的脸，警惕地说："何喜嘉，你像个阴魂不散的鬼一样跟着我，你到底想做什么？"

"师父，你怎么这样看我？我承认，我是事先得知你在这儿，又正好看到这里招聘主任秘书一职，于是才鼓足勇气敢直面你。我是来和你解释清楚，其实都是我的一厢情愿，住进佟家，也是林总的安排。我和佟董什么都没有，他心里只有你，正眼都不会瞧我一眼。我在你身边，常看到他对你的好，渐渐耳濡目染，才会动了歪念。我承认之前是我喜欢上了他，才会令师父蒙羞。对不起，师父，我来是想得到你的原谅。如果你不想看我在你身边，那这个职位你就给别人。"何喜嘉说得动容真切，眼里挂着泪花，像是大彻大悟过后的幡然悔过。

曼君狐疑地望着何喜嘉的脸，问："你让我怎么再相信你？你在庭上承认你是第三者，现在你来这里又这么说，我不知道你哪面是真的，哪面是假的。"

何喜嘉哭着说："师父，一日为师终身为父，我只有养父，没有生父生母，师父以往在正清对我的提携和照顾，是给我的恩德。而我一时糊涂，只希望师父念在往日情分上，原谅我这一次。更何况，我和佟董什么事都没有，我完全威胁不到你们。他那样的男人，是个女人在他身边久了都会动贪念。我现在离开佟氏集团，来到师父身边，以后在师父的眼皮子底下，又怎么可能还会胡思乱想？我以后会好好找个男朋友，老实本分做我的工作。"

"对不起，我个人觉得你不适合做我的秘书，虽然连合伙人都对你连连称赞，你的能力也确实让人信服。"

"师父，就因为我之前不小心喜欢了佟董，所以你就把我挡在文略之外

吗？”何喜嘉问道。

曼君镇定地说：“你意思是我公报私仇？”

“若你还不信我，我可以从这儿跳下去，以证我的心意。”何喜嘉指着窗户，赌气说。

“你这是要做什么，怎么这么倔？我再考虑考虑，你先回去吧。”曼君合上简历。

严天敲门进来，脸上堆着笑：“怎么样，阮主任？”

“我们认识的，她是我师父。”何喜嘉忍住眼泪说。

“看我这记性，你们都是正清出来的，我怎么就没想到呢。哎呀，还是师父和徒弟的关系，这样好，这样好！在这儿继续合作。正清最出色的律师和她的徒弟都来到了我们文略，看来文略的旗号很快就会打响，超越正清。”严天说着就自顾自鼓起了掌。

曼君想说什么，却欲言又止。这时手机响了，一看，是卓尧打来的。

“不好意思，接个电话。”她想可能是关于黎回、黎声的事，便背转身去接电话。

“什么！他自己跑出幼儿园？门口监控视频显示的吗？”曼君的脸色一下就变了，“好，我马上出来！”

严天关心地问：“孩子怎么了，需要我们帮忙吗？”

何喜嘉也分外紧张地说：“是黎回走失了吗？我和你一起去找。”

“不用了，需要的时候我会给你们打电话。”曼君边说边急匆匆地往外走：“小何，你到隔壁办公室熟悉一下环境，今天开始上班。”

何喜嘉梨花带雨的脸上闪过一丝得意的笑。

严天带着何喜嘉熟悉了工作环境之后便走了。何喜嘉关上办公室的门，拿出手机拨通了电话。

“我已成功进入文略，做她的秘书了。”

“不错，你走的这一步棋可是险招啊，之前我以为你肯定会失败，没想到，她竟然再次留你在身边。看来这一年，你是摸透了她的心理，已经对她了如指掌了。”电话那头是一个苍老的声音。

“知彼知己，百战不殆。我在她面前主动澄清了和佟卓尧之间的关系，这也

算是取得她信任最关键的一步。”

“你澄清了？那她就可能要和他复合，接下来怎么走？”

“您放心，我自有安排。就算这次他们复合，只要我在她身边一天，他们的日子就不会好过。对了，她的孩子走失了，我要不要帮忙去找？”

“不用，你按兵不动。”对方命令道。

何喜嘉有些不安：“可是，那个小孩，万一出事了……”

“你该不会是喜欢上那两个孩子了吧，糊涂！不要忘了你接近他们的目的是什么！必要的时候，就算牵扯到孩子也不能手软。”

“好，我明白了。”何喜嘉答应着。

电话挂断，何喜嘉木然地望着窗外，没有人清楚此刻的她在想些什么。

马路上，那两个年幼的小乞丐坐在绿化带的草地上，远远看到一个三四岁的小男孩慢吞吞地朝他们走过来。

“哥哥，你看，那个小孩手上的玩具汽车，好漂亮。”妹妹推了推哥哥，舔了舔干裂的嘴唇。

哥哥打量了一会儿，对妹妹说：“你是不是喜欢？那哥哥帮你找他要。”

等小男孩走到他们身边，哥哥挡在了他前面：“喂，小朋友，你怎么一个人在路上呀，跟哥哥说你要去哪儿，哥哥护送你。”

“真的吗，你真的送我去？”黎回天真无邪地看着面前只比自己大几岁的哥哥。

“真的呀，我和我妹妹对这一带可熟悉了，你是不是和爸爸妈妈走丢了？那我跟你说，你把你的小汽车……喏，还有你背上的小书包都给我们，我就给你带路。”哥哥拍了拍胸口。

“那好吧，我把汽车和书包都送给你们好了……”黎回说着，将书包和玩具汽车都递给了小男孩。

一旁五岁大的小女孩雀跃地叫：“太棒了，有小书包咯！”

“那你可以带我去找我妈妈吗？”黎回问。

“傻瓜，我又不认识你妈妈，你自己等着警察叔叔来送你回家吧。”男孩调皮地朝黎回吐了吐舌头，做了个鬼脸。

黎回噘起了嘴，说：“你们骗人……我爸爸是超人，我要告诉他，让他把你们抓起来。把书包和汽车还给我……”

“不给不给就不给……”男孩摇头晃脑。

小女孩动了恻隐之心，说：“哥哥，他比我们俩还小，又找不到爸爸妈妈，好可怜，我们帮帮他吧。要不然，就把小书包和汽车还给他。”

“好吧，都听你的。”男孩牵着黎回的手：“那你现在告诉我们，你家的住址，或者你爸爸妈妈的手机号码，我们可以求路过的人给他们打电话，让他们来接你啊。”

黎回想了想，小心翼翼地从衣服口袋里拿出一张名片，递给男孩：“这是我妈妈的名片，她就在这条路上上班，可是我找不到了……”

男孩接过名片，再从自己裤兜里拿出一张名片，一对比，就笑了：“哈哈！我真是预言帝！你看，这两张名片一模一样，原来他们是你的爸爸妈妈啊。妹妹，你看你哥说得准不准，我说继续蹲守在这里，说不定就能遇到傻瓜一家人呢。”

“哥哥，是那个好心的阿姨和叔叔的宝宝呀，那我们可要帮帮小弟弟。”女孩说着，拉着黎回的小手说：“来，不怕，姐姐和哥哥知道你妈妈在哪儿，我们带你去找妈妈。”

就这样，三个小孩手拉手走在车辆熙攘的马路上。

心急如焚的曼君开着车缓慢地沿路寻找，以她对黎回的了解，他不是会贪玩乱跑的孩子，一定是想出来找她，才会偷偷从幼儿园跑出来。她想到的第一种可能就是黎回去过几次自己住的大厦，很可能是一个人去那边了。

赶回家的路上，车刚拐了个弯，就看见那两个小孩牵着黎回的手在人行道上等红灯。那一刻，她的眼泪夺眶而出，高高悬起的心总算落了地。

她给卓尧打电话：“孩子我找到了，你猜和谁在一起？是和昨晚那两个小孩在一块儿呢！嗯，就在昨晚那条路上，你快些过来。”

她挂断电话，才反应过来，自己刚刚和他说话的口气，有些温和。

难道是何喜嘉的那番解释动摇了她的心，她开始原谅他了？不，不能这么轻易就心软。

她从车窗里伸出手，招招手，示意那个年纪稍大的男孩带着妹妹和黎回退后，在绿化带旁站着等她。黎回看见了妈妈，激动得直蹦，大叫着："妈妈，妈妈……我找到妈妈了！"

将车停稳后，她几乎是跑到黎回的身边，紧紧地把儿子搂在怀里，泪水在眼眶里徘徊。

"妈妈，小蝌蚪找妈妈，你听说过吗？我今天像小蝌蚪一样，自己找妈妈。"黎回的小手在她的脸颊上抚摸，乖巧地说。

她说不出话，只是抱着他，刚才好担心啊，需要一点儿时间才能缓过来。

"妈妈，你生气了吗，怎么不理我？"黎回鼓起脸吹气，小脸蛋变成了金鱼脸。

曼君"扑哧"一声被逗笑，又心疼又责备地说："你不听幼儿园老师的话对不对？偷偷跑出来找妈妈，到处都是车，多危险啊，爸爸妈妈都很担心你。下次再这样，妈妈会生气，会用力打你屁股的。"

黎回捂着屁股说："不打不打，羞……"

站在一旁的两兄妹看着心里很不是滋味。哥哥把书包和玩具汽车递给曼君说："阿姨，这个是小弟弟的东西，我还给你。"

黎回收下了书包，把玩具汽车送给了小姐姐："姐姐，书包我留着，这个小汽车送给你。"

曼君感激地对两个孩子说："谢谢你们帮我给他带路。以后有事需要阿姨帮忙，就给我打电话。"

"没事没事，阿姨，你是好人，好人会有好报的。"男孩笑笑，拉着妹妹的手，小跑着离开了。

这时她才想起来，问黎回："你是怎么知道妈妈在这儿的呀？告诉妈妈，你是怎么来到这里的？"

黎回将那张名片拿出来："妈妈，这是爸爸昨天晚上拿回家的，我藏起来了，我不会写妈妈的名字，但我认得这三个字就是妈妈的意思。"黎回指了指名片上烫金的"阮曼君"三个字，说，"我从幼儿园出来以后，问了一位老奶奶，她跟我说了坐哪一路公交车可以到，我自己坐公交车，因为不够高，所以没有投币，司机叔叔也没有怪我。我下了公交车就碰到了刚才的哥哥姐姐，他们也有妈

妈的这个。”

这番历险记般的经历，让曼君的心久久不能平静。

“答应妈妈，以后再也不许这样冒险了。你就不怕遇见坏人吗？如果坏人把你卖掉，卖给别人做儿子，那你就永远也见不到爸爸妈妈还有妹妹了，你害怕吗？”

黎回点点头，弱弱地说：“我害怕。”

“那和妈妈拉钩。”

黎回伸出小拇指：“拉钩上吊，一百年，不许变。”

“还要盖章。”曼君说着，大拇指和黎回的大拇指紧密贴在一起。

“都不等爸爸来就拉钩吗？”卓尧说着，弯腰抱起黎回，随后很顺手地挽起曼君的胳膊说：“走吧，我带你们去吃寿司。”

“你松开，我还有自己的事……”曼君咬着嘴唇，用极小的声音说。

“你要是想黎回开心，就老老实实跟我走。今天他为了找你，一个人跑这么远，才三岁多的孩子，你就不觉得内疚，要补偿一下吗？”他说。

“是补偿他，还是补偿你啊？真是的，你这个人越来越无赖了……”她嘴上说着，却任由他挽着自己的胳膊，上了他的车。

曼君，我不会再让你孤单。

# 第八章

## 惆怅人间万世违，两人同去一人归

昔日所云我，而今却是伊。

不知今日我，又属后来谁。

餐厅里的灯光落在身上，让人像是沐浴在流光中一样。桌上花瓶中一支白色的月季斜斜地靠在瓶口，和缓的轻音乐，整洁而宁静的布局，使人舒心。卓尧和黎回并排坐在沙发上，曼君则独自坐在他们对面。

她爱吃寿司，不过此时她只是静静地看着黎回大快朵颐，用温柔的目光凝视着黎回，真快啊，转眼都三年多了，孩子也这么大了。若是要静静坐下，细谈以往的种种故事，大概是几天几夜也说不完道不尽的。

他注视着她的脸庞，没有妆容，她的双眸在黎回的身上渐渐柔软。

“怎么不吃？不喜欢这边的口味吗？那下次我们换别家。我不过是觉得这里客人少，比较安静，不会被打扰。”他轻声地说。

“没有胃口。过去爱吃的东西，不代表现在、将来我还会爱吃。人也是一样。”她说着，面不改色地伸手拿纸巾给黎回擦擦嘴：“黎回，你吃慢点儿，你看你嘴里都塞满了，还往里塞。”

“嘿嘿……好久好久没有和爸爸妈妈一起出来吃东西了，我要吃好多好多，这样你们下次就还会一起吃饭。对吧，爸爸，咱们以后天天和妈妈一起吃饭，我每餐都不挑食。”黎回仰着头，对爸爸说。

他微笑，用手掌抚了抚黎回的脑袋：“那你得问妈妈愿不愿意呀。你这么听话，妈妈肯定高兴。”

“妈妈……明天我还要和你一起吃饭，行吗？”黎回透亮的眼里露出渴求的目光。

他也用同样的眼神看着她。

她忍不住笑了，以手背掩住脸，只因他们父子俩的表情太过相似，就像是一个模子里刻出来的。这种感觉，就像是陷入了一个巨大的棉花糖里，再多的懊恼

都显得微不足道。这两张脸是如此可爱。

共你干杯再举箸，突然间相看莞尔。

她于心不忍道：“明天妈妈不敢保证，因为爸爸妈妈之间的事需要时间来化解，你要给妈妈足够的时间。也许你现在小根本听不懂，等你长大后就会明白。但妈妈保证，只要一有空，就会陪你和妹妹。好不好？”

黎回乖巧地点头：“那好吧，只有这样了，我会听妈妈的话。可妈妈要快一点，我不想等太久。”

他满意地笑。她察觉到他的那点小心思，他在以孩子的名义慢慢靠近自己。

“对了，何喜嘉今天来文略应聘主任秘书一职，你猜，我有没有留下她？”曼君问他。

“我不希望你把她留在你身边，可从你的语气里我听出来了，你已经把她留在文略了。”他说。

“你是有多了解我，这么肯定？是，我确实留下她在文略，还是我的秘书。我就是想搞清楚，她一而再再而三地回到我身边，到底有什么目的？也包括你们俩的关系，我很好奇。当然，这是因为我们的婚姻还在存续期间，你可不要误以为我对你还抱有幻想。”

他听了，面露担忧：“你还不信我，难道真不是你和她联手演的一幕？你认为以我的水准，她能入得了我的眼吗？”

“也许是你自降水准呢。”

“就算你对我没有幻想，可我是当你真的放弃了我，离开了我。很长一段日子里，我特想对你说，别闹了，回来。然后幻想你真的就乖乖和我一起回家，过我们原本的生活。”

“你的想象力有增无减。”她轻声嘲讽。

“自从你离开我，我就变得很爱幻想，否则，除此之外，我还能做些什么？全世界只有你，也只有你能让我在气得要死之后，第二天还厚着脸皮来找你。”他温情款款地低语，听起来像是在表白。

她并不领情：“在我们之间的问题没有弄清楚之前，我不会原谅你，也不会放弃离婚诉讼。”

“啊……不要，妈妈，不要和爸爸离婚……”黎回撇嘴，快要哭了。

“小孩子听爸爸妈妈说话做什么，不管爸爸妈妈在不在一起，都改变不了我们共同爱你的心。”她说着，把黎回搂在怀里。她瞟见卓尧的脸颊瘦了很多，五官显得更英俊立体，可更多的是疲惫和忧郁。

“不忍直视”这个最近流行起来带有幽默色彩的词汇用在此时，显得有些悲伤。她不敢再望向他的脸，更不敢和他四目相对，她生怕自己好不容易坚硬下来的心会一下子软下来。

他开车送她到停车场，她的车停在这里，她执意要自己开车回家。从他的车上下来时，黎回已经歪着小脑袋在安全座椅上睡着了，穿着牛仔裤、牛仔衬衫，领口系着印花三角巾的黎回真是个小潮男呀。这一眼，差点让她的眼泪掉落。她坚决不再看黎回，扭头打开车门，钻进自己的车里。卓尧的车没有发动，静静地等着她先行驶出停车场。

在车水马龙、灯火明灭的路中央，她从后视镜里看到他的车就跟在后面。

她拨通他的手机，透过蓝牙耳机听到他的声音。

“我就在你身后，送你回家。”他的声音依旧温柔。

“我看见了。黎回都睡着了，你赶紧回去吧，我不用你送。”她冷淡地说。

“那……你路上慢点开，注意安全，明天早上多睡一会儿。”他温和地叮嘱，如从前一般。

“知道了。”她快速挂断电话，生怕自己会不舍，会留恋。

走出电梯，曼君低头从包里翻找门钥匙。一抬头，正撞见一脸怒气的林璐云，她吓了一跳。几秒后，她打开门，对身后的林璐云说：“有话进来说吧。”

她已清楚接下来会是怎样一场狂风暴雨，那一刻她真想打电话给他，对他大吼：把你妈带走！

可冷静想想，曼君还是选择以礼相待，毕竟林璐云是黎回、黎声的奶奶，两个孩子都在她身边生活。她请林璐云在沙发上坐下，说：“我不想和你吵架，谢谢你照顾两个孩子。我的孩子，是你的孙子，这是我们之间唯一的关系。”

“那我的儿子是不是你的丈夫呢？”林璐云冷笑着问，那表情倒仿佛也是在努力遏制自己的火气。

“从法律上看，我和他是合法夫妻。”曼君镇定地回答。

林璐云从包里拿出一份协议，在曼君面前晃晃：“这是你们的离婚协议书，你别忘了，你们都在这上面签字了！难道你想反悔？你别痴心妄想再回到我儿子身边，除非我死了！不然，我绝不会让你再踏进佟家大门！你是灾星，我的儿子、孙子、孙女只要和你在一起就会倒霉，就会不幸，就会大难临头！”

“你太偏激了，放心，我会走诉讼程序，进行第二次离婚诉讼。现在不同意离婚的是你的儿子，不是我。你应该回去好好说说你儿子，而不是在这里教育我。”曼君说。

“我差点忘了，你这种年少克死父母，嫁人后克夫又克子的不祥女人缺乏家教，我就替你死去的父母教育教育你什么是三从四德。”林璐云的话句句带刺。

连她的父母都被牵扯进来，她忍无可忍，冲着林璐云喊：“你没有资格说我已故的父母。这是我的家，请你出去！”她重重地打开门，毫不客气地说。

“怎么，赶我走？别忘了这栋大厦是我们佟氏的财产。他为了你，买下这栋毫无意义的旧大厦，我看再和你做夫妻下去，他会彻底被你毁得破产！名誉扫地！今天我的孙子就是为了找你才差点出事的，要是他有半点损伤，我饶不了你！离婚协议上双方不都签字了吗？怎么还不算离婚？为什么你还要来纠缠我的儿子，阴魂不散……”林璐云泼妇般大喊着，肆无忌惮地吵闹，贵妇姿态荡然无存。

“好，我来告诉你，想要解除婚姻关系，只有两种途径，一是去婚姻登记机关进行离婚登记，二是法院裁判。在离婚协议上签字，不能表示已经解除了婚姻关系。你明白了吗？这次咨询算你免费，不送！”她有力还击，并不退让。

“请你自爱，不要忘记离婚是你自己一手造成的。既然敢离就要敢当！我也不想来你住的这种地方。”林璐云说完，仰起高贵的头，迈着贵妇的步伐，走了出去。

曼君关上门，全身无力，坐在沙发上，内心刚燃起的一息残念被浇灭，如同当头一棒将她打回原形。Y楼的官司彻底激怒了林璐云，她和他竟也逃不出天底下大多数家庭婚后面临的婆媳矛盾。

在林璐云的眼中，只要曼君和卓尧和好如初了，她就会失去女主人的地位，就会失去儿子和孙子、孙女。她有没有想过，正是因为她的插手，这个家庭的每

一个人都过得不快乐，也包括她自己，何尝又因曼君的离开而舒坦过一天。只是林璐云将这一切的不幸都归结于曼君当初因Y楼而和卓尧对簿公堂的“背叛”行为。

曼君用手捶打着头，只觉头痛欲裂，原有的好心情被林璐云破坏得一点也不剩。心中生出莫大的悲凉，再美的童话也有面对现实的一天，他和她难以复合。她一遍遍默默对自己说：不要心存侥幸，不要再泥足深陷，不要再沉溺其中无法自拔。长痛不如短痛，要冷漠、冷酷、冷血、无情，再也不要被他打动，无论他做什么，都不要再心动，都不要再奢望。

只是对不起黎回、黎声。

巴黎的歌声，是爱的回声。

一双儿女的名字，是这个意思。

他曾在纸上写下的那句话：小漫画，如果巴黎不快乐，不如回到我身边，只要我还活着，那我此生都不会再离开你，不会再把你一个人丢下。

只要他活着，此生都不会再离开。

卓尧，原非情话不动人。

曾想过用千百般的好来待他，如今都成空。可能自她参与Y楼坍塌事故的官司之后，他们就注定渐行渐远。在她当时看来，那是对他的救赎，可他视为背叛。甚至这半年的隐忍付出，他又何来知晓。他是那样骄傲的男子，她更不会让他知道。

她从包里翻出随身带了两年的工作簿，翻开第一页，上面就有一段她写的话——

倘若你真的爱一个人，那就不要试图去掌控他，不要查他的手机，不要在他工作或和朋友吃饭时打轰炸电话，不要数落他的家人，不要在旁人的面前抱怨他。他喝醉了回家，不要骂他，给他端一杯蜂蜜牛奶。有时我们认为对方不够坦诚，其实他曾经坦诚过，只是你没有包容。在感情里，如果能做到温柔不失独立，或许很多恋人就不会走到分开的那一步。

这段话她还送给了多多，那时候她约莫还坚信自己是一个懂得经营婚姻，懂得体贴丈夫的好女人。

现在读起来，真像自己两年前提前给自己扇了一记响亮的耳光。

翻开第二页，有凌乱的一页漫画草稿，这大概是他原来拿在手里用铅笔随意画的，是她的笑颜，下面还写着：小漫画，你笑的样子越来越像我了，以至于我想你的时候，就对着镜子抿抿嘴唇。嗯，就当吻过你了。

再往下翻，一页页地翻，这本看似是工作簿的笔记本里，每一页都记录了她生活中的点点滴滴和凌乱的感悟。

她看到下面这一段——

对于食物而言，最遗憾的是，某天突然饿了，你兴冲冲地想起还有一样吃的。可打开一看，却发现已经过了保质期。曾经捧着一盒过期的酸奶痛哭，酸奶还是酸的，却变了味。

你以为他会一直等你，直到有一天，他神情淡漠，爱已过期。我真希望有一种情感可以没有期限，可以到老来仍能够相对微笑，终生温柔。

下面画着一盒酸奶，还画着一张她哭泣的脸，旁边是他漂亮的钢笔字，写着评语：一盒过期的酸奶，我们小漫画都能写出这么经典的感悟，大律师越来越像大文豪了。以后我每天都买酸奶给你喝，不哭，我亲爱的小漫画。

多甜腻的一幕幕啊。

还有一页，估计是工作上受了气，她现在都忘记是谁惹自己生了那么大的气，写了一堆吐槽职场人心叵测、人情淡薄的丧气话，又在纸上画了很多乱七八糟的图案。

之后，他竟在后面的一页，回复了两段令她受益匪浅的话。

——与人相处，只要对方无害你的心，你就该知足，不应有更多奢求。有时我们会悲伤，认为那些原本亲密的人应该待我们好些。心凉过后，就想想他们大概没有半点害我的心，只是人与人之间本就是淡漠的，所以我们依旧该保留和感激这份纯良无害的情感。

——即使在别人眼里你是差劲的，你自己也一定要认为自己是优秀的。在这个世界上，你无法阻止任何人对你作出差的评价，而你，要给予自己多一点点的温情。最可怕的不是他们都不爱你，而是你不爱你自己。早上洗脸的时候，看着镜子，这样的自己竟跟着我受了这么多罪，对不起，多少年来一直被我折磨的自己。

她想起来了，当时她看到这两段话，还捏着他的鼻尖嘲讽他是从哪里摘抄来的治愈且励志的名人名言，他倒说是他自己处世的心得。他还配了一幅漫画，画中的女子在黑暗中抱膝坐着哭泣。头顶上是星空，背后有一轮明月，侧身还有一个灿烂的太阳对着她。

画底下还有一小行文字——

“就算身在黑夜，也要知道，星空、太阳、月亮，始终都未曾离开。

我们看不见光明，但光明一直都存在。

致我心中最美好的女子。”

曾几何时，那光明，就是他啊。

卓尧，世上如侬有几人。

这个夜晚，她睡得出奇安宁。也许是过去的那些心灵鸡汤文字让她释然些许，也可能是她真的可以做到放下。

只是凌晨时分，她做了一个悲伤的梦。梦中她抽泣不止，醒来记起那个梦的内容，想来更觉悲伤，索性哭出了声。梦里，他们真的分开了，站在民政局门口，各朝南北，手中的离婚证被她贴在胸口，心疼得在抽。

我们总嚷着要分开，图口舌之快，忽略了心的疼痛。

她的床上仍是两个枕头，夜里还是会不自觉地伸出手臂，在旁边的枕头上闭眼摸索一会儿。这么久都没在一张床上，可偏偏总是在半梦半醒之间犯了迷糊，他还在她身边，从未起身，从未走远。

梦是个奇怪的东西。

在梦里，我们相亲相爱，还能感觉到真实的幸福。

早上第一次在闹铃响之前起床，她进厨房给自己做了一份早餐，一不小心，多做了一份。她装在盘中，连同自己的那一份一起端到了桌子上。她握着筷子，吃着吃着就心酸起来。日子这样下去，可是没法过了。

她需要一个共同过日子的小伙伴来占据她的时间。

不那么孤单的话，就不用那么思念。

多多居然在电话嘟声响起一秒之后就迅速接通了电话，声音洪亮如初：“我

说孩子他妈，你终于恢复使用这个号码了。在英国逍遥半年，你居然一个电话都不打给我，你就不想我？什么混账姐妹！我这次可真生你气啦，没有三十只大闸蟹你别想博我一笑。”

“行行，都是我的错，只要你过来，别说三十只大闸蟹，三百只都没问题。只要你吃不厌，咱天天吃大闸蟹。”她是万事好商量的语气。

“我就在上海啊，你在哪儿呢？我现在在乡下的果园，忙得也差不多了，过两天就可以去找你。”多多说得倒像是有板有眼，把曼君给惊呆了，果园？难不成多多这么多天来一直都没离开上海，而是在郊外的果园？她问：“你不是要环游世界吗？你跑谁家果园去了呢？”说完又补了一句取笑多多，“这下人家园子里的果子可就要遭殃了，可不得孙悟空进了蟠桃林，一个果子也不剩。”

多多神神秘秘地说：“见面再细说，我这大半年过得真是太惊天动地了，是我完全没想过的生活。还有一个更爆炸性的消息，我必须当面告诉你，好接住你惊得要掉下来的下巴。”

“不带你这样吊人胃口的啊，快说快说。”曼君急不可待。

“谁叫你去英国回来至今，这么久才联系我，亏我还牵挂着你。刚一看你打电话过来，春宵一刻都晾一边了，立马接了你的电话。”多多够意思地说。

“春宵一刻……这大早上的……秋天到了，何来春宵……”曼君慢吞吞地说，难以理解。

“你和佟少还僵持着呀？不是吧，你可不要告诉我你们半年没有卿卿我我……”多多的脑子里，永远都是“色”字排第一。

“李多多小姐，色字头上一把刀，你纵欲过度，要保重身体。”她没好气地说。不过两个女人之间，好到什么程度似乎就看聊天的话题猥琐到什么程度。

“那他呢！他不可能这么久都不碰女人吧，佟少可不是那么清心寡欲的男人。”多多一副自以为比谁都清楚的口吻。

她笑：“你怎么还是这么色，这么猥琐，果园的空气难道不应该净化一下你肮脏龌龊的心灵吗？”

“你看短短几年啊，你们都有一儿一女了，就凭着这造人的速度，他还清心寡欲？我看你在英国的这段时间，他是倚马立桥头，满楼红袖招。”多多的嘴巴

像放鞭炮一样说个不停，“我跟你讲，这么好的男人，你一手调教出来的，你甘心就这么放弃，拱手让给别人坐享其成？他以前那么不可一世，是和你在一起之后慢慢变得温润如玉，深情体贴的。那个小丫头片子，哪点比得上你？”

“何喜嘉？你怎么听说这些的？”曼君好奇。

“有一次我去佟家，打算看看我的干儿子、干女儿啊，我可牵挂黎回和黎声这两个熊孩子了。谁知我居然看见何喜嘉也在佟家，看样子像住在那儿，我一气之下差点激动得冲进去臭骂她一顿。不过……没有邀请，我根本进不去，这些也是我爬上院外的树枝才偷看到的。”

“中国好闺密！这些我后来也都知道了，算了，我和他有没有第三者存在都不重要，这不是我们分开的原因。至少，不是重要的因素。”说着，曼君看了一下手机时间，忙说，“见面再说，我得赶时间上班，抢停车位，挂了。”

曼君匆匆喝下一大杯白开水，拿起一件咖啡色薄针织衫就往外赶。初秋的清晨，大气微凉，车里的电台在放些什么她根本没有听进去，只想能够像昨天一样抢到最近的停车位就好了。那个偏远的地下停车场实在是太可怕了。可能是这些年看到太多地下停车场发生的案件，导致她有点被害妄想症。像那种灯光昏暗的地下停车场、封闭的电梯，都是会让她心里害怕的地方。

只要能够避免去那个停车场就尽量避免，但愿今天还会有好运气，和之前一样刚巧就有车开走，腾出个停车位。

她远远瞄着大厦楼下的停车位，俨然停得满满当当。唉，这些人难道都不用睡觉的吗？永远都能够抢到停车位。正当她满心沮丧准备开出停车场时，突然看见一辆黑色的车，好像还是之前的那辆车，正缓缓地往后倒，并打着方向灯。她赶紧做好准备，等那辆车一走，她立刻以娴熟的车技将车停了进去。

她将头伸出车窗，望着那辆黑色轿车无声无息地消失在车流中。

“怎么这么好的运气，每次都会碰到这辆车。真巧，估计这个开车人和我的工作时间正好相反，我上班，他下班。但愿无事常相见。”她心情渐佳，何必愁眉苦脸，想想一早能拥有个好的停车位，就该快乐一点呀。生活原本就是由这些点滴的小事情组成，那些一往情深撕心裂肺的爱情啊，都统统抛远一些吧。

何喜嘉一早准时出现在她的办公室，作为她的秘书，何喜嘉很是尽职尽责，

将一天和一周的工作计划递交给她，八个小时的工作时间连午餐时间包括在内都一一安排妥当，要会见的人也都按照预约时间排好。

单就这种工作态度和效率，她很满意。

曼君看了一眼何喜嘉黑眼圈严重的脸，心有点软，关心地问："这些都是你昨晚熬夜写出来的吧，不用这样拼，以后就在你的上班时间做事情，该休息的时间还是要休息好。"

"师父，你这是在关心我吗？也就是说，你不生我的气啦？！"何喜嘉脸上露出喜出望外的表情。

"这不是正清，在这儿，你得叫我主任，至少上班时间你要这样叫。"她严肃的脸上有些笑意。也许是心情还不错，也许是看这个曾伤害自己的徒弟似乎有了悔意，她脸上露出了些许关切的神色。

善良的人都是如此，无论再气再恼，只要对方给予一点点的温暖，立马就会心软，恨不得千好万好回赠过去。

正因如此，她才会陷入反复对他失望又怀有希望的怪圈中。一下想到昨夜林璐云的来访，她揉了揉额角，喝了一口何喜嘉泡上来的热茶，感觉沁人心脾。她不禁说："这茶叶真好，不是公费的吧，你自己买的？"

"今年的新茶，我从杭州买回来的，你要是觉得好喝，我每天都给你泡一杯，提提神。这秋天干燥，以后再加一朵白菊在里面，好不好？免得上火。"何喜嘉圆圆的脸庞，眼神纯净得像冲洗过的玛瑙石。

"好，谢谢你。"曼君抿一口茶，低头开始工作。

等何喜嘉走出办公室，曼君抬头，自言自语："会不会是我多疑了，她看起来是多单纯的小女孩啊，就算之前和卓尧发生了那些事，那也是她少不经事。可能是我最近压力大了，总把人往坏处想。"

她说着，盯着桌上那杯茶，绿色的叶尖整整齐齐地冒在面上，很是好看。她想到了一句诗：平生于物之无取，消受山中水一杯。

她的工作也就是管理律师和律师事务所的日常工作，以及参加重要的民事活动，这也包括接大Case和重要案件时不可避免的社交活动。比方说，严天再一次走进她的办公室，说："阮主任，别忘了咱们今晚的事，下班后直接去会所。我

们都开车过去，你跟在我后面就好了。颐美公司的总裁今晚会到，我事先和你打招呼，衣服穿严实点，你这样就可以，这个颐美老总贪恋美色可是出了名的。”

“那你还把我往火坑里带！”曼君惊呼。

严天赔笑：“应酬应酬，走走过场，为了咱律师事务所的收益，你这个新主任稍稍牺牲一点色相，就当是英勇殉职吧。”

“你这比喻不恰当。不过我想我是懂得分寸的，晚上见。”这是无法避免的事，唯有小心谨慎，圆滑处之。

另一处的卓尧浑然不知，坐在办公室里，破天荒心情好，走在公司里，还对几个职员微笑。以至于有胆大的好事者跑去问秘书长季东：“秘书长，董事长是不是和太太复合了，我看咱们董事长今天居然笑了，太难得一见了，比昙花一现还珍贵。”

“上班时间在背后议论公司高层的私事，当心扣你的奖金——不过今天确实难得，就饶你这次了。”季东笑道，望着董事长办公室方向，陷入了沉思。这时，季东的手机上跳出一条短信，翻看过后，他立刻走出办公室。

卓尧还沉浸在头一天晚上一家三口吃饭的美好情绪里，想着这大概就是他们开始要破镜重圆的开端吧。

季东敲门进来，不忍心破坏他的好情绪，欲言又止。

“说，什么事？”他声音干脆清朗地问。

“也是我朋友跟我说的，他是颐美公司高层身边的人，说晚上颐美总裁会见两个律师事务所的主任和律师。一个是正清，一个是文略。正清那边是江照愿，文略这边是……”季东识趣地不说话了。

“不可能，以我对她的了解，她不可能答应去的。你问清楚了吗？”他将信将疑。

“问清楚了，他亲耳听到颐美总裁说的，原话都发我了。那个易竞，出了名的骗子加色鬼，找几个大学生搞生物美白研究，被消费者告了，都到这个分上了，还垂涎律师的美色。”季东愤愤不平。

“原话怎么说的？”他眉头拧起，问。

季东把手机递给他。

卓尧看到易竞说的那番话的文字记录——

今晚我可忙活不过来了，那个江律师，出了名的美人，又辣又带劲。而那个阮主任，还是佟少的太太，听闻是个清冷高贵的美人儿，没想到她会赴我的约。这再冷的女人啊，长期没有男人的滋润，也会按捺不住寂寞，这就叫少妇的空窗期。

卓尧气得一拳重重地落在办公桌上，说："我倒要看他有没有这个胆子碰我的女人。"

他想曼君是为了当主任要疯了吧，明知山有虎，偏向虎山行。他要是现在打电话阻止她去，以他对她的了解，只会加剧她的逆反心理，偏要去。那好，随她。

他已有了对策。

夜晚的这座城，是不夜城，底层男人的娱乐消遣莫过于街边的发廊之类，中层男人会泡泡酒吧物色对象，而这个城市上流阶层的男人则流连于各大豪华会所，一掷千金。香车美女洋酒，处处可见奢侈骄纵的画面。

曼君从不愿踏入这种地方，因为人在这些场所往往会暴露出最可耻不堪的面目。但她没有办法，无法改变，只能巧妙适从。

她深呼吸，看着卫生间镜子里的自己：扎着马尾辫，最朴素简单的妆容，但愿这个易竞没有传说中那么好色下流。只此一次，下不为例。她握紧拳头对着镜子说："要是色鬼敢有歪念，我就一个酒瓶爆他的头，作为对他性骚扰的还击。嗯，就算起诉我，我也要有充足的准备，反诉他性骚扰。曼君啊，加油！你可以的！"她双手抱着自己的肩膀，给自己打气。

她开着车，紧跟在严天的车后，在一家繁华的娱乐会所门口停下。她握紧皮包的肩带，腹中打着草稿，想着等会儿见到颐美总裁要如何着重介绍文略律师事务所的几大实力优势。

进了包间，和严天一起坐下，菜和酒应该是严天提前就已订好的。墙上的钟显示着时间。

"快七点了，易总应该马上就到了。"严天走到窗边，掀起窗帘，往楼下探头，又说，"来了来了，待会儿见机行事，我会不停地拍他马屁，你就只管对他笑就好了，这家伙一见女人笑就晕头转向。"

“我是来介绍文略的，又不是来推荐我自己的。你再这样说，我立马走人。”曼君阴着脸，拿着包起身。

严天忙劝：“行行，阮主任，你就坐着跟易总介绍我们事务所，我负责陪酒赔笑，总成了吧。”

她这才坐下。

没过多久，包间门开了，一个地中海发型，满脸油光、酒糟鼻、金鱼眼、厚嘴唇的中年男子腆着大肚子走了进来。他眯着眼朝曼君笑，伸出肥厚的手，絮絮叨叨拉着曼君的手说个不停：“主任你好，久闻不如一见，真是如清水出芙蓉，不施粉黛，难掩国色……”

曼君努力往后抽手，用求助的眼神望向严天。

严天赶紧伸出手和易竞握手：“易总还是这么孔武有力，来来来，坐。上菜！咱们今天喝五粮液。”

易竞这才松开曼君的手，随便握了握严天的手之后就坐在软椅上，目光没从曼君的身上挪开过。

“易总，我们律师事务所想必你也了解，之前我的秘书也把你们产品的详细资料给了我，我个人觉得这份资料不是很真实。你们也不要对我们有所隐瞒，我们需要这套产品的真实配方，你只有完全相信我，我才好帮你打这场官司，输赢暂且放一边。”曼君说着，觉得直视易竞这个又肥又色的男人实在是恶心，秉承着对自己的工作认真负责的态度，她将目光集中在易竞身后一个角柜的花瓶上，然后很自然地拿起桌上的餐巾擦拭手。

那个漫长的握手过程，她觉得油腻得慌。

可易竟似乎并不急于谈工作：“阮主任，不着急，慢慢谈，边吃边聊。”接着，他咧开嘴笑，“听说你就是佟氏集团董事长的前妻，我用‘前妻’这个词恰当吧，反正你们都离婚了。你看，你要是不想浪费时间，我们就换个地方细聊。见到你，饭我可以不吃，酒也可以不喝，倒是……”

“对不起，我是来工作的，如果你问我私人问题，抱歉，无可奉告。我想你们颐美都遇到这么大的麻烦了，作为总裁，也应该收敛一些。”曼君不悦地说。

易竞一愣，望了一眼严天：“哎，老严，这是怎么回事！我可告诉你，隔壁

人家正清的江大律师也在包间等着我呢。你们要是这态度，我可去隔壁了！”

曼君一听江照愿在隔壁，便笑着说：“那你请便，我们文略不需要和正清抢Case，我也认为江律师更适合你的品位。”

易竞恼怒，道：“你敢这样和我讲话，你们文略的合伙人见了我还得低头让我三分呢，你算什么东西！一个被抛弃的女人，还装什么清高，老子给你一万块钱你脱得比谁都快，哈哈！”易竞说着，嚣张地大笑。

“易总严重了，不说这个，吃菜吃菜！”严天打着圆场，对曼君说：“你不是把手机忘车上了吗？我们喝酒，你去拿吧。”边说边对她使眼色，暗示她先走一步。

她还没走两步，就被易竞拉住了胳膊。她意识到不妙，想着该怎么脱身。

“甭给我来这套，你进了这张门，没把老子伺候好就别想走！我上半场和你玩，江律师那边玩下半场，怎样……”易竞肥硕的身体挡在曼君面前。

“你的Case我们不做了，请你让开！”曼君冷冷地说。

“易总，那今天就到这儿吧。我送她回去，你还是去正清看看吧。”严天还算有良知，小声对曼君说：“对不起，我哪知道他居然色到了这种程度。”

易竞笑：“老严，你若识相的话，就给我滚出去，我要单独和阮主任谈谈。”

“这……这不太好吧。”严天也怕会出事，结结巴巴道。

“我警告你不要太过分！”曼君正气凛然地说。

“真是当了婊子还想竖牌坊呢。哈哈，你自己走进来的，你以为那么容易就能走出去吗！”易竞肆无忌惮地伸手就要拉曼君肩上的开衫。

“你放手！”曼君厉声喝止。

“砰”的一声，包间门被踢开，卓尧走进来，面目淡然地关上门。易竞见到眼前伫立的男子，顿时蔫了，立马松开手，双腿发软。

曼君望着他，如同见了救星。

“佟少……这完全是个误会，我喝多了，该死，该死。”易竞低头道歉。

“她是我太太。”他只说了这五个字，目光威慑地看着易竞，握紧拳头，恨不得将这个对曼君有企图的男人给扔下楼。

好在，她没有受到伤害。

“我哪有这胆子，佟少你大人有大量。佟太太，请您原谅我是粗鄙之人，对不起。”易竞连连伸手扇自己的耳光。

卓尧看了一眼桌上煮得正沸腾的海鲜汤，声音低沉地说：“你的手不太干净，是你自己来洗，还是我的人帮你洗？”

易竞顺着卓尧眼神的方向看向桌上的一锅热汤，声音都在颤抖：“就饶了我这次吧，我是真不知情，不然我哪有这个胆啊。要不……这宗Case我给文略，作为补偿，代理费我加一成，这可行……”

卓尧摇头，冷冷地说：“你加十成这个Case我们也不要，我只要你洗手，然后，滚！”

曼君看着卓尧的脸，她清楚他此刻一定快要气炸了。他这个人就是这样，就算生非常大的气，也不会大吼大叫，他双眸射出冰冷的光，恨不得置对方于死地。她的手握住他的拳头，轻轻地摇了摇。

这是以往他生气时，她最无声的安慰。

易竞双腿颤抖，说话都在哆嗦：“就饶了……我这次。佟太太，您别跟我这种小人计较……您开口帮我说句话……”

曼君不想再看见这个恶心的人站在自己面前，厌恶地说：“你走吧，你的Case给正清，我们文略不要。”

“我这就滚……马上滚。”易竞点头哈腰地往后倒着走出门口。

门外传来江照愿的声音：“易总，快进来，酒菜都上桌了，就差你了。”

严天见状，也赶紧拎包先走人，生怕佟卓尧会迁怒于他。

包间里一时间只剩下他和她，气氛有些尴尬。她摸了摸自己的脖子，小声说：“你怎么来了？其实事情并非你想象的那样，我都想好了，瞄准了桌上的酒瓶，他若是敢造次我就一酒瓶爆了他的头。是他骚扰我，即使警察过来，我也有旁证。你不用大动干戈。也是，反正大家都不会当我是佟太太了，失去了你这把强大的保护伞，我得靠我自己……”

他突然把她牢牢拥入怀中，俯身吻住她的唇。她的双手使劲在他的胸膛中抵抗，想把他往外推，却无能为力。

熟悉的气息扑在脸上，如同温暖的风。她想躲闪，脸颊却感受到冰凉，他是

在流泪吗？

他的吻最后停留在她的额头上，喃喃低语：“别再脱离我的保护范围了，回来我身边吧，你还是我独一无二的妻子，别再让我担惊受怕了。”

她的心动摇了，可一想到林璐云说的那些话，她心里清楚，自己再无法踏入佟家的大门。

既已如此，又何必沉溺。

“我认为我现在很好，工作是我喜欢的，也没有你带来的不必要的烦恼。唯独是两个孩子，我很想带在身边。黎回现在上幼儿园了，等黎声也上学了，我就接他们回我身边，好不好？”她的口吻里带着伤感。

他并不认可，盯着她的脸，双臂摇晃着她的身体：“你清醒一点好不好，我们都不要再继续错下去了。Y楼是在当初设计时，我妈提议以‘尧’字音的首写字母为缩略称呼，正式的大厦名称会在开业时揭晓，我心中早有打算。外界传闻的叶楼纯属胡扯，还有当初坍塌事故的官司，你和我对簿公堂，我发自内心从未怪过你一次。我根本都没做赢你的打算，赢了自己的妻子的男人本身就已经输了。甚至你抛下一切远走英国，我也一直在等你的电话，等你回来，重新开始。小漫画，我不想再和你将错就错了。”

“小漫画，我不想再和你将错就错了”这句话差点没让曼君的眼泪掉下来。可她偏偏还要心硬如顽石地拒绝：“那是你单方面的事，我也有我的承受范围。你让我难以承受。”

“是我让你活得艰难，还是我对你造成了无法原谅的伤害，你一定要离开我？不管黎回、黎声是跟你还是跟我一起生活，要么缺失父爱，要么缺失母爱，你忍心吗？要是我们之间没有感情我也认了，可我们明明深爱着对方，你到底在逃避什么！”

她故作平静，慢条斯理地说：“够了，这个世界上每天有多少成为单亲家庭的孩子，我经手了那么多宗离婚官司，他们的孩子也都成长得很好。你和我也不是父母双全，不也活得好好的吗！”

“你真冷血，当律师的，都是这样无情无义吗？”他努力忍住火气。

“你今晚就不该出现在这里。”她漠然地望他一眼，转身欲离去。

“我真怀疑你是不是精神有问题，还是原来那个我深爱的灵魂已经被偷走了，只装进来一个冥顽不零的恶灵！”他试图拉住她的手，虽然嘴上说着气话，但心里还想挽留。

“是，你说得对，我是个恶灵，那你就别再纠缠我了。”她拂开他的手，义无反顾头也不回地走了。

只留他站在门口，不敢相信自己的眼睛。以前相守的种种温情，都变得飘零远走。

这还是他的小漫画吗?

她走到车旁，扶着车门，悲伤地蹲下身子，掩面哭泣。他又何尝知晓她的痛处。她怕他随后出来会看见自己在哭，便擦干眼泪上车，缓慢地倒车。因为她的心思全然不集中，忽略了后视镜中的画面，“砰”的一声后，传来一个男声的惊呼。

车窗被人敲响，她开了车窗，就看见林慕琛的脸。他对她笑着说：“怎么，我这么大一个超级帅男站在这儿你都没看见，还差点撞到我。咦?你脸上亮晶晶的……你哭过?”

“没，我滴眼药水而已。他在上面，你记得自己答应我的事，不可以把我那半年的事告诉他。”曼君说。

“你怕他那强大的自尊心受损?对这种又自负又霸道的男人，就应该给点惩罚。他和那个小法务之间……”

她打断林慕琛的话：“那是一场误会，你别这样说他，这是我和他之间的事。你只要记得你答应我的事就好。”

“为他付出那么多,连让他知道的权利都不给他,你值得吗?这半年,你……”

“别说了，是我心甘情愿做的事，他的那道坎本就是因我而起，我的付出是我应该做的补偿，我不想让他知道。谢谢你。我该走了，对了，江律师你见过对吧，之前你姨妈不是还撮合你们吗?她在楼上，可能会有麻烦，你去包间找她，有必要的话，带她离开。”曼君说着，发动车。

林慕琛的胳膊仍撑在车窗上,笑:“她不是你的对手吗?怎么还关心起她了?”

“瞧你这话说的，关系不好不代表我想她受伤。”曼君说着，关上车窗，开

车离去。

林慕琛望着远去的车，称赞道：“能够让佟少痴迷的女人，果然是与众不同。只可惜了他们两个，怎么总是不在一条线上？”说着，他抬头看了看会所顶楼的辉煌灯光，自言自语，“还得去拯救那个说我不及佟少百分之一的江照愿。”

包间里，江照愿正强装出笑容喝下易竞递过来的酒，几杯酒下肚，便不胜酒力，摇摇欲醉，站立不稳。刚才还被吓得七魂丢了一半的易竞借着酒劲又起色胆，想着江照愿应该没有什么大人物做靠山，于是他肥厚的手掌顺着江照愿的细腰渐渐往身体上部游走。江照愿放下酒杯，笑着说：“易总，你醉了，要不你再喝点汤？”

一提到汤，易竞有些忌讳，刚才在隔壁包间险些没被佟少用海鲜汤洗手，于是脸上的笑容僵住，手稍用力，搂住江照愿的腰，喘着粗气：“她不能碰，难道连你也不能碰？”

“易总易总，我今天真不方便，咱们先签合同，签了合同再继续喝酒，不然一会儿你醉了，可就签不了合同了。”江照愿说着，借机从易竞的身边闪开，拿起桌上的合同递给易竞。

谁知易竞半醉半醒中根本没了签合同的意思，被佟少一吓，憋了一肚子的气，此时在江照愿这里又碰了壁，哪肯善罢甘休，于是直接上去抱住江照愿，野蛮地说：“让我先了解了解你，再签合同也不迟！”

江照愿本来个子高挑，奈何被一个肥猪一样的老男人拦腰抱住，踢也踢不到，无法摆脱，心里暗想：就你这副德行还想揩我的油，要不是为了合同，为了不输给阮曼君，我早就不伺候了！可现在该怎么脱身又不得罪他呢？

正想着，门外传来一个声音。

“江小姐，是你吗？”林慕琛探头进来，脸上挂着酷酷的笑。

江照愿如同见了大救星，指着易竞的后背，用唇语说：“快想办法把他支开，我快崩溃了！”边说边一脸恶心状。

“什么办法都可以吗？”林慕琛小声地说。

江照愿猛点头，双手作揖拜托他。

林慕琛做了一个“OK”的手势。

易竞丝毫没有察觉到门口的动静。

林慕琛走过来，说了一句话，让江照愿恨不得将他撕成碎片。

“江小姐，你的艾滋病第二期治疗怎么没过来？那可不行，你这样是不能随便接触男性的。”林慕琛高声说道。

易竞听到“艾滋病”三个字，像被电击般立刻松开手，回头对林慕琛说：“你是谁？在这儿胡说八道什么！”

林慕琛晃了晃手中的证件，认真地说：“我是医生，看清楚了吗？她是我的病人，你要是不介意被传染，那你继续。”

易竞笨重的身体居然轻盈地弹开了，站在离江照愿几米远的位置说：“江律师，你这个人太不诚实了，你有病就要积极治病对不对？这么大好的时光，有病就不要出来卖力工作了。对了，医生，我刚才碰过她的手，还有腰，不会被传染吧。”

“理论上不会，不过具体问题具体分析，我从医学的角度建议这位先生应和我的患者保持距离。”林慕琛专业客观地分析。

江照愿咬牙切齿地说：“喂，林医生，你乱说什么，我哪有那种病啊，你这么大声，全世界的人都知道了！”话音一落，她摇摆着身姿走向易竞，撒娇地说：“易总，咱们继续喝酒，吃菜。”

易竞跳到墙角，双拳紧握挡在面前：“你不要靠近我，走远点。谁要和你一起吃饭，你有病啊！”

“易总，你别信他，他胡说的，你签合同吧，这样大家就可以各自回家了。”江照愿拿着合同，把笔往易竞手里送。

“是啊，她还欠我们医院第一期的治疗费，你就和她签了吧，否则她都没钱治病了。”林慕琛忍住笑，戏谑地说。

江照愿恶狠狠地瞪着林慕琛，朝他捏了捏拳头，一副恨不得把他捏碎的样子。

“我签我签，别，我用我自己的笔，保持距离，两米——”易竞边签边摇头道，“我今天是倒了什么霉，两次都差点被吓死。唉，赶紧回去洗澡，去去霉气！”

“易总，我没病，真的，你可别说出去，记住啊！”江照愿拿起合同，对易

竞抛了一个灿烂的飞吻。

易竞不由得打了个寒战，嘴里念着：“太可怕了，多美的一个女人，竟得了这种病。”说着落荒而逃。

江照愿举着合同就往林慕琛身上打去：“你居然这样毁我的名声，我以后还要不要嫁人了！你太卑鄙无耻，打着救我的名义，实际上是在报复我吧！”

“我问过你啊，是不是什么办法都可以，你自己同意的。我为什么要报复你？我是解救你，你非但不感谢我，还恩将仇报。以后我可不会多管你的闲事了。”林慕琛说着，不再理江照愿，直接往外走。

“喂，你这个人可真是没有绅士风度，我喝酒了，不能开车，你送我回家吧！”江照愿急得直跺脚。

“你自己打车！”林慕琛摇摇手，连头也没回。

江照愿赶紧跑上去，挽着他的手：“那可不行，帮人帮到底，送佛送到西。好吧，上次见面，我那样羞辱你，我向你道歉。通过今晚，我发现，其实你也不逊。和佟少比，你也有你的特色。”

“特色？”

“你比他怜香惜玉，他那个人，明知易竞是个色鬼，居然还把易竞赶我这边来了，这不是把我往虎口送吗。他眼里除了阮曼君，谁都容不下。你就不一样，浑身上下都透着一股正义的气息。”

“我觉得你此刻看我的样子和刚才那个胖子看你的表情是一样的。”林慕琛摇摇头。

江照愿哈哈大笑：“得了吧你，我都没找你算账，让我占点便宜就当是弥补把我说成是艾滋病患者吧。不过今晚还是很开心，好歹我还是拿到了颐美的Case，值得庆祝，至少这一次我算是赢了阮曼君。她去了文略当主任也不稀奇，还不是输给了我。”

“哦，忘了告诉你，是她在楼下碰到我，让我上楼来找你，说你可能会有麻烦的。你还老把她当敌人看，以后别这样了。我很敬佩她，她很伟大。”林慕琛认真地说。

“真的假的？她巴不得我被易竞羞辱，又怎么会帮我！她哪点伟大，哪点

值得敬佩了？于公，正清栽培她。她倒好，去了一趟英国，脚底抹油走人，跳槽去文略做主任了；于私，她和自己的丈夫打官司，抛家弃子。她以为她真赢了我啊，我告诉你，都是佟少在暗中帮她，我才会输给她。我江照愿从未输过，居然会输给她。”说起不光彩的输官司经历，江照愿很不服气，皱了皱鼻子。

林慕琛懒洋洋地说：“信不信随你，反正她比你优秀，这是事实。”

“你从哪点看出来的！”

“从她的男人啊。”

“是啊，她哪点比我强，她唯一超越我的就是她的男人是佟卓尧。可是，现在她失去他了。你还说，你姨妈真是的，当初还想把我和佟少撮合到一起，结果见他对我无意，就把我当皮球一样介绍给你。难怪阮曼君和你姨妈这对婆媳始终不和，换我也是！”江照愿说着往事。

“好啦，他们两个人是肯定分不开的，你少操点心行吧！”

“嗯，那要是——我从现在开始喜欢上你，你还会认可从她的男人就能看出来她比我优秀这个观点吗？”

林慕琛想了想：“嗯，那值得商榷一下。”

“你呀，真自恋！”

两个人就这样慢慢畅聊起来。

然而曼君和卓尧就没有这样的闲心了。

对曼君而言，这注定又是失眠凄苦的一夜。若黎回、黎声在身边，该有多好。失去孩子的陪伴，不能亲自抚养见证他们的成长，和失去卓尧的痛苦是一样的，都如剥皮抽筋，生生掏空了她的血肉之躯一般。再这样下去，她都要去请求医生开一些安眠的药片了。

真惧怕黑夜的到来。黑夜使孤独的人更加孤独，使相思的人更害相思。

《红楼梦》里，结局最幸福的女人是谁？是刘姥姥。这说明其实女子平凡简单就足够一生幸福了，无须过多的美貌和财富。人人都觉得高高在上难得，却不知平生糊涂安宁度日才更难得。

她真羡慕刘姥姥，不要黛玉的多愁善感，不要宝钗的处世圆滑，哪怕愚钝一些，哪怕贫困一些，又何妨？

这些，她也不过是想想罢了。

卓尧回到家，脑子里全是晚上在包间里的画面，看到她险些受辱，他恨不得废了姓易的。他那么紧张她，她却云淡风轻，一副无关紧要的姿态。他是火，可她到底要泼多少冷水才能同意复燃呢?

这让他心里那个收购计划被直接提上了日程。

# 第九章 如今独自虽无恙，问余生有何风光

你失去了原本以为离了就活不了的那个人，却发现失去没那么可怕。你不会病，不会死，只是再也不会看清遥远的月亮和星辰。

## 3

秋天来得比往年更加早，十月的早晨就已感觉到凉风迎面吹来，再也不是穿着单衣薄衫就可以出门的天气了。这种忽冷忽热，早晚凉、中午气温高的天，曼君担心黎回、黎声会感冒，便打了个电话给卓尧，嘱咐一下。

她一边吃着自己煮的鸡蛋面，一边握着电话说：“早晚降温了，别忘记给黎回、黎声添件外衣。”

“你认为这还用你提醒吗？”他冷冷地说，“我在开车，挂了。”话音刚落，就立即挂线了。

曼君缓缓放下手机，有些不适应他这种冷漠的语气，可这是她自己选的。她喝了点热面汤，身体渐暖，换好衣服，整理好工作笔记放入包中，站在门口换鞋时，望着空荡荡只住着自己一个人的“家”，突然眼睛好酸。

这就是她努力许久想要得到的生活吗？

注定孤独终老的人应该就是这样的吧。有了丈夫，有了儿女，可终究还是独自生活，带着深深的思念，孤单地住在这间空房中。她喃喃自语地走出家门：“多多说今天要过来住些日子的，把钥匙放在地垫下好了，让她自己拿吧。”

开车一路上都是红灯，她有些烦躁，着急要抢那个停车位。她手撑着额头，借着几十秒的红灯时间，想着那辆黑色轿车会不会已经走了。每次都能准确无误地在那辆车走的时候赶到，可看看时间，今天比往常已经迟了四十分钟。

应该早就走了吧，不会再碰上了。她失落地想。

早高峰一路堵着，等她快到的时候，眼看还差十分钟就要迟到了。她握着方向盘准备开去那个偏远的地下停车场时，就瞥见那辆黑色轿车正缓缓倒车往外走，还响了几声喇叭，似乎在和她打招呼。

她也心领神会，按着车喇叭回应，可当她变换方向准备紧随而上占据停车位

时，前方一辆车抢先一步，停在她前面的位置。

也许是黑色轿车内的司机对那辆车的司机做了什么眼色和手势，那辆车竟主动退了出来，掉转车子离开了。黑色轿车往前开了一点儿，挡住了后面车的来路，等着她的车停进去才离开。

她很是好奇，停好车就下了车，想道一声谢，可根本来不及看清开车人的脸。

这似乎挺有趣的，他们之间倒像是形成了默契。她一直认为开车的车主是极低调的，因为同样的价位完全可以买土豪品牌的车，可车主却选择了这款轿车，想必是个不显山露水的男子。

直觉告诉她，开车的是位男士。这一点和卓尧相似。呵，怎么会是他，早上给他打电话时的口吻拒人于千里之外。她的话都说得那么没有余地，他应该不会再执着了。

也好，都该放下，各自生活。本来就不是一条轨道上的人，行走轨迹也不同，如果非要生活在一条线上，那必然要么相行渐远，要么撞击受伤。他做他的地产大亨，看他从一蹶不振到现在的春风得意，她也替他高兴，内心的歉疚和愧意也稍稍减弱了些。

她得不到他母亲的认可，他们就算在一起也不会有安宁的日子。只是和他共进一次晚餐，林璐云就找上门大放厥词，根本没有回旋的余地。

到了办公室，严天跟着她进来，紧张地问："昨晚佟少没在你面前说什么吧？他是不是怪我……带你去应酬？"

"怪你做什么，没事。"她笑道，脑海里浮现出他早上电话里冷淡的声音。

"我得罪不起他啊。算了，还是不和你说了，下午你就会知道了。你自己好自为之，他的目的是保护你还是控制你，我也搞不懂。不过这个对我们文略来说却是幸运的事。我也正打算去深圳找我的妻子和女儿，正好合我心意。"严天莫名其妙地说了一通。

曼君一边开电脑一边说："你说这些不着边际的话，我听得云里雾里的。"

"哎呀，还是让他下午亲自告诉你吧，我可不敢多嘴多舌。"严天摇着头，走出办公室。

她愣了愣，眨眨眼睛，轻声嘀咕："这是怎么了，让他告诉我，他是谁？"

何喜嘉照旧给她泡了杯绿茶，这次加了两朵白菊，飘在茶水中，煞是好看。曼君抿了一口茶，茶的清香混合着白菊独特的幽香，入口后提神醒脑。

她见何喜嘉给自己整理办公桌上的案卷时，对其中的庭审记录看得入了神。她还注意到何喜嘉脸上一会儿激动一会儿失落的表情，便问："是不是觉得做秘书很枯燥无聊，还是很想做律师？之前在正清你就是助理律师，按道理，你在文略是可以当律师，独立出庭的。"

何喜嘉赶紧放下案卷，双手放在背后，不好意思地说："什么都逃不过师父……不，主任你的双眼。我刚才看这个出了神，是想起那时我们一起出庭时主任你在法庭上的风采。而我跟在主任身后，也学了很多。当律师，是我的梦想。"

"既然梦想是这个，又何必应聘我办公室秘书一职？你的性格其实不适合做律师，你有些内向，不够放得开，不过也许是没有锻炼过。我刚入这行时，也是这样。这样，我考虑一下，秘书这个工作很简单，要不重新招个新人，我安排你担任我们文略的律师，我也不想浪费人才。"

何喜嘉开心得要蹦起来，一脸纯真地笑："真的吗？我可以做律师，主任你真的太好了。谢谢你大人不计小人过，我以后一定好好工作！"

"要好好干啊，打几场漂亮的官司，我这个做师父的也骄傲啊。"曼君希望自己的包容和提拔能够让这个女孩尽情施展法律系高才生所学的知识和能量，也不枉师徒一场。

"我一定努力啊，不过师父放心，就算我做了律师，我也还是会每天早上给你泡茶的。"何喜嘉笑眯眯地说。

如果此刻的曼君能够预料到接下来发生的一连串险些让她丧命的事都是因自己这一天的包容而起，那么她是断然不会这么决定的。只是，这世上的事，没有后悔药，也没有如果。

午后，佟卓尧如同空降一般出现在文略。

他身上那件好看的香槟色衬衫，恐怕也只有他能穿得这么清俊淡然。领口内侧的那条蓝色印花丝巾，是早前她在巴黎买给他的情人节礼物。他手里握着一份合同，轻轻地放到了她的面前。

“以后我的办公室就在你隔壁，我不一定每天都会过来。但是毕竟作为这里最大的合伙人，我还是会经常来的。阮主任，你以后有事可以直接向我汇报。”他语带挑衅，对她扬眉道。

她睁圆了眼睛，联想到严天说的话，这才明白过来，他一定是疯了才会这样做。

“佟卓尧，你是什么意思？我想问问你，到底怎样你才可以让我清静地生活下去！”她看了一眼合同，再看他的脸，他那副居高临下的骄傲让她恨不得揍他一顿。

“没别的意思，看你这么喜欢这家律师事务所，我就买下来送你好了。”他用轻松的口吻答道。

“你是在用你的钱侮辱人吗？在你的金钱世界中，货币是万能的吧。我为什么会来文略？我离开正清就是为了躲避你，可你现在又来打扰我的生活。你是在用你的钱一再向我证明，我逃脱不了你的手掌心，是不是？你这是在无声地伤害我。”她很痛心，他竟然会用这样的手段来控制自己的生活。

“你要这样想，我也无能为力。我只是不想你再跟着某位合伙人出去应酬、陪酒，你是我的太太，就算你要当主任，也请你给我留一点薄面，不要让外界耻笑我的太太出去陪酒！”他的音量很大，一脸愠怒。

“嫌我给你丢脸，那就离婚啊，谁不去民政局谁就是王八蛋！”曼君说着，一掌用力拍在办公桌上。

他忍无可忍，恼火道：“你是不是疯了，我再说一遍，你休想离婚！除非我死了，你拿着我的死亡证明去民政局！”说完，他起身大步离开办公室。

她跟在他后面，追着他下楼。她了解他，在这样的气头上，他开车一定会开得飞快，她前一秒还在生他的气，下一秒就在为他担心。追到他的时候，他刚上车，气势汹汹地关上车门。她拉开副驾驶座的门，坐上去说：“我们都不再是小孩子了，你的钱也是劳动赚来的，我不想你为了和我赌气就这样乱挥霍，我不想你再这样错下去。Y楼要不是任临树的投资相助，你会有现在的风光无限吗？请你珍惜你的财富，别再挥霍了。”

他买下她住过的那栋大厦，只因她曾在那里住过。她躲着不见他，他就收购了她上班的律师事务所。这些事，若他为别的女人去做，是会讨到佳人欢心的

吧。可对她而言，正是她心底里依然深爱他，才会这样抵触他的行为。

“这与你无关，我不需要你来教我怎么做生意！”他沙哑着嗓子说。

天气也一下变了，秋雨迅疾而来，豆大的雨点“哗啦啦”地落在挡风玻璃上。

“我不想看你再一次走向危机，走进深渊，难道我会害你？！”她痛心道。

“你要是不想害我就不会离开我！”他说着，面朝她，伸手想搂住她。

她挣脱他的手，心却比任何时候都痛：“在你眼里，我是你想抱就抱的玩物吗？你够了！清醒一点吧，佟卓尧，无论你做什么，我们都是没有未来的！你问问你妈，佟家的大门，我这辈子都不会再踏入半步！我是和你过，可还要和她过，有她没我，有我没她！你选啊！你是和我离婚，还是和她脱离母子关系！”

“我们可以找机会和我妈解释清楚！”

“还能解释清楚吗？你收购任临树的旧大厦，收购文略律师事务所，你妈对我已经怒不可遏。她认为自己那优秀出色完美的儿子都是被我害成这样的，你越做这些，我们的距离就越远。”

“我不想看你和别的男人吃饭喝酒应酬，那是我们男人做的事！”他脸上笼罩着阴翳的光。

“你管得太多了，我们的婚姻实际已经结束，请你别再干涉我的生活。还有，你不再是一个人，你是黎回和黎声的爸爸，请你保重你自己。我不想看到你出现在文略，你最好退出。”

“我不需要你的怜悯和关心，我做事更不用你教！”

在那场大雨里，她忿然从他的车里跑下来。

她站在雨中质问：“是不是我躲过雨的屋檐你也要买下来？那好啊，你得多用些手段挣多点钱，我怕你的钱不够买。”

他坐在车里，没有听见她在说什么，雨刮器左右摇摆着，渐渐看不清她的脸，她的轮廓在大雨中渐渐模糊。

从未离开，却已远离。

她全身湿漉地钻进了出租车。回到住处下了车，她只觉好冷，不由得打了一个喷嚏。想起刚才和他怒目对吵，他必定是恼怒透顶了。

有些后悔刚才一时冲动之下对他说了那么多气话。她走到门口，弯腰在地垫

下摸索钥匙，却没有摸到。这才想起多多今天过来这件事，于是她敲了敲门。多多一开门，就紧紧抱住了她。

几秒钟后多多才反应过来，跳出老远，拎着身上的衣服直抖：“哎呀，你怎么淋成了这个样子？单位不是配车了吗？你看你，我这件真丝衫碰到了你的黑色衣服，不会被染色吧。”

她瞧着多多身上那件白色真丝连衣裙，笑道：“你还会为这件衣服惋惜啊？以前名牌风衣被黎回拉了一身大便也没见你心疼过！”

“哎，那是以前，我如今可大不同了，浪费可耻！先说好，我来你这儿只住三天，家里还有很多活等着我做呢。马上到秋收的季节了，我要回去收割稻谷。”多多用湿巾擦着衣服上的污渍，慢悠悠地说。

“什么！秋收季节，你去收割稻谷？今天是什么日子？你们一个比一个让我震惊。”曼君光着脚站在地板上，脱下湿衣服，换了件宽大的T恤，拿起沙发上的毛巾擦拭头发。

多多倒了一杯热水后坐在曼君面前，认真地说：“我和你说一件事，你先不要激动，听我慢慢说。你用右手托着点下巴，免得你听了我接下来说的话下巴会脱臼。”

曼君照做：“现在可以说了吧，什么爆炸新闻至于让我下巴都脱臼？”

“是这样的，我……结婚了。”多多一脸幸福地说。

“什么！结婚？这么大的事你都没跟我说，你……你……你……”

“我们分开之后，我本想离开上海的。结果，鬼使神差的，我喝醉了酒，钻进了一辆车里。我以为是出租车，就说送我去机场，结果那是人家的私家车啊。那人当然不答应，我面子上也过不去，于是我就说他那是黑车，还闹到了交警队。总之我是丢尽了脸，喝醉的女人惹不起啊！他被交警队扣了车，直到第二天我酒醒了，他才拉着我去交警队解释清楚。我们俩就这么认识了。他有一片果园，里面有桃树、李树，还有一片葡萄园，他还承包了几百亩田，种的都是无公害的小麦和玉米。他好厉害……”多多花痴起来，叽里呱啦说着该男子。

不管多多的话是真是假，听起来这个男人确实是个人物。

“你说了半天都没有离开他种的东西，那你能说说他的名字、家庭吗？你们

怎么就结婚了呢？”曼君要求进入主题。

多多笑：“你听我慢慢跟你说。他呀，叫倪亭宇，今年三十岁，父母早逝。他是独子，在和我结婚之前，一直未婚单身。自从那天认识以后，他说自己有一大片果园，我就半信半疑跟着他去了他乡下的住处。我跟你说，他真的是土豪！你知道他乡下的别墅有多大吗？上上下下前前后后一千六百多平方米，院子里堆满了水果。我承认我是吃货，尤其是葡萄，超级甜。我跟你讲，我去了以后，参观完他的果园和农场，我就决定留下来，因为太适合我了。”

“你就这么草率地决定留在那儿，还认为适合你？你不是最喜欢都市生活吗？乡下没有酒吧，没有商场，没有咖啡馆，你怎么度日？”曼君很好奇，那个曾经纸醉金迷，在夜店酒吧各大Party流连忘返的多多，最后怎么无声无息地嫁给了乡下果园的园主？

“我每天都生活得很充实，管理几个园子的果树，从开花季节到花落、结果、采摘、打包装箱出售，都是我和我们家老倪一起做的。当然，我们手底下还有很多工人。乡下空气好，吃的是新鲜蔬菜，喝的是地下水，农闲的时候，老倪就开车带我去水库钓鱼，晚上一起做红烧鱼吃。你没看见我戴着草帽给果树喷药的样子，我自己都不敢相信这辈子会有这么一天。”多多说着，脸上带着宁静的笑容。

“曼君，我从未活得这么纯净，我们老倪把他的纯净和与世无争都给了我。我现在想，他做农夫，我做农妇，住在乡野之间，远离都市。夜里七点多，乡下就安静了，我们靠在一起看一会儿电视或者接吻，对我而言，时光从来都没有这样美好安稳过。以前的我活得太凌乱了，老倪一定是上帝派来拯救我的。”多多牵起曼君的手。

曼君明显感觉多多的手掌心起了老茧，手指甲剪得整整齐齐，没有美甲，没有钻戒，指甲上露出一个个弯弯的“月亮”。听过一种说法，指甲上的小“月亮”越多，就代表身体越健康。多多现在过的应该就是最健康的生活吧。

“我真为你高兴，你找到了自己的幸福。我从未见你这样夸赞一个男人，我想他对你一定很好。多多，我知道你一定会幸福的，但我没想到你的幸福是这样的。”曼君说着，感触颇多，声音哽咽。

“是这样的田园风光，对吧。以后带着我干儿子、干女儿去我们那儿，葡萄、草莓都可以现摘现吃。现在的孩子，估计都以为草莓是长树上的呢。对了，明天把他们俩带出来，我好久没见他们了，真的好想他们。”多多说。

“这次估计不行了，下次吧，反正咱们以后见面的机会多。”

“怎么，你当妈的要见自己的孩子他还有意见啊！”

“今天刚和他大吵了一架，闹得很僵，反正我暂时不想找他。我也很想见两个孩子，等过几天再看吧。”一提到自己的事，曼君就有些落寞，歪歪地窝在沙发上。

“你想清楚了吗？离了他，你可活得了？我看你过得一点儿也不好，如果他后退一步，那你也退让一步，大家不就有复合的余地了。”多多劝说她。

“没有可能，他妈根本容不下我，我们俩是势如水火的关系。我不想一家人钩心斗角，惹不起我躲得起。等黎回、黎声大一些的时候再看吧。他妈还在逼着我和他离婚呢。”

“你又不是和他妈过。这老太婆可真是狠毒，不顾儿子的幸福，难道还不管孙子孙女得不得到母爱吗？”多多抱怨道。

曼君叹息，低头揪着手中的毛巾说：“不提这些了，多给我说说你和老倪的田园生活吧。”

过去多多总说羡慕她和卓尧的恩爱如初，而现在，她也向往多多和老倪的相爱相守。择一人白首终老，住在与世无争的田园间，四季顺应农时，日出而作，日落而息，这样朝朝暮暮的时光，真让人动容向往。

恰好是周末，曼君这两天就开着车陪着多多在这个城市里转悠。她总能在清晨和夜深的时候听到多多和老倪打电话，她就站在不远处，偶尔会听到他们的对话。很简单，没有肉麻的情话，不过是碎碎念着多穿几件衣服、家里的几百亩稻田几时安排收割之类的，像是老夫老妻之间的平凡和默契。

兜来转去，爱得缱绻悱恻，她还是一个人。

若无其事才是最狠的报复。

多多问她失去卓尧还能够活下去吗，怎么不能活？像是和自己在赌气，偏要更拼命地生活。

你失去了原本以为离了就活不了的那个人，却发现失去原没那么可怕。你不会病，不会死，只是再也不会看清遥远的月亮和星辰。

周一的早上，多多和她一起出门，在大厦楼下，曼君见到了多多口中的老倪。老倪一点也不老，穿着灰色衬衣和灰色裤子，袖子高高挽起，衣着很朴素，剃着平头，脸上有着与土地打交道的人特有的憨实。他看着多多说：“这就是你天天同我说的那位好朋友吧。”

多多点点头，为两人介绍。

老倪很自然地握了握多多的手，然后松开，转身钻进车里拿了件自己的外套给多多披上：“又穿这么少，这可不是夏天了，一场秋雨一阵凉，早晚要多穿点。”

多多笑笑：“我知道了，都说了多少遍啦。”

简单说了几句话后，他们就各自上了车。多多得赶回去，收割机已经开始工作了，无法想象多多在金黄的稻田里是什么样，但一定是非常幸福的。和相爱的人在一起，做什么，去哪里，都是美妙的。

开车去上班的路上，曼君的眼泪一直在流。

这天早上没有遇到那辆黑色轿车，她心中有些落寞。她将车停在地下停车场，再步行十分钟。刚走进文略，只见原先的合伙人会议室被改成了办公室，两天的时间就重新装修完毕。原有的墙壁被砸掉，换成一面墨黑色的玻璃墙，站在外面，根本看不见里面。

这就是他口中说的，他在文略的办公室。看来他是动真格的了，既然他执意如此，她只好冷淡面对。

以后，会常见面。

她想到一句诗——惟愿无事常相见。这常相见，于他们而言，是福还是祸？

曼君不知，正是卓尧的这一举动加快了危险的来临。

何喜嘉坐在自己的小办公室中里打着越洋电话，脸上不时流露出和平时全然不同的凶光：“第二个复仇计划得提前了，他们可能过不了多久就会复合，我们要赶在他们复合之前，神不知鬼不觉地掌握好一切。第一步进展顺利，我现在是文略的律师，只要我在这个位置，就有机会。我看了新闻，有个案子引起轰动，我有办法。”

电话另一头说道：“你记住，千万不要留下线索，露出马脚，密切关注他们的对话，防止他们对你起疑。必要的时候果断一些，事成之后立刻出国。几条逃亡路线我都给你安排好了，你只管做到滴水不漏，要么她死，要么他亡。”

“好，窃听器我已装在她办公室了，她是断然不会想到的。还有我会每天早上给她冲一杯催命茶，就算计划失败，那些茶也够她消受的了。”

佟卓尧坐在车上，看着不远处曼君的车停在那儿，从她离去的背影看她分明在拭泪，却仍强装坚强。过去她曾说过，两个相爱的人，心意应该是相通的。就好比两人吵架，双方都很受伤，那么一方有多痛，就该能够感同身受到对方的痛。这样一想，便能够原谅。

她不在他身边这么久，他逐渐习惯了一个人抽烟、喝咖啡、失眠，还有莫名其妙地心疼。

如今独自虽无恙，问余生有何风光。

步行到文略，卓尧一路上都在想，该用怎样的表情和口吻和她说话。是带着笑容，还是像她那样冷若冰霜?

中途，他接到伍隆打来的电话。

“佟少，我在临湖别墅的工地。你要是有空最好过来一趟，后花园这边有些具体的事要你亲自看一下设计图。毕竟佟太太的喜好我们不是很了解，只有你最了解她的心思。”伍隆说着，电话里传来聒噪的施工机器声。

“好，我马上过来。”他挂断电话，折返回停车场。

他不知道，一整个上午她在办公室里坐立不安，直到午饭时间，她见他没有过来，便打算下楼吃饭。

路过他的办公室，她不禁停下脚步，望了几眼。何喜嘉走了过来，笑着说：“主任，真是没想到，佟少竟然成了文略的合伙人。这太好了！”

她半开玩笑半认真地说：“看把你高兴成这样子。”

“没有，主任，你想多了，我是替你高兴。难道你看不出来吗？他这一切都是为你做的。有你在的地方，就有他，多浪漫啊，你就原谅他吧。我可没有别的心思，我还想麻烦你帮我看一个人。”何喜嘉红着脸，害羞地说。

“看一个人？”

“我认识了一个男孩，比我大一岁，是通过别人介绍认识的。他今天中午约我吃饭，我想让你帮我看看他人怎么样。”

“这个我不在行，你喜欢就行，旁人的意见也只是参考，重点在于你自己的感受，我可不想当电灯泡。”曼君笑。

何喜嘉拉着她的手，撒娇般地说：“主任，午休时间我可以喊你师父。师父，你就帮我瞧瞧，要不是个厚道本分的男孩，我也就不和他浪费时间了。”

“那你自己对他印象怎样呢？”

“还行吧，有点小动心啦。”何喜嘉低头看着自己的手，腼腆一笑。

曼君只好答应。

在一家越南餐厅里，曼君见到了何喜嘉口中的男孩。是个阳光大男孩，穿着一身运动装，古铜色的健康肌肤，有着同何喜嘉一样纯真的脸庞。几番谈话下来，她对男孩有了些了解。男孩叫凌诚，上海本地人，有着上海男人的温和细心，也很绅士，懂得照顾人，富有爱心。目前在动物园工作，专门给大象、老虎和猩猩这些动物看病。

凌诚讲起给一只老虎拔牙的经历，听得曼君和何喜嘉聚精会神。

“虽然平时和这些老虎相处融洽，但第一次给老虎拔牙，不免有些害怕。不过我们事先都会用麻醉枪将老虎麻醉，确定麻醉药起作用之后，才会进去给老虎治疗。有一次很惊险，我用的麻醉剂量少了，正给老虎看着病，忽然觉得有什么在拱我的衣服。我一回头，看到老虎竟然醒了，正在用舌头舔我的衣服。”凌诚说着，喝了一口果汁。

“然后呢，你有没有吓得发抖？”何喜嘉好奇地问。

“幸好舌头舔的是我的衣服，衣服当场就破了。要是舔我的脸，估计我也就破相了。老虎和所有猫科动物一样，舌头上有倒刺，一般在捕捉猎物的时候，它舌头舔过的地方，肉没了，只剩下骨头。”

“那你以后给这些动物看病一定要多加点麻醉药，要是下次换成大象，突然醒了，一脚就能把你踹出十几米远，哈哈。”何喜嘉边说边掩着嘴笑。

曼君也跟着笑了，心里暗暗地想，这两个年轻人八成是有戏的，这么谈得

来。她的心莫名安定，也有点点小私心。何喜嘉有了男朋友，以后卓尧来文略，她也就不用多想些什么了。

可是她转念一想，都到这种地步了，还动这点小心思有何意义呢?

快下班的时候，何喜嘉敲门进来，神秘地笑："主任，佟少来了，一来就进了办公室，你要不要过去和他打招呼。"

"不用了，我还有事忙，你也去忙你的吧，没什么好稀奇的。"她面不改色地看手中的案卷。

等何喜嘉出去以后，她从伪装中卸下面具，喃喃地说："为什么要正儿八经来这边，佟氏集团还有那么多的事要做。卓尧你为什么要来，我不值得你这样做。和我在一起，你得不到安宁的。"

她在办公室里来回踱步，他的到来，直接影响了她的工作。只有一墙之隔，她深爱的他就在隔壁，她的心如同猫爪在抓挠一般。要不要去找他谈一谈? 用什么理由呢? 问孩子好不好? 还是说说文略的下一步计划?

似乎都给人感觉是她在找借口见他，不行不行，她否决掉脑海中的一个个理由。

路过他的办公室，曼君凝望着那墨黑的玻璃墙。他在伏案办公吗? 还是在抽烟? 有好几次，她都想对他说，别再抽烟了。可话到嘴边，却变成了恶语相向。若用漫画来表现，那就是她面对着他，从心里飘出的一颗颗爱心到口中却变成了一把把利刃刺向他。

口是心非，最吃亏。

大半个月就这样相安无事过去了，他确实经常来文略，每次来也都没有主动再找她，总是在办公室待上一会儿就匆匆走了。她知道他公务繁忙。

曼君每天上班，还是会遇见那辆黑色轿车，总是那么巧遇上。

日子也因他会来文略而变得有所期待，她有些报怨自己当初还和他吵成那样。瞧瞧，现在他一天不来文略，她反倒有些失落。

周末的时候，他带着黎回、黎声来到她的住处，她准备了一顿丰盛的午餐，这算是第一次一家四口坐在一张桌子上吃饭吧。

黎声已有九个月大了，令她喜出望外的是，在给黎声喂鱼泥粥的时候，小家

伙竟然含含糊糊地喊出了一声："妈妈——"

黎回笑着大叫："爸爸，妹妹会喊妈妈啦！你快来听。"

正在厨房切水果的卓尧忙跑过来，对着黎声说："快，再叫一声妈妈给爸爸听听。"

曼君眼里的泪不自觉地流了出来，她搂着黎声的头，紧贴着，欣喜万分："从你满月至今，妈妈没有尽到一天责任，真没有想到，你会喊的第一个人，还是我。"

"妈妈，是爸爸每天都在教，爸爸也要我多教妹妹学会喊妈妈。因为爸爸说，等我和妹妹都会喊妈妈，妈妈就会回来了，而且妈妈才是对我和妹妹来说最重要的人。要先会喊妈妈，再来喊爸爸。"黎回说完，回头望着爸爸："爸爸，我说得没错吧。"

他笑着点头，望向曼君，她的目光忙躲开。

这样的相处，总让她忍不住产生错觉，就像一家四口从未分开过。只是天还未黑，林璐云的电话就打了过来，催促卓尧赶紧带着孩子回去。看卓尧脸色不悦，曼君便说："下周还来这儿吃饭吧，我换个菜做给黎回吃。"

"妈妈做的菜是天底下最好吃的。"黎回夸赞道，抱着曼君的脸，亲了一大口。

她真是知足了。

平日里在文略，她跟他依然保持距离，也不会去他的办公室找他，只是有时会站在玻璃墙外，望着里面发一会儿呆。

一日，在电梯里，曼君与他撞上。

"现在你的幽闭恐惧症好些了吗？独处在电梯里还是会害怕吧。"他目光朝前看着说。

她摇摇头："已经没有什么可以令我害怕了。"

"以后每天都见，好不好？我想过我们的问题，也许每天都见，就算这样简单的照面，冷冷清清地说上几句话，慢慢地，我们也会回到从前。"他低声说。

她默不作声。

电梯门打开之后，她刚要往门外走，他一把拉住她的手，把她拉回到自己的胸前，再按上关门键，电梯门缓缓合上。

他用很低的声音说："你站在我办公室门口，明明很想我，为什么不进来？我在里面能看见你很难过的样子。你以为我看不见吗？你还在逃避什么，你是深爱着我的，别藏了，出来吧。"

她这才知道，那玻璃墙虽从外看不到内，但从内却能很清楚地看到外。她隔着玻璃墙遥望的牵念逃不过他的眼。

他分明就是为了能时刻看到她才故意安装了玻璃墙。她哪里会知道当自己站在那儿时，玻璃另一面的他就站在离她很近的地方。只是隔着一面玻璃，他可以清晰地看见她眉眼下的泪痕。这让她感到羞恼。

等电梯门再次打开，她冲出电梯，脸上有像是被捉弄后的恼怒，也有被窥探到隐匿的相思之后的羞怯。

她推开他办公室的门，走进去一看，站在他的办公室里面，外面的一切确实都可以看得一清二楚。她回忆起几乎每一天，路过这儿，但凡他在办公室，她都会站在外面出神。

他竟将这一切尽收眼底。

十一月的天，冷得需要穿件风衣才能抵抗寒风。

卓尧是天蝎座。

她怎么会忘记这个重要的日子。

中午吃过饭，百无聊赖，她在纸上写下一句话：十一月九日，卓尧，生日快乐。心里一下子想起了一件事，本想马上就赶过去，可又怕他要是来文略的话，她不在会见不到他。她不想错过这一天，她想等他。自从他们在一起后，他的每一个生日都有她。再怎么样，一句普通的"生日快乐"总可以说吧。她决定那件事等第二天再抓紧时间办妥。

她悄悄进入他的办公室，这把钥匙是他放在自己办公桌上的，她还假装不屑地随手扔进抽屉里。她在他的办公桌上看见了一张A4纸，上面写着一句话：小漫画，明天见。

这一定是他昨天写下的，他肯定猜到她会溜进来看他，还在下面写着：放心，我不会认为你这是未经允许擅闯领导办公室的。

她如同被一双眼睛洞察到内心般，惊讶地用手掩住嘴，眼睛四下张望，将纸片放在原位，又悄悄走了出来。

——小漫画，明天见。

她想起以前自己对他说过的那句话……

我不想听你对我说“再见”，我想听你说“明天见”。明天见，是很美的三个字，想想明天还可以见面，那么此刻的分别，不舍中还夹杂着期盼。

为什么印象深刻，那是因为在上一次去巴黎旅行的头一天，他还非常浪漫地说：“你放心，你以后的人生里，不仅听我对你说“再见”很难，像“明天见”这样的话也会很难，因为，我们天天都会相见。”

可他岂会料到后来的分离。

上午他处理完Y楼的相关事宜之后就赶回了佟家，准备接黎回和黎声一起去找曼君，结果被母亲拦住，要他下午陪着自己去做一件有意义的事。

林璐云信佛。当下社会有个很普遍的现象，那就是大部分的商人都信佛教，并且会出资建造寺庙，与僧人结缘。就算是刻薄寡情的林璐云也不例外，她是佛门俗家弟子，每年都会出财力为菩萨镀金身。

林璐云借着“儿过生日母受难”的理由，要求他亲自开车送自己去寺庙还愿，他也就不好推辞。本打算和黎回、黎声去曼君那儿一起过生日的，只好作罢，打算等晚上再去找她。

他被拉着一同进了大雄宝殿，然后他想起曼君也信佛。她是遇庙必进、遇佛必拜的人，她说寺庙总能让人回归宁静和慈悲。菩萨低眉间，有普度众生的怜悯。

一座座巨大的佛像，各路神仙菩萨，还有穿着袈裟的和尚在敲木鱼念经，香客往来虔诚跪拜。

他静静地站在一旁，看母亲跪在观音菩萨面前，口中念念有词：“大慈大悲观世音菩萨，今天是我儿卓尧的生辰，我特意带他来还愿，感谢这一年里保佑他的公司度过了危机，保佑我的孙儿孙女健康平安，弟子磕头拜恩。”

林璐云边磕头，边示意他过来一同跪拜。

他摆摆手，用极小的声音说：“封建迷信。”

不敢高声语，恐惊天上人。

在佛教徒集中的地方，要是大声这样说，难免会触犯众怒。

他持中立态度。这中立态度其中的原因，来自于他心爱的女子也信佛。

他看见一座灯塔，塔上一尊尊佛像，每尊佛像前都有一盏灯亮着，上面写着人的名字和生辰八字。他有些不解，便问身边的一位僧人："师父，这个灯塔是做什么的？"

旁边一个小沙弥说："这是我们庙里的住持。"

他有些肃然起敬，在企业里，董事长最大，而在寺庙里，住持就是最大的吧。

住持一脸慈祥和安然，耐心地说："这是长明灯，每日有法师在此诵经，每盏灯上都有一个施主的姓名和生辰八字，可保其平安。这灯一点就是半年，时间一到，再换给别人来点，除非点灯人再来续点。"

他从上到下，目光一层层扫着，像是想找找看有没有认识的人，来打发无聊的时间。只是，不经意的一瞥，赫然看见有一盏灯上写着：佟卓尧，一九八零年十一月九日。

他惊呆了，会有谁在佛前给他添一盏灯？母亲？断然不是，若要是，她早就要说了。再看这红纸上清秀的字体很熟悉，算算时间，是半年前，她应该在英国进修，怎么会来这里给他点平安灯？

无论如何，都说明她始终牵挂着自己。

住持接着又说："这一层的名字，这些灯一会儿就要换了。"

也包括他的名字在内。

他递上香火钱，在纸上写下名字和生辰，交给住持："佟卓尧这盏灯是给我点的，麻烦住持给换上这个名字和生辰。"

回程的路上，林璐云问："这次有没有什么收获？"

"收获颇多，不虚此行。"他心情好极了。

对此毫不知情的曼君直到下班也没等到他的电话，失落之余，心想他生日，一定是在佟家与家人欢度的吧，她还有什么好期盼的。她索性关掉手机，开车匆匆赶去寺庙。她想的那件必须做的重要事情，就是去续那盏长明灯。她生怕会被别人点了去。

当她看到那盏灯依旧亮着，这才松了口气。再仔细一看，灯上不再是自己写的那个人名，而是：阮曼君，一九八二年七月四日。

她摸着那盏灯，轻微啜泣。

灯上是他刚劲有力的字迹。

他竟然来过这里，还发现了这盏灯？住持见她独自在灯塔前流泪，便走上前来，询问何事。曼君将心中的郁结说了出来，住持只是倾听，并没有任何评论。

她在庙里吃了顿斋饭，又静静地坐了一会儿。她想，若是换了此时出家，她能放下尘世中的情缘吗？一定无法放下。那既然放不下，又何必要割舍呢？该怎样做才能回到从前的融洽？

临走时，住持送她到寺庙门口，送了她佛经中的一句话："人生在世如身处荆棘之中，心不动，人不妄动，不动则不伤。如心动则人妄动，伤其身痛其骨，于是体会到世间诸般痛苦。"

这心动，人动，伤身，痛骨。

她悟了。

而他打不通她的电话，去她住的地方也没找到她，最后只得沮丧地回到家中，像个小孩一样撒着娇给她发信息：今天没有听到你对我说生日快乐，我觉得这一年都过得太不幸了。

她回到家，开机后看到他的短信，笑了，回复道：生日快乐，黎回、黎声的超人爸爸，最美好的祝愿都给你。

她握着手机放在胸口，很快就等到他的下一条短信。

他问她晚上去了哪里，她没说自己去了寺庙，只是反问他：你要调查我的私生活吗？

他就换了个话题，来来往往，一会儿竟发了十多条短信。已经很久不发短信了，大概所有工作以后的人都会习惯用电话来解决问题，短信这种婉转而浪费时间的通信方式，大多都是学生们喜欢使用。

她几乎不回短信，可发信息的人是他，就算一直回复下去，也是件甜蜜的事。她窝在床上，看他说黎回、黎声这两天又学会了什么新本领，还发来兄妹俩头靠在一起拥抱的照片。仅仅是这一双可爱聪慧的儿女，就要让多少女人羡慕。

他们的关系在潜移默化中往好的方向发展着。他只要不是特别忙，都会抽空来文略，说是来办公，实际就是来看望她。他改变了策略，不再急于求和，而是重新培养感情。

一天，他匆匆赶来，见了她一面，说自己有事要出国一周，这一周都不能来看她了。她却假装作不在意地说："干吗和我说，你去就是。都快来不及了，还跑来这里，可别误了飞机。"

他笑："怕你会担心，等回来再和你细说。"

等他走以后，她的离别之情才显露出来。是啊，他们又没住一起，他去哪里又有什么区别。可一想到他要去遥远的地方，就又觉得离自己好远，好像之前他们距离很近似的。她想了想，一周的时间会不会太长了？

于是她发短信给他：一周的时间有些长，黎回、黎声这么长时间见不到你，怎么行呢？他们肯定会哭闹。

其实明明是她自己舍不得。

他回复道：那我就去五天。你的车停在地下停车场怕不怕？你别怕，我的车也停在那儿，你一下车，看见我的车，就不会害怕了。

对比她可以接受，便回：那好，注意安全，早去早回。

他没有说自己要去哪里，做什么，她也就没问。如果他想说的话，肯定会说。

和他一起消失的还有那辆黑色轿车，连续五天都没有见那辆车。失去那辆黑色轿车让出来的停车位，她每天就再也抢不到车位，只好将车停在地下停车场。最让她震惊的是，他居然豪气到从停车场内到外，每隔几米就停了一辆佟氏集团的车。因为车牌很明显，开头字母都是：TH。这是他以前的规定，"佟先生"和"小漫画"，他说是"佟画"（童话）组合，简称：TH。

她一下就想到了一件事，那辆黑色轿车的神秘开车人会不会就是他？可车牌号不是"TH"开头，印象中他名下也没有这样的车，不过看得出来是辆新车。

她辗转想了个办法，托人在车管所查了一下黑色轿车的车牌号，车主的名字果然是他。他居然每天早上特意天没亮就起来到这里给她占车位。他每次停好车后，就坐在车上等着她的车来，一等就是两三个小时。她每天早上都能睡懒觉，全是他的功劳。

他默默做的这一切，胜过千言万语。

终于等到卓尧回国，不过这次出行，似乎引起了媒体极大的关注。他整日都在接受采访，暂时抽不出时间见曼君，但她能从他传来的短信里看出他的思念。

这就足够了。

晚上，她抱着一袋爆米花坐在沙发上，在电视机前看到有关他的采访。

地点是他的办公室，他泰然自若地回复着记者陷阱式的提问。镜头晃过他的办公桌，上面立着一个相框，相框里的照片是他站在雪地里，身旁有一大群企鹅。

“佟先生，Y楼装修竣工之际，听闻您前几天去了南极，是去考察吗？还是计划在南极开展项目？”记者问。

他的微笑止住，一本正经道：“这是个秘密，只需要一个人知晓，这是我答应她要做的事。”

她想起来了，那还是去巴黎旅行之前，他们互说着最想见到对方的另一种模样，打赌谁先做到的话，就可以让对方无条件答应一件事。她说她想看他在南极和企鹅一起跳扭扭舞，他则说想看她像非洲女性那样背着一箩筐孩子，然后互相想象着对方的样子就笑倒在沙发上。

后来回忆起那天的话，她想，他们都无法为彼此不顾一切做到那样。

可没想到，他竟然真去了南极，还和企鹅合了影。

她开心得直踢腿，又翻个身，爆米花不小心洒了一脸，但心情大好。手机响起，收到他的一条短信：晚来天欲雪，能饮一杯无?

她回复：我自倾杯，君且随意。

言外之意就是愿意和他一起出去。

不到三秒钟，她手机屏幕上快速闪现五个字——

开门，我到了。

他竟就在她的公寓门外。

# 第十章 早知半路应相失，不如从来本独飞

执子之手太容易，与子偕老又太艰难。那么多人随意说着这八个字，终是只做到了前面四个字。

# 3 如果巴黎不快乐

窗外是纷纷扬扬的大雪，卓尧和曼君相对而坐，桌上的几个小菜是她现炒的，还有一壶正在炉上煮着的黄酒，他感慨万千：“这种天气，最好就是一家人围坐在桌前，外面下着大雪，屋内煮着酒，吃着热菜，闲话家常。”

“你这番话要是在白天的镜头前说，一定会震惊四座的。”她吃一口菜，啜一口热腾腾的黄酒。

“怎么，看不出来吗？”他笑。

“因为你这样身份的人，肯定是吃着山珍海味，品着好酒，哪会和我窝在这间小公寓里，吃着家常小炒，喝着我做菜用的黄酒。”

“你是故意这样说来气我的对不对？你明明知道，只要能和你在一起，就算吃穿住行都是最差的，我也愿意。因为你是天底下最好的，其他的就算是最差，我都能满足。”他端起酒杯，与她干杯。

曼君见雪没有停的意思，想起他喝了酒又不能开车，便说：“你不能再喝了，雪越下越大，待会儿你要怎么回去？你还是叫崔师傅过来接你吧。”

“今晚不走。”他说着，从桌上拿起手机，翻出视频，递到她手里。

画面上播放的视频，正是他在南极拍摄的。一望无边的冰山上，一群群黑白相间的企鹅抱在一起抵挡风寒。他穿着厚厚的御寒衣出现在镜头前，全身上下被包裹得严严实实，对着镜头笑。随后，他学着身后的那群企鹅一样，摇摇摆摆走起路来。好滑稽，她从来没见过他这样高大的男人模仿企鹅笨拙的样子。

她忍不住笑了：“你居然真的去模仿企鹅，我可不会扮成非洲女人站在街上用箩筐背着黎回、黎声的。”

“当初说好的，谁做到了那么另一个人就要无条件答应对方一件事。”他说。

莫非他特意去南极一趟，就是为了要她无条件答应他的要求？她问：“你要

我答应你什么事你想好，只可以是一件事。我要是觉得不可以接受的话，我会给你一次机会重新换一个要求。先说好，不许涉及离婚不离婚的话题。”

“我想今晚牵着你的手睡一觉到天亮。”他说着，握住了她的手。她的手竟是冰凉的，他便想起她体寒。这种体质的人，冬天的时候，夸张一点来说，手伸进热水里，都能直接降低水温。

“你醉了，老老实实睡沙发。”她说着，快速起身，跑进卧室里，抱出一床被子放在沙发上。

“我不要当厅长，我怕冷。”他卖萌撒娇。

她想到那辆黑色轿车，便问：“你会怕冷？要是真怕冷，就不会在一天当中气温最冷的时候跑去占个停车位，再等我上班时做无名英雄了。你怎么这么傻，你可以花钱去买任临树的这栋旧大厦，怎么连个停车位也买不到，还要天天早上亲自开车来帮我占位？”

“这你都发现了？”他像被拆穿了心事的小男孩，显得有些难为情。毕竟天天早上起个大早，只为免她走远路，免她担惊受怕，这得是多喜欢一个女人才能做到的事，更何况是他这样傲慢不羁的男子。

“真当我傻呀，不过发现原来是你，我还是有些失落。本以为可能是某位低调内敛的男子暗恋我，我还幻想了很多和他邂逅的故事。唉，结果是你，艳遇泡汤了。”她故意这么说。

“你是不是想我对你实行制裁？”他目露凶光，恶狠狠地看着她，瞬间露出笑容，一把抱住她。

她连忙抓起被子挡在身前，央求道：“我错了，我都已经是两个孩子的妈了，哪还会有什么男人对我动心。除了你，还能有谁。”

“你既然知道，当初还铁了心要和我离婚，简直是不自量力。”他用力吻一下她的脸颊，笑着说。

“那我也是有自尊心的人啊，你妈拿了一份离婚协议书来，上面还有你的签名。是你先签字的，并且你都签了字了，我为什么不签？不签倒显得我死皮赖脸抓着你不放。对了，我差点忘了找你算账，你倒是说说看，为什么签字？”

“我绝对绝对没有在离婚协议上签字，你让我好好想想……我想起有一次，

妈妈拿了一份协议给我，说是黎回入幼儿园要签的协议。她已经看过内容，没有问题，就让我签字。当时我喝了些酒，也没怎么细看，拿过来就签了。”

“你堂堂佟氏集团的董事长，能随便签字吗？我不信。”

“我想是我妈拿来的，难道还会有错？再说黎回的入园协议确实要家长签字才行，我也就没有怀疑。现在想想，也只能是那次了，所以我签了字。”

曼君连连摇头：“你看你妈，为了让我们离婚，可算是想尽了一切办法。就因为我和你对簿公堂，她坚决认为是我背叛了你，还把我视为佟氏集团的公敌。那些手段我都不想细数，她还来找过我几次，我是不想你夹在中间为难。”

“我回去后会和她说清楚，如果她不接受你，那我们一家四口就搬出来住，我们不缺房子。”

“那怎么行，你妈根本离不开两个孩子。你不能为了我就孤立她，那样她只会更加恨我。我只想找个机会取得她的原谅，我不想继续和她不愉快，她到底是你的妈妈。她说得对，我也有儿子。虽然她不接受我，可她是那么喜欢黎回、黎声，就凭这一点，我也不能够自私地带走你和孩子。我们再试试看，或许还有别的办法。”

他被曼君的宽容和善解人意打动：“你还是老样子，总替别人着想。那你告诉我，在想到办法之前，我们该怎么办？保持现状？明明是夫妻，却不能公然住在一起，搞得像是地下情一样。”

“被你妈发现了，又要来找我的麻烦。”她牵起他的手掌，黄酒使她微醺，“我们有多久没有这样说话了，快一年了吧，从二月份到现在，辗转这么长的时间，你都没有怪过我。你知道吗？你不在，我过得……一点也不好。我整夜整夜睡不着觉，走到哪里都会想起你。当时那栋楼坍塌出事故，我真的害怕整个Y楼都会有质量问题，我怕你会出更大的事。一旦发生重大伤亡事故，就不是赔偿那么简单了，后果真的会不堪设想。所以我才会想方设法让Y楼停工，你明白吗？”

“我都明白，那件事我从来没有怪过你。最让我无法理解的是，你去英国半年都没有一个电话，你整整从我的生命里消失了半年。这意味着什么？一生中能有多少个半年，你就这么狠心让我半年都见不到你，连你的声音都没有听到过。你知道我是怎么过的吗？我宁愿你在我身边，不管你是起诉我、骂我、恨我，什

么都好，至少我可以看到你，听到你的声音。”他动情地说。

她的脸庞贴着他的胸膛，听着他的心跳声，低喃着：“对不起……就是好怕以后都遇不到像你这样好的男人了。”

“你下半辈子都要老老实实待在我身边，补偿我才行。”他捧着她的脸，深情凝望，从她眼中看到了许久不曾感受到的温柔。他吻她，像从来都没有吻过一样。而她在他的怀抱中，用力拥抱着他。

这才是真正的久别重逢。

他身上好闻的气息如天罗地网般包裹着她，每一刻的温存都让她心中开出了花儿。

天亮的时候，她还偎依在他怀中，他的胳膊让她枕了一夜，又酸又麻，却不想惊动她的美梦。阳光照在床单上，外面是皓白的雪。雪已停，他手撑着头，静静地望着她熟睡的容颜。细细长长的睫毛，干净的肌肤，几缕发丝绕在面庞上，头发在阳光下泛着小麦色的光。

他不知不觉望着她，直到她伸了个懒腰醒来，见他的脸离自己那么近，她笑着推开他：“看什么看，醒了也不去刷牙洗脸，想赖床呀。”

“不舍得起来，想多看你一会儿，数数你到底有多少根睫毛。你猜我数清了吗？”他轻轻抚弄她的眉。

“数不清呀。”她坐起来，靠在他怀里。

“被你打乱了，我什么时候数清楚就什么时候起来。”他往被子里一钻，拉住她的腿，把她也拖进了被子里。两个人躲在被子里，蒙着头，四目相对。她的眼睛渐渐湿润了，这样近看他，原本以为再也不会有这一天了。她伸手搂住他的脖子，哽咽着说：“我们以后都要好好的，好吗？”

这样寒冷的清晨，睁开眼，他就在她身边。他的笑容，是这个冬天最温暖的过冬装备。

他点头，把她抱得更紧。

失而复得，最是珍贵。

他们挤在卫生间里一起刷牙，她从抽屉里拿出一把未拆的牙刷，是情侣装，旁边的那一支已经拆了。她说：“每次买牙刷，还是习惯性买两把，总是戒不掉

和你在一起生活留下来的习惯。”

“我也是，你用过的香水摔碎了，我又去买了一瓶放在房间里，好像闻到那种香气，就像你回来过。”

所有的误解都该释然。

她惊呼：“完了，我忘了今天要上班！”说着，她赶紧冲进房间换衣服。

“我是合伙人，今天算你休假！”他从卫生间里探出头，笑着朝她喊，英俊的脸上还挂着牙膏泡沫。

“那可不行，工作归工作。你要和我一起走吗？”她快速穿着上衣，外面套上一件长款白色羽绒服。

“那我顺路送你，晚上我带黎回、黎声来接你下班，一起吃饭。”他安排着。

她穿着衣服，目光转移到他放在床上的大衣上。然后她坐在一旁，把大衣抱在怀里，细嗅着上面属于他的气息。这样真好，就好像回到了从前。卓尧，是不是以后除去生死，再也没有什么可以分开我们了？

他们一起手牵手走出大厦，马路上的积雪已被铲除，只有路两旁的树上和绿化带里还堆着雪。路面湿滑，他车开得慢，放着音乐。她看着他的侧脸，恬静地笑。那是一种久违的温暖。

他牵着她的手走进大厦，快到文略时，她犹豫着想要松开手，结果被他拉得更紧：“不许松开，我要所有人都知道，我们已经和好如初了，让他们都羡慕你吧。”

“你真是无比自大，不过，这也是事实。”她眯着眼笑。

整个文略都轰动了，新主任和新合伙人原先闹得要离婚，现在竟牵手出现在文略，这必定是复合的节奏啊。

进了她的办公室，他才松开手：“就先护送你到这里了，我要回公司一趟，还要去Y楼那边看看，再回去带黎回、黎声来这儿接你。你想好晚上吃什么，在我来的时候，得给我一个答案。”

“你明知我是选择困难户，还让我选。估计你过来时，我都没想出来。每一家我都很想吃啊。”她纠结地说。

他摸摸她的头，说：“正因为如此，你就会整个下午都在想我们今晚去哪里吃饭，然后是不是觉得时间过得很快，也很美妙？没关系，随便挑一家吃。以后

每天都一起吃，一家家吃个遍。”

“那可不行，不能老在外面吃，又花钱又不健康，哪有自己家做的卫生。我下午有好多事要做，你以为你是合伙人，我这个主任就能够游手好闲为所欲为了？”

“嗯，被我宠成这样你居然还是很懂事。”他不禁夸赞。

“好啦，你快去忙，不然我下班了你还没有来，又要我等你。”她笑着推着他往外走。

“不许太辛苦，有的事能够交给下面律师去做的，就不要自己做。”他嘱咐道。

她忙不迭地点头：“好啦好啦，一会儿见。”

他走出办公室后，又折返回来，一脸嬉笑地张开双臂说：“快过来。”

她顺从地走过去。

尚未分开，就已相思，真不知他这将近一年是怎么熬过来的。

“亲我一下我再走。”他扬起了右脸颊。

她凑上去亲吻他的脸，对这短暂的分别表现出依依不舍。这样的旖旎，仿佛他们从来没有空缺过。

谢天谢地，我们终于又在一起了。

她默念。

何喜嘉戴着耳机听着这一切，自言自语道：“看样子，是时候执行计划了。”过了会儿，何喜嘉端详着手中的名片，拿起桌上的座机，拨通了名片上的号码。

“你好，梁太太，我是文略的何律师，你儿子的官司，我们文略接了。是，会是阮律师亲自上庭，你放心，一定想方设法让你儿子无罪释放。”何喜嘉说着，嘴角浮起意味深长的笑容。

何喜嘉敲响了主任办公室的门，手里端着一杯茶，茶杯里依旧放了两朵白菊。

“主任，今天上午你怎么没来？不过这茶就当是下午茶吧。”何喜嘉将茶放在曼君面前。

曼君笑道：“家里有点事。”

“我明天想向你请个假，凌诚明天过生日，他想带我回家见他爸妈……”何喜嘉说着，脸羞得绯红。

“这是好事，我批准了。好快，这就到见家长啦，我看你们明年开春就要办婚礼了。”曼君心情很好，所以也就没有细想。

何喜嘉接着说：“对了主任，我想起来了，你还记得之前来过我们文略的梁太太吗？”

“记得，是为她儿子梁吉涛被控故意杀人的案子吗？这个案子是你负责接待的，之后你们是怎么谈的？”她问。

“梁太太是慕名而来的文略，她希望主任你能亲自代理这件案子，她说她只信任你的能力，来过文略很多次，现在眼看着官司临近，迫切需要律师，主任你看呢？梁太太给的代理费相当不菲……”

“代理费是其次，关键看这个案子的定性。这样，你待会儿把案卷送过来，我看一下，有没有可以值得挖掘的蛛丝马迹。”她说。

“好，我一会儿就送过来。梁太太说了，有阮大律师亲自出面，一定能还她儿子一个公道。”

“要是梁吉涛确实没有杀人，那我们也不能冤枉一个好人，一切都要靠证据说话。”曼君客观地说。

她身为律师，秉着公正公平的态度去受理官司，不会先入为主。她要做的，是维护自己代理人的正当权益，也绝不会为该得到惩罚的人进行无罪辩护。

一整个下午，她都在看梁吉涛的案卷。

起因是一对情侣之间的争吵。梁吉涛，男，二十三岁。死者金恬筱，女，二十二岁。事发前两人在酒店发生争吵，之后金恬筱从酒店九楼坠下，死因为高空坠落。警方勘察现场后，法医对尸体进行解剖，发现死者生前有过性行为，身体有多处非坠楼而导致的淤痕。现场没有发现死者遗书，便以故意杀人罪立案。梁吉涛被批捕。

梁吉涛是名副其实的富二代，而金恬筱家境贫穷，两个家庭经济条件悬殊。梁吉涛的母亲在得知儿子和门不当户不对的穷人家女儿谈恋爱后，极力反对，两人的恋情逐渐转为地下，经历了几次分手和复合。梁吉涛非常爱金恬筱，审讯过

程中一直求死，但始终不认罪。

梁吉涛在笔录里说起之前还打算和金恬筱私奔，结果被金恬筱的父亲金胜给抓了回来。

曼君开始一点一滴走入这对生死相隔的小情侣的生活。首先，她进入了死者金恬筱的微博。这个长相甜美可人的女孩的微博竟是死气沉沉的一片，多次提到有轻生的念头，显露着抑郁症的征兆。

金恬筱不能排除有自杀的可能。在案卷上，并没有发现有关金恬筱患有抑郁症方面的调查，而梁吉涛在口供里说，自己曾带金恬筱去看心理医生，被诊断出是重度抑郁症。而这一情况，金恬筱的父母并不知情。

抑郁症、高空坠亡、争吵、身体有淤痕疑似受伤。她从梁吉涛的口供里能看出来，他非常爱金恬筱，不可能因为想摆脱金恬筱而动了杀机。两个都想要私奔的人，他怎么可能为了摆脱她而痛下杀手。这在逻辑上并不是很站得住脚。

金恬筱的父亲金胜将女儿的死全部归责于梁吉涛，偏激地认为必须严惩凶手，杀人偿命。曼君能够理解白发人送黑发人的痛，但要是梁吉涛确实不是凶手，这个罪名就不能够成立。

之后她决定接手这个案件，亲自负责。

这个结果不出何喜嘉的意外。

直到下班，卓尧带着黎回、黎声走进她的办公室，她才从这个案件中走出来。

两个孩子一先一后地喊她："妈妈——"

这一定是世上最动听的声音。

曼君抱着黎声，卓尧牵着黎回，一家四口从文略走了出来。

上车之后，把黎回、黎声放在安全座椅上坐好，他才回头问："告诉我，想好去哪儿吃饭了吗？"

她晕晕乎乎地说："啊，我给忘了，下午太忙，接手了新案子，你就近看哪家比较适合两个孩子吃饭吧。"

"好，那就去吃些养生粥吧，反正晚饭要吃得少些。"他发动车子，一路上黎回唱着歌，黎声跟着"嗯嗯啊啊"，他不时地微笑。这一天，他期盼了很久。

"你接手了新案子，是哪件啊？"他问。

“梁吉涛的那件案子，不是挺轰动的吗？我看过卷宗和审讯笔录，觉得这个案件存在一些疑点。梁吉涛始终不肯承认杀人，却一心求死，并且杀人动机也不对，我想着手调查。”

“噢，梁应世的儿子，他还在我们Y楼买了旺铺，他们夫妻俩就这么一个儿子，要是真判了杀人罪，他们以后的人生可就真是绝望了。”他说。

“你认识梁应世？”

“不是很熟，有过几次合作关系。你现在是主任，完全不用亲自上庭，这个案子交给底下那些律师就好了，我不想看见你劳神费力，太辛苦了。”他说。

“梁太太点名要求我出庭，再说，这个案子疑点重重，我就接了吧，或许能够起到一些作用。等忙完这个案子，我们找个时间和你妈一起吃饭，我当面向她道歉，你看怎么样？”她已做出退让。

“好，能够冰释前嫌是最好的，我也会找机会和她谈。”

在他们看来，除了这一点，他们就再也没有别的阻拦了，却不知无形中一张满是阴谋的网正在朝他们扑来。

晚饭之后，他送她回到住处，待到晚上九点多才走。

又只剩下她一个人。

她闲来无聊，打开电脑，查询与案件有关的报道。联想到死者金恬筱尸体上的淤痕，她突然想到，也许这些伤并不一定是来自于梁吉涛，就算伤痕是新伤，也不能代表施暴者就一定是梁吉涛，也有可能是来自于他人。她决定第二天见了梁太太之后，再去一趟金恬筱生前去看心理医生的那家医院。

这一夜，曼君是在混乱的梦境中度过的。

早上，他的早安电话如期而至。

“今天早上就不帮你抢停车位了，那个车位，我已经买下来了，你不用着急。之前怕你拒绝，所以才悄悄做无名好事。现在你总不会还忍心让我早起吧。”卓尧在电话里打趣道。

“果真得到了就不珍惜，你看，才刚和你复合，你就偷懒了。买那个停车位多贵啊，真浪费钱。你的钱又不是大海里漂来的。”她抱怨的话里听起来都是关心。

“挣钱不给自己的太太和孩子花，给谁花呢？晚上见。”他在电话那头吻她。

这时她正在洗脸，对着镜子忍不住笑出声来。

“真的好幸福啊，阮曼君，你没有做梦，这都是真的！”她对自己笑。

上午，在办公室里，她见到了梁太太。这个拥有好几家美容会所的女强人为了儿子的事操碎了心，也衰老了很多，见到曼君就如同见到救星，才说了几句话就抹眼泪。

“阮律师，我们家虽然家境殷实，可我和老公也是白手起家。外面说我反对吉涛和金恬筱的恋情，是因为我嫌贫爱富，根本没有这回事。我早就见过这个女孩子，也给她买过几次礼物，我本是想把她当自己的准儿媳妇看待的，谁知几次见面交流下来，我觉得她的思想太过消极，也很偏激，我才认为她不适合吉涛。”梁太太诉说着。

曼君用笔快速记录，抬起头看着悲伤的梁太太说：“现在案件到了这一步，对梁吉涛很不利，我们只有找到有力的证据才能让法官驳回故意杀人的诉讼，梁太太，你必须仔细回忆你和金恬筱的每一次见面，有哪些让你觉得她偏激消极的细节，我要真实、具体的。”

“我想想……我记得有一次，她和吉涛在楼上待着，平时两个孩子在家，我都识趣地给他们让出二人空间，会选择出门转转。那次我出去后，发现车钥匙没拿，于是我又上楼，就听见金恬筱对吉涛说到要一起殉情的事。可那时我并没有反对他们俩啊。我站在门口，停下脚步，只听见金恬筱说，活着根本不像活着，只有在另一个世界里才没有伤害，没有苦难。她说吉涛，你要是爱我，就和我一起死。我当时吓得头皮发麻，因为我从门缝里看见金恬筱的那张脸啊，真的是死气沉沉，一副生无可恋的样子。像我们这么大的年纪，都见过死去的人，当时她的脸苍白得就像死人一样。于是从那天开始，我就反对吉涛和她见面，我真怕她会带着吉涛去殉情，我太怕失去我的儿子了……”梁太太回忆起当天的那一幕，仍心有余悸。

“也就是说，在你默认他们恋爱期间，金恬筱就流露出轻生的念头，并且希望和吉涛一起死。你知道这件事后，才开始阻挠他们的恋情。那吉涛知道你阻挠的原因吗？”曼君问。

梁太太无力地摇头："他不知道，我只是说门不当户不对，让他和她分手。我哪想到他表面上答应了我，私底下还和她有联系。甚至他和金恬筱私奔，还被她爸爸抓到暴打了一顿。我的心都要碎了，这是我们梁家上辈子欠金家的吧。"

"你的意思是说，金胜打了梁吉涛？"

"是的，这顿打我们梁家认了，毕竟是我儿子要带着人家女儿走，活该被打。没想到半个月之后，吉涛和金恬筱就在酒店里出事了。我相信我儿子不会杀金恬筱，他那么爱她，不可能伤害她。即使是受到她爸爸的暴打，这个善良的孩子也还在跟我们说不要追究……"梁太太按捺不住，抽泣着。

"好，我都记录下来了，我既然是梁吉涛的辩护律师，就会尽我的全力。梁太太你也要保重身体，别太伤心了，你可不能垮。"她安慰着梁太太，心中的疑问也逐渐明朗。

这时候的卓尧，正在即将建成的临湖别墅里查看接下来的装修计划。伍隆说："佟董，还瞒着佟太太？是打算给她一个大的惊喜吗？"

他笑："只要她喜欢，什么惊喜我都愿意去创造。"

"难怪任总说，天底下不是什么男人都能够像他和你一样一往情深。"

"任总这个人难得称赞别人，就称赞一次还不忘记把自己给捎上。"卓尧开着玩笑，深呼吸一口气，看着这栋别墅已有了最初的样貌，想象着以后一家四口在这里的生活，会很美。临走前他再三叮嘱伍隆，细节安全是第一的，比如湖边必须圈上安全栅栏，屋内有关水、火、电的设施一定要做到最安全，连一个插座都要注意。他当了父亲，真是事无巨细都上心。

他连着又要赶去Y楼，那边也在紧张装修中。

大厦外层挂着各种广告铺位的巨大竖幅，计划情人节那天开业，配合全场促销活动。他还有一个秘密的计划要在那天实施，眼看也只剩下两个多月了。

他要给她一个接一个的惊喜，他想象她在收到惊喜的那一刻会激动成什么样子。

此时的曼君和卓尧一点也没有意识到，危险像一只无声无息匍匐前行的狮子正朝着他们靠近。

何喜嘉窃听到曼君和梁太太的对话，满意地笑了。从钱夹中拿出一张新的手机卡，将新卡插入手机里，拨通了一个人的电话。

“喂，金胜吧。”

“你是谁？”电话那头传来一个男子警惕的声音。

“我是谁对你而言不重要，我只是一个好心人。你的女儿死于非命，可惜对方有钱有势，你不是他们的对手。我实在是看不过去梁家人的所作所为才透露消息给你，你只要不声张，我会继续给你消息。”

“好，你说，不管以后发生什么事，我都不会告诉任何人你给我打过电话。”

“好。现在案子即将开庭，梁吉涛的父母给他们的儿子找到了最好的律师，具体怎么个最好法，就是那种能把杀人犯辩护成无罪释放的律师，你明白我的意思了吧。只要她接手这案子，肯定会翻案，你女儿最后只会被定为自杀，梁吉涛会无罪释放，顶多赔你一小笔丧葬费，其他一分钱你也捞不到。”何喜嘉扭曲事实说。

电话那头一阵沉默，很快，男子就愤怒地道：“是哪个律师要我女儿死得不明不白！我女儿就是被梁吉涛害死的，我要他陪葬！要么梁吉涛死，要么给我五百万我就同意向法官求情放他一马。谁敢挡我，我绝不会放过他！”

“你先冷静，听我说。这个律师现在已经为梁吉涛的无罪辩护开始取证了，她很快就会找到一手证据。只要她出庭，你信不信，梁吉涛百分之百无罪释放。”

“那我该怎么办？你既然打电话给我，那你就一定有办法帮我的！”

“稍后我会把这位大律师的电话、姓名和行踪发到你的手机上，保持联络，我会给你指示的。”何喜嘉说完挂断电话，快速在手机里输入有关阮曼君的个人资料，轻轻点下发送键。

何喜嘉转了转手机，冷笑：“借刀杀人，干净利落。”

曼君哪里会想到，这一切都是在将她引诱向死亡的圈套。她正在开车前往医院的路上，就接到梁太太的电话。

“阮律师，有件事，我考虑了很久，我想我要告诉你，也许这对我儿子的案子会有帮助。”梁太太犹豫地说。

曼君将车停在路边，说：“你讲，我在听。”

“我之前私下找过金恬筱的爸爸金胜，我希望他能够为我儿子求情得到轻判，岂料他狮子大开口，向我们要五百万。当时我真有打算给他，好在遇上了你。就在刚刚，他打电话过来，自降筹码，说只要三百万他就答应我为梁吉涛写从轻处罚的求情书。我该怎么办？我想问问你，你有几成把握赢这场官司？如果真的没有希望，我只有走这一步了。”梁太太说。

她赶紧阻止：“梁太太，你听我说，他这种行为等于是敲诈勒索，拿着女儿的死亡来做交易，更显得蹊跷。试问天底下哪个做父亲的宁可要钱也不为女儿讨一份公道？放心，我正在调查，就算杀人罪名成立，金胜的求情书也不能阻挠法律的宣判，没有意义。”

“他打来的电话我都有录音，会有作用吗？”

“你做得很好，保留好录音，这是证据，必要时我们可以向法官呈上。”曼君越发觉得这个案子疑点重重。

从金恬筱生前见过的心理医生这儿，她得到了更多有效的消息，只可惜这么重要的一条线索警方居然遗漏了。她出示了名片之后就走进朱医生的办公室，她说明来意，占用了朱医生半小时时间。

“本来患者的信息我们是不可以透露的，不过现在金恬筱已经去世，又死因不明，我也希望我所了解的事能够对你有帮助。我见过她的男朋友，陪同她一起来的我这里。他是个非常温暖阳光的男孩，对金恬筱很体贴，以我作为心理医生的专业角度看，他应该不是杀害金恬筱的凶手。”朱医生在心理学领域有着非常大的成就。

“那么朱医生你对金恬筱的死亡怎么看？”

“就目前她单独和我聊的内容看，她有严重的自杀倾向，我也给她做过诊断，是重度抑郁症。她也告诉过我，若不是遇见了梁吉涛，她早就自杀了，根本不会活到现在。她的世界里满是黑暗和暴力，处处都是伤害。”朱医生表情凝重。

“她才二十岁出头，怎么会这样呢？”

“这个她只和我一个人说起过，连梁吉涛都不知道。她父亲人格分裂有暴力倾向，经常打她，还嗜赌如命。在得知她和梁吉涛恋爱之后，为了找到赌本，

他甚至逼女儿向梁吉涛要钱。她要是逆父亲的意，就会被父亲关进黑屋子里不吃不喝一两天。”朱医生说着，不禁叹息，“多好的一个女孩，要不是有那样的父亲，换了任何一个家庭都会活得很快乐，会是父母宠爱的心肝宝贝吧。”

这样的调查结果让曼君的心处于悲痛中，尤其是看着金恬筱生前的照片，那样温柔甜美的女孩，如朱医生所言，是个讨喜的姑娘。真可惜，就这样死了。就连死后也不得安宁，成为父亲索要钱财的筹码。

曼君也能够明白金恬筱身上的累累伤痕，新伤旧伤，都是出自她父亲之手。

“就算她是自杀，他父亲的分裂人格和暴力相待、逼她向自己深爱的男友再三要钱才是这个善良的姑娘自杀的原因。”朱医生说。

事情调查到这里，她已整理了厚厚的记录作为证据，她为自己即将为梁吉涛做无罪辩护有了极大的信心。她倒也想看看，能够对自己亲生女儿一次次挥动拳头的父亲究竟是怎样的残忍和狠心。

离开医院，她刚上车，就发现一旁树林中有个身影一晃而过，行为举止十分异常。她吓了一跳，想想这是在心理诊所附近，有举止怪异的人出没大概是很正常的事吧。

晚上她和卓尧一起吃饭，聊起了这个案子。

他担忧地说：“以后我接送你上下班吧，听你说起死者的父亲我就觉得很可怕，他会不会对你实施报复啊？这会很危险的。你损害了他的利益，很显然，这种人什么事都做得出来。”

她“扑哧”一笑：“你的被害妄想症比我还严重。不会啦，没事的，他怎么会找到我这里，没你想的那么可怕。”

“我可不想你冒险，太危险了。别拒绝了，明早我来接你，就这么定了。”他的口吻不容置疑。

“我看你是在找借口接近我。”她笑。

“你瞧你，想得挺美的。”他伸手捏捏她的下巴。

此刻，楼下一双眼睛正抬头盯着这栋大厦，如同幽灵般窥探着。

他走之后，她正在洗头，手机响了，以为是卓尧有事找。打开手机一看，是个陌生号码发来的一张图片。

当加载完毕图片打开的那一刻，她吓得扔掉了手机。

屏幕上是一张她自己的照片，可怕的是有一只张着嘴，血淋淋的猫头放在照片上，殷红的血把照片上她的脸都浸染了。很快，一条文字信息跟着进来——

停止你眼下做的事，否则，这只猫就是你的下场。

她心中有数，除了金胜，不会有别的人。

太卑鄙阴险了。她想要报警，可又想到眼下官司正进入开庭前的最后环节，不宜打草惊蛇，所以还是放弃了报警，将这条短信作为证据留着。

她夜里和卓尧通电话，本想告诉他这件事的，可是又怕他担心，更怕将他无辜牵扯进来，所以话到嘴边，还是没说。

接下来的时间，她有条不紊地做着开庭前的准备。卓尧每天早上都会来接她，晚上送她回来一起吃饭，有时候晚上他干脆就不回去。林璐云打电话来催，他接了电话说上两句就挂断，也没有什么好语气相待。

几天后，她接到了一个陌生来电。

她一听，几秒都没有人说话，她立刻警觉，按下了录音键。

“阮律师，你好。之前的警告看来对你起不到作用啊，我这个人脾气相当不好，挡我者死，逆我者亡。我有精神分裂症，我随时都会受不了压力杀人的。如果我杀了你，你这个大律师应该知道，精神病杀人是不用负刑事责任的。你要是做了鬼，会不会也来替我做无罪辩护呢？哈哈哈——”

“金胜，我知道是你。你别再挑战法律了，你女儿的死是你一手造成的，是你毁了她的人生，你不配做一个父亲。你还想让梁吉涛无辜入狱，借机敲诈，我不会让你得逞的。也奉劝你一句，像你这种人，犯了法也是有行为能力的，你不要拿着你几年前的一张精神病病历就想逍遥法外！”曼君厉声说。

电话那头沉默了一会儿，在她快要挂断的时候，突然传来类似恐怖片里女鬼凄厉的尖叫声，吓得她心都快跳出来了。

尽管很害怕，可越是这样，就越是激起了她要还梁吉涛一个公道的信念。

时间到了距离开庭只有三天的时候，她再一次收到短信，威胁她不许出庭，不得为梁吉涛做无罪辩护，否则就撕破她的脸。她将手机扔在一旁，继续在电脑上整理将要上庭的资料。

这一切都在何喜嘉的掌控中。

金胜打电话向何喜嘉求助："怎么办，我恨不得杀了她！该死的女人，再三惹我，大不了一起死算了！你看有没有什么办法让她不能出庭？"

何喜嘉慢条斯理地说："你急什么，还有三天的时间，足够做很多事了。撞死一个人要三十秒，可能在医院挣扎一会儿，要更久，用刀捅死，费点力气。不过炸死一个人只需要一秒就够了。所以，三天，足够了。"

"你的意思是炸死她？可我不会做炸药啊，再说她上班下班都有男人接送，我也找不到下手的机会。"

"他在这方面保护得严实，那么在另一个方面必定会有纰漏。我会把地址发你，你明天把人带到这个地点，再给她发送短信和照片，她自然会去。到时候，炸弹会送她一程。而你不用谢我，做好你答应我的事，不要对任何人提起我。那样你我都能安全抽身。"何喜嘉吩咐着。

"那，要带谁去才能把她引去呢？"

"当然是她生命中很重要的一个人。明天你照我的计划去做，自然就知道了。"何喜嘉挂断电话。

这时候的曼君，哪会想到自己的生命可能面临着倒计时。

林璐云信佛，每月十五都会清晨天还没亮就去庙里，这个习惯维持了很多年。何喜嘉在佟家住过一段时间，对此很清楚。

而第二天，正是农历十五，如往常一样，林璐云起得很早。冬天的早晨天亮得更晚，才四点多，司机崔师傅已在车旁等候。林璐云上车后，总感觉哪里不对劲，说："崔师傅，'左眼跳财，右眼跳灾'，我这右眼皮总是跳，该不会是有什么事吧？"

"夫人你慈悲为怀，菩萨会保佑的。"崔师傅开着车说。

林璐云摇摇头："我那不争气的儿子又和她走到了一起，我是真没办法了。这样下去，我总是提心吊胆的。"

"他们本来就是夫妻，在一起是正常的，何况还有两个年幼的孩子，家和万事兴，对吧。"崔师傅说着宽慰的话。

“但愿如此吧，我老了，也管不动了，不想管了。我为他们好，到头来，孙儿怨我，儿子恨我，不值得。”林璐云望着窗外，天刚蒙蒙亮。

寺庙位于郊外的一处山腰上，车只能停在路旁，要步行一千多级石阶才能到达寺庙。林璐云从车上下来，对崔师傅说：“你就在这儿等我吧，你是信基督教的人，就不要和我一同去了。”

“那你小心点。”崔师傅说。

这么多年来，每个月的初一和十五，崔师傅都是这样送林璐云来这儿，已习以为常，并没有觉得这个早晨有什么不妥。于是她和往常一样，上了山，拜完佛之后，再下山回家。

可崔师傅没有想到的是，这竟是最后一次送林璐云来这里。

林璐云独自走在一级级的石阶上，两旁的树林遮挡住原本就少的光线。天开始蒙蒙亮，上山的人要再过一会儿才会多起来。她想给儿子、孙子、孙女祈福，这样虔诚一点，所谓心诚则灵。

在山路盘旋的一个拐弯处，突然从树后跳出一个戴着摩托车头盔的男子。他用刀抵着她的脖子，恶狠狠地说：“不想死就老老实实跟我走，我的目标不是你，你配合一点，或许还能留着老命回去。”

林璐云吓得瑟瑟发抖，刀刃很锋利，她依从对方的话，跟着走下山，上了一辆摩托车。

“你别想跳车，否则，我下一个用刀指的人，就是你那一对活泼可爱的孙子孙女了！”男子凶神恶煞地威逼她。

“别别别，要杀你冲我来，我是将死的人，别累及我的孙儿。”林璐云听了这话，勇敢了起来。她坐在摩托车后座上，脑子里开始想着自己到底是哪里得罪了人，会被人绑架。这人到底是图钱还是寻仇呢?

摩托车行驶二十分钟之后，到达了一个废弃的矿厂。男子推着林璐云进入矿厂，把她绑在一张布满灰土的破旧椅子上。隔着头盔，男子用尖刀在林璐云面前比画着说：“我的目标是姓阮的，不好意思，你是她的婆婆，我只能请你做诱饵了。要怪只怪你儿子太在意她了，让我找不到机会，只能从你这个老家伙这儿下手了。”

“她到底哪里得罪你了，你要这样害她！”

“她挡我财路，还想把我关进监狱，你说她该不该死！”男子情绪激动起来，拿出手机，说，“我打电话给她，会让你和她说话，你叫她过来救你！”

“你真是没有调查清楚啊，她和我是水火不容的仇敌，自古婆媳不和，有几个儿媳妇会舍身救婆婆？她不会来的，要杀要剐随便你。”林璐云说着，闭上眼睛，嘴里开始念佛经。

男子走出矿厂，躲在一旁，摘下头盔，正是金胜。他似乎觉得林璐云的话很有道理，气急败坏地打电话。

“你不是说绑了这个老东西就能引来她吗？老东西说她们婆媳不和，姓阮的是不会来的！我早就说了，要绑就绑孩子！你偏不让我绑孩子！”金胜来回走动着，时不时举起刀。

“你还没有打电话给她，怎么就清楚她不会来呢？你照我说的办就是了。还有，我得提醒你，事先安排好的炸弹在林璐云坐在椅子上时就已经启动了，只要她起身，炸弹就会爆炸。你当心点，抓紧时间。”

挂断电话，金胜戴上头盔返回矿厂，对林璐云说：“从你坐上这张椅子开始炸弹就启动了，只要你离开这张椅子，炸弹就会爆炸。现在我打电话给姓阮的，我叫她过来，你要是不想被炸成碎片，就配合点！”

“她来不来我都得死，炸弹就在我屁股底下，你怎么可能还会放过我？”林璐云说着，感觉呼吸有些急迫，心跳加速。

“别给我废话！”金胜吼道，然后拨打电话。

曼君此时还在半梦半醒中，再次看到了那个给她打匿名电话的号码来电，她接通，想听听对方还想说些什么。

“阮律师，还在睡觉呢，是准备蓄精养锐为明天的开庭展露风采吧。不过可惜，你得先见我一面，我让你听听一个人的声音吧。”金胜说着，将电话放到林璐云的嘴边。

林璐云咬紧嘴唇不说话。

曼君以为又是一场恐吓作弄，金胜眼看林璐云不说话，用刀顺手就在林璐云的嘴边一划，疼得林璐云忍不住发出声来。

“你听到了吧，这个声音熟悉吗？要是觉得熟悉，就赶紧过来。不要报警，报警就准备收尸！有炸弹的，你报警试试？除了我，没有人能阻止爆炸。”

曼君的手都在颤抖，电话那头的声音，她怎会辨认不出来。

手机随后收到一个地址，并附着一句话：不要报警，否则后果自负。

她将报警电话号码按出来，拇指停留在拨通键上，又想想，应该和卓尧确认一下，由他来决定是否报警。

卓尧这时正在给黎回穿衣服，黎声还在睡觉。

“天这么冷，不睡觉，非要起来。”他说着，揉揉惺忪的眼睛，还是觉得困。

黎回调皮地笑：“爸爸，你是懒虫，是你想睡懒觉。你答应过我的，今天是周末，你要带我去妈妈那儿。”

“那也不用去这么早啊，妈妈也要睡觉呢。”卓尧说。

“可是好不容易奶奶不在家啊，她昨晚就说今天要早起去庙里，要是奶奶一会儿回了家，她不让我出去，我就去不了妈妈那儿了。”黎回也有自己的小聪明。

现在的孩子可真是不好糊弄，他想。

手机响了，是曼君的电话。

“你看，你一说妈妈妈妈就打电话来了。”他笑着接了电话，等他听到电话那头曼君说的话时，心里一惊，再次向黎回确认：“你刚才说奶奶去庙里了，是吗？”

“是啊，今天是十五，每个月的十五奶奶都会早起出去。爸爸，怎么了？”黎回仰着头问。

卓尧没再理会黎回，快步走到门边，说：“你先别挂，我下楼去她房间看一下。”在母亲的房间，他没有看到人，问管家，确认她早上和崔师傅一起开车出去了。

“我马上打电话给司机，你先别声张，暂时不要报警，把地址给我。”他挂断电话，就给崔师傅打，感觉心都在抖。而依旧在山脚下等待的崔师傅也在奇怪怎么还没有等到人，正准备上山去看看。

他打电话让崔师傅赶紧去庙里看看，自己也快速冲下楼。刚坐进车里，发现没带现金，他想着对方绑架的目的无非是为了钱，忙又上楼从保险柜里取了些现

金和珠宝装进包里，再回到上车。

他查看手机，发现还没有收到曼君发的短信，他突然明白她想做什么。于是他打电话给她，在电话里咆哮着说：“把地址给我！”

“这是我惹的麻烦，和你妈没关系，更和你无关，我会让你妈平安回来的。你就不要管这件事了。”她镇定地说，已做好了最坏的打算。像金胜那种性格的人，什么事都做得出来，她不想他惹祸上身。

“不要再像以前那样，你一个人哪能应付。她是我妈，我不能不管，你听我的话，把地址给我，快点！我带了现金，他的目的是为了钱，这就好办。能够用钱解决的问题，都不是问题。你需要我在。”他说。

“万一他疯起来，有炸弹，我们一个都走不掉怎么办？”

他安抚她的情绪：“不会的，你不明白吗？他要的是钱，不会做出过分的事的。你乖，把地址给我。你不要去，听话，回去等我的消息，我把钱送过去就会带着我妈回来。你等我！”

“好……”

几秒后，他收到地址，忙向这个地址狂奔而去。

他在路上接到崔师傅的电话，得到确认，寺庙里找不到人。

他在心中默念：妈，我来了，你可千万不要有事。我一直都不够顺从你的意愿，你一定很生我的气吧。

曼君挂断他的电话时，她的车已经快到矿厂了。这座废弃的矿厂并不是很好找，她将车停在路边，独自走入这深山不见人的偏僻地方。快走到时，她听见林璐云在喊：“快走，别过来，有炸弹！”

这只有在电影中才会出现的场面让她措手不及，但更多的是感动。危急时刻，这个对她百般刁难巴不得她离佟家越远越好的婆婆竟会让她远离危险。想到这里，她更加坚定了要救走林璐云的信念。

金胜手里挥着刀走了进来，五官扭曲得可怕：“终于见面了，这一天也是你逼我的，你当初就不该和我作对。你要找死，也不能怪我，你给我进来！”

曼君并不惧怕，走进大门，看了一眼被绑在椅子上的林璐云，脸上的刀伤正在流血：“金胜，你有种就冲我来，放了老人，你也算是个男人，冤有头债有

主，你让她走！”

“啧啧——现在你挺身而出了，真是伟大啊！可你就是个卑鄙的小人！你制造假证据，说我女儿有抑郁症。我查清楚了，那个杀我女儿的畜生他家给了你很多钱，你老公还和他们做生意。你们是一伙的，你们合起伙来制造假证据，我不能让我女儿死得不明不白！”金胜用刀指着曼君叫嚣着，额上的青筋高高凸起。

“你女儿的事你自己心里最清楚，你这样恶魔般的父亲的行为才是造成她死亡的真正原因。你没有为女儿的死忏悔，却还要一错再错下去。我希望你回头是岸，别再伤害无辜。我可以答应你不上诉，今天的事就当没发生过。”曼君试图退让来缓和金胜激动的情绪。

金胜仰头哈哈大笑，目露凶残的光：“你当我是傻子啊，你骗我放了你们，警察会抓我。你是律师，警察当然相信你，明天你照样会出庭，那个畜生还是会无罪释放！我不会放过你的，你得死，她也得死！”说着，他用刀再一次指向林璐云。

“不——你的刀冲我来，她是无辜的。她没有得罪你，毁了你计划的人是我！你别弄错了对象。”她生怕金胜会再次伤害林璐云。

“好，那我就先解决了你，再把老东西绑在这儿炸成碎片！”金胜说着，提刀就朝她身上刺过来。

“我一条残命给你解气，你要就拿去。你若是敢动她，我就立刻站起来，咱们一起炸死！”林璐云喊道，制止金胜刺向曼君的刀。

“老东西，活得不耐烦了！敢威胁我？让你活久一点，你还嫌命长是吧，那我就先杀了你！”金胜说着，挥刀朝林璐云的颈间刺去。

这时，顾不了那么多的曼君弯腰捡起地上的一块石头就往金胜的后脑上砸。她用了最大的力气，可金胜头一偏，石头只是砸到了他的肩膀上。这一举动彻底激怒了金胜，他转身一把抓起曼君的头发，刀就要往她的胸口刺来。

“住手！你要的是钱，我带的钱够你衣食无忧过完这辈子了，你别伤害她们！”卓尧在这时冲了进来，将包放在脚边，包的拉链是打开的，隐约可见一摞摞现金和珠宝首饰。

金胜看到钱的时候，两眼都在泛光，问：“包里有多少，不许耍诈！我只要

钱，给我足够的钱我就放了你们！”

“这里有现金五十万，虽然不多，但你看看这里面的珠宝，有翡翠、祖母绿、顶级蓝宝石、钻石，哪一样不是价值几十万？你考虑一下，我们做交易，我拿这些换她们俩。我们只求平安，你拿着这些远走高飞，我不会报警的。”卓尧说话间仍威严难挡。

“好！我和你成交，你把钱给我，我拿着钱马上就走。”金胜跟他谈判。

“我凭什么相信你，除非你先把刀放下，你若怕我拿刀伤害你，你也可以将刀丢到你身后远点的位置。我必须确保你对我们没有危险性才能把钱交给你。”卓尧说着，拎起了包。

金胜犹豫起来，站在原地，似乎进退两难。

“不行，我扔了刀，万一你们两个一起上，我怎么办？不行！”金胜说着，又重新挥起了刀。

“卓尧，你和他讲什么交易，没用的，他是疯子！这里有炸弹，你别管我，带着你妈走！”曼君悲痛地说，“能够和你拥有这段失而复得的幸福，这辈子能够嫁给你，和你生儿育女，是我最不后悔的事。你别让我失望，走吧，带着你妈离开！”

卓尧痛心地说：“你别胡说，你是我佟卓尧的女人，我不会丢下你的。”说着，他看着林璐云：“妈，别怕，有我在这儿保护你。”

林璐云哭着摇头，强忍着心脏传来的剧痛说：“儿子，以前是妈不好，你们这样相爱，我还狠心拆散你们。妈现在知错了，一家人平平安安在一起才最好……曼君啊，你是我的好儿媳妇，我开始还以为你不会来，可没想到……以前我那样对你，你不恨我吗？”

曼君含泪摇头：“都过去了，不要再说了，以前的事我也有错，是我连累了你。”

“儿子，妈等不到你们的原谅了。就算妈死了，你也要答应妈，一定要和曼君带着两个孩子好好生活，再也不要分开。妈身下有炸弹，走不了了，我要去找你爸了……”

“妈，你要撑住，你不会有事的！”卓尧看着心脏病发作的母亲痛苦的样子，心如刀绞。

金胜不耐烦地挥舞弄着刀："唠唠叨叨还有完没完！听着，不要和我讲价，把包给我，钱我拿走，刀我不会放下。等我拿到钱，我不会再伤害你们。我的刀是用来防身的，这是你们唯一的活路！"

就在此时，一个稚嫩胆怯的声音响起——

"爸爸……妈妈……"

这是黎回的声音！

# 第十一章 他给那座大厦取了个朴素的名字——挚爱楼

“怎么这样盯着我看，真是没见过世面。”

“可你就是我见过的最耀眼的世面。”

黎回竟然在卓尧折返家中取现金和珠宝时，偷偷躲到了车后座！天真的黎回还以为跟着爸爸就能够找到妈妈。

黎回摇摇晃晃走在布满矿石的路上，小小的身影出现在大家面前。他恐惧地看着眼前的一幕，瞬间放声大哭起来。

金胜狂笑不止："哈哈，今天我就是死在这里也赚了，又来了一个小东西送死，三代人都齐了，一起死了下去还能拍三世同堂的全家福。不错啊，这就叫'不是一家人，不进一扇鬼门'！"

林璐云见到心爱的孙子出现时，担心得要命，胸口巨大的疼痛一波波袭来。她开始抽搐，眼睛望着黎回，竭尽全力说："快走……快走……"

"我把钱给你，你不要伤害孩子。曼君，快点抱着黎回回车里去，开车走，离开这儿，走得越远越好！"卓尧说着，将包里的钱扔到金胜的脚边。

"儿子，你带着曼君和黎回快走！别管我，妈走不了了……只要我起身，炸弹就会爆炸的……"林璐云绝望地说。

"我不会丢下你的，妈！"

金胜见钱已到手，捡起地上的包就往外跑。此时，远处传来警车的鸣笛声。这下刺激到了金胜濒临崩溃边缘的心，他挥着刀折返回来："你们报警了？！跟你们说过不许报警，为什么还要报警？为什么骗我！死！你们都得死，反正我被抓了也是死，不如拉着你们一起陪葬！你们谁都不许走，再动一下我就立刻给她放血！"金胜疯了一样冲到林璐云的身边，把刀架在林璐云的脖子上，刀刃深深没入林璐云的肌肤里。

此时，奄奄一息的林璐云望着曼君手中的黎回，用尽最后一口力气喊："快走啊……带着孩子走……不要管我……"

黎回哭着喊：“奶奶……”

“还有力气喊？这就送你上西天！”金胜丧心病狂地划动了手中的刀……

林璐云的头歪倒在一旁，缓缓从椅子上滑下。

这时，卓尧痛苦地跪下来，哭喊着：“妈——”

曼君泪流满面，抱着黎声一同跪在了地上。

就在林璐云从椅子上倒地的一刹那，世界仿佛都静止了。曼君紧紧搂着黎回闭上了眼睛。金胜也吓得丢下包，抱头趴在地上。然而，炸弹并没有因林璐云的倒下而引爆，一切都静悄悄的，仿佛结束了。

警察和拆弹小组一拥而进，迅速抓捕了金胜，并拆除了椅子下的炸弹。随即而来的救护人员立刻就地对林璐云进行抢救，无奈回天乏力。卓尧望着担架上被白布蒙着脸的母亲，一言不发，悲痛得发不出声来。

那个总是会管他太多的母亲不在了。他以前总嫌她烦，嫌她干涉太多，不愿和她坐下来一起吃饭，好好说话，甚至还怨恨她。可此时，母亲走了，所有的恨和爱都不再有了。

这个世上，他再无母亲。

翌日，曼君坚强地出庭，在庭上，她将自己的专业水准发挥得淋漓尽致，所有的证据形成一条条强有力的证据链，可以有力表明，并不能完全排除金恬筱自杀的可能。而鉴于没有证据可以直接证明梁吉涛杀人罪成立，最终，法官当庭宣判，本着疑罪从无的法律精神，梁吉涛故意杀人的罪名不成立。

那一刻，曼君大步走出法庭，在卫生间放声大哭。

林璐云的追悼会上，林慕琛对卓尧说：“其实上一次我给姨妈看病，就发现她身体不对了。她不让我告诉你，应该也去看过别的医生。她明知自己有心脏病，一直以来都靠药物在维持着，其实撑得也很辛苦吧。这个病能够拖到现在，已经很不容易了，你节哀。她希望你和曼君生活得幸福，这是她的临终心愿，你要做到，以告慰姨妈在天之灵。”

曼君披麻戴孝，长跪不起，她把林璐云的死全部归责于自己。自林璐云死后，这已经第三天，她不吃不喝，滴水未进，嘴唇干裂，眼窝深陷，整个人一下

子就垮了。她看起来比卓尧还要憔悴好几倍。

“去劝劝她吧，几天没吃没喝，这样下去，她会死的。她把造成姨妈死的责任全部揽上身，你和她说说话，让她心里也好受些。再劝她吃些东西，活着的人还得活下去。”林慕琛说。

一旁的江照愿也说：“就是啊，佟少，在这件事上，不能怪曼君。律师这一行是容易得罪人，我想，曼君一定宁可死的人是自己，也不希望是伯母。事已至此，也只有你能够宽慰她了，她现在最需要你的力量。”

卓尧看着跪在地上如同木头的曼君，不由得心疼。这两天忙着母亲的后事忽略了她，她竟这么傻，不吃也不喝。随后他走到她身边，蹲下，想要扶起她，她却长跪不起。

“别傻了，不关你的事。她在最后一刻还想得到你的原谅，说明她也不怪你。你不要再自责了，去吃点东西，黎回、黎声还需要你的照顾。你可不能垮啊，你不垮，我就不会垮。”他说着，轻轻拥抱了她一下，拍了拍她的肩。

她点点头，泪如雨下。

她原打算官司结束之后就找机会向她道歉的，没想到，此生竟再也没有机会了。

而随后警方的调查结果让她和他倒吸了一口凉气。那天的炸弹是真的，一旦爆炸，整个矿场都会毁灭。而这个炸弹是由远程遥控启动的，并非是金胜所说的只要人离开座椅便会爆炸。当天的那个炸弹实际上根本没有被人按下启动按钮。

可看金胜的样子，应该对炸弹的启动方式并不知情，想必他幕后还有其他人。可在最后关头，这个人为什么选择了放弃？警方正在追查，也需要他们配合。

他们这次是从死亡线上挣扎回来的，也就更加珍惜现有的时光。

半个月后，结束了休假，曼君回到文略上班。何喜嘉照旧给她泡了一杯茶，水面上是两朵白菊。

“主任，你太虚弱了，不如多休息一段时间再来，你这样身体肯定吃不消。我本想去看你，可想你这时候肯定最不想被打扰，我才没去。话说到底，要不是我把梁吉涛的案子推荐到你这里，也不会出这么大的事，都怪我……”何喜嘉内疚地说。

“这不怪你，你也别耿耿于怀了，好好工作。”她说。

“那警方目前调查出结果没有？金胜胆子可真大，犯下这么大的事，真是该死！”

“还没有出结果，不过可以肯定的是，幕后操纵这一切的另有其人，看金胜的审讯结果吧。”曼君说着，端起茶杯，喝了口茶，嗓子越发干燥，咳嗽了一声。这一咳，就停不住了，连续咳了好一会儿。

何喜嘉看在心里，心中了然。

圣诞节快到的时候，家中才有了些笑声。孩子到底是孩子，已经从失去奶奶的悲伤中走了出来。是啊，黎回、黎声才这么点大，根本不明白死亡的意义。有时黎回问起奶奶，卓尧也只是说奶奶去了天上，变成了天空中最亮的那一颗星星。

人生的路还很长，尤其是看看怀里的孩子，就不得不大步走下去。曼君没有搬回来，只因她无法面对内心的愧疚，他也没有勉强，每天都会去看她，像以前一样。

家里的两棵圣诞树被黎回布置得非常漂亮，孩子们永远都是最期盼过节的那一个。

Y楼装修完成了大半，临湖别墅也在装修中，一切都在有条不紊地进行。有时他会牵着她的手散步，路很长，人生却很短，且行且珍惜。

他再也不会给自己失去她的机会。

金胜没有交代出任何关于背后那个人的信息，一个人承担下所有的罪名，坚持从头到尾都是自己做的。而查金胜的社会关系，确实也没有找到嫌疑人。案子渐渐被搁置在了一旁。

他并不甘心，一天不找出幕后真凶，他们的生活就永无安宁。他吩咐季东首先从曼君身边的一切关系人逐一查。这种事，无疑是对他们仇恨极深的人才会做得出来。而最终导致凶手关键时刻放弃爆炸，显然凶手可能于心不忍，也说明幕后操纵者是身边的熟人。

季东此时变成了季侦探。

林慕琛和江照愿竟谈起了恋爱，这让曼君和卓尧都觉得匪夷所思，两个最初都互相看不上且气质完全不是一个路线的人居然恋爱了。不过，大家都有种社会即将和谐之感。

这一年即将过去，他们各自都在心中对新的一年有平安喜乐的期盼。

平安夜那天，曼君在办公室里加班，等着卓尧来接。窗外下起了雪，所有人都下班走了，独留她一人静静地工作。这时，办公室的门被敲响，她惊得抬头，进来的是何喜嘉，手里端着一杯茶。

“你不是下班了吗？天这么冷，快回去和凌诚一起看场电影，吃个饭，未婚的人就不要把时间浪费在这儿了。”她接过茶杯，感觉热气扑面。

“主任你不也还在埋头工作吗？我刚巧回来拿东西，看见你办公室的灯还亮着，就想给你泡杯茶，暖暖身子。那我先走了，凌诚还在等我。”何喜嘉说着，挥挥手戴上围巾走出办公室。

这时，曼君的手机响了，是林慕琛打来的。她接通电话，就听林慕琛焦急地问：“曼君，你在哪儿？”

“好吧，我是个工作狂，虽然是平安夜，不过我还在办公室加班。卓尧一会儿会来接我，这时可能都在来的路上了，下这么大的雪，车肯定开得慢。怎么，你和江律师要请我们吃饭吗？”曼君难得说笑。

外面刚要离开的何喜嘉听到动静，蹑手蹑脚地回到自己办公室，戴上耳机，开始窃听。

林慕琛没有心情开玩笑，急切地说：“现在你是独自一人？”

“噢，刚才我徒弟来了，就是何喜嘉，你见过的。小姑娘不枉我做师父时疼她，给我送了杯热茶，刚走。”曼君端起茶杯喝了一口。

“你赶紧锁好办公室门，等卓尧来接你。我们也马上过来。如果何喜嘉再敲门，你千万不要给她开门。小江在正清意外发现一些线索，所有的事可能都是何喜嘉在捣鬼，她是为复仇而来，目标就是无声无息地害死你。”林慕琛说。

这话吓得曼君后背发凉，知人知面不知心，突如其来的可怕消息，她眼里天真无邪很容易害羞的女孩，她的爱徒，竟会是在她身边设下一个又一个阴谋的真凶。她不敢相信：“这事很严重的，你可不能信口开河。有证据吗？”

她说着，目光瞄着办公室的门，警惕地看着。

“是小江亲眼看见的，之前何喜嘉工作过的电脑里保存了大量你的资料，还有你的照片。资料显示，她在来正清之前就跟踪了你半年。你想想，之前你们并

不认识，她跟踪你半年，居心何在，有些凌乱的文字中还透露出深深的仇恨和杀机。”林慕琛说。

看来是无可置疑了。

此刻，她的脑海中无数遍闪过何喜嘉纯真的笑脸。她手中的茶杯落在地上摔成碎片，茶叶撒了一地，两朵白菊此时显得煞白瘆人。

想起她见到何喜嘉第一眼时就分外喜欢，总觉得其身上有自己当年的影子。

曼君想，自己是什么时候招惹了何喜嘉，竟让她潜伏这么久，目标就是置自己于死地?

不仅她，卓尧也在十万火急不停拨打她的电话，却始终占线中。他将车加速，一路飞驰往文略而去。

“佟少，我调查到一个人，很可疑。何喜嘉，你猜她的养父是谁？是宏叶集团的叶老，也就是叶洁白的父亲！极有可能是叶老安排养女回国复仇。他看似是带着叶洁白移民澳洲，实际早就起了杀心。”季东汇报。

这让他万分担心曼君的安全，最危险的人竟然就是身边人。

曼君握着手机，听着林慕琛的话。

“不过我比较不明白，那天她完全有机会启动炸弹置你们于死地，可她却放弃了。这是为什么？功亏一篑啊。”

“我也不清楚，我真的接受不了。我是那么信任她，这一切怎么可能会是真的……”她痛苦地说。

如果人与人之间要设防成这样，那还有什么友情可言?

办公室的门一下被推开，她一看，是卓尧，如同盼来了救星。她挂断电话，握着他的手，似是有太多的话无从说出口。他忧心忡忡地说：“怎么电话一直占线？我快急疯了，知道我有多担心你吗？你现在很危险，快跟我离开这儿。”

“你听我说，都是何喜嘉做的。我万万没想到竟然是她。她看起来是那样纯良无害，我好害怕，人心险恶我清楚，可哪里会有人将险恶藏于纯真之下。”突然，一个飞速而来的东西扎入了卓尧的后背，她还没来得及反应，接着又一个东西扎到了她的腿上。

几秒之后，她就瘫软在地上，卓尧也倒在了一旁。

他的手，仍牵着她的手。

何喜嘉握着麻醉枪，脸上挂着冷血无情的笑，转身拿了一瓶酒，走到曼君和卓尧身边，蹲下身，将酒倒在他们的嘴边、胸前。

这栋大厦，晚上除了加班的人和几名保安再没有多少人。何喜嘉顺利地扶着曼君走出大楼，她还主动和保安打招呼："我师父他们醉了，睡得喊也喊不醒，我得送他们回家，累死了，真沉。"

保安好心地上前帮忙："来，我来帮帮你，你一个小姑娘哪有这么大力气。"

闻到了浓烈的酒气，保安还感叹道："嚯，好浓的酒气，这得喝了大半斤白酒吧。"

何喜嘉将曼君扶进早已准备好的车里，又返回办公室，将卓尧同样扶到车里，来回折腾耗费了不少力气。

车子开始启动，这一趟将去往哪里，曼君和卓尧即将面临什么，只有何喜嘉心里清楚。

凌诚要给一只发狂的猩猩看病，却在办公室里翻来翻去怎么也找不到麻醉枪和麻醉药。这个真正单纯的男孩又怎会想到，他打算要娶的那个女孩其实一开始接近他就只有两个目的，一是让阮曼君不再起疑心，以免怀疑其对卓尧仍有非分之想；二就是为了这支麻醉枪和麻醉药。

等卓尧和曼君再次醒来的时候，麻醉药药效消失了，他们立刻感受到了无比的寒冷。他们身上的外套都被脱去，只剩下衬衫和长裤。仔细看周围环境，应该是在一辆运送冷冻食物的冰库车里。这应该是早准备好的，冰库车中间用加粗的钢筋做了如牢笼一般的铁栅栏，他们被关在了里面。

他们单薄的衣物根本无法抵御这种低温，他担心她冷，从她背后紧紧拥抱着她，说："冷吧，不怕，我抱着你，暖和些吗？我来想办法看怎么出去。"

这时，何喜嘉走了过来，手里拿着一件羽绒服。

何喜嘉见他们相拥，边鼓掌边说："好感人的一幕啊，伉俪情深，换了外人，看到你们这样生死相依，一定会被感动吧！好，既然你们这么恩爱，我就成全你们，一起去死吧！"

曼君冻得哆嗦，看着眼前这个完全陌生的“徒弟”，愤怒难当：“为什么要这样对我们，该是有多大的仇恨你要这么狠毒！就算死，我也请你让我死得明白。”

“你问我？你干脆问他吧，他肯定知道！”何喜嘉邪恶地笑。

“她是宏叶集团叶老的养女，我想，她是为叶洁白的事来报复的。”卓尧望着何喜嘉狰狞的面孔，说道。

何喜嘉冷笑：“我姐姐被你害得好惨，我养父也在上海颜面扫地，父女二人丢盔弃甲抛开一切去澳洲疗伤。而你们，却谈情说爱，还生了一个孩子！老天公平吗？我就是为我姐姐报仇，我要看着你们死在我面前。”

“你做这些事情，有想过你也是在自毁吗？亏你也是法律系的高才生，你杀了我们，自己也是死罪。你也对不起你养父的养育之恩！”曼君说。

“你错了，你真以为你们得到了我养父的祝福吗？我做的这一切都是为了我的养父，他身体不好，我不想他含恨而终，我要帮他报这个仇。既然你说想死得明白，那我就一点一点和你说，反正冻死也需要一定的时间。不如你们边听我讲故事，边死……”

何喜嘉身上穿着厚厚的羽绒服，看着冻得发抖的曼君，阴冷地说：“从一开始，Y楼旁的公共设施坍塌就是因为我收买了包工头。不出意外，那些劣质到不能再劣质的水泥出了事故。很快，你们就一个一个跳进了我设定的陷阱。阮曼君，我看着你和佟董对簿公堂还一脸正义，我真的很想笑，觉得你的智商也不过如此。之后我故意透露消息给你，让你去英国，我再一步步接近他，接近你们的孩子。我承认，佟董是很有魅力，我差点也爱上了他。呵，可我不会步我姐姐的后尘。我继续策划拆迁户们游行、闹事，目的就是要让他名誉扫地。我以为他会破产，不料竟突然来了个任临树伸出援手，帮他渡过了危机。这时，我成了他公司的法务，随后，你就回来了。”何喜嘉说着，看向了佟卓尧。

“佟董，如果你继续对我这么好下去，我恐怕会真的无法自制地爱上你。可是你竟然那样残酷地告诉我，你接近我，留我在你身边，目的都是为了她！我一直骗你说我和她有联系，你都愚蠢地相信了，其实鬼才和她联系上了。哈哈，那一刻，我体会到了我姐姐的痛苦，于是我更加恨你们！你辞退了我，我冒险进入文略，继续待在她身边，就是为了寻找机会。本来我的第一个计划是借刀杀人，

再完美抽身的，可惜计划失败了。我预感到自己已经引起了你们的怀疑，就准备好了麻醉枪。只是我没想到这一天来得这么快，你们会碰到了一起。佟董，本来我只想杀了她的，可看你这么爱她，我真想让你们一起死掉，哈哈！”何喜嘉发出恐怖的笑声。

“原来，从头到尾，所有的事都是你在策划……梁吉涛的案子是你故意推给我的吧……金胜也是受你的挑唆指使，你接近凌诚，也是为了今天这支麻醉枪，你隐藏得可真深啊……”曼君绝望地摇头，被自己信任的人出卖，她心如死灰，只是她不想连累卓尧一同死。

“我也算还了你当师父的情意，告诉了你来龙去脉，你现在可以瞑目了吧。”何喜嘉说道。

“既然你这么想我死，为什么那天没有启动炸弹，没有炸死我……”曼君的嘴唇开始哆嗦。

卓尧抱着她，说：“乖，别说话了，别再浪费体力。和这种人还有什么好说的。”

“佟董，你还是这么有骨气。那天如果不是黎回突然出现，你们必死无疑。只是……我真的很喜欢黎回，他睡在我怀里的时候，还叫我妈妈……孩子毕竟是无辜的。所以我躲在不远处，没有按下启动键引爆炸弹。要不是黎回，你们早就死了！”何喜嘉脸上闪过片刻的温柔。

“好，谢谢你还有一丝人性放过了我的孩子……”曼君说着，回头看着卓尧，他的头上、眉毛上都结了冰霜。她凄然一笑，转头对何喜嘉说，“你所恨的人是我，伤害叶洁白的人也是我，不过我不是第三者……我也无心伤害她。可你既然恨我，那这恨就给我一个人，你放了他……”

“不，我陪着你，我们会一起活下去的。”他将她搂得更紧。

“你们够了！一起去死吧！阮曼君，亲手毁掉自己曾经捧在手心里的男人感觉怎么样？你看，是你毁了他！他因你的爱要死了。我会把温度调到最低，你们的时间不多了。不过念在我们师徒一场，你曾为我穿过一次鞋，我送你一件羽绒服。你们俩，谁穿上，也许会活下去呢。哈哈。”何喜嘉说着，将一件羽绒服塞进来。

她爬着捡起羽绒服，赶紧往他身上穿。

门被重重地关上。

何喜嘉将门锁上，然后转身离去。

她并没有注意到不远处有两个小身影正目睹着这一切。

卓尧硬是将那唯一保命的羽绒服穿在了曼君的身上，再用力压制着她，不许她反抗。她哭着说："你要是不穿……我也不穿，一起死……"她的嘴唇已经开始发青，手脚也失去知觉。

"我们不会死的，还要活着回去……陪黎回、黎声过圣诞节。"他的声音渐渐变低。

"卓尧、卓尧，你不许睡，和我说话。"她呼唤他，穿上羽绒服，她的手脚开始恢复知觉。而仅穿着衬衫的他，连睁开眼睛都无力了，眯着眼，对她笑："你看你……头发、眉毛都白了，就这么一不小心，在这里……白头偕老……"

他说完这句话，就沉沉地睡去。

她无力而绝望地哭着，把他抱在怀里。

三天后。

卓尧醒来，发现自己躺在病床上，身边坐着的是林慕琛。

他拍了拍林慕琛的肩膀说："喂，醒醒，曼君呢！"

林慕琛抬起头，欣喜地说："你醒了啊，高烧了三天。不错，还记得曼君，说明脑子没烧坏。不过她就没你这么幸运了，还没醒呢。你是一级冻伤，她是三级冻伤。"

他拔掉手背上的针管，下床就往外走，他要去找她。

再看到她，差点没认出来。是啊，这脸上的皮肤又红肿又破皮，哪里还是从前那个清新别致的小漫画啊。他不敢相信自己的眼睛，拉着旁边的医生问："怎么会这样？明明我把衣服给她穿上了，为什么我是一级冻伤，她却是三级，比我严重这么多？"

"很简单，她在你失去知觉的时候，把衣服脱给了你。我记得三天前的晚上，你们被送过来的时候，你穿了一件羽绒服，而她显然比你冻得厉害。现在脸部皮肤倒不是最严重的问题，而是她持续高烧，我们一直在用药让她体温下降。

但她腿部关节的情况还要等她醒来再能判断，腿部是否还能有知觉，我们暂时也不清楚。”医生的话让他近乎崩溃。

他站在病床旁，心疼得像是在抽搐。他遮住眼睛，悲声痛哭。

“你怎么这么傻，趁我晕倒就把衣服给我穿上，你连自己都不顾了吗？你真傻……是要让我心疼死吗？”他宁愿冻成这样的人是自己，天底下最傻的女人，除了她，还有谁。

任临树出现在曼君的病房。

“佟少，我曾问过你，如果有一天你发现我欺骗了你，你会怎样？”

“我不记得了，你想说你骗了我，是吗？”

“之前就想和你说了，只是她不让我说。其实那半年，她并没有去英国，一直都在上海。当时你当面撕毁合同，我出于对你的怨气，一气之下在英国找到刚到英国的她。我跟她提出条件，要她做我们千树的律师顾问，但是不能抛头露面，不能和你见面，我才答应对当时的Y楼投入资金。她答应了。”任临树坦白地说，面有愧色。

卓尧气得抓住任临树的衣领，举起拳头：“你居然要挟她，让她一个人承受这么多！”

“是我要挟她，可让她独自承受的人是你！那时候你看我们的合同，你说我有个大律师在身边，我说她是上海最好的律师。我还和你说过诗，我都给过你暗示，是你自己想不到罢了。你还在那时和那个元凶出双入对，还深夜送其去医院。你不知道吧，曼君一直都看在眼里。可她为了帮你，始终都留在千树，她不需要到公司上班，只需要每周和我见面……”

“你别说了！”卓尧紧握拳头。

那半年的时光，她竟是这样一路躲躲藏藏过来的。

难怪好几次都像是碰见了她，却又找不到。

“即使你揍我我也要说完。那次刮台风，她担心你们在渔村的小楼会倒塌，冒着危险去渔村。她为了不使你怀疑，才让林慕琛对你说她在英国过得很好，那都是她自编的善意的谎言。她内心该有多强大，才能一个人承受所有的不公和指责这么久。活在背叛你的名声之下，却用她最大的能力在保护你。”任临树说

着，叹息，“你大概听说过我的故事，我不相信爱情，真的，我唯一深爱过的女人抛弃了我。很可笑吧，我也有被抛弃的过去。但是，曼君她的所作所为让我相信，这世上是有真爱存在的，我甚至在想，当初那个离开我的人，是不是也是出于保护我……”任临树自言自语，卓尧根本没有再听进去，目光投向病床上的曼君，一刻都不舍得分开。

然而，曼君的情况并不是很乐观，她的肺和肝脏也有慢性中毒的现象。好在毒性不高，不致命，但几种因素综合在一起，她的危险系数上升了。

第五天的时候，曼君终于退了烧，清醒过来。卓尧想到的第一件事就是掐她的腿。

“有没有觉得疼？”他问。

“没有啊。”她答。

他再继续用力掐，她还是一脸茫然。

“要不你换种方式试试……吻我的腿。”她说。

他俯身就吻。

“啊……好痒好痒……你掐痛我啦，我的腿没事！”她开心道。

不过她很快就没这么高兴了，在她的坚持下，卓尧给她拿了一面镜子，她看了镜子半天，说：“这镜子上粘的什么啊，红红的一片，我都看不清我的脸了。”

“那就是你的脸，不过你先冷静下来，医生说会好的，你的脸会回到原来的样子，你相信我……”

“你确定你没有拿错镜子？”她用狐疑的眼神看他。

卓尧摇摇头。

“哦，没什么。挺好看的，气色不错，多红润。你不用操心，我不会哭的，真的，我连死都不怕，还会怕毁容啊……”说着说着，她握着镜子的手却在颤抖。

这时，林慕琛带来了好消息：“我来宣布一个特大捷报！从警方那边传来，何喜嘉及其养父都已被捕归案，对所犯罪行供认不讳。我说这得有多大的卧底潜力啊，能潜伏这么久。这要是去当演员，我看一部戏就能拿金马奖！”林慕琛搂着江照愿的肩膀夸张地说，逗得曼君和卓尧直笑。

“还有，你们猜那种慢性毒药是投在哪儿？”林慕琛卖着关子，见他们都摇

头，这才说，“她每天特意给你泡的茶就是催命符，并且毒不是放在茶叶里的，而是放在白菊里。”

然而，最让人好奇的是，他们是怎么找到曼君和卓尧的。

好人终有好报。

当初曼君和卓尧，还包括小黎回，都相信了那一对小乞丐兄妹，是他们提供线索，找到了那辆冷冻车。当时林慕琛发现两个人的电话同时都关机了，就觉得不妙，赶紧报了警。警方把这件事与爆炸案并案处理，在电视上发布寻人启事征求线索。

那一对正在寻找目标的小兄妹正好走到一家快餐店门口。

“哥哥，我们什么时候才能讨到多一点的钱？”妹妹揉了揉饿得直叫的肚子。

“你以为谁都像那一家三口那样笨，那么容易骗啊！刚才还看到那个叔叔和阿姨，不过似乎喝醉了，被一个人扶上了一辆车。不然的话，我们还可以找他们要一点钱买吃的。”

“他们还会给吗？”

“肯定会啊，因为他们笨嘛！”

这时，快餐店的电视上正播放着寻人启事。

“如果大家看到以下两张照片上的失踪人员，请速与警官联系。”主播说。

“哥哥，你看你看，那不是那个叔叔和阿姨吗？”妹妹指了指电视机说。

“看来他们遇上了坏人，我们得去救他们。唉，两个笨蛋又那么善良，难怪总是遇上坏人。”哥哥摇摇头，无奈地说。

两个小屁孩偷偷回到冷冻车旁，盯着从车上出来的何喜嘉，马上掏出智能手机报警。在曼君和卓尧被送医院后，警察表扬他们说：“你们俩真是机智勇敢的小朋友，值得表扬！”

“没什么，叔叔阿姨是好人，我这新手机还是用他们给的钱买的，不然我哪有钱……这就叫，种善因，得善果！”

曼君没有想到，自己一次意外的好心，竟会在后来挽救了自己和卓尧的生命。

谢天谢地。他们没有在冰库车里白头以终。

那就在现世安稳中白头偕老吧。

两个月后，二月十四日，情人节。

Y楼开业的日子。

曼君对着镜子化妆，坐在一旁的卓尧凝视着她光洁无瑕的面容说：“我的太太，你已经很美了，你再这样臭美下去，会让我们商场的女顾客无地自容的。”

站在一旁的黎回牵着刚学会走路的黎声说：“我妈妈是全世界最美的女人！”

“还是我儿子嘴甜！”曼君亲了一口黎回的脸。一个完整的唇印印在了黎回的脸上，逗得黎声“咯咯”直笑。

卓尧则吃醋地凑过脸来说：“都不亲我。”

黎声上前，给了他响亮的一吻。

“还是我女儿好！”

Y楼的开业吸引了诸多媒体的关注，佟氏集团董事长夫妇携一对儿女参加开业典礼更是吸引了无数人的眼球。在经历了阴谋和生死之后，他们更能够坦然面对今后生活的一切问题。

卓尧站在台上，对着一个个镜头致开业辞。在完成官方言辞之后，他突然温柔地说：“今天不仅是Y楼的开业典礼，也是大家喜闻乐见的情人节。在这里我想说，我们Y楼从今日起，更名为——挚爱楼。对，挚爱，希望大家带着你们的挚爱来逛我们的商场，也是我对我的挚爱的一种感恩和纪念。谢谢她在我最艰苦的时候背起全部的负面责难，护我周全，谢谢她。在这里，我想对她说一句话，这句话我不是第一次对她说，但我想今天在这里说会有别样的意义。”

他的目光穿越人群中落到她身上，静静地凝视她说：“曼君，此生愿同你终老温柔……”

“白云不羡仙乡——”台底下几百个人突然一齐喊出后面这句，将手中之前不知藏在哪里的百合花抛向空中。

好唯美的开业典礼。

她站在人群中，牵着黎回、黎声的手。

他给那座大厦取了个朴素的名字——挚爱楼。

这是她收到的惊喜。

她没想到的是，还有更大的惊喜在后面。

典礼结束之后，他拉着她上车，说带她去一个地方。

他开车，她就一直温柔地望着他。

“怎么这样盯着我看，真是没见过世面。”他笑。

“可你就是我见过的最耀眼的世面。”她回应。

目的地快到的时候，他拿出一条丝巾，蒙在她的眼睛上。车停下后，他牵着她下车，一步步往前走。

他在她额头上亲吻一下，再轻轻拉开丝巾，说：“以后，这儿就是我们的家，我给你的‘佟画’王国。”

“童话王国？”她睁开眼，渐渐看清楚眼前的一切。

一座临湖别墅伫立着，他牵着她的手，带她走进这个属于他们的新天地。

“佟先生和小漫画的王国，我是国王，你是王后。”

黎回跑了过来，喊道：“那我和妹妹就是小王子和小公主啦！”

是啊，国王、王后、小王子、小公主，从此在这座“佟画”王国里，过上了幸福的生活。

经常能在临湖别墅里看到一幕幕温暖的画面——有时是两个孩子在嬉闹，后面跟着一只金毛犬；有时候是他和她坐在马背上；有时是两人并肩站在湖边，黄昏衬着他们的背影，是那样宁静。

他给了她最安宁稳妥的岁月。

他们很少会再分别，只有一次，他出国参加一场重要会议，而她要照看孩子不得不留在家中。

晚上，他打越洋电话给她。他的呼吸一深一浅，用略显疲惫的声音在电话里唤她的名字：“曼君。”

她答应：“嗯。”

他又轻声喊：“曼君。”

她问：“嗯？”

他继续喊：“曼君。”

她笑道：“打这么贵的国际长途，就为了重复喊我的名字吗？”

他说：“我总这么叫你的名字，尤其是你不在我身边的时候。那你就多答应我几声吧。”

光阴最美也不过如此。

她不再工作，重复此般的日子一万年，也不厌倦。这朝花夕拾，共赏黄昏的温情，于我以后是简单，于我以往是奢侈。我惴惴珍视，矜贵的人啊。

她写下这样的句子——

我已放弃了生命中原本可以轰轰烈烈的过场，而同你平淡朴素地度过余下半生。你大概也是这样。原是烟火，以后是烛，是夜里相伴的烛火。要么一起亮到天明，要么风吹过，一起灭。你是我的迷惘，也是我的迷恋。

终老温柔，白云不羡仙乡。

# 小剧场

我迷恋，
与你们在一起的
点点滴滴。

剧场一

周末。

开完庭回到家的曼君，脱去高跟鞋，疲惫地用手抚着额头，仍在为官司的事伤脑筋。

突然，客厅里出现两只“青蛙”——一只大青蛙，一只小青蛙。这时，音乐声响起。

黎回扮着小青蛙，清澈的眼神看着曼君，唱道：“快乐的池塘里面有只小青蛙，它跳起舞来就像被王子附体了。酷酷的眼神，没有哪只青蛙能比美，总有一天它会被公主唤醒了。”

卓尧跟着黎回的舞步唱：“啦啦啦——啦啦啦——自信成长有你相伴leap frog。”

“只有公主吻一下，青蛙才能变成王子。”黎回走过来，凑上一张大大的“青蛙”嘴。曼君捧着“青蛙”的脸亲了一下，接着，一个更大的“青蛙”脑袋贴了过来。曼君强忍住笑，又亲了一下“大青蛙”，这才看完了两只青蛙的表演。

卓尧脱去青蛙的玩偶服，身上穿着白衬衣西裤，额头上有细密的汗。

那样高大优雅的卓尧，唱《小跳蛙》的样子真是太可爱了。

谁不想嫁给这样的男人，再生一个黎回这样的小男子汉，然后听他们俩唱《小跳蛙》呢?

曼君创立的律师事务所，除了接正常的Case外，还免费为很多弱势群体提供法律援助。

她常利用工作之余的时间与这些弱势群体沟通打交道，了解他们的诉求，为他们争取合法权益。

往往难以兼顾到家。

卓尧除了在公司工作，其余一切不必要的应酬，几乎是能推就推。两个人不可能一心都扑在事业上，他全力支持曼君的工作。但毕竟他的时间也是有限的，陪伴黎回、黎声的时间也没有那么充足。

好在黎回已然是大哥哥的样子，懂得保护妹妹。而黎声也已经三岁了，读幼儿园小班。

平时都是家里的司机接送两个孩子去学校，曼君很少去学校接他们。

有一天，难得她结束在法律援助对象家中探访时，恰好幼儿园快要放学了，她便想着去学校给两个孩子一个惊喜。

她走进校园，远远就看见操场上黎回牵着黎声的手，背着黎声的小书包，低头帮妹妹把额前的刘海抚到耳后。

兄妹俩手拉着手。

“哥哥，我今天和老师说，我的妈妈呀，是世上最温柔最可爱的妈妈。她就是太忙太忙了，不然的话，我要让老师看看，

我的妈妈有多温柔，多可爱。”

“那当然，你看爸爸多喜欢妈妈。”黎回一本正经地说。

两个孩子还没发现曼君就站在不远处，她静静听着他们的对话，然后慢慢地走向他们，蹲下身，张开怀抱迎接他们。

然而他们都没有看到，在曼君的身后，卓尧正走了过来。他走上前，一把从背后拥住他们仨。

尽管生活中各有各的忙处，我们更需懂得抽出时间，哪怕是忙里偷闲，也要给家人一个小小的惊喜。

只要他们四个在一起，家就是可以移动的，哪里都是家。

有一天夜里，曼君看着卓尧熟睡的面庞，轻轻起身走进儿童房。她推开门，见黎回和黎声各自都安稳地睡着。

她给远方的多多，写了一封邮件——

多多:

见信安好。

很久没有和你一起把酒言欢了，很挂念你。细算下来，我们认识已有十余年了。在这十余年里，我好像始终都脱了缰般拼命往前跑，从未停下。

那些往事，我不必再提，你都知道的，我曾经有过多么糟糕的过去。而我的人生真正意义上的开始，是拥有你这个挚友。

近来常有“一岁年龄一岁心”之感。我也算是个上了点年纪的女性了，不再用那些有着甜甜香气的香水，而增添了那些使人平静的气息。

在命运的面前，我刮过许多次“谢谢惠顾”。可我还是想尽力将一手烂牌打好。

现在能令我悲愤的事情已经很少很少了。好好睡一觉，第二天一切就会好了。只要想想身边的家人，我就没有什么害怕的。

我也想你。

逛商场时挑了一件绿色风衣，哪怕现在是七月的天气。以前我是不会在夏天买风衣的，因为十月时会有更好的，更喜欢的。

但我现在明白了，当下的喜欢最重要，往后也并不一定会有更好更喜欢的。

至于工作上的事，大多繁杂，你了解我，会一一做好的。这个就不用和你重复了。

我时常会梦见小渔村。

我还会梦见外婆。

看着黎声一点一点长大，在我仅有的一张儿时的相片里，她有我的模样。有一天晚上，我梦见自己牵着黎声的手，外婆就站在那棵树下。我喜出望外，对外婆说：外婆呀，我手里牵着的小人儿就是你的曾孙，外婆你看，我小时候是不是也长得这样灵气十足。

外婆一直笑着点头说：好，好……

我是不是

等你下次回来时，黎声定会牵着你的手，要你陪她一起跳舞。我不会跳舞，还是你跳舞最优雅，最好看。

多多，你在外面要好好的，也要回来。

我们都好，你别挂念，也别忘了。

你的挚友：曼君

多多在海拔四千多米的高原上，边喘着粗气边寻找信号。好不容易连上了网，立刻和在上海的曼君视频通话。

“曼君，你看，天上的老鹰，你在上海是见不到的吧。它的翅膀张开足足有两米，在我的头顶盘旋。我真是要哭了，这儿太美了，是我这辈子去过的最美的地方。”

曼君看着视频里晒黑了的多多神情振奋，指着远处天空的老鹰在欢呼。

风景真美，可曼君只顾着看多多。

“你瘦了，却看起来更健康了，而且两眼炯炯有神，和你之前真的不一样，我觉得你焕然一新了。”

“我以前是不是超级夸张的大美瞳，苍蝇腿睫毛，平行线般的双眼皮？哈哈！”多多笑。

“多多，现在的你，最美。”曼君为多多感到欣慰。

袁正铭终是过去了。

彻底不再爱他的多多身上那股聪明劲全回来了。

如果一个男人不能让你喜欢你爱他时的自己，那就该懂得止损，不要再继续下去了。

自然万物里，有各种各样的美。

哪一种，都比你沉溺在爱而不得里的样子要美。

剧场

五

曼君出差北京，卓尧正好也要出差北京，只是因为两人各有事情，所以不能见面。

应酬时，她象征性地吃了点东西，回到酒店就感觉特别饿。

细心的卓尧料到她会饿，居然已经点了两份外卖送到她住的酒店里。

结果晚上他们通电话时，卓尧就开始听曼君说她与外卖员的故事了。

曼君娓娓道来，如下——

今晚下楼去拿你点的第一份外卖：小龙虾。外卖小哥打电话给我时可委屈了，说：他们不让我上来，嘤嘤——你下来好吗?

我瞬间想保护他：好，等我!

我下楼后，拿了小龙虾刚要走，他又说：等等，龙虾馆还送你一瓶饮料和酒水!

于是我眼睁睁看着他拿出一瓶2.5升的雪碧，我长这么大第一次看到这么大的雪碧精（这么大可不是雪碧成妖精了吗？），差点我吓死了。

我抱在怀里，像抱着一个液化气罐。

他又掏掏掏，掏出一听啤酒递给我。

我简直要哭了。

这下大堂里坐着的人都看到我抱大雪碧了……但是我谨记你

的教诲，独自在外不许喝酒，所以我肯定不会喝啤酒的，我向你保证。

第二份你点的水果外卖，我发现前台没有，就打电话给外卖小哥。他说自己完蛋了，弄错了，送到另一家酒店的前台去了，两分钟后再送来，马上就来。

我只好说：别急，慢点吧。

于是我抱着雪碧精和一听啤酒坐在酒店大厅等他。

结果他送来了，看着我说了一句：老师，对不起。

我现在已经老……得一看就像老师了?

我严肃地说：你送错了地方，那我得罚你。

这位外卖小哥有些害怕。

请帮我把这瓶雪碧精喝完好吗，我实在抱不动它了。我把雪碧精塞到他怀里，如释重负地飞快跑走了。

听完曼君讲自己与外卖员的故事，卓尧忍俊不禁。在一起这么多年了，她总是能将生活中的小事描述得生动有趣。

他喜欢她的善良与幽默。

这样的她，永远都是个小女孩。

他在从苏州回家的高速公路上。

而她正在厨房里手忙脚乱地煮晚饭。她想在他到家之前，准备好饭菜等他回来。周末恰好阿姨休息，她想借此机会大显身手。

很久没有做饭了，厨房换了新电器，她发现自己电饭煲不会用，微波炉也不会用。对自己满腹怒火，气得想哭。

她蹲在厨房里，手机在餐桌上响起。她飞快地打开，收到他发来的彩虹。

原来他在高速服务区，看到前方天空的彩虹，拍了下来发给她。她望着那道彩虹发呆。他总是第一时间想着自己，不管多忙，总把自己放在第一位。

而她，却难过于自己很多事都做不好。

——我不是一个合格的妻子，我现在别说是一顿丰盛的晚餐了，就连最基本的事都做不好。洗衣机我也不会用，看着上面的按键无从下手。”

他说：“那就等我回家。”

那就等我回家。

她猝不及防地心跳加速了一把。

相比那些虚妄的功利的身外之事，她更想像此刻这样，坐在

车库门口，手里握着一双男式拖鞋，等着他回家。

他总会从口袋里给她带一块糖果，或者一朵小花。

有一天他急匆匆要外出忙工作，她在书房里忙。

结果已经出门的他又折返，从大衣口袋里掏出一个小香梨，放在她的面前，冲她眨了眨眼睛。

他从大衣里变戏法般地给她拿出梨子时，她觉得这个男人真是天底下最可爱且最酷的人。

剧场七

三十三岁生日那天。

她问他："你有没有觉得时间过得特别快？好像没多久前黎回才刚刚出生，可眨眼间，黎声也长发及肩了。我有时会觉得，二十岁还没过完，却已经三十多了。"

"我和你是一样的感觉，总想时间过得慢一点儿，还没抱够他们两个，他们就长这么大了。"

"一生好快啊，过不够怎么办？你说，人有来世吗？"

"也许我们前世就是相爱的。"他在蛋糕上插了三支蜡烛，再点燃。

她被他的话感动到凝噎。

"爸爸，为什么给妈妈点三支蜡烛，妈妈是和我一样大吗？"黎声好奇地问。

"因为在爸爸心里，妈妈有时就像一个三岁的小女孩。"卓尧说。

"可妈妈不是大律师吗？很勇敢，会和坏人做斗争的大律师！"黎回一脸崇拜地看着妈妈。

"妈妈除了打官司，其余时候都是小女孩。"卓尧给曼君戴上生日皇冠。

"那妈妈岂不是比我还小一点？"黎声捂着嘴笑。

"那三岁的妈妈就是我们的妹妹了。"黎回说。

“也是我的妹妹！”黎声乐了。

“所以我们一起保护妈妈，好不好？”

“好……”

一家四口，曼君最幼。

剧场

八

那年，静安才二十岁，偏执地喜欢着毕苏生。

就像静安写给毕苏生的情书上的那句话：我爱你，爱到死。

那时的大学里，同学之间还没有特别多的人有手机，静安为了方便联系毕苏生，就用自己暑假做兼职两个月积攒下来的所有的钱，给毕苏生买了一部手机。

但她自己没有手机。

她将手机送给毕苏生之后，每晚做完家教回寝室，路过报刊亭，就会给毕苏生打一个电话，但毕苏生并没有因为静安送了手机就接电话。

收下她的手机是一回事，没工夫接她的电话是另一回事。

有一天，曼君看到毕苏生在图书馆门外和一个女生煲电话粥，聊得特别开心，足足有半小时。挂断电话后，他走到正在看书的静安面前，冷冷地说："我电话欠费快停机了，给我交点话费。"

曼君气不过，上前质问："手机是静安给你买的，你却不接静安的电话，和别的女生打电话打到停机，却又让静安给你充话费！毕苏生，你怎么这么无耻！"

毕苏生从口袋里掏出手机，扔在桌子上，说："那我还给她呗！"

静安赶紧将手机递到毕苏生手里，紧张地哀求他："别，

别，送出去的东西哪有要回来的道理，我这就去给你充话费。”

曼君想伸手拉住静安，却没有拉住。她看着静安跑出图书馆的身影，知道静安一定哭了。

“曼君，他能接纳就好了，我不求他给予。我希望他一直都用那部手机，这样我就永远都能找得到他。哪怕他用手机和别的女生联络，我也不怪他。只要我知道他在哪儿，那个号码就是我和他的线。”

可是静安，毕苏生接纳的是你给予的好，并不是你给予的爱。

但静安最终还是打动了毕苏生。

他们拥有过一段短暂的婚姻。

毕苏生说：这辈子再不会有比你更爱我的女人了。

直至静安为救毕苏生而死，静安也不知道，毕苏生究竟有没有爱过自己。他的心里又有没有过一个地方，装着她。

那份爱情，是静安的战场。

真正的爱，一生中能发生的次数是极少的，一次或者两次，几乎不会有三次。即使我们看故事的每一个人都觉得静安愚蠢，可她却爱得纯粹、干净、伟大。

我们都不会是静安。

叶洁白大婚。她穿着一袭白纱，站在教堂中央。宾客并不多，她选择举办一场朴素却郑重的婚礼。曾经爱过的那个男子，终于能够放下了。拥有自己的生活和爱情，这才是叶洁白对自己最大的尊重。

新郎是比她年长七岁的男人，一名游泳运动员。

她和新郎的相识就像一个童话故事，童话的主题是——英雄救美。她在海边游泳时腿部痉挛，她痛苦地在海水里挣扎，想要抱住自己抽筋的腿，扑腾着水花，呛入几口海水。在她几乎要覆没在海水中时，他牢牢抱住了她。却也是出于一种求生的本能，在被他抱住的那一瞬间，她紧紧地抓住他的胳膊。

好在他经验丰富，面对溺水之人的反应，他还是顺利地将她拖到了沙滩上。等她缓了过来，她向他道谢。他以为她是一时想不开轻生，不放心她一个人在海边待着。他也不说什么，就坐在她身边。

海风吹着。她的头发渐渐干了，披散在肩上。两个人都沉默着，看着远方海平线上的一轮落日。“好美。”他们俩几乎是异口同声转头看着彼此说出这个词。

四目相对。

“那时就觉得，原来和她一起看日落是这样好，要是以后能一直这样看下去该多好。”新郎说，也就是在那时，日落黄昏的海边，他决定要追求她。

没有错的爱情，只有错的人。对叶洁白而言，这个男人，就是对的人。

十月。

曼君收到舅妈的电话，小渔村的院子里，她和卓尧一起亲手种下的石榴和青枣都已硕果累累，让他们一家人回来摘石榴和枣。

这个消息让黎回和黎声开心得在客厅里转圈。

“妈妈，我都没见过长在树上的石榴是什么样子的。”黎回说。

“我也没见过，难道枣子不是像花生一样，从土里长出来的吗？”黎声歪着头，不解地问。

“石榴开的花是红色的，非常漂亮，满树花。而枣子的花朵很小，白色，长在树上，不是土里。来，我们让爸爸画给我们看，好吗？”

卓尧笑着拿出画笔，在画纸上先画了一棵开花的石榴树，又画了一棵结满枣子的青枣树。

在树底下，卓尧画了两个小人儿。哥哥握着一支竹竿在敲枣，妹妹低头捡地上的枣，用裙子兜着。

“这是哥哥，这是我，那爸爸妈妈呢？”黎声指着画纸问。

“还用问，爸爸肯定是去洗枣子和剥石榴去了。”黎回用老练的语气答道。

“那妈妈呢？”

“这么热，妈妈当然是在房间里吹着冷气敷面膜看电影，等着爸爸拿石榴和枣子给她吃啊！”

三天后。

一家人终于回到小渔村，满树的石榴和青枣，应接不暇。这两株树，是黎回出生那年种下的。

好在有曼君的舅妈帮他们照看小楼，包括院子里的一花一树，都得到了悉心打理。

至于画面……

黎回猜得果然准确。

曼君靠在房间的沙发上，看着影片，左手边有一盘剥好的，一粒粒如红宝石般的石榴，右手边是洗净并去核的枣。

实在是石榴不方便去核，不然卓尧能连石榴核都去了……

**图书在版编目（CIP）数据**

如果巴黎不快乐 ：典藏版 ：全3册 / 白槿湖著. --
长沙 ：湖南文艺出版社，2017.9
ISBN 978-7-5404-8096-7

Ⅰ. ①如… Ⅱ. ①白… Ⅲ. ①长篇小说－中国－当代
Ⅳ. ①I247.5

中国版本图书馆CIP数据核字(2017)第104715号



# 如果巴黎不快乐：典藏版

RUGUO BALI BU KUAILE DIANCANG BAN

作　　者：白槿湖
出 版 人：曾赛丰
责任编辑：刘诗哲
监　　制：邓　理
策划编辑：田渊源
营销编辑：张申梅
装帧设计：杨晓宇
出版发行：湖南文艺出版社
（长沙市雨花区东二环一段508号　邮编：410014）
网　　址：www.hnwy.net
印　　刷：湖南天闻新华印务有限公司
经　　销：新华书店
开　　本：158mm×230mm　1/16
字　　数：831千字
印　　张：53
版　　次：2017年9月第1版
印　　次：2017年9月第1次印刷
书　　号：ISBN 978-7-5404-8096-7
定　　价：89.00元（全三册）